CN01623949

PICKWICK

STEPHEN KING

IL MIGLIO VERDE

Traduzione di Tullio Dobner

Sperling & Kupfer

Questa è un'opera di fantasia. Personaggi, avvenimenti e dialoghi sono immaginari. Laddove si citano nomi di persone realmente esistenti o esistite, le situazioni, gli avvenimenti e i dialoghi che le riguardano devono essere intesi come puro frutto della fantasia dell'autore.

www.pickwicklibri.it
www.sperling.it

Il Miglio Verde
di Stephen King
Titolo originale dell'opera: *The Green Mile*

ISBN 978-88-6836-028-3

I edizione Pickwick luglio 2013

Anno 2020-2021 - Edizione 43 44 45 46 47 48 49 50

Indice

Introduzione

SOFFRO di insonnia ciclica, un fatto che non sorprenderà chi ha letto il romanzo nel quale si raccontano le avventure di Ralph Roberts, cosicché cerco di avere sempre a disposizione una storia per le notti in cui non riesco a prendere sonno. Allora, sveglio nel buio, la racconto a me stesso, scrivendola nella mente come farei alla macchina per scrivere o al computer, tornando spesso indietro, cambiando le parole, aggiungendo riflessioni, cancellando frasi, inventando dialoghi. Ogni notte ricomincio da capo e, prima di addormentarmi, arrivo un po' più avanti della notte precedente. Dopo cinque o sei notti, di solito ho memorizzato interi brani di prosa. Sembrerà anche un esercizio da svitati, ma l'effetto è sedativo... e come passatempo è mille volte meglio che contare le pecore.

Alla lunga queste storie si consumano proprio come un libro che è stato letto e riletto. («Buttalo via e compratene uno nuovo, Stephen», mi diceva certe volte mia madre irritata, alludendo a un giornaletto o a un paperback fin troppo amato. «Quello l'hai ridotto a brandelli a forza di leggerlo.») Allora è il momento di cercare una storia nuova e durante i miei attacchi di insonnia devo sperare di trovarne presto una, perché le ore di veglia notturna non passano mai.

Nel 1992 o '93 lavoravo a una storia da letto che s'intitolava «Quel che l'occhio vede». Raccontava di un condannato a morte, un nero gigantesco, che, nell'avvicinarsi della data dell'esecuzione, prende a interessarsi di illusionismo. Avevo in mente un io narrante, un vecchio detenuto che girava per il carcere spingendo un carrello di libri e vendeva anche sigarette, indumenti e piccoli oggetti estemporanei come lozioni per capelli e aeroplanini di carta paraffinata. Alla fine della storia, un attimo prima dell'esecuzione, l'idea era che questo enorme condannato, Luke Coffey, facesse scomparire se stesso.

Era una buona idea, ma non riuscivo a forgiare la storia come mi sarebbe piaciuto. L'avevo provata in cento versioni diverse e ancora non riuscivo a farla girare. Affiancai all'io narrante un topolino che viaggiava sul suo carrello, pensando che potesse aiutare, ma non funzionò. La parte migliore era l'attacco: «Gli avvenimenti risalgono al 1932, quando il penitenziario di Stato si trovava ancora a Evans Notch... e lì naturalmente c'era anche la sedia elettrica, quella che i detenuti chiamavano Old Sparky». Questo mi sembrava buono, ma nient'altro. Alla fine rinunciai a Luke Coffey e alle sue monetine che scomparivano per magia, preferendogli la storia di un pianeta dove per qualche misterioso motivo quando pioveva la gente si dava al cannibalismo... è un'idea che mi piace ancora, perciò giù le mani, chiaro?

Un anno e mezzo più tardi riaffiorò nella mia mente la storia del braccio della morte, ma questa volta con un taglio diverso: supponiamo, pensai, che il mio gigante sia una specie di guaritore invece di un aspirante mago.

Decisi che quella storia era troppo buona per sprecarla come antidoto all'insonnia, anche se è pur vero che la cominciai al buio, ripescando il paragrafo d'apertura quasi parola per parola e completando mentalmente il primo capitolo ancora prima di essermi messo a scrivere. Come narratore ho scelto un agente di custodia al posto del vecchio detenuto, Luke Coffey è diventato John Coffey (in segno di *chapeau* a William Faulkner, il cui «redentore» si chiamava Joe Christmas) e il topolino è diventato... be', il signor Jingles.

Era una storia valida, l'ho sentito da subito, ma difficilissima da scrivere. Ero occupato in altre attività che mi sembravano più agevoli, per esempio la riduzione di *Shining* per la miniserie televisiva, e mi tenevo aggrappato al *Miglio Verde* solo con le unghie. La sensazione era di creare un mondo praticamente dal nulla, dato che non conoscevo quasi niente della vita in un braccio della morte nel Sud di frontiera durante la Depressione.

All'ignoranza si può porre rimedio con la ricerca, si sa, ma io temevo che così facendo avrei soffocato il fragile senso di meraviglia che avevo trovato nella mia storia: qualcosa dentro di me aveva deciso che il sapore non doveva essere realistico, bensì favolistico. Così ho tenuto duro accumulando parole e sperando in una fiammata, un'epifania, un qualsiasi piccolo miracolo di tipo domestico.

Il miracolo è stato un fax di Ralph Vicinanza, il mio agente per i diritti all'estero, che con un editore inglese aveva discusso del romanzo a puntate, la forma di scrittura utilizzata da Charles Dickens un secolo fa. Con il tono asettico di chi ha già escluso a priori che un suggerimento possa avere qualche sviluppo, Ralph mi chiedeva se fossi interessato a cimentarmi in quella forma di scrittura. Ebbene, io mi ci sono buttato. Ho capito subito che se avessi accettato un progetto del genere, avrei dovuto finire *Il Miglio Verde*. Così, sentendomi come un centurione che dà fuoco al ponte sul Rubicone, ho chiamato Ralph e gli ho chiesto di prendere accordi. Lui l'ha fatto e il resto lo sapete. Sono entrati in scena John Coffey, Paul Edgecombe, Brutal Howell, Percy Wetmore... e hanno fatto succedere la storia. Solida e vincente come mai.

Il Miglio Verde ha goduto di una magica accoglienza positiva che assolutamente non mi aspettavo; pensavo anzi che potesse rivelarsi un fiasco commerciale. La reazione dei lettori è stata meravigliosa e questa volta si sono uniti a loro anche la gran parte dei critici. Credo di dovere molto dell'ottima accoglienza ricevuta agli acuti suggerimenti di mia moglie e molto del successo commerciale al tenace lavoro promozionale svolto dai rappresentanti della Dutton Signet.

L'esperienza in sé però resta solo mia. Ho scritto come un pazzo per rispettare le folli scadenze di pubblicazione, cercando contemporaneamente di strutturare la storia in maniera che ciascun episodio avesse un suo momento culminante, sperando sempre che tutto quadrasse e cosciente che se così non fosse stato sarei finito appeso al primo albero. Mi è capitato di chiedermi una volta o due se Charles Dickens avesse provato le medesime sensazioni, se si fosse anche lui augurato che gli interrogativi che emergevano dalla trama trovassero da soli una risposta, e suppongo di sì. Per sua fortuna Dio era stato un po' più generoso con il buon vecchio Charles quanto a talento.

Ricordo di aver temuto ogni tanto di seminare sulla mia via chissà quanti mostruosi anacronismi, ma ora posso dire che ce ne sono davvero molto pochi. Persino il «fumetto a luci rosse» con Braccio di Ferro e Olivia è risultato storicamente ineccepibile; dopo la pubblicazione della Parte 6, qualcuno mi ha mandato una ristampa di un fumetto di quel genere pubblicato intorno al 1927. In una tavola memorabile, Poldo si sta facendo Olivia mentre mangia un hamburger. Non c'è proprio niente come la fantasia umana, vero?

A seguito del successo de *Il Miglio Verde*, si è molto discusso sull'opportunità di ripubblicarlo come romanzo completo. La pubblicazione a episodi rappresentava un punto dolente per me e lo è stato per alcuni lettori, per via del prezzo complessivo. La soluzione ideale sarebbe stata dunque un volume in edizione economica con il racconto completo, da mettere in vendita a un prezzo più ragionevole. Dunque eccolo qui.

Un giorno o l'altro vorrei rivederlo dall'inizio alla fine e trasformarlo nel romanzo che non potrà mai essere in questa forma, per poi farlo pubblicare di nuovo. Fino a quel giorno, bisognerà accontentarsi. Sono felice che sia stato apprezzato da un così vasto numero di lettori. E devo ammettere che in fondo è una gran bella storia da leggere prima di dormire.

Stephen King
Bangor, Maine
6 febbraio 1997

Una lettera di prefazione

27 ottobre 1995

CARO Fedele Lettore,

la vita è capricciosa. Devo alla riflessione estemporanea di un'agente immobiliare che non ho mai conosciuto la forma insolita del racconto che ha qui inizio. È accaduto un anno fa, a Long Island. Lì Ralph Vicinanza, mio amico e collaboratore da molto tempo (si occupa soprattutto di vendere all'estero diritti di pubblicazione per romanzi e racconti) aveva appena affittato una casa. L'agente notò che la casa «sembrava presa da una storia di Charles Dickens».

Questa considerazione era ancora nella mente di Ralph quando accolse il suo primo ospite, l'editor inglese Malcolm Edwards. La riferì a Edwards e insieme cominciarono a discutere di Dickens. Edwards gli ricordò che Dickens aveva pubblicato molti dei suoi romanzi a puntate, o su inserti di riviste o indipendentemente sotto forma di dispense (un termine dal sapore universitario che evoca sempre in me piacevoli sensazioni di intima nostalgia). Edwards aggiunse anche che alcuni di quei romanzi furono scritti e corretti praticamente nell'anticamera dell'editore: evidentemente Charles Dickens era un romanziere che non si lasciava terrorizzare dalle scadenze.

I romanzi a puntate di Dickens ebbero un immenso successo, che in un caso provocò addirittura una tragedia a Baltimora. Sul fronte del porto si era riunita una nutrita schiera di dickensiani nella febbrile attesa dell'arrivo di una nave inglese con le copie dell'ultima puntata de *La bottega dell'antiquario*. Si racconta che molti aspiranti lettori furono involontariamente sospinti in acqua e morirono annegati.

Escludo che Malcolm o Ralph abbiano desiderato veder affogare qualcuno, ma si dichiararono entrambi curiosi di sapere che cosa sarebbe accaduto se si fosse tentata oggi una pubblicazione a puntate. Nessuno dei due ricordò lì per lì che era già accaduto (non c'è veramente nulla di nuovo sotto il sole) in almeno due occasioni. La prima stesura de *Il falò delle vanità* di Tom Wolfe apparve a puntate sulla rivista *Rolling Stone* e Michael McDowell (*The Amulet*, *Gilded Needles*, *The Elementals*, *L'inquilino senza nome* e la sceneggiatura di *Beetlejuice*) pubblicò a puntate un romanzo intitolato *Blackwater*. Quest'ultimo narrava di una famiglia del Sud, i cui componenti avevano l'inquietante caratteristica genetica di trasformarsi in alligatori. Fu un buon successo per la Avon Books, anche se non è una delle opere migliori di McDowell.

Fatto sta che i due ebbero a domandarsi che conseguenze si sarebbero potute avere se un autore di narrativa popolare avesse a tentare oggi la realizzazione di un romanzo a dispense, vale a dire suddiviso in puntate scandite da pubblicazioni a intervalli regolari. Lanciarsi in un esperimento del genere potrebbe essere un'avventura interessante per uno scrittore come Stephen King, concluse Malcolm, dopodiché la conversazione passò ad altri argomenti.

Per un po' Ralph accantonò l'idea, ma essa diventò operativa nell'autunno del 1995, dopo la Fiera del Libro di Francoforte, un evento commerciale internazionale dove ogni giorno, per uno come Ralph, si svolge un duello all'ultimo sangue. Mi sbozzò l'idea di un racconto a episodi in mezzo a molte altre proposte, la maggior parte delle quali erano automaticamente da cassare.

Quella delle dispense non era da buttare seduta stante, però; diversamente dall'intervista per il *Playboy* giapponese o il tour (tutto pagato) nei Paesi baltici, quella mi solleticò. Non credo di essere un nuovo Dickens: posto che esista, la definizione si addice probabilmente a John Irving o Salman Rushdie; ma mi sono sempre piaciute le storie raccontate a episodi. È una formula che ho conosciuto su *The Saturday Evening Post* e mi piacque perché la fine di ciascun episodio metteva il lettore quasi sullo stesso piano dell'autore: avevi un'intera settimana per cercare di indovinare quale sarebbe stata la prossima spira del serpente. Per giunta si leggevano e vivevano queste storie più *intensamente*, secondo me, perché erano razionate. Non si potevano ingollare, nemmeno a volerlo (e quando una storia funzionava bene, lo si faceva).

Il massimo per me era comunque l'abitudine instaurata a casa mia di leggere queste storie a voce alta: mio fratello David una sera, la sera dopo io, quindi mia madre, e di nuovo mio fratello. Era per noi l'occasione rara di gustare un lavoro scritto alla stessa maniera dei film che andavamo a vedere al cinema e dei programmi televisivi che seguivamo insieme (*Rawhide*, *Bonanza*, *Route 66*). Erano momenti speciali che coinvolgevano la famiglia al completo. Solo anni dopo avrei scoperto che i romanzi di Dickens erano stati letti dalle famiglie della sua epoca più o meno nello stesso modo, con la sola differenza che le loro ansie domestiche sul destino di Pip e Oliver e David Copperfield si protraevano per *anni* invece che per un paio di mesi (anche la più lunga delle pubblicazioni del *Post* raramente superava le otto puntate).

C'era anche un altro aspetto che mi allettava, il verificarsi di una situazione che penso possa essere compresa appieno soprattutto da uno scrittore di polizieschi e racconti del brivido: con una pubblicazione a puntate, l'autore gode del vantaggio tutto speciale di una posizione di preminenza sul lettore: detto in parole povere, Fedele Lettore, non puoi andare a spiare nelle ultime pagine come va a finire.

Ricordo ancora la volta in cui, quando avevo dodici anni circa, entrando in soggiorno sorpresi mia madre che, sulla sedia a dondolo prediletta, sbirciava gli ultimi paragrafi di un giallo di Agatha Christie tenendo con un dito il segno intorno a pagina cinquanta. Ne fui costernato e glielo dissi (non dimentichiamo che avevo dodici anni, un'età in cui i ragazzi cominciano a intuire vagamente di essere onniscienti), dichiarando che leggere la fine di un poliziesco prima di esserci arrivati equivaleva a mangiare il ripieno di un Ringo e poi buttare via i biscotti. Lei rise, la sua deliziosa risata senza imbarazzo, e rispose che forse era vero, ma talvolta non riusciva proprio a resistere alla tentazione. Cedere alla tentazione era un concetto che sapevo capire senza difficoltà, anche se ancora dodicenne. Ma qui finalmente abbiamo una divertente terapia contro quella tentazione, perché finché non arriva in libreria l'ultimo episodio nessuno saprà come si risolverà *Il Miglio Verde*, compreso forse io stesso.

Ralph Vicinanza non poteva in alcun modo immaginarselo, ma la verità è che mi suggerì l'idea di un romanzo a puntate in quello che per me era un momento psicologicamente perfetto. Da tempo mi baloccavo con l'idea di un racconto su un argomento del quale avevo sempre sospettato che prima o poi mi sarei occupato: la sedia elettrica. «Old Sparky» ha continuato ad affascinarmi fin dai tempi del mio primo film con James Cagney; e i primi racconti che lessi sul Braccio della Morte (in un libro intitolato *Twenty Thousand Years in Sing Sing*, di un direttore di carcere di nome Lewis E. Lawes) accesero il lato più oscuro della mia immaginazione. Come si percorrono, mi domandavo, quegli ultimi quaranta metri sapendo di andare a morire? Che sensazioni prova, se è per questo, l'uomo che deve legare il condannato o quello che deve abbassare l'interruttore? Che cosa ti sottrae un mestiere come quello? E, ancora più inquietante, che cosa eventualmente ti aggiunge?

Già da venti o trent'anni tentavo di tanto in tanto di sviluppare queste idee trasformandole, sebbene sempre in via sperimentale, in diverse strutture narrative. Avevo scritto un solo racconto ambientato in una prigione (*Rita Hayworth e la redenzione di Shawshank*), che era stato più che apprezzato, ed ero ormai giunto più o meno alla conclusione che probabilmente non avevo altro da dire in materia, quando mi è stata avanzata questa proposta. Erano molti gli elementi che mi stimolavano, ma niente mi piaceva di più della voce squisitamente discreta del narratore: pacato, sincero, forse un po' attonito, il più classico dei narratori kinghiani. Così mi metto al lavoro, ma sempre in via sperimentale, in maniera incostante. Quasi tutto il secondo capitolo è stato scritto durante un ritardo forzato dovuto alla pioggia al Fenway Park!

Quando mi ha chiamato Ralph, avevo riempito un quaderno su *Il Miglio Verde* e solo allora mi sono reso conto che stavo scrivendo un romanzo quando avrei dovuto dedicare tutto il mio tempo alla revisione di un libro appena scritto (*Desperation*, che vedrai presto, Fedele Lettore). Al punto a cui ero arrivato con il *Miglio*, ci si trova normalmente davanti a un'alternativa: riporlo (probabilmente per non riprenderlo mai più) o mettere da parte ogni altra cosa e buttarcisi anima e corpo.

Ralph mi suggerì una terza possibilità, un racconto da scrivere nello stesso modo in cui verrebbe letto, vale a dire a puntate. E mi piaceva il lato rischioso dell'operazione: se a un certo punto molli, se non mantieni la promessa di arrivare fino in fondo, ecco che di punto in bianco un milione di lettori chiede a gran voce il tuo sangue. Nessuno lo sa meglio di me, se non la mia segretaria, Juliann Eugley; ci arrivano ogni settimana decine di lettere rabbiose con la richiesta del prossimo romanzo della serie della Torre Nera (abbiate pazienza, seguaci di Roland; un annetto o giù di lì e la vostra attesa avrà fine, ve lo prometto). In una busta c'era una Polaroid di un orsacchiotto di peluche in catene con un messaggio composto con ritagli da titoli di giornali e copertine di riviste: FAI PUBBLICARE IMMEDIATAMENTE IL PROSSIMO LIBRO DELLA TORRE NERA O L'ORSO MUORE. Ho appeso la fotografia nel mio studio sia per ricordare a me stesso le mie responsabilità, sia per ricordare com'è bello che ci siano persone che hanno veramente a cuore (almeno un pochino) le creature della tua immaginazione.

In ogni caso ho deciso di pubblicare *Il Miglio Verde* in una serie di piccoli tascabili, alla moda del diciannovesimo secolo, e spero che mi scriverete per dirmi (a) se la storia vi è piaciuta e (b) se avete gradito questo sistema rateale raramente impiegato ma alquanto divertente. Ha indubbiamente dato impulso alla mia scrittura, sebbene a questo momento (una sera piovosa dell'ottobre 1995) sono lungi dall'aver completato l'opera, nemmeno in una prima bozza, e ci siano ancora dubbi sul finale. Questo d'altra parte concorre non poco a rendere l'esperimento emozionante: a questo punto guido nella nebbia più fitta con il pedale a tavoletta.

Soprattutto voglio dirti che se leggendo questo racconto hai provato anche solo la metà del piacere che ho provato io scrivendolo, ci abbiamo guadagnato tutti e due. Divertiti… e perché non lo leggi a voce alta in buona compagnia? Se non altro servirà ad accorciare il tempo dell'attesa prima che compaia in libreria la prossima puntata.

Frattanto auguri e vogliatevi bene.

Stephen King
27 ottobre 1995

PARTE PRIMA

Le due bambine scomparse

1

GLI avvenimenti risalgono al 1932, quando il penitenziario di Stato si trovava ancora a Cold Mountain. E là c'era anche naturalmente la sedia elettrica.

I detenuti scherzavano sulla sedia, come sempre si fa delle cose di cui si ha paura, ma da cui non ci si può sottrarre. La chiamavano Old Sparky, come dire la Scintillante, o Big Juicy, la Scaricona. Circolavano battute sulla bolletta della luce e su come e dove Moores, il direttore del nostro carcere, avrebbe cucinato il suo pranzo del Ringraziamento, quell'autunno, con la moglie Melinda troppo malata per mettersi ai fornelli.

Ma in quelli che dovevano veramente sedervisi, la voglia di scherzare si spegneva in un baleno. Nel periodo da me trascorso a Cold Mountain ho presieduto a più di settantotto esecuzioni (questo è un numero sul quale non ho mai fatto confusione; me lo ricorderò sul letto di morte) e credo che, per la maggioranza di quegli uomini, la verità di ciò che stava accadendo li colpiva finalmente come una legnata quando gli bloccavano le caviglie alla solida quercia delle gambe di Old Sparky. In quel momento (vedevi la consapevolezza riempirgli piano piano gli occhi, una specie di freddo sgomento) si rendevano conto che le gambe avevano concluso la loro carriera. Dentro vi scorreva ancora il sangue, i muscoli erano ancora reattivi, ma avevano chiuso lo stesso; non avrebbero percorso nemmeno più un metro di un sentiero fra i boschi, non avrebbero più ballato con una ragazza a qualche festa di campagna. Ai clienti di Old Sparky la coscienza della propria morte saliva dalle caviglie. C'era un sacchetto nero di seta da mettergli sulla testa quando avevano finito di pronunciare le loro ultime parole, perlopiù incoerenti. Il cappuccio era per loro, ma io ho sempre pensato che in realtà fosse per noi, per impedirci di vedere l'orribile marea di sgomento che sale nei loro occhi quando cominciano a capire che moriranno con le ginocchia piegate.

A Cold Mountain non c'era un braccio della morte, solo il Blocco E, separato dagli altri quattro e grande suppergiù un quarto, in mattoni invece che di legno, con una raccapricciante lastra di metallo per tetto, che nel sole estivo scintillava come un occhio in delirio. Sei celle, tre per lato su un ampio corridoio centrale, ciascuna grande quasi due volte le celle degli altri quattro blocchi. Ed erano singole. Spazi generosi per una prigione (specialmente negli anni Trenta), ma i detenuti le avrebbero volentieri scambiate per una qualunque delle celle negli altri quattro settori. Credetemi, lo avrebbero fatto.

Non è mai accaduto nei miei anni da soprintendente di blocco che fossero occupate contemporaneamente tutte le sei celle: e sia lodato Iddio per la sua sensibilità. Si arrivò a quattro, bianchi e neri insieme (a Cold Mountain non c'era segregazione per i morti che camminavano), e quello fu uno scampolo di inferno. In quel caso ci fu una donna, Beverly McCall. Era nera come l'asso di picche e bella come il peccato che non si è mai avuto il fegato di commettere. Aveva sopportato per sei anni che suo marito la picchiasse, ma non avrebbe sopportato le sue scappatelle per un sol giorno. La sera dopo aver scoperto che lui la tradiva, si era piazzata in cima alle scale che salivano all'appartamento dalla bottega da barbiere del consorte e lì aveva aspettato lo sventurato Lester McCall, conosciuto come Cutter dagli amici (e presumibilmente dalla donna che era stata sua amante per un tempo brevissimo). Aspettò che si fosse tolto per metà il giaccone, poi gli fece cascare le budella traditrici sulle scarpe bicolore. Aveva usato uno dei rasoi di Cutter. Due giorni prima di incontrare Old Sparky, mi chiamò nella sua cella di sera e mi confidò che era andato a trovarla in sogno il suo spirito-padre africano. Le aveva detto di abbandonare il suo nome da schiava e morire con il nome da donna libera, Matuomi. Questa era la richiesta che mi rivolgeva, che sul suo mandato di morte si leggesse il nome di Beverly Matuomi. Suppongo che il suo spirito-padre non le avesse imposto un nome cosiddetto di battesimo; se lo aveva fatto, doveva essere troppo complicato per lei. Le assicurai che sarebbe stata accontentata. Una cosa che mi hanno insegnato gli anni in cui ho prestato il mio servizio da capocerbero è non rifiutare mai un piacere a un condannato se non è assolutamente impossibile accordarglielo. Nel caso di Beverly Matuomi, non fu comunque un problema. Il giorno dopo verso le tre del pomeriggio telefonò il governatore e commutò la sentenza in una condanna a vita nell'istituto penale femminile di Grassy Valley: tutto penale e niente pene, solevamo sottolineare all'epoca. Fui contento di vedere il sederone rotondo di Bev svoltare a sinistra invece che a destra dopo essersi fermata al tavolo della guardia di servizio, lasciatemelo dire.

Dopo trentacinque anni o giù di lì (devono essere stati almeno trentacinque) ho trovato il suo nome nella pagina degli annunci mortuari sotto una grinzosa faccia nera con in testa una nube di capelli bianchi e sul naso un paio di occhiali con finti brillantini agli angoli della montatura. Era Beverly. Aveva trascorso da cittadina libera gli ultimi dieci anni della sua vita, raccontava il necrologio, e aveva salvato praticamente da sola la biblioteca di un posticino che fa di nome Raines Falls. Aveva anche insegnato catechismo la domenica e si era meritata l'affetto sincero di tutta la comunità. BIBLIOTECARIA MUORE DI ARRESTO CARDIACO, diceva il titolo e, sotto, in piccolo, quasi come un'aggiunta a margine: *Aveva scontato vent'anni in prigione per omicidio*. Solo gli occhi, grandi e accesi dietro le lenti con le pietruzze agli angoli della montatura, erano quelli di sempre. Erano gli occhi di una donna che, ancora a settanta e rotti anni, non avrebbe esitato a estrarre un rasoio dal vaso blu del disinfettante, dovendo l'impulso farsi irresistibile. Si sa come sono gli assassini, anche se finiscono da vecchie bibliotecarie in qualche sperduto borgo assopito. Lo si sa di certo quando si è dedicato loro tutto il tempo che vi ho dedicato io. C'è stato solo un caso in cui ho messo in dubbio la natura del mio lavoro. Motivo per il quale, immagino, sto scrivendo queste pagine.

L'ampio corridoio che percorreva al centro tutto il Blocco E era rivestito di linoleum del colore della buccia di un vecchio lime appassito, perciò quello che nelle altre carceri veniva chiamato l'Ultimo Miglio, a Cold Mountain, si chiamava il Miglio Verde. Direi che valeva sessanta passi lunghi da sud a nord, da una parte all'altra. A un'estremità c'era la camera di confino. All'altra il corridoio finiva a T. Girando a sinistra c'era la vita, se così si vogliono definire, ed erano in molti a farlo, le attività che si svolgevano nel cortile sotto il sole a picco; molti vivevano quella vita per anni, senza apparenti effetti negativi: ladri e incendiari e violentatori, tutti a parlare le loro parole e a camminare le loro passeggiate e a contrattare i loro affarucci.

Girando a destra viceversa era un'altra storia. Prima si entrava nel mio ufficio (dove il tappeto era ugualmente verde, fatto al quale avevo sempre avuto intenzione di porre rimedio, senza mai mettermici una volta per tutte) e si passava davanti alla mia scrivania, fiancheggiata dalla bandiera americana a sinistra e da quella dello Stato a destra. In fondo c'erano due porte. Una dava nella piccola toilette, di cui ci servivamo io e le guardie del Blocco E e qualche volta persino il direttore Moores; l'altra si apriva in una sorta di capannone. Lì si andava a finire quando si percorreva il Miglio Verde.

Era una porta bassa, sicché io dovevo chinare la testa per passarci e John Coffey era addirittura costretto a sedersi e spingersi dall'altra parte. Si usciva su un piccolo pianerottolo, da cui si scendevano tre gradini di cemento in uno stanzone desolato con il fondo di assi, senza riscaldamento e con un tetto di metallo simile a quello del blocco di cui il capannone era un annesso. D'inverno vi faceva abbastanza freddo da vedere il proprio alito e d'estate vi si soffocava. All'esecuzione di Elmer Manfred, nel luglio o agosto del 1930, mi pare che fosse quella, furono in nove i testimoni a perdere i sensi.

Sul lato sinistro, ancora una volta, c'era la vita. Attrezzi (tutti incatenati in rastrelliere come se fossero carabine invece di vanghe e picconi), scorte di merceria, sacchi di sementi per la semina primaverile negli orti della prigione, scatoloni di carta igienica, pallet carichi di materiali grezzi per l'officina della prigione, persino sacchi di calce per tracciare il diamante del baseball e la griglia del campo da football; i detenuti giocavano in quello che chiamavamo il Pascolo e i pomeriggi d'autunno a Cold Mountain erano sempre attesi con viva partecipazione.

A destra, ancora una volta, la morte. Old Sparky in persona, piazzata su una pedana di legno nell'angolo sudest del capannone, tozze gambe di quercia, larghi braccioli di quercia che avevano assorbito il sudore terrorizzato di decine e decine di uomini negli ultimi minuti della loro esistenza in terra, e calotta metallica, appesa solitamente un po' sghemba in cima allo schienale, come il berretto in testa a un robottino in un fumetto di Buck Rogers. Un cavo elettrico partiva dalla calotta e attraversava la guarnizione intorno a un foro nel retrostante muro di calcestruzzo. Di fianco c'era un secchio di latta. A guardarci dentro, ci trovavi un disco di spugna, tagliata a misura della calotta. Prima delle esecuzioni veniva inzuppata di soluzione salina per migliorare la conduzione della carica di elettricità a corrente continua che percorreva il cavo, attraversava la spugna ed entrava nel cervello del condannato.

2

Il 1932 fu l'anno di John Coffey. I particolari sono sui giornali, ancora lì per chiunque voglia prendersi il disturbo di andarli a cercare, qualcuno più dinamico di un vecchietto che trascorre sonnecchiando la coda della propria vita in un ospizio della Georgia. Era un autunno caldissimo, questo lo ricordo, veramente molto caldo. Un ottobre che era quasi come agosto, e Melinda, la moglie del direttore, su all'ospedale di Indianola. Fu l'autunno in cui patii della più grave infezione alle vie urinarie della mia vita, non tanto preoccupante da far ricoverare anche me, ma abbastanza da farmi desiderare di essere morto ogni volta che andavo al gabinetto. Fu l'autunno di Delacroix, il piccolo francese mezzo calvo con il topo, quello che era arrivato d'estate e sapeva fare quel gioco simpatico con il rocchetto. Soprattutto però fu l'autunno in cui John Coffey arrivò al Blocco E, condannato a morte per aver violentato e ucciso le gemelle Detterick.

Al braccio c'erano quattro o cinque guardie in servizio per ogni turno, ma molti di loro erano stagionali.

Dean Stanton, Harry Terwilliger e Brutus Howell (i ragazzi lo chiamavano Brutal, ma era per scherzo, perché non avrebbe fatto male a una mosca se non costretto, nonostante la corporatura) sono tutti morti ormai, e lo stesso vale per Percy Wetmore, che era brutale sul serio, e anche idiota. Percy era l'elemento sbagliato per il Blocco E, dove avere un caratteraccio era inutile e talvolta pericoloso, ma sua moglie era parente del governatore, quindi restava dov'era.

Fu Percy Wetmore ad accompagnare Coffey al braccio, al grido che si vorrebbe tradizionale di: «Uomo morto che cammina! Uomo morto che cammina!»

Faceva comunque un caldo che come quello non lo conoscevano nemmeno i cardini della porta dell'inferno, ottobre o no. Si aprì invece quella del cortile per la ricreazione, lasciando entrare un'ondata di luce accecante e l'uomo più grosso che abbia mai visto, tolti certi giocatori di basket che si vedono in TV, giù nella sala svaghi di questo ricovero per salivatori bizzosi in cui sono finito. Aveva catene alle braccia e attraverso il torace possente; aveva i ferri alle caviglie e la camminata gli era impedita da una catena che produceva un rumore di monete che cascano, trascinata per il corridoio verde tra le celle. Su un lato c'era Percy Wetmore, dall'altra parte Harry Terwilliger, magro e piccolino, e messi insieme sembravano due bambini che avevano catturato un orso. Persino Brutus Howell sembrava un ragazzo di fianco a Coffey, e Brutal era grande e grosso, più di un metro e ottanta di statura, un pezzo d'uomo che aveva giocato da difensore nella squadra universitaria di football prima che lo bocciassero e lo rispedissero sulle colline da cui era sceso.

John Coffey era nero, come la maggior parte di quelli che venivano ad alloggiare per un po' al Blocco E prima di morire in grembo a Old Sparky, ed era alto due metri e tre centimetri. Ma non era tutto snello e dinoccolato come i giocatori di pallacanestro della TV: era largo di spalle e profondo di torace, rivestito di muscoli in tutte le direzioni. Gli avevano messo addosso il completo di tela più grande che erano riusciti a scovare in magazzino e lo stesso i risvolti dei calzoni gli arrivavano a metà dei polpacci nodosi e graffiati. La camicia gli restava aperta fin sotto il petto e le maniche gli lasciavano scoperti i polsi e parte degli avambracci. Teneva il berretto in una mano enorme ed era meglio così, perché posato sulla liscia palla di mogano che aveva per testa sarebbe somigliato un po' troppo ai copricapi che portano le scimmiette sulla spalla dell'ambulante con l'organetto, solo blu invece che rosso. L'impressione era che avrebbe potuto far saltare quelle catene come si strappa il nastro di un regalo di Natale, ma bastava guardarlo in faccia per sapere che non lo avrebbe mai fatto. Non era tardo di mente, anche se così pensava Percy, e non sarebbe passato molto perché prendesse a chiamarlo Melanzana, ma era *smarrito*. Continuava a guardarsi intorno come per cercare di capire dov'era. Forse anche *chi* era. Il mio primo pensiero fu che sembrava un Sansone nero, però solo dopo che Dalila lo aveva rapato più liscio della sua stessa proditoria manina togliendogli tutta la verve.

«Uomo morto che cammina!» strombazzò Percy, tirando quell'orso antropomorfo per i ferri che aveva ai polsi, come se davvero credesse di poterlo muovere anche nel caso in cui Coffey avesse deciso di non volerlo più fare di sua spontanea volontà. Harry non disse niente, ma era imbarazzato. «Uomo morto...»

«Basta così», tagliai corto io. Mi trovavo in quella che sarebbe stata la cella di Coffey, seduto sulla sua branda. Sapevo che stava per arrivare, naturalmente, ero lì per accoglierlo e assumerlo sotto la mia responsabilità, ma non mi ero immaginato che montagna d'uomo fosse prima di averlo visto. Percy mi rivolse un'occhiata come a dire che la mia stronzaggine era di dominio pubblico (tolto lo scimmione, si capisce, che sapeva solo come violentare e ammazzare bambine), ma non reagì.

Si fermarono tutti e tre fuori della cella, davanti al cancello aperto. Feci un cenno a Harry, che domandò: «Sei sicuro di voler restare lì dentro con lui, capo?» Non mi accadeva spesso di vedere Harry Terwilliger sulle spine, lui che era stato al mio fianco durante la sommossa di sei o sette anni prima senza vacillare per un solo istante, nemmeno quando era cominciata a circolare la voce che alcuni detenuti si erano procurati armi da fuoco; eppure quella volta era visibilmente nervoso.

«Devo aspettarmi qualche problema da te, ragazzone?» chiesi io, seduto sulla branda a cercare di non farmi leggere sulla faccia o nella voce il miserabile stato d'animo in cui ero: l'infezione di cui ho accennato non era ancora al culmine, ma senz'altro non era un giro di giostra, lasciatemelo dire.

Coffey scosse lentamente la testa, una volta a sinistra, una volta a destra, per poi riportarla al centro perfetto. Una volta che i suoi occhi mi trovarono, non mi lasciarono più.

Harry aveva in mano una tavoletta a pinza con i documenti di Coffey. «Dagliela», gli ordinai. «Mettigliela in mano.»

Harry ubbidì. Il mastodonte prese la tavoletta come un sonnambulo.

«Ora portamela qui, ragazzone», dissi io e Coffey lo fece, con gran rumoreggiare di catene. Dovette chinare la testa per entrare nella cella.

Io alzai e riabbassai lo sguardo soprattutto per confermare a me stesso che la sua statura era un fatto e non un'illusione ottica. Tutto vero: duecentotré centimetri. Il suo peso era segnato a centoventisette chilogrammi, ma io credo che fosse un dato approssimativo, perché secondo me doveva sfiorare il quintale e mezzo, se addirittura non lo superava. Nel riquadro riservato ai segni particolari, come macchie o cicatrici, Magnusson, il vecchio detenuto che lavorava alla Registrazione, aveva evidenziato nella sua laboriosa scrittura una parola sola: *Numerosi*.

Alzai gli occhi. Coffey si era spostato un po' lateralmente e scorgevo Harry dall'altra parte del corridoio, davanti alla cella di Delacroix, che era il nostro solo altro prigioniero al Blocco E all'arrivo di Coffey. Del era un uomo esile, con pochi capelli e l'espressione ansiosa di un contabile che sa che la sua malversazione sta per essere scoperta. Sulla spalla aveva il suo topolino addomesticato.

Percy Wetmore era appoggiato nel vano del cancello della cella che da quel momento avrebbe occupato John Coffey. Aveva estratto il suo sfollagente di legno duro dalla guaina che si era fatto confezionare su misura e se lo batteva nel palmo come fa una persona quando ha per le mani un giocattolo che ha una gran voglia di usare. E tutt'a un tratto non sopportai più la sua vista. Forse era il caldo fuori stagione, forse l'infezione alle vie urinarie che mi bruciava tra le gambe e mi rendeva il prurito delle mutande di flanella quasi intollerabile, forse era il pensiero che lo Stato mi aveva mandato da giustiziare un nero che se non era un idiota ne era la perfetta controfigura e Percy aveva palesemente voglia di strapazzarlo un po' prima della sua ora. Probabilmente furono tutte queste ragioni insieme, fatto sta che per qualche tempo smisi di preoccuparmi delle sue referenze politiche.

«Percy», dissi, «giù in infermeria stanno traslocando.»

«C'è Bill Dodge a occuparsi di quella squadra.»

«Lo so», risposi. «Vai ad aiutarlo.»

«Non è compito mio», ribatté Percy. «Compito mio è il Biecolone.» «Biecolone» era una variazione personale di Bietolone con cui Percy definiva i detenuti fuori taglia. Lui li vedeva come il fumo negli occhi, quelli grossi. Non era smilzo come Harry Terwilliger, ma era basso. Una sorta di galletto amburghese, come dire, di quelli con un debole per le scazzottate, specialmente quando hanno tutte le probabilità a favore. E così tronfio dei suoi capelli da non riuscire a non continuare a toccarseli.

«Allora il tuo compito è esaurito», dichiarai. «Vai in infermeria.»

Spinse in fuori il labbro inferiore. Bill Dodge e i suoi ragazzi stavano spostando scatoloni e pile di lenzuola, persino i letti, perché tutta l'infermeria passava in un nuovo annesso sul lato ovest del carcere. Lavoro faticoso e un mare di sudore. E Percy Wetmore non era incline né all'uno, né all'altro.

«Hanno tutti gli uomini che gli servono», insisté.

«E tu vacci lo stesso e fai il vicecapo», insistei io, alzando la voce. Vidi Harry fare una smorfia ma non gli badai. Se il governatore avesse ordinato al direttore del carcere di farmi fuori per aver fatto il contropelo al gatto sbagliato, chi avrebbe trovato Hal Moores da mettere al mio posto? Percy? Tutta da ridere. «Per la verità non m'importa che cosa fai, Percy, basta che ti togli da qui per un po'.»

Per un momento pensai che intendesse puntare i piedi e che ne sarebbe uscita una grana di quelle brutte, con Coffey fermo lì tutto il tempo come il più grande orologio rotto del mondo. Ma Percy schiaffò lo sfollagente in quella sua guaina fatta a mano – mai visto un più stupido oggetto da vanesio – e prese ingrugnito per il corridoio. Non ricordo chi fosse seduto quel giorno alla scrivania della guardia di servizio, probabilmente uno degli stagionali, ma a Percy non deve essere piaciuto il modo in cui lo guardò, perché mentre passava gli ringhiò: «Lavati quel sorriso da paraculo dalla bocca se non vuoi che te lo cancelli io». Ci fu uno sferragliare di chiavi, un momentaneo balenio di cocente luce solare dal cortile, poi Percy Wetmore scomparve, almeno per il momento. Il topo si mise a correre avanti e indietro dall'una all'altra spalla del piccolo francese, increspando i filamenti che aveva per baffi.

«Buono, signor Jingles», lo richiamò Delacroix e il topino gli si fermò sulla spalla sinistra proprio come se avesse capito. «Stattene buono e tranquillo.» Nel pesante accento cajun di Delacroix molte parole acquistavano sonorità esotiche.

«Mettiti a cuccia, Del», gli ordinai io brusco. «Fatti un riposino. Questi non sono affari nemmeno tuoi.»

Aveva violentato una ragazzina, l'aveva uccisa, quindi aveva scaricato il suo cadavere dietro lo stabile in cui abitava, l'aveva innaffiata di petrolio e le aveva dato fuoco, nella confusa speranza di far scomparire le prove del suo crimine. Il fuoco si era propagato alla casa, l'incendio era dilagato ed erano morte altre sei persone, tra cui due bambini. Era l'unico crimine che aveva dentro di sé e ora era solo un uomo mansueto con un'espressione ansiosa, la testa pelata e contornata da una corona di capelli lunghi in ordine sparso sul colletto della camicia. Di lì a poco sarebbe andato a trovare Old Sparky e Old Sparky avrebbe chiuso il suo capitolo. Ma qualunque cosa fosse ad aver commesso quell'atto così orrendo già non c'era più e ora Delacroix si sdraiava sulla sua branda e lasciava che il suo piccolo compagno gli scorrazzasse squittendo sulle mani. In un certo senso era questo il lato peggiore: Old Sparky non bruciava mai ciò che c'era dentro di loro e i farmaci che iniettano oggigiorno in questi individui non lo elimina. Quel qualcosa si scansa e salta dentro qualcun altro e lascia che noi uccidiamo involucri che non sono veramente vivi.

Rivolsi la mia attenzione al gigante.

«Se dico a Harry di toglierti quelle catene, farai il bravo?»

Annuì. Fu come quando aveva scosso la testa: giù, su, di nuovo al centro. I suoi strani occhi mi fissavano. C'era una sorta di pace in quegli occhi, ma non ero sicuro che fosse di un genere di cui potessi fidarmi. Flettei un dito per richiamare Harry, che entrò a togliergli le catene. Ora non mostrava di aver paura, sembrò tranquillo persino quando s'inginocchiò fra i tronchi che Coffey aveva per gambe per sciogliergli i ferri delle caviglie. Ne fui confortato. Era stato Percy a innervosirlo e io mi fidavo del buon istinto di Harry. Mi fidavo dell'istinto di tutti i miei collaboratori al Blocco E, Percy escluso.

Io ho pronto un discorsetto da fare ai nuovi detenuti del mio braccio, ma con Coffey esitavo, perché mi sembrava così anormale, e non solo per la taglia.

Quando Harry si ritrasse (durante l'intera operazione di scioglimento delle catene, era rimasto placido come un bove), alzai gli occhi in quelli del mio nuovo condannato tamburellando con il pollice sulla tavoletta. «Sai parlare, ragazzone?» chiesi.

«Sì, signore, capo, parlo», rispose lui. La sua voce era un brontolio fondo e pacato. Mi fece pensare a un motore di trattore appena uscito dalla messa a punto. Nella sua pronuncia non c'era una vera indolenza meridionale, era però da meridionale la costruzione delle sue frasi, un particolare di cui mi sarei accorto in seguito. Come se provenisse dal Sud, ma non fosse *del* Sud. Non parlava da analfabeta, ma nemmeno da persona istruita. Come per molti altri aspetti, nel modo di esprimersi era un mistero. Erano soprattutto i suoi occhi a turbarmi: c'era in essi un'assenza quieta, come se se ne stesse sospeso in un luogo molto, molto lontano.

«Il tuo nome è John Coffey.»

«Sì, signore, capo, come il caffè, solo che non si scrive alla stessa maniera.»

«Dunque sai scrivere? E anche leggere?»

«Solo il mio nome, capo», dichiarò lui, sereno.

Sospirai, dopodiché gli rivolsi una versione abbreviata del mio discorsetto. Avevo già concluso che non mi avrebbe causato grane. In quello avevo ragione e torto.

«Io mi chiamo Paul Edgecombe», mi presentai. «Sono il soprintendente del Blocco E, cioè il capo degli agenti di custodia. Se vuoi qualcosa da me, fai il mio nome. Se non ci sono, chiedi a quest'altro, che si chiama Harry Terwilliger. Oppure chiedi del signor Stanton o del signor Howell. Hai capito bene?»

Coffey annuì.

«Solo non t'aspettare di ottenere ciò che vuoi se non siamo noi a decidere che è qualcosa di cui hai bisogno. Questo non è un albergo. Continui a seguirmi?»

Annuì di nuovo.

«Questo è un posto tranquillo, ragazzone, non come il resto della prigione. Qui ci siete solo tu e Delacroix. Tu non lavorerai, per la maggior parte del tempo te ne starai a far niente. Così avrai tempo per qualche ripensamento.» Troppo tempo per la maggioranza di loro, ma questo lo tenni per me. «La sera suoniamo la radio, se è tutto in ordine. Ti piace la radio?»

Annuì, ma dubbioso, come se non fosse sicuro di sapere che cos'era una radio. Scoprii più tardi che era così, in un certo senso; Coffey sapeva riconoscere gli oggetti quando li incontrava di nuovo, ma tra un contatto e quello successivo si dimenticava. Riconosceva i personaggi di *Our Gal Sunday*, ma conservava un ricordo molto nebuloso di quello che avevano fatto nell'episodio precedente.

«Se ti comporterai bene, mangerai alle ore dei pasti, non vedrai mai la cella di isolamento che c'è in fondo al corridoio dall'altra parte e non dovrai mai indossare una di quelle giacche di tela che si abbottonano di dietro. Di pomeriggio avrai due ore in cortile, dalle quattro alle sei, tolto il sabato, quando gli altri detenuti giocano a football. Riceverai i tuoi visitatori la domenica pomeriggio, se hai qualcuno che ha voglia di venirti a trovare. Ce l'hai, Coffey?»

Scosse la testa. «Non ho nessuno, capo.»

«Il tuo avvocato, allora.»

«Credo che ha chiuso con me», rispose. «Me l'hanno dato a prestito. Non credo che troverebbe la strada per arrivare quassù in montagna.»

Lo osservai attentamente per vedere se avesse inteso metterci dell'ironia, ma non mi diede quell'impressione. Né me l'ero aspettato. I processi d'appello erano un privilegio a quei tempi negato a personaggi come John Coffey; si facevano un giorno in tribunale, o due, o tre, poi il mondo si dimenticava di loro fino a quando sul giornale appariva un trafiletto a informare che un certo individuo si era buscato una piccola scarica elettrica verso la mezzanotte. Ma un uomo con moglie e figli o con qualche amico, sulle cui visite contare la domenica pomeriggio, era più facile da tenere a bada, se c'era motivo di temere di avere problemi in quel senso. Nel mio caso non appariva così e ne ero contento. Perché Coffey era così dannatamente grosso.

Cambiai posizione sulla branda, poi conclusi che avrei sentito probabilmente il fondo della schiena più comodo se mi fossi alzato e così feci. Lui indietreggiò, rispettoso, stringendosi le mani l'una nell'altra.

«Il tuo soggiorno qui può essere facile o difficile, ragazzone, dipende tutto da te. Il mio compito è dirti che ti conviene rendere la vita più semplice che puoi a tutti quanti noi, perché alla resa dei conti va comunque a finire che ti tratteremo come meriti. Hai qualche domanda?»

«Resta qualche luce accesa dopo il silenzio?» chiese lui subito, come se fino a quel momento avesse solo atteso di averne l'occasione.

Rimasi un po' interdetto. Mi erano capitate le domande più bizzarre da parte dei nuovi ospiti al Blocco E, compresa quella volta che mi chiesero quanto grosse fossero le tette di mia moglie, ma questa mi era nuova.

Coffey sorrideva con un filo di imbarazzo, come se sapesse che lo avremmo considerato un po' scimunito, ma fosse costretto a rassegnarsi. «Perché certe volte al buio ho paura», spiegò. «Se sono in un posto che non conosco.»

Lo contemplai, in tutta la sua massiccia presenza, e mi sentii stranamente commosso. E ti commuovevano, sapete, perché a te non era dato di vederli nel loro lato peggiore, a sfogare i loro orrori infierendo sulla vittima con la furia di un demone alla forgia.

«Sì, qui fa parecchio chiaro per tutta la notte», lo rassicurai. «Metà delle luci del Miglio restano accese dalle nove fino alle cinque del mattino.» Poi mi resi conto che non poteva capire a che cosa stessi alludendo, per lui il nostro Miglio Verde poteva benissimo essere becchime per uccelli, cosicché precisai: «In corridoio».

Lui annuì, sollevato. Non posso affermare che avesse un'idea precisa di che cos'è un corridoio, se è per questo, ma vedeva da sé le lampadine da duecento watt nelle loro gabbiette di fil di ferro.

Poi feci una cosa che non avevo mai fatto con un detenuto: gli porsi la mano. Ancora oggi non so perché. Forse perché mi aveva chiesto delle luci. Feci trasalire Harry Terwilliger, questo sì. Coffey mi prese la mano con sorprendente delicatezza, facendola scomparire praticamente nella sua, e con questo i preamboli erano chiusi. Avevo una tarma nuova nel mio vaso di naftalina. Restava solo da avvitare il coperchio.

Uscii dalla cella. Harry fece scorrere il cancello nella guida e chiuse entrambe le serrature. Coffey rimase dov'era ancora per un momento o due, come non sapendo che cosa fare, poi si sedette sulla sua branda, congiunse le mani da gigante tra le ginocchia e abbassò la testa come un uomo che soffre o prega. Poi disse qualcosa in quella sua strana parlata quasi da meridionale. Io lo udii distintamente e anche se all'epoca non sapevo molto di ciò che aveva fatto (non c'è bisogno di sapere che cos'ha fatto un condannato per nutrirlo e prendersi cura di lui fino al momento in cui paga il suo debito), mi provocò lo stesso un brivido.

«Non ho potuto farci niente, capo», disse. «Ho cercato di rimediare, ma era troppo tardi.»

3

«AVRAI qualche problema con Percy», mi preannunciò Harry mentre tornavamo nel mio ufficio. Dean Stanton, che era più o meno il mio secondo in comando (in verità non avevamo una struttura di quel genere, una situazione che Percy Wetmore avrebbe cavalcato seduta stante), era al mio tavolo ad aggiornare le pratiche, un'incombenza che io finivo sempre per lasciare indietro. Non si disturbò nemmeno ad alzare gli occhi quando entrammo, si diede una spinta agli occhialetti con il polpastrello del pollice e si rituffò nelle sue scartoffie.

«È dal primo giorno che è arrivato qui che ho quel cavernicolo come una spina nel fianco», commentai, staccandomi con cautela il cavallo dei calzoni dall'inguine senza trattenere una smorfia. «Avete sentito che cosa gridava mentre portava giù quel mastodonte?»

«Non vedo come avrei potuto non sentire», ribatté Harry. «Ero lì.»

«Io ero al cesso e l'ho sentito lo stesso», fece eco Dean. Avvicinò a sé un foglio, lo alzò in controluce perché potessi vedere che oltre alle scritte c'era anche l'anello di una tazza di caffè, quindi lo gettò nel cestino. «'Uomo morto che cammina', ha detto. L'avrà trovata su una di quelle riviste che gli piacciono tanto.»

Probabile. Percy Wetmore era un lettore incallito di *Argosy*, *Stag* e *Men's Adventure*. A quel che pare non passava numero senza che vi fosse pubblicata una storia ambientata in prigione, e Percy le divorava con l'avidità di uno studente che si sta documentando per una ricerca. Sembrava che cercasse di scoprire come comportarsi e pensasse che avrebbe trovato consigli pratici su quelle riviste. Era con me da quattro mesi, era arrivato subito dopo la morte di Anthony Ray, quello dell'ascia, e ancora non aveva veramente partecipato a nessuna esecuzione, avendo tuttavia assistito in un caso dalla stanza dell'interruttore.

«Ha le sue brave conoscenze», osservò Harry. «È raccomandato. Ti toccherà rispondere per averlo cacciato via dal braccio e peggio ancora avrai da rispondere per aver preteso che si sporcasse le mani.»

«Io non l'ho preteso», mi difesi, ed era vero, nonostante ciò che speravo in cuor mio. Bill Dodge non era tipo da consentire a qualcuno di starsene nei paraggi a gufare con le mani in mano. «Attualmente m'interessa di più il ragazzone. Avremo delle rogne, secondo voi?»

Harry scosse la testa con decisione.

«Giù al tribunale della contea di Trapingus se n'è rimasto buono buono come un agnellino», riferì Dean. Si tolse gli occhialetti senza montatura e cominciò a lustrarsi le lenti con un lembo della maglia. «Naturalmente aveva addosso più catene di quelle che Scrooge vide sul fantasma di Marley, ma avrebbe potuto rendere i tempi duri a tutti, se avesse voluto. È un gioco di parole, figliolo.»

«Lo so», risposi, anche se non era vero. È che detestavo farmi bagnare il naso da Dean Stanton.

«Grosso, eh?» fece Dean.

«Sì», convenni. «Mostruosamente.»

«Immagino che dovranno pompare Old Sparky al massimo per arrostirgli il culo.»

«Old Sparky non si gira neanche indietro», replicai io, distratto. «Riduce ai minimi termini anche i fuori taglia.»

Dean si pizzicò il naso, dove gli occhiali gli avevano lasciato due vivi segni rossi, e annuì. «Già. In questo c'è del vero, te lo concedo.»

«Qualcuno di voi sa da dov'è sbucato prima di fare la sua comparsa a Tefton?» chiesi io. «Era Tefton, no?»

«Sì», confermò Dean. «Tefton, giù nella contea di Trapingus. Prima che arrivasse lì a fare quello che ha fatto, nessuno ha idea di dove sia stato. In giro, suppongo. Può darsi che scovi qualcosa di più sui giornali in biblioteca, se ti interessa davvero tanto. Quelli non verranno trasferiti prima della prossima settimana, penso.» Sorrise. «Ma se ci vai può darsi che tu sia costretto a sentire il tuo amichetto che sacramenta al piano di sopra.»

«Magari vado a dare un'occhiata lo stesso», conclusi io e più tardi, quel pomeriggio, lo feci.

La biblioteca del carcere era sul retro dell'edificio che sarebbe diventato l'autofficina, almeno secondo il progetto. Qualcuno che aveva ingrassato un po' il suo conto in banca è come la vedevo io, ma in piena Depressione tenevo per me le mie opinioni, come avrei dovuto tenere la bocca chiusa su Percy, se non fosse che certe volte uno non riesce proprio a cucirsi le labbra. Va quasi sempre a finire che un uomo si caccia nei guai più con la bocca che con l'uccello. Comunque l'officina non fu mai messa in piedi: la primavera dopo il carcere fu trasferito sessanta miglia più giù sulla strada per Brighton. Altri accordi di corridoio, suppongo. Altre badilate di ciccia in banca. Non che mi girassi indietro io.

L'amministrazione era finita in un edificio nuovo sul lato est del cortile; l'infermeria (di quale testa di cucurbitacea fosse stata la pensata geniale di allestire un'infermeria al primo piano è solo uno dei tanti misteri della vita) veniva trasferita; la biblioteca era ancora modestamente fornita, né aveva mai avuto molto da offrire, e deserta. Il vecchio fabbricato era un cassone di assi di legno, caldo come un forno e incastrato tra i blocchi A e B. A ridosso, sul retro, c'erano i gabinetti dei due blocchi, cosicché in tutta quanta la costruzione navigava sempre un vago odore di latrina e quella era probabilmente l'unica buona ragione del trasferimento. La biblioteca era a forma di L e non molto più grande del mio ufficio. Cercai un ventilatore, ma erano spariti tutti. Dovevano esserci poco meno di quaranta gradi sotto quel tetto e quando mi sedetti sentii riprendere il bruciore pulsante tra le gambe. Un po' come un dente guasto. So che è assurdo, considerando la zona di cui stiamo parlando, ma non mi viene in mente un paragone migliore. Si acutizzava molto durante e subito dopo una minzione e io ero passato dal bagno prima della mia escursione.

Mi trovai inaspettatamente in compagnia: c'era Gibbons, uno sparuto e anziano detenuto scelto, che ronfava in un angolo con un romanzo del Selvaggio West sulle ginocchia e il cappello calato sopra gli occhi. L'afa non lo disturbava affatto, né lo importunavano i tonfi, i grugniti e le sporadiche imprecazioni che giungevano dall'infermeria al piano di sopra (dove ai quaranta gradi si arrivava di sicuro, e io speravo che Percy Wetmore se la stesse godendo). Non lo disturbai nemmeno io, passando direttamente nel lato corto della L, dov'erano conservati i giornali. Pensavo che potessero essere spariti insieme con i ventilatori, all'insaputa di Dean, invece c'erano e mi fu abbastanza facile rintracciare gli articoli sulle gemelle Detterick, rimasti in prima pagina da giugno, quand'era stato commesso il crimine, fino alla conclusione del processo in luglio. A quei tempi gli ingranaggi funzionavano a un ritmo più solerte.

Presto mi dimenticai del caldo e dei rumori al piano di sopra e dei brontolii asmatici del vecchio Gibbons. Il contrasto fra quelle bimbe di nove anni – le loro soffici testoline di capelli biondi e i loro incantevoli sorrisi – con la buia mole di Coffey era spiacevole ma impossibile da ignorare. Date le sue dimensioni, era facile immaginarselo a mangiare le bambine, come l'orco di una fiaba. Ciò che aveva invece fatto era anche peggio e gli era andata bene di non essere stato linciato dove lo avevano trovato, sulla sponda del fiume. Sempre che, naturalmente, si voglia considerare destino migliore quello di trovarsi ad attendere di percorrere il Miglio Verde per sedersi in grembo a Old Sparky.

4

Il re Cotone era stato deposto nel Sud settant'anni prima di questi fatti e non sarebbe stato mai più re, ma in quello scorcio degli anni Trenta ebbe un piccolo revival. Nelle regioni meridionali del nostro stato, se non c'erano più piantagioni di cotone, prosperavano tuttavia una cinquantina di coltivazioni. Klaus Detterick ne possedeva una. Volendolo classificare secondo i criteri di censo degli anni Cinquanta, sarebbe stato giudicato solo un'unghia sopra l'indigenza, ma negli anni Trenta era considerato benestante, dato che saldava alla fine di quasi tutti i mesi i suoi conti all'emporio in contanti e poteva permettersi di guardare diritto negli occhi il direttore della banca se gli capitava di incrociarlo per la strada. La sua fattoria era spaziosa e pulita. Oltre al cotone, poteva contare su un pollaio e qualche capo di bestiame. Dalla moglie aveva avuto tre figli: Howard, sui dodici anni, e Cora e Kathe, le gemelline.

In una calda sera dei primi di giugno le bambine chiesero e ottennero il permesso di dormire nella veranda chiusa che occupava da un'estremità all'altra tutto un fianco della casa. Era una concessione molto speciale per loro. La madre diede loro il bacio della buonanotte un attimo prima delle nove, quando in cielo si spensero anche le ultime luci. Fu quella l'ultima volta che le vide prima che fossero nelle loro bare e i loro corpi fossero stati ricomposti per quanto fosse possibile.

A quei tempi in campagna si andava a letto presto («appena faceva buio sotto il tavolo», diceva talvolta mia madre) e si dormiva sodo. Così senza dubbio dormirono Klaus, Marjorie e Howie Detterick la notte in cui le gemelle furono portate via. Quasi certamente Klaus sarebbe stato svegliato da Bowser, il vecchio mezzo collie di famiglia, se avesse abbaiato, ma Bowser non abbaiò. Né quella notte, né mai più.

Klaus fu in piedi alle prime luci per la mungitura. La veranda era sull'altro lato della casa rispetto alla stalla e Klaus non andò a vedere le bambine. Né ebbe motivo di allarmarsi per non essere stato raggiunto da Bowser: il cane manifestava sommo disprezzo per le galline e le vacche e quando c'era da accudire alle bestie solitamente se ne stava nascosto nella sua casetta dietro la stalla, a meno che lo si chiamasse, cosa che peraltro andava fatta con grande energia.

Marjorie scese un quarto d'ora circa dopo che suo marito aveva calzato gli stivali nel vestibolo di servizio ed era uscito per recarsi alla stalla. Aveva preparato il caffè e messo a friggere della pancetta. Gli aromi avevano richiamato Howie dalla sua stanza in mansarda, ma non le bambine dalla veranda. Mentre sgusciava uova nel grasso sciolto della pancetta, Marjorie spedì Howie a prenderle. Klaus avrebbe senz'altro voluto che le bambine corressero a raccogliere le uova fresche appena finita la colazione. Invece quella mattina in casa Detterick non fu consumata alcuna colazione. Howie tornò dalla veranda bianco come un lenzuolo e con gli occhi, prima gonfi di sonno, ora spalancati.

«Non ci sono», disse.

Marjorie andò in veranda, dapprima più irritata che in ansia. Avrebbe dichiarato in seguito di aver pensato, posto che avesse pensato qualcosa, che le bambine avessero deciso di allontanarsi da casa alle prime luci dell'alba per raccogliere qualche fiore. O quello, o qualche altra sciocchezza infantile. Un'occhiata e capì perché Howie era così pallido.

Invocò Klaus con un grido, *strillò* il suo nome, e Klaus arrivò a precipizio con gli stivali bianchi del latte che si era versato addosso dal secchio mezzo pieno. Ciò che trovò in veranda avrebbe sfibrato le gambe del più coraggioso dei genitori. Le coperte in cui le bambine si dovevano essere arrotolate quando, a notte inoltrata, aveva cominciato a fare più freddo, erano buttate in un angolo. La porta a zanzariera era stata divelta dal cardine superiore e pendeva nel riquadro del telaio. E sul legno della pavimentazione e degli scalini oltre la porta mutilata, c'erano schizzi di sangue.

Marjorie supplicò il marito perché non andasse a caccia delle bambine da solo e perché, se proprio doveva, non portasse con sé il figlio. Avrebbe potuto risparmiarsi il fiato. Klaus prese il fucile da caccia che teneva appeso nel vestibolo di servizio a un'altezza che fosse inaccessibile a mani piccole e diede a Howie la calibro 22 che avevano tenuto da parte in attesa del suo compleanno in luglio. E partirono, sordi agli strepiti e ai pianti della donna che voleva sapere che cosa avrebbero fatto se si fossero trovati faccia a faccia con una banda di vagabondi o un branco di negri cattivi evasi dal bagno penale della contea, su a Laduc. In questo penso che gli uomini avessero ragione, sapete. Il sangue non era più fluido, ma aveva appena cominciato ad addensarsi e il colore era ancora più vicino al vermiglio che al carminio cupo di quando si è seccato perbene. Il rapimento non poteva essere avvenuto da molto. Klaus deve aver ragionato che ci fosse ancora una possibilità di trovare vive le sue bambine e non voleva lasciarsela sfuggire.

Come segugi non valevano niente, né padre né figlio: erano gente abituata a raccogliere, non a cacciare, uomini che andavano nei boschi in cerca di procioni e cervi, quand'era stagione, non perché ne avessero una gran voglia, ma perché lo richiedeva la consuetudine. E la zona davanti alla casa era un nudo tratto di terra in cui una miriade di tracce erano sovrapposte in un intrico indecifrabile. Andarono dietro la stalla e videro quasi subito perché Bowser, scarso come azzannatore ma bravo ad abbaiare, non aveva dato l'allarme. Giaceva mezzo dentro e mezzo fuori la sua casetta, costruita con le assi avanzate dal fienile (ho trovato una fotografia su uno dei giornali: sopra l'apertura del canile c'era una tavoletta con il nome *Bowser* in bella scrittura), con la testa quasi completamente rovesciata all'indietro sulla schiena. Solo un uomo dotato di una forza straordinaria avrebbe potuto fare una cosa simile a un cane così grosso, avrebbe dichiarato il pubblico ministero alla giuria del processo contro John Coffey, per poi fissare con uno sguardo lungo ed eloquente il mastodontico imputato, seduto al tavolo della difesa con gli occhi bassi, dentro una salopette statale nuova di zecca, che addosso a lui sembrava già il preambolo di una dannazione. Vicino al cane, Klaus e Howie trovarono un pezzetto di salsiccia cotta. La teoria, senz'altro solida, era che Coffey avesse prima circuito il cane con dei bocconcini e poi, quando Bowser aveva cominciato a mangiare l'ultimo, lo avesse afferrato e gli avesse spezzato il collo con una sola, violenta torsione dei polsi.

Dietro la stalla c'era il pascolo nord dei Detterick, dove quel giorno nessun bovino avrebbe brucato. Era fradicio della rugiada mattutina e lo attraversava, tagliandolo in diagonale in direzione nordovest, chiara come il giorno, la striscia d'erba calpestata dal passaggio di un uomo.

Sebbene quasi isterico, Klaus Detterick esitò. Non fu per la paura dell'uomo o degli uomini che avevano rapito le sue figliole; fu per il timore di percorrere a ritroso la via compiuta dal rapitore per arrivare alla sua fattoria, di allontanarsi cioè esattamente nella direzione opposta a quella desiderata in un momento in cui ogni secondo poteva essere fatale.

Il dilemma fu risolto da Howie, quando staccò un frammento di tessuto di cotone giallo da un cespuglio che cresceva appena al di là dell'aia. A Klaus avrebbero mostrato lo stesso pezzetto di stoffa quando si sarebbe seduto sul banco dei testimoni e nell'identificare un brandello dei calzoncini del pigiama di sua figlia Kathe, si sarebbe messo a piangere. Venti metri più avanti, appeso a un ramoscello più lungo di un cespo di ginepro, trovarono un pezzetto dello scolorito tessuto verde della camiciola da notte che Cora indossava quando aveva dato il bacio della buonanotte a papà e mamma.

I Detterick, padre e figlio, partirono al piccolo trotto reggendo il fucile davanti a sé, come soldati che attraversano una zona di terreno conteso durante un pesante duello a fuoco. Se ho da meravigliarmi di qualcosa di quanto accadde quel giorno, è che il ragazzo, al disperato inseguimento del padre (e spesso a rischio di essere lasciato irrecuperabilmente indietro), non sia mai caduto piantando una pallottola nella schiena di Klaus Detterick.

La casa poderale aveva il telefono, altro segno per i vicini che i Detterick se la passavano bene, almeno moderatamente bene, in tempi che erano difficili per tutti, e Marjorie passò per il centralino per chiamare quanti più dei suoi vicini fra quelli allacciati come lei e raccontare loro della tragedia piombata sulla sua famiglia come un fulmine a ciel sereno, sapendo che ogni telefonata avrebbe provocato un accavallarsi di increspature, come sassi lanciati in rapida successione nelle acque stagnanti di un laghetto. Poi sollevò il ricevitore un'ultima volta e pronunciò le parole che erano quasi lo slogan degli albori del telefono, almeno nel Sud rurale: «Pronto, centrale, siete in linea?»

Il centralino lo era, ma per un momento la costernazione tolse la parola alla brava donna che lo presiedeva. Alla fine riuscì a rispondere: «Sì, signora Detterick, sono qui, oh dolce Gesù benedetto, sto pregando che alle vostre bambine non sia successo niente».

«Sì, grazie», ribatté Marjorie. «Ma dica al Signore di darle prima il tempo di passarmi l'ufficio dello sceriffo giù a Tefton.»

Lo sceriffo della contea di Trapingus era un tipo anziano con il naso pompato dal whisky, una pancia come una vasca da bagno e una chioma di capelli bianchi così sottili che sembravano zucchero filato. Io lo conoscevo bene; era venuto spessissimo a Cold Mountain a vedere quelli che chiamava «i suoi ragazzi» partire per lo sconfinato aldilà. I testimoni delle esecuzioni sedevano sulle stesse seggiole pieghevoli sulle quali probabilmente vi siete seduti anche voi una volta o l'altra, a un funerale o a una cena di beneficenza in parrocchia o partecipando a qualche tombola dell'associazione agricoltori (in effetti le nostre, in quei giorni, ci venivano prestate dalla Grange Mystic Tie N. 44), e tutte le volte che lo sceriffo Homer Cribus ne occupava una, io aspettavo lo schiocco secco che desse il segnale del collasso. Temevo quel giorno e insieme speravo che giungesse, l'una e l'altra cosa insieme, invece non arrivò mai. Non molto tempo dopo (non può essere passata più di un'altra estate dopo il rapimento delle gemelle Detterick) subì un infarto nel suo ufficio, a quanto si dice mentre si sbatteva una diciassettenne di colore di nome Daphne Shurtleff. Se ne fece un gran parlare, visto come andava esibendo in pubblico la moglie e i sei figli maschi quand'era tempo di elezioni. Quelli erano giorni in cui, a volersi candidare per qualche carica, il detto corrente era: «O battista o fuori». Ma la gente ama l'ipocrita, sapete, riconosce in lui uno della sua specie, ed è sempre un gran piacere quando qualcuno si fa pescare con i calzoni giù e l'uccello su e non sei tu.

Oltre a essere un ipocrita, era un incompetente, il tipo di personaggio che si fa fotografare mentre accarezza la gatta della cara vecchietta quando è stato qualcun altro, per esempio il vice Rob McGee, ad aver veramente rischiato l'osso del collo arrampicandosi sull'albero a prendere e portar giù la micetta sventata.

McGee ascoltò le farneticazioni di Marjorie Detterick per un paio di minuti, poi la interruppe con quattro o cinque domande, di quelle rapide e incisive, come quando un pugile esperto scarica una serie di piccoli jab al volto, botte così piccole e così dure che il sangue arriva prima del dolore. Avute le risposte alle domande, disse: «Chiamo Bobo Marchant. Ha dei cani. Lei resti ferma a casa, signora Detterick. Se il suo uomo o il suo ragazzo dovessero tornare, faccia rimanere in casa anche loro. Almeno ci provi».

Il suo uomo e il suo ragazzo seguivano frattanto la traccia lasciata dal rapitore, ma, quando a tre miglia dalla fattoria, esaurita la distesa dei campi aperti, cominciò la pineta, la persero. Erano agricoltori, non cacciatori, come ho detto, e ormai avevano capito che stavano inseguendo un animale. Lungo la via avevano ritrovato la giacchetta gialla che era il resto del pigiama di Kathe e un altro lembo della camicia da notte di Cora. L'una e l'altro erano inzuppati di sangue e né Klaus, né Howie, erano più animati dalla fretta che avevano avuto all'inizio; ormai doveva aver cominciato a filtrare nelle loro calde speranze una gelida certezza, che colava verso il basso come fa l'acqua fredda, che precipita perché è più pesante.

Cercarono tracce in un tratto di bosco e non ne trovarono, cercarono in un secondo posto con lo stesso risultato, poi andarono a perlustrarne un terzo. Questa volta trovarono una raggiera di goccioline di sangue sugli aghi di un pino. Avanzarono per un po' nella direzione in cui sembrava puntare lo schizzo, poi cominciarono di nuovo a guardarsi intorno. Erano ormai le nove del mattino e dietro di sé cominciarono a udire grida di uomini e abbaiare di cani. Rob McGee aveva messo insieme una squadra alla bell'e meglio nel tempo che avrebbe impiegato lo sceriffo Cribus a finire la sua prima tazza di caffè corretta al brandy e di lì a un quarto d'ora aveva raggiunto con i suoi uomini Klaus e Howie Detterick, rassegnati da qualche minuto ad aggirarsi in preda alla disperazione sul limitare del bosco. Presto la squadra ripartì, guidata dai cani di Bobo. McGee consentì a Klaus e Howie di aggregarsi e del resto non sarebbero tornati a casa nemmeno se gliel'avesse ordinato, per quanto li terrorizzasse forse il probabile esito della battuta, ma li obbligò a scaricare le armi. Lo stesso avevano fatto anche gli altri, assicurò McGee: era più prudente così. Ciò che tenne per sé (con il complice silenzio del resto della squadra) è che i Detterick furono gli unici costretti a consegnare a lui le munizioni. Con la mente rivolta altrove e desiderando solo porre fine al più presto a quell'incubo, padre e figlio ubbidirono. È probabile che, nell'indurre i Detterick a scaricare i fucili e a consegnare a lui le cartucce, Rob McGee abbia salvato il miserabile simulacro che John Coffey aveva per vita.

Latrando e guaendo, i cani li guidarono per due miglia di pini nani, mantenendosi più o meno nella stessa direzione di nordovest. Dopodiché sbucarono sulla sponda del Trapingus, che in quel punto è ampio e scorre lento, in direzione sudest, tra basse colline boscose dove famiglie che si chiamano Gray e Robinette e Duplissey costruiscono ancora da sé i propri mandolini e spesso sputano i denti marci nei solchi dei campi che stanno arando; ventre della campagna dove gli uomini erano proclivi a maneggiare serpenti il sabato mattina e a giacere in abbracci carnali con le proprie figlie la domenica sera. Erano famiglie che conoscevo e che per la maggior parte avevano fornito un pasto a Sparky, una volta o l'altra. Sull'altra sponda del fiume il sole di giugno faceva scintillare le rotaie d'acciaio di tratto secondario della Great Southern. Un miglio più a valle, sulla destra, c'era il ponte a traliccio che portava al bacino carbonifero di West Green.

Lì rinvennero un ampio tratto di erba calpestata e cespugli schiacciati, un tratto così insanguinato che molti degli uomini della squadra dovettero correre nel bosco a rimettere la colazione. Trovarono anche il resto della camicia di Cora in quel punto arrossato dal sangue e Howie, che fino a quel momento era stato ammirevole, si girò appoggiandosi al padre e perse quasi i sensi.

Fu lì che i cani di Bobo Marchant entrarono in conflitto per la prima e unica volta in tutta la giornata. Erano sei, due bracchi, due bluetick, e un paio di quei mezzosangue simili a terrier che i meridionali di frontiera chiamano «coonie». I coonie volevano andare a nordovest, risalendo il fiume, gli altri viceversa puntavano nella direzione opposta, a sudest. Aggrovigliarono tutti i guinzagli e, anche se di questo i giornali non riferivano, non mi fu difficile immaginare gli spaventosi insulti che Bobo deve avergli vomitato addosso mentre usava le mani (la parte di lui sicuramente più colta) per sbrogliare il gomitolo. Ho conosciuto più di un possessore di cani da caccia in vita mia e l'esperienza mi dice che, come categoria, rispecchiano sostanzialmente lo stereotipo.

Bobo ridusse la lunghezza dei guinzagli riunendo i cani in una muta, poi fece loro annusare il pezzo di camicia da notte di Cora Detterick, più o meno per ricordare loro che cosa stavano facendo in giro in una giornata in cui ora di mezzogiorno la temperatura sarebbe salita ben oltre i trenta gradi e gli «invisibili», i microscopici moscerini morsicanti, già ronzavano a nugoli intorno alla testa degli uomini della squadra. I coonie si fecero un'altra sniffata, decisero di aderire all'opinione della maggioranza e partirono verso valle insieme con i compagni, latrando come matti.

Fu solo dopo una decina di minuti che gli uomini si fermarono rendendosi conto che i versi che stavano ascoltando non erano solo i latrati dei cani. C'era dentro un ululo, un suono che nessun cane aveva mai emesso, nemmeno in agonia. Era un suono che per la verità non avevano mai sentito emettere da *niente*, ma intuirono subito, dal primo all'ultimo, che era un uomo. Così dichiararono e io ci credo. Credo che l'avrei riconosciuto anch'io. Ho udito uomini gridare così, credo, mentre andavano alla sedia elettrica. Non molti, perché per la maggior parte si abbottonano fin sotto il mento e ci vanno in silenzio o scherzando, neanche fosse una scampagnata di classe, ma qualcuno sì. Di solito quelli che credono che l'inferno sia un luogo reale a tutti gli effetti e sanno che li sta aspettando alla fine del Miglio Verde.

Bobo ridusse ancora di più i guinzagli. I suoi cani erano un bene prezioso e non aveva intenzione di giocarseli per colpa dello psicopatico che ululava e farfugliava poco lontano. Gli altri ricaricarono i fucili e li richiusero. Quel verso lamentoso li aveva gelati tutti quanti e il sudore che avevano sotto le braccia e che colava loro lungo la schiena era diventato a un tratto come ghiaccio sciolto. Quando agli uomini prende un gelo come quello, hanno bisogno di un condottiero per andare avanti e il vicesceriffo McGee li condusse. Si mise alla testa della squadra e proseguì a passo energico (io scommetto però che in quel momento non si *sentiva* molto energico) fino a un gruppo di ontani che si protendeva dal bosco sulla destra, con gli altri che lo seguivano nervosi, tenendosi cinque passi più indietro. Sostò una sola volta e fu per segnalare al più corpulento fra loro, Sam Hollis, che si mantenesse vicino a Klaus Detterick.

Al di là degli ontani c'era di nuovo terreno aperto fino al bosco sulla destra. A sinistra declinava dolcemente la sponda del fiume in un lungo pendio. Tutti si fermarono dov'erano, folgorati. Io credo che avrebbero rinunciato a molto per poter non aver visto lo spettacolo che avevano davanti e che nessuno di loro avrebbe mai più dimenticato. Era quella sorta di incubo, nudo e crudo e quasi fumante sotto il sole, che si trova ben al di là del corredo di una vita normale e decorosa, scandita dalle iniziative parrocchiali, le passeggiate in campagna, un onesto lavoro, baci affettuosi a letto. C'è un teschio in ogni uomo e vi assicuro che c'è un teschio nella vita di tutti gli uomini. Loro lo videro quel giorno, videro che cosa ghigna talvolta dietro il sorriso.

Seduto sulla riva in una salopette sporca di sangue c'era l'uomo più grosso che avessero mai visto: John Coffey. I piedi enormi, con gli alluci all'infuori, erano scalzi. Sulla testa si era annodato un fazzoletto color rosso stinto, come una donna di campagna quando va in chiesa. I moscerini che gli si aggiravano intorno facevano una nuvola nera. Nelle braccia piegate, dall'una e dall'altra parte reggeva il corpo di una bambina nuda. I loro capelli biondi, che erano stati ricci e leggeri come le infiorescenze dell'agrostide, erano appiccicaticci e incollati di rosso. L'uomo che le teneva tra le braccia ululava al cielo come un vitello impazzito, le guance scure umide di lacrime, i lineamenti del volto distorti in un mostruoso crampo di angoscia. Respirava in sussulti, gonfiando il petto a tendere le spalline della pettorina sotto le fibbie, per poi rilasciare quella vasta presa d'aria in un altro ululato. Spesso capita di leggere sui giornali che «l'assassino non mostrava alcun rimorso», ma non era quello il caso. John Coffey era lacerato da ciò che aveva fatto. Ma sarebbe vissuto. Le bambine no. Loro erano state lacerate in un modo più concreto.

Nessuno sapeva dire per quanto tempo rimasero fermi a guardare l'uomo ululante il quale, a sua volta, osservava oltre lo specchio immobile del fiume un treno, che sull'altra sponda s'avventava verso il ponte ferroviario. Rimasero in contemplazione per un'ora o per l'eternità, eppure il treno non si spostava, sembrava si avventasse rimanendo sul posto, come un bambino in una crisi di convulsioni, e il sole non fu velato da una nuvola e la scena non fu nascosta ai loro occhi. Era lì, davanti a loro, vistosa e organica come un morso di cane. L'uomo dalla pelle nera dondolava avanti e indietro; Cora e Kathe dondolavano con lui come bambole nelle braccia di un gigante. I muscoli macchiati di sangue nelle membra possenti e nude dell'uomo si contraevano e rilasciavano, si contraevano e rilasciavano, si contraevano e rilasciavano.

Fu Klaus Detterick a spezzare l'incantesimo. Urlando, si scagliò sul mostro che aveva violentato e ucciso le sue figliole. Sam Hollis sapeva qual era il suo mestiere e cercò di farlo, ma non poté. Era una spanna più alto di Klaus e lo superava in peso di almeno una trentina di chilogrammi, ma bastò a Klaus una semplice scrollata per liberarsi dal suo tentativo di abbraccio. Volò nel tratto di terreno aperto e proiettò un calcio alla testa di Coffey. Lo stivale sporco del latte che in quel caldo si era già inacidito, prese in pieno Coffey alla tempia sinistra, ma fu come se il nero non avesse sentito nulla. Rimase seduto a dondolare e ululare e a guardare di là dal fiume; per come la vedo io, poteva sembrare un'immagine tratta da un bucolico sermone pentecostale, il fedele seguace della Croce che rivolge lo sguardo alla Terra Promessa. Non fosse stato per i cadaveri, naturalmente.

Dovettero intervenire in quattro per strappare da John Coffey il contadino impazzito, né ci riuscirono prima che Detterick gli avesse inferto non so quanti colpi, uno più micidiale dell'altro. Quanto a Coffey, sembrò non si fosse accorto di niente, continuò a guardare l'altra sponda del fiume e a ululare. Tutto il furore di Detterick, viceversa, si dissolse quando finalmente lo ebbero trascinato via, come se l'enorme uomo di colore fosse percorso da una strana corrente galvanizzante (ho ancora la tendenza a pensare in metafore elettriche, vogliate perdonarmi) e, interrotto il contatto con quella fonte di energia, il corpo di Detterick si accasciasse inerte come un uomo catapultato all'indietro da un cavo ad alta tensione. S'inginocchiò a gambe divaricate sulla sponda del fiume a singhiozzare con la faccia tra le mani. Howie lo abbracciò e si strinsero l'uno con l'altro, fronte contro fronte.

Due uomini li sorvegliarono, mentre gli altri chiudevano il nero ululante e dondolante in un cerchio, spianandogli i fucili addosso. Coffey dava ancora l'impressione di non accorgersi di non essere più solo. McGee si fece avanti, spostò indeciso il peso del corpo da un piede all'altro per qualche momento, poi si accoccolò.

«Signore», disse a voce bassa e Coffey si ammutolì all'istante. McGee guardava dentro occhi che erano già arrossati dal pianto. Eppure le lacrime continuavano a sgorgare, come se qualcuno avesse lasciato aperto un rubinetto all'interno. Quegli occhi piangevano e ciononostante erano in certo modo intatti, distaccati e sereni. Io li avevo giudicati strani come non ne avevo mai visti in vita mia e McGee ebbe un'impressione molto simile. «Come gli occhi di un animale che non ha mai visto un uomo», riferì a un giornalista poco prima del processo.

«Signore, mi sente?» chiese McGee.

Lentamente Coffey annuì. Ancora stringeva le braccia intorno alle sue indescrivibili bambole, entrambe con il mento appoggiato al petto, cosicché non si riusciva a vederle bene in viso, per uno dei pochi atti di misericordia che Dio ritenne opportuno dispensare quel giorno.

«Ha un nome?» domandò McGee.

«John Coffey», rispose lui con una voce densa e impastata dal pianto. «Coffey come quello che si beve, ma scritto in un altro modo.»

McGee fece un cenno affermativo con il capo, poi indicò il marsupio nella pettorina di Coffey, che era gonfio.

Il sospetto di McGee era che fosse una pistola, anche se un uomo della corporatura di Coffey non avrebbe avuto certo bisogno di una pistola per provocare danni vistosi, se avesse deciso di reagire. «Lì dentro che cosa c'è, John Coffey? Non sarà magari un'arma? Una pistola?»

«Nossignore», rispose Coffey nella sua voce sorda e quegli occhi strani, quegli occhi che in superficie grondavano lacrime sofferenti, ma che dietro erano distanti e misteriosamente sereni, come se il vero John Coffey fosse altrove, a contemplare il paesaggio in un posto dove nessuno si scaldava troppo per due bambine morte ammazzate, quegli occhi non abbandonarono mai quelli del vicesceriffo McGee. «È solo la mia merenda.»

«Ah, una merenda, vero?» ribatté McGee e Coffey annuì e disse sissignore con gli occhi che piangevano e muco trasparente che gli pendeva dal naso. «E dove si procurano una merendina quelli come lei, John Coffey?» Si sforzava di mantenersi calmo, anche se ormai sentiva l'odore delle bambine e vedeva le mosche che vi si posavano sopra e le assaggiavano nei punti dove erano umide. I capelli erano la cosa peggiore, avrebbe dichiarato più tardi, e questo particolare non apparve su nessun giornale, era stato considerato troppo raccapricciante per offrirlo in lettura alle famiglie. No, questo supplemento l'ho ottenuto dal giornalista che firmò l'articolo. Andai a cercarlo quando, dopo qualche tempo, John Coffey diventò per me una specie di ossessione. McGee aveva riferito a quel giornalista che i loro capelli biondi non erano più biondi. Erano ramati. Il sangue era colato sulle guance delle gemelle sgorgando dai capelli come una tintura malriuscita e non c'era bisogno di essere medico per vedere che i loro fragili crani erano stati schiantati l'uno contro l'altro dalla forza di quelle braccia possenti. Probabilmente piangevano. Probabilmente la sua intenzione era stata di farle smettere. Se le bambine avevano avuto fortuna, era successo prima della violenza carnale.

Davanti a uno spettacolo come quello era difficile pensare, anche per un uomo risoluto a compiere il suo dovere come era il vice McGee. La mente confusa può causare errori, magari altri spargimenti di sangue. McGee respirò a fondo e si tenne calmo. In ogni caso ci provò.

«Non me lo ricordo bene, proprio no», rispose Coffey con quella sua voce grondante. «Però è un po' di merenda, questo lo so, dei sandwich e sottaceti, credo.»

«Vorrei darci un'occhiata io, se non ha niente in contrario», propose McGee. «Ora non si muova, John Coffey. Non lo faccia, sa, perché con tutti questi fucili che le stanno puntando addosso, se avesse a piegare anche solo un dito, di lei non resterebbe più niente dalla vita in su.»

Coffey guardò dall'altra parte del fiume e non si mosse, mentre McGee infilava delicatamente la mano nel marsupio di quella pettorina ed estraeva un involto in carta di giornale, legato con un pezzo di spago da macelleria. Strappò lo spago e aprì l'involto, anche se era abbastanza sicuro che contenesse proprio quello che Coffey aveva dichiarato, qualcosa da mangiare. C'erano un sandwich di bacon e pomodoro e un fagottino alla marmellata. C'erano anche i sottaceti, avvolti separatamente in una pagina di fumetti che John Coffey non sarebbe mai stato capace di decifrare. Non c'erano salsicce. Le salsicce della merendina di John Coffey, le aveva mangiate Bowser.

McGee allungò la mano dietro la spalla per consegnare la merenda a uno degli uomini della squadra senza distogliere gli occhi da Coffey. Accosciato com'era, era troppo vicino per concedersi anche un solo secondo di distrazione. Lo spuntino, di nuovo avvolto nella sua carta e legato con lo spago, per buona misura, giunse infine a Bobo Marchant, che lo ripose nello zaino dove teneva bocconcini da dare in premio ai suoi cani (insieme con una manciata di esche per pescare, scommetto). Non fu presentato come prova al tribunale e del resto se la giustizia da questa parte del mondo è rapida, non è rapida quanto l'esistenza di un sandwich di pomodori e bacon; c'erano però le fotografie.

«Che cos'è successo qui, John Coffey?» domandò McGee nel suo tono basso e coscienzioso. «Me lo vuole raccontare?»

E Coffey disse a McGee e agli altri più o meno le stesse parole che disse a me; furono anche le ultime parole che il pubblico ministero pronunciò rivolto alla giuria durante il suo processo. «Non ho potuto farci niente», rispose John Coffey, tenendo fra le braccia i corpi nudi delle bambine stuprate e assassinate. La lacrime cominciarono a segnargli di nuovo le guance. «Ho cercato di rimediare, ma era troppo tardi.»

«La dichiaro in arresto per omicidio», lo informò McGee. Dopodiché gli sputò in faccia.

La giuria si era ritirata per quarantacinque minuti. Giusto il tempo per consumare una merendina, se vogliamo. Ma chissà se a quei giurati lo stomaco aveva retto tanto da provare appetito.

5

CREDO che sappiate che non ho raccolto tutte queste informazioni durante un solo, soffocante pomeriggio di ottobre nella moritura biblioteca della prigione, pescandole da alcuni vecchi giornali impilati in un paio di casse da imballaggio, ma appresi abbastanza da quella prima ricerca perché quella notte mi fosse difficile dormire.

Quando alle due del mattino, trovandomi seduto in cucina a bere latticello e a fumarmi una sigaretta, mia moglie mi chiese che cosa c'era che non andava, le risposi mentendo e fu quella una delle poche volte nel lungo corso del nostro matrimonio. Dissi che avevo avuto un altro screzio con Percy Wetmore. Così era, naturalmente, ma non era quella la ragione per cui mi trovava seduto in cucina a quell'ora di notte. Normalmente ero capace di lasciare Percy in ufficio.

«Su», ribatté lei, «lascia perdere quella mela marcia e torna a letto. Ho qualcosa per aiutarti a dormire e di quello puoi averne quanto vuoi.»

«Mi piacerebbe, ma credo sia meglio rinunciare», risposi io. «Ho qualche piccolo guasto all'impianto idraulico e non vorrei passartelo.»

Lei sollevò un sopracciglio. «L'impianto idraulico, eh? Mi sa che ti sei accompagnato con una ragazza rimorchiata all'angolo di strada sbagliato, l'ultima volta che sei stato a Baton Rouge.» Io non ero mai stato a Baton Rouge e non avevo mai nemmeno sfiorato una ragazza da marciapiede, e lo sapevamo tutti e due.

«È una banalissima e semplicissima infezione alle vie urinarie», replicai. «Mia madre soleva dire che i maschietti la buscano pisciando all'aperto quando soffia il vento da nord.»

«Tua madre soleva anche restare chiusa in casa tutto il giorno se rovesciava il sale», mi ricordò mia moglie. «Il dottor Sadler...»

«Fuori discussione», dichiarai alzando la mano. «Mi farebbe prendere sulfamidici e prima della fine della settimana mi ritroverei a vomitare in tutti gli angoli dell'ufficio. Farà il suo corso e prima o poi si esaurirà da sola, ma nel frattempo credo che sia meglio se sospendiamo gli allenamenti di lotta libera.»

Lei mi baciò sulla fronte, appena sopra il sopracciglio sinistro, dove mi provoca sempre un formicolio, come Janice sapeva benissimo. «Povero piccolo. Come se non ti bastasse quell'odioso di Percy Wetmore. Vieni a letto presto.»

Ci andai, ma prima di coricarmi, uscii sulla veranda dietro casa a svuotarmi (controllando preventivamente la direzione del vento inumidendomi il pollice: quello che i genitori ci dicono quando siamo piccoli raramente viene ignorato, fosse anche la più ridicola delle stupidaggini). Pisciare all'aperto è una di quelle gioie della vita in campagna alla quale i poeti non fanno mai esplicitamente riferimento, ma non fu una gioia quella notte, perché il liquido che usciva dalla mia vescica bruciava peggio di un getto di petrolio incendiato. Nondimeno pensavo che il dolore fosse stato un po' peggiore nel pomeriggio e *sapevo* che era stato peggiore nei due o tre giorni trascorsi. Alimentavo la speranza che stessi cominciando a guarire. Mai speranza fu peggio malriposta. Nessuno mi aveva spiegato che certe volte l'intruso che si intrufola là dentro, dove c'è un bel calduccio umido, si prende un giorno o due di riposo prima di tornare alla carica più forte che mai. Mi sarei molto sorpreso di saperlo. Ancor più sorpreso sarei stato di sapere che, di lì ad altri quindici o vent'anni, sarebbero esistite pillole da ingerire, con cui debellare quel tipo di infezione in un tempo da primato e che, sebbene potessero darti un vago senso di malessere allo stomaco o produrre un effetto lassativo, quasi mai ti facevano vomitare come i sulfamidici del dottor Sadler. Nel '32 non c'era molto da fare se non aspettare e cercare di ignorare la sensazione che qualcuno ti avesse versato petrolio nelle tubature, per poi buttarci un fiammifero acceso.

Finii la mia cicca, andai in camera e finalmente riuscii a dormire. Sognai bambine dal sorriso timido e con sangue nei capelli.

6

Il giorno dopo trovai sulla scrivania un memo rosa in cui mi si chiedeva di passare al più presto possibile in direzione. Sapevo di che cosa si trattava, visto che il giorno prima avevo sospeso per qualche tempo di rispettare le regole del gioco, che anche se non erano scritte erano molto importanti, perciò procrastinai il più a lungo possibile. Come quando si trattava di andare dal medico per i miei problemi idraulici, suppongo. Sono sempre stato dell'opinione che «facciamola fuori e non pensiamoci più» fosse una filosofia sopravvalutata.

Fatto sta che non mi precipitai nell'ufficio del direttore Moores. Mi tolsi invece la giacca di lana della divisa, l'appesi sulla spalliera della mia seggiola e misi in funzione il ventilatore nell'angolo. Era un altro giorno di quelli belli caldi. Poi mi sedetti e lessi il rapporto del turno di notte di Brutus Howell. Non ci trovai niente di cui allarmarsi. Delacroix aveva frignato un po' dopo che si era coricato, come faceva quasi tutte le notti, piangendo più per sé che per quelli che aveva arrostiti vivi, ne sono certo, poi aveva tirato fuori dalla scatola per sigari il signor Jingles, il topo. Da quel momento Del si era calmato e aveva dormito come un angioletto per il resto della notte. Il signor Jingles l'aveva con tutta probabilità trascorsa sulla pancia di Delacroix, con la coda arrotolata sulle zampette e gli occhi fissi. Era come se Dio avesse deciso che Delacroix aveva bisogno di un angelo custode, ma avesse ulteriormente deciso nella Sua saggezza che solo un topo sarebbe andato bene per un ratto come il nostro omicida della Louisiana. Non che ci fosse tutto questo nel rapporto di Brutal, si capisce, ma io avevo sulle spalle un numero sufficiente di turni di notte da saper riempire da me gli spazi tra le righe. C'era un appunto su Coffey: «È rimasto sveglio, in silenzio, forse ha pianto un po'. Ho cercato di avviare la conversazione, ma ho rinunciato dopo che non gli ho cavato che qualche grugnito. Forse Paul o Harry avranno più fortuna».

«Avviare la conversazione» era il fulcro del nostro lavoro, a ben vedere. Allora non lo sapevo, ma potendomi guardare alle spalle dall'alto di questa strana terza età (credo che la terza età sia strana in qualsiasi delle sue versioni per coloro che devono patirla), capisco che era così e perché all'epoca non me ne rendevo conto: era un fatto troppo grande, centrale per il nostro lavoro quanto lo è la respirazione per la nostra vita. Non era importante che fossero bravi ad «avviare la conversazione» i sorveglianti di complemento, ma era vitale per me, per Harry, Brutal e Dean, ed era uno dei motivi per cui Percy Wetmore era un tale disastro. I reclusi lo odiavano, le guardie lo odiavano, lo odiavano tutti presumibilmente, esclusi i suoi conoscenti politici, Percy stesso e forse (ma solo forse) sua madre. Percy era come una dose di arsenico bianco nell'impasto di una torta nuziale e io sono convinto di aver percepito fin dall'inizio il cattivo presagio che rappresentava. Era un incidente in attesa di accadere. Quanto agli altri di noi, avremmo riso del concetto secondo cui la nostra funzione principale non era quella di sorvegliare il condannato, bensì di dargli assistenza psichiatrica e senz'altro una parte di me vorrebbe respingere questa ipotesi ancora oggi, eppure intuivamo l'importanza di avviare la conversazione e sapevamo che senza la conversazione quelli che dovevano affrontare Old Sparky manifestavano la brutta abitudine di perdere la testa.

Aggiunsi un mio punto personale in calce al rapporto di Brutal per ricordarmi di fare due chiacchiere con John Coffey, di provarci almeno, poi passai a un messaggio di Curtis Anderson, aiutante in capo del direttore. Mi diceva che si aspettava al più presto un DOE per Edward Delacrois (l'ortografia approssimativa è di Anderson; la grafia giusta era Eduard Delacroix). DOE stava per data dell'esecuzione e, secondo la nota, Curtis aveva saputo da fonti autorevoli che il piccolo francese avrebbe fatto la sua passeggiata poco prima di Halloween, il ventisette ottobre, secondo la sua previsione più accurata e le previsioni di Curtis Anderson erano più che accurate, molto ben informate. Prima di allora, dovevamo tuttavia aspettarci l'arrivo di un nuovo ospite, certo William Wharton. «È uno di quelli che tu chiami ragazzi difficili», aveva scritto Curtis nella sua scrittura un po' leziosa, inclinata all'indietro. «Selvaggio forsennato e orgoglioso di esserlo. Ne ha fatte di cotte e crude in tutto lo Stato per un anno e finalmente è andato sul pesante. Ha ammazzato tre persone in una rapina a mano armata, fra cui una donna incinta, e una quarta durante la fuga. Un agente della polizia statale. Ha mancato solo una suora e un cieco.» Mi venne da sorridere a quella precisazione. «Wharton ha diciannove anni. *Billy the Kid* tatuato sull'avambraccio. Avrai da raddrizzargli il naso una o due volte, te lo garantisco, ma stai attento quando lo fai. Questo è uno che non gliene frega niente di niente.» Aveva sottolineato questo suo ultimo giudizio con due righe, quindi aveva concluso: «Potrebbe anche essere un residente a lungo termine. Sta presentando appelli e c'è il fatto che è un minore».

Un giovane mezzo matto, che stava presentando appelli, che sarebbe rimasto con noi per qualche tempo. Che bellezza. A un tratto la giornata mi sembrò più calda che mai e non potei rimandare oltre la mia visita al direttore Moores.

Negli anni di servizio a Cold Mountain ho lavorato per tre diversi direttori e Hal Moores è stato l'ultimo e il migliore. Senza dubbio. Onesto, leale, privo persino dell'umorismo rudimentale di Curtis Anderson, ma dotato della giusta dose di perspicacia politica con cui conservarsi il posto durante quegli anni difficili e dell'integrità sufficiente da evitare di lasciarsi sedurre dal gioco. Non avrebbe avuto altri avanzamenti di carriera, ma non ne sembrava per nulla turbato. All'epoca aveva cinquantotto o cinquantanove anni, con una faccia da bracco dalle rughe profonde, davanti alla quale Bobo Marchant si sarebbe probabilmente trovato a suo agio perfetto. Aveva i capelli bianchi e soffriva di una blanda forma di paresi che gli faceva tremare le mani, ma era un uomo forte. L'anno prima, quando un prigioniero lo aveva affrontato in cortile, armato di una scheggia di legno strappata a una cassa, tutt'altro che intimorito Moores gli aveva afferrato il polso e gliel'aveva torso con tale violenza che lo schiocco delle ossa che partivano risonò come ramoscelli secchi gettati in un fuoco ben avviato. Scordatosi d'incanto tutti i suoi rancori, l'assalitore era caduto in ginocchio e aveva cominciato a invocare la mamma. «Io non sono tua madre», aveva detto Moores nella sua inflessione da meridionale acculturato, «ma se lo fossi, ora mi tirerei su la sottana e ti piscerei addosso dai lombi che ti hanno generato.»

Quando io entrai nel suo ufficio, cominciò ad alzarsi e lo invitai con la mano a restare comodo. Mi sedetti davanti al suo tavolo ed esordii chiedendogli di sua moglie, ma non nella maniera che usa dalle nostre parti del mondo. «Come sta la tua bella fanciulla?» gli domandai, come se Melinda avesse visto solo diciassette primavere invece di sessantadue o tre. La mia preoccupazione era sincera, perché era una donna che avrei potuto amare e sposare, se il corso delle nostre vite fosse coinciso; d'altra parte non mi dispiaceva nemmeno dirottarlo un po' dalle questioni all'ordine del giorno.

Fece un sospiro prolungato. «Non troppo bene, Paul. Tutt'altro che bene.»

«Ancora mal di testa?»

«Solo una volta questa settimana, ma è stato il peggiore finora. L'altro ieri l'ha ridotta a letto per quasi tutta la giornata. E adesso la mano destra le si è improvvisamente indebolita...» Sollevò la sua, costellata di macchioline. La guardammo entrambi tremare per qualche momento al di sopra della carta assorbente, prima che la riabbassasse. Vedevo che avrebbe dato qualsiasi cosa per non dovermi dire quello che mi stava dicendo e io avrei dato altrettanto per non doverlo sentire. I mal di testa di Melinda avevano avuto inizio in primavera e per tutta l'estate il suo medico aveva ripetuto che si trattava di «emicranie dovute alla tensione nervosa», probabilmente provocate dall'ansia per l'imminente pensionamento di Hal. Peccato però che entrambi non vedessero l'ora che quel momento arrivasse e mia moglie mi avesse spiegato che l'emicrania non è un disturbo da anziani, bensì da giovani; all'età a cui era arrivata Melinda Moores, di solito le condizioni di chi ne soffre migliorano, non peggiorano. Ora c'era quell'altra storia della debolezza alla mano. A me non sembrava affatto tensione nervosa; mi suonava molto più come un dannatissimo ictus.

«Il dottor Haverstrom vuole che vada in ospedale, su a Indianola», mi disse Moores. «Per delle analisi. Raggi X alla testa, intende lui. E chissà che cos'altro. È spaventata a morte.» Fece una pausa. «Per la verità lo sono anch'io», aggiunse.

«Già, ma tu vedi che ci vada», gli risposi. «Non aspettare. Se salta fuori qualcosa che si vede con i raggi X, può saltar fuori che è qualcosa che sanno come curare.»

«Sì», convenne e poi, per un solo momento, l'unico durante quella parte del nostro colloquio, per quel che ricordo, i nostri occhi si trovarono e rimasero gli uni negli altri. Ci fu tra noi una comprensione schietta e totale, di quelle che non hanno bisogno di parole. Poteva essere un ictus, certo. Poteva anche essere un cancro che le stava crescendo nel cervello, e se così era le speranze che i medici di Indianola potessero arginarlo erano ridotte a un filo. Eravamo nel '32, non scordiamocelo, quando persino davanti a un malanno relativamente semplice come un'infezione alle vie urinarie, la scelta era tra inquinarti di sulfamidici o soffrire e aspettare.

«Grazie dell'interessamento, Paul. E ora parliamo di Percy Wetmore.»

Gemetti e mi coprii gli occhi.

«Stamane ho ricevuto una telefonata dalla capitale», mi riferì in tono blando il direttore del carcere. «Una telefonata alquanto brusca, come sicuramente puoi immaginarti anche tu. Paul, il governatore è così sposato che è un miracolo che non ha preso il cognome di sua moglie, se m'intendi. E sua moglie ha un fratello che ha un figlio unico. Quel figlio unico è Percy Wetmore. Ieri sera Percy ha chiamato il suo papà e il papà di Percy ha chiamato la zia di Percy. Devo raccontarti per filo e per segno tutto il seguito?»

«No», risposi. «Percy ha spifferato. Come il linguacunga della classe che va a raccontare all'insegnante di aver visto Jack e Jill sbaciucchiarsi al guardaroba.»

«Già», annuì Moores, «all'incirca.»

«Sai cos'è successo tra Percy e Delacroix quando è arrivato qui il francese?» chiesi. «Percy e quel suo dannato sfollagente?»

«Sì, ma...»

«E sai come lo fa scorrere sulle sbarre, certe volte, solo per il gusto di farlo. È cattivo ed è stupido e io non so per quanto tempo ancora potrò sopportarlo. Questa è la verità.»

Ci conoscevamo da cinque anni e cinque anni possono essere un bel po' di tempo per due che si trovano bene a lavorare insieme, specialmente quando parte del lavoro è scambiare la vita con la morte. Dico solo che capiva che cosa sottintendevo. Non che avrei mollato, non me ne sarei andato con la Depressione che si aggirava fuori delle mura della prigione come un pericoloso criminale, di quelli che non puoi mettere in gabbia come i nostri ospiti. Gente migliore di me era in mezzo a una strada o, se non era a piedi, viaggiava a scrocco sui carri merci. Io ero fortunato e lo sapevo, con i figli già grandi e l'ipoteca sulla casa, quel blocco di marmo da due quintali, che mi ero tolto dalla schiena già da due anni. Ma un uomo ha sempre da mangiare e ha da mangiare anche sua moglie. Inoltre avevamo l'abitudine di spedire a nostra figlia e a nostro genero un biglietto da venti tutte le volte che ci avanzava (e certe volte anche quando non potevamo permettercelo, se le lettere di Jane erano più disperate del solito). Lui era un insegnante di liceo disoccupato e se questo non era sinonimo di disperazione in quei giorni, allora abbiamo a che fare con una parola priva di significato. Dunque no, non si piantava in asso un lavoro fisso con paga sicura come quello che avevo io, almeno non a sangue freddo. Ma il mio sangue *non* era freddo quell'autunno. Le temperature guardavano dall'alto le medie stagionali e l'infezione che mi lavorava da dentro aveva alzato ancora di più il mio termostato personale. E quando un uomo si trova in una situazione come quella, ebbene succede certe volte che il pugno gli parta parecchio per conto proprio. E se ne molli uno una volta a un tipo ammanicato come Percy Wetmore, tanto vale che vai avanti a pestarlo, perché indietro non torni più.

«Ingoia il rospo», mi esortò Moores nel suo tono pacato. «Se ti ho chiamato qui è per dirti questo. Ho saputo da fonte fidata, vale a dire la persona che mi ha chiamato stamattina, se vuoi saperlo, che Percy ha presentato domanda al Briar e che la sua domanda verrà accettata.»

«Briar», ripetei io. Era il Briar Ridge, uno dei due ospedali statali. «Ma che cos'ha in mente, il ragazzo? Di farsi un giro turistico di tutti gli enti statali?»

«È un lavoro amministrativo. Una paga migliore e scartoffie da far girare invece delle lenzuola nelle corsie.» Mi rivolse un sorriso storto. «Sai, Paul, forse ti saresti già liberato di lui se non l'avessi messo all'interruttore con Van Hay quando se n'è andato il Capo.»

Lì per lì quelle parole mi sembrarono così balorde che non riuscii a capirne il senso. Ma forse non volevo capirne il senso.

«Dove altro dovrei metterlo?» risposi. «Gesù, quello non ha la più pallida idea di che cosa sta facendo nemmeno al blocco! Metterlo nel personale attivo di un'esecuzione...» Non finii. Non potevo. La gamma dei casini che avrebbe potuto combinare mi apparve sconfinata.

«Ciononostante farai bene a mettercelo per Delacroix. Se vuoi scrollartelo di dosso, s'intende.»

Lo fissai con il mento penzoloni. Dopo un po' riuscii a rimetterlo in posizione da poter parlare. «Che cosa stai dicendo? Che vuole togliersi lo sfizio di vederne uno abbastanza da vicino da sentire l'odore degli attributi che gli vanno arrosto?»

Moores si strinse nelle spalle. I suoi occhi, così dolci quando parlava della moglie, diventarono silicei. «Gli attributi di Delacroix arrostiranno comunque, che Wetmore faccia parte della squadra o no», dichiarò. «Dico bene?»

«Sì, ma potrebbe incasinarci l'operazione. Anzi, Hal, è quasi *inevitabile* che ce la incasini. E davanti a una trentina di testimoni. Giornalisti che arrivano fin dalla Louisiana.»

«Tu e Brutus Howell vi assicurerete che non combini guai», tagliò corto Moores. «E se ne avesse a combinare nonostante tutto, finirà nel suo curriculum e ci resterà anche dopo che tutti i suoi santi avranno lasciato il paradiso. Capisci?»

Sì, capivo. Mi faceva venire il voltastomaco e una fifa tremenda, ma capivo.

«Può essere che voglia restare per Coffey, ma con un po' di fortuna si riterrà appagato dopo Delacroix. Tu devi solo fare in modo che per il francese ci sia anche lui.»

La mia intenzione era stata di comandare di nuovo Percy all'interruttore, e poi nella galleria, ad aiutare a spingere la lettiga che avrebbe trasportato Delacroix all'ambulanza, dall'altra parte della strada davanti alla prigione, ma mi buttai seduta stante tutti quei bei programmi dietro le spalle, senza nemmeno voltarmi indietro. Annuii. Avevo il buonsenso di rendermi conto che il mio era un gioco d'azzardo, ma non m'importava. Se serviva a sbarazzarmi di Percy Wetmore, ero pronto a torcere il naso al diavolo in persona. Avrebbe avuto la sua esecuzione, avrebbe fissato lui la calotta al condannato e avrebbe guardato lui dalla feritoia e avrebbe detto lui a Van Hay di andare con la due; avrebbe visto con i propri occhi il piccolo francese cavalcare la folgore che lui stesso, Percy Wetmore, aveva fatto uscire dalla bottiglia.

Si godesse pure il suo piccolo e bieco brivido di piacere, se era quello che ricavava da un omicidio sanzionato dallo Stato. Se ne andasse al Briar Ridge, dove avrebbe avuto un ufficio tutto suo e un ventilatore per tenerlo fresco. E se il suo zio acquisito non fosse stato rieletto per un altro mandato e il caro Percy avesse dovuto scoprire che cosa vuol dire dover sbarcare il lunario nel duro e vecchio mondo scorticato dal sole che c'era là fuori, dove non tutti i cattivi finivano dietro le sbarre e talvolta era a te che gonfiavano la testa, meglio ancora.

«D'accordo», mi decisi alzandomi. «Lo metto in squadra per Delacroix. E fino ad allora manterrò la pace.»

«Bene», rispose lui alzandosi a sua volta. «A proposito, come va quel tuo problemuccio?» Puntò con delicatezza il dito in direzione del mio basso ventre.

«Sembra un po' meglio.»

«Sono contento.» Mi accompagnò alla porta. «E Coffey, a proposito? Farà storie?»

«Non credo», risposi io. «Finora se n'è stato buono come un cappone lesso. È strano, ha *occhi* strani, ma è tranquillo. Lo terremo d'occhio, comunque, non temere.»

«Naturalmente sai che cos'ha fatto.»

«Sì.»

Ormai mi stava accompagnando attraverso l'antiufficio, dove la vecchia signorina Hannah pestava sulla sua Underwood, credo, fin dalla fine dell'ultima era glaciale. Ero contento di andarmene. Nel complesso mi sembrava di essermela cavata a buon mercato ed era un piacere sapere di avere dopotutto una possibilità di sopravvivere a Percy.

«Dai a Melinda un canestro così di baci da parte

mia», mi raccomandai. «E non caricarti sulle spalle una nuova cassa di preoccupazioni. Vedrai che scopriranno che è davvero solo emicrania.»

«Certo, certo», e, sotto gli occhi dolenti, le sue labbra sorrisero. Una combinazione che aveva qualcosa di stregonesco.

Quanto a me, tornai al Blocco E a cominciare un altro giorno. C'erano scartoffie da leggere e scrivere, c'erano pavimenti da passare allo straccio, c'erano pasti da servire, un programma per i turni di servizio da stilare per la settimana entrante, c'erano cento dettagli da mettere a punto. Ma soprattutto c'era da aspettare, una pratica che in una prigione ti prende tanto di quel tempo, che va a finire che non la esaurisci mai. Aspettare che Eduard Delacroix percorresse il Miglio Verde, aspettare che arrivasse William Wharton con i suoi ringhi e il suo tatuaggio di Billy the Kid e soprattutto aspettare che Percy Wetmore uscisse dalla mia vita.

7

IL topo di Delacroix era uno dei misteri di Dio. Non ne avevo mai visto uno al Blocco E prima di quell'estate e mai ne avrei visti altri dopo quell'autunno, quando Delacroix lasciò la nostra compagnia in una calda e tonante notte d'ottobre; la lasciò in un modo così sconvolgente, che quasi non trovo il coraggio di ricordarlo. Delacroix sosteneva di aver addestrato lui quel topo, che cominciò la sua esistenza tra noi come Steamboat Willy, ma io sono convinto che sia esattamente l'opposto. Lo stesso pensavano Dean Stanton e Brutal. Erano tutti e due presenti la sera in cui il topo fece la sua comparsa e, come ebbe a dire Brutal: «Quel sorcio era già mezzo addomesticato e due volte più sveglio di quel cajun che credeva di esserne il padrone».

Io e Dean eravamo nel mio ufficio a riesaminare la documentazione dell'attività del nostro carcere di quell'ultimo anno, accingendoci a scrivere prime lettere di indagine ai testimoni di cinque esecuzioni e seconde lettere a quelli di sei altre esecuzioni che avevano già ricevuto la prima, risalendo a tutto il '29. Fondamentalmente desideravamo conoscere la risposta a un quesito preciso: erano soddisfatti del servizio? So che suona grottesco, ma per noi era importante. Come contribuenti, erano nostri clienti, ma di una categoria molto speciale. Una persona disposta a presentarsi in un carcere a mezzanotte per guardar morire un uomo ha un motivo molto speciale e pressante per farlo, un bisogno speciale, e se l'esecuzione è una punizione adeguata, si presume che quel bisogno sia stato soddisfatto. Avevano un incubo. Lo scopo dell'esecuzione è mostrare loro che l'incubo è finito. Può anche darsi che funzioni davvero così. Qualche volta.

«Ehi!» esclamò Brutal fuori della porta, dove presidiava il tavolo in fondo al corridoio. «Ehi, voi due! Venite qui!»

Io e Dean ci scambiammo un'occhiata con identiche espressioni di allarme, pensando che fosse accaduto qualcosa o all'indiano dell'Oklahoma (si chiamava Arlen Bitterbuck, ma noi lo chiamavamo il Capo, ovvero, quanto a Harry Terwilliger, Capo Caglio di Capra, perché di quello secondo Harry puzzava), o quell'altro detenuto che chiamavamo Presidente. Ma poi Brutal rise e noi si corse fuori a vedere che cosa stava succedendo. Ridere al Blocco E suonava stonato quasi quanto ridere in chiesa.

Il vecchio Toot-Toot, il detenuto scelto che in quei giorni fungeva da vivandiere, era appena passato con il suo fragoroso carrello di leccornie e Brutal si era rifornito per una lunga notte: tre sandwich, due bottiglie di acqua soda e un paio di tortini. Aveva preso anche un piatto di patate in insalata che senza dubbio Toot aveva grattato dalla cucina della prigione, dove gli era ufficialmente vietato entrare. Brutal aveva aperto davanti a sé il registro ed era un miracolo che non vi avesse già versato sopra qualcosa. Ma è anche vero che stava appena cominciando.

«Cosa?» chiese Dean. «Cosa c'è?»

«Allora non era vero che il governatore aveva stretto del tutto i cordoni della borsa quest'anno», osservò Brutal. «Sembra che dopotutto ci hanno mandato un nuovo agente di custodia.» E intanto continuava a ridere.

Puntò il dito e vedemmo il topo. Cominciai a ridere anch'io e subito dopo anche Dean. Non si poteva evitarlo, perché l'atteggiamento di quel topolino ricordava in tutto e per tutto quello di una guardia che fa il suo giro di ronda ogni quarto d'ora: un minuscolo agente di custodia, tutto peloso, attentissimo ad accertarsi che nessuno stesse cercando di evadere o uccidersi. Avanzava di qualche metro trotterellando per il Miglio Verde, poi girava la testa di qua e di là, come controllando le celle. Quindi veniva avanti di un altro breve tratto. Il fatto che udissimo entrambi i nostri reclusi del momento russare beatamente nonostante le grida e le risa in corridoio, rendeva la situazione ancora più divertente.

Era un comunissimo topolino marrone, se non per quel suo modo di muoversi che dava l'impressione che stesse controllando le celle. Entrò persino in una o due, infilandosi agilmente tra le sbarre basse in un modo che molti dei nostri prigionieri passati e presenti avrebbero senz'altro invidiato. Con la differenza, si capisce, che i detenuti avrebbero desiderato possedere la stessa agilità per uscire e non per entrare.

Il topo non entrò in nessuna delle due celle occupate,

solo in quelle vuote. E finalmente arrivò quasi fino a dove ci trovavamo noi. Mi aspettavo che tornasse sui suoi passi da un momento all'altro, invece parve che non avesse per niente paura di noi.

«Non è normale che un topo si avvicini alle persone in quel modo», commentò Dean un po' innervosito. «Forse ha la rabbia.»

«Oh, Dio del cielo», brontolò Brutal con la bocca piena di sandwich di carne salata. «Sentilo il grande esperto di roditori. L'Uomo Topo. Ti pare che schiumi dalla bocca, Uomo Topo?»

«Non gli vedo la bocca», disse Dean, facendoci ridere tutti di nuovo. Nemmeno io gliela vedevo, ma vedevo le goccioline nere che aveva per occhi e che non mi sembravano accese né di rabbia, né di follia. Mi sembravano occhi interessanti e intelligenti. Ho mandato a morte esseri umani, quelli che si suppone abbiano anima immortale, con l'aria di avere meno cervello di quel topo.

Zampettò per il Miglio Verde fino a meno di un metro dal tavolo della guardia di giornata, che non era niente di pretenzioso, come forse vi siete immaginati voi, bensì solo una cattedra come quelle alle quali si siedono gli insegnanti alla media superiore distrettuale. E lì si fermò, arrotolandosi la coda intorno alle zampe con la compostezza con cui un'anziana signora si sistema la sottana.

Io smisi bruscamente di ridere, preso da un freddo improvviso che mi trapassò il corpo entrandomi fino alle ossa. Vorrei sostenere di non sapere il perché di quella sensazione, perché a nessuno piace confessare sentimenti che lo faranno apparire ridicolo, ma naturalmente lo so benissimo e se posso raccontare la verità sul resto della storia, immagino di poter essere sincero anche a questo proposito. Per un momento m'immaginai nei panni di quel topo, non più una guardia, ma un criminale di quelli chiusi nelle celle del Miglio Verde, imprigionato e condannato, ma ancora capace di levare con coraggio gli occhi a una scrivania che da là sotto doveva sembrare un bastione (come il seggio giudicante di Dio apparirà un giorno senza dubbio a tutti noi) e ai giganti in giacca blu che da dietro di essa gli parlavano con la voce pesante. Giganti che sparavano a quelli della sua razza con fucili ad aria compressa, o li storpiavano a colpi di scopa, o li insidiavano con trappole che spezzavano loro la schiena quando si avventuravano con la punta delle zampe oltre la parola VICTOR per andare a rosicchiare il formaggio sul piattino di rame.

Non c'erano scope di setole vicino alla scrivania, c'era però una scopa di filacce ancora infilata nello strizzatore del secchio su ruote: poco prima di mettermi a lavorare all'archivio con Dean, avevo svolto il mio turno di servizio al lavaggio del linoleum verde del miglio e delle sei celle. Mi accorsi che Dean aveva intenzione di prendere la redazza per legnare il topo. Gli toccai la mano nel momento stesso in cui le sue dita sfioravano il legno del manico. «Lascia stare», gli dissi.

Lui alzò le spalle e ritirò il braccio. Ebbi la sensazione che non avesse più voglia di me di far del male alla bestiola.

Brutal strappò un angolino del suo sandwich di carne salata e lo tenne sospeso oltre il bordo della scrivania, delicatamente pizzicato tra due dita. Il topo parve guardare all'insù con interesse ancor più vivo di prima, come se sapesse esattamente che cos'era. Probabilmente era così: arricciò il naso facendo vibrare i baffi.

«No, Brutal!...» protestò Dean. Poi guardò me. «Non lasciarglielo fare, Paul! Se dà da mangiare a quel coso, tanto vale che mettiamo fuori uno zerbino di benvenuto per qualunque essere a quattro zampe.»

«Voglio solo vedere che cosa fa», ribatté Brutal. «Nell'interesse della scienza.» Mi lanciò un'occhiata. Il capo ero io, anche per marginali deviazioni dalla routine come quella. Io riflettei e mi strinsi nelle spalle come se non contasse più che tanto. La verità è che sotto sotto volevo anch'io vedere che cos'avrebbe fatto.

Be', se lo mangiò, naturalmente. Del resto eravamo in piena Depressione, no? Ma restammo tutti affascinati dal *modo* in cui lo mangiò. Si avvicinò al boccone di sandwich, lo annusò tutt'attorno bene bene, poi vi si sedette davanti come un cane ammaestrato che fa un numero in palcoscenico, prese il pezzetto tra le zampe e separò gli strati di pane per arrivare alla carne. Lo fece con la precisa consapevolezza di chi attacca una succulenta fetta di roast beef seduto a un tavolo del suo ristorante preferito. Non avevo mai visto un animale mangiare così, nemmeno il meglio addestrato cagnolino di casa. E mentre mangiava, per tutto il tempo i suoi occhi non ci abbandonarono mai.

«O è un topo genio o è un topo con una fame da lupo», commentò una voce nuova. Era Bitterbuck. Si era svegliato e avvicinato alle sbarre della sua cella, nudo salvo che per un paio di calzoncini smollati sul sedere. Fra la seconda e terza nocca della mano destra gli sporgeva una sigaretta che si era arrotolato da sé e i capelli grigio ferro gli scendevano in un paio di trecce sulle spalle un tempo probabilmente muscolose, ma che ora si andavano rilasciando.

«Voialtri indiani avete qualche conoscenza particolare sui topini, Capo?» gli chiese Brutal continuando a guardare l'animaletto che mangiava. Eravamo tutti presi dal modo coscienzioso con cui reggeva il pezzetto di carne salata nelle zampette anteriori, ogni tanto rigirandolo o studiandolo, per ammirazione o apprezzamento.

«No», rispose Bitterbuck. «Ne ho conosciuto uno una volta con un paio di guanti che diceva di pelle di topo, ma non gli ho mai creduto.» Poi rise, come se fosse una battuta spassosissima e lasciò le sbarre. Sentimmo lo scricchiolio della branda su cui si sdraiava di nuovo.

Per il topo fu come il segnale che era ora di andarsene. Finì il pezzetto che aveva tra le zampe, annusò quel che restava (soprattutto pane inzuppato di senape gialla), poi tornò a guardare noi, come se volesse ricordare le nostre facce se ci fossimo incontrati di nuovo. Finalmente si girò e se ne andò per la direzione da cui era arrivato, questa volta senza soffermarsi a controllare nessuna delle celle. La sua fretta mi fece pensare al coniglio bianco di *Alice nel Paese delle Meraviglie* e allora sorrisi. Non indugiò davanti alla porta della cella di confino, ma vi scomparve sotto in un lampo. Quella cella aveva pareti soffici per le persone a cui si era rammollito un po' il cervello. Quando la cella non veniva utilizzata per lo scopo per cui era stata allestita, ci tenevamo le attrezzature per la pulizia e qualche libro (perlopiù western di Clarence Mulford, ma ce n'era uno in particolare, che veniva ceduto in prestito solo nelle occasioni speciali, con una storia ampiamente illustrata in cui Braccio di Ferro, Bluto e persino Poldo, il paninomane, si montavano Olivia a turno). C'era anche materiale artistico, compresi i pastelli che poi Delacroix avrebbe maneggiato con discreti risultati. Non che fosse ancora diventato il nostro problema, sto parlando di fatti precedenti, non scordiamolo. Sempre nella cella di isolamento c'era la giacca che nessuno voleva indossare, bianca, di tela, con le cuciture rinforzate e bottoni, cinghie e fibbie lungo tutta la schiena. Sapevamo come infilare in men che non si dica un ragazzo difficile in quella giacca. Non diventavano violenti spesso, i nostri sbandati, ma quando lo facevano, amici miei, non stavamo certo con le mani in mano ad aspettare che la situazione migliorasse per conto suo.

Brutal aprì il cassetto sopra il vano per le ginocchia e ne tolse il grosso volume in pelle che portava in copertina la scritta VISITATORI in lettere d'oro. Normalmente se ne restava in quel cassetto per uscirne una volta al mese. Quando veniva qualcuno a trovare un detenuto, se non era un avvocato o un prete, veniva fatto passare nell'apposita stanza di fianco alla mensa. Noi la chiamavamo Galleria, ma non so perché.

«Che cosa in nome di Dio vorresti fare?» domandò Dean Stanton, scrutando da sopra gli occhiali Brutal che apriva il registro sfogliando solennemente le pagine di annate di visite a uomini ora morti.

«Applicare la norma diciannove del regolamento», rispose Brutal, fermandosi alla pagina corrente. Prese la matita e ne leccò la punta, una deprecabile abitudine che non si riusciva a togliergli, e si preparò a scrivere. La norma diciannove stabiliva semplicemente: «Ogni visitatore al Blocco E deve essere munito di lasciapassare giallo dell'amministrazione e deve essere registrato *senza eccezioni*».

«È impazzito», disse Dean a me.

«Non ci ha mostrato il lasciapassare, ma per questa volta glielo concedo», commentò Brutal. Diede alla punta della sua matita una leccata supplementare tanto per non sbagliare, poi scrisse 21.49 nella colonna dell'ORA ENTRATA.

«Certo, perché no, le autorità prevedono probabilmente deroghe per i topi», osservai io.

«Si capisce», concordò Brutal. «Gli mancano le tasche.» Si girò a consultare l'orologio appeso alla parete dietro il tavolo poi scrisse 22.01 nella colonna di ORA USCITA. Lo spazio più ampio fra i due numeri era quello riservato al NOME VISITATORE. Dopo averci pensato intensamente per un po', probabilmente per chiamare all'appello tutte le sue modeste capacità ortografiche, perché sono sicuro che l'idea in testa l'aveva già, Brutus Howell scrisse lentamente «Steamboat Willy», il nome con cui a quei tempi chiamavamo quasi tutti il Topolino di Walt Disney. Era per via di quel primo disegno animato con colonna sonora, quello in cui fa roteare gli occhi e sculetta, tirando la cordicella del fischio nella timoniera del vaporetto.

«Ecco fatto», mormorò Brutal, richiudendo pesantemente il librone e riponendolo nel suo cassetto. «Tutto fatto e sistemato.»

Io risi, ma Dean, che non poteva fare a meno di rimanere serio anche quando era consapevole dello scherzo, corrugava la fronte lucidandosi furiosamente gli occhiali. «Finirai nei guai se qualcuno lo vede.» Esitò prima di precisare: «Il qualcuno sbagliato». Esitò di nuovo, volgendo all'intorno uno sguardo miope come aspettandosi di vedere crescere orecchie dai muri, prima di concludere: «Come per esempio Percy Baciami-il-Culo-e-Vai-in-Cielo Wetmore».

«Bah», fece Brutal. «Il giorno che Percy Wetmore poserà le sue smunte chiappe dietro questa scrivania sarà il giorno che io darò le dimissioni.»

«Non ce ne sarà bisogno», ribatté Dean. «Ti licenzieranno per aver oltraggiato il registro dei visitatori, se Percy mette la parola giusta nell'orecchio giusto. E lo può fare, lo sai.»

Brutal lo guardò storto ma non disse niente. Ero quasi sicuro che quella notte, più tardi, avrebbe cancellato quel che aveva scritto. E se non lo avesse fatto lui, ci avrei pensato io.

La sera seguente, dopo che avevamo accompagnato prima Bitterbuck e poi il Presidente al Blocco D, dove facevamo fare la doccia ai nostri dopo aver rinchiuso per la notte i prigionieri di quel settore, Brutal mi domandò se non dovessimo andare a cercare Steamboat Willy nella cella di confino.

«Penso di sì», gli risposi. Ci eravamo fatti qualche buona risata con quel topo la sera precedente, ma sapevo che se io e Brutal lo avessimo trovato in quella cella, e soprattutto se lo avessimo sorpreso a cominciare a scavarsi a morsi un nido nell'imbottitura delle pareti, lo avremmo ucciso. Meglio far fuori subito anche il più divertente e simpatico degli esploratori, piuttosto che dover poi convivere con gli immigrati. E non c'è bisogno che aggiunga che nessuno di noi due era particolarmente schizzinoso in fatto di ammazzamenti di topi. Uccidere ratti era in fondo ciò per cui lo Stato ci pagava.

Ma quella sera non trovammo Steamboat Willy, più tardi noto come signor Jingles, né annidato nell'imbottitura, tanto meno nascosto nell'assortimento di materiali che trasferimmo in corridoio. Si era accumulata anche un mucchio di roba disparata, più di quanta mi sarei aspettato, dato che era da tempo che non utilizzavamo più la cella di confino. Sarebbe tutto cambiato con l'arrivo di William Wharton, ma naturalmente all'epoca nessuno poteva prevederlo. Per nostra fortuna.

«Dov'è andato a cacciarsi?» chiese finalmente Brutal usando un fazzolettone blu per asciugarsi il sudore da dietro il collo. «Buchi non ci sono, nessuna crepa, ci sarebbe quello, ma...» Stava indicando lo scarico nel pavimento. Sotto la grata, nella quale il topo avrebbe potuto infilarsi, c'era una reticella di fil di ferro sottile attraverso la quale non sarebbe passata nemmeno una mosca. «Come ha fatto a entrarci? Come ha fatto a uscirne?»

«Non lo so», risposi io.

«Però qui dentro ci è arrivato, no? L'abbiamo ben visto in tre.»

«Sì, passando sotto la porta. Ha dovuto schiacciarsi un po', ma ce l'ha fatta.»

«Accidenti», borbottò Brutal, ricorrendo a un'esclamazione che in bocca a un uomo grande e grosso come lui suonava a sproposito. «Meno male che i prigionieri non riescono a farsi piccoli piccoli come lui, eh?»

«Meno male eccome», convenni io, facendo scorrere un'ultima volta gli occhi sulla tela che rivestiva le pareti alla ricerca di un foro, una fessura, qualcosa. Non c'era niente. «Coraggio, andiamocene.»

Steamboat Willy riapparve tre sere dopo, quando di servizio c'era Harry Terwilliger. Era di turno anche Percy, che inseguì il topo per il Miglio Verde brandendo la stessa scopa a filacce che aveva pensato di usare Dean. Il roditore schivò facilmente Percy, dileguandosi nello stretto spazio sotto la porta della cella di isolamento da campione nato. Sgolandosi in imprecazioni, Percy aprì la porta con la chiave e tirò fuori per la seconda volta tutta la mercanzia che vi si era ammassata. Fu da ridere e da brivido allo stesso tempo, riferì Harry. Percy giurava e spergiurava che avrebbe acchiappato quel dannato topo e gli avrebbe strappato di netto dal collo quella sua testolina ammorbata. Naturalmente gli andò male. Tutto sudato e scarmigliato, con la camicia che gli usciva dai calzoni dietro la schiena, tornò mezz'ora dopo al tavolo di servizio, spingendosi via i capelli dagli occhi, per annunciare a Harry (che durante il bailamme se n'era rimasto serenamente seduto a leggere) che avrebbe chiuso la fessura sotto la porta con una striscia di nastro isolante. Così avrebbe rintuzzato una volta per tutte quel parassita, dichiarò.

«Come vuoi, Percy», gli rispose Harry, voltando una pagina del western che stava leggendo. Pensava che Percy se ne sarebbe dimenticato e aveva ragione.

8

NELL'INVERNO di quell'anno, mesi dopo i fatti che ho narrato, una sera in cui c'eravamo solo noi due, perché il Blocco E era temporaneamente vuoto e tutte le altre guardie erano state per il momento trasferite altrove (Percy era al Briar Ridge), Brutal venne da me.

«Vieni un po'», mi invitò con una vocetta strana che mi fece voltare di scatto. Ero appena entrato con un tempo di gelo e nevischio e stavo spazzolando le spalle del cappotto prima di appenderlo.

«Qualcosa che non va?»

«No», rispose lui, «ma ho scoperto da dove entrava e usciva il signor Jingles. Quando è arrivato qui, voglio dire, prima che se lo prendesse Delacroix. Vuoi vedere anche tu?»

Certo che volevo vedere. Lo seguii per il Miglio Verde fino alla cella di confino. Tutto quello che ci conservavamo era in corridoio; Brutal aveva approfittato del periodo di morta per fare un po' di pulizie. La porta era aperta e vidi che all'interno c'era il nostro secchio. Il pavimento, dello stesso stomachevole verdolino del Miglio Verde, si andava asciugando a strisce. Eretta al centro c'era una scala a libro, quella che veniva normalmente tenuta nel capannone, lo stesso che destino vuole fosse anche il capolinea dei condannati. C'era una mensolina agganciata a uno degli scalini più alti, di quelle che usano gli operai per metterci la cassetta degli attrezzi o gli imbianchini per posarci il secchio della vernice. Da quella mensola Brutal prese una torcia elettrica che mi consegnò.

«Vai su. Sei più basso di me, perciò dovrai andare in cima, ma io ti tengo per le gambe.»

«Guarda che soffro il solletico là sotto», lo avvertii, cominciando ad arrampicarmi. «Specialmente dietro le ginocchia.»

«Ci starò attento.»

«Bravo, perché un'anca fratturata è troppo per scoprire le origini di un topolino.»

«Come?»

«Lascia perdere.» Ormai sfioravo con la testa la gabbietta metallica della lampadina al centro del soffitto e sentivo la scala che fremeva un po' sotto il mio peso. Da fuori giungevano i gemiti del vento. «Tienimi.»

«Ci sono, non temere.» Mi afferrò saldamente i polpacci e io salii un altro piolo. Lì arrivavo con la testa a poco più di una spanna dal soffitto e vedevo le tele che qualche ragno aveva filato nelle biforcazioni create dalle travi del tetto. Cercai con la luce della torcia, ma non vidi niente che valesse il rischio di trovarmi lassù.

«No», mi segnalò Brutal dal basso. «Stai guardando troppo lontano, capo. Guarda alla tua sinistra, dove s'incontrano quelle due travi. Vedi? Ce n'è una un po' più scura.»

«Ho visto.»

«Illumina dove s'incrociano.»

Così feci e trovai quasi subito che cosa voleva farmi vedere. Le travi erano state bloccate insieme con una serie di spine, cinque o sei, e una mancava e dove mancava c'era un foro circolare, nero, grande come una moneta da un quarto. Lo osservai per un po', poi rivolsi uno sguardo dubbioso a Brutal. «Il topo era piccolino», commentai, «ma così piccolo?... Mah, a me non sembra.»

«Eppure è lì che andava», insisté Brutal. «Ne sono matematicamente sicuro.»

«Non vedo perché.»

«Tu avvicinati. Non temere, ti tengo io. Avvicinati e annusa.»

Lo accontentai, annaspando con la mano sinistra e sentendomi un po' più tranquillo quando finalmente mi fui aggrappato a una delle altre travi del soffitto. Fuori soffiò un'altra ventata. Dal foro sbuffò aria che mi finì sulla faccia. Sentii l'alito tagliente di una notte d'inverno dalle parti nostre... e anche qualcos'altro.

Menta piperita.

Proteggete il signor Jingles, sentii dire a Delacroix in una voce che non riusciva a tenere ferma. Sentii quelle parole e sentii il calore del corpicino del signor Jingles che il francese mi metteva nella mano, niente più di un topo, più intelligente di quasi tutti i suoi simili, senza dubbio, ma pur sempre solo un topo e un topo e basta. Salvo che quello era vivo per sbaglio. *Non lasciare che quel cattivo faccia del male al mio topo*, aveva invocato e io avevo promesso, come sempre promettevo alla fine, quando percorrere il Miglio Verde non era più una fantasia o un'ipotesi, ma qualcosa che dovevano fare sul serio. Mi spedisci questa lettera a mio fratello che non vedo da vent'anni? E io prometto. Reciti quindici Ave Maria per la mia anima? E io prometto. Mi fai morire con il mio nome spirituale e ti assicuri che lo scrivano sulla mia lapide? E io prometto. Era il modo per indurli ad andare e ad andarci facendo i bravi, il modo per assicurarsi che prendessero posto sulla sedia in fondo al Miglio Verde avendo ancora la testa a posto. Non potevo mantenere tutte quelle promesse, si capisce, ma mantenni quella che avevo fatto a Delacroix. Nel caso del francese si era pagato un prezzo peggio che salato. Al cattivo si era impedito di far del male al topo, di fargli male una seconda volta, ma male aveva fatto a Delacroix, un male d'inferno. Oh, so bene di che cosa era colpevole, d'accordo, ma nessuno merita il destino che toccò a Eduard Delacroix quando cadde nell'abbraccio spietato di Old Sparky.

Odore di menta piperita.

E qualcos'altro. Qualcos'altro dal fondo di quel foro.

Mi tolsi una penna dal taschino con la destra, sempre reggendomi alla trave con la sinistra, senza più preoccuparmi che Brutal potesse involontariamente farmi il solletico alle ginocchia ipersensibili. Svitai il cappuccio della penna con la mano in cui la tenevo, infilai la punta nel foro e ne cavai qualcosa. Era una minuscola scheggia di legno colorata di giallo vivo. Allora udii di nuovo la voce di Delacroix, questa volta chiara come se il suo fantasma fosse presente con noi in quella cella, la stessa in cui William Wharton aveva trascorso tanto del suo tempo.

Ehi, ragazzi! chiamò la voce, ora quella ridente e meravigliata di un uomo che almeno per qualche istante ha dimenticato dove si trova e che cosa sta aspettando. *Venite a vedere che cosa sa fare il signor Jingles!*

«Mio Dio», bisbigliai. Fu come se qualcuno mi avesse succhiato via tutto il fiato.

«Ne hai trovata un'altra, vero?» chiese Brutal. «Io ne ho ripescate tre o quattro.»

Ridiscesi e puntai il fascio di luce della torcia sulla sua grande mano protesa. Nel palmo c'erano altre schegge, come i bastoncini di uno sciangai per gnomi. Due erano gialle, come quelle che avevo trovato io, una era verde e un'altra rossa. Non erano state dipinte, ma colorate con pastelli di cera.

«Santo cielo», mormorai con un tremito nella voce. «Ma certo, sono i pezzi di quel rocchetto, no? Ma perché? Perché lassù?»

«Quand'ero piccolo, non ero grande e grosso come ora», disse Brutal. «Sono cresciuto soprattutto fra i quindici e i diciassette anni, ma prima ero un moschino. E quando sono andato a scuola per la prima volta, il primo giorno, mi sentivo piccolo come... be', piccolo come un topo, si potrebbe dire. E spaventato a morte. Allora sai che cosa ho fatto?»

Scossi la testa. Fuori soffiò di nuovo il vento. Negli angoli formati dalle travi le ragnatele vibrarono in sussulti vaporosi, come trine marce. Mai mi ero ritrovato in un posto pervaso da una così intensa atmosfera spettrale, e fu in quel preciso istante, mentre contemplavamo le schegge del rocchetto che aveva provocato tanto scompiglio, che la mia testa cominciò a sapere ciò che il mio cuore aveva capito fin da quando John Coffey aveva percorso il Miglio Verde: non avrei potuto continuare a fare quel mestiere per molto tempo. Depressione o non Depressione, non avrei potuto veder passare molti altri uomini dal mio ufficio sulla via per la loro sedia di morte. Uno ancora sarebbe stato forse già troppo.

«Ho chiesto a mia madre che mi desse uno dei suoi fazzoletti», spiegò Brutal. «Così quando mi sentivo piccolo piccolo e mi veniva da piangere, lo tiravo fuori di nascosto e fiutavo il suo profumo per darmi coraggio.»

«Perché tu pensi... cosa? Mi stai dicendo che quel topo si è masticato schegge di quel rocchetto colorato per ricordarsi Delacroix? Vorresti dirmi che un *topo*...»

Rialzò gli occhi. Credetti per un momento di scorgere un luccicare di lacrime, ma probabilmente su questo punto mi sbaglio. «Non sto dicendo niente, Paul. Ma ho trovato questi pezzetti lassù e ho sentito odore di menta, come te. Perché l'hai sentito anche tu, lo so. E io non ce la faccio più. Non lo farò più. Un altro che va a sedersi su quella sedia, e schiatto io. Lunedì presento domanda per essere trasferito all'istituto di correzione per minori. Se ce la faccio prima del prossimo, bene. Se no, do le dimissioni e torno a fare il contadino.»

«Perché, hai mai coltivato altro che sassi?»

«Non fa niente.»

«Lo so», risposi. «Penso che presenterò anch'io domanda con te.»

Mi fissò vigile, per assicurarsi che non lo stessi prendendo in giro, poi annuì come se fosse una questione risolta. Il vento rinforzò di nuovo, una folata questa volta abbastanza vigorosa da far scricchiolare le travi, e ci guardammo entrambi intorno a disagio, tra quei muri imbottiti. Credo che per un momento udimmo William Wharton (non Billy the Kid, non lui; per noi era diventato Wild Bill Wharton, Bill il Selvaggio, fin dal primo giorno al blocco) che gridava e rideva, che ci sbraitava addosso che saremmo stati schifosamente felici di sbarazzarci di lui, che non lo avremmo dimenticato mai più. Su questo aveva ragione.

Quanto a me e Brutal e alla decisione che avevamo preso insieme quella sera nella cella di isolamento, andò proprio come ci eravamo ripromessi. Era come se davanti a quei pezzettini di legno colorato avessimo fatto un giuramento solenne. Né io né lui prendemmo parte ad altre esecuzioni. John Coffey fu l'ultima.

PARTE SECONDA

La tana del topo

1

La casa di riposo dove barro il mio ultimo mazzetto di «t» e metto i puntini al mio ultimo mucchietto di «i» si chiama Georgia Pines. È a una sessantina di miglia da Atlanta e qualcosa come duecento anni luce dalla vita come la vive la maggior parte delle persone. Diciamo quelle sotto gli ottant'anni. Voi che leggete queste pagine abbiate a vigilare che nel vostro futuro non ci sia ad attendervi un posto come questo. Non è un posto crudele, almeno in generale; c'è la televisione via cavo, la cucina è buona (anche se c'è maledettamente poco che si possa masticare), ma a modo suo è un luogo di mattanza quanto lo era il Blocco E a Cold Mountain.

C'è persino un tizio che mi ricorda un po' Percy Wetmore, che aveva ottenuto di lavorare al Miglio Verde perché era imparentato con il governatore dello Stato. Dubito che costui abbia parenti importanti, anche se si comporta come se li avesse. Brad Dolan, si chiama. Non fa che pettinarsi, come Percy, e ha sempre qualcosa da leggere nella tasca posteriore dei calzoni. Nel caso di Percy erano riviste come *Argosy* e *Men's Adventure*;

Brad gira con questi piccoli tascabili che s'intitolano *Barzellette sporche* e *Barzellette macabre*. Va sempre in giro a chiedere a tutti quanti polacchi ci vogliono per avvitare una lampadina o che differenza c'è tra un negro e uno pneumatico o come fanno a stare quaranta ebrei a bordo di una Camaro. Come Percy, è un idiota secondo cui solo le malignità sono divertenti.

L'altro giorno ha detto qualcosa in cui mi è sembrato di riconoscere dell'acume, ma gliene rendo credito solo fino a un certo punto; anche un orologio fermo è giusto due volte al giorno, recita il proverbio. «Ti va bene che non hai l'Alzheimer, Paulie», mi ha detto. Non mi va per niente che mi chiami così, ma lui insiste nonostante le mie rimostranze e io ho rinunciato a chiedergli di piantarla. Ci sono altre massime, non esattamente proverbi, che si possono applicare a Brad Dolan: «Puoi condurre un cavallo all'acqua ma non puoi obbligarlo a bere», per esempio; oppure: «Un asino raglia anche in giacca e cravatta». Somiglia a Percy anche nella sua ottusità.

Quando è venuto fuori con il suo commento sul morbo di Alzheimer, stava pulendo il pavimento della veranda, dove io rileggevo le pagine scritte fin qui. Sono molte e prevedo che molte altre ce ne saranno prima che abbia finito. «Sai che cos'è in realtà l'Alzheimer?»

«No», gli ho risposto, «ma sono sicuro che me lo dirai tu, Brad.»

«È l'Aids dei vecchi», ha detto lui e poi è scoppiato a ridere come un matto, come fa tutte le volte che spara una di quelle sue penose freddure.

Io però non ho riso, perché aveva toccato un punto sensibile. Non che soffra del morbo di Alzheimer, per quanto in questo splendido ospizio ce ne sia a sufficienza sotto gli occhi di tutti, no, io soffro solo dei banali problemi di memoria che hanno gli anziani. Sono problemi che mi sembra riguardino più il *quando* che il *che cosa*. Rivedendo quanto ho scritto finora, mi pare di ricordare tutto ciò che avvenne nel '32; è l'ordine dei fatti che talvolta mi si confonde nella mente. Ma se sto attento, credo di potermi raccapezzare. Più o meno.

John Coffey arrivò al Blocco E e al Miglio Verde nell'ottobre di quell'anno, condannato per l'omicidio delle gemelline Detterick. È il mio principale punto di riferimento e se non lo perdo di vista dovrei cavarmela bene. William Wharton, detto Bill il Selvaggio, arrivò dopo Coffey; Delacroix prima. È precedente anche la comparsa del topo, quello che Brutus Howell, Brutal per gli amici, aveva battezzato Steamboat Willy e che Delacroix finì per chiamare signor Jingles.

Comunque lo vogliamo chiamare, il topo fu il primo, avendo preceduto anche Del, quand'era ancora estate e al Miglio Verde avevamo altri due prigionieri: Arlen Bitterbuck detto il Capo; e Arthur Flanders detto il Presidente.

Quel topo. Quel dannato topo. Delacroix lo adorava, ma Percy Wetmore certamente no.

Percy lo odiò da subito.

2

Il topo tornò tre giorni dopo essere stato inseguito quella prima volta da Percy lungo tutto il Miglio Verde. Dean Stanton e Bill Dodge discutevano di politica... che a quei tempi voleva dire parlare di Roosevelt e Hoover, intendendo Herbert e non J. Edgar. Mangiavano cracker da una scatola di Ritz che Dean aveva acquistato un'ora prima da Toot-Toot. Percy era sulla soglia dell'ufficio ad ascoltare, mentre si esercitava a estrarre velocemente il suo amato sfollagente. Lo sfilava da quella ridicola fondina fatta a mano che Dio solo sa dove si era procurato, poi lo roteava (ci provava, per la precisione, e il più delle volte gli sarebbe scappato di mano, non fosse stato per la cinghia di cuoio con cui lo teneva appeso al polso), poi lo reinguainava. Io non ero in servizio quella sera, ma il giorno dopo Dean mi fece un resoconto esauriente.

Il topo percorse il Miglio Verde come già la prima volta avanzando a scatti e fermandosi di tanto in tanto come per controllare le celle vuote. Poi compiva un altro tratto, per nulla scoraggiato, come se avesse sempre saputo che la sua ricerca sarebbe stata lunga e se ne fosse fatto una ragione.

Quella volta il Presidente era sveglio, in piedi alla porta della sua cella. Era un bell'elemento, il Presidente, uno che riusciva a sembrare elegante persino nella divisa celeste dei detenuti. Secondo noi si capiva dall'aspetto che non era destinato a Old Sparky e risultò che avevamo visto giusto: meno di una settimana dopo il secondo attacco di Percy al topo, la condanna del Presidente fu commutata in carcere a vita e il nostro ospite andò ad aggiungersi alla popolazione generale.

«Ehi!» esclamò. «C'è un topo qui! Allora è proprio una topaia la vostra!» Se la rideva sotto i baffi, ma Dean mi riferì che nel tono della sua voce c'era anche indignazione, come se nemmeno un rinvio a giudizio per omicidio fosse bastato a strappargli il papillon dall'anima. Era stato capo regionale di un'organizzazione immobiliare che si chiamava Mid-South Realty Associates e aveva un'opinione abbastanza alta della propria furbizia da ritenere di poter impunemente spingere l'anziano padre mezzo rimbambito da una finestra del secondo piano e intascarsi l'indennità di un'assicurazione sulla vita. In quello aveva sbagliato, ma forse non di tanto.

«Zitto tu, biecolone», brontolò Percy, ma rispondendo più che altro a un automatismo. I suoi occhi erano sul topo. Aveva riposto lo sfollagente e tirato fuori uno dei suoi giornaletti, che ora però buttò sul tavolo, per sguainare di nuovo il bastone. Cominciò a batterselo meccanicamente sulle nocche della mano sinistra.

«Porca troia», mormorò Bill Dodge. «Non avevo mai visto un topo qui dentro.»

«Ah, ma è simpatico», ribatté Dean. «E non ha per niente paura.»

«E come lo sai?»

«È stato qui già un'altra volta. L'ha visto anche Percy. Brutal lo chiama Steamboat Willy.»

Percy arricciò il naso a quelle parole, ma lì per lì non disse niente. Ora si batteva più in fretta lo sfollagente sul dorso della mano.

«Voglio proprio vedere», continuò Dean. «L'altra volta è venuto fino al tavolo. Chissà se ci rifà.»

Il topo lo accontentò, passando alla larga dal Presidente, come se non gli piacesse l'odore del nostro parricida. Controllò due delle celle vuote, saltando persino su una delle brande priva di materasso per un'annusatina. E Percy sempre fermo, a battere e battere, una volta tanto senza fiatare, tutto concentrato nel desiderio di fargli rimpiangere di essere tornato. Concentrato nel proposito di dargli una lezione.

«Vi va bene che non dovete farlo sedere su Sparky», osservò Bill, suo malgrado interessato. «Cavoli vostri a bloccargli le caviglie e mettergli la calotta.»

E ancora Percy non diceva niente, ma intanto piano piano prendeva lo sfollagente tra le dita come si fa con un buon sigaro.

Il topo si fermò nello stesso punto della volta precedente, a non più di un metro dalla scrivania, fissando Dean come un prigioniero alla sbarra. Lanciò una rapida occhiata a Bill, poi tornò a guardare Dean. Pareva che della presenza di Percy non si fosse nemmeno accorto.

«Ha del fegato il bastardino, non lo si può negare», disse Bill. Poi alzò un po' la voce. «Ehi! Ehi! Steamboat Willy!»

Il topo trasalì e gli fremettero le orecchie, ma non scappò e non diede nemmeno segno di aver pensato di farlo.

«Ora state a vedere», annunciò Dean, ricordando come Brutal gli avesse dato da mangiare un po' del suo sandwich di carne salata. «Non so se lo farà di nuovo, ma...»

Spezzò un bocconcino di cracker e lo lasciò cadere davanti al topo. La bestiolina lo osservò per un secondo o due con quegli occhietti vividi e neri, facendo vibrare i filamenti che aveva per baffi mentre l'annusava. Poi prese il bocconcino tra le zampe, si sedette e cominciò a sgranocchiarlo.

«Be', che mi venisse un accidente!» sbottò Bill. «Guardalo lì che mangia tutto compito come un parroco in canonica il sabato sera!»

«A me sembra più un negro che mangia una fetta di anguria», obiettò Percy, ignorato dai due colleghi. Ignorato anche dal Capo e dal Presidente, se è per questo. Il topo finì il cracker ma rimase seduto, come in equilibrio sulla virtuosa spira della coda, a guardare i giganti in divisa blu.

«Fai provare me», disse Bill. Spezzò un altro cracker, si sporse dalla scrivania e glielo lasciò cadere davanti. Il topo lo annusò senza toccarlo.

«Sarà pieno», commenta Bill.

«Ma va'», ribatté Dean, «sa che sei uno stagionale, tutto qui.»

«Stagionale io? Buona questa! Mi sono fatto qui dentro quanto Harry Terwilliger! Anche di più!»

«Sgasati, veterano, sgasati», lo apostrofò Dean divertito. «Ma sta' a vedere se non ho ragione io.» Lanciò un altro pezzetto di cracker e questa volta il topo lo prese e lo mangiò, sempre senza prendere in alcuna considerazione il contributo di Bill Dodge. Ma aveva appena cominciato a rosicchiare il pezzetto, che Percy gli scagliò addosso lo sfollagente come una lancia.

Il topo era un bersaglio di dimensioni ridotte, ma bisogna ammettere che il lancio fu maledettamente preciso e avrebbe potuto staccargli la testa di netto se non avesse avuto riflessi più fulminei di una saetta. Abbassò la testa (sì, proprio come avrebbe fatto un essere umano) e lasciò cadere il pezzetto di cracker. Il pesante sfollagente gli passò sopra muso e schiena, così vicino da arruffargli il pelo (così sostenne Dean e così io gliela lasciai passare, anche se non sono del tutto propenso a crederlo), cadendo sul linoleum verde e rimbalzando contro le sbarre di una cella vuota. Il topo non attese di sapere se fosse stato un errore. Quasi che avesse ricordato lì per lì un impegno urgente, si girò e sparì giù per il corridoio verso la camera di confino.

Percy muggì di frustrazione, conscio di esserci andato dannatamente vicino, e si gettò di nuovo all'inseguimento. Bill Dodge lo afferrò per un braccio, probabilmente agendo di puro istinto, ma Percy si liberò con uno strattone. Eppure, secondo Dean, fu proprio quel momentaneo ostacolo a salvare la vita di Steamboat Willy e anche in quel caso fu solo per il classico pelo. Percy non voleva limitarsi a uccidere il sorcio, voleva *schiacciarlo*, perciò partì in lunghe, comiche falcate, come un cervo al galoppo, facendo rintronare tutto il Miglio sotto le pesanti scarpe nere d'ordinanza. Il topo evitò per un niente gli ultimi due balzi di Percy, il primo ziggando e il secondo zaggando. S'infilò sotto la porta con un ultimo guizzo della lunga coda rosea e... tanti saluti a tutti quanti.

«*Merda!*» ringhiò Percy menando uno schiaffo di piatto con la mano sul cancello. Poi prese ad armeggiare con il suo mazzo di chiavi, con l'intenzione di entrare nella cella per proseguire la caccia.

Dean s'incamminò per il corridoio, scegliendo volutamente un passo lento per darsi il tempo di temperare le proprie emozioni. Da una parte aveva voglia di ridere della reazione di Percy, mi confessò, ma insieme avrebbe voluto prenderlo, girarlo, inchiodarlo alla porta della cella e pestarlo come una bistecca. Più che altro, naturalmente, era stata la sorpresa. Il nostro compito al Blocco E era di ridurre lo scompiglio al minimo e «scompiglio» era praticamente il soprannome di Percy Wetmore. Lavorare con lui era un po' come cercare di disinnescare una bomba avendo alle spalle uno che ogni tanto sbatte un paio di piatti da orchestra. In altre parole la sua sola presenza era fonte di tensione. Dean mi riferì di aver scorto quella tensione negli occhi di Arlen Bitterbuck... e persino in quelli del Presidente, un uomo solitamente compassato quanto il proverbiale bove.

E non era ancora tutto. Sotto sotto Dean aveva già cominciato ad accettare il topo come... oddio, forse non proprio un amico, ma diciamo una parte della vita al blocco. Per questo l'iniziativa di Percy era sbagliata ed era sbagliato quello che stava cercando di fare ora. Anche se stava cercando di farlo a un semplice topo. E il fatto che Percy non avrebbe mai capito come mai era sbagliato sia da esempio perfetto del perché era lui a essere sbagliato per il lavoro che credeva di svolgere.

Prima di arrivare in fondo al corridoio, Dean aveva ritrovato il controllo di sé e sapeva come affrontare la questione. Se c'era una cosa che Percy assolutamente non sopportava era di fare la figura dello stupido e di questo eravamo tutti consapevoli.

«Ohi, ohi, buggerato di nuovo», lo canzonò con un sorriso.

Percy lo guardò peggio che storto e si scacciò una ciocca dalla fronte.

«Attento, Quattrocchi. Ce le ho già girate. Non peggiorare la situazione.»

«Dunque è di nuovo tempo di grandi pulizie primaverili», commentò Dean, senza veramente ridere, ma ridendo con gli occhi. «Be', questa volta, quando avrai tirato fuori tutto, ti scoccia dare una passata al pavimento?»

Percy si girò a guardare la porta. Guardò le chiavi che aveva in mano. S'immaginò un'altra lunga, sudata e infruttuosa perquisizione della cella con le pareti imbottite, sotto gli occhi dei colleghi... nonché quelli del Capo e del Presidente.

«Vai a capire che cosa ci trovate di tanto divertente», brontolò. «Abbiamo giusto bisogno di topi in giro per il blocco. Con tutti i parassiti che ci sono già, figurati a che ci servono i topi.»

«E dici bene, Percy», replicò Dean alzando le mani. Ci fu un momento, mi rivelò la sera dopo, in cui credette che Percy avrebbe scelto di prendersela con lui.

A quel punto s'intromise Bill Dodge a placare le acque. «Mi sa che ti è cascato questo», disse restituendo a Percy il suo sfollagente. «Mezzo dito più giù e gli avresti spezzato la schiena a quel bastardello.»

A quelle parole Percy gonfiò il petto. «Già, non ho fatto centro per un niente», si compiacque, reinfilando lo scassateste in quella sua stupida guaina. «Al liceo ero lanciatore. Per due volte ho lasciato gli avversari a secco di valide.»

«Tosto», mormorò Bill e il tono rispettoso della sua voce (nonostante la strizzata d'occhio che rivolse a Dean quando Percy si fu girato dall'altra parte) bastò a finire di spegnere il principio di incendio.

«Già», fece Percy. «Li ho lasciati a bocca asciutta a Knoxville. Ragazzi di città. Sono usciti dal campo che ancora non avevano capito che cosa gli era successo. Due sole prime basi regalate dall'arbitro. Avrei potuto piazzare la partita perfetta se non l'avesse arbitrata quel biecolone.»

Dean avrebbe potuto chiuderla lì, ma aveva più anzianità di Percy e fra le mansioni di un collega anziano c'è quella di istruire e all'epoca, prima di Coffey, prima di Delacroix, credeva ancora che a Percy si potesse insegnare qualcosa. Così allungò la mano e lo prese per un polso. «Meglio che pensi bene a che cosa stavi facendo», gli disse Dean. La sua intenzione, spiegò poi, era stata di parlare in tono serio, senza metterci disapprovazione. Non troppa, in ogni caso.

Solo che con Percy non funzionò. Forse lui non avrebbe imparato... ma alla lunga avremmo imparato noi.

«Ehi, Quattrocchi, lo so benissimo che cosa stavo facendo. Cercavo di prendere quel topo. Cos'è, sei cieco?»

«Hai anche messo addosso una fifa blu a Bill, a me e a loro», rispose Dean indicando Bitterbuck e Flanders.

«E allora?» si difese Percy, irrigidendosi. «Non siamo

all'asilo nido, nel caso non l'hai notato. Anche se voialtri ve li cullate come neonati, il più delle volte.»

«Ma a me non piace che mi si metta paura», lo affrontò Bill, «e io qui ci lavoro, Wetmore, nel caso sia tu a non aver notato qualcosa. E io non sono uno dei tuoi biecoloni.»

Percy lo guardò con gli occhi socchiusi dal rancore, appannato però da un velo d'incertezza.

«E noi non facciamo paura a loro più di quanto è necessario, perché sono già in uno stato di tensione notevole», continuò Dean. Stava tenendo ancora la voce bassa. «E le persone sottoposte a tensione possono spezzarsi. Farsi del male. Fare del male agli altri. Qualche volta mettono nei guai anche gente come noi.»

La bocca di Percy si contrasse. «Nei guai» era una prospettiva che aveva presa su di lui. Combinare guai andava bene. Ficcarvisi no.

«Il nostro compito è parlare, non urlare», disse Dean. «Un uomo che urla ai prigionieri è un uomo che ha perso il controllo.»

Percy sapeva chi aveva firmato il copione: io. Il principale. Non si sprecava amore tra Percy Wetmore e Paul Edgecombe ed eravamo ancora in estate, non scordiamolo, molto prima che si cominciasse a ballare sul serio.

«Ti sentirai meglio», gli consigliò Dean, «se pensi a questo posto come a un reparto di cure intensive in un ospedale. È opportuno starsene buoni...»

«Io lo vedo come un secchio pieno di piscia dove affogarci i topi di fogna», lo interruppe Percy. «E adesso basta.»

Si liberò della mano di Dean, s'infilò tra lui e Bill e si

avviò per il corridoio a testa bassa. Passò un po' troppo vicino al Presidente, abbastanza perché Flanders, fosse stato quel tipo di individuo, potesse allungare il braccio attraverso le sbarre, bloccarlo e magari suonargli il cranio con lo sfollagente del cuore suo. Non era naturalmente nell'indole del Presidente, ma forse lo era in quella del Capo. Se ne avesse avuta l'occasione, non era per niente escluso che il Capo gli avrebbe amministrato una suonata tanto per schiarirgli le idee. Il commento che fece Dean, quando la sera dopo mi riferì tutta la vicenda, mi è rimasto impresso per sempre nella mente, perché si rivelò non poco profetico. «Wetmore non capisce di non aver nessun potere su di loro», disse Dean. «Che niente di quello che fa lui può veramente peggiorare la loro situazione, che possono essere messi a cuocere sulla sedia una volta sola. Finché non se lo sarà ficcato nella testa, resterà un pericolo per se stesso e per tutti quelli che si trovano qui con lui.»

Percy entrò nel mio ufficio e chiuse la porta sbattendola.

«Ahi, ahi», mormorò Bill Dodge. «Se si è mai visto un testicolo gonfio e infetto...»

«A dirla con parole buone», sospirò Dean.

«Be', noi guardiamo al lato positivo della situazione», concluse Bill. Lui esortava sempre tutti a guardare al lato positivo, era così assillante che ogni volta che gli usciva di bocca ti veniva voglia di tirargli un cazzotto sul naso. «Il tuo topolino se l'è cavata.»

«Già, ma non lo rivedremo più», rispose Dean. «Mi sa che questa volta quel deficiente di Percy Wetmore l'ha spaventato in via definitiva.»

3

Era una previsione logica ma errata. Il topo tornò già la sera dopo, che corrispondeva alla prima delle due di libertà concesse a Percy Wetmore, prima che venisse trasferito al turno di morte.

Steamboat Willy si presentò verso le sette. Ero presente alla sua riapparizione; e c'erano anche Dean e Harry Terwilliger. Harry era di servizio, al tavolo. Tecnicamente io ero di turno durante il giorno, ma mi ero trattenuto a trascorrere un'ora in più con il Capo, il cui momento era ormai alle soglie. Esteriormente Bitterbuck era stoico, secondo la tradizione della sua tribù, ma io vedevo la paura della fine che gli cresceva dentro come un fiore velenoso. Così si parlava. Potevi parlargli di giorno ma non funzionava bene, con gli schiamazzi e le conversazioni che arrivavano dal cortile (senza contare le occasionali scazzottate), i tonfi delle macchine che arrivavano dall'officina, l'ordine improvviso di questa o quella guardia che gridava a qualcuno di metter giù quel piccone o tirar su quella zappa, o anche solo di muovere quelle dannate chiappe, Harvey. Dopo le quattro era un po' meglio e dopo le sei lo era del tutto. Fra le sei e le otto era il periodo perfetto. Dopo ancora vedevi insinuarsi di nuovo i lunghi pensieri nella loro mente (anche negli occhi, lo vedevi, come ombre pomeridiane) ed era meglio smettere. Sentivano ancora che cosa gli stavi dicendo, ma per loro non aveva più alcun senso. Dopo le otto cominciavano a prepararsi per le veglie della notte e a immaginarsi la sensazione della calotta quando gliel'avrebbero fissata alla testa e l'odore dell'aria dentro il cappuccio nero quando gliel'avrebbero srotolato sulla faccia sudata.

Io comunque presi il Capo in un momento favorevole. Mi raccontò della sua prima moglie e di come avessero costruito insieme una casa di legno in montagna. Erano stati i giorni più felici della sua vita, mi confidò. L'acqua era così pura e così fredda che ogni volta che bevevi un sorso ti sembrava di esserti tagliato in bocca.

«Ehi, signor Edgecombe», mi chiese, «lei pensa che se un uomo si pente sinceramente delle cose sbagliate che ha fatto, può darsi che ritorna al tempo che per lui è stato il più felice a viverci per sempre? Può essere che il paradiso è fatto così?»

«È pressoché così che l'ho sempre immaginato io», gli risposi. Era una bugia per cui non provavo il minimo rimorso. Avevo appreso le questioni dell'aldilà sulle ginocchia di mia madre e ciò che credevo io era quanto stava scritto sugli assassini nel Libro dei libri: che non c'è vita eterna per loro. Io credo che vadano diritti all'inferno, dove bruciano nelle pene e nei tormenti fino al giorno in cui Dio darà finalmente a Gabriele il segno perché suoni la Tromba del Giudizio. Quando succederà, si dissolveranno nel nulla... e probabilmente saranno contenti così. Non lasciavo però che trapelasse nulla di queste mie convinzioni, né conversando con Bitterbuck, né con altri. Credo che in cuor loro lo sapessero. Dov'è tuo fratello, il suo sangue mi invoca dalla terra, disse Dio a Caino, e io dubito che quelle parole giunsero molto inaspettate alle orecchie di quel particolare ragazzo difficile; scommetto che a ogni passo che faceva sentiva il sangue di Abele piangere nel terreno.

Quando lo lasciai il Capo sorrideva, forse ripensando alla sua casetta nel Montana e alla moglie sdraiata a seno nudo nella luce del fuoco. Sarebbe stato alle prese con un fuoco più vivace di lì a poco, non avevo dubbi.

Risalii il corridoio e Dean mi riferì del suo battibecco con Percy della sera precedente. Credo che avesse indugiato volutamente per potermene parlare in un momento in cui gli avrei accordato l'attenzione che desiderava. Io ascoltavo sempre attentamente quando c'era di mezzo Percy, perché su un punto concordavo al cento per cento con Dean: Percy era il tipo di persona capace di provocare un mare di guai, a tutti noi oltre che a se stesso.

Mentre Dean finiva il suo racconto, arrivò Toot-Toot con il suo carrello rosso, che era tappezzato di citazioni bibliche scritte a mano («PENTITI perché il SIGNORE giudicherà il suo popolo», Dt. 32,36, «e sicuramente il SANGUE delle vostre vite Io esigerò», Gen. 9,5, e altre analoghe amenità, di quelle che ti tengono su il morale) e noi gli comperammo sandwich e bibite. Dean stava cercando qualche spicciolo frugandosi in tasca e commentava che non avremmo più visto Steamboat Willy, dato che Percy Wetmore lo aveva troppo spaventato, quando il vecchio Toot-Toot saltò su a dire: «E allora quello che cos'è?»

Guardammo ed eccolo là, il topolino in fabula, che arrivava saltellando giù per il Miglio Verde. Percorreva un breve tratto, si fermava, si guardava intorno con quegli occhietti piccoli piccoli e luccicanti come goccioline di petrolio, poi avanzava di nuovo.

«Ehi, topo!» lo chiamò il Capo e la bestiolina si fermò e lo guardò facendo frullare i baffi. Vi giuro che è stato proprio come se quel dannato sorcio sapesse di essere stato interpellato. «Sei uno spirito guida che ha preso la forma di roditore?» gli domandò Bitterbuck lanciandogli un pezzettino di formaggio dalla sua cena. Il formaggio cadde davanti al topo, ma Steamboat Willy non lo guardò neppure e continuò a venire avanti, su per il Miglio Verde, controllando le celle vuote.

«Capo Edgecombe!» chiamò il Presidente. «Tu credi che quel piccolo bastardo sappia che Wetmore non c'è? Io sì, perdio!»

Era la sensazione che avevo anch'io... ma non lo avrei ammesso apertamente.

Uscì in corridoio Harry e si soffermò a riaggiustarsi i calzoni come sempre faceva dopo aver trascorso qualche minuto corroborante al cesso. Sgranò gli occhi. Era rimasto imbambolato anche Toot-Toot, con un sorriso che gli smontava la bocca flaccida e sdentata in un effetto estetico poco gradevole.

Il topo si fermò in quello che stava diventando il suo solito posto, si arrotolò la coda sulle zampe e ci guardò. Di nuovo evocò in me giudici nell'atto di pronunciare sentenze a carico di sventurati prigionieri... ma si era mai visto un prigioniero così piccolo e impavido come quello? Che del resto non era propriamente un prigioniero, potendo andare e venire a piacimento. L'idea però non mi abbandonava e ancora una volta fui indotto a riflettere che così piccoli ci saremmo sentiti per la gran parte anche tutti noi davanti al tribunale di Dio, esaurita la nostra vita terrena, ma che molto pochi di noi sarebbero stati capaci di apparire altrettanto intrepidi.

«Questa poi», mormorò Toot-Toot. «Guardalo lì, seduto tranquillo e beato come il grande Menefaccioun-baffo.»

«E non hai ancora visto niente, Toot», lo apostrofò Harry. «Sta' attento.» Dal taschino tolse una fetta di mela cannella avvolta in carta oleata. Ne ruppe un pezzetto e lo gettò per terra. Era duro e secco e pensai che rimbalzando sarebbe schizzato dietro il topo, che invece allungò la zampa con il gesto distratto di un uomo che scaccia una mosca per ammazzare il tempo e lo smorzò a terra. Ridemmo tutti di ammirazione e stupore, un fragore improvviso che avrebbe dovuto terrorizzare l'animaletto, il quale viceversa abbozzò solo una parvenza di reazione. Raccolse fra le zampe il pezzetto di frutto disidratato, lo leccò un paio di volte, poi lo lasciò ricadere e ci guardò come a dire: non male, che cos'altro avete?

Toot-Toot aprì il contenitore del suo carretto, prese un sandwich, lo scartò e strappò dal ripieno una strisciolina di mortadella.

«Lascia stare», intervenne Dean.

«Perché?» chiese Toot-Toot. «Non c'è topo vivo che rinuncerebbe alla mortadella se potesse metterci le zampe sopra. Sei scemo?»

Ma io sapevo che Dean aveva ragione e vedevo dalla sua espressione che ne era cosciente anche Harry. C'erano quelli di noi che passavano al penitenziario un periodo, c'erano quelli che ci restavano. Non so come, ma sembrava che il topo conoscesse la differenza. Folle, ma vero.

Così il vecchio Toot-Toot gli lanciò la strisciolina di mortadella e, come volevasi dimostrare, il topo non volle averci a che fare; l'annusò una volta e indietreggiò di mezza spanna.

«Razza di impunito...» brontolò Toot-Toot offeso.

Io protesi la mano. «Dallo a me.»

«Cosa? Lo stesso sandwich?»

«Lo stesso. Te lo pago.»

Toot-Toot me lo diede. Io sollevai la fetta superiore di pane, strappai un'altra striscia di affettato e lo lasciai cadere al di là della scrivania. Il topo venne subito avanti, raccattò la mortadella fra le zampe e si mise a mangiare. Non avresti fatto a tempo a dire bah, che aveva già finito.

«Mi venga un canchero!» proruppe Toot-Toot. «Porco mondo! Dammi qui!»

Mi strappò il sandwich di mano, ne cavò un pezzo di mortadella molto più grande, non più una strisciolina ma una fetta quasi intera, e lo lasciò cadere così vicino al topo che quasi andò a coprire la testa di Steamboat Willy come una cuffia. Ma la bestiolina si ritrasse, annusò (non credo che durante la Depressione fosse capitata una simile manna ad altri della sua specie, certamente non nel nostro stato) e alzò il muso a guardarci.

«Coraggio, mangia!» lo incitò Toot-Toot, ora più offeso che mai. «Che ti prende?»

Il sandwich passò a Dean, che a sua volta lasciò cadere un pezzetto di mortadella, in una specie di rito che sembrava una comunione alla rovescia. Il topo lo prese subito e subito lo mangiò. Poi si girò e tornò indietro per il corridoio fino alla camera di confino, sostando un paio di volte a sbirciare nelle celle vuote e deviando una volta per una breve perlustrazione di una terza. Di nuovo mi sovvenne l'ipotesi che stesse cercando qualcuno e fui più lento nello scartarla.

«Questa non la racconto», dichiarò Harry. Il tono era per metà scherzoso e per metà no. «Prima di tutto a nessuno gliene frega niente. In secondo luogo, tanto non mi crederebbero.»

«Quello mangia solo se glielo date voi», osservò Toot-Toot. Scosse la testa incredulo, poi si chinò con difficoltà, raccolse quanto il topo aveva disdegnato e se lo tuffò nelle proprie fauci sdentate, dove prese a spappolarlo a colpi di gengiva. «Vorrei sapere perché.»

«Io ho una domanda migliore», ribatté Harry. «Come faceva a sapere che Percy non c'è?»

«Non lo sapeva», risposi io. «È stata una coincidenza che sia venuto proprio stasera.»

Solo che mi divenne sempre più difficile crederlo con il passare dei giorni, quando constatai che il topo riappariva solo quando Percy era fuori servizio, o assegnato a un altro turno, o in un'altra parte della prigione. Noi, intendendo io, Harry, Dean e Brutal, concludemmo che doveva aver imparato a riconoscere o la voce o l'odore di Percy. Evitavamo con cura di discutere troppo del topo in sé. Se lo avessimo fatto, sembrava avessimo deciso senza mai parlarne, avremmo in larga misura guastato una cosa che era speciale... e bella, in virtù della sua stranezza e delicatezza. Willy aveva scelto noi, in fondo, in un modo che nemmeno ora sono riuscito a capire. Forse più vicino di tutti è andato Harry nell'affermare che non sarebbe servito raccontarlo in giro, non già perché non ci avrebbero creduto, ma perché non sarebbe importato a nessuno.

4

Poi venne l'ora dell'esecuzione di Arlen Bitterbuck, in realtà non un capo bensì primo anziano della sua tribù nella riserva washita e membro del consiglio cherokee. Aveva ucciso un uomo da ubriaco. Ubriaco lui e ubriaca la sua vittima, per la verità. Il Capo gli aveva fracassato la testa con un blocco di cemento. Oggetto del contendere era stato un paio di scarpe. Così, per il 17 luglio di quell'estate piovosa, il *mio* consiglio degli anziani aveva decretato la fine della sua vita.

A Cold Mountain gli orari di visita ai prigionieri erano rigidi come putrelle d'acciaio, ma con l'esclusione dei nostri ragazzi al Blocco E. Così, il giorno 17, fu consentito a Bitterbuck di recarsi nella stanza lunga accanto alla mensa, la Galleria. Il locale era diviso in due da una rete metallica centrale, nella quale erano intrecciate sezioni di filo spinato. Lì avrebbe ricevuto la visita della seconda moglie e di quelli dei suoi figli che fossero disposti ad avere ancora a che fare con lui. Era il momento degli addii.

Fu condotto alla Galleria da Bill Dodge e due altri

stagionali. Gli altri di noi erano altrimenti occupati: avevamo un'ora in cui far star dentro almeno due prove. Tre se ci fossimo riusciti.

Percy non protestò più che tanto per essere stato assegnato alla stanza dell'interruttore con Jack Van Hay per l'esecuzione di Bitterbuck; era troppo inesperto per sapere se gli fosse stato accordato un posto buono o scadente. Sapeva però che avrebbe dovuto guardare attraverso una feritoia rettangolare protetta da una rete metallica e anche se probabilmente non gli importava molto di trovarsi a guardare la sedia da dietro e non di fronte, sarebbe stato comunque abbastanza vicino da veder sprizzare scintille.

All'interno, di fianco a quella finestrella, c'era un telefono a muro nero, senza né manovella né quadrante. Quel telefono poteva solo ricevere telefonate e da un solo posto: l'ufficio del governatore. Ho visto chissà quanti film in cui il telefono del governatore squilla giusto nell'istante in cui ci si prepara ad abbassare la leva e folgorare un povero innocente, ma in tutti gli anni in cui ho servito al Blocco E, il nostro non ha mai squillato. Non una sola volta. Nei film la salvezza viene via per poco. Altrettanto dicasi per l'innocenza. Paghi venticinque centesimi e ottieni in cambio qualcosa che vale venticinque centesimi. La vita reale costa di più e la maggior parte delle risposte che ti dà sono diverse.

Giù nel tunnel avevamo un manichino da sartoria per il trasferimento all'ambulanza e per tutto il resto avevamo il vecchio Toot-Toot. Con il passare del tempo Toot era diventato la controfigura ufficiale del condannato, divenuto a suo modo venerando quanto la tradizione vuole che sia l'agnello a Pasqua, che ti piacciano o no le sue carni. Era simpatico a quasi tutti gli altri agenti di custodia, che trovavano divertente il suo buffo accento (francese anche il suo, ma di origine canadese e non cajun), successivamente temperato in qualcosa di molto personale durante gli anni trascorsi in carcere nel Sud. Persino Brutal trovava motivo di spasso nel vecchio Toot. Io no. A mio modo di vedere era, in un certo senso, una versione più anziana e stolida di Percy Wetmore, un individuo troppo schifiltoso da uccidere e cucinare da sé la propria carne, ma a cui viene subito l'acquolina in bocca agli aromi di un barbecue.

Eravamo tutti presenti per la prova generale, come lo saremmo stati per l'evento vero e proprio. Era toccato a Brutus Howell essere «messo fuori», come dicevamo noi, vale a dire che spettava a lui assicurare la calotta, piantonare il telefono del governatore, chiamare il medico dal suo posto vicino al muro se fosse stato necessario e dare effettivamente l'ordine di andare con la due quando fosse venuto il momento. Se tutto andava bene, non ci sarebbero stati elogi per nessuno. Se bene non andava, Brutal sarebbe stato incolpato dai testimoni e io sarei stato incolpato dal direttore. Nessuno dei due se ne lamentava, tanto non sarebbe servito a niente. Il fatto semplice è che il mondo gira. Puoi sederti e girare con il mondo o puoi alzarti in piedi per protestare e venire catapultato fuori.

Io, Dean e Harry Terwilliger andammo alla cella del Capo per la prima prova meno di tre minuti dopo che Bill e i suoi avevano scortato Bitterbuck alla Galleria. La porta era aperta e sulla branda del Capo sedeva Toot-Toot, con i sottili capelli bianchi tutti in disordine.

«Questo lenzuolo è pieno di macchie di venute», osservò. «Deve aver cercato di buttarla fuori tutta prima di farsela bollire in corpo da voialtri.» E starnazzò una risata.

«Zitto, Toot», lo riprese Dean. «Vediamo di restare seri.»

«Va bene», annuì Toot-Toot, ricomponendosi immediatamente in un'espressione di severa gravità. Ma gli brillavano gli occhi. Mai il vecchio Toot era così vivo come quando faceva il morto.

Mi feci avanti io. «Arlen Bitterbuck, in rappresentanza della corte e dello Stato di bla bla, ho un mandato per bla bla, la quale esecuzione dovrà avvenire alle ore zero uno del bla bla. Vuoi fare un passo avanti?»

Toot si alzò dalla branda. «Faccio un passo avanti, faccio un passo avanti, faccio un passo avanti.»

«Girati», gli ordinò Dean e quando Toot-Toot ubbidì, gli esaminò il culmine forforoso della testa. Quella del Capo sarebbe stata rasata l'indomani sera e allora Dean avrebbe controllato che non ci fosse bisogno di qualche ritocco. La presenza di capelli avrebbe potuto pregiudicare la conduzione rendendo tutto più difficile. Tutto quello che facevamo il giorno prima era per facilitare lo svolgere della procedura il giorno dopo.

«Bene, Arlen», dissi io a Toot-Toot e ci avviammo tutti insieme.

«Percorro il corridoio, percorro il corridoio, percorro il corridoio», recitò Toot. Io ero alla sua sinistra, Dean a destra. Dietro di lui camminava Harry. In fondo al corridoio svoltammo a destra, lasciandoci alle spalle la vita come la si viveva nel cortile e dirigendoci verso la morte come la si moriva nel capannone. Entrammo nel mio ufficio e Toot si gettò in ginocchio senza che fosse necessario chiederglielo. Conosceva più che bene il copione, probabilmente meglio di tutti noi. Dio sa se non era lì da più tempo di noi.

«Prego, prego, prego», intona Toot-Toot alzando le mani nodose. Sembravano quelle della famosa incisione; probabilmente sapete a quale mi riferisco. «Il Signore è il mio pastore e via di seguito.»

«Chi viene per Bitterbuck», s'informò Harry. «Non è che ci propinano qualche stregone cherokee che gli scrolla il pisello, eh?»

«Per la verità...»

«Ancora prego, ancora prego, ancora mi rimetto alla misericordia di Dio», mi prevenne Toot.

«Zitto, vecchio balordo», lo apostrofò Dean.

«Sto pregando!»

«E allora prega in silenzio.»

«Dove vi siete cacciati?» tuonò Brutal dal capannone. Anche quel locale era stato svuotato per noi. Sì, si era di nuovo nella zona di mattanza e quasi ne sentivi l'odore.

«Datti una calmata laggiù!» gli rispose Harry. «Non essere così impaziente!»

«Prego», esclamò Toot, mostrandoci il suo brutto sorriso all'indentro. «Prego che mi accordi pazienza, solo un briciolo di dannata pazienza.»

«A dir la verità», ricominciai io, «Bitterbuck è cristiano. Almeno così sostiene. E ha detto che gli va benissimo il ministro battista che è già stato qui per Tillman Clark. Schuster, si chiama. Piace anche a me. È veloce e non incasina la testa ai condannati. In piedi, Toot. Per oggi hai pregato abbastanza.»

«Vado», annunciò Toot. «Vado di nuovo, vado di nuovo, sissignore, vado per il Miglio Verde.»

Basso com'era, dovette comunque chinarsi un po' per passare sotto l'architrave della porticina in fondo all'ufficio. Noi dovemmo chinarci di più. Quello era un momento vulnerabile con un condannato vero e quando allungai lo sguardo alla pedana sulla quale era posto Old Sparky e vidi Brutal con la pistola spianata, manifestai con un cenno del capo la mia soddisfazione. Tutto a dovere.

Toot-Toot scese i gradini e si fermò. Le seggiole pieghevoli di legno, una quarantina, erano già state sistemate. Bitterbuck avrebbe raggiunto la pedana su un percorso che l'avrebbe mantenuto a distanza di sicurezza dagli spettatori seduti, con l'aggiunta precauzionale di un'altra mezza dozzina di agenti a fare da sbarramento. Costoro sarebbero stati agli ordini di Bill Dodge. Sebbene la disposizione logistica, bisogna ammetterlo, fosse alquanto primitiva, non era mai accaduto che un testimone fosse minacciato da un condannato... e io ero più deciso che mai a non veder stabilire precedenti.

«Pronti, ragazzi?» chiese Toot quando ci vide riassumere la nostra formazione originaria in fondo agli scalini che scendevano dal mio ufficio. Io annuii e partimmo verso la pedana. Ho spesso pensato che somigliavamo soprattutto a una scorta d'onore che avesse dimenticato a casa la bandiera da scortare.

«E io che cosa dovrei fare?» chiese Percy da dietro la rete metallica della finestrella tra il capannone e la stanza dell'interruttore.

«Guardare e imparare», gli risposi.

«Tenendo le mani lontane dal würstel», mormorò Harry. Ma Toot-Toot lo sentì e ridacchiò.

Lo scortammo sulla pedana e Toot si girò da solo: il consumato veterano. «Mi siedo», proclamò, «mi siedo, mi siedo, mi metto a sedere in grembo a Old Sparky.»

Io mi abbassai sul ginocchio destro davanti alla sua gamba destra. Dean sul sinistro davanti alla sua sinistra. Quello era soprattutto il momento in cui diventavamo vulnerabili a un'aggressione fisica, se il condannato avesse dato in... escandescenze, cosa che capitava di tanto in tanto. Entrambi inclinammo il ginocchio leggermente verso l'interno per proteggere l'inguine. E abbassammo il mento per proteggere la gola. Naturalmente si eseguiva la manovra di bloccaggio delle caviglie con la massima celerità per neutralizzare il pericolo il più presto possibile. Quando l'avremmo condotto per la sua ultima passeggiata, il Capo avrebbe indossato un paio di ciabatte, ma «sarebbe potuta andare peggio» non è di grande consolazione per un uomo con il pomo d'Adamo spappolato. O che si contorce per terra con i testicoli che gli si vanno gonfiando come due palloni da football, se è per questo, davanti agli occhi di una quarantina di spettatori, molti dei quali gentiluomini della stampa, seduti su quelle sedie della Grange.

Serrammo le caviglie a Toot-Toot. La ganascia dalla parte di Dean era un po' più grande perché vi arrivava la corrente. L'indomani notte, quando sulla sedia si sarebbe seduto Bitterbuck, avrebbe avuto il polpaccio sinistro rasato. Di norma i pellirosse sono assai poco pelosi, ma la prudenza non è mai troppa.

Mentre noi imprigionavamo le caviglie, Brutal bloccava a Toot-Toot il polso destro. Poi intervenne Harry a fermargli il sinistro. Conclusa questa procedura, Harry rivolse un cenno a Brutal e Brutal si girò a dare una voce a Van Hay: «Vai con la uno!»

Sentì Percy che chiedeva a Jack Van Hay che cosa voleva dire (era difficile accettare che dopo tutto il tempo trascorso al Blocco E sapesse così poco, avesse assimilato così poco di quanto gli accadeva intorno) e la voce sommessa di Van Hay che glielo spiegava. Nella prova generale «Vai con la uno» non significava nulla, ma quando Brutal avrebbe dato quello stesso ordine l'indomani notte, Van Hay avrebbe girato il potenziometro che regolava la corrente del generatore della prigione dietro il Blocco B. I testimoni avrebbero sentito il generatore emettere un ronzio uniforme e tutte le luci del penitenziario sarebbero diventate più brillanti. Nelle altre sezioni i detenuti avrebbero visto quelle lampadine più intense e avrebbero pensato che fosse tutto finito, che l'esecuzione fosse conclusa, quando in realtà era solo all'inizio.

Brutal girò intorno alla sedia perché Toot potesse vederlo. «Arlen Bitterbuck, sei stato condannato a morire sulla sedia elettrica da una sentenza pronunciata da una giuria di tuoi pari e resa esecutiva da un giudice ufficialmente operante in questo Stato. Dio salvi il popolo di questo Stato. Hai qualcosa da dire prima che sia eseguita la sentenza?»

«Sì», rispose Toot con gli occhi luccicanti e le labbra rugose aperte in un gioioso sorriso sdentato. «Voglio pollo fritto con patate al sugo di carne, voglio cacarti nel cappello e voglio che Mae West mi si sieda sulla faccia perché sono arrapato da morire.»

Brutal tentò di rimanere serio, ma era impossibile. Buttò la testa all'indietro e partì a ridere. Dean crollò sul bordo della pedana come se gli avessero sparato in pancia, con la testa fra le ginocchia, mettendosi a latrare come un coyote e battendosi la mano sulla fronte come per impedire al cervello di andarsene a spasso. Harry dal canto suo picchiava la propria testa contro il muro e faceva *huh-huh-huh* come se gli si fosse fermato un boccone in gola. Rideva persino Jack Van Hay, che non era certo noto per il suo senso dell'umorismo. Io ne avevo voglia, si capisce, ma riuscii in qualche modo a trattenermi. L'indomani si sarebbe fatto sul serio e là dove sedeva Toot-Toot, un uomo sarebbe morto.

«Piantala, Brutal», ordinai. «E anche tu, Dean. E tu, Harry. Toot, la prossima spiritosata come quella che ti esce dalla bocca sarà la tua ultima. Dirò a Van Hay di andare con la due per davvero.»

Toot mi rivolse un sorriso come a dire che gli era piaciuta, davvero buona, questa, capo Edgecombe. Gli si inceppò trasformandosi in uno sguardo perplesso quando vide che non contraccambiavo. «Che c'è?»

«C'è che non è divertente», risposi. «Ecco che c'è, e se tu non sei abbastanza intelligente da capirlo, è meglio che tieni la bocca chiusa.» Solo che era davvero divertente, a modo suo, e suppongo che fosse stato proprio quello a farmi perdere le staffe.

Mi guardai intorno, vidi Brutal che mi fissava, con uno strascico di sorriso ancora sulle labbra.

«Merda», brontolai. «Sto diventando troppo vecchio per questo mestiere.»

«Ma va'», ribatté Brutal. «Sei ancora nel pieno,

Paul.» Ma non lo ero e non lo era nemmeno lui, almeno quanto a quel dannato lavoro, e lo sapevamo bene entrambi. Comunque l'attacco di ilarità era passato e questo contava più di ogni altra cosa, perché meno che mai avrei desiderato che l'indomani notte qualcuno avesse a ricordare la buffa smargiassata di Toot e scoppiasse a ridere all'improvviso. Voi penserete anche che un'eventualità del genere fosse impossibile, una guardia che si sganascia mentre scorta un condannato davanti ai testimoni di un'esecuzione sulla sedia elettrica, ma quando si è sotto tensione, può succedere di tutto. E di un caso come quello la gente avrebbe continuato a parlare per vent'anni.

«Starai zitto, Toot?» domandai.

«Sì», rispose lui girando dall'altra parte il broncio più contrariato del bambino più vecchio del mondo.

Segnalai a Brutal che procedesse con la prova. Brutal staccò il cappuccio dal gancio d'ottone dietro la sedia e lo srotolò sulla testa di Toot-Toot, tirandoglielo bene sotto il mento per dilatare al massimo l'apertura in corrispondenza della volta cranica. Poi si chinò, prese dal secchio il disco di spugna bagnata, vi schiacciò dentro un dito e se lo leccò. Fatto quello, ripose la spugna nel secchio. Il giorno dopo non avrebbe fatto così. Il giorno dopo avrebbe introdotto la spugna nella calotta appesa dietro lo schienale. Ma non per la prova generale, per quella non era necessario bagnare la vecchia testa di Toot.

La calotta era d'acciaio e con le cinghie che penzolavano dall'una e dall'altra parte somigliava un po' all'elmetto di un fantaccino. Brutal la posò sulla testa di Toot-Toot, calcandola sul foro nel cappuccio nero.

«Mi mettono la calotta, mi mettono la calotta, mi mettono la calotta», recitò Toot e questa volta la sua voce, oltre che ovattata, risonò un po' strozzata. La cinghia gli serrava quasi del tutto le mascelle e io ebbi il sospetto che Brutal gliel'avesse stretta un po' di più di quanto richiedesse una semplice prova. A questo punto Brutal fece un passo indietro, si rivolse alle sedie e disse: «Arlen Bitterbuck, ora verrà fatta passare elettricità nel tuo corpo finché non ti sarà data morte, secondo le leggi di questo Stato. Dio abbia pietà dell'anima tua».

Quindi si girò dalla parte della finestrella. «Vai con la due.»

Forse volendo resuscitare il suo precedente lampo di genio comico, Toot prese a dimenarsi e sobbalzare, come ai clienti autentici di Old Sparky non accadeva quasi mai. «Sto friggendo!» esclamò. «Friggo! Friggo! *Aaaahhh!* Mi tacchinano!»

Harry e Dean, notai, non stavano per niente osservando la scena. Si erano voltati entrambi e guardavano in direzione della porta che dal magazzino portava nel mio ufficio. «Mi venisse un colpo», mormorò Harry. «Uno dei testimoni è arrivato con un giorno d'anticipo.»

Seduto sulla soglia con la coda graziosamente avvitata intorno alle zampe, a fissarci con quelle goccioline nere di petrolio che aveva per occhi, c'era il topo.

5

L'ESECUZIONE andò bene. Se ne esistono tali da poter essere giudicate «buone» (valutazione sulla quale ho seri dubbi), allora buona fu l'esecuzione di Arlen Bitterbuck, anziano del consiglio dei cherokee washita. S'imbrogliò nel farsi le trecce perché le mani gli tremavano troppo e alla figlia maggiore, una donna di trenta e rotti anni, fu consentito di aiutarlo a riannodarle a dovere. Avrebbe voluto ornargli le punte con penne nascenti di falco, che era il suo uccello, ma non potei permetterglielo. Avrebbero potuto prendere fuoco e bruciare. Questo naturalmente non glielo dissi, limitandomi a dichiarare che era contro il regolamento. Non protestò e chinò invece la testa portandosi le mani alle tempie per mostrare delusione e disappunto. Si comportò con grande dignità, quella donna, e in quel modo garantì in pratica che altrettanto avrebbe fatto suo padre.

Quando giunse il momento, il Capo lasciò la sua cella senza proteste o ricalcitramenti. Accadeva che si dovesse staccar loro di forza le dita dalle sbarre (un dito o due mi è capitato di dover spezzare, e non ho mai dimenticato quello schiocco sommesso). ma per bontà di Dio il Capo non era di quelli. Percorse a passi energici il Miglio Verde fino al mio ufficio, dove si genuflesse a pregare con fratello Schuster, giunto per l'occasione con la sua macchinina dalla Chiesa Battista della Luce Divina. Schuster gli recitò qualche salmo e il Capo si mise a piangere quando arrivò a quello in cui si dice di sdraiarsi vicino alle acque calme. Niente di angosciante, però, niente crisi isteriche, niente del genere. Io credo che stesse pensando ad acque calme così pure e così fredde che ogni volta che ne bevevi un sorso ti sentivi tagliare la bocca.

Per la verità non mi dispiace vederli piangere un po'. È quando non lo fanno che mi preoccupo.

Molti non riescono a rialzarsi senza aiuto, ma anche in quello il Capo se la cavò egregiamente. Vacillò un tantino, all'inizio, come per un capogiro, e Dean tese la mano per sorreggerlo, ma intanto Bitterbuck aveva già ritrovato l'equilibrio da solo, così si poté procedere.

Quasi tutte le sedie erano occupate e le persone che vi erano sedute conversavano a voce bassa come si fa in attesa che abbia inizio un matrimonio o una cerimonia funebre. Fu quello l'unico momento in cui Bitterbuck esitò. Non so se fosse stato turbato da qualcuno in particolare o dalla congrega nel suo insieme, ma udii un gemito cupo che gli cominciava nel fondo della gola e tutt'a un tratto il braccio che tenevo si appesantì di una resistenza che fino a quel momento non c'era stata. Con la coda dell'occhio vidi Harry Terwilliger farsi sotto per tagliare la ritirata al Capo, se all'improvviso avesse deciso di ribellarsi.

Io incrementai la forza con cui gli stringevo il braccio, battendoglielo all'interno con un dito. «Buono, Capo», mormorai dall'angolo della bocca senza muovere le labbra. «La sola cosa che queste persone ricorderanno di te è come te ne sei andato, quindi lasciagli qualcosa di buono, fagli vedere come si comporta un washita.»

Lui girò gli occhi verso di me con un piccolo cenno della testa. Poi prese una delle trecce che gli aveva annodato la figlia e la baciò. Io guardai Brutal, in militaresca posizione da riposo dietro la sedia, sgargiante nella sua migliore divisa blu, con tutti i bottoni della giacca lucidati e lucenti, il berretto perfettamente in bolla sul crapone. Gli mandai un segnale impercettibile e lui rispose all'istante, venendo avanti per aiutare Bitterbuck a salire sulla pedana se fosse stato necessario. Non lo fu.

Fu meno di un minuto dal momento in cui Bitterbuck si sedette sulla sedia a quello in cui Brutal ordinò sommessamente: «Vai con la due», girando la testa sopra la spalla. Le luci si riabbassarono, ma di molto poco, non tanto da notarlo se non ci stavi attento. Significava che Van Hay aveva abbassato la leva che qualche buontempone aveva battezzato L'ASCIUGACAPELLI DI MABEL. Dalla calotta scaturì un lieve ronzio e Bitterbuck s'inarcò contro le ganasce e la cintura che lo stringeva intorno al torace. Dalla sua postazione contro il muro il medico osservò attentamente il condannato, con un'espressione di pietra e le labbra così compresse, che la sua bocca sembrava un'imbastitura di filo bianco. Non ci furono dimenamenti e sobbalzi, come quelli che aveva messo in scena il vecchio Toot-Toot alla prova, solo quella violenta spinta all'infuori, un po' come il colpo di reni di un uomo al culmine di un orgasmo esplosivo. La camicia azzurra del capo si tese in corrispondenza dei bottoni, lasciando trasparire tra l'uno e l'altro sottili, sforzati sorrisi di pelle.

Poi ci fu un odore. Non cattivo in sé, ma sgradevole per le sue associazioni. Non sono mai stato capace di scendere nel seminterrato della casa di mia nipote, cioè dove il loro marmocchio ha allestito il suo circuito Lionel, quello che tanto volentieri condividerebbe con il bisnonno. Non ho niente contro i trenini, sono sicuro che l'avrete intuito da soli, ma ho problemi seri con il trasformatore. Per come ronza. E per come, quando si surriscalda, *puzza*. Anche dopo tutti questi anni, quell'odore mi ricorda Cold Mountain.

Van Hay gli diede trenta secondi, poi tolse la corrente. Il medico abbandonò la sua postazione e auscultò con lo stetoscopio. In quei momenti nessuno dei testimoni apriva bocca. Il medico si rialzò e guardò attraverso la reticella della feritoia. «Disorganizzato», riferì e roteò un dito. Aveva sentito qualche scomposto battito cardiaco nel petto di Bitterbuck, probabilmente non più significativo degli ultimi spasmi di una gallina decapitata, ma era meglio non correre rischi. Non ci andava molto che avesse a drizzarsi improvvisamente a sedere sulla lettiga nel bel mezzo del sottopasso, mettendosi a sbraitare che si sentiva addosso un bruciore insopportabile. Van Hay andò con la tre e il Capo s'inarcò di nuovo, ruotando un po' da parte a parte nella morsa della corrente. Quando lo auscultò per la seconda volta, il medico fece un cenno affermativo. Era finita. Eravamo riusciti di nuovo nell'intento di distruggere ciò che non eravamo in grado di creare. Alcuni nel pubblico avevano ripreso a parlare mormorando come in precedenza; per la gran parte erano immobili a testa china, a guardare il pavimento come se storditi. O vergognosi.

Harry e Dean portarono la lettiga. Per la verità Percy aveva il compito di reggerne un'estremità, ma non lo sapeva e nessuno aveva pensato di informarlo. Ci incaricammo io e Brutal di distendere sulla barella il Capo, ancora nascosto dal cappuccio di seta nera, e di infilare la porta che conduceva al tunnel camminando quanto più spediti possibile senza metterci a correre davanti a tutti. Dall'apertura in cima al cappuccio usciva fumo, troppo fumo, e il tanfo che spargeva era orribile.

«Ah!» gemette Percy con un tremito nella voce. «Cos'è quell'odore?»

«Tu togliti solo dai piedi», lo apostrofò Brutal, spostandolo con una spallata per precipitarsi a staccare l'estintore dalla parete. Era uno di quelli vecchi, a reazione chimica, che dovevi pompare con la leva. Intanto Dean aveva tolto il cappuccio. Non era grave come avrebbe potuto: la treccia sinistra di Bitterbuck fumigava come un mucchietto di foglie umide.

«Lascia stare con quel coso», dissi a Brutal. Volevo evitare di dover ripulire la faccia del defunto da uno strato di schiuma chimica prima di caricarlo sull'ambulanza. Schiaffeggiai la testa del Capo (con Percy che per tutto il tempo mi fissò con gli occhi fuori delle orbite) finché non ebbi soffocato del tutto il fumo. Poi trasportammo la salma giù per i dodici gradini di legno che arrivavano al tunnel. Lì l'aria era fredda e umida come quella dei sotterranei di una prigione, con il sordo ticchettio di acqua gocciolante. Le lampadine appese, protette da rudimentali paralumi di latta che venivano fabbricati nell'officina della prigione, illuminavano il sottopassaggio in mattoni che, lungo una decina di metri, andava da una parte all'altra della strada. La volta era bagnata. Ogni volta che ci scendevo, mi sentivo come un personaggio di qualche racconto di Edgar Allan Poe.

Lì ci attendeva la lettiga. Stendemmo su di essa il corpo di Bitterbuck e io controllai per l'ultima volta di avergli spento completamente i capelli. Quella treccia era mezzo carbonizzata e provai dispiacere nel constatare che la graziosa piccola nappa che aveva da quella parte era ridotta a un grumo nero.

Percy schiaffeggiò il morto sulla guancia. Il flaccido schiocco della sua mano ci fece saltare tutti quanti. Percy si girò a guardarci con un sorriso sfrontato sulle labbra, uno scintillio negli occhi. Poi tornò a guardare Bitterbuck. «*Adiós*, Gran Capo», lo salutò. «Spero che all'inferno faccia abbastanza caldo per te.»

«Non farlo», lo ammonì Brutal e la volta gocciolante del tunnel caricò la sua voce di un'eco declamatoria. «Ha saldato il suo conto. È di nuovo in pari. Tu tieni giù le mani da lui.»

«Bah, quante balle», sbuffò Percy, ma indietreggiò insicuro quando Brutal si fece sotto, proiettando dietro di sé un'ombra che si alzò come quella dello scimmione nel racconto di Rue Morgue. Ma invece di afferrare Percy, Brutal afferrò la lettiga e cominciò a spingere lentamente Arlen Bitterbuck verso il fondo del sottopassaggio, dove lo attendeva il veicolo per l'ultima tappa del suo viaggio, parcheggiato sul ciglio morbido della strada. Le ruote di gomma dura della lettiga gemevano sulle assi del fondo; la sua ombra percorreva il muro di mattoni gonfiandosi e scemando secondo le sue irregolarità. Dean e Harry presero il lenzuolo che c'era in fondo e lo allungarono sul cadavere fino a coprire la faccia del Capo, che già aveva cominciato ad assumere l'aspetto amorfo e cereo proprio di tutte le facce dei morti, innocenti e colpevoli.

6

MIO zio Paul, l'uomo di cui avevo preso il nome, morì di infarto quando io avevo diciotto anni. Accompagnai i miei genitori a Chicago a partecipare ai funerali e a trovare i parenti del ramo paterno della famiglia, molti dei quali non avevo mai conosciuto. Restammo via per quasi un mese. Da un certo punto di vista fu una bella trasferta, un viaggio necessario ed emozionante, ma da un altro fu orribile. Dovete sapere che ero perdutamente innamorato di una ragazza che sarebbe diventata mia moglie due settimane dopo il mio diciannovesimo compleanno. Una sera, vittima di una nostalgia che era come un incendio che mi bruciava senza controllo nel cuore e nella testa (va bene, d'accordo, anche nei testicoli), le scrissi una lettera che sembrava non finire mai: vi versai dentro tutto il mio cuore, senza mai tornare indietro a guardare che cosa avevo scritto per paura che la vigliaccheria mi inducesse alla rinuncia. Non mi fermai e quando una vocina nella testa protestò che sarebbe stata follia spedire per posta una lettera come quella, che così facendo avrei consegnato nelle sue mani il mio cuore in tutta la sua nudità, la ignorai accordando alle conseguenze tutto l'appassionato disdegno che può avere un bambino. Mi sono spesso domandato se Janice avesse conservato quella lettera, senza mai trovare il coraggio di chiederglielo. So solo di non averla trovata quando feci l'inventario dei suoi effetti personali dopo il funerale, ma naturalmente questo in sé non è una risposta. Credo di non averglielo mai chiesto per il timore di scoprire che quell'ardente epistola avesse significato per lei meno di quanto contava per me.

Erano quattro pagine e pensavo che mai in vita mia avrei scritto niente di più lungo; guardate invece ora che cosa sto facendo. Tutta questa carta e la fine non è ancora in vista. Avessi immaginato che questa storia sarebbe stata così lunga, forse non avrei mai cominciato a raccontarla. Non mi aspettavo che l'atto di scrivere aprisse tante porte, come se la vecchia penna stilografica di mio padre non fosse affatto una penna, ma uno strano tipo di chiave universale. Probabilmente il miglior esempio per spiegare che cosa intendo è il topo, vale a dire Steamboat Willy, il signor Jingles, il sorcio al Miglio. Non mi ero reso conto prima di scrivere quanto fosse importante. Il modo in cui dava l'impressione di cercare Delacroix prima che Delacroix arrivasse, per esempio, ecco, non credo di averci mai pensato, non coscientemente almeno, prima di mettermi a scrivere e a ricordare.

Voglio dire, credo, di non essermi reso conto di quanto indietro avrei dovuto tornare nel tempo per potervi raccontare di John Coffey, o per quanto tempo sarei stato costretto a lasciarlo dov'era nella sua cella, un uomo così monumentale che i piedi, più che sporgergli dal fondo della branda, pendevano del tutto fino al pavimento. Non voglio che ve lo dimentichiate, d'accordo? Voglio che lo vediate lì, a contemplare il soffitto della sua cella, a versare le sue lacrime silenziose, o a posarsi le braccia sul viso. Voglio che lo udiate, quei sospiri che tremavano come singhiozzi, il gemito liquido che si lasciava sfuggire di tanto in tanto. Non erano le espressioni di dolore e rimpianto che si ascoltavano talvolta al Blocco E, grida taglienti di schegge di rimorso; al pari dei suoi occhi umidi, anche le sue espressioni di sofferenza erano distanti dal tipo di angoscia al quale eravamo abituati noi. In un certo senso (so che vi sembrerà pazzesco, certo che lo so, ma non avrebbe senso scrivere un resoconto così lungo senza poter confessare quella che in cuor tuo vivi come una verità inoppugnabile) in un certo senso, dicevo, era come se fosse pena per il mondo intero, quella che sentiva, troppo grande perché potesse essere lenita del tutto. Ogni tanto mi sedevo a parlare con lui, come facevo con tutti i detenuti, visto che parlare era il nostro compito più impegnativo e importante, come mi sembra di aver spiegato, e cercavo di consolarlo. Non penso di esserci mai riuscito e, sotto sotto, ero contento che soffrisse, sapete? Ritenevo che *meritasse* di soffrire. Ho persino pensato talvolta di chiamare il governatore (o chiedere a Percy di telefonargli; diavolo, era o non era suo zio?) per chiedere un rinvio dell'esecuzione. *È meglio non bruciarlo ancora*, gli avrei detto. *Gli fa ancora troppo male, lo sta ancora consumando dentro, gli tormenta le budella come un pezzo di legno affilato. Gli dia ancora novanta giorni vostro onore, signor go-*

vernatore. Lasci che continui a fare a se stesso quello che noi non possiamo fargli.

È quello il John Coffey che vi esorto a tenere da qualche parte in secondo piano nella vostra mente mentre finisco di tornare al punto da cui ero partito; il John Coffey sdraiato sulla sua branda, il John Coffey che aveva paura del buio forse a ragione, perché non è forse nel buio che avrebbero potuto nascondersi ad attenderlo due forme con i riccioli biondi, non più bambine, ma arpie vendicatrici? Quel John Coffey dai cui occhi sgorgavano lacrime costantemente, come sangue da una ferita che non si può mai rimarginare.

7

Così il Capo finì arrosto e il Presidente schivò la sedia, per finire comunque non più in là del Blocco C, che per la gran parte dei centocinquanta ergastolani ospitati a Cold Mountain era il mondo intero. La condanna a vita del Presidente sarebbe stata poi misurata in dodici anni. Fu affogato nella lavanderia della prigione nel 1944. Non la lavanderia di Cold Mountain, perché il penitenziario chiuse nel 1933. Non credo che facesse una grande differenza per i detenuti, i muri sono muri, come dicono i carcerati, e Old Sparky era in tutto e per tutto letale nella sua stanzetta di morte tutta di pietra quanto lo era stata nel capannone di Cold Mountain.

Quanto al Presidente, qualcuno lo infilò a testa in giù in una tinozza di liquido per il lavaggio a secco e ce lo tenne immerso per qualche minuto. Quando le guardie lo ripescarono, della faccia non gli rimaneva più quasi niente. Dovettero identificarlo con le impronte digitali. Alla resa dei conti, forse gli sarebbe andata meglio con Old Sparky... d'altra parte in quel caso avrebbe dovuto rinunciare ai dodici anni in più, no? Dubito però che a quegli anni abbia ripensato nell'ultimo minuto circa di vita in cui i suoi polmoni cercavano di imparare a respirare liscivia.

Non presero mai il responsabile. All'epoca io non lavoravo più nel settore correzionale, ma me ne scrisse Harry Terwilliger: «Gli era stata commutata la pena soprattutto perché era bianco, ma alla fine i conti sono tornati anche per lui. Io la vedo un po' come una lunga sospensione della pena capitale che a un certo momento si è interrotta».

Andatosene il Presidente, per noi ci fu un periodo di tranquillità al Blocco E. Con Harry e Dean temporaneamente comandati altrove, al Miglio Verde per un po' restammo solo io, Brutal e Percy. Il che significa in verità solo io e Brutal, visto che Percy stava molto per conto proprio. Vi assicuro che quel caro giovanotto era un genio nel trovare cose da non fare. Di tanto in tanto (ma solo quando Percy non era nei paraggi), venivano a trovarci gli altri per quella che Harry si divertiva a definire «una bella blaterata». In molte di quelle occasioni rifaceva la sua comparsa anche il topo. Noi gli davamo da mangiare e lui si sedeva lì a sgranocchiare i suoi bocconcini, solenne come Salomone, guardandoci con quei suoi vividi occhietti come goccioline di petrolio.

Furono settimane piacevoli, placide e serene, che non riuscì a guastarci nemmeno Percy con le sue sporadiche lagnanze. Ma il sole non può splendere in eterno e in un piovoso lunedì sul finire di luglio (ho già accennato al tempo infame di quell'estate?) mi ritrovai seduto sulla branda di una cella aperta ad aspettare Eduard Delacroix.

Il suo ingresso fu accompagnato da uno schianto inatteso. Si spalancò con un colpo secco la porta che dava in cortile, entrò una vampata di luce, ci fu un confuso sferragliare di catene, una voce atterrita prese a balbettare in un miscuglio di inglese e francese cajun (un patois che i detenuti di Cold Mountain solevano chiamare *da bayou*) e Brutal urlò: «Ehi! Fermo! Dannazione! Piantala, Percy!»

Io mi ero mezzo assopito su quella che sarebbe diventata la branda di Delacroix, ma scattai in piedi all'istante, con il cuore che mi stantuffava in petto. Schiamazzi di quel genere non si erano quasi mai verificati al Blocco E prima della venuta di Percy; era stato lui a portarseli dietro come un odore cattivo.

«Muoviti, lurido finocchio di un francese!» abbaiò Percy, come se non avesse nemmeno sentito Brutal. Ed eccolo arrivare, trascinando con sé per un braccio un tizio non molto più grande di un birillo da bowling. Nell'altra mano Percy brandiva il suo sfollagente. Aveva scoperto i denti in una smorfia contratta nella faccia paonazza. Non sembrava però del tutto amareggiato. Delacroix tentava di tenergli dietro, ma aveva i ferri alle caviglie e per quanto si sforzasse di muovere i piedi alla svelta, Percy era troppo veloce per lui. Balzai fuori dalla cella appena in tempo per sorreggerlo prima che ruzzolasse. E fu così che Del e io ci conoscemmo.

Percy lo assalì con il bastone alzato e io lo tenni a bada con un braccio. Brutal ci raggiunse ansimando e dall'espressione giudicai che dovesse essere non meno sgomento e disorientato di me.

«Lo faccia smettere, *m'sieu*», farfugliò Delacroix. «*S'il vous plaît, s'il vous plaît!*»

«Lasciatemelo! Lasciatemelo!» ragliava Percy, buttandosi su di lui. Cominciò a colpirlo sulle spalle. Delacroix alzò le braccia gridando e lo sfollagente gli tempestò di botte sorde le maniche della camicia blu da carcerato. Quella sera lo vidi a torso nudo e vi giuro che aveva lividi da Natale a Pasqua. Mi fece star male vederli. Era un assassino, uno che senz'altro non meritava tenerezze, ma non era così che ci comportavamo al Blocco E. Non lo era stato almeno finché non era arrivato Percy.

«Ouh! Ouh!» tuonai. «Fermo là! Che diavolo succede?» Cercavo di incastrarmi tra Delacroix e Percy, ma non stava funzionando molto bene. Il manganello di Percy continuava a volare, passandomi ora da una parte, ora dall'altra. Prima o poi avrebbe legnato me invece della vittima designata, dopodiché sarebbe stata rissa nel bel mezzo del corridoio, parenti altolocati o no. Non sarei stato capace di trattenermi ed era più che probabile che Brutal ci avrebbe messo del suo. In un certo senso, lo ammetto, rimpiango che non sia andata così. Forse sarebbe cambiato qualcosa di quanto doveva avvenire in seguito.

«Lurido finocchio! Ti insegno io a mettermi le mani addosso, schifoso di un culattone!»

Bam! Bam! Bam! E ora Delacroix strillava e sanguinava da un orecchio. Rinunciai a cercare di fargli scudo, lo afferrai per una spalla e lo trascinai nella sua cella, dove finì lungo e disteso sulla branda. Percy mi aggirò di scatto e gli mollò un'ultima randellata sul sedere, come benedizione finale, si potrebbe dire. Poi Brutal lo bloccò prendendolo per le spalle e portandoselo dall'altra parte del corridoio. Io mi affrettai a far scorrere il cancello nella sua rotaia. Poi guardai Percy, in lotta tra puro sbigottimento e cieco furore. Percy era da noi già da qualche mese, abbastanza perché tutti avessimo già deciso che non ci era molto simpatico, ma fu quella la prima volta in cui mi resi pienamente conto di quanto fosse incontrollabile.

Lui mi fissava, non del tutto a muso duro (era fondamentalmente un vigliacco, di questo non ho mai avuto alcun dubbio), ma ancora fiducioso nella protezione che gli garantivano le sue conoscenze. In questo aveva ragione. Ci saranno quelli che non capiranno come mai, nemmeno dopo tutto quanto ho raccontato, ma saranno senz'altro quelle persone che hanno letto l'espressione «Grande Depressione» solo nei libri di storia. Per chi c'era, non era una definizione e basta, chi c'era e aveva un posto fisso, amici, era disposto a tutto pur di conservarselo.

A quel punto il volto di Percy cominciò a scolorirsi, con le guance però ancora infiammate e i capelli, che portava normalmente all'indietro e luccicanti di brillantina, arruffati sulla fronte.

«Si può sapere in nome di Dio che cosa sarebbe questa mattana?» sbraitai. «Mai, dico mai, è successo che nel mio blocco fosse picchiato un prigioniero!»

«Quando l'ho tirato giù dalla diligenza, quel bastardo di un frocio ha cercato di palparmi il pacco», rispose Percy. «Si è preso solo quello che meritava.»

L'incredulità mi ammutolì. Non avrei potuto immaginare un'iniziativa come quella che mi aveva appena descritto Percy nemmeno se a metterla in atto fosse stato il più scatenato omosessuale sulla verde faccia di questa terra. Traslocare in un appartamento a sbarre al Miglio

Verde non metteva normalmente pensieri lubrici nella mente del più perverso dei condannati.

Mi girai a guardare Delacroix, raggomitolato sulla branda con le braccia ancora alzate a proteggersi il volto. Aveva le manette ai polsi e una catena tra le caviglie. Poi guardai Percy. «Fuori di qui», ordinai. «Con te voglio parlare dopo.»

«Hai intenzione di metterlo nel tuo rapporto?» chiese di sapere lui in tono truce. «Perché guarda che se è così, posso scrivere un rapporto anch'io.»

Non volevo fargli rapporto, volevo solo che scomparisse dalla mia vista. Glielo dissi.

«La questione è chiusa», finii. Notai lo sguardo di disapprovazione di Brutal, ma feci finta di niente. «Avanti, fuori. Passa in amministrazione e avverti che hai da leggere delle lettere e dare una mano al reparto imballaggio.»

«Certo.» Aveva ritrovato il giusto contegno, o la stolida presunzione che gli serviva da contegno. Si spinse i capelli all'indietro con le mani, che erano morbide e bianche e piccole, mani di una ragazzina appena adolescente, avresti detto, e si avvicinò alla cella. Vedendolo, Delacroix si rannicchiò ancor di più sulla branda, barbugliando in un inglese condito in salsa francese.

«Non ho ancora finito con te, Pierre», lo minacciò Percy. Poi trasalì quando gli piombò sulla spalla una mano enorme di Brutal.

«Invece sì», disse Brutal. «E ora vai. Aria.»

«Guarda che non mi fai paura», ribatté Percy. «Neanche tanto così.» I suoi occhi si spostarono su di me. «Né lui né tu.» Invece ci temeva. Glielo leggevi negli occhi chiaro come il sole, e ciò lo rendeva ancor più pericoloso. Un individuo come Percy è totalmente ignaro di quello che sta per fare di minuto in minuto, di secondo in secondo.

In quelle circostanze, ciò che fece fu girarsi e incamminarsi per il corridoio in lunghi passi boriosi. Aveva mostrato al mondo che cosa succedeva quando uno spaventapasseri di nanerottolo francese mezzo pelato cercava di palpargli il pacco, perdio, e usciva di scena da vincitore.

Io recitai il mio solito discorsetto, spiegando a Delacroix di *Make Believe Ballroom* e *Our Gal Sunday* che facevamo ascoltare ai detenuti per radio e promettendogli che avremmo avuto per lui gli stessi riguardi che lui avesse avuto per noi. Quella piccola omelia non fu tra quelli che potremmo definire i miei maggiori successi. Delacroix pianse dall'inizio alla fine, tutto raggomitolato in cima alla branda, quanto più lontano da me senza dover arrivare a incassarsi nel muro. Tremava a ogni mio movimento e non credo che gli entrò nelle orecchie una sola parola su sei. Probabilmente senza danno: io non credo che quella particolare omelia avesse molto senso comunque.

Un quarto d'ora dopo ero di nuovo alla scrivania, dove un Brutus Howell molto scosso sedeva a leccare la punta della matita allegata al registro delle visite. «Vuoi smetterla prima di avvelenarti, santo cielo?» lo apostrofai.

«Per Gesù Cristo e Maria Sua madre», invocò lui posando la matita. «Mai più un casino così spaventoso con un nuovo arrivato.»

«Mio padre diceva sempre che le cose succedono a tre per volta.»

«Allora spero proprio che tuo padre sparasse solo stronzate tutte le volte che apriva bocca», brontolò Brutal, ma naturalmente mio padre non sbagliava. Ci fu una perturbazione all'arrivo di John Coffey e una tempesta vera e propria quando si unì a noi Bill il Selvaggio: sarà ridicolo, ma sembra veramente che le cose accadano a tre per volta. La storia del nostro primo incontro con Bill il Selvaggio, di come giunse al Miglio cercando di commettere un omicidio, è ormai vicina. Uomo avvisato...

«Che cos'è questa storia che Delacroix lo avrebbe palpato?» domandai.

Brutal sbuffò. «Aveva le caviglie incatenate e Percy lo tirava troppo in fretta. Così è inciampato e mentre scendeva dalla diligenza ha cominciato a cadere. Ha messo le mani avanti come tutte le persone che stanno cadendo e ha toccato i calzoni di Percy. È stato un puro e semplice incidente.»

«Credi che Percy se ne sia reso conto? Se ne è forse servito come pretesto perché aveva voglia di strapazzare Delacroix? Fargli vedere chi sta dalla parte del manico qui da noi?»

Brutal annuì adagio. «Sì. Secondo me è più o meno così.»

«Allora dobbiamo tenerlo d'occhio», conclusi passandomi le mani nei capelli. Come se il nostro mestiere non fosse stato già abbastanza duro. «Dio, come detesto questa situazione. Come detesto *lui*.»

«Anch'io. E vuoi sapere un'altra cosa, Paul? Non lo capisco. È raccomandato, questo lo capisco, sì, ma perché servirsi dei suoi appoggi per venire a lavorare in questo cazzo di Miglio Verde. In un qualsiasi penitenziario statale, se è per questo? Perché non è andato a fare l'usciere al Senato, o quello che prende gli appuntamenti per il vicegovernatore? È chiaro che i suoi parenti avrebbero potuto procurargli un posto migliore se glielo avesse chiesto, allora perché proprio qui?»

Io scossi la testa. Non sapevo rispondere. Erano molte le cose che non sapevo allora. Evidentemente ero ingenuo.

8

DOPO quell'incidente, tutto tornò alla normalità... per qualche tempo. Giù al tribunale della contea lo Stato si preparava a mandare sotto processo John Coffey e lo sceriffo Homer Cribus scartava con sufficienza l'eventualità che qualche schiera di scalmanati potesse decidere di stringere i tempi della giustizia con un linciaggio. Nulla di tutto questo ci scalfiva minimamente; al Blocco E nessuno prestava molto orecchio alle notizie. La vita al Miglio Verde si svolgeva in un certo senso in una stanza insonorizzata. Talvolta sentivi qualche borbottio che probabilmente risonava come un'esplosione nel mondo esterno, ma niente di più. Non sarebbero stati frettolosi con John Coffey; avrebbero voluto garantirsi che non sfuggisse al castigo che meritava.

In un paio di occasioni Percy trovò il modo di deridere Delacroix e la seconda volta lo presi in disparte e lo convocai nel mio ufficio. Non era il primo colloquio che avevo con Percy sul suo comportamento e non sarebbe stato l'ultimo, ma fu promosso da quella che era stata forse la più chiara delle mie intuizioni sulla sua natura.

Percy aveva il cuore di un bambino crudele che non va allo zoo per osservare gli animali, ma per prenderli a sassate nelle loro gabbie.

«D'ora in poi gli stai alla larga, intesi?» gli dissi. «Se non ti do un ordine specifico io, tu gli stai il più lontano possibile.»

Lui si ravviò i capelli all'indietro, poi se li pigiò con le dolci manine. Come godeva a manipolarsi i capelli. «Non gli stavo facendo niente», si difese. «Gli ho solo chiesto come ci si sente a sapere di aver bruciato dei bambini.» Aveva gli occhi rotondi di innocenza.

«Tu piantala, se no ti faccio rapporto.»

Rise. «Fai tutti i rapporti che vuoi. Vorrà dire che dopo io farò il mio. Come ti ho già detto la prima volta, quando è arrivato il francese. Vedremo chi ne esce meglio.»

Io mi sporsi in avanti, con le mani giunte sulla scrivania, e parlai in un tono che speravo somigliasse a quello di un amico che si lascia andare a una confidenza. «A Brutus Howell non vai molto a genio», gli spiegai. «E quando a Brutal non va a genio qualcuno, capita che faccia un rapporto per conto suo. Non è propriamente un mago con la penna e non riesce a smettere di leccare quella matita, così va a finire che il suo rapporto lo fa con i pugni. Se mi capisci.»

Il sorrisetto compiaciuto di Percy vacillò. «Che cosa stai cercando di dirmi?»

«Io non sto *cercando* di dirti niente. Io te l'ho detto. E se ti venisse in mente di andare a raccontare a qualcuno dei tuoi... amici... di questa nostra conversazione, dirò che ti sei inventato tutto.» Poi sgranai gli occhi in uno slancio di cameratismo. «Sto cercando di esserti amico, Percy. Si dice che all'uomo di mente svelta bastino poche parole. E perché poi dovresti volertela prendere con Delacroix? Non ne vale la pena.»

E per qualche tempo funzionò. Ci fu pace. Un paio di volte mi fu persino possibile mandarlo con Dean o Harry a scortare Delacroix alla doccia. La sera c'era la radio e Delacroix cominciò a tranquillizzarsi, entrando nei ritmi della grigia vita al Blocco E. La tregua durò.

Poi, una sera, lo sentii ridere.

Di servizio c'era Harry Terwilliger e di lì a pochi istanti si mise a ridere anche lui. Mi alzai e andai alla cella di Delacroix a vedere che cosa mai avesse trovato da riderne.

«Guarda, capitano!» esclamò appena mi vide. «Mi sono addomesticato un topo!»

Era Steamboat Willy. Era nella cella di Delacroix. Più ancora: era seduto sulla spalla di Delacroix e ci guardava serafico attraverso le sbarre con quelle goccioline di petrolio che aveva per occhi. Si era rigirato la coda sulle zampette e sembrava assolutamente in pace. Quanto a Delacroix, credetemi, non avreste mai sospettato che fosse lo stesso uomo che solo una settimana prima si era raggomitolato tutto tremante in fondo alla branda. Aveva la stessa aria di mia figlia, quando da piccola, la mattina del giorno di Natale, scendeva le scale e vedeva i doni.

«Guardate adesso!» ci esortò Delacroix. Il topo era seduto sulla sua spalla destra. Delacroix distese il braccio sinistro. Allora il topo gli si arrampicò sulla testa aggrappandosi ai capelli (che sulla nuca erano abbastanza folti) poi scese dall'altra parte, con Delacroix che ridacchiava perché gli faceva solletico al collo con la coda. Il topo corse lungo tutto il braccio fino al polso, poi si girò e tornò indietro, gli salì sulla spalla sinistra e si sedette arricciandosi di nuovo la coda intorno alle zampe.

«Che mi venga un colpo», mormorò Harry.

«Gliel'ho insegnato io», dichiarò con orgoglio Delacroix. Un bel corno di manzo, pensai io, ma tenni la bocca chiusa. «Si chiama signor Jingles.»

«Ma va'», ribatté in tono gioviale Harry. «Quello è Steamboat Willy, come quello del filmino. È stato il capo Howell a chiamarlo così.»

«È il signor Jingles», insisté Delacroix. Su qualunque altro argomento ti avrebbe detto che il nero è bianco, se glielo avessi imposto, ma sul nome del topo fu irremovibile. «Me l'ha bisbigliato nell'orecchio. Capitano, potrei avere una scatola dove tenerlo? Potrei avere una scatola per il mio topo, così può dormire qui con me?» La sua voce aveva già cominciato a scivolare in quella cadenza piagnucolosa che gli avevo sentito centinaia di volte. «Lo metto sotto la branda e non darà l'ombra di un fastidio.»

«Il tuo inglese migliora maledettamente quando vuoi qualcosa, eh?» lo apostrofai prendendo tempo.

«Oh-oh», borbottò Harry dandomi un colpetto di gomito. «Guai in vista.»

Ma Percy non mi dava l'impressione di andare a caccia di grane, non quella sera. Non si passava le mani sui capelli e non giocherellava con quel suo sfollagente; aveva addirittura il primo bottone della camicia slacciato. Era la prima volta che lo vedevo così ed era sorprendente l'entità del cambiamento che poteva apportare un piccolo particolare come quello. Però a colpirmi fu soprattutto l'espressione del suo viso. C'era calma. Non serenità, credo che Percy Wetmore non avesse un solo ossicino sereno in tutto il corpo, ma il suo era l'atteggiamento di chi ha scoperto di poter attendere di avere ciò che vuole. Era una vera trasformazione dal giovane che avevo dovuto minacciare solo pochi giorni prima con i pugni di Brutus Howell.

Delacroix invece non notò alcun cambiamento; si rannicchiò contro il muro della sua cella stringendosi le ginocchia al petto. Gli occhi gli si dilatarono a riempirgli mezza faccia. Il topo gli si arrampicò sulla pelata e si sedette al centro della piazza. Non saprei dire se ricordasse che anche lui aveva buoni motivi di diffidare di Percy, ma senza dubbio sembrava rammentarlo più che bene. Più probabilmente aveva solo fiutato la paura del piccolo francese e aveva reagito di conseguenza.

«Bene, bene», esordì Percy. «A quanto pare ti sei trovato un amico, Eddie.»

Delacroix cercò di rispondere e a voler tirare a indovinare io sono propenso a credere che avesse in mente qualche labile ammonimento a non azzardarsi a far del male al suo nuovo compagno di cella se ci teneva alla salute, ma dalla bocca non gli uscì niente. Gli tremò per qualche attimo il labbro inferiore, ma niente di più. In cima alla testa, il signor Jingles non tremava. Sedeva perfettamente immobile con le zampe posteriori nei capelli di Delacroix e quelle anteriori divaricate sul suo cranio calvo. E squadrava Percy, come per giudicarne la pericolosità. Come quando si sorveglia un vecchio nemico.

Percy guardò me. «Non è lo stesso che avevo scacciato? Quello che vive nella cella di isolamento?»

Annuii. Mi risultava che Percy non avesse più rivisto il ribattezzato signor Jingles dall'ultimo inseguimento e non mostrava segno di volersi cimentare di nuovo.

«Sì, è lui. Solo che Delacroix dice che si chiama signor Jingles e non Steamboat Willy. Dice che glielo ha bisbigliato il topo all'orecchio.»

«Ma senti», fece Percy. «Uno non finisce mai di meravigliarsi, vero?» Temetti che estraesse lo sfollagente e cominciasse a farlo scorrere sulle sbarre, tanto per chiarire a Delacroix chi comandava al Miglio, viceversa se ne rimase dov'era a guardare dentro la cella, con le mani sui fianchi.

E per nessuna ragione che potrei spiegarvi a parole, io dissi: «Percy, Delacroix stava chiedendo una scatola. Crede che il topo la userebbe per dormirci, mi pare. Di poterlo tenere con sé come un cagnolino». Caricai la voce di scetticismo e avvertii, più che vedere, lo sguardo sorpreso di Harry. «Tu che ne pensi?»

«Penso che probabilmente una di queste notti, mentre dorme, gli sparerà una cacata nel naso e poi scapperà», rispose Percy in tono spassionato. «Ma sono anche affari suoi. L'altra sera, sul carrello di Toot-Toot, ho visto una bella scatola da sigari. Però non so se è disposto a cederla. Magari vuole un nichelino o due.»

Solo a quel punto arrischiai un'occhiata a Harry e lo trovai con la bocca spalancata. Non era il cambiamento subito da Ebenezer Scrooge la mattina di Natale dopo che se lo erano passato i fantasmi, ma ci andava parecchio vicino.

Percy si avvicinò a Delacroix, appoggiando la faccia alle sbarre. Delacroix si fece ancora più piccolo. Giuro che, se ne fosse stato capace, sarebbe filtrato nell'intonaco.

«Ce l'avresti qualche centesimo per comperarti una scatola da sigari, biecolino?» chiese.

«Ho quattro centesimi», rispose Delacroix. «Glieli do in cambio della scatola, se è buona, *s'elle est bonne.*»

«Facciamo così», ribatté Percy. «Se quel vecchio puttaniere sdentato ti vende quella scatola di Corona per quattro centesimi, io gratto un po' di cotone dall'infermeria per foderarla. E gli facciamo un piccolo Hilton topesco con i fiocchi.» Girò gli occhi su di me. «Dovrei buttar giù un rapporto su Bitterbuck, quanto al mio impiego all'interruttore. C'è qualche penna nel tuo ufficio, Paul?»

«Sì, certo. Anche i moduli. Primo cassetto della scrivania a sinistra.»

«Bel colpo», concluse lui e s'incamminò dondolando.

Io e Harry ci scambiammo uno sguardo. «Secondo te è malato?» chiese Harry. «Magari è andato dal suo dottore e ha scoperto che ha solo tre mesi di vita?»

Gli risposi che non avevo la minima idea di che cosa ci fosse sotto. Era vero allora e lo rimase per qualche tempo ancora, ma non per sempre. E qualche anno dopo avrei avuto un'interessante conversazione a cena con Hal Moores. Ormai si poteva parlare liberamente, visto che lui era in pensione e io ero al riformatorio maschile per minori. Fu uno di quei pasti ai quali si beve troppo e mangia troppo poco e le lingue si sciolgono. Hal mi disse che Percy si lagnava di me e della vita al Miglio in generale. Era stato subito dopo l'arrivo di Delacroix, quando io e Brutal avevamo impedito a Percy di mezzo massacrarlo di botte. A offenderlo di più ero stato io, ordinandogli di scomparire dalla mia vista. Gli sembrava che un uomo imparentato con il governatore non dovesse subire espressioni così oltraggiose.

Cosicché Moores mi confessò di aver tenuto a freno Percy finché aveva potuto e che, quando era diventato evidente che avrebbe fatto intervenire qualcuno dall'alto perché mi si infliggesse una nota di demerito e venissi trasferito come minimo in qualche altra parte del carcere, lo aveva chiamato nel suo ufficio e gli aveva detto che se avesse smesso di soffiare sul fuoco, in cambio lo avrebbe fatto entrare nella squadra per l'esecuzione di Delacroix. Anzi, avrebbe ordinato perché fosse di fianco alla sedia. A comandare le operazioni sarei stato come sempre io, ma agli occhi dei testimoni sarebbe sembrato che nel ruolo di direttore d'orchestra ci fosse il signor Percy Wetmore. Moores non gli stava promettendo niente di più di quanto avevamo già discusso e concordato, ma Percy non lo sapeva. Aveva accettato di rinunciare a cercare di farmi trasferire altrove e l'atmosfera al Blocco E si era rasserenata. Aveva persino consentito a Delacroix di tenere nella cella il suo acerrimo nemico. È stupefacente quanto possa cambiare un uomo se gli si trova l'incentivo giusto; nel caso di Percy, il direttore del carcere non aveva avuto che da offrirgli l'occasione di spegnere la vita di un piccolo francese calvo.

9

Toot-Toot giudicò che quattro centesimi fossero largamente insufficienti per una scatola per sigari Corona in ottime condizioni, e in questo aveva probabilmente ragione: in prigione le scatole di sigari erano oggetti preziosissimi: ci si potevano riporre mille cosucce diverse, avevano un odore piacevole e conservavano qualcosa che ricordava ai nostri ospiti che effetto fa essere un uomo libero. Sarà stato perché in prigione erano permesse le sigarette ma i sigari no.

Dean Stanton, che nel frattempo era tornato al blocco, aggiunse un centesimo alla somma iniziale e altrettanto feci io. Visto che Toot era ancora refrattario, se lo lavorò Brutal, dicendogli prima che avrebbe dovuto vergognarsi di tanta spilorceria, quindi promettendogli che lui stesso, Brutus Howell in persona, avrebbe ridepositato la scatola nelle sue mani il giorno dell'esecuzione di Delacroix. «Sei centesimi sono o non sono abbastanza se stessimo parlando di *vendere* quella scatola, su questo potremmo farci una bella discussione da bar», gli spiegò Brutal. «Ma devi ammettere che sono un bel guadagno se si tratta di *affittarla*. Si farà il Miglio fra un mese, sei settimane al massimo. Che diamine, quella scatola sarà sul piano di sotto del tuo carrello in men che non si dica.»

«Potrebbe trovarsi un giudice dal cuore tenero che gli dà una sospensione ed essere ancora qui a cantare i salmi di Natale», rispose Toot, ma era giusto tanto per dire e Brutal lo sapeva. Il vecchio Toot-Toot spingeva quel suo dannato carrello ornato di citazioni bibliche in giro per Cold Mountain praticamente fin dai giorni del Pony Express e poteva contare su un'infinità di fonti di informazione... migliori delle nostre, ritenevo allora. Sapeva che Delacroix aveva esaurito i giudici dal cuore tenero. Gli restava da sperare solo nel governatore, il quale di regola non esercitava il suo privilegio di clemenza per gente che aveva arrostito una mezza dozzina di suoi elettori.

«E anche se non ottiene una sospensione, quel topo continuerà a cagare nella scatola fino a ottobre, magari fino al Ringraziamento», obiettò Toot, ma Brutal vedeva che la sua posizione si andava indebolendo. «Chi vorrà acquistare più una scatola che un topo ha usato come cesso?»

«Che Dio mi assista, se questa non è la cosa più imbecille che ti abbia mai sentito dire, Toot», sospirò Brutal. «Dico, ma è il colmo. Prima di tutto Delacroix terrà quella scatola linda e profumata che ci potresti mangiare dentro in parrocchia. Da come stravede per quel topo, scommetto che se fosse necessario la pulirebbe leccandoci dentro.»

«Vacci piano», protestò Toot arricciando il naso.

«In secondo luogo», continuò Brutal, «gli stronzi di topo sono una quisquilia, dei cosini duri, piccoli piccoli, che sembrano pallini da schioppo. Rovesci la scatola e li butti via. Uno scherzo.»

Il buon vecchio Toot non era così sprovveduto da accanirsi in una protesta oltremisura; era stato su quella pista abbastanza da sapere fino a quando poteva offrire il volto alla brezza e quando era conveniente chinarsi nell'uragano. Quello non era esattamente un uragano, ma a noi secondini il topo era simpatico e ci piaceva l'idea che Delacroix lo tenesse per farsi compagnia e da questo conseguiva che eravamo quanto meno un vento sostenuto. Così Delacroix ebbe la sua scatola e Percy tenne fede alla sua parola: due giorni dopo il fondo era foderato da uno strato di cotone idrofilo preso in infermeria. Glielo andò a consegnare Percy stesso e io scorsi la paura negli occhi di Delacroix quando allungò la mano tra le sbarre per prenderlo. Temeva che Percy gliel'afferrasse e gli spezzasse le dita. Ero un po' in ansia anch'io, per la verità, ma non accadde niente. Fu quello il momento in cui mi trovai più vicino a riconsiderare Percy con maggior indulgenza, ma anche così sarebbe stato impossibile fraintendere la luce di crudele divertimento che gli brillava negli occhi. Delacroix aveva avuto il suo beniamino. Ne aveva uno anche Percy. Delacroix avrebbe accudito al suo, amandolo e coccolandolo finché avesse potuto; Percy avrebbe atteso paziente (con tutta la pazienza di cui era capace un uomo come lui, almeno), poi lo avrebbe bruciato vivo.

«Oggi grande inaugurazione dell'*Hilltopin*», proclamò Harry. «Resta solo da vedere se quel sorcetto ci andrà a stare.»

L'interrogativo ebbe la sua risposta appena Delacroix

raccolse il signor Jingles in una mano e lo calò dolcemente nella scatola. Il topo si abbozzolò nella bambagia bianca come se avesse ritrovato il nido della sua prima infanzia e quella scatola per sigari divenne casa sua fino a quando... be', arriverò alla fine della storia del signor Jingles a tempo debito.

Le preoccupazioni espresse dal vecchio Toot-Toot che la scatola avesse a riempirsi di sterco di topo si rivelarono del tutto infondate. Io non ci vidi dentro mai nemmeno il più piccolo escremento e lo stesso dichiarò anche Delacroix... né nella scatola, né in nessun angolo della sua cella, per la precisione. Molto tempo dopo, più o meno all'epoca in cui Brutal mi mostrò il foro nella trave in cui trovammo le schegge colorate, sollevando una sedia nell'angolo est della cella di isolamento scoprii il mucchietto dei suoi bisogni. Evidentemente per farli era sempre tornato nello stesso posto, il più lontano possibile da noi. E c'è un altro particolare: non l'ho mai visto orinare e si sa che i topi difficilmente riescono a tener chiuso il rubinetto per più di due minuti di fila, specialmente mentre mangiano. Lo ripeto, quel dannato animaluccio era un mistero di Dio.

Una settimana circa dopo l'insediamento del signor Jingles nella scatola, Delacroix chiamò me e Brutal a vedere qualcosa nella sua cella. Lo faceva così spesso che era diventata una seccatura (per quel nanerottolo di cajun bastava che il signor Jingles si rotolasse sulla schiena con le zampe in aria perché si dovesse gridare al miracolo), ma quella volta lo spettacolo che ci attendeva era davvero meritevole.

Dopo la carcerazione Delacroix era stato praticamente dimenticato dal mondo, ma gli era rimasta una parente, una vecchia zia nubile, credo, che gli scriveva una volta alla settimana. Gli aveva anche fatto recapitare un'enorme confezione di caramelle alla menta, di quelle che oggigiorno si vendono sotto il nome di Canada Mints. Sembravano pilloloni rosa. Naturalmente a Delacroix non fu concesso di avere il sacco tutto in una volta, perché pesava due chili e mezzo e sarebbe stato ricoverato in infermeria con la pancia piena di mentine. Come quasi tutti gli assassini che abbiamo ospitato al Miglio, non conosceva assolutamente il significato di moderazione. Così gli passavamo cinque o sei pilloloni alla volta e solo se era lui a ricordarsi di chiederli.

Quando ci avvicinammo alla sua cella, il signor Jingles era seduto accanto a Delacroix e rosicchiava tutto felice una di quelle pasticche rosa, tenuta nelle zampe anteriori. Delacroix era semplicemente in solluchero, in tutto e per tutto come il pianista che si bea nel vedere il figlio di cinque anni eseguire i primi esercizi stentati. Ma non vorrei darvi l'impressione sbagliata, perché era davvero divertente, uno spasso. La caramella era grande quanto mezzo signor Jingles, il cui ventre coperto di pelo bianchiccio aveva già cominciato a gonfiarsi.

«Togligliela, Eddie», esclamò Brutal, per metà ridendo e per metà trasalendo di orrore. «Gesù santissimo, se va avanti a mangiarla esplode. Sento l'odore di menta fin da qui. Quanto gli hai lasciato mangiare di quella roba?»

«È la seconda», rispose Delacroix lanciando uno sguardo un po' nervoso alla pancia del signor Jingles. «Credi davvero che... che... possa scoppiare?»

«Sì», affermò Brutal.

La sua autorevolezza fu sufficiente per Delacroix, che allungò la mano per recuperare il pillolone mezzo mangiato. Pensavo che il topo l'avrebbe morsicato, invece il signor Jingles consegnò quella mentina, quanto ne restava, con tutta la docilità di questo mondo. Guardai Brutal e Brutal scosse leggermente la testa come per dirmi no, non lo capiva nemmeno lui. Dopodiché il signor Jingles si buttò disteso nella sua scatola allungandosi su un fianco in un atteggiamento di spossatezza che ci fece ridere tutti e tre. Dopo quella volta ci abituammo a vedere il topo seduto di fianco a Delacroix con una menta tra le zampe a rosicchiarsela tutto compito come un'anziana signora a un tè pomeridiano, l'uno e l'altro avvolti in una nube di quello che avrei fiutato nel foro della trave: l'aroma un po' pungente e un po' dolce della menta piperita.

Mi resta ancora qualcosa da raccontare sul signor Jingles prima di passare all'arrivo di William Wharton, che coincide con il momento in cui il ciclone si abbatté effettivamente sul Blocco E. Era passata una settimana o giù di lì dal numero del topo con le caramelle alla menta, in altre parole quando eravamo giunti alla conclusione che Delacroix non avrebbe ammazzato il suo beniamino di indigestione, e il francese mi chiamò di nuovo. In quel momento ero solo perché Brutal era sceso per non so cosa allo spaccio e, secondo il regolamento, la circostanza mi vietava di avvicinarmi ai prigionieri. Ma siccome probabilmente in giornata buona avrei potuto lanciare Delacroix a venti metri con una mano sola, decisi di trasgredire alla regola e vedere che cosa voleva.

«Sta' attento, capo Edgecombe», mi disse. «Devi vedere che cosa sa fare il signor Jingles!» E da dietro la scatola estrasse un rocchettino di legno.

«Dove l'hai preso?» gli domandai, anche se potevo intuirlo. C'era in realtà una sola persona da cui poteva averlo avuto.

«Me l'ha dato Toot-Toot», rispose. «Guarda.»

Io stavo già guardando e vedevo il signor Jingles nella sua scatola, ritto con le zampette anteriori appese al bordo e gli occhietti neri fissi sul rocchetto che Delacroix teneva fra pollice e indice della mano destra. Uno strano brivido freddo mi risalì la schiena. Non avevo mai visto un semplice topolino prestare tanta attenzione a qualcosa, concentrarsi con tanta *intelligenza*. Non credo che il signor Jingles fosse un'apparizione soprannaturale e se vi ho condotti su questa strada, chiedo scusa, però non ho mai nemmeno dubitato che, nei limiti della sua razza, fosse un genio.

Delacroix si chinò e fece rotolare il rocchetto vuoto sul pavimento della cella. Il rocchetto filò via agile come una coppia di ruote su un asse. Il topo fu fuori della sua scatola in un lampo, lanciato all'inseguimento come un cane che rincorre un bastone. Mi sfuggì un'esclamazione di stupore e Delacroix rise felice.

Il rocchetto urtò la parete e rimbalzò. Il signor Jingles vi passò dietro e lo spinse fino alla branda, spostandosi dall'una all'altra parte ogni volta che sembrava che dovesse deviare. Continuò a spingere finché non finì contro il piede di Delacroix. Allora alzò il muso per un momento, come per assicurarsi che il francese non avesse mansioni più urgenti da affidargli (qualche problema aritmetico da risolvere, per esempio, o l'analisi grammaticale di qualche frase in latino). Tranquillizzato, rientrò nella scatola per sigari e si accucciò.

«Gliel'hai insegnato tu», dissi.

«Sissignore, capo Edgecombe», confermò Delacroix senza scomporre quasi per niente il sorriso. «Me lo riporta indietro ogni volta. Forte, vero?»

«E il rocchetto?» chiesi. «Come ti è venuto in mente di cercarne uno per *lui*, Eddie?»

«Mi aveva bisbigliato all'orecchio che lo voleva», rivelò candidamente Delacroix. «Come mi ha bisbigliato il suo nome.»

Delacroix mostrò a tutti i ragazzi il trucco del suo topo. A tutti escluso Percy. Gli importava poco che fosse stato lui a suggerirgli la scatola da sigari e a procurargli il cotone idrofilo con cui foderarla. Delacroix era come certi cani: gli tiri un calcio una volta e non si fidano mai più di te, per quanto li vizi e vezzeggi.

Mi pare di sentirlo ancora ora gridare: «Ehi, ragazzi! Venite a vedere che cosa sa fare il signor Jingles!» E loro che si avvicinavano alla cella in un grappolo di camicie azzurre, Brutal, Harry, Dean, persino Bill Dodge, tutti a rimanere giustamente stupefatti com'era accaduto a me.

Passati tre o quattro giorni da quando il signor Jingles aveva cominciato il suo giochino con il rocchetto, rovistando nel cumulo di materiale artistico e artigianale che veniva conservato in sala mensa, Harry Terwilliger trovò i pastelli a cera e li portò a Delacroix con un sorriso che era quasi imbarazzato. «Ho pensato che magari ti piaceva di colorare un po' quel rocchetto», gli disse. «Così il tuo amichetto sembrerà un topo da circo.»

«Un topo da circo!» esclamò Delacroix, in preda a puro, gioioso rapimento. Io penso che potesse essere davvero completamente felice, forse per la prima volta in tutta la sua miserevole vita. «È vero, è vero! Un topo da circo! Quando uscirò di qui mi farà diventare ricco, vedrete!»

Percy Wetmore gli avrebbe senz'altro fatto notare che, quando avesse lasciato Cold Mountain, lo avrebbe fatto a bordo di un'ambulanza, senza bisogno che si mettessero in funzione la luce intermittente o la sirena. Harry viceversa ebbe il buonsenso di esortare Delacroix a colorare il rocchetto come meglio voleva, il più velocemente possibile, perché avrebbe dovuto restituire i pastelli dopo pranzo.

E Del ci mise tutto l'impegno del caso. Conclusa l'opera, da una parte il rocchetto era giallo e dall'altra verde, mentre il tamburo al centro era color rosso fuoco. Ci si abituò al proclama di Delacroix: «*Maintenant, m'sieurs et mesdames! Le cirque présentement le mous' amusant et amazeant!*» La citazione non è alla lettera, ma dà un'idea del suo francese abborracciato. Poi faceva un verso dal fondo del palato che voleva essere, suppongo, un rullio di tamburi, e lanciava il rocchetto. Il signor Jingles scattava fulmineo e lo riportava indietro, spingendolo con la punta del naso o con le zampe anteriori. Questo secondo virtuosismo valeva secondo me il prezzo di un biglietto per il circo. Delacroix, il suo topo e il rocchetto variopinto del suo topo costituivano il nostro svago principale all'epoca in cui ci venne affidato John Coffey, e così sarebbe stato per qualche tempo. Poi riapparve la mia infezione alle vie urinarie che per un po' se n'era rimasta tranquilla, giunse William Wharton e si scatenò l'inferno.

10

Le date si sono quasi tutte sbiadite nella mia testa. Potrei chiedere a mia nipote Danielle di controllare gli archivi dei vecchi giornali, ma ne varrebbe la pena? Quelle più importanti, come il giorno in cui andammo alla cella di Delacroix e trovammo il topo seduto sulla sua spalla, o quello in cui arrivò al blocco William Wharton e per poco non ammazzò Dean Stanton, non sarebbero comunque sui giornali. Forse conviene proseguire con il criterio adottato fin qui; alla fine credo che le date non abbiano una grande importanza se ricordi le cose che hai visto e ne rispetti il giusto ordine.

So che ci fu un certo schiacciamento. Quando dall'ufficio di Curtis Anderson furono finalmente recapitati a me i documenti relativi all'esecuzione di Delacroix, mi meravigliai di constatare che la data dell'incontro del nostro amico cajun con Old Sparky era stata anticipata, un fatto quasi inaudito anche in tempi in cui non c'era da muovere mari e monti per giustiziare un uomo. Era questione di un paio di giorni, credo, dal ventisette ottobre al venticinque. Non prendetemi alla lettera, ma so di non sbagliarmi di molto; ricordo di aver pensato che Toot sarebbe rientrato in possesso della sua scatola di Corona anche prima di quanto avesse previsto.

Contemporaneamente Wharton ci fu consegnato in ritardo. Per cominciare il suo processo durò più a lungo di quanto avessero pronosticato le fonti solitamente affidabili di Anderson (presto avremmo scoperto che quando c'era di mezzo Bill il Selvaggio, non c'era più *niente* di affidabile, nemmeno i nostri collaudatissimi e teoricamente infallibili metodi di prevenzione). Poi, dopo che lo avevano giudicato colpevole (e almeno fin qui il copione era stato rispettato), era stato trasferito per gli esami al General Hospital di Indianola. Durante il dibattimento era stato vittima di un numero imprecisato di presunte crisi epilettiche, due abbastanza gravi perché crollasse sul pavimento prendendo a dimenarsi e a sbattere mani e piedi sulle assi di legno. Il suo avvocato d'ufficio aveva imputato all'epilessia i delitti da lui commessi, sostenendo che aveva compiuto i suoi atti criminosi in condizioni mentali alterate; l'accusa aveva invece sostenuto che quegli attacchi erano la finzione di un vigliacco pronto a tutto pur di salvarsi la vita. Dopo aver osservato con i propri occhi quelle esibizioni di esagitazione incontrollata, i giurati avevano concluso che erano una messinscena. Il giudice ne aveva accettato il giudizio, ma ordinando al contempo una serie di analisi da effettuarsi dopo l'emissione del verdetto e prima del pronunciamento della sentenza. Dio sa perché. Forse era solo curioso.

Ha del prodigioso che Wharton non evadesse dall'ospedale (e non sfuggì a nessuno di noi l'ironia del destino che volle Melinda, la moglie del direttore Moores, ricoverata nel medesimo luogo nello stesso periodo), ma suppongo che fosse circondato di guardie e forse non aveva perso del tutto la speranza di essere dichiarato incapace di intendere e volere a causa dell'epilessia, posto che una tale circostanza sia contemplata.

Non andò così. I medici non gli trovarono niente di strano nel cervello, almeno sul piano psichiatrico, e Billy the Kid Wharton fu infine destinato a Cold Mountain. Questo può essere avvenuto intorno al diciotto; secondo come ricordo io, Wharton arrivò due settimane dopo John Coffey e una settimana circa prima che Delacroix si facesse il Miglio Verde.

Il giorno in cui venne ad alloggiare da noi il nostro nuovo psicopatico fu per me un giorno significativo. Mi svegliai alle quattro di notte con tamburi nell'inguine e senso di bruciore e gonfiore al pene. Ancor prima di aver posato i piedi per terra sapevo che la mia infezione non era migliorata come avevo sperato. Era stato solo un breve interludio di regressione, ora concluso.

Uscii per andare a scaricarmi nella latrina (i fatti risalgono ad almeno tre anni prima che installassimo il nostro primo gabinetto interno) e giunto all'altezza della catasta di legna all'angolo della casa mi resi conto che non avrei potuto trattenermi. Così mi calai i calzoni del pigiama quando l'orina già cominciava a fluire e quella minzione fu accompagnata da uno dei più lancinanti dolori di tutta la mia vita. Passai un calcolo nel 1956 e so che si dice che non ci sia niente di peggio, ma quel sassolino fu come la fitta di un attacco di acidità di stomaco a paragone di tanta tortura.

Mi si disarticolarono le ginocchia e piombai a terra su di esse strappandomi il cavallo dei calzoni quando allargai le gambe per non perdere l'equilibrio e finire con la faccia nella pozzanghera della mia stessa piscia. E forse vi sarei annegato lo stesso se non mi fossi appeso con la sinistra a uno dei ceppi impilati. Tutto questo in ogni caso ebbe luogo come se stesse avvenendo in Australia o anche su qualche altro pianeta, perché lì per lì tutta la mia coscienza era presa dal dolore che mi aveva incendiato: la fascia bassa del ventre mi bruciava e il pene, un organo del quale mi ero quasi completamente dimenticato se non nei momenti in cui mi regalava il piacere fisico più intenso che uomo possa sperimentare, era al punto della liquefazione. Guardando giù, mi aspettai di veder sprizzare sangue, invece l'orina che ne sgorgava mi sembrò del tutto normale.

Aggrappato alla catasta della legna con una mano, mi premetti l'altra alla bocca e mi concentrai sullo sforzo di tenerla chiusa. Non volevo spaventare mia moglie svegliandola di soprassalto con un urlo. Per quanto mi sembrasse di orinare per l'eternità, arrivò il momento in cui il getto si esaurì. Nel frattempo il dolore mi si era sprofondato nel ventre e nei testicoli, dove mi morsicava con i suoi denti arrugginiti. Per un lungo periodo, forse anche un minuto intero, fui fisicamente incapace di rialzarmi. Finalmente il dolore cominciò a diminuire e in qualche modo mi raddrizzai sulle gambe. Guardai la mia orina, che già filtrava nel terreno, e mi domandai se era mai possibile che un Dio sano di mente creasse un mondo in cui un così miserabile spruzzetto dovesse avvenire al prezzo di un dolore così orrendo.

Marcherò visita, pensai, e mi deciderò una volta per tutte a farmi visitare. Avrei evitato volentieri il puzzo e la nausea che mi davano le compresse di sulfamidici del dottor Sadler, ma qualsiasi cosa pur di non ritrovarmi di nuovo inginocchiato di fianco alla legna a cercare di non gridare, con l'uccello ridotto peggio che se me lo avessero pucciato nel petrolio e incendiato con un fiammifero.

Poi, mentre ingoiavo aspirina in cucina e ascoltavo il russare leggero di Jan nell'altra stanza, ricordai che quel giorno era previsto l'arrivo di William Wharton al braccio e che Brutal sarebbe stato dall'altra parte della prigione ad aiutare a trasferire nel nuovo edificio quanto restava della biblioteca e delle attrezzature dell'infermeria. Dolore o no, non mi sembrava leale lasciare Wharton a Dean e Harry. Erano uomini capaci, ma dal rapporto di Curtis Anderson risultava che William Wharton doveva essere un pessimo cliente. *Questo è uno che non gliene frega niente di niente*, aveva scritto con tanto di sottolineatura.

Intanto il dolore si era placato un po' e riuscivo a pensare. L'idea migliore, mi sembrò, era di partire in anticipo per la prigione. Avrei potuto arrivarci per le sei, l'ora più o meno alla quale si presentava in carcere Moores. Gli avrei fatto riassegnare Brutus Howell al Blocco E per il tempo sufficiente ad alloggiare Wharton, lasciando me libero per quella visita al medico divenuta impellente. Cold Mountain era del resto sulla via.

Due volte nel tragitto di venti miglia fino al penitenziario soccombetti a quell'improvviso bisogno di orinare. In entrambe le occasioni mi fu possibile accostare e risolvere il problema senza imbarazzo (anche perché a quell'ora il traffico nelle strade di campagna è praticamente inesistente). Non fui più afflitto dal dolore feroce che mi aveva fatto cadere in ginocchio sulla via della latrina, ma entrambe le volte dovetti stringere forte la maniglia della mia piccola Ford per reggermi, con il sudore che mi inondava la faccia surriscaldata. Stavo male, senza scherzi, ero malato di brutto.

Arrivai lo stesso a destinazione, entrai dall'ingresso sud, lasciai la macchina al mio solito posto e corsi dal direttore. Ormai erano quasi le sei. Al tavolo della signorina Hannah non c'era giustamente nessuno, dato che era attesa all'ora relativamente più civile delle sette del mattino, ma la luce era accesa nell'ufficio di Moores: la vedevo attraverso il vetro ondulato. Diedi un colpetto sbrigativo con le nocche e aprii la porta. Moores alzò la testa, sorpreso di ricevere qualcuno a un'ora così insolita e io avrei dato molto per non averlo visto in quelle condizioni, a viso scoperto e a guardia abbassata.

I capelli bianchi, di solito pettinati con tanta cura, erano un groviglio di ciuffi scomposti; in essi le sue dita si contraevano a tirare e strattonare. Aveva gli occhi infiammati, le palpebre tumefatte. Né ricordo di aver mai visto la sua paresi in condizioni peggiori: sembrava appena rientrato in un ambiente caldo dopo una lunga camminata in una notte di gelo terribile.

«Scusa, Hal, io non... Torno un'altra...» balbettai a disagio.

«No», m'interruppe lui. «Ti prego, Paul, entra. Chiudi la porta e vieni dentro. Ho bisogno di qualcuno in questo momento come mai in tutta la mia vita. Chiudi quella porta e vieni dentro.»

Ubbidii alla sua implorazione, dimenticando le mie

personali sofferenze per la prima volta da quando mi ero svegliato quella mattina.

«È un tumore al cervello», m'informò Moores. «Ne hanno preso la foto ai raggi X. Anzi, erano anche contenti delle loro foto. Uno di loro è venuto fuori a dire che potrebbero essere anche le migliori che si siano mai prese finora. Dice che le pubblicheranno su non so quale importante rivista medica, su nel New England. Grosso come un limone, dicono, e bello profondo, dove non si può andare a operare. Dicono che sarà morta per Natale. Con lei sono stato zitto. Non so come. Sulla testa mia, giuro che non so come.»

Poi cominciò a straziarsi di grandi singhiozzi afoni che mi riempirono di pietà e insieme di una sorta di terrore, perché quando un uomo che sa censurarsi con il rigore con cui lo faceva Hal Moores perde finalmente il controllo di sé, lo spettacolo che offre fa paura. Rimasi interdetto per un momento, poi mi avvicinai a lui e gli passai un braccio intorno alle spalle. Lui annaspò con entrambe le mani, come un uomo che annega, e cominciò a singhiozzarmi contro lo stomaco, perso ormai ogni ritegno. Dopo, quando aveva ritrovato un minimo di contegno, si scusò. Lo fece senza arrivare mai a guardarmi del tutto negli occhi, come succede a chi si ritiene responsabile di un atto così vergognoso da non poter mai forse nemmeno perdonare se stesso. Capita di sviluppare odio per la persona che ti ha visto in quello stato. Io non pensavo che Moores avesse un cuore così meschino, tuttavia non mi passò nemmeno per l'anticamera del cervello di proporgli le modifiche al programma per cui ero andato da lui e, uscendo dal suo ufficio, proseguii per il Blocco E invece di tornare alla mia macchina. L'aspirina aveva cominciato a fare effetto e il dolore al basso ventre si era ridotto a un pulsare lontano. Calcolavo di riuscire a tirare in qualche modo la giornata, sistemare Wharton nella sua cella e ritornare nell'ufficio di Hal Moores nel pomeriggio a farmi dare un permesso per l'indomani. Il peggio era passato, pensavo, mai più immaginando che il peggio delle sciagure di quel giorno non era nemmeno cominciato.

11

«Pensavamo che fosse ancora mezzo drogato dalle analisi», gemette Dean sul finire di quel pomeriggio. La sua voce era sorda, roca, quasi un latrato, e sul collo gli si andavano disegnando lunghi lividi nerastri. Vedevo che gli faceva male parlare e mi venne voglia di consigliargli di lasciar perdere, ma certe volte fa ancora più male stare zitti. Ritenni che quella fosse una di tali occasioni e preferii tener chiusa la bocca mia. «Tutti pensavamo che fosse mezzo rimbambito, no?»

Harry Terwilliger annuì. Annuì persino Percy, seduto in disparte, nell'isolamento del proprio immusonito rancore.

Brutal mi lanciò uno sguardo e per un attimo i nostri occhi s'incontrarono. Pensavamo più o meno la stessa cosa, che è così cioè che va nella vita. Sei lì a scivolare via sul velluto, con tutto quanto che quadra secondo il manuale, poi commetti un piccolo errore e trac! ti casca addosso il cielo. Avevano pensato che fosse ancora stordito dai farmaci ed era una supposizione più che logica, ma nessuno aveva *chiesto* se lo avessero drogato. Mi sembrava di scorgere anche qualcos'altro negli occhi di Brutal: Harry e Dean avrebbero imparato dal loro errore. Specialmente Dean, che per poco non era stato restituito alla sua famiglia con i piedi in avanti. Percy no. Forse Percy non poteva. Percy poteva solo starsene seduto in un angolo a covare il suo broncio per essersi ficcato di nuovo fin qui nella merda.

La squadra che era andata a rilevare Wild Bill Wharton a Indianola era composta da sette uomini: Harry, Dean, Percy, altri due piazzati dietro (ho dimenticato come si chiamavano, ma sono sicuro che lo sapevo) e due davanti. Avevano preso quella che noi chiamavamo la diligenza, un furgone Ford rinforzato con lamiere d'acciaio e vetri a prova di proiettile. Sembrava un incrocio tra un furgone di lattaio e un veicolo corazzato.

A capo della spedizione era tecnicamente Harry Terwilliger. Aveva consegnato le scartoffie allo sceriffo della contea (non Homer Cribus, ma qualche altro zuccone campagnolo del suo stampo eletto dalla gente del posto, immagino), il quale a sua volta le aveva girate al signor William Wharton, piantagrane *extraordinaire*, come l'avrebbe messa forse Delacroix. L'amministrazione aveva inviato una divisa di Cold Mountain, ma lo sceriffo e i suoi uomini avevano preferito lasciare ai nostri ragazzi il compito di rivestire Wharton. Quando la nostra squadra se lo trovò davanti al primo piano del General Hospital, Wharton indossava un camice di cotone allacciato sulla schiena, ciabatte di feltro: un tipo smunto con la faccia stretta e brufolosa e un sacco di capelli biondi, lunghi e aggrovigliati. Il sedere, anche quello stretto e anche quello cosparso di brufoli, gli sporgeva dai lembi del camice. Fu quella la parte di Wharton che Harry e gli altri videro per prima, perché, al loro arrivo, il prigioniero era alla finestra a contemplare il parcheggio. Non si era girato. Era rimasto com'era, a tenere scostata una tenda con la mano, muto come un manichino, mentre Harry rampognava lo sceriffo per essere stato tanto pigro da non far indossare a Wharton la tenuta celeste della prigione e lo sceriffo, come ho trovato che non possano evitare di fare tutti i funzionari di contea da me conosciuti, gli teneva una conferenza su quali fossero i suoi compiti e quali no.

Quando Harry si fu stancato di quel preambolo (dubito che gli ci volle molto), aveva ordinato a Wharton di girarsi. Wharton aveva ubbidito. A vederlo così, ci raccontò in quella sua voce che sembrava l'abbaiare di un cane mezzo strangolato, non aveva niente di diverso dai mille balordi di campagna che avevamo visto transitare per Cold Mountain durante quegli anni. Guardaci dentro, e trovi uno scimunito con una vena di crudeltà nell'anima. Talvolta scoprivi anche una vena di vigliaccheria, quando si trovavano con le spalle al muro, ma più spesso in loro non c'era altro che aggressività e cattiveria e poi ancora aggressività e ancora cattiveria. C'è gente che vede nobiltà in personaggi come Billy Wharton, ma io non sono dei loro. Anche un topo di fogna combatte, se messo all'angolo. Nel volto di quell'uomo non c'era più personalità che sul suo sedere brufoloso, ci riferì Dean. Mandibola rilasciata, sguardo sperduto, spalle abbassate, mani penzolanti. Sembrava veramente imbottito di morfina, fatto e trifolato come, se non peggio, tutti i drogati che era capitato loro di vedere.

A quella descrizione, Percy contribuì con un altro dei suoi torvi cenni affermativi del capo.

«Mettiti questa roba», aveva ordinato Harry, indicando gli indumenti ai piedi del letto. Erano stati spacchettati, ma per il resto erano ancora intatti, ripiegati come quando uscivano dalla lavanderia del carcere, con un paio di boxer bianchi di cotone che spuntavano da una manica della camicia e un paio di calze bianche che spuntavano dall'altra.

Wharton aveva dato l'impressione di volerci provare, ma non era stato capace di andare molto lontano senza assistenza. Era riuscito a infilarsi i boxer, ma quando si era trattato di indossare i pantaloni, continuava a cercare di introdurre entrambe le gambe dalla stessa parte. Alla fine lo aveva soccorso Dean, aiutandolo a separare bene i piedi e quindi alzandogli i calzoni, chiudendogli la patta e agganciandogli la cintola. Appena aveva visto che Dean aveva intenzione di vestirlo, Wharton aveva rinunciato a ogni tentativo, lasciandolo fare senza alzare un dito. Guardava nel vuoto, con le mani abbandonate lungo i fianchi, e a nessuno era sorto il sospetto che stesse fingendo. Non nella speranza di fuggire (io almeno non la penso così), ma solo nella speranza di creare il massimo di subbuglio quando si fosse presentato il momento propizio.

I documenti erano firmati. William Wharton, che era diventato proprietà della contea al momento dell'arresto, diventava da quel momento proprietà dello Stato. Era stato accompagnato giù per le scale attraverso la cucina, circondato da tutte le parti dalle guardie. Camminava a testa bassa, con le lunghe dita delle mani rilassate di fianco alle cosce. La prima volta che gli era scivolato via il berretto, Dean gliel'aveva rimesso in testa. La seconda volta se lo era semplicemente ficcato nella tasca posteriore.

Aveva avuto un'altra occasione di piantare grane nel cassone della diligenza, quando lo stavano incatenando, ma non era successo niente. Se pensava (ancora oggi non ne sono sicuro e nel caso così fosse non saprei dire fino a che punto), deve aver concluso che non sarebbe riuscito a scatenare un caos soddisfacente in uno spazio così esiguo e contro avversari così numerosi. Cosicché gli avevano messo le catene, una alle caviglie e un'altra (che si sarebbe rivelata troppo lunga) ai polsi.

Il tragitto a Cold Mountain era di un'ora. Per tutto il tempo Wharton era rimasto a testa bassa sulla panca sinistra, nell'angolo più profondo a ridosso della cabina, con le mani incatenate tra le ginocchia. Ogni tanto canticchiava sottovoce, disse Harry, e Percy emerse momentaneamente dal suo broncio per aggiungere che il biecolone colava saliva dal labbro inferiore rilasciato, una goccia alla volta, fino a formarsi una pozza tra i piedi. Come un cane che gocciola dalla punta della lingua in una torrida giornata estiva.

Giunti al penitenziario, entrarono dall'ingresso sud, passando accanto alla mia automobile, immagino. La guardia aveva aperto il portone tra il piazzale e il cortile lasciando passare la diligenza. Era un momento di morta in cortile, con pochi dei prigionieri fuori, quasi tutti occupati a zappare l'orto. Periodo di zucche, doveva essere. Il furgone aveva proseguito direttamente fino al Blocco E. Lì il conducente aveva aperto il portellone e aveva dichiarato che portava la diligenza in officina per un cambio dell'olio; era stato un piacere lavorare con loro. Le guardie di rinforzo se n'erano andate con il veicolo, due di loro sedute nel cassone a mangiare mele con i battenti posteriori che ballavano.

Erano così rimasti Dean, Harry e Percy a scorta di un solo prigioniero incatenato. Avrebbero dovuto bastare, così sarebbe stato senz'altro se non si fossero lasciati intorpidire i sensi dallo spettacolo di quello sparuto ragazzo di campagna che aspettava imbambolato a testa bassa, con le catene ai polsi e alle caviglie. Avevano percorso in formazione la decina di passi che li divideva dalla porta del Blocco E, disposti come sempre si faceva quando si scortavano i condannati lungo il Miglio Verde, con Harry a sinistra, Dean a destra e Percy dietro, pronto a intervenire con il suo manganello. Nessuno mi aveva riferito di questo particolare, ma era sicuro come l'oro che teneva in mano il suo adorato gioiello. Quanto a me, sedevo in quella che sarebbe stata la dimora di Wharton fino al momento in cui sarebbe andato a sedersi sullo scaldavivande, vale a dire la prima cella a destra guardando di faccia la camera di confino in fondo al corridoio. Tenevo tra le mani la mia tavoletta a pinza e non pensavo ad altro che recitare il mio discorsetto e battermela. Il dolore tra le gambe aveva ricominciato a crescere e desideravo solo chiudermi nel mio ufficio ad aspettare che passasse.

Si era staccato dal drappello Dean per aprire la porta. Aveva selezionato la chiave giusta dal mazzo che teneva alla cintura e l'aveva infilata nella toppa. Wharton aveva attaccato nel momento in cui Dean girava la chiave e tirava la maniglia. Aveva fatto un verso, qualcosa di incomprensibile che somigliava al grido d'attacco di un ribelle, a causa del quale Harry era rimasto temporaneamente paralizzato e Percy Wetmore era stato più o meno messo definitivamente fuori gioco fin dal principio. A me lo strillo era arrivato dalla porta socchiusa e sulle prime non lo avevo associato a nulla di umano; avevo pensato che in cortile si fosse introdotto un cane e che qualcuno lo avesse picchiato, che forse qualche detenuto malvagio gli avesse rifilato un colpo di zappa.

Wharton aveva alzato le braccia e calato intorno alla testa di Dean la catena che gli univa i polsi, cominciando a strangolarlo. Dean aveva mandato un'esclamazione strozzata buttandosi in avanti, nella fredda luce elettrica del nostro piccolo mondo. Wharton era stato ben felice di accompagnarlo, gli aveva persino assestato una spinta, continuando a gridare e farfugliare, a ridere persino. Teneva le braccia flesse ai gomiti con i pugni accanto alle orecchie di Dean e stringeva quella catena con tutte le forze, facendogliela scorrere contro la gola come una sega.

Harry gli era piombato sulla schiena, affondando una mano nei bisunti capelli biondi del nuovo ospite e, con l'altra, mollandogli un potente cazzotto alla faccia. Era munito anche lui di sfollagente e pistola, ma in tanta precipitazione non ne aveva fatto uso. Non era la prima volta che avevamo difficoltà con un prigioniero, si capisce, ma mai ce n'era capitato uno che ci cogliesse in contropiede come aveva fatto Wharton. Una malizia come la sua ci era sconosciuta. Personalmente, non mi ci ero mai imbattuto prima e mai l'avrei sperimentata di nuovo in futuro.

Ed era forte. Tutta la fiacchezza che aveva mostrato fino a quel momento era scomparsa. Harry disse poi che era stato come tuffarsi in un groviglio di molle d'acciaio animatosi all'improvviso. Wharton, ora in corridoio e vicino alla scrivania della guardia di servizio, si girò sulla sinistra e si scrollò di dosso Harry, il quale rovinò contro il mobile e finì lungo e disteso.

«Ehi, ragazzi!» aveva sbraitato Wharton ridendo. «Facciamo una bella festa? Eh? Si fa festa?»

Sempre urlando e ridendo, Wharton continuava a stringere la catena intorno al collo di Dean. E perché no? Sapeva ciò che sapevamo tutti: lo potevano friggere una volta sola.

«Fermalo, Percy, fermalo!» aveva gridato Harry rialzandosi da terra. Ma Percy se ne stava immobile con il suo manganello in mano e gli occhi sbarrati. Era l'opportunità che andava cercando, si sarebbe detto, la sua occasione d'oro di mettere a buon uso il suo amato scassateste, ed era troppo terrorizzato e confuso per farlo. Quello non era un nanetto di francese che se la faceva addosso dalla paura o un gigante nero la cui mente sembrava aver preso il largo dal proprio corpo. Quello era un demone impazzito.

Io ero uscito dalla cella di Wharton, lasciando cadere la tavoletta ed estraendo la .38. Per la seconda volta in quel giorno mi ero scordato l'infezione che mi corrodeva le vie urinarie. Non misi in dubbio una sola parola della storia che gli altri mi raccontarono dell'espressione vacua e gli occhi sperduti di Wharton, ma non fu quello il Wharton che avevo visto io. Io avevo visto una maschera animalesca, non il muso di un animale intelligente, ma quello di una bestia animata di astuzia... crudeltà... e gioia. Sì. Wharton stava facendo ciò per cui era venuto al mondo. Luogo e circostanze non contavano. L'altra cosa che avevo visto era stato il volto paonazzo e gonfio di Dean Stanton. Stava morendo davanti ai miei occhi. Wharton aveva visto la pistola e si era girato in modo da offrirmi Dean, in maniera che quasi certamente avrei colpito l'uno, mirando all'altro. Da sopra la spalla di Dean, un infuocato occhio azzurro mi sfidava a premere il grilletto.

PARTE TERZA

Le mani di Coffey

1

SFOGLIANDO le pagine che ho scritto finora, ho visto che ho definito ospizio il luogo dove vivo adesso, Georgia Pines. Le persone che se ne occupano non ne sarebbero molto felici! Secondo i pieghevoli che tengono nell'atrio e distribuiscono ai potenziali clienti, è una «residenza modello per anziani». Vanta persino un Centro Ricreativo. Così afferma il dépliant. Quelli che si trovano a dover vivere qui (il dépliant non ci definisce «reclusi», ma io qualche volta sì) lo chiamano più semplicemente locale TV.

Mi giudicano un po' scostante perché durante il giorno non mi si vede spesso giù, nella stanza della televisione, ma sono i programmi che non sopporto, non la compagnia. Il mondo ci crolla intorno alle orecchie e costoro non sanno parlare d'altro che di scopare a donne in gonne corte e a uomini con la camicia fuori. Al diavolo. Non giudicare, se non vuoi essere giudicato, ammonisce la Bibbia, quindi preferisco scendere dalla cassa che mi sono scelto come pulpito. Dico solo che se volessi occupare il mio tempo con spettacoli spazzatura, andrei all'*Happy Wheels Motor Court* a un paio di miglia da qui, dove il venerdì e il sabato sera affluiscono puntualmente le macchine della polizia a sirena spiegata e con i lampeggianti blu accesi. La mia amica speciale Elaine Connelly la pensa come me. Elaine ha ottant'anni, alta e snella, ancora eretta e dall'occhio limpido, molto intelligente e raffinata. Cammina adagio perché ha qualche problema alle anche, e so che l'artrite alle mani la fa soffrire molto, ma ha un collo bellissimo, lungo, quasi un collo da cigno, e bei capelli che le scendono fino alle spalle, quando se li scioglie.

Soprattutto lei non mi trova bizzarro o scostante. Trascorriamo molto tempo insieme, io ed Elaine. Se non avessi raggiunto un'età così grottesca, suppongo che parlerei di lei come della donna del mio cuore. Comunque avere un'amica speciale, anche solo questo, non è malaccio e per certi versi è persino meglio. Molti dei problemi e grattacapi che accompagnano un rapporto da fidanzati tra un uomo e una donna nel nostro caso sono stati semplicemente consumati dal tempo. E anche se so che nessuno sotto, diciamo, i cinquant'anni sarebbe disposto a crederlo, è un fatto che talvolta i tizzoni sono meglio delle fiamme. È strano, ma è così.

Dunque non guardo molto la televisione durante il giorno. Qualche volta passeggio; qualche volta leggo; perlopiù da un mese a questa parte scrivo queste pagine seduto in mezzo alle piante. Penso che nella veranda ci sia più ossigeno e che l'ossigeno mi tonifichi la memoria. Si mangia in insalata Geraldo Rivera, potete credermi.

Ma quando non riesco a dormire, mi capita di scendere quatto quatto ad accendere il televisore. Non abbiamo allacciamenti personalizzati a Georgia Pines, probabilmente perché come forma di ricreazione è un po' troppo costosa per il nostro Centro Ricreativo; abbiamo però i principali collegamenti via cavo e questo significa che abbiamo l'American Movie Channel. Nel caso voi non lo abbiate, è quel canale che trasmette soprattutto film in bianco e nero, in nessuno dei quali ci sono donne che si spogliano. Per una vecchia cariatide come me, è confortante. Ci sono state molte notti in cui sono scivolato a dormire sull'orrendo divano verde davanti al televisore mentre Francis il Mulo Parlante recuperava dal fuoco la padella di Donald O'Connor, o John Wayne ripuliva Dodge, o Jimmy Cagney dava a qualcuno del lurido topo di fogna e subito dopo sfoderava una pistola. Alcuni sono film che avevo visto con mia moglie Janice (non solo la mia amica speciale, ma la mia *miglior* amica) e hanno su di me un effetto calmante. Gli abiti che indossano, il modo in cui camminano e parlano, persino la musica della colonna sonora, sono tutti aspetti che mi calmano. Mi ricordano, suppongo, di quando ero un uomo che camminava ancora sulla pelle del mondo e non un relitto smangiucchiato dalle tarme, messo ad ammuffire in un ospizio per vecchi dove molti degli ospiti portano il pannolone e mutande di gomma.

Non ho trovato conforto in ciò che ho visto stamane, però. Per niente.

Qualche volta Elaine mi fa compagnia per il cosiddetto Early Bird Matinée dell'AMC, che comincia alle quattro di notte. Lei non ne parla, ma so che l'artrite le procura pene d'inferno e che le medicine che le danno non le sono di grande aiuto.

Quando è arrivata stamane, scivolando come un fantasma nella sua vestaglia bianca di spugna, mi ha trovato seduto sui bugni del vecchio divano, chino sugli stecchi smagriti che un tempo erano gambe a stringermi le ginocchia per cercare di fermare i tremiti che mi scuotevano come un vento di tempesta. Avevo un freddo pazzesco, salvo che tra le gambe, dove sembrava che mi si fosse insinuato lo spettro della bruciante infezione che tanto travaglio mi aveva arrecato nell'autunno del 1932. L'autunno di John Coffey, Percy Wetmore e del signor Jingles, il topo ammaestrato.

Anche l'autunno di William Wharton, era stato.

«Paul!» ha esclamato Elaine correndo da me: dico correndo in senso metaforico, accorrendo, intendo, per quanto glielo consentivano i chiodi arrugginiti e i cocci di vetro che aveva nelle anche. «Paul, che cosa c'è?»

«Passerà», le ho risposto, ma il tono non deve essere stato molto convincente, la risposta mi è uscita di bocca tutta storpiata, tra denti che avevano una gran voglia di mettersi a battere. «Dammi solo un minuto o due e sarà tutto finito.»

Si è seduta accanto a me e mi ha posato un braccio sulle spalle. «Certo», ha detto. «Ma che cos'è successo? Gesù, Paul, hai la faccia di uno che ha visto un fantasma.»

È così, ho pensato e solo quando l'ho vista sgranare gli occhi mi sono reso conto di averlo detto a voce alta.

«Non proprio», ho rimediato e le ho battuto la mano (con delicatezza, oh, quanta delicatezza!). «Ma per un attimo, Elaine... Dio!»

«Qualcosa di quando facevi l'agente di custodia in

prigione?» domandò lei. «Quel periodo di cui scrivi in veranda?»

Ho annuito. «Lavoravo in quello che era la nostra versione del Braccio della Morte...»

«Lo so.»

«Solo che noi lo chiamavamo il Miglio Verde. Per via del linoleum per terra. Nell'autunno del '32 avevamo un tizio, un selvaggio, un ragazzo che si chiamava William Wharton. Gli piaceva credersi Billy the Kid. Se lo era persino tatuato su un braccio. Ancora un ragazzino, ma pericoloso. Ricordo ancora che cosa scrisse di lui Curtis Anderson, l'uomo che avevamo a quei tempi come vicedirettore. 'Selvaggio forsennato e orgoglioso di esserlo... Wharton ha diciannove anni... *Questo è uno che non gliene frega niente di niente*.' Queste ultime parole erano sottolineate due volte.»

Elaine si è messa a massaggiarmi la schiena e io ho cominciato a calmarmi. In quel momento l'ho amata e avrei potuto tempestarle il viso di baci mentre glielo dicevo. Forse avrei dovuto farlo. È terribile essere soli e spaventati a qualunque età, ma credo che sia ancora più terribile da vecchi. Ma io avevo quest'altro cruccio che m'ingombrava la mente, sentivo il peso di questo vecchio impegno ancora incompiuto.

«Comunque ci hai azzeccato», le ho detto. «Buttavo giù delle note sull'arrivo di Wharton al carcere, quando per poco non uccise Dean Stanton, uno dei ragazzi che lavoravano con me in quel periodo.»

«Com'è stato possibile?» ha chiesto Elaine.

«Cattiveria e sbadataggine», ho commentato io con una smorfia. «La cattiveria, ce l'ha messa Wharton e le guardie che lo scortavano hanno aggiunto la sbadataggine. L'errore vero era nella catena che Wharton aveva ai polsi. Era un po' troppo lunga. Quando Dean ha aperto la porta del Blocco E, Wharton era dietro di lui. Camminava tra altre due guardie, ma Anderson aveva ragione: a Bill il Selvaggio non fregava niente di niente. Ha passato la catena intorno alla testa di Dean e ha cominciato a strozzarlo.»

Elaine è rabbrividita.

«Insomma, mi sono messo a pensare a quell'episodio e non sono riuscito a dormire, così sono sceso in sala. Ho acceso sull'AMC sperando che t'affacciassi anche tu per un piccolo tête-à-tête...»

Elaine ha riso e mi ha baciato sulla fronte, appena sopra il sopracciglio. Mi sentivo formicolare dappertutto quando me lo faceva Janice e mi sono sentito formicolare dappertutto quando me l'ha fatto Elaine questa notte. Ci sono cose che non cambiano mai.

«E mi sono ritrovato a guardare questo vecchio film di gangster in bianco e nero degli anni Quaranta», ho concluso. «*Il bacio della morte*, s'intitola.»

Ho sentito che stavo per ricominciare a tremare e ho cercato di dominarmi.

«C'è Richard Widmark», ripresi. «Era la sua prima parte importante, credo. Non sono mai andato a vederlo con Jan, perché di solito cercavamo di evitare i film di guardie e ladri, ma ricordo di aver letto da qualche parte che Widmark aveva recitato alla grande nel ruolo di cattivo. È vero. È pallido, quando cammina sembra che scivoli su un cuscinetto d'aria. Per lui sono sempre tutti delle mezze tacche e non fa che parlare dei delatori, quanto ce l'ha a morte con gli infami.»

Stavo ricominciando a tremare nonostante i miei sforzi. Non riuscivo proprio a trattenermi.

«Capelli biondi», ho sussurrato. «Morbidi capelli biondi. L'ho guardato fino al momento in cui spinge una vecchia in carrozzina giù per una rampa di scale, poi ho spento.»

«Ti ricordava Wharton?»

«Era Wharton», le ho risposto. «Fatto e finito.»

«Paul...» ha cominciato lei e si è subito interrotta. Ha guardato lo schermo vuoto del televisore (il ricevitore via cavo che c'è sopra era ancora acceso, vi spiccava il numero 10 in rosso del canale selezionato), poi si è girata di nuovo verso di me.

«Che cosa?» le ho domandato. «Che cosa, Elaine?» E pensavo: Mi dirà che farei bene a smettere di scrivere quella storia. Che dovrei stracciare le pagine già scritte e lasciar perdere.

Ha detto invece: «Non lasciare che ti impedisca di continuare».

L'ho guardata a bocca aperta.

«Chiudi la bocca, Paul. Ti ci entreranno le mosche.»

«Scusa. Ma... ecco...»

«Pensavi che ti dicessi l'esatto contrario, vero?»

«Sì.»

Allora mi ha preso le mani nelle sue (con delicatezza, quanta delicatezza, le sue dita lunghe e belle, le sue nocche nodose e brutte) e si è sporta verso di me, fissando nei miei occhi azzurri i suoi, castani, quello di sinistra lievemente annebbiato dal preludio di una cataratta. «Sarò anche troppo vecchia e fragile per vivere», mi ha mormorato, «ma non sono troppo vecchia per pensare. Che cosa vuoi che sia qualche notte insonne alla nostra età? O vedere un fantasma in televisione, se è per questo? Vorresti farmi credere che è il solo che tu abbia mai visto?»

Ho pensato a Moores, il direttore del carcere, e a Harry Terwilliger e a Brutus Howell; ho pensato a mia madre e a Jan, mia moglie, morta in Alabama. Sì, ho avuto la mia dose di visitazioni.

«No», ho ammesso. «Non è stato il mio primo fantasma. Ma, Elaine... credimi, è stato un colpo molto duro. Perché era proprio lui.»

Mi ha baciato di nuovo, poi si è alzata stringendo i denti nel farlo e premendosi le mani al culmine delle anche, quasi che temesse che le ossa potessero esploderle attraverso la pelle se non fosse stata abbastanza prudente.

«Credo che mi sia passata la voglia di guardare la tele», ha sospirato. «Ho una pillola speciale che ho sempre conservato nell'eventualità di una giornata critica. O di una notte critica. Credo che la prenderò ora e mi metterò a letto. Forse dovresti fare altrettanto anche tu.»

«Sì», ho risposto. «Sarà meglio.» E mi ha attraversato la mente la folle proposta di andare a letto insieme, ma poi ho visto l'ombra di dolore che aveva negli occhi e ho rinunciato. Perché avrebbe potuto accettare e lo avrebbe fatto solo per me. Niente di buono.

Siamo usciti dal locale TV (non sono disposto a onorare quella stanza con altre definizioni, nemmeno per amor dell'ironia) camminando fianco a fianco. Io adeguavo i miei passi ai suoi, che erano rallentati da una dolente cautela. Nei corridoi c'era silenzio percorso solo dal mugolare sommesso di qualche anziano precipitato in un brutto sogno.

«Credi di poter dormire?» mi ha chiesto.

«Sì», l'ho tranquillizzata io, ma naturalmente non è andata così. Sono rimasto sveglio, a letto, fino al sorgere del sole, ripensando a *Il bacio della morte*. Vedevo Richard Widmark che, sghignazzando come un matto, legava la vecchietta alla sedia a rotelle e poi la spingeva giù per le scale. «È così che ripaghiamo gli infami!» le diceva. Poi il suo volto si trasformava in quello di William Wharton, come lo ricordavo nel giorno in cui fece la sua apparizione al Blocco E e al Miglio Verde; Wharton che sghignazzava come Widmark, Wharton che abbaiava: «Ehi, ragazzi! Facciamo una bella festa? Eh? Si fa festa?» Dopo una notte passata così, ho saltato la colazione. Sono sceso immediatamente qui, in veranda, e mi sono messo a scrivere.

Fantasmi? Sicuro.

Io so tutto sui fantasmi.

2

«Ehi, ragazzi!» rise Wharton. «Facciamo una bella festa? Eh? Si fa festa?»

Senza smettere di ridere e sbraitare, Wharton ricominciò a strangolare Dean con la sua catena. Perché no? Wharton sapeva quello che sapevano Dean, Harry e il mio amico Brutus Howell: un uomo, lo si poteva friggere una volta sola.

«Fermalo!» gridò Harry Terwilliger. Si era buttato su Wharton, aveva cercato di arginare il disastro ai primi sintomi, ma Wharton lo aveva respinto e ora Harry stava cercando di rimettersi in piedi. «Percy, fermalo!»

Ma Percy era immobile, con il suo manganello in mano e gli occhi sgranati. Adorava quel suo dannato bastone e avresti detto che gli si offriva l'opportunità di adoperarlo finalmente per la prima volta da quando era arrivato al penitenziario, invece ora che ce l'aveva, era troppo impaurito per approfittarne. Quello non era un nanerottolo terrorizzato come Eduard Delacroix o un gigante nero non del tutto sicuro di essere veramente nel proprio corpo come John Coffey; quello era un demone scatenato.

Io uscii dalla cella di Wharton lasciando cadere la tavoletta ed estraendo la .38. Per la seconda volta in quella giornata mi ero dimenticato l'infezione che mi aveva mandato a fuoco i genitali. Non dubitai una parola di quanto gli altri mi avrebbero raccontato del suo fare indolente e dei suoi occhi spenti, ma non è il Wharton che vidi io. Io vidi l'espressione di un animale, non quella di un animale intelligente, quella di un animale astuto... crudele... e che si sta divertendo un mondo. Sì. Stava facendo ciò per cui era nato. Luogo e circostanze non contavano. L'altra cosa che vidi fu la faccia paonazza e gonfia di Dean Stanton. Stava morendo davanti ai miei occhi. Wharton vide che impugnavo la pistola e si girò in maniera da offrirmi Dean, cosicché avrei quasi certamente sparato all'uno per tentare di colpire l'altro. Da sopra la spalla di Dean un infuocato occhio azzurro mi sfidava a premere il grilletto. L'altro occhio era nascosto dai capelli di Dean. Dietro di loro scorgevo Percy, indeciso, con il manganello alzato per metà. Poi, a riempire il vano della porta che dava nel cortile, un miracolo in carne e ossa: Brutus Howell. Avevano finito di traslocare il resto dell'infermeria ed era venuto a vedere chi voleva un caffè.

Agì senza un attimo di esitazione. Spinse da parte Percy scagliandolo contro il muro con una violenza da fargli tintinnare i denti, estrasse il proprio sfollagente e lo calò sulla testa di Wharton con tutta la potenza del suo massiccio braccio destro. Echeggiò un suono secco, un rumore accompagnato da una risonanza, come se sotto quel cranio non ci fosse un solo briciolo di cervello, e finalmente la catena intorno al collo di Dean si allentò.

Wharton stramazzò come un sacco di granaglie e Dean strisciò in salvo tossendo e tenendosi una mano intorno alla gola, con gli occhi che gli sporgevano dalle orbite.

Io m'inginocchiai accanto a lui e lui scosse la testa con impeto. «Bene», ansimò roco. «Pensa... a lui!» Indicò Wharton. «Chiudi! Cella!»

Dopo la legnata che gli aveva rifilato Brutal, secondo me più che di una cella aveva bisogno di una bara. Una fortuna che però non ci fu accordata: Wharton era nel mondo dei sogni, ma lungi dall'essere defunto. Era riverso su un fianco, con un braccio allungato a toccare con la punta delle dita il linoleum del Miglio Verde, gli occhi chiusi, la respirazione lenta ma regolare. Aveva persino un sorrisetto beato sulle labbra, come se si fosse addormentato ascoltando la sua ninna nanna preferita. Un sottile rivolino rosso di sangue gli colava dai capelli e scendeva a macchiargli il colletto della sua nuova camicia da carcerato. Nient'altro.

«Percy», chiamai. «Aiutami!»

Percy non si mosse, rimase stampato dov'era, contro la parete, con gli occhi dilatati e sbigottiti. Non credo che sapesse bene dove si trovava.

«Percy, dannazione, vieni a prenderlo!»

Allora si mosse e Harry lo soccorse. Insieme trasportammo lo svenuto signor Wharton nella sua cella, mentre Brutal aiutava Dean a rialzarsi e, con la dolcezza di una mamma, lo sorreggeva mentre il poveraccio boccheggiava faticosamente, piegato in due.

Il nostro nuovo ragazzo difficile riprese i sensi solo quasi tre ore più tardi, ma al risveglio non lasciò vedere alcuna conseguenza della tremenda botta che gli aveva inferto Brutal. Riprese conoscenza nella stessa maniera in cui agiva, in un lampo. Un attimo prima era lungo e disteso sulla sua branda, sprofondato in un altro universo. Un attimo dopo era in piedi, alle sbarre, silenzioso come un gatto, a fissarmi seduto al tavolo in corridoio, occupato a scrivere il rapporto dell'incidente. Quando finalmente percepii il suo sguardo e alzai la testa, lo trovai lì, con un sorriso che metteva in mostra arcate di denti anneriti e in fin di vita, già separati qua e là da alcuni spazi. Mi venne un mezzo colpo a trovarmelo davanti in quel modo. Cercai di nasconderlo, ma credo che lo sapesse. «Ehi, fallito», mi apostrofò. «La prossima volta tocca a te. E non sbaglierò.»

«Salve, Wharton», lo salutai io, mettendoci tutta la disinvoltura che potevo. «Date le circostanze credo di poter saltare il discorsetto di benvenuto, ti pare?»

Il suo sorriso ebbe un attimo di incertezza. Non era la reazione che si era atteso e probabilmente non era quella che mi sarebbe venuta spontanea in una situazione diversa. Ma era accaduto qualcosa, mentre Wharton dormiva. Credo che sia uno dei fatti salienti verso i quali ho remato attraverso tutte queste pagine. Ora ve lo racconto e vediamo se siete disposti a crederci.

3

A PARTE aver alzato una volta la voce con Delacroix, passata la crisi Percy tenne la bocca ben chiusa. Era probabilmente il risultato del trauma che aveva subito e non uno sforzo da parte sua di usare discrezione. Secondo me di discrezione Percy Wetmore sapeva quanto io delle tribù indigene dell'Africa più nera, ma il suo atteggiamento restava in ogni caso quanto mai opportuno. Se si fosse messo a piagnucolare per essere stato scagliato contro il muro da Brutal o a protestare perché nessuno lo aveva avvertito che qualche volta al Blocco E arrivano personaggi poco concilianti come Wild Bill Wharton, credo che lo avremmo ammazzato. Poi avremmo potuto vivere il Miglio Verde secondo una prospettiva tutta nuova. È un'idea bizzarra, a ben considerarla. Ho perso la mia occasione di ripetere James Cagney in *La furia umana*.

Fatto sta che, una volta assicuratici che Dean avrebbe continuato a respirare e che non c'era rischio che ci svenisse fra le braccia, Harry e Brutal lo scortarono in infermeria. Delacroix, che era rimasto assolutamente muto durante la zuffa (era stato in prigione spesso e sovente, il francese, e sapeva quand'era prudente chiudere il becco e quando invece il rischio che correva ad aprirlo era relativamente basso), cominciò a starnazzare in fondo al corridoio, mentre Harry e Brutal accompagnavano fuori Dean. Delacroix voleva sapere che cos'era accaduto. A sentirlo, c'era da pensare che qualcuno avesse violato i suoi diritti costituzionali.

«Zitto tu, finocchio!» gli urlò Percy, così furioso che gli uscirono le vene nel collo. Io gli posai una mano sul braccio e glielo sentii fremere sotto la manica. In parte era paura residua, naturalmente (di tanto in tanto dovevo ricordare a me stesso che i problemi di Percy derivavano anche dal fatto che aveva solo ventun anni, poco più di quelli di Wharton), ma credo che soprattutto fosse collera. Odiava Delacroix. Non chiedetemi perché, ma è così.

«Vai a vedere se Moores è ancora in ufficio», dissi a Percy. «Se c'è, fagli un rapporto verbale completo dell'accaduto. Digli che avrà quello scritto da me domani mattina sul suo tavolo, se faccio in tempo.»

Percy si sentì visibilmente inorgoglito della responsabilità che gli affidavo. Per un momento temetti con orrore che scattasse in un saluto militare. «Signorsì. Vado.»

«Comincia riferendogli che la situazione al Blocco E è sotto controllo. Non stai andando a raccontargli una storia perché si svaghi un po' e non sarebbe contento di essere tenuto sulle spine fino alla fine giusto per rendere il racconto più avvincente.»

«D'accordo.»

«Siamo intesi. Vai.»

Lui si avviò, ma si fermò dopo pochi passi. Se su una cosa con lui si poteva contare, era che facesse il bastian contrario. Io desideravo con tutto il cuore che se ne andasse, mi sembrava di avere un incendio tra le gambe, ed ecco che tutt'a un tratto sembra che lui preferisca restare.

«Stai bene, Paul?» mi chiese. «Non è che hai la febbre? Un inizio di influenza? Perché hai la faccia tutta sudata.»

«Può darsi che abbia l'inizio di qualcosa, ma nell'insieme sto bene», risposi. «Coraggio, Percy, vai ad avvertire il direttore.»

Annuì e se ne andò e io ringraziai Dio per la sua misericordia. Appena la porta fu chiusa, mi precipitai in ufficio. Lasciare incustodita la scrivania della guardia di servizio era contro il regolamento, ma conciato com'ero non m'importava niente. Si era messa male, come già di mattina.

Riuscii a raggiungere il minuscolo gabbiotto dietro la scrivania e a estrarre quanto di dovere dai calzoni prima che l'orina cominciasse a sgorgare, ma ci andai maledettamente vicino. Dovetti schiacciarmi la mano sulla bocca per soffocare un grido quando cominciai a orinare, annaspando con l'altra alla cieca per trovare il bordo del lavabo a cui reggermi. Non era come a casa mia, dove potevo buttarmi in ginocchio a pisciare per terra vicino alla catasta della legna. Lì, mi fossi messo in ginocchio, avrei inondato tutto il pavimento.

Riuscii a rimanere in piedi e a non gridare, ma di nuovo ci andai vicino in entrambi i casi. La sensazione era che mi avessero riempito l'orina di minuscole schegge di vetro. L'odore che saliva dalla tazza era paludoso e cattivo e c'era del bianco che vedevo galleggiare in superficie, pus, probabilmente.

Sfilai la salvietta dal ferro e mi asciugai la faccia. Eccome, se sudavo. Ero una fontana. Mi guardai nello specchio e mi trovai a tu per tu con la faccia incandescente di un uomo con la febbre alta. Trentotto gradi? Trentanove? Forse era meglio non saperlo. Risistemai la salvietta sul ferro, feci scorrere l'acqua e riattraversai adagio l'ufficio per affacciarmi in corridoio. Temevo che fosse arrivato Bill Dodge o qualcun altro e avesse trovato tre detenuti nelle proprie celle senza alcun sorvegliante, ma grazie a Dio non c'era nessuno. Wharton era ancora svenuto sulla sua branda, Delacroix si era zittito e John Coffey non aveva mai nemmeno aperto bocca. Me ne resi conto all'improvviso. Nemmeno un pigolio. La qual cosa era preoccupante.

Scesi per il Miglio a dare un'occhiata nella cella di Coffey e quasi m'aspettavo di scoprire che si fosse tolto la vita in uno o l'altro dei due modi più ricorrenti nel Braccio della Morte, o impiccandosi con i calzoni o lacerandosi i polsi a morsi. Niente di tutto questo. Coffey sedeva in fondo alla branda con le mani in grembo, l'uomo più grosso che avessi mai visto in vita mia, e mi guardava con quei suoi strani occhi umidi.

«Capitano?»

«Che c'è, ragazzone?»

«Ho bisogno di vederti.»

«Non mi stai vedendo, John Coffey?»

Non rispose a questa domanda. Continuò invece a studiarmi con quello strano sguardo lacrimoso. Io sospirai.

«Dammi un secondo, ragazzone.»

Lanciai un'occhiata a Delacroix, in piedi alle sbarre della sua cella. Il signor Jingles, il suo topolino personale (Delacroix avrebbe sostenuto di aver insegnato al signor Jingles i trucchi che il topo conosceva, ma noialtri che si lavorava al Miglio Verde eravamo unanimi nell'opinione che il signor Jingles si fosse ammaestrato da solo), saltellava irrequieto da una all'altra delle mani protese di Del, come un acrobata che spicca balzi fra due piattaforme sospese in alto, al centro della pista. Gli occhi gli erano diventati enormi, le orecchie erano schiacciate all'indietro contro la testolina grigia. Ero più che certo che stesse reagendo al nervosismo di Delacroix. A un certo punto gli corse giù per un calzone, attraversò tutta la cella, raggiunse il rocchetto policromo finito contro il muro e lo spinse verso il piede di Delacroix. Poi alzò la testa e lo guardò con ansia, ma il piccolo cajun, almeno in quei momenti, sembrava essersi dimenticato del suo amichetto.

«Cos'è successo, capo?» domandò Delacroix. «Chi è stato ferito?»

«Godono tutti di ottima salute», gli risposi. «È arrivato un tizio nuovo e, come è entrato qui, si è messo a fare il leone, ma adesso è nel mondo dei sogni come un agnellino. Tutto è bene quel che finisce bene.»

«Non è ancora finita», dichiarò Delacroix, allungando lo sguardo verso la cella in cui dormiva Wharton. «*L'homme mauvais, c'est vrai!*»

«Be', Del», ribattei, «tu cerca di non amareggiarti troppo. Nessuno ti obbligherà a saltare la corda con lui, giù in cortile.»

Udii un cigolio alle mie spalle. Era Coffey che si alzava dalla branda. «Capo Edgecombe!» mi chiamò di nuovo. Questa volta con maggior urgenza. «Ho bisogno di parlarti!»

Mi voltai pensando che tanto valeva, perché no, parlare era il mio mestiere. Cercando sempre di non tremare, perché la febbre mi aveva messo il gelo addosso, come accade talvolta, lasciando escluso solo l'inguine, dove la sensazione era che qualcuno mi avesse prima squarciato, poi riempito di tizzoni ardenti e infine ricucito con ago e filo.

«Dunque parla, John Coffey», lo esortai, cercando di assumere un tono lieve e tranquillo. Per la prima volta da quando era arrivato al Blocco E, Coffey aveva l'aria di esserci, di essere veramente tra noi. Il gocciolio quasi incessante che gli colava dagli angoli degli occhi si era interrotto e sapevo che in quel momento stava vedendo quello che guardava: il signor Paul Edgecombe, capocerbero del Blocco E, e non chissà quale posto dove desiderava fare ritorno per rimediare alla cosa terribile che aveva fatto.

«No», mi disse. «Tu devi entrare qui.»

«Dai, sai che non posso», risposi, sempre cercando un tono da chiacchierata. «Sono solo in questo momento, lo vedi anche tu, e peso qualcosa come una tonnellata e mezzo meno di te. Abbiamo già avuto un bel casino oggi pomeriggio ed è stato più che sufficiente. Contiamocela un po' così, con le sbarre in mezzo, se per te fa lo stesso, e vedrai...»

«No!» Stringeva le sbarre così forte che aveva le nocche schiarite e le unghie sbiancate. Il viso gli si era allungato per una tensione interiore che rasentava l'angoscia e quei suoi strani occhi brillavano di non so quale misteriosa necessità. Ricordo di aver pensato che forse sarei stato capace di decifrarla se non fossi stato così malato e che l'averla intuita mi avrebbe fornito un modo per aiutarlo per tutto il periodo in cui avrebbe dovuto soggiornare al Miglio Verde. Quando si conoscono i bisogni di una persona, il più delle volte si conosce la persona. «Ti prego, capo Edgecombe! *Devi entrare!*»

Riflettei di non aver mai sentito una proposta più balorda, poi sentii qualcosa che superava ogni altra balordaggine: stavo per farlo. Mi ero staccato dalla cintura il mazzo delle chiavi e stavo cercando quelle giuste con cui aprire la cella di John Coffey. Stavo per aprire la cella di un uomo che avrebbe potuto sollevarmi di peso e spezzarmi su un ginocchio come un ramoscello anche in un giorno in cui fossi stato in piena forma fisica, e non era quello il giorno. Eppure stavo per farlo. Da solo, meno di mezz'ora dopo una dimostrazione pratica delle conseguenze a cui ti possono portare stupidità e leggerezza quando hai a che fare con assassini condannati a morte, stavo per aprire la cella di un gigante nero, entrare e sedermi con lui. Se mi avessero scoperto, correvo il rischio di perdere il posto anche se non avesse fatto niente di scervellato, eppure stavo per farlo lo stesso.

Fermati, mi dissi, fermati subito, Paul. Ma non mi fermai. Usai una chiave per la serratura superiore e un'altra per quella inferiore, poi spinsi il cancello nella guida.

«Attento, capo, forse non è un'idea grandiosa», mi mise in guardia Delacroix con una vocetta così nervosa e affettata che in un altro momento mi avrebbe forse fatto ridere.

«Tu bada ai fatti tuoi che io bado ai miei», tagliai corto senza girarmi. Tenevo gli occhi fissi in quelli di John Coffey, così saldamente fissi che era come se ve li avessi inchiodati dentro. Era come sentirsi ipnotizzati. La mia stessa voce suonò alle mie orecchie come l'eco di ritorno dal fondo di una lunga valle. Chissà, forse ero veramente ipnotizzato. «Sdraiati e riposati.»

«Cristo, siamo finiti in un manicomio», gemette Delacroix. «Signor Jingles, ora come ora vorrei che mi mettessero a friggere una volta per tutte, così non ci penso più!»

Entrai nella cella di Coffey. Lui indietreggiava via via che io avanzavo. Quando fu contro la branda, che lo urtò nei polpacci, da tanto che era alto, vi si sedette. Batté la mano sul materasso accanto a sé, senza mai distogliere gli occhi dai miei. Io mi sedetti al suo fianco e lui mi passò un braccio intorno alle spalle come se fossimo al cinema e io fossi la sua ragazza.

«Che cosa vuoi, John Coffey?» chiesi, sempre guardandolo negli occhi, in quegli occhi tristi e sereni.

«Solo aiutare», mi rispose. Sospirò come si fa davanti a un'incombenza che si preferirebbe evitare, poi mi posò la mano sul basso ventre, appena sopra i genitali, su quell'osso che c'è una spanna sotto l'ombelico.

«Ehi!» protestai. «Togli quella dannata mano...»

Poi fui trapassato da una scarica, una grande frustata indolore. Mi fece sobbalzare sulla branda e piegare la schiena all'indietro, evocando nella mia mente il vecchio Toot che gridava che stava friggendo, stava friggendo, lo stavano tacchinando. Non avvertii calore, nessuna sensazione di elettricità, ma per un istante fu come se i colori saltassero fuori da tutti gli oggetti che avevo intorno, come se qualcuno avesse spremuto il mondo facendolo sudare. Vidi ogni singolo poro sulla faccia di John Coffey, vidi ogni filo di emorragia nei suoi occhi stregati, vidi un minuscolo graffio che gli si andava rimarginando sul mento. Mi rendevo conto di aver contratto le dita come artigli nel vuoto e di battere precipitosamente i piedi sul pavimento.

Poi passò. Passò anche la mia infezione alle vie urinarie. Bruciore e dolore erano scomparsi dai miei genitali e altrettanto mi era scomparsa la febbre dalla testa. Sentivo ancora il sudore che mi aveva estratto dalla pelle e ne percepivo l'odore, ma se n'era andato.

«Che succede?» quasi strillò Delacroix. La sua voce giungeva ancora da lontano, ma quando John Coffey si chinò in avanti staccando gli occhi dai miei, tutt'a un tratto la voce del piccolo cajun risonò chiara. Era come se qualcuno mi avesse tolto dalle orecchie un paio di tappi o di batuffoli di cotone. «Che cosa ti ha fatto?»

Non risposi. Coffey era ripiegato sulle proprie ginocchia con il volto tormentato e la gola gonfia. Gli sporgevano gli occhi. Sembrava che avesse un osso infilzato di traverso in gola.

«John!» esclamai. Gli battei la mano sulla schiena; altro da fare non mi venne in mente. «John, cos'hai?»

Lo sentii sussultare sotto le dita, poi fece un verso di nausea, scosso da un conato. La sua bocca si aprì nel modo in cui talvolta la aprono i cavalli per accogliere il morso, con riluttanza, rovesciando all'infuori le labbra ed esponendo i denti in una specie di ringhio disperato. Poi dischiuse anche i denti ed esalò un nugolo di minuscoli insetti neri simili a moscerini. Almeno così pensai allora. Rotearono furiosamente tra le sue ginocchia, diventarono bianchi e scomparvero.

All'improvviso mi sentii sciogliere dentro. Era come

se tutti i muscoli addominali mi si fossero liquefatti. Mi accasciai contro la parete di pietra. Ricordo che ripetevo mentalmente il nome del Salvatore, Cristo, Cristo, Cristo, e ricordo di aver pensato che deliravo per colpa della febbre. Tutto qui.

Poi sentii Delacroix che invocava aiuto. Urlava al mondo intero che John Coffey mi stava uccidendo e lo urlava con quanto fiato aveva in corpo. Coffey era chino su di me, questo sì, ma solo per assicurarsi che stessi bene.

«Piantala, Del», ordinai rialzandomi. Aspettai di sentire la scudisciata di dolore al basso ventre e invece non accadde nulla. Stavo meglio. Sul serio. Ebbi un breve capogiro, ma passò prima che mi proiettassi in avanti e afferrassi le sbarre per sostenermi. «Sto benissimo.»

«Esci da lì», mi esortò con la voce di una vecchietta ansiosa che dice a un bambino di scendere da quell'albero. «Non puoi entrare in una cella con un condannato quando non ci sono altre guardie al blocco.»

Guardai John Coffey, seduto sulla branda con le mani enormi posate sui ceppi che aveva per ginocchia. E lui guardò me. Dovette sollevare un pochino la testa, ma non molto.

«Che cos'hai fatto, ragazzone?» gli domandai a voce bassa. «Che cosa mi hai fatto?»

«Aiutato», rispose. «Ti ho aiutato, no?»

«Sì, immagino di sì, ma *come*? Come mi hai aiutato?»

Scosse la testa: destra, sinistra, di nuovo al centro. Non sapeva come mi aveva aiutato (come mi aveva *guarito*) e l'espressione placida del suo viso induceva a pensare che non gliene importasse un fico secco, in tutto e per tutto come a me non importava un fico secco dei principi meccanici della corsa umana quando ero in testa negli ultimi cinquanta metri della campestre del Quattro Luglio. Pensai di chiedergli come fosse venuto a sapere che ero malato, ma mi rendevo conto che avrei ottenuto solo un'altra scrollata di testa. Da qualche parte ho letto una frase che non ho più dimenticato, qualcosa come: «Un enigma avvolto in un mistero». Così era John Coffey e suppongo che se riusciva a dormire di notte era solo perché non gliene importava niente. Percy lo chiamava «l'idiota». Era una crudeltà, ma non molto lontana dal vero. Il nostro ragazzone sapeva il proprio nome, e sapeva che non si scriveva come la bevanda, e tanto gli bastava.

Come per ribadirlo, scosse ancora una volta la testa in quel modo tutto particolare, poi si sdraiò sulla branda con le mani giunte sotto la guancia sinistra come un cuscino e il viso rivolto al muro. Le gambe gli sporgevano dal bordo dagli stinchi in avanti, ma non ne sembrava per niente turbato. Gli si era raggricciata la camicia e vedevo le cicatrici che gli si incrociavano sulla schiena.

Lasciai la cella, chiusi con le chiavi, quindi mi girai verso Delacroix, fermo con le mani strette sulle sbarre a guardarmi con viva preoccupazione. Forse persino con paura. Il signor Jingles era appollaiato sulla sua spalla a far fremere i baffi come filamenti. «Che cosa ti ha fatto quell'uomo nero?» volle sapere Delacroix. «Era *gris-gris*? Ti ha fatto un *gris-gris*?» Per via dell'accento cajun in bocca a lui suonava *grii-grii*.

«Non so di che cosa stai parlando, Del.»

«Come non lo sai? Ma guardati! Tutto cambiato! Cammini persino diverso, capo!»

Probabilmente diceva la verità, avevo cambiato modo di camminare. Avvertivo al basso ventre una meravigliosa sensazione di calma, un senso di pace che era quasi estasi. Chiunque abbia sofferto di dolori forti e ne sia uscito sa che cosa intendo.

«È tutto a posto, Del», ripetei. «John Coffey ha avuto un incubo.»

«È un *gris-gris*!» insisté con impeto Delacroix. Aveva una ghirlanda di goccioline di sudore sul labbro superiore. Non aveva visto molto, solo quanto bastava per essere mezzo morto di paura. «È uno stregone voodoo!»

«Che cosa te lo fa pensare?»

Delacroix prelevò il topo dalla spalla. Lo tenne nel palmo della mano e se lo sollevò al viso. Prese dalla tasca un pezzetto di quelle sue mentine rosa. Glielo offrì, ma sulle prime il topo lo ignorò, allungando invece il collo verso di lui e annusandogli l'alito come si fa con un mazzo di fiori. Le goccioline nere dei suoi occhi scomparvero quasi del tutto nel socchiudersi delle palpebre, in un'espressione che rasentava l'estasi. Delacroix gli baciò il naso e il topo lasciò che gli si baciasse il naso. Poi prese il pezzetto di caramella che gli veniva offerto e cominciò a rosicchiarlo. Delacroix lo contemplò ancora per qualche istante, poi alzò gli occhi su di me. E tutt'a un tratto capii.

«Te l'ha detto il topo. Giusto?»

«*Oui*.»

«Come il nome.»

«*Oui*, me l'ha bisbigliato all'orecchio.»

«Sdraiati, Del», lo invitai. «Fatti un riposino. Tutto questo via vai di bisbigli deve averti stancato parecchio.»

Lui disse qualcos'altro ancora, forse mi accusò di non credergli. Di nuovo la sua voce sembrava provenire da molto lontano. E quando tornai al mio tavolo, la sensazione non era affatto quella di camminare, ma piuttosto di galleggiare, se non addirittura di non muovermi affatto, quasi che fossero le celle a scorrermi ai lati, come fondali di scenografia su ruote invisibili.

Cominciai a sedermi normalmente, ma a metà della manovra le ginocchia mi cedettero, piombai sul cuscino blu che Harry aveva portato da casa l'anno precedente e mi ritrovai sulla sedia. Non ci fosse stata, suppongo che sarei precipitato diritto a terra senza passare per il via e ritirare duecento dollari.

Sedetti senza sentire niente là dove nemmeno dieci minuti prima ardeva fuoco vivo. *Ti ho aiutato, no?* aveva detto John Coffey ed era vero, limitatamente alle mie condizioni fisiche. Quanto alla pace della mia mente era tutt'altra storia. Lì non mi aveva aiutato affatto.

Posai gli occhi sul mazzetto di moduli che tenevamo sull'angolo della scrivania sotto il posacenere di latta. L'intestazione era RAPPORTO DAL BLOCCO e verso il centro della pagina c'era uno spazio bianco con la scritta: *Segnalare ogni fatto insolito*. Quella sera avrei utilizzato lo spazio per riferire dell'esuberante e movimentato arrivo di William Wharton. Ma se avessi voluto includere anche ciò che era accaduto a me nella cella di John Coffey? Mi vidi nell'atto di raccogliere la matita, quella di cui Brutal non smetteva mai di leccare la punta, e scrivere a grandi lettere maiuscole una sola parola: MIRACOLO.

Avrebbe dovuto essere divertente, ma invece che farmi venir voglia di ridere, tutt'a un tratto quell'idea mi mise addosso la netta sensazione di essere in procinto di piangere. Mi portai le mani al viso e mi schiacciai la bocca per soffocare i singhiozzi, non volendo spaventare di nuovo Del proprio quando stava cominciando a calmarsi. Ma non singhiozzai. Non mi misi nemmeno a piangere. Dopo qualche attimo abbassai nuovamente le mani sul tavolo e intrecciai le dita. Non so che cosa stessi sentendo e l'unico pensiero chiaro che avevo nella mente era il desiderio che nessuno tornasse al blocco prima che mi fossi un po' ripreso. Avevo paura di quello che avrebbero potuto leggermi negli occhi.

Tirai verso di me un modulo per i rapporti. Avrei rimandato a quando mi fossi sentito un po' più in me stesso il resoconto di come il mio ultimo ragazzo difficile avesse quasi strangolato Dean Stanton, ma intanto avrei potuto compilare tutte le altre vecchie solfe. Temevo di scrivere in una maniera diversa dal solito, tremolante, ma vidi che scorreva nel solito modo di sempre.

Dopo cinque minuti da quando avevo cominciato, posai la matita e mi recai in gabinetto a orinare. Il bisogno non era impellente, ma pensavo che sarei riuscito a spremermene fuori quanto bastava per sapere che cosa mi era successo. Mentre aspettavo di farla, mi convinsi che quando avessi cominciato mi avrebbe fatto male esattamente come quella mattina, come se stessi orinando frammenti di vetro; mi persuasi che avrei scoperto di essere stato solo ipnotizzato e forse, nonostante la sofferenza, sarebbe stato un sollievo.

Invece non ci fu dolore e il liquido che cadde nella tazza era limpido, senza tracce di pus. Mi riabbottonai la patta, tirai la catena che faceva scorrere l'acqua, tornai in corridoio e mi sedetti di nuovo alla scrivania.

Sapevo che cos'era successo. Presumibilmente lo sapevo anche quando stavo cercando di raccontare a me stesso la balla dell'ipnosi. Ero stato oggetto di una guarigione miracolosa, un «Lode a Gesù, il Signore è onnipotente» in tutto e per tutto. Dopo un'infanzia vissuta nell'atmosfera spirituale alternata tra questo o quel credo battista o pentecostale, a seconda delle mensili preferenze di mia madre e delle sue sorelle, avevo ascoltato innumerevoli racconti miracolosi all'insegna del «Lode a Gesù, il Signore è onnipotente». Non le avevo bevute tutte, ma erano abbastanza numerose quelle a cui avevo creduto. Tra le altre c'era quella di un certo Roy Delfines, che viveva con la famiglia poco lontano da casa nostra, quando io avevo circa dodici anni. Delfines aveva tranciato con un colpo di scure un dito al figlio di otto anni. Il bambino aveva inaspettatamente mosso la mano sul ceppo che reggeva per il padre sul troncone dietro casa. Roy Delfines aveva dichiarato di aver praticamente consumato il tappeto con le ginocchia strisciandovi sopra per tutto l'autunno e l'inverno e in primavera al figlio era ricresciuto il dito. Con tanto di unghia. Avevo creduto a Roy Delfines quando aveva reso la sua testimonianza alla riunione del giovedì sera. C'era tanta nuda e candida sincerità nel racconto che ci aveva fatto, parlando in piedi con le mani sprofondate nelle tasche della tuta da lavoro, che sarebbe stato impossibile a chiunque *non* credergli. «Gli dava prurito quando è cominciato a crescere, lo teneva sveglio di notte», ci aveva riferito Roy Delfines. «Ma lui sapeva che era il prurito del Signore e non si è lamentato.» Lode a Gesù, il Signore è onnipotente.

Il caso di Roy Delfines era tutt'altro che isolato; io sono cresciuto in una tradizione di prodigi e guarigioni miracolose. Io sono cresciuto credendo anche nel *gris-gris* (solo che su in montagna noi lo si pronunciava come si scrive): succo di radice per i porri, muschio sotto il guanciale per mitigare il mal di cuore di un amore perduto e, naturalmente, la guarigione per imposizione delle mani. Ma io non credevo che John Coffey fosse uno stregone. L'avevo guardato negli occhi. Soprattutto avevo sentito il suo tocco. Farsi toccare da lui era come sentirsi toccare da uno strano e straordinario medico.

Ti ho aiutato, no?

Quella frase mi si ripeteva nella mente come un ritornello contagioso o come le parole che reciti per fare un incantesimo.

Ti ho aiutato, no?

Ma non era stato lui ad aiutarmi. Era stato Dio. Il ricorso alla prima persona singolare di John Coffey poteva essere ascritto all'ignoranza più che alla presunzione, ma io sapevo, o almeno credevo, quanto avevo appreso delle guarigioni in quelle parrocchie del «Lode a Gesù, il Signore è onnipotente», nell'odore di legno di pino dei luoghi pii tanto amati da mia madre appena ventenne e dalle mie zie: che la guarigione non è mai opera del paziente o del suo guaritore, ma dipende direttamente dalla volontà di Dio. Che si gioisca di una malattia debellata è normale, è previsto, ma la persona guarita ha l'obbligo poi di chiedersi perché, di meditare sulla volontà del Signore e sulla straordinarietà dell'atto che ha compiuto per realizzarla.

Che cosa voleva da me il Signore in questo caso? Che cosa gli stava a cuore che facessi tanto da concedere potere di guarigione alle mani di un assassino di bambini? Che fossi al mio posto in carcere e non a casa, ridotto a uno straccio dalla malattia, a rabbrividire a letto nel puzzo dei sulfamidici che mi usciva dai pori? Forse. Forse si voleva che io fossi lì e non a casa mia nel caso Wild Bill Wharton avesse a scatenarsi di nuovo, o che Percy Wetmore prendesse qualche nuova iniziativa da imbecille con possibili conseguenze disastrose. D'accordo, allora. Così fosse. Avrei tenuto gli occhi aperti... e la bocca chiusa, specialmente sulle guarigioni miracolose.

Nessuno si sarebbe meravigliato delle mie migliorate condizioni fisiche, perché da giorni andavo sostenendo che la malattia stava passando e, fino a non molto prima, lo affermavo in assoluta onestà. Persino a Moores, il direttore, avevo riferito di essere in via di guarigione. Delacroix aveva visto qualcosa, ma ero sicuro che anche lui l'avrebbe tenuta per sé (probabilmente nel timore che in caso contrario John Coffey gli facesse una fattura). Quanto a Coffey, probabilmente se ne era già scordato. Del resto era solo un tramite e non c'è gronda al mondo che ricordi l'acqua che vi ha cantato dentro dopo che ha smesso di piovere. Decisi così di mantenere il più stretto riserbo sull'accaduto, non potendo nemmeno lontanamente immaginare quanto presto mi sarei ritrovato a raccontarlo, né per le orecchie di chi.

Ma il mio ragazzone aveva suscitato in me una notevole curiosità e sarebbe sciocco non ammetterlo. Dopo quanto mi era successo nella sua cella, ero più curioso che mai.

4

QUELLA sera, prima di uscire, mi accordai con Brutal perché mi coprisse per l'indomani, avessi a tardare, e quando mi alzai la mattina seguente, partii alla volta di Tefton, giù nella contea di Trapingus.

«Non so fino a che punto mi piaccia come ti preoccupi di questo Coffey», commentò mia moglie, consegnandomi la colazione che mi aveva preparato. Janice aveva scarsa fiducia nei venditori ambulanti di hamburger e diceva sempre che c'era un mal di pancia in agguato su ogni bancarella. «Non è da te, Paul.»

«Non sono preoccupato per lui», risposi. «Sono curioso.»

«L'esperienza mi ha insegnato che l'una cosa porta all'altra», sentenziò lei. Poi mi schioccò un bacio caloroso sulla bocca. «Ma rallegriamoci comunque che stai meglio. Qualche giorno fa avevo cominciato a essere veramente in ansia. L'impianto idraulico fa meno i capricci?»

«Ne fa pochissimi», la rassicurai e partii, intonando canzoni come *Come, Josephine, in My Flying Machine* e *We're in the Money* per tenermi compagnia.

Passai prima dagli uffici dell'*Intelligencer* di Tefton, dove mi informarono che Burt Hammersmith, la persona che stavo cercando, era con tutta probabilità al palazzo di giustizia. In tribunale mi dissero che Hammersmith era stato lì, quando lo scoppio di una conduttura dell'acqua aveva costretto a interrompere il dibattimento in corso, che riguardava per la precisione un caso di stupro (sulle pagine dell'*Intelligencer* si sarebbe parlato di «aggressione a una donna», com'era abitudine in passato, prima che entrassero in scena Ricki Lake e Carnie Wilson). Si pensava che fosse tornato a casa. Seguendo le loro indicazioni, imboccai una sterrata così accidentata e stretta da dover pensare due volte prima di azzardarmi a farci transitare la mia Ford, e finalmente scovai il mio uomo. Hammersmith era l'autore di quasi tutti gli articoli sul processo Coffey ed è da lui che ottenni la maggior parte dei particolari sulla breve caccia all'uomo che aveva condotto alla sua cattura. I particolari che l'*Intelligencer* aveva ritenuto troppo raccapriccianti perché fossero pubblicati, intendo.

La signora Hammersmith era una giovane donna con un faccino grazioso e stanco e le mani rosse di sapone alla liscivia. Senza chiedermi niente, mi guidò attraverso la loro piccola abitazione fragrante di dolci al forno, facendomi uscire sulla veranda posteriore, dove il marito sedeva con una bottiglia di bibita analcolica in una mano e una copia chiusa della rivista *Liberty* sulle ginocchia. Il praticello dietro casa era in lieve declivio e in fondo due marmocchi ridevano e strillavano giocando con un'altalena. Dalla veranda era impossibile stabilire il sesso, ma ebbi l'impressione che fossero un maschietto e una femmina.

Forse persino gemelli, la qual cosa rischiarava di una luce interessante la parte avuta dal loro padre, per quanto marginale, nel processo Coffey. Più vicino, come un isolotto al centro di uno spiazzo di terra brulla e pestata, in una ghirlanda di escrementi, c'era un canile. Nessuna traccia di Fido: era di nuovo una giornata di calura estiva e c'era da scommettere che fosse nella sua casetta a dormire.

«Burt, hai compagnia», annunciò la signora Hammersmith.

«Va bene», fece lui. Mi lanciò un'occhiata, ne lanciò una alla moglie, poi tornò a guardare i figli, ai quali aveva evidentemente consegnato il cuore. Era un uomo magro, quasi emaciato, come se avesse appena cominciato a riprendersi da una malattia grave, e la sua fronte era resa più spaziosa da una calvizie incipiente. La moglie gli toccò la spalla con la mano rossa e gonfia di bucati. Lui non la guardò, né cercò di accarezzargliela e dopo un momento lei la ritrasse. Mi sfrecciò per la mente la considerazione che sembravano più fratello e sorella che marito e moglie: lui aveva ereditato il cervello e lei il bell'aspetto, ma nessuno dei due era sfuggito a una somiglianza sotterranea, quell'eredità genetica che non perdona. Più tardi, mentre tornavo a casa, mi resi conto che non si assomigliavano affatto. A dare l'effetto erano le conseguenze dello stress e gli strascichi del dolore. È singolare come le sofferenze segnino il viso accomunando tutti in una grande famiglia.

«Le va qualcosa di fresco, signor?...» chiese lei.

«Edgecombe», mi presentai. «Paul Edgecombe. E la ringrazio, qualcosa di fresco da bere mi farebbe piacere, signora.»

Rientrò. Io tesi la mano a Hammersmith, che me la strinse brevemente. La sua presa fu fiacca e fredda. Non staccò mai gli occhi dai bambini in fondo al prato.

«Signor Hammersmith, io sono il soprintendente del Blocco E al penitenziario statale di Cold Mountain. Sarebbe...»

«So cos'è», mi troncò lui, guardandomi con maggior interesse. «Dunque il capocerbero del Miglio Verde sarebbe apparso in carne e ossa sulla veranda di casa mia. Che cosa la spinge a sciropparsi cinquanta miglia per venire a parlare con l'unico giornalista a tempo pieno del gazzettino locale?»

«John Coffey», risposi.

Credo di essermi aspettato una reazione forte (l'eco dei bambini che avrebbero potuto essere gemelli, in fondo al prato, e forse la casetta del cane; anche i Detterick avevano un cane), ma Hammersmith si limitò a sollevare le sopracciglia e a bere un sorso. «Adesso Coffey è un problema *suo*, no?» mi apostrofò.

«Non è un gran problema», replicai. «Non gli piace il buio e piange quasi sempre, ma nel nostro lavoro cose di questo genere non sono considerate problemi. Ci capita di peggio.»

«Piange, eh? Be', direi che ha parecchio su cui piangere. Considerato quello che ha fatto. Che cosa vuole sapere?»

«Tutto quello che mi può dire. Ho letto i suoi articoli, dunque ne deduco che vado a caccia di quello che non ci ho trovato scritto.»

Mi scoccò un'occhiata tagliente. «Per esempio com'erano ridotte le bambine? Che cosa gli ha fatto di preciso? Sono questi i particolari che le interessano, signor Edgecombe?»

«No», risposi mantenendomi calmo. «Non mi interessano le bambine, Hammersmith. Loro non ci sono più, poverine, ma Coffey è ancora qui. Per ora. Ed è di lui che sono curioso.»

«D'accordo», annuì. «Si prenda una sedia e si metta comodo, signor Edgecombe. Mi perdonerà se sono stato un po' brusco, ma si vedono volare molti avvoltoi nel mio mestiere. Anzi, se è per questo sono stato accusato di esserlo anch'io chissà quante volte. Volevo solo inquadrarla bene.»

«Ed è soddisfatto?»

«Abbastanza», mi concesse, in tono quasi indifferente. Quanto mi raccontò ho già riferito in linea di massima nel mio racconto: la signora Detterick che non trovava le figlie in veranda, la porta a zanzariera scardinata nella parte superiore, le coperte buttate in un angolo e il sangue sui gradini; marito e figlio che partivano alla caccia del rapitore, gli altri che li raggiungevano a metà strada e non molto tempo dopo ritrovavano John Coffey. Coffey seduto sulla sponda del fiume a ululare, con i corpicini come grosse bambole nelle braccia massicce. Il giornalista, magro come uno scheletro nella sua camicia bianca con il colletto sbottonato e calzoni grigi, raccontò in un tono pacato e neutrale... ma i suoi occhi non si distolsero mai dai figli che ridevano e s'azzuffavano in allegria dondolandosi a turno sull'altalena all'ombra, in fondo al declivio. In un momento imprecisato durante la narrazione, uscì in veranda la signora Hammersmith con una bottiglia di root beer, fredda, forte e squisita. Si trattenne ad ascoltare per un po', poi ci interruppe per un momento, il tempo di richiamare i bambini esortandoli a tornare immediatamente a casa, che c'erano i biscotti pronti, appena sfornati. «Subito, mamma!» trillò una voce di bambina e la madre rientrò.

Quand'ebbe finito Hammersmith chiese: «Allora, perché vuole sapere? Non mi era mai successo che mi venisse a trovare un secondino. È la prima volta».

«Come le ho già detto...»

«Curiosità, sì. La gente s'incuriosisce, lo so, e personalmente ho solo da ringraziare il cielo, perché altrimenti sarei a spasso e potrei addirittura trovarmi costretto a lavorare per vivere, non fosse per la curiosità. Ma cinquanta miglia sono molte per soddisfare una semplice curiosità, specie quando le ultime venti sono di stradacce. Allora perché non mi dice la verità, Edgecombe? Io ho soddisfatto la sua curiosità, ora lei soddisfi la mia.»

Ebbene, avrei potuto rispondere, il fatto è che avevo questa infezione all'apparato urinario e John Coffey mi ha toccato con le mani e me l'ha guarita. Mi ha guarito l'uomo che ha violentato e assassinato quelle due bambine. Così, com'è naturale, ho cominciato a farmi domande su di lui, è una reazione che avrebbero avuto tutti. Mi sono persino domandato se non fosse possibile che Homer Cribus e il suo vice, Rob McGee, avessero beccato l'uomo sbagliato. Nonostante tutte le prove contro di lui, io ho cominciato ad avere qualche dubbio. Perché un uomo che ha un potere come quello nelle mani, non è di quelli che di solito t'aspetti violentino e uccidano bambini.

No, non mi sembrava il caso.

«Ci sono due punti che mi piacerebbe chiarire», spiegai. «Il primo è se aveva mai fatto niente del genere in precedenza.»

Hammersmith si girò e i suoi occhi diventarono improvvisamente scintillanti di interesse e fu allora che capii che era davvero una persona sveglia. Forse persino geniale, in un modo poco appariscente. «Perché?» mi chiese. «Che cosa sa lei, Edgecombe? Che cosa le ha raccontato?»

«Niente. Ma normalmente una persona che fa una cosa come quella, è perché l'ha già fatto. È una specie di vizio.»

«Sì», confermò. «È così, risulta anche a me.»

«E ho pensato che non dovesse essere troppo difficile ricostruire i suoi movimenti nel passato e scoprirlo. Un uomo gigantesco come quello, nero per giunta, non passa inosservato.»

«Se è così che pensa, si sbaglia», rispose. «Almeno nel caso di Coffey. Io lo so.»

«Ha provato?»

«Ho provato e ne sono uscito a mani vuote. C'erano un paio di dipendenti delle ferrovie che credevano di averlo visto allo scalo di Knoxville due giorni prima dell'uccisione delle bimbe. Era comprensibile. Quando l'hanno trovato, era sulla sponda opposta a quella su cui passano le rotaie della Great Southern ed è probabilmente così che è arrivato qui dal Tennessee. Ho ricevuto una lettera di un tizio che diceva di aver assunto all'inizio della primavera di quest'anno un negro grande e grosso e calvo per fargli trasportare delle casse. Era nel Kentucky. Io gli ho mandato una foto di Coffey e lui ha detto che era il suo uomo. Ma a parte questo...» Hammersmith si strinse nelle spalle e scosse la testa.

«Ma non le sembra un po' strano?»

«Mi sembra stranissimo, signor Edgecombe. Neanche fosse cascato dal cielo. Né lui è di grande aiuto. Non si ricorda della settimana scorsa quando comincia quella dopo.»

«Già», annuii. «Lei come lo spiega?»

«Siamo in piena Depressione», rispose, «ecco come lo spiego io. C'è gente in giro dappertutto. Quelli dell'Oklahoma vogliono raccogliere pesche in California, i bianchi poveri delle montagne vogliono andare a fabbricare macchine a Detroit, i negri del Mississippi vogliono andare su nel New England a lavorare nei calzaturifici o nelle industrie tessili. Tutti, neri o bianchi, si mettono in testa che dall'altra parte della collina andrà meglio. È il dannato spirito americano. Persino un gigante come Coffey non viene necessariamente notato in tutti i posti dove va... salvo che decida di ammazzare un paio di bambine, naturalmente. Bambine *bianche.*»

«È questo che crede?»

Mi rivolse uno sguardo enigmatico da quella sua faccia troppo magra. «Qualche volta.»

La moglie s'affacciò alla finestra della cucina come un macchinista dalla cabina del locomotore. «Bambini! I biscotti sono pronti!» Si girò verso di me. «Vuole assaggiare un biscotto d'avena con le uvette, signor Edgecombe?»

«Sono sicuro che meritano, signora, ma per questa volta preferisco rinunciare.»

«Come vuole», disse lei e scomparve.

«Ha visto le cicatrici che ha addosso?» mi domandò a un tratto Hammersmith. Stava ancora guardando i figli, che faticavano a sacrificare le gioie dell'altalena anche se per una sana mangiata di biscotti d'avena alle uvette.

«Sì.» Ma mi stupivo che le avesse viste lui.

Capì che cosa pensavo e rise. «La sola vittoria importante ottenuta dall'avvocato della difesa è stata quella di far togliere a Coffey la camicia per mostrare le cicatrici alla giuria. Il pubblico ministero, George Peterson, si oppose con tutte le forze, ma il giudice glielo concesse. Il buon vecchio George avrebbe potuto risparmiarsi il fiato, tanto da queste parti le giurie non si bevono tutte quelle stronzate di psicologia su come a quelli che vengono maltrattati certe volte vanno insieme i sentimenti. Qui la gente è convinta che i sentimenti si possano tenere separati, quando si vuole. È un punto di vista che mi sento di condividere in larga misura... però quelle cicatrici erano brutte lo stesso. Mi dica, ha notato niente in quei segni, Edgecombe?»

Lo avevo visto senza vestiti alla doccia e l'avevo notato. Sapevo a che cosa si riferiva. «Sono tutte rotte. Formano quasi un reticolo.»

«E sa che cosa significa?»

«Qualcuno l'ha mezzo ammazzato a frustate quand'era ancora piccolo», risposi. «Prima che crescesse.»

«Ma senza riuscire a scacciargli il diavolo dal corpo, vero, Edgecombe? Meglio sarebbe stato risparmiare il nerbo e affogarlo nel fiume come si fa con i gattini randagi, non crede?»

Forse sarebbe stato saggio se a quel punto avessi semplicemente convenuto con lui e me ne fossi andato, ma non potevo. Lo avevo visto. E soprattutto lo avevo *sentito*. Avevo sentito il tocco delle sue mani.

«È... strano», dissi. «Ma non si ha la sensazione che sia fondamentalmente violento. So come l'hanno trovato e non riesco a conciliarlo con quello che ho sotto gli occhi tutti i giorni, su al carcere. Conosco gli uomini violenti, signor Hammersmith.» Era a Wharton che stavo pensando, com'è ovvio, Wharton che strangolava Dean Stanton con la sua catena urlando: «Ehi, ragazzi! Facciamo una bella festa? Eh? Si fa festa?»

Mi stava osservando, con un sorrisetto, un sorriso incredulo che non mi andava del tutto a genio. «Non è venuto fin qui per cercare di decidere se possa aver ucciso altre bambine da qualche altra parte», affermò. «Lei è venuto qui per sapere se io penso che l'abbia fatto. È così, vero? Confessi, Edgecombe.»

Mandai giù l'ultimo sorso della mia bevanda e posai la bottiglia vicino alla sua, sul tavolino. «Mi dica lei», lo esortai. «Lo pensa?»

«Bambini!» gridò a un tratto, protendendosi un po' dalla seggiola. «Tornate a casa immediatamente a mangiare i vostri biscotti!» Poi tornò ad appoggiarsi allo schienale e mi guardò. Il sorrisetto, quello che non mi piaceva, era ricomparso.

«Qualcosa le dirò», mi preannunciò. «E le consiglio di aprire bene le orecchie perché potrebbe essere qualcosa che le sarà utile sapere.»

«L'ascolto.»

«Noi avevamo un cane che si chiamava Sir Galahad», mi raccontò, levando il pollice in direzione della casetta. «Un bravo cane. Non di razza, ma di indole amichevole. Un cane buono, calmo, sempre pronto a leccarti la mano o correre a recuperare un bastone. Ci sono un sacco di bastardini così, è d'accordo?»

Alzai le spalle e annuii.

«Per molti versi un buon bastardino è un po' come il tuo negro», continuò. «Con il tempo impari a conoscerlo e spesso ti ci affezioni. Non ti serve a un gran che ma lo tieni con te perché *credi* che lui ti voglia bene. Se si ha fortuna, signor Edgecombe, non succede mai di doversi ricredere. Io e Cynthia non abbiamo avuto quella fortuna.» Sospirò. Un suono prolungato e in certo modo scheletrico, come vento in un mucchio di foglie morte. Indicò di nuovo il canile e io mi domandai come avessi potuto non accorgermi della generale atmosfera di abbandono o del fatto che molti degli escrementi si erano sbiancati e cominciavano a sgranarsi in polvere.

«Pulivo i suoi bisogni», riprese Hammersmith, «e tenevo in ordine il tetto della sua casetta perché non gli piovesse dentro. Anche in questo Sir Galahad era come il tipico negro del Sud, che non fa queste cose da sé. Ora non tocco più niente, non mi ci sono più avvicinato dopo l'incidente... se vogliamo chiamarlo incidente. Sono tornato ancora una volta sola alla sua casa con il fucile e l'ho ammazzato, ma è stata l'ultima volta. Non ce la faccio. Lo supererò, immagino. Allora pulirò tutto in giro e tirerò giù il canile.»

Arrivarono i bambini e tutt'a un tratto non avevo desiderio che si avvicinassero; tutt'a un tratto era l'ultima cosa al mondo che desideravo. La bambina era del tutto normale, ma il maschietto...

Salirono rumorosamente i gradini, mi guardarono, ridacchiarono e si diressero alla porta della cucina.

«Caleb», chiamò Hammersmith. «Vieni qui. Solo un secondo.»

La bambina, sicuramente sua sorella gemella, perché avevano senz'altro la stessa età, sui quattro anni, entrò in cucina. Il maschietto tornò dal padre, a testa bassa. Sapeva di essere brutto. Aveva solo quattro anni, ma a quattro si è già abbastanza grandi per sapere di essere brutti. Suo padre gli posò due dita sotto il mento e cercò di fargli sollevare il viso. Dapprincipio il bambino oppose resistenza, ma quando il padre gli disse: «Per piacere, figliolo», in un tono colmo di dolcezza e serenità e affetto, ubbidì.

Un'orribile cicatrice di forma circolare gli usciva dai capelli, gli scendeva sulla fronte, gli passava attraverso un occhio morto e paralizzato e andava a lambirgli la bocca, sfigurata nel ghigno saccente di un giocatore d'azzardo o forse di un protettore. Una guancia era liscia e graziosa; l'altra era tutta raggrumata come una vecchia corteccia d'albero. Doveva esserci stato uno squarcio che, grazie al cielo, si era rimarginato in qualche modo.

«Gli resta un occhio buono», disse Hammersmith, accarezzando la guancia deturpata del bimbo con le dita delicate di un amante. «Possiamo dire che è fortunato di non essere cieco del tutto. È qualcosa per cui non abbiamo smesso di inginocchiarci e ringraziare Dio. Eh, Caleb?»

«Sì, signore», rispose timidamente il figlio, un bambino che sarebbe stato straziato senza pietà nel cortile della scuola dalle risa e i lazzi dei compagni meno sensibili per tutti i tristi anni della sua educazione, un bambino che non sarebbe mai stato invitato a giocare a far girare la bottiglia o a dire, fare e baciare e un bambino che, da adulto, probabilmente non avrebbe dormito con una donna se non pagandola, un bambino che sarebbe sempre rimasto ai margini della cerchia consolatoria e illuminata dei suoi pari, un bambino che per i prossimi cinquanta o sessanta o settant'anni si sarebbe guardato allo specchio pensando: Brutto, brutto, brutto.

«Coraggio, fila dentro a mangiare i tuoi biscotti», lo congedò il padre prima di baciarlo sulla bocca storta.

«Sì, signore», rispose Caleb e corse in casa.

Hammersmith si sfilò un fazzoletto dalla tasca posteriore e si asciugò gli occhi. Erano asciutti, ma doveva essersi abituato a sentirli umidi.

«Il cane era già qui quando sono nati i bambini», riprese. «L'ho portato in casa perché li fiutasse appena Cynthia tornò dall'ospedale e Sir Galahad leccò le loro mani. Le loro manine.» Annuì, come per confermarlo a se stesso. «Giocava con loro. Ad Arden leccava la faccia fino a farla ridere. Caleb gli tirava le orecchie e quando ha imparato a camminare, ogni tanto faceva il giro del prato tenendolo per la coda. Mai una volta che il cane avesse anche solo accennato a ringhiare. Né contro uno, né contro l'altro.»

A quel punto le lacrime spuntarono davvero. Se le asciugò meccanicamente, come fa chi ha molta pratica.

«Non c'era ragione. Caleb non gli aveva fatto del male, non gli aveva urlato contro, niente. Io lo so. Io c'ero. Non ci fossi stato, quasi certamente mio figlio ora sarebbe morto. Quello che è successo, signor Edgecombe, è un bel *niente*. Il bambino ha solo offerto il viso al muso del cane secondo l'angolazione giusta e a Sir Galahad è venuto in mente, in quella cosa che hanno i cani per mente, di mordere. Uccidere, se gli fosse stato possibile. Il bambino era lì, davanti al cane, e il cane lo ha azzannato. Ecco, è la stessa cosa che è successa a Coffey. Era lì, le ha viste in veranda, le ha prese, le ha violentate, le ha uccise. Lei dice che dovrebbe esserci qualche traccia di precedenti, e capisco che cosa intende, ma forse non esistono precedenti. Il mio cane non aveva mai morsicato prima. L'ha fatto una volta sola, quella volta. Forse, se si lasciasse Coffey libero, non lo farebbe mai più. Forse il mio cane non avrebbe mai più morsicato nessuno. Ma io non mi sono posto questi dilemmi, sa? Ho preso il fucile, l'ho afferrato per il collare e gli ho fatto saltare la testa.»

Aveva il respiro affannato.

«Io non sono un ignorante, signor Edgecombe, sono stato all'università a Bowling Green, ho studiato storia oltre che giornalismo e anche un po' di filosofia. Mi considero di larghe vedute. Su al Nord non mi giudicherebbero così, ma a me piace vedermi come un uomo senza pregiudizi. Non riproporrei la schiavitù per tutto il tè della Cina. Credo che sia nostro dovere essere umani e generosi nei nostri sforzi per risolvere il problema razziale, ma dobbiamo ricordarci che il nostro negro morsicherà se ne avrà l'occasione, proprio come un bastardino morsicherebbe avendone l'occasione e dovendogli prendere il capriccio di farlo. Lei vuole sapere se l'ha fatto davvero, il suo piagnucoloso signor Coffey tutto pieno di cicatrici?»

Annuii.

«Ebbene sì», disse Hammersmith. «Lo ha fatto. Non ne dubiti e non gli rivolga mai la schiena. Potrebbe andarle bene una o cento volte, anche mille, ma alla lunga...» Alzò la mano davanti ai miei occhi e mosse rapidamente le quattro dita unite contro il pollice, trasformandola in fauci azzannanti. «Capisce?»

Io annuii di nuovo.

«Le ha violentate, le ha uccise e poi se n'è rammaricato. Ma quelle bambine sono rimaste violentate, quelle bambine sono rimaste morte. Però voi sistemerete lui, non è vero, Edgecombe? Fra poche settimane lo sistemerete perché non possa mai più fare una cosa del genere.» Si alzò, andò al parapetto e lanciò uno sguardo fuggevole in direzione della casetta del cane, al centro del tratto di terra battuta, in mezzo a quei vecchi escrementi. «Forse vorrà scusarmi», mi disse. «Visto che non devo passare il pomeriggio in tribunale, mi piacerebbe stare un po' con la famiglia. I figli sono piccoli solo una volta.»

«Non c'è di che», risposi. Avevo le labbra così insensibili che non mi sembravano mie. «E grazie per il tempo che mi ha dedicato.»

«Prego.»

Dalla casa degli Hammersmith andai direttamente al carcere. Il viaggio era lungo e questa volta non potei ammazzare il tempo cantando. Era come se non ricordassi più nemmeno uno straccio di ritornello. Continuavo a vedere il volto sfigurato di quel povero bambino. E la mano di Hammersmith, con le dita che battevano contro il pollice nel gesto di un muso di cane che morde.

5

WILD Bill Wharton fece il suo primo giro di giostra nella cella di isolamento già il giorno dopo. Per tutta la mattina e il pomeriggio se ne rimase buono e tranquillo come un agnellino, atteggiamento che, come presto avremmo scoperto, non gli era naturale ed era presagio di guai. Poi, verso le sette e mezzo di sera, Harry sentì un getto caldo sui risvolti dei calzoni della divisa che aveva indossato quel giorno, fresca di bucato. Era orina. William Wharton era in piedi al cancello della camera di confino a mostrare i denti bruni in un grande sorriso e a pisciare sui calzoni e sulle scarpe di Harry Terwilliger.

«Quel gran figlio di puttana deve averla tenuta per tutto il giorno», commentò più tardi Harry, ancora disgustato e indignato.

Dunque il vaso era traboccato in tutti i sensi. Era venuta l'ora di mostrare a William Wharton chi stava dalla parte del manico al Blocco E. Harry chiamò me e Brutal e io avvertii Dean e Percy, anche loro in servizio. Non dobbiamo scordare che in quel momento avevamo tre detenuti al braccio ed era quindi scattata quella che chiamavamo la massima copertura, con il mio gruppo che montava alle sette di sera fino alle tre di notte, nel periodo in cui erano più probabili gli incidenti, e altre due squadre a coprire il resto della giornata. Gli uomini in servizio nelle ore diurne erano soprattutto di complemento e di solito li comandava Bill Dodge. L'organizzazione era abbastanza buona, nel complesso, e io ero convinto che quando fossi riuscito a spostare Percy dal turno di notte a quello di giorno, la vita sarebbe stata ancora migliore. Ma andò a finire che non lo spostai mai e ancora oggi mi domando se sarebbe cambiato qualcosa.

Fatto sta che nel magazzino, dall'altra parte rispetto a Old Sparky, passava uno dei condotti principali dell'acqua. A quello Dean e Percy collegarono una manichetta di tela. Poi rimasero vicino alla saracinesca, nel caso fosse stato necessario aprire.

Io e Brutal corremmo alla cella di isolamento, dove Wharton era ancora al cancello, sorridente, con l'attrezzo fuori dei calzoni. La sera precedente, prima di tornarmene a casa, avevo prelevato la camicia di forza dalla cella di confino e l'avevo buttata su uno scaffale nel mio ufficio, pensando che avrebbe potuto essere necessaria per il nostro nuovo ragazzo difficile. Mentre correvo da Wharton, avevo la camicia di forza nella mano, appesa all'indice per una delle cinghie. Harry ci seguiva con la lancia della manichetta, che si srotolava per il mio ufficio, giù per i gradini, fino al tamburo dal quale Dean e Percy la sfilavano di gran carriera.

«Allora, t'è piaciuta?» chiese Bill il Selvaggio. Rideva come un bambino al luna park, così forte che stentava a parlare. Aveva le guance luccicanti di lacrimoni. «Hai reagito così in fretta che dev'essere stato un gran godimento. Ho già messo a cuocere due o tre stronzi come secondo piatto. Teneri teneri. Te li servo domani...»

Vide che stavo aprendo la cella e socchiuse gli occhi. Vide che Brutal impugnava la pistola in una mano e lo sfollagente nell'altra e li strinse ancora di più.

«Potete anche entrare sulle vostre gambe, ma uscirete sulla schiena, ve lo garantisce Billy the Kid», ci ammonì. Fissò gli occhi su di me. «E se tu credi di mettermi addosso quel vestitino da mentecatti, ti sbagli di grosso, vecchio scemo.»

«Non sei tu qui dentro quello che dice agli altri che cosa devono fare», gli risposi. «Dovresti saperlo, ma mi sa che sei troppo stupido per rendertene conto da solo, senza che qualcuno te lo insegni.»

Finii di aprire la serratura e spinsi il cancello nella sua rotaia. Wharton retrocesse fino alla branda, con l'uccello sempre fuori dei calzoni, allungò le braccia in avanti, con i palmi all'insù, e mi richiamò con le dita. «Vieni, fatti avanti, gran pezzo di merda. Si fa scuola oggi, come vuoi tu, ma la lezione sono pronto a tenerla io.» Spostò su Brutal lo sguardo e il sorriso dai denti neri. «Cominciamo con te, bovino. Questa volta non potrai attaccarmi da dietro a tradimento. Metti giù quella pistola, tanto non sparerai, lo sappiamo tutti e due. Vediamocela da uomo a uomo. Vediamo chi è migliore...»

Brutal entrò nella cella, ma non si diresse verso Wharton. Appena varcata la soglia, si spostò sulla sinistra e gli occhi socchiusi di Wharton si spalancarono alla vista della manichetta.

«No!» esclamò. «Oh no, voi non potete...»

«Dean!» urlai io. «Apri! Fino in fondo!»

Wharton si lanciò in avanti e Brutal gli assestò una solida manganellata, di quelle che sicuramente sognava Percy, colpendolo in piena fronte, appena sopra l'arcata sopracciliare. Wharton, che dava l'impressione di credere che non avessimo mai affrontato momenti critici prima di incontrare lui, crollò sulle ginocchia, con gli occhi aperti ma vitrei. Poi arrivò l'acqua. L'impeto del getto fece rinculare Harry di un passo e barcollare nel tentativo di spianare con fermezza la lancia che stringeva nelle mani come fosse un'arma. Il getto colse Wild Bill Wharton in pieno petto, facendolo girare per metà su se stesso e spingendolo all'indietro sotto la branda. Dietro di noi Delacroix saltava da un piede all'altro nella sua cella, facendo versi striduli e inveendo contro John Coffey, che non gli diceva che cosa stava succedendo, chi stava vincendo, e quanto quel *gran' fou* del nuovo arrivato si divertiva con quel giochetto cinese dell'acqua. John non disse niente. Se ne stava buono nei calzoni troppo corti, con le pantofole della prigione ai piedi. Io lo controllai solo per un attimo, ma sul suo viso trovai la vecchia espressione di sempre, triste e serena. Era come se avesse assistito a quella scena non già una sola volta o due, ma mille.

«Spegnete l'acqua!» gridò Brutal voltandosi, poi corse dentro. Infilò le mani sotto le ascelle di Wharton ancora rintronato e lo trascinò fuori da sotto la branda. Wharton prese a tossire e gorgogliare. Dalla fronte, dove la randellata di Brutal gli aveva lacerato la pelle, il sangue gli colava negli occhi appannati.

Avevamo fatto dell'operazione camicia di forza una

scienza, Brutus Howell e io; ci eravamo esercitati come una coppia di ballerini d'avanspettacolo che preparano una nuova coreografia. C'erano le volte in cui tanto esercizio ripagava. Come con Wharton. Brutal lo sistemò seduto e gli sollevò le braccia verso di me, maneggiandolo come un pupazzo. La luce della coscienza si andava riaccendendo negli occhi di Wharton, la consapevolezza che se non si fosse ribellato subito, sarebbe stato troppo tardi. Ma le linee tra cervello e muscoli erano ancora interrotte e prima che potesse ripararle, io gli avevo infilato le braccia nelle maniche della camicia e Brutal aveva già cominciato a stringergli le fibbie dietro la schiena. Contemporaneamente io prendevo i polsini, rigiravo le braccia di Wharton all'indietro e gliele legavo insieme con un'altra cinghia. Completata la manovra, sembrava che si stesse abbracciando.

«Maledetto bestione, come se la stanno cavando?» strepitò Delacroix. Sentii squittire il signor Jingles, come se volesse essere messo al corrente anche lui.

Sopraggiunse Percy, con la camicia bagnata e appiccicata addosso dai suoi duelli con la conduttura dell'acqua e una viva eccitazione negli occhi. Dietro di lui spuntò Dean, con la sua collana di lividi intorno alla gola e un'espressione molto meno entusiasta.

«Allora, Wild Bill», dissi io, sollevando Wharton in piedi di peso. «Facciamo due passi.»

«Non chiamarmi così!» strillò Wharton e credo che per la prima volta lasciasse trasparire sentimenti autentici e non solo animaleschi camuffamenti epidermici. «Wild Bill Hickok non è mai stato un ranger! E non ha mai combattuto armato di coltello contro un orso! Era soltanto una carogna di sbirro! Una stupida testa di cazzo che si è seduto dando la schiena alla porta e si è fatto ammazzare da un ubriaco!»

«Ah, meraviglia delle meraviglie, una lezione di *storia*!» proruppe Brutal e spinse Wharton fuori della cella. «Uno non sa mai che cosa aspettarsi quando timbra il cartellino qui dentro, sa solo che avrà da spassarsela. Ma con tanta gente spassosa come te, è solo logico, non trovi? E sai una cosa? Presto sarai storia anche tu, Wild Bill. Per ora, mentre aspetti, fatti una passeggiatina per questo corridoio. Abbiamo una cameretta per te. Una di quelle che servono a calmare i bollenti spiriti.»

Wharton lanciò un grido di furore e si gettò su Brutal, nonostante ora fosse imprigionato dalla camicia di forza, con le braccia legate dietro la schiena. Percy fece per estrarre lo sfollagente (la Soluzione Wetmore per tutti i problemi della vita) e Dean gli posò una mano sul braccio. Percy gli rivolse uno sguardo un po' sbigottito e un po' indignato, come per dire che dopo quello che Wharton gli aveva fatto, Dean era l'ultima persona al mondo a doverlo trattenere.

Brutal respinse Wharton. Io lo acchiappai e lo scagliai a Harry. E Harry lo catapultò giù per il Miglio Verde, oltre un Delacroix con gli occhi strabuzzati e un Coffey impassibile. Wharton si mise a correre per non cadere a faccia in giù, sputando imprecazioni una via l'altra. Sputandole come il cannello di un saldatore sprizza scintille. Lo buttammo nell'ultima cella a destra mentre Dean, Harry e Percy (che una volta tanto non si lagnava di essere sottoposto a ingiusti straordinari) si sbrigavano a sgomberare la camera di confino. Nel frattempo io intrattenni con Wharton una breve conversazione.

«Tu credi di essere un duro», gli dissi, «e lo sarai anche, figliolo, ma qui dentro duri o molli non conta. I giorni delle tue scorribande sono finiti. Se tu non rendi la vita difficile a noi, noi non la rendiamo difficile a te. Se ci pianti grane, alla fine creperai lo stesso, solo che prima di allora ti faremo la punta come a una matita.»

«Non stai nella pelle al pensiero di farmi fuori», gracchiò Wharton. Si dimenava nella camicia di forza pur sapendo che non sarebbe servito a niente e aveva la faccia rossa come un pomodoro. «Ma prima che me ne vada, farò della vostra vita un inferno.» Mi mostrò i denti come un babbuino adirato.

«Se è questo che vuoi, fare della nostra vita un inferno, ti conviene rinunciarci subito, perché non ce la farai mai», lo avvertì Brutal. «Ma quanto al tempo che devi trascorrere al Miglio, Wharton, a noi importa meno che niente se te lo passi tutto nella stanza con le pareti imbottite. E puoi anche tenerti addosso quel dannato grembiulino per fuori di testa fino a quando ti si staccheranno le braccia, perché l'arresto della circolazione te le avrà fatte andare in cancrena.» Fece una pausa. «È raro che qualcuno passi da queste parti a vedere come va e se credi che la tua sorte, in un senso o nell'altro, sia di qualche interesse, meglio che rivedi le tue posizioni, cowboy. Per il mondo di fuori, tu sei già un fuorilegge morto e defunto.»

Wharton osservava Brutal con attenzione e la collera si andava spegnendo sul suo volto. «Fatemi uscire da qui», chiese in tono conciliante, un tono troppo normale e troppo ragionevole perché gli si potesse credere. «Farò il bravo. Lo giuro.»

Sulla soglia apparve Harry. Mezzo corridoio sembrava trasformato in un cortile da rigattiere, ma sapevo che avremmo sbaraccato tutto quanto di buona lena, una volta che ci fossimo messi. L'avevamo già fatto e ci eravamo sufficientemente impratichiti. «Tutto pronto», annunciò Harry.

Brutal afferrò la protuberanza nella camicia di forza che corrispondeva al gomito destro di Wharton e lo fece saltare in piedi. «Vieni, Wild Bill. E guardala dal lato buono. Avrai almeno ventiquattr'ore per ricordarti di non sederti mai con le spalle alla porta e non tenere mai né assi né otto.»

«Fatemi uscire da qui», ripeté Wharton. Spostò lo sguardo da Brutal a Harry e poi a me, mentre il suo viso riprendeva a colorirsi. «Farò il bravo. Vi dico che ho imparato la lezione. Io... io... *ummmmmahhhhhh...*»

Crollò tutt'a un tratto, per metà dentro la cella, per metà sul vecchio linoleum del Miglio Verde, scalciando e contorcendosi.

«Oddio, gli è venuto un attacco», mormorò Percy.

«Certo e mia sorella è la buona donna di Babilonia», fece eco Brutal. «Il sabato sera fa la danza del ventre per Mosè in un lungo velo bianco.» Si chinò e agganciò Wharton per un'ascella. Io gli infilai la mano nell'altra. Lui si dibatteva tra di noi come un pesce preso all'amo. Trasportare il suo corpo frenetico e ascoltarlo mandare grugniti da un'estremità e flatulenze dall'altra fu una delle esperienze meno piacevoli della mia vita.

Alzai gli occhi e incontrai per un secondo quelli di

John Coffey. Erano arrossati e le sue guance scure erano umide. Aveva pianto di nuovo. Pensai a Hammersmith che faceva quel gesto con la mano, come fauci che azzannano, e rabbrividii. Poi tornai a dedicarmi a Wharton.

Lo scaraventammo come un sacco nella cella di isolamento e restammo a guardarlo scalciare e divincolarsi per terra, imprigionato dalla camicia di forza, vicino allo scarico che tempo addietro avevamo ispezionato alla ricerca del topo che aveva iniziato la sua vita al Blocco E come Steamboat Willy.

«Non me ne frega niente se si ingoia la lingua o che so io e tira le cuoia», commentò Dean nella sua voce roca e sfiatata, «ma pensate alle scartoffie, ragazzi! Roba da finirci sepolti.»

«Lascia perdere le scartoffie, pensa all'udienza», rincarò Harry con una smorfia. «Da qui, ci sbattono fuori di certo. E dovremo andare a raccogliere piselli giù nel Mississippi. Sapete che cos'è il Mississippi, vero? È il termine indiano per buco del culo.»

«Non s'ingoierà la lingua e non tirerà le cuoia», tagliò corto Brutal. «Quando apriremo questa porta domani, lo troveremo in perfetta salute. Prendetemi in parola.»

E così andò. L'uomo che la sera dopo verso le nove riportammo nella sua cella, era silenzioso, pallido e all'apparenza sottomesso. Camminò a testa bassa, non tentò di aggredire nessuno quando gli sfilammo la camicia di forza e mi ascoltò inerte mentre lo ammonivo che la prossima volta sarebbero state quarantott'ore e aveva solo da chiedere a se stesso per quanto tempo avesse voglia di pisciarsi nelle mutande e mangiare pappette a cucchiaini.

«Farò il bravo, capo, ho imparato la lezione», bisbigliò in una vocina umile umile, mentre lo chiudevamo nella sua cella. Brutal mi strizzò l'occhio.

Il giorno dopo, nel pomeriggio, William Wharton, che aveva ribattezzato se stesso Billy the Kid e mai e poi mai quella carogna di sbirro di Wild Bill Hickok, comperò da Toot-Toot una fetta di dolce al cioccolato. Le transazioni di quel genere gli erano state esplicitamente proibite, ma di pomeriggio montavano di guardia gli stagionali, come mi pare di aver accennato, e nessuno s'intromise. Toot sapeva benissimo che era una trasgressione, ma per lui il suo carrello di cibarie era sempre e solo una questione di pochi, sporchi, ma subito.

Quella sera, quando Brutal fece il suo giro, Wharton era in piedi alla porta della sua cella. Attese che Brutal lo guardasse, poi si batté i palmi contro le guance rigonfie e gli sparò in faccia un getto denso e lunghissimo di bolo marrone. Si era messo in bocca tutta la fetta di dolce e l'aveva tenuta fino a liquefarla, per poi servirsene come fosse tabacco masticato.

Wharton piombò a sedere sulla branda con un pizzetto di cioccolato sul mento, agitando le gambe e starnazzando di ilarità con un dito puntato su Brutal, che aveva in faccia ben più di un pizzetto. «Huh, guarda Sambo, oh sì, buana, oh sì, ma che bella sorpresa!» abbaiava tenendosi il ventre. «Ah, peccato che non era merda! Se avevo un po' di...»

«Tu *sei* merda», ringhiò Brutal. «E spero che tu abbia preparato i bagagli, perché stai per tornartene giù per il tuo cesso preferito.»

Ancora una volta Wharton fu imprigionato nella camicia di forza e ancora una volta fu chiuso nella stanza con le pareti imbottite. Due giorni. Ogni tanto lo sentivamo delirare, ogni tanto lo sentivamo promettere che avrebbe fatto il bravo, che avrebbe messo la testa a giudizio e sarebbe stato buono, e ogni tanto lo sentivamo strillare che aveva bisogno di un dottore, che stava morendo. Ma per la maggior parte del tempo rimase in silenzio. Ed era in silenzio quando lo tirammo fuori di nuovo, e si fece riaccompagnare alla sua cella con la testa china e gli occhi spenti, senza reagire quando Harry lo ammonì dicendo: «Ricorda, dipende da te». Avrebbe rigato diritto per un po', poi ne avrebbe inventata un'altra. Non c'era niente di quello che tentava che non fosse stato tentato prima (be', a parte quella del dolce al cioccolato, forse; persino Brutal dovette ammettere che era molto originale), ma la sua perseveranza faceva paura. Io temevo che presto o tardi un momento di distrazione ci portasse al disastro. E lo stato di emergenza avrebbe potuto protrarsi per parecchio tempo, dato che Wharton aveva un avvocato che si stava adoperando in ogni modo per far un gran rumore, sostenendo in tutte le sedi possibili che si faceva un torto inaccettabile al suo assistito, un giovane che aveva ancora sulle labbra il sapore del latte di sua madre e che, guarda caso, era anche bianco come John Brown. Inutile reclamare, visto che evitare a Wharton la sedia era il suo compito e mestiere. Ma compito e mestiere nostro era farlo stare buono e tranquillo in gattabuia. E alla fine se lo sarebbe quasi certamente preso comunque Old Sparky, con tanti saluti al suo avvocato.

6

QUELLA fu la settimana in cui tornò a casa da Indianola Melinda Moores, la moglie del direttore. I medici avevano finito con lei. Avevano la loro serie di fotografie modernissime e interessantissime del suo tumore alla testa; avevano documentato la debolezza nella mano e i dolori paralizzanti di cui da qualche tempo soffriva quasi costantemente. Altro da fare con lei non avevano. Consegnarono al marito un mucchietto di compresse alla morfina e rispedirono Melinda a morire a casa sua. Hal Moores aveva accumulato qualche giornata di permessi per malattie ancora da sfruttare, non molti, perché non erano molti i giorni di assenza che ti concedevano a quei tempi, ma prese tutto quello che poteva per aiutarla a fare quel che doveva fare.

Io e mia moglie andammo a trovarla dopo tre o quattro giorni che era tornata a casa.

Chiamai Hal e lui mi rispose che sì, andava bene, per Melinda era una giornata delle migliori e sarebbe stata lieta di riceverci.

«Sono visite che detesto», confessai a Janice nel tragitto alla casetta dove i Moores avevano abitato per la gran parte della loro vita coniugale.

«È così per tutti, caro», rispose lei accarezzandomi la mano. «Faremo buon viso a cattivo gioco noi e lo farà anche lei.»

«Speriamo.»

Trovammo Melinda in soggiorno, collocata nella traiettoria obliqua del raggio di un luminoso sole ottobrino che scaldava come fosse agosto e il mio primo pensiero costernato fu che avesse perso quaranta chili. Ovviamente non era così, altrimenti non l'avremmo praticamente nemmeno vista, ma tale fu la reazione iniziale del mio cervello al messaggio che gli giungeva dagli occhi. Il viso le si era ritirato a mostrare la forma del teschio sottostante, coperto da una pelle scolorita come pergamena. Le occhiaie erano scure e profonde. Era la prima volta che la vedevo seduta senza che tenesse in grembo un mucchietto di quadretti per una trapunta o di vecchi stracci da intrecciare per farne un tappetino. Se ne stava lì inattiva. Come alla stazione.

«Melinda», la salutò con calore mia moglie. Credo che vederla in quello stato fosse stato un trauma per lei forse anche maggiore che per me, ma nascose splendidamente i suoi sentimenti, come sanno fare certe donne. Le si avvicinò, si abbassò su un ginocchio accanto alla sedia a dondolo in cui stava la moglie del direttore e le prese una mano. Intanto il mio sguardo si andava a posare casualmente sul tappeto blu davanti al focolare. Mi venne allora da riflettere che avrebbe dovuto essere del colore del lime appassito, perché ormai quella stanza era solo un'altra versione del Miglio Verde.

«Ti ho portato della tisana», disse Jan. «Di quella che preparo da me. È dolce e aiuta a dormire. Te l'ho lasciata in cucina.»

«Grazie di cuore, cara», rispose Melinda. La sua voce era vecchia e rugginosa.

«Come ti senti?» domandò mia moglie.

«Meglio», rispose Melinda in quella sua voce ruvida. «Non tanto da aver voglia di andare a ballare, ma almeno oggi non ho dolore. Mi danno delle pillole per il mal di testa. Qualche volta funzionano.»

«E meno male.»

«Ma non riesco a stringere bene le dita. Mi è successo qualcosa... alla mano.» La sollevò, la osservò come se non l'avesse mai vista prima, poi se la riabbassò sulla coscia. «Mi è successo qualcosa... a tutto quanto.» Cominciò a piangere in un modo silenzioso che mi fece ricordare John Coffey. E le sue parole ripresero a cantilenarmi nella mente: Ti ho aiutato, no? Ti ho aiutato, no? Come una filastrocca che non ti molla più.

A quel punto entrò Hal. Mi catturò e mi portò via e potete credermi se vi dico che fui ben lieto di essere catturato da lui. Andammo in cucina, dove mi versò due dita di whisky bianco, roba ad alta gradazione alcolica, uscita di fresco da qualche distilleria casalinga. Facemmo tintinnare i bicchieri e quando bevvi con lui, sentii il liquido scendermi nello stomaco come una sorsata di petrolio, ma l'esplosione che avvertii dopo nel ventre fu paradisiaca. Nondimeno, quando Moores inclinò il grosso vaso di vetro a chiusura ermetica domandandomi implicitamente se ne volevo ancora, scossi la testa e rifiutai. Wild Bill Wharton non era in quel momento in isolamento e non sarebbe stato prudente avvicinarglisi con la testa annebbiata dall'alcol. Nemmeno se protetto dalle sbarre.

«Non so per quanto reggerò, Paul», confessò a bassa voce. «La mattina viene una ragazza ad aiutarmi, ma i dottori dicono che potrebbe perdere il controllo degli sfinteri e... e...» S'interruppe lavorando di gola nello sforzo di non mettersi a piangere davanti a me.

«Prendila come meglio riesci», gli consigliai. Allungai il braccio per stringergli per un attimo la mano maculata, quella che funzionava male. «Vivila giorno per giorno e lascia tutto il resto a Dio. Più di così non puoi fare.»

«Già. Ma è dura, Paul. Prego che tu non debba mai a scoprire quanto.»

Poi tentò di riprendere tono.

«Ora dammi le notizie. Come ve la cavate con William Wharton? E con Percy Wetmore?»

Chiacchierammo di lavoro per un po', consumando così il tempo della visita. Dopo, per tutta la strada fino a casa, con mia moglie che mi sedeva accanto, quasi sempre in silenzio, con gli occhi umidi e l'espressione pensierosa, mi risonarono nella mente le parole di Coffey, girando e rigirando come il signor Jingles nella cella di Delacroix: Ti ho aiutato, no?

«È terribile», sospirò a un tratto mia moglie. «E non si può fare niente per aiutarla, vero?»

Io annuii e intanto pensavo: Ti ho aiutato, no? Ma era follia e feci di tutto per scacciare quel pensiero.

All'ultima svolta, ormai davanti a casa, parlò finalmente per la seconda volta, non della vecchia amica Melinda, bensì della mia infezione. Voleva sapere se fossi guarito davvero. Guarito davvero, confermai. Tutto passato.

«È una bella notizia», rispose lei e mi baciò sopra il sopracciglio, in quel punto che mi dava i brividi. «Allora, sai, si potrebbe forse stare un po' insieme. Sempre se hai tempo e voglia.»

Avendo molto della seconda e quanto bastava del primo, la presi per mano e andammo insieme in camera da letto, dove le tolsi i vestiti mentre lei mi accarezzava quella parte che si inturgidiva e pulsava ma non faceva più male. E mentre mi muovevo nella sua dolcezza, scivolando nel modo lento che le piaceva, che piaceva a entrambi, pensavo a John Coffey che mi diceva che mi aveva aiutato, mi aveva aiutato, no? Come un ritornello che ti aggancia fino a non poterne più.

Più tardi, mentre mi recavo al carcere, mi misi a pensare che mancava poco alle prove generali per l'esecuzione di Delacroix. Quella riflessione mi costrinse a meditare sul fatto che quest'altra volta avremmo avuto Percy in squadra, di servizio alla sedia, e rabbrividii di preoccupazione. Esortai me stesso a prenderla con filosofia, a pensare che con tutta probabilità, grazie a quella sola esecuzione, ci saremmo sbarazzati di Percy Wetmore per sempre. Ciononostante il brivido partì lo stesso, come se l'infezione di cui avevo sofferto non fosse guarita, ma si fosse solo trasferita altrove, avesse smesso di farmi ribollire l'inguine per andare a congelarmi la spina dorsale.

7

«VIENI», disse Brutal a Delacroix la sera dopo. «Facciamo una passeggiatina. Tu, io e il signor Jingles.»

Delacroix lo osservò con diffidenza, poi raccolse il topo dalla scatola per sigari. Lo tenne nella mano a coppa e fissò Brutal socchiudendo gli occhi.

«Che storia è?» chiese.

«È una notte importante per te e il signor Jingles», rispose Dean, che, con Harry, andava a raggiungere Brutal. La collana di lividi intorno al collo di Dean aveva assunto uno spiacevole colore giallo, ma almeno riusciva di nuovo a parlare senza sembrare un cane che abbaia a un gatto. Guardò Brutal. «Credi che dovremmo mettergli le catene, Brutal?»

Brutal finse di pensarci su. «Ma no», concluse poi. «Farà il bravo, non è vero, Del? Lo farai tu e lo farà anche il topo. Anche perché avete da esibirvi per certi importanti fagioloni, questa sera.»

Io e Percy eravamo vicino al tavolo della guardia di servizio ad assistere alla scena. Percy se ne stava a braccia conserte, con un sorrisetto sprezzante sulle labbra.

Dopo un po' tirò fuori il pettine di corno e cominciò a lavorarsi i capelli. Stava guardando anche John Coffey, silenzioso, alle sbarre della sua cella. Wharton era sdraiato sulla branda a fissare il soffitto, del tutto indifferente. Stava ancora «facendo il bravo», anche se quello che lui definiva *bravo*, per i medici di Briar Ridge era *catatonico*. C'era anche un'altra persona. Era nel mio ufficio, indietro quel tanto da non farsi vedere, ma la sua ombra sottile si allungava dalla porta nel Miglio Verde.

«Che storia è, *gran' fou*?» domandò di nuovo Del, querulo, sollevando i piedi sulla branda quando Brutal aprì le serrature e fece scorrere il cancello. Spostava gli occhi di scatto da uno all'altro.

«Ti dirò», spiegò Brutal, «il signor Moores starà via per un po'. Avrai forse sentito che sua moglie non è molto per la quale. Così al suo posto c'è il signor Anderson, Curtis Anderson.»

«Ah sì? E io che cosa c'entro?»

«Be'», intervenne Harry, «vedi, Del, Anderson ha sentito del tuo topo e vuole vederlo fare i suoi trucchi. Sono su in amministrazione, lui e altri sei, ad aspettare di conoscerti. E non credere che stiamo parlando di sbirri qualsiasi, sai? Questi sono tutti pezzi grossi, come ha detto Brute. Anzi, mi pare che uno di loro sia un politico che è venuto giù apposta dalla capitale.»

Delacroix ne fu visibilmente imbaldanzito e sul suo viso non lessi il minimo sintomo di dubbio. Era *evidente* che volessero vedere il signor Jingles. Chi non lo avrebbe desiderato?

Si mise a rovistare, prima sotto la branda, poi sotto il guanciale. Finalmente recuperò uno di quei pilloloni alla menta e il rocchetto variopinto. Rivolse un'occhiata interrogativa a Brutal e Brutal annuì.

«Già. È il numero del rocchetto che muoiono dalla voglia di vedere, credo, ma anche come sgranocchia quelle mentine è tutto un programma. E non dimenticare la scatola. Ti serve per portarcelo dentro, giusto?»

Delacroix prese la scatola e vi ripose gli attrezzi del signor Jingles. Il topolino, se lo sistemò sulla spalla. Poi uscì dalla cella preceduto dal petto all'infuori e si fermò a squadrare Dean e Harry. «Voi due non venite?»

«No», rispose Dean. «Abbiamo altre castagne al fuoco. Ma tu falli morire, Del. Fagli vedere cosa succede quando un ragazzo della Louisiana si rimbocca le maniche e si mette sotto.»

«Non mancherò.» Un sorriso gli illuminò il volto, così subitaneo e semplice nella sua felicità che provai una piccola fitta al cuore per lui, a dispetto del crimine orrendo di cui era responsabile. Che razza di mondo è quello in cui viviamo, che razza di mondo!

Delacroix si rivolse a John Coffey, con il quale aveva stretto un'amicizia diversa, che d'altronde non era molto diversa da cento altre relazioni che avevo visto instaurarsi in un Braccio della Morte.

«Falli morire, Del», ripeté Coffey, serio. «Fagli vedere tutti i suoi trucchi.»

Delacroix annuì e alzò la mano all'altezza della spalla. Il signor Jingles vi salì come su un palcoscenico e Delacroix allungò la mano verso la cella di Coffey. John Coffey sporse un dito enorme e, dovessi schiattare, il topo protrasse il collo e gli leccò il polpastrello come un cagnolino.

«Su, Del, non perdere altro tempo», lo incalzò Brutal. «Quella gente sta facendo raffreddare la cena a casa per vedere il tuo topo fare i suoi numeri.» Non era vero: Anderson si tratteneva fino alle otto tutte le sere e le guardie che aveva convocato per lo «spettacolo» di Delacroix sarebbero rimaste fino alle undici o mezzanotte, a seconda del turno. Il politico arrivato dalla capitale dello Stato era quasi di certo un commesso d'ufficio con una cravatta presa a prestito. Ma Delacroix non poteva saperlo.

«Sono pronto», annunciò Del con il candore di un divo nato, con la virtù d'aver mantenuto l'affabilità nonostante il successo. «Andiamo.» E con Brutal che lo scortava per il Miglio Verde e il signor Jingles appollaiato sulla spalluccia, di nuovo Delacroix prese a strombazzare: «*M'sieurs et mesdames! Bienvenues au cirque de mousie!*» E tuttavia, per quanto rapito nel suo mondo fantastico, badò bene a tenersi alla larga di Percy, riservandogli un'occhiata piena di diffidenza.

Harry e Dean si fermarono davanti alla cella vuota dirimpetto a quella di Wharton (il nostro giovane campione non si era ancora mosso) e guardarono Brutal aprire con la chiave la porta che dava in cortile e uscire con Delacroix, diretto alla sua esibizione davanti ai papaveroni del penitenziario di Cold Mountain. Aspettammo che la porta fosse nuovamente chiusa a chiave, poi io mi girai verso l'ufficio. L'ombra si proiettava ancora nel corridoio, magra come un presagio di carestia, e fui contento che, eccitato com'era, Delacroix non l'avesse vista.

«Vieni fuori», ordinai. «E vediamo di muoverci, ragazzi, voglio due prove complete e non abbiamo molto tempo.»

Dall'ufficio sbucò il vecchio Toot-Toot più euforico che mai. Entrò nella cella di Delacroix. «Mi siedo», annunciò. «Mi sto sedendo, mi sto sedendo, mi sto sedendo.»

È questo il vero circo, riflettei io chiudendo gli occhi per un secondo. Questo è il circo vero, qui dove sono, e tutti noi non siamo che un branco di topi ammaestrati. Poi scacciai quel pensiero e cominciammo la prova generale.

8

La prima andò bene e così si può dire della seconda. Percy si comportò meglio di quanto avrei osato sperare anche sull'onda del più ardito ottimismo. Ciò non significava che tutto sarebbe filato liscio quando fosse venuto il momento per il cajun di percorrere il Miglio, ma era un grande passo nella direzione giusta. Mi venne da considerare che era andato tutto bene perché finalmente Percy faceva qualcosa che gli stava a cuore. Mi sentii invadere dallo sdegno a quel pensiero e lo respinsi. A che servivano i moralismi? Sarebbe stato lui a incappucciare Delacroix e a dargli il benservito, dopodiché sarebbero scomparsi entrambi. Se quello non era un lieto fine, che cosa andavo cercando ancora? E, come aveva notato Moores, le palle di Delacroix sarebbero finite arrosto con o senza Percy ad attizzare il fuoco.

In ogni caso Percy aveva dato buona prova di sé nel suo nuovo ruolo e lo sapeva. Ce ne rendevamo conto tutti. Quanto a me, era troppo il mio sollievo per non sentirmi indulgente nei suoi confronti. Le premesse erano tutte buone. Ancor più risollevato fui nello scoprire che

Percy prestò veramente attenzione quando ebbe da noi qualche suggerimento su come migliorare la sua prestazione, o comunque limitare ulteriormente la possibilità che qualcosa andasse storto. Se volete la verità, fummo colti tutti da un certo entusiasmo, persino Dean, che di solito si teneva ben lontano da Percy, non solo fisicamente, ma anche mentalmente. Nulla di cui meravigliarsi, comunque, perché di solito non c'è niente di più lusinghiero che avere un giovane che ascolta con zelo i tuoi consigli, e in questo noi non eravamo speciali. La conseguenza fu che non uno di noi si accorse che Wild Bill Wharton non stava più fissando il soffitto. Nemmeno io l'avevo visto, ma so che era così. Stava guardando noi, in piedi vicino al tavolo in corridoio, a contarcela e a dare consigli a Percy. Dargli consigli! E lui a fingere di ascoltarci! Tutta da ridere, considerato come andò a finire!

Il rumore della chiave che girava nella serratura della porta del cortile mise fine al nostro piccolo consulto postesercitazione. Dean lanciò un'occhiata d'avviso a Percy. «Non una parola e niente facce strane», gli raccomandò. «Non vogliamo che sappia che cos'abbiamo fatto. Non gli fa bene. Li mette sottosopra.»

Percy annuì e si passò un dito sulle labbra a significare zitto e mosca, con un gesto che avrebbe dovuto essere divertente e non lo fu. La porta si aprì ed entrò Delacroix scortato da Brutal, che portava la scatola per sigari con dentro il rocchetto colorato come l'assistente di un mago che lascia il palcoscenico dopo l'esibizione del suo principale con le attrezzature del suo spettacolo. Il signor Jingles era sulla spalla di Delacroix. E che dire del francese? Ebbene, risponderò che Jenny Lind non avrebbe potuto essere più raggiante dopo la sua esibizione alla Casa Bianca. «Adorano il signor Jingles!» dichiarò Delacroix. «Ridevano, applaudivano, un successone!»

«Splendido», commentò Percy. Il tono era un po' paternalistico, come non gli avevo mai sentito. «Ora tornatene nella tua cella, artista.»

Delacroix gli rivolse un comico sguardo insospettito e il buon Percy pensò bene di scattare all'improvviso. Mostrò i denti in una parodia di ringhio e finse di volerlo afferrare. Era uno scherzo, Percy era di buonumore, non era affatto in uno spirito irascibile, ma Delacroix non lo sapeva. Si ritrasse terrorizzato e inciampò in uno dei piedoni di Brutal. Cadde pesantemente sul linoleum, battendo la nuca. Il signor Jingles schizzò via in tempo per evitare di finire schiacciato e partì squittendo per il Miglio Verde in direzione della cella di Delacroix.

Delacroix si rialzò, spedì un'occhiataccia a Percy che sghignazzava e corse dietro al suo beniamino, chiamandolo per nome e massaggiandosi la nuca. Brutal (che non sapeva che contro ogni aspettativa Percy aveva dato segni tangibili di voler fare il suo lavoro con entusiasmo) rivolse a Percy un muto sguardo di rimprovero e inseguì Del mentre sceglieva le chiavi dal mazzo.

Credo che quanto avvenne dopo fu perché Percy aveva veramente intenzione di scusarsi. So che è difficile crederlo, ma quel giorno era di un umore straordinario. Se è vero, è solo a riprova di un cinico adagio che mi è capitato di sentire una volta, che cioè nessuna buona azione resta impunita. Ricordate che, in una delle due occasioni in cui braccò il topo fino alla camera di confino, prima che al penitenziario arrivasse Delacroix, era passato un po' troppo vicino alla cella del Presidente? Era pericoloso farlo, motivo per il quale il Miglio Verde era così largo e quando camminavi tenendoti al centro, non potevi essere raggiunto da nessuno dei prigionieri. Il Presidente non si era mosso, ma ricordo di aver pensato come altrimenti avrebbe potuto comportarsi Arlen Bitterbuck, se Percy si fosse avvicinato troppo a lui. Giusto per impartirgli una lezioncina.

Ebbene, il Presidente e il Capo non c'erano più, ma al loro posto ora c'era Wild Bill Wharton. Bill era molto più malvagio di quanto potessero aver mai sognato di diventare il Presidente e il Capo e aveva seguito tutta la scena nella speranza di prendervi parte. Ora l'occasione gli pioveva in grembo, per la generosità di Percy Wetmore.

«Ehi, Del!» gridò Percy, ancora ridendo e incamminandosi dietro Brutal e Delacroix, ma tenendosi involontariamente troppo vicino al lato del Miglio Verde sul quale si trovava Wharton. «Ehi, bietola, guarda che non volevo farti niente! Ti sei completamente rin...»

In un lampo Wharton si era proiettato dalla branda alle sbarre. Mai, in tutta la mia carriera di carceriere, ho visto qualcuno muoversi così fulmineamente, nemmeno certi giovani atletici con cui avremmo avuto a che fare in seguito Brutal e io al riformatorio. Infilò le braccia fra le sbarre e afferrò Percy, prima per le spalle, poi per il collo. Lo schiacciò contro la porta della sua cella. Percy guaì come un maiale al mattatoio e io vidi nei suoi occhi che pensò che stesse per morire.

«Ma che carino», sussurrò Wharton. Gli staccò una mano dalla gola e gli scompigliò i capelli. «Soffici...» ridacchiò. «Come quelli di una ragazza. Credo che preferirei sbatterlo nel culo a te che nella figa di tua sorella.» Poi gli baciò un orecchio.

Credo che Percy (che, non dobbiamo dimenticare, aveva picchiato Delacroix solo perché gli aveva sfiorato per sbaglio i calzoni) sapesse esattamente che cosa stava accadendo. Dubito che lo desiderasse, ma credo che lo sapesse. Sul volto totalmente privo di colore gli spiccavano le macchie della pelle come timbri. Gli occhi, umidi, gli erano diventati enormi. Un filo di bava gli scendeva da un angolo della bocca distorta. Tutto questo avvenne velocemente, direi che ebbe inizio e finì in meno di dieci secondi.

Io e Harry accorremmo con i manganelli in mano. Dean estrasse la pistola. Tutt'a un tratto Wharton lasciò andare Percy e si ritrasse, alzando le mani all'altezza delle spalle e sorridendo. «Lo lascio andare, stavo solo giocando e lo lascio andare», disse. «Non ho torto un solo capello alla bella testolina di quel ragazzo, perciò non c'è ragione di sbattermi di nuovo dentro quella stanza con le pareti di materassi.»

Percy Wetmore attraversò precipitosamente il Miglio Verde e si raggomitolò contro le sbarre della cella vuota di fronte. I suoi respiri erano così serrati e rumorosi che sembrava quasi stesse singhiozzando. Aveva finalmente imparato che il Miglio Verde andava percorso tenendosi al centro, lontano da quelli che le rotelle gli si inceppano, dai denti che azzannano e dagli artigli che acchiappano. Era lecito ritenere che quella lezione gli sarebbe rimasta impressa nella mente più a lungo di tutti i consigli che gli avevamo dato noi dopo la prova. L'espressione del suo viso era di terrore assoluto e i suoi preziosi capelli erano seriamente scarmigliati per la prima volta da quando l'avevo conosciuto, tutti spini e grovigli. L'aria era quella di uno scampato per miracolo a uno stupro.

Ci fu allora un momento di sospensione totale, un silenzio così solido che l'unico suono era il sibilo singhiozzante dei respiri di Percy. Fu spezzato da un riso sguaiato, così improvviso e così personale e mentecatto da fermarti il cuore. Wharton, fu il mio primo pensiero, ma non era lui. Era Delacroix, in piedi alle sbarre della sua cella. Indicava Percy. Il topo era di nuovo sulla sua spalla e Delacroix sembrava un piccolo ma malvagio fattucchiere, con tanto di spiritello maligno.

«Guardatelo, s'è pisciato nelle mutande!» sbraitò Delacroix. «Guardate cos'ha fatto! Grande e grosso com'è! Va in giro a legnare il prossimo, *mais oui*, il nostro *mauvais homme*, ma basta che uno lo tocchi e se la fa nelle mutande come un bebè!»

Rideva e agitava l'indice e in quegli starnazzi di derisione c'erano tutta la paura e l'odio che Percy suscitava nel suo cuore. La vittima del suo dileggio lo fissava, incapace di muoversi o ribattere. Wharton riapparve alle sbarre della propria cella, osservò la macchia più scura sul davanti dei calzoni di Percy, piccola, ma vistosa, e anche inequivocabile, e sogghignò. «Qualcuno dovrebbe comperare un pannolino a quel fanciullo», commentò. Poi tornò alla sua branda sghignazzando.

Brutal si avvicinò alla cella di Delacroix, ma il cajun si era rifugiato sulla sua branda prima che ci arrivasse.

Io afferrai Percy per una spalla. «Percy...» cominciai, ma non potei proseguire. Si rianimò, scacciando la mia mano. Si guardò i calzoni, vide la macchia di umido e avvampò. Guardò di nuovo me, poi Harry e Dean. Ricordo di essermi rallegrato che il vecchio Toot-Toot non ci fosse più. Fosse stato presente, in meno di un giorno la storia avrebbe fatto il giro di tutta la prigione. E data la fama di cui godeva Percy, era una storia che sarebbe stata tramandata per il sollazzo di tutti per chissà quanti anni.

«Raccontate di questa faccenda anche a una sola persona e in meno di una settimana vi trovate a far la fila alla mensa dei poveri», sibilò con forza. Era il genere di smargiassata per la quale in altre circostanze mi sarebbe venuta subito la voglia di rifilargli uno schiaffo, ma in quella situazione per lui provavo solo pietà. Credo che si accorse della pietà e fu anche peggio, come una strisciata di ortiche su una ferita aperta.

«Quello che succede qui resta qui», affermò Dean senza scomporsi. «Non hai di che temere.»

Percy girò la testa, guardò verso la cella di Delacroix. Brutal stava chiudendo la porta e dall'interno, cristalline, giungevano le risa del francese. Il volto truce di Percy era nero come un temporale. Pensai di dirgli che in questa vita si raccoglie ciò che si semina, ma ritenni che non fosse il momento adatto per una lezione di morale.

«Quanto a lui», mormorò, ma non finì mai la frase. Se ne andò invece a capo chino in magazzino a cercarsi un paio di calzoni asciutti.

«È così *carino*», gemette Wharton in tono trasognato. Harry gli ordinò di tapparsi la bocca, altrimenti lo avrebbe schiaffato in isolamento tanto per non saper leggere né scrivere. Wharton s'incrociò le braccia sul petto, chiuse gli occhi e diede a intendere che dormiva.

9

LA sera precedente a quella dell'esecuzione di Delacroix scese più calda e afosa che mai: ventotto gradi secondo il termometro fuori da una finestra nella palazzina dell'amministrazione, quando montai in servizio alle sei. Ventotto gradi alla fine di ottobre, pensate un po', con rombi di tuono a ovest come in luglio. Giù in città, quel pomeriggio, mi ero imbattuto in un membro della mia congrega, che mi aveva chiesto, dando l'impressione di essere serio, se secondo me l'eccezionalità di quelle condizioni climatiche fossero un presagio dell'«inizio della fine». Lo avevo escluso in modo categorico, ma intanto m'era passato per la mente che senz'altro era l'inizio della fine per Eduard Delacroix. Eh sì.

Bill Dodge era alla porta del cortile a bere caffè e a farsi una cicca. Si girò per salutarmi. «Oh, eccolo qui», disse. «Paul Edgecombe, in grandezza naturale e due volte più brutto.»

«Com'è andata oggi, Billy?»

«Bene.»

«Delacroix?»

«Ottimo. Sembra che abbia capito che è per domani e contemporaneamente è come se non avesse capito. Sai com'è per la maggior parte di loro, quando la fine arriva davvero.»

Annuii. «Wharton?»

Bill rise. «Bel commediante, quello. Al suo confronto Jack Benny è un quacchero. Ha detto a Rolfe Wettermark che ha mangiato marmellata di fragole dalla passera di sua moglie.»

«E Rolfe?»

«Ha detto che non era sposato. Ha detto che deve essersi confuso con mamma Wharton.»

Risi e di gusto. Prosaico, d'accordo, ma divertente davvero. Ed era bello poter ridere senza la sensazione che qualcuno ti accendesse fiammiferi in fondo alla pancia. Bill rise con me, poi rovesciò il fondo del caffè nel cortile dove bighellonavano solo pochi carcerati in regime di semidetenzione, quasi tutti lì da mille o più anni.

In lontananza brontolò il tuono e il bagliore sfocato di un lampo rischiarò il cielo che andava ingrigendo. A disagio, Bill guardò su smettendo di ridere.

«Ma ti dirò che questo tempo non mi piace per niente», borbottò. «Ti fa sentire come se debba succedere qualcosa. Qualcosa di brutto.»

Su quello aveva ragione. La cosa brutta avvenne verso le dieci e un quarto di quella sera. Fu quando Percy uccise il signor Jingles.

10

ALL'INIZIO sembrava che nonostante il caldo dovesse essere una buona nottata, con John Coffey tranquillo come sempre, Bill il Selvaggio che fingeva di essere Bill il Mansueto e Delacroix su di giri, per un uomo che aveva un appuntamento con Old Sparky di lì a poco più di ventiquattr'ore.

Era vero che capiva che cosa l'aspettava, almeno d'istinto, direi. Per il suo ultimo pasto aveva ordinato dei tacos («almeno quattro») affidandomi speciali istruzioni da riferire in cucina. «Digli di metterci sopra quella salsa piccante», mi raccomandò. «Digli quella che ti salta su per la gola e viene a farti ciao ciao in bocca, quella verde, non quella dolce. Mi prende di un male, quella roba, che il giorno dopo lo devo passare chiuso al cesso, ma non credo che questa volta sarà un problema, *n'est ce pas*?»

Il più delle volte si preoccupano della loro anima immortale con ottenebrato accanimento, ma Delacroix restò praticamente indifferente alle mie domande sul genere di conforto spirituale che desiderava per le sue ultime ore. Se «quello» Schuster era andato bene per il Gran Capo Bitterbuck, tagliò corto Del, lo stesso Schuster sarebbe andato bene a lui. No, come avrete indovinato, a lui importava la sorte che avrebbe avuto il signor Jingles dopo il suo trapasso. Ero abituato a trascorrere lunghe ore in compagnia del condannato la sera prima della sua ultima passeggiata, ma era la prima volta che passavo quelle lunghe ore ponderando sul destino di un topo.

Del considerò un'ipotesi dopo l'altra, spuntandole pazientemente nelle foschie della sua mente. E mentre pensava a voce alta, volendo provvedere al futuro del suo amato topolino come fosse un figlio da dover mandare all'università, lanciava il rocchetto variopinto contro il muro. Ogni volta che lo faceva, il signor Jingles correva a prenderlo e a farlo rotolare ai suoi piedi. Dopo un po' cominciò a darmi sui nervi: prima il rumore del rocchetto contro la pietra, poi il ticchettio delle zampette del signor Jingles. Era un gran bel numero, d'accordo, ma dopo un'ora e mezzo veniva a noia. Mentre il signor Jingles sembrava non stancarsi mai. Sospendeva il gioco di tanto in tanto per rinfrescarsi con un sorso dell'acqua che Delacroix gli metteva a disposizione in un piattino, o per rifocillarsi con un pezzetto di mentina, poi riprendeva con slancio rinnovato. Più di una volta mi scese sulla punta della lingua la richiesta a Delacroix di farlo smettere e ogni volta rammentai a me stesso che aveva solo quella sera e l'indomani per giocare al rocchetto con il signor Jingles. Verso la fine tuttavia mi diventò davvero difficile resistere e del resto sapete anche voi come va, con un rumore come quello ripetuto all'infinito, dopo un po' i nervi saltano. Mi trovai così sul punto di chiedergli di smettere nonostante tutto, poi qualcosa mi indusse a girare la testa per guardare fuori. John Coffey era in piedi alla porta della sua cella, dall'altra parte del corridoio, e scuoteva il capo: destra, sinistra, di nuovo al centro. Come se mi avesse letto nel pensiero e mi invitasse a ripensarci.

Avrei fatto in modo che il signor Jingles fosse consegnato alla zia nubile di Delacroix, dissi, quella che gli aveva mandato il saccone di caramelle. Con lui avremmo spedito anche il rocchetto colorato e persino la sua «casa»: avremmo allestito una colletta per cercare di convincere Toot a rinunciare alla sua scatola di Corona. No, rispose Delacroix dopo lunga riflessione (ebbe il tempo di lanciare il rocchetto contro il muro almeno cinque volte e per cinque volte il signor Jingles lo spinse indietro o con il naso o con le zampe), non avrebbe funzionato. Zia Hermione era troppo vecchia, non avrebbe capito l'indole giocosa del signor Jingles; e se per caso il signor Jingles le fosse sopravvissuto? Che sarebbe stato di lui, allora? No, no, zia Hermione non andava per niente.

Be', proposi io, e se lo prendesse uno di noi? Uno di noi guardiani? Avremmo potuto tenerlo lì al Blocco E. No, obiettò Delacroix e mi ringraziò calorosamente per il pensiero, *certainement*, ma il signor Jingles era un topo che desiderava essere libero. Lui, Eduard Delacroix, lo sapeva bene, perché il signor Jingles, l'avrete intuito, glielo aveva bisbigliato all'orecchio.

«Va bene», mi arresi. «Vorrà dire che uno di noi se lo porterà a casa, Del. Magari Dean. Ha un bambino che sarà felice di avere un topolino tutto per sé, ci scommetto.»

Il pensiero lo fece impallidire di orrore. Un bambino custode di un genio roditore come il signor Jingles? Come in nome del *bon Dieu* si poteva pensare che un bambino preservasse il suo addestramento, senza parlare di trucchi nuovi da insegnargli? E mettiamo che il bimbo trovasse di meglio con cui giocare e si dimenticasse di dargli da mangiare per due o tre giorni di fila? Delacroix, che aveva arrostito vivi sei esseri umani nel tentativo di coprire il suo crimine originale, rabbrividì del delicato ribrezzo di un ardente antivivisezionista.

D'accordo, dissi, lo prendo io (promettigli qualunque cosa, ricordate? Nelle ultime quarantott'ore, promettigli qualunque cosa). Gli andava bene?

«No, signore, capo Edgecombe», si scusò Del. Lanciò di nuovo il rocchetto. Il rocchetto colpì la parete, rimbalzò, rotolò. Poi il signor Jingles gli fu sopra in un batter d'occhio e prese a spingerlo con il naso verso di lui. «Grazie mille, *merci beaucoup*, ma tu vivi nei boschi e il signor Jingles, ah... lui ha paura di vivere *dans la forêt*. Io lo so perché...»

«Credo che non ci sia bisogno che mi dici perché lo sai, Del», lo prevenni.

Delacroix annuì sorridendo. «Ma risolveremo il problema. Come no!» Lanciò il rocchetto. Il signor Jingles lo inseguì ticchettando con le zampe. Io trattenni una smorfia.

Alla fine fu Brutal a salvare la giornata. Era fermo vicino al tavolo in corridoio a seguire la partita a cribbage che stavano giocando Dean e Harry. C'era anche Percy e Brutal alla lunga si era stancato di cercare di avviare con lui una conversazione ottenendo in cambio solo grugniti.

Così venne a raggiungere me, che sedevo su uno sgabello davanti alla cella di Delacroix e si mise ad ascoltare noi a braccia conserte.

«Topolinia?» sbottò Brutal nel silenzio meditativo seguito alla bocciatura da parte di Del della mia sinistra magione nei boschi. Il tono era quello di una proposta buttata là, tanto per dire.

«Topolinia?» fece Delacroix, rivolgendogli uno sguardo insieme sorpreso e interessato. «Quale Topolinia?»

«È un'attrazione turistica, giù in Florida», spiegò lui. «Tallahassee, mi pare. Non è là, Paul? A Tallahassee?»

«Già», confermai senza un attimo di esitazione, invitando Dio a benedire Brutus Howell. «Tallahassee. In fondo alla strada dove c'è l'università canina.» Notai un fremito nella bocca di Brutal e temetti che avrebbe guastato tutto scoppiando a ridere, ma riuscì a dominarsi e annuì. Potevo già prevedere che sull'università canina saremmo tornati più tardi.

Questa volta Del non lanciò il rocchetto, nonostante il signor Jingles si fosse appoggiato con le zampe anteriori alla sua pantofola, chiaramente ansioso di prodursi in un altro inseguimento. Il cajun spostò lo sguardo da Brutal a me e ritorno. «Che fanno a Topolinia?» volle sapere.

«Pensi che accetterebbero il signor Jingles?» mi chiese Brutal, adescando Del proprio per averlo ignorato. «Avrà la stoffa, Paul?»

Io finsi di riflettere. «Ma sai», commentai poi, «più ci penso, più l'idea mi sembra brillante.» Con la coda dell'occhio vidi Percy avanzare di qualche passo per il Miglio Verde (tenendosi ben alla larga dalla cella di Wharton: quella era una lezione che non avrebbe avuto bisogno di un ripasso). Si appoggiò a una cella vuota con una spalla e ascoltò noi con un sorrisetto sprezzante sulle labbra.

«Cos'è questa Topolinia?» chiese Del ora più insistente.

«Un'attrazione turistica, come ho detto», ribadì Brutal. «Ci saranno, oh, non saprei, un centinaio di topi. Dico bene, Paul?»

«Più vicino ai centocinquanta di questi tempi», risposi io. «È un grande successo. Ho sentito dire che se ne vorrebbe aprire un'altra a Los Angeles, che prenderebbe il nome di Topolinia Ovest. Proprio per come tira forte. Sarà che i topi ammaestrati sono di gran moda tra la gente che ha soldi da buttare. Dal canto mio, non lo capisco.»

Delacroix ci guardava con il rocchetto variopinto in mano, dimentico per il momento della situazione in cui si trovava.

«Prendono solo i topi migliori», lo avvertì Brutal. «Quelli che sanno fare trucchi buoni. E non possono essere topi bianchi, perché quelli sono topi solo da compagnia.»

«Topi da compagnia, come no!» annuì con vigore Delacroix. «Io li odio, quei topini da salotto!»

«E l'hanno organizzata bene», seguitò Brutal, ora con lo sguardo perso nella sua evocazione. «C'è questa grande tenda...»

«Sì, sì, come in un *cirque*! Bisogna pagare per entrare?»

«Mi prendi in giro? Per forza che c'è da pagare. Dieci centesimi. Solo due per i bambini. E c'è, come dire, una specie di città fatta di scatole di bachelite e rotoli di carta igienica con finestre di mica per vedere che cosa fanno...»

«Sì! Sì!» Delacroix era in estasi. Si girò verso di me. «Cos'è la mica?»

«Come quella per la finestrella di un forno, che ci vedi attraverso», spiegai.

«Splendido! Splendido!» Agitò la mano, sollecitando Brutal a proseguire, e gli occhietti neri del signor Jingles guizzarono qua e là, cercando di non perdere di vista il rocchetto. Era tutto molto divertente. Percy si avvicinò di più, come per vedere meglio, e notai John Coffey che lo osservava corrugando la fronte, ma ero troppo preso dalla fantasia di Brutal per farci caso. Si stava elevando a nuove dimensioni la tecnica di raccontare al condannato quello che voleva sentire e io ne ero totalmente incantato, credetemi.

«Eh già», riprese Brutal, «c'è questa città dei topi, ma quello che veramente attira i bambini è l'All-Star Circus di Topolinia, dove ci sono i topi trapezisti e quelli che fanno rotolare piccole botticelle e quelli che impilano monete...»

«Ma sì! Quello è il posto giusto per il signor Jingles!» proruppe Delacroix. Gli brillavano gli occhi e gli si erano colorite le guance. Io pensai che Brutus Howell aveva poco da invidiare a un santo. «Finalmente potrai essere un topo da circo, signor Jingles! Andrai a vivere in una città di topi, giù in Florida! Con le finestre di mica! Urrà!»

Scagliò il rocchetto con maggior forza del solito. Colpì il muro in basso, rimbalzò storto e schizzò tra le sbarre della cella, nel Miglio Verde. Il signor Jingles partì e Percy vide la sua occasione.

«*No, imbecille!*» urlò Brutal, ma Percy non lo ascoltò. Nel momento in cui il signor Jingles raggiungeva il rocchetto, troppo impegnato nel suo numero per accorgersi della vicinanza del vecchio nemico, Percy calò la suola dello scarponcino nero. Udimmo tutti lo schiocco della schiena del signor Jingles che si spezzava. Un getto di sangue gli uscì dalla bocca. Gli occhietti neri gli si strabuzzarono nelle orbite e in essi apparve un'espressione di stupito dolore che era fin troppo umana.

Delacroix lanciò un grido di contrizione e orrore. Si gettò sulle sbarre, infilando le braccia attraverso e protendendole più che poteva, invocando il nome del suo topolino.

Percy si girò a guardarlo e sorrise. Sorrise anche a me e a Brutal. «Fatto», disse. «Sapevo che prima o poi l'avrei beccato. Era solo questione di tempo.» Si voltò e s'incamminò per il Miglio Verde, adagio, lasciandosi alle spalle il signor Jingles sul linoleum nel laghetto del suo sangue.

PARTE QUARTA

La strana morte di Eduard Delacroix

1

OLTRE a quest'altro esercizio di scrittura, da quando sono venuto ad abitare a Georgia Pines tengo un piccolo diario, niente di pretenzioso, giusto un paio di paragrafi al giorno, soprattutto sul tempo, e ieri sera ci ho dato un'occhiata. Volevo vedere quanto tempo è passato da quando Christopher e Lisette, i miei nipoti, mi hanno più o meno costretto a venire qui. «Per il tuo bene, nonno», hanno dichiarato. Come no. Non è così che dicono quasi tutti quando finalmente hanno escogitato il modo di liquidare un problema che parla e cammina?

È poco più di un anno. Mi sconcerta non saper dire se la mia sensazione sia che è trascorso un anno, o di più, o meno. È come se il mio senso del tempo si vada *sciogliendo*, come un pupazzo di neve colto da un disgelo fuori stagione. È come se il tempo com'è sempre stato, con il suo fuso orario, l'ora legale, l'orario lavorativo, non esistesse più. Qui c'è solo l'ora di Georgia Pines, che è l'ora del vecchietto, l'ora della vecchietta, l'ora della nanna incontinente. Il resto... tutto andato. Andato.

Questo è un posto dannato, un'insidia. All'inizio non

te ne accorgi, all'inizio pensi che sia solo un posto noioso, pericoloso quanto un asilo all'ora del pisolino pomeridiano, invece è una brutta trappola. Quanti ne ho visti scivolare nel senilismo, da quando sono qui, e certe volte non scivolano neppure, certe volte ci colano dentro a picco con la velocità di un sottomarino in immersione rapida. Arrivano che sono più che passabili, con gli occhi un po' scoloriti, forse, e saldati al bastone, magari un po' deboli di sfinteri, ma nel complesso in buono stato. Poi gli succede qualcosa. Un mese dopo sono nel locale TV a fissare Oprah Winfrey sullo schermo con gli occhi appannati, la bocca aperta, il succo d'arancia che gocciola dal bicchiere inclinato nella mano. Un mese ancora e gli devi dire come si chiamano i loro figlioli quando vengono a trovarli. E un mese dopo ancora ti ritrovi a dovergli rinfrescare la memoria su come si chiamano loro stessi. Sì, gli succede qualcosa: gli succede di entrare nel tempo di Georgia Pines. Il tempo qui è come un acido leggero che prima ti cancella la memoria e poi il desiderio di continuare a vivere.

Bisogna combatterlo. È quello che dico a Elaine Connelly, la mia amica speciale. Va meglio per me da quando ho preso a scrivere di quanto mi è successo nel 1932, l'anno in cui John Coffey arrivò al Miglio Verde. Alcuni ricordi sono orrendi, ma li sento che mi aguzzano la mente e la presenza di spirito come un temperino appuntisce la matita e allora penso che il mio è un dolore sano. Ma scrivere e ricordare non basta. Ho anche un corpo, sgangherato e grottesco quanto volete, che però tengo in esercizio meglio che posso. Cominciare è stata dura, perché i matusa come me non sono proprio dei campioni quando si tratta di muoversi senz'altro scopo che quello di tenersi in forma, ma mi è più facile ora che ho dato un significato alle mie passeggiate.

Esco prima di colazione, appena rischiara, il più dei giorni, per la prima sgambata. Stamane pioveva e l'umidità mi prende alle articolazioni, ma ho prelevato un poncho dall'attaccapanni di fianco alla porta della cucina e sono uscito lo stesso. Quando si ha un impegno, bisogna onorarlo, e se fa male, pazienza. E comunque c'è un tornaconto. Quello principale è preservare il senso del tempo reale, in opposizione al tempo di Georgia Pines. E mi piace la pioggia, dolori o no. Specialmente di primo mattino, quando il giorno è neonato e sembra rigoglioso di possibilità, anche a un dilavato vecchiaccio come me.

Sono passato per la cucina a strappare due fette di pane tostato al buon cuore di uno dei cuochi ancora mezzo addormentati e sono uscito. Ho attraversato il campo di croquet, poi l'incolto praticello dove giochiamo a golf. Dall'altra parte c'è un bosco in cui si insinua uno stretto sentiero che passa davanti a due fabbricati di legno ormai abbandonati e in via di disfacimento. Ho percorso il sentiero adagio, ascoltando la musica melliflua e segreta della pioggia fra i pini e sgranocchiando una fetta di pane tostato con i pochi denti che mi rimangono. Mi facevano male le gambe, ma era un dolore latente, sopportabile. Nell'insieme mi sentivo proprio bene. Mandavo giù l'aria grigia e fredda più in fondo che potevo, assimilandola come un cibo.

E quando sono arrivato alla seconda di quelle due vecchie baracche, sono entrato e ci sono rimasto per un po' a fare i miei mestieri.

Venti minuti dopo, quando ho ripreso il sentiero, un languore mi serpeggiava nello stomaco e sentivo che avrei potuto mangiare qualcosa di più sostanzioso di una fetta di pane. Un bel piatto di minestra d'orzo, forse persino un uovo strapazzato con una salsiccia. Ho un debole per le salsicce, l'ho sempre avuto, ma di questi tempi, se ne mangio più di una mi viene il coccolone. Una però avrebbe dovuto starci. Poi, con il ventre pieno e il cervello ancora frizzante dell'aria umida (almeno così speravo), sarei andato in veranda a scrivere dell'esecuzione di Eduard Delacroix. E l'avrei fatto buttandomici a pesce, per non perdermi d'animo.

Era al signor Jingles che pensavo mentre attraversavo il campo di croquet diretto alla porta della cucina, a Percy Wetmore che lo schiacciava spezzandogli la schiena e a Delacroix che si metteva a urlare nel rendersi conto di che cosa avesse fatto il suo nemico, ed è stato così che non ho visto Brad Dolan seminascosto dietro il cassonetto, prima che mi afferrasse per un braccio.

«Fuori a fare due passi, Paulie?» mi ha chiesto.

Io sono scattato all'indietro, strappandogli via il braccio dalla mano. La reazione inconsulta era dovuta alla sorpresa, chiunque avrebbe spiccato un balzo se colto alla sprovvista in quel modo, ma c'era qualcosa di più. Pensavo a Percy Wetmore, come ho detto, e Brad mi ricorda Percy come nessun altro. Un po' è per come Brad va sempre in giro con un libro ficcato in tasca (Percy aveva sempre con sé un giornaletto di avventure, mentre Brad ha la mania di libricini di barzellette, che fanno ridere solo gli stupidi e i sadici), un po' per quel suo modo di comportarsi da re stronzo della montagna di merda, ma soprattutto perché è infido e perché gli piace fare male.

Era appena arrivato per prendere servizio e ancora non aveva indossato la tenuta bianca dell'inserviente. Indossava un paio di jeans e una camicia stile western da pochi soldi. In una mano aveva un pezzo di un panino dolce che aveva pescato in cucina. Si era messo a mangiarlo al riparo dalla pioggia sotto lo spiovente del tetto, un posto dove stare all'asciutto e potermi vedere arrivare, di questo ora sono più che sicuro. E sono sicuro anche di un'altra cosa: devo stare attento al signor Brad Dolan. Non gli piaccio molto. Non so perché, ma non ho mai saputo nemmeno perché a Percy Wetmore non piacesse Delacroix. E dire che non gli piaceva è un eufemismo, perché quello che Percy mostrò di provare per Del fu odio viscerale dal primo momento che il piccolo francese mise piede al Miglio Verde.

«Cos'è questa mantella che hai addosso, Paulie?» mi ha domandato prendendomela per la scollatura. «Non è tua.»

«L'ho presa in corridoio», gli ho risposto. Mi fa venire i nervi quando mi chiama Paulie e credo che lo sappia, ma mai più gli avrei dato la soddisfazione di lasciarglielo vedere. «Ce n'è una fila intera. Non c'è niente di male se ne ho presa una, ti pare? Sono lì proprio per la pioggia, no?»

«Per la pioggia, ma non per te, Paulie», ha ribattuto lui, strattonandomi di nuovo per il colletto. «Queste mantelle sono per gli impiegati, non i residenti.»

«Non vedo che fastidio posso aver dato.»

Mi ha rivolto un sorrisetto sottile. «Il fastidio non

c'entra, Paulie, qui è un problema di regole. Che cosa sarebbe mai la vita senza regole? Paulie, Paulie, Paulie.» Scuoteva la testa, come se solo a guardarmi rimpiangesse di essere vivo. «Tu pensi probabilmente che un vecchio bagongo come te non ha più da stare a badare alle regole, e ti sbagli della grossa. *Paulie*.»

Sorridendomi. Provando antipatia per me. Forse persino odio. E perché? Non lo so. Talvolta un perché non c'è e basta. Questo è l'aspetto che dà i brividi.

«Allora chiedo scusa se sono andato contro le regole», gli ho detto. Mi è venuto fuori un po' lamentoso, un po' stridulo, e mi sono adirato con me stesso per aver assunto quel tono, ma sono anziano, e le persone anziane piagnucolano facilmente. Le persone anziane si *spaventano* facilmente.

Brad ha annuito. «Scuse accettate. Ora vai a riappendere quel coso. E poi togliti dalla testa di andare in giro sotto la pioggia. Specialmente dentro quel bosco. E se scivoli, cadi e ti fratturi un cavolo di anca? Eh? Secondo te chi dovrebbe caricarsi sulla schiena la tua carcassa per riportarti a casa?»

«Non so», ho risposto. Volevo solo liberarmi di lui. Più lo ascoltavo, più mi sembrava di sentire Percy. William Wharton, il pazzo arrivato al Miglio Verde nell'autunno del '32, una volta afferrò Percy e gli mise addosso una tal fifa blu da fargliela fare nelle mutande. *Raccontate di questa faccenda anche a una sola persona*, ci aveva detto poi Percy, *e in meno di una settimana vi trovate a far la fila alla mensa dei poveri*. Ora, dopo tanti anni, mi pareva quasi di sentire Brad Dolan pronunciare le medesime parole, nello stesso tono di voce. È come se, scrivendo di quei tempi, io abbia aperto la porta misteriosa che dal passato si affaccia sul presente, da Percy Wetmore a Brad Dolan, da Janice Edgecombe a Elaine Connelly, dalla prigione statale di Cold Mountain al gerontocomio di Georgia Pines. E se quel pensiero non mi terrà sveglio questa notte posso star tranquillo per tutte le notti che verranno.

Mi sono mosso come per entrare in cucina e Brad mi ha afferrato di nuovo per il polso. Non so se era stato così la prima volta, ma questa volta lo faceva di proposito: stringeva per farmi male. I suoi occhi sfrecciavano di qui e di là, ad assicurarsi che non ci fosse nessuno in giro nella pioggia mattutina, nessuno che lo vedesse maltrattare uno degli anziani ospiti di cui avrebbe dovuto prendersi cura.

«Che ci vai a fare giù per quel sentiero?» mi ha chiesto. «So che non vai a imbucarti laggiù per menartelo, quelle sono piacevolezze di un tempo che nemmeno ti ricordi più, dunque che ci vai a fare?»

«Niente», gli ho risposto, raccomandando a me stesso di rimanere calmo, di non fargli capire quanto mi stesse facendo male e restare calmo, prendere nota che aveva alluso al sentiero, non sapeva della baracca. «Cammino e basta. Per schiarirmi la mente.»

«Troppo tardi, Paulie, la tua mente non può più schiarirsi ormai.» Ha stretto di nuovo il mio polso magro di vecchio, facendo scricchiolare le ossa fragili, continuando a spostare gli occhi da una parte e dall'altra, volendosi assicurare di non correre rischi. Brad non aveva paura di contravvenire alle regole, lui aveva solo paura di essere *sorpreso* a violarle. E anche in questo era come Percy

Wetmore, che non ti permetteva mai di dimenticarti che era il nipote del governatore. «Bacucco come sei, è un miracolo che ti ricordi *chi* sei. Sei troppo dannatamente vecchio. Anche per un museo come questo. Mi fai venire i vermi, Paulie.»

«Lasciami andare», gli ho risposto cercando di non fare di nuovo la voce piagnucolosa. Non era nemmeno per orgoglio, ma pensavo che la voce querula potesse infiammarlo, come talvolta un cane irascibile, uno di quelli che normalmente ringhierebbe soltanto, è spinto ad azzannare dall'aver fiutato il sudore. Questa considerazione mi ha evocato un giornalista presente al processo di John Coffey. Quel giornalista era un uomo terribile che si chiamava Hammersmith e la cosa più terribile di lui era che non sapeva di essere terribile.

Invece di lasciarmi andare, Dolan mi ha stretto di nuovo. Mi ha strappato un gemito. Avrei voluto evitarlo, ma non ho potuto. Mi ha provocato un dolore che mi è sceso fin nelle caviglie.

«Che cosa ci fai laggiù, Paulie? Dimmelo.»

«Niente!» ho detto. Non piangevo, non ancora, ma temevo di cominciare da un momento all'altro, se avesse continuato a stringere così forte. «Niente, vado a spasso, mi piace camminare. Lasciami!»

Lui mi ha liberato, ma solo il tempo necessario ad afferrarmi l'altra mano. Quella che tenevo chiusa. «Apri», mi ha intimato. «Fai vedere a papà.»

Ho ubbidito e lui ha reagito con un grugnito di disgusto quando ha visto di che cosa si trattava, nient'altro che i resti della mia seconda fetta di pane abbrustolito. Quando aveva cominciato a schiacciarmi il polso sinistro, l'avevo serrata nella mano destra, e sulle dita avevo del burro, o per meglio dire margarina, perché qui burro vero non c'è, naturalmente.

«Vai dentro a lavarti quelle mani lerce», è sbottato lui, indietreggiando di un passo e strappando un altro morso al suo panino. «Gesù Cristo.»

Sono salito alla porta della cucina. Le gambe mi tremavano, il cuore mi pompava nel petto come un motore con le valvole sfiatate e i vecchi pistoni che ballano nei cilindri. Nel momento in cui ho chiuso le dita intorno alla maniglia per entrare in cucina (e sottrarmi a lui) Dolan mi ha ammonito: «Se vai in giro a raccontare che ti ho strizzato il polso, Paulie, io dirò che hai le allucinazioni. I primi gravi sintomi di demenza senile, con tutta probabilità. E sai che mi crederanno. E se ci sono dei lividi, penseranno che te li sei procurati da solo».

Sì. Diceva la verità. E ancora una volta avrebbe potuto essere Percy Wetmore a pronunciare quelle parole, un Percy che fosse magicamente riuscito a rimanere giovane e cattivo mentre io diventavo vecchio e fragile.

«Non dirò niente a nessuno», ho borbottato. «Non ho niente da dire.»

«Bravo, nonnino.» La sua voce era lieve e beffarda, la voce di un biecolone (per usare la definizione di Percy) convinto di rimanere giovane per sempre. «E io scoprirò che cosa stai combinando. Me ne farò un dovere. Hai sentito?»

Avevo sentito, sì, ma non gli avrei dato la soddisfazione di ammetterlo. Sono entrato, sono passato dalla cucina (ora si sentiva il profumo delle uova e delle salsicce, ma me n'era passata la voglia), e ho riappeso il poncho al suo gancio. Poi sono salito in camera mia, riposando a ogni gradino, dando al mio cuore il tempo di rallentare, e ho raccolto il mio materiale da scrittura.

Sono sceso in veranda e mi stavo sedendo al tavolino davanti alle vetrate quando ha messo dentro la testa la mia amica Elaine. Mi è sembrata stanca e, ho pensato, malaticcia. Si era spazzolata i capelli, ma indossava ancora la vestaglia. Noi nonnini non facciamo molti complimenti. Il più delle volte non ce li possiamo permettere.

«Non ti voglio disturbare», mi ha detto. «Vedo che ti stai preparando a scrivere...»

«Non fare la sciocca», le ho risposto. «Ho tempo da vendere e me ne avanza ancora da regalare. Entra, entra.»

Lei però si è fermata appena oltre la soglia. «È solo che non riuscivo a dormire, di nuovo, e poco fa stavo guardando dalla finestra... e...»

«E hai visto la simpatica chiacchieratina che ci siamo fatti io e il signor Dolan», ho finito per lei. Speravo che più che vedere non avesse potuto, che la sua finestra fosse stata chiusa e non mi avesse sentito piagnucolare.

«Non mi è sembrata né simpatica, né amichevole», ha replicato. «Paul, quel Dolan si è messo a chiedere in giro su di te. Ha interrogato anche me. La settimana scorsa, è stato. Lì per lì non ci ho dato molto peso, ho pensato che avesse solo la brutta abitudine di ficcare un naso un po' troppo lungo negli affari altrui, ma adesso non sono più così tranquilla.»

«Chiedeva di me?» Mi auguravo di non lasciare affiorare nella voce tutto il disagio che stavo provando. «Chiedeva che cosa?»

«Dove vai a passeggio, tanto per dire. E perché ci vai.»

Ho cercato di ridere. «È chiaro che quello è uno che non crede nell'esercizio fisico.»

«È convinto che tu abbia un segreto.» Ha fatto una pausa e poi ha aggiunto: «E lo penso anch'io».

Ho aperto la bocca, per ribattere non so che cosa, ma, prima che potessi pronunciare una sola parola, Elaine ha alzato una mano, nodosa di artrite ma lo stesso così bella. «Se ce l'hai, non voglio conoscerlo, Paul. Gli affari tuoi sono tuoi. Così sono stata educata a pensare, ma non è lo stesso per tutti. Sii prudente. Solo questo volevo dirti. E ora ti lascio in pace con il tuo lavoro.»

Si è girata, ma prima che uscisse io l'ho chiamata per nome. Mi ha guardato con un'espressione interrogativa.

«Quando avrò finito quello che sto scrivendo», ho cominciato io, ma subito dopo ho scosso la testa. Stavo sbagliando. «*Se* finirò quello che sto scrivendo, lo leggerai?»

Lei è rimasta in silenzio come se ci pensasse su, poi mi ha rivolto un sorriso di quelli che potrebbero far innamorare un uomo, anche uno vecchio come me. «Lo considererei un onore.»

«Meglio che aspetti di leggerlo prima di parlare di onore», l'ho ammonita e in quel momento stavo pensando alla morte di Delacroix.

«Ma lo leggerò», ha insistito lei. «Parola per parola. Lo prometto. Prima però devi finire di scriverlo.»

Così mi ha lasciato solo, ma mi ci è voluto molto tempo prima di rimettermici. Per quasi un'ora ho guardato oltre le vetrate battendo la penna contro il tavolino, ho osservato il grigio del giorno nascente che si illuminava un poco per volta, ripensando a Brad Dolan, che mi chiama Paulie e non si stanca mai di raccontare barzellette su musi gialli e musi rossi, musi neri e nasi grossi, pensando a ciò che mi ha detto Elaine Connelly. *È convinto che tu abbia un segreto. E lo penso anch'io.*

Forse è così. Sì, forse ce l'ho. E naturalmente Brad Dolan lo vuole conoscere. Non perché pensi che sia importante (e non lo è, credo, se non per me), ma perché pensa che le persone molto anziane come me non dovrebbero avere segreti. Non dovrebbero prendere le mantelle appese fuori della cucina e non dovrebbero nemmeno tenersi un segreto. E non dovrebbero nemmeno mettersi in testa l'idea che quelli come noi siano ancora esseri umani. E perché non dovrebbe esserci consentito pensarla così? Lui non lo sa. E anche in questo è come Percy.

Così, come un fiume che scava un'ansa semicircolare, i miei pensieri sono tornati là dov'erano quando Brad Dolan è sbucato da sotto la grondaia e mi ha afferrato per il braccio: a Percy, al malvagio Percy Wetmore, e a come si fosse vendicato dell'uomo che lo aveva deriso. Delacroix aveva lanciato il rocchetto variopinto, quello che il signor Jingles correva a riprendere, e il rocchetto era rotolato fuori della cella, finendo in corridoio. Tanto era bastato. Percy aveva visto la sua occasione.

2

«*No, imbecille!*» urlò Brutal, ma Percy non lo ascoltò. Nel momento in cui il signor Jingles raggiungeva il rocchetto, troppo impegnato nel suo numero per accorgersi della vicinanza del vecchio nemico, Percy calò la suola dello scarponcino nero. Udimmo tutti lo schiocco della schiena del signor Jingles che si spezzava. Un getto di sangue gli uscì dalla bocca. Gli occhietti neri gli si strabuzzarono nelle orbite e in essi apparve un'espressione di stupito dolore che era fin troppo umana.

Delacroix lanciò un grido di contrizione e orrore. Si gettò sulle sbarre, infilando le braccia attraverso e protendendole più che poteva, invocando il nome del suo topolino.

Percy si girò a guardarlo e sorrise. Sorrise anche a me e a Brutal. «Fatto», disse. «Sapevo che prima o poi l'avrei beccato. Era solo questione di tempo.» Si voltò e s'incamminò per il Miglio Verde, lasciando sul linoleum il signor Jingles nel suo sangue che si allargava, rosso in campo verde.

Dean balzò in piedi e urtò con il ginocchio il bordo

del tavolo, facendo cadere per terra il segnapunti. I pioli si sfilarono dai fori e rotolarono in tutte le direzioni. Né Dean né Harry, che si accingeva a chiudere, badarono alla partita andata all'aria. «Che cos'hai fatto questa volta?» gridò Dean a Percy. «Che cosa cazzo hai combinato quest'altra volta, razza di idiota?»

Percy non rispose. Passò davanti al tavolo senza dire una parola, calcandosi delicatamente i capelli con le dita. Attraversò il mio ufficio ed entrò nel magazzino. William Wharton rispose per lui. «Vuoi sapere che cos'ha fatto, capo Dean? Ha insegnato a un certo francolino che non è conveniente prenderlo in giro.» Poi si mise a ridere. Era una bella risata, la sua, una risata *campagnola*, gioiosa, dal profondo. Ci sono state persone che ho conosciuto durante quel periodo della mia vita, per la maggior parte persone da farti accapponare la pelle, che sembravano normali solo quando ridevano. Wild Bill Wharton era una di loro.

Frastornato, guardai di nuovo il topo. Respirava ancora, ma aveva goccioline minuscole di sangue nei baffi sottilissimi e gli occhietti che prima sembravano luccicanti perle di petrolio si stavano appannando. Brutal raccolse il rocchetto colorato, lo guardò, poi alzò gli occhi su di me. Era sbigottito anche lui. Delacroix continuava a strepitare tutto il suo dolore e orrore. Non era solo per il topo, naturalmente: Percy aveva aperto uno squarcio nelle difese di Delacroix e ora ne sgorgava fuori tutta la sua paura. Ma il signor Jingles faceva da catalizzatore nello sciogliere il grumo di tutti quei sentimenti trattenuti fino a quel momento e ascoltarlo era terribile.

«Oh no», gemeva di tanto in tanto fra gli strilli e le

farneticanti invocazioni in cajun. «Oh no, oh no, povero Jingles, povero Jingles, oh no...»

«Dallo a me.»

Alzai la testa, colto di sorpresa da quella voce fonda, domandandomi lì per lì di chi potesse essere. Vidi John Coffey. Come Delacroix, aveva infilato le braccia tra le sbarre della sua cella, ma nel suo caso, riusciva a protenderle solo fino a metà degli avambracci: da lì in poi era semplicemente troppo grosso per passarci. E a differenza di Del, non gesticolava, ma spingeva le braccia per quanto riusciva tenendole diritte, con le mani aperte. C'era sollecitazione nel suo gesto, quasi una pretesa. E lo stesso timbro risonava nella sua voce, motivo per il quale, immagino, sulle prime non l'avevo riconosciuta per quella di Coffey. Era tutt'altro uomo da quell'anima sperduta e piagnucolosa che occupava quella cella da qualche settimana.

«Dammelo, signor Edgecombe! Finché c'è tempo!»

Allora ricordai che cos'aveva fatto per me e all'improvviso capii. Pensai che non c'era niente di male, ma ero anche convinto che non sarebbe servito a molto. Quando raccolsi il topo, mi scappò una smorfia a sentirlo nella mano. Erano tanti gli ossicini spezzati che premevano nel corpicino del signor Jingles, che fu come prendere un puntaspilli ricoperto di pelo. Non era un'infezione alle vie urinarie, tuttavia...

«Che cosa fai?» chiese Brutal quando mi vide posare il signor Jingles nell'enorme mano destra di Coffey. «Che fai?»

Coffey ritirò il topolino al di là delle sbarre. Il signor Jingles era inerte sul suo palmo, con la coda che gli pendeva nell'arco di pollice e indice, mossa da deboli spasmi.

Poi Coffey si coprì la mano destra con la sinistra, creando una specie di bozzolo. A quel punto, del signor Jingles vedemmo solo la coda, che pendeva nell'aria contraendosi come un pendolo morente. Coffey si portò le mani al viso, divaricando le dita della destra, tra le quali si aprirono spazi come quelli fra le sbarre di una prigione. Ora, rispetto a noi, la coda del topo pendeva lateralmente.

Brutal mi si avvicinò. Aveva ancora in mano il rocchetto. «Che cosa crede di fare?»

«Ssst», gli risposi.

Delacroix aveva smesso di strillare. «Ti prego, John», bisbigliò. «Oh, Johnny, aiutalo, ti prego aiutalo, oh *s'il vous plaît.*»

Si unirono a noi Dean e Harry, quest'ultimo con il nostro vecchio mazzo di carte stretto nella mano. «Che cosa succede?» domandò Dean, ma io mi limitai a scuotere la testa. Mi sentivo di nuovo ipnotizzato, dannazione a me.

Coffey accostò la bocca a uno spazio fra due dita e inalò bruscamente. Per un attimo rimase tutto sospeso. Poi staccò la testa dalle mani e io vidi il volto di un uomo vittima di una terribile malattia o di un terribile dolore fisico. Gli occhi gli ardevano come tizzoni, l'arcata superiore dei denti era affondata nel labbro inferiore, la pelle scura aveva acquistato una sfumatura impressionante, come di ceneri mescolate al fango. Produsse un suono strozzato nel fondo della gola.

«Signore Iddio salvaci tu», mormorò Brutal. Pareva che stessero per schizzargli via gli occhi.

«Cosa?» quasi latrò Harry. «*Cosa?*»

«La coda! Non vedi? La *coda*!»

La coda del signor Jingles non era più un pendolo

morente. Guizzava vivace, come la coda di un gatto che si prepara a balzare sull'uccellino. Poi, dalle mani a coppa di Coffey, giunse un riconoscibile squittio.

Coffey emise di nuovo quel singulto gutturale, poi girò la testa di lato come per voler sputare un grumo di catarro rigurgitatosi nella bocca. Esalò invece un nugolo di insetti neri (almeno io credo che fossero insetti e lo stesso dissero gli altri, ma ancora oggi non ne sono sicuro), dalla bocca e dal naso. Gli ribollirono intorno alla testa in una nuvola scura che per qualche istante nascose i suoi lineamenti.

«Cristo, cosa sono quelli?» chiese Dean in una voce resa stridula dalla paura.

«Non è niente», risposi io meccanicamente. «Non abbiate paura, pochi secondi e saranno scomparsi.»

Come già quando Coffey aveva fatto scomparire la mia infezione, gli «insetti» diventarono bianchi e subito dopo si dissolsero nel nulla.

«Che mi prenda un colpo», bisbigliò Harry.

«Paul?» mi chiamò Brutal con un tremito nella voce. «Paul?»

Coffey era ridiventato quello di sempre, ora aveva l'aria di chi è appena riuscito a sputare fuori un boccone che gli era andato di traverso. Si chinò, posò le mani sul pavimento, sbirciò tra le dita, poi le aprì. Ne corse fuori il signor Jingles, assolutamente sano, non una minima stortura nella spina dorsale, non una storpiatura nel corpo e negli arti. Sostò per un istante tra le sbarre della cella di Coffey, poi attraversò di corsa il Miglio Verde e tornò alla cella di Delacroix. Guardandolo passare, notai che aveva ancora i baffi sporchi di sangue.

Delacroix lo raccolse, ridendo e piangendo insieme, coprendo senza vergogna il topolino di baci schioccanti. Dean, Harry e Brutal osservarono la scena ammutoliti dallo stupore. Poi Brutal si avvicinò alle sbarre per porgere il rocchetto colorato. Delacroix non se ne accorse subito, era troppo preso dal signor Jingles. Era come un padre a cui avessero salvato il figlio ormai dato per morto annegato. Brutal gli toccò la spalla con il rocchetto. Delacroix guardò, lo vide, lo prese e tornò a dedicarsi al signor Jingles, lisciandogli il pelo e divorandoselo con gli occhi, dovendo assicurare a se stesso di nuovo e di nuovo che, sì, il topo stava bene, il topo era tutto intero e in perfetta salute.

«Lancialo», lo esortò Brutal. «Voglio vederlo correre.»

«Sta bene, capo Howell, sta bene, il Signore sia ringraziato...»

«Lancialo», ripeté Brutal. «Dammi retta, Del.»

Delacroix si chinò molto malvolentieri. Era chiaro che non gli andava di lasciare il signor Jingles in quel momento, non ancora. Poi, molto dolcemente, fece rotolare il rocchetto, che attraversò la cella, oltrepassò la scatola di sigari e proseguì verso il muro. Il signor Jingles si lanciò all'inseguimento, ma non con la velocità di prima. Zoppicava lievemente, trascinando un po' la zampetta posteriore sinistra, e fu quello il particolare che mi colpì di più: suppongo che rendesse tutto più realistico. Quel leggero zoppicare. Raggiunse comunque il rocchetto e, con l'abilità di sempre, con l'entusiasmo abituale, lo spinse con il naso verso Delacroix. Io mi girai a guardare John Coffey, in piedi alle sbarre della sua cella. Sorrideva. Il suo era un sorriso stanco, che non avrei definito felice, ma era scomparsa dal suo viso quell'urgenza tesa con cui aveva chiesto che gli venisse consegnato il topolino, né c'era più traccia di quella maschera di dolore e paura, come se stesse soffocando. Era di nuovo il nostro John Coffey, con quella sua aria di non essere del tutto presente e quei suoi strani occhi persi in lontananza.

«L'hai aiutato», gli dissi. «Non è vero, ragazzone?»

«Sì», rispose lui. Il sorriso gli diventò per un attimo più sicuro e in quel momento era davvero di felicità. «Ho rimediato. Ho aiutato il topo di Del. Ho aiutato...» S'interruppe, non riuscendo a ricordare il nome.

«Il signor Jingles», lo soccorse Dean. Osservava John con occhi diffidenti, come se si aspettasse di vederlo esplodere in una fiammata o magari librarsi nel vuoto dietro le sbarre.

«Già», fece Coffey. «Il signor Jingles. È un topo da circo. Va a vivere nella mica.»

«Puoi scommetterci il pisellone, che ci andrà», confermò Harry, che si era messo a osservare John Coffey come noi. Alle sue spalle Delacroix era sdraiato sulla branda con il signor Jingles sul petto. Lo sentivamo mugolare, gli stava cantando non so che canzoncina in francese che sembrava una ninna nanna.

Coffey allungò lo sguardo verso il tavolo e la porta del mio ufficio, dalla quale si passava per andare al magazzino. «Il capo Percy è cattivo», disse. «Il capo Percy è malvagio. Ha schiacciato il topo di Del. Ha schiacciato il signor Jingles.»

Poi, prima che qualcuno di noi avesse il tempo di ribattere, posto che ci fosse venuto in mente qualcosa da dire, tornò alla sua branda, si adagiò e si girò su un fianco verso il muro.

3

PERCY ci volgeva le spalle, quando, una ventina di minuti più tardi, io e Brutal entrammo nel magazzino. Aveva trovato un barattolo di lucido per mobili su una mensola sopra la cesta dove riponevamo le nostre divise sporche (e a volte anche i nostri abiti civili; alla lavanderia della prigione si accettava di tutto), e stava lucidando le gambe e i braccioli di legno della sedia elettrica. A voi sembrerà forse una bizzarria, magari anche un po' macabra, ma per me e Brutal era la cosa più normale che Percy avesse fatto in tutta la serata. L'indomani davanti a Old Sparky ci sarebbe stato il suo pubblico e Percy avrebbe almeno dato l'impressione di essere in comando.

«Percy», lo chiamai a bassa voce.

Si voltò e ci guardò, mentre gli moriva sotto il palato il motivetto che stava canticchiando. Non vidi la paura che mi ero aspettato, non subito in ogni caso. Mi resi conto invece che sembrava invecchiato e pensai anche che John Coffey aveva ragione, si vedeva che era cattivo. La cattiveria è come una droga che dà assuefazione e non c'è sulla faccia della terra persona più qualificata di me per sostenerlo. Pensai in quel momento che, dopo un periodo di sperimentazione, Percy ne avesse acquisita la dipendenza. Provava gusto in quel che aveva fatto al topo di Delacroix. Più gusto ancora aveva tratto dalle grida disperate del francese.

«Non rompetemi le palle», ci ammonì in un tono di voce che era quasi bonario. «Dico, ragazzi, era solo un topo. Sapete meglio di me che in questo posto non ci poteva e non ci doveva stare.»

«Il topo sta bene», lo informai. Il cuore mi batteva forte nel petto ma riuscii a parlare in un tono pacato, quasi disinteressato. «Benissimo. Corre, squittisce e va di nuovo a prendere il rocchetto. Ad ammazzare topi sei bravo quanto in tutte le altre cose che fai qui.»

Lui mi fissava attonito. «E ti aspetti che ti creda? L'ho schiacciata, quella bestiaccia. Si è sentito il rumore! Che cosa vieni a raccontarmi...»

«Chiudi il becco.»

Sgranò gli occhi. «*Cosa?* Cosa mi hai detto?»

Avanzai di un passo. Sentivo una vena che mi pulsava al centro della fronte. Non ricordavo l'ultima volta che ero stato così furioso. «Non sei contento che il signor Jingles stia bene? Dopo tutto il parlare che si è fatto di come il nostro compito è di mantenere i prigionieri calmi, specialmente quando si avvicina il loro momento, pensavo che saresti stato contento. Sollevato. Visto che domani Del deve farsi la sua passeggiata e tutto il resto.»

Percy spostò gli occhi da me a Brutal e la sua studiata calma si dissolse in incertezza. «A che razza di gioco credete di giocare, voialtri?» sbottò.

«Nessun gioco, amico mio», gli rispose Brutal. «Tu

pensi che... be', questo è proprio uno dei motivi per cui di te non ci si può fidare. Vuoi sapere la vera verità? Io credo che tu sia un caso umano dei più tristi.»

«Attento a te», lo minacciò Percy. Era comparsa una nota ruvida nella sua voce. Tornava a fare capolino la paura in quel momento, paura di quello che potevamo avere in mente per lui, paura che complottassimo qualcosa ai suoi danni. Mi fece piacere sentirla. Lo avrebbe reso più maneggevole. «Io conosco certa gente. Gente importante.»

«Così vai dicendo, ma sono tante le balle che ti girano per la testa», ribatté Brutal. Sembrava che fosse sul punto di scoppiare a ridere.

Percy lasciò cadere sulla sedia lo straccio con cui la stava lucidando. «Io ho ucciso quel topo», dichiarò, ma la sua voce non suonò molto sicura.

«Allora vai a guardare da te», lo invitai io. «Questo è un Paese libero.»

«Ci vado», rispose lui. «Certo che ci vado.»

Ci passò accanto, mento in fuori, manine (Wharton aveva ragione, erano veramente carucce) ad armeggiare con il pettine. Salì i gradini ed entrò nel mio ufficio. Io e Brutal restammo in compagnia di Old Sparky ad aspettare che tornasse. Non parlammo. Non so Brutal, ma a me non veniva in mente niente da dire. Non sapevo nemmeno come pensare a ciò a cui avevamo appena assistito.

Trascorsero tre minuti. Brutal raccolse lo straccio di Percy e si mise a lucidare le solide assicelle dello schienale. Ebbe tempo di finirne una e cominciare la seconda, prima che Percy riapparisse. Inciampò e quasi cadde scendendo i gradini dall'ufficio e quando venne verso di noi, la sua camminata impettita era diventata irregolare. L'espressione che aveva sul volto era di incredulità assoluta.

«L'avete sostituito», ci accusò con uno stridio nella voce. «Non so come, ma avete scambiato i topi, bastardi. Mi state prendendo in giro e avrete di che pentirvene, se non la piantate! Vi faccio finire a chiedere l'elemosina, se non la piantate! Chi credete di essere?»

S'interruppe dovendo ansimare per riprendere fiato, con i pugni serrati.

«Ti dico io chi siamo», risposi. «Siamo le persone con cui lavori, Percy... anche se non per molto ancora.» Poi gli calai le mani sulle spalle. Non gliele ghermii, ma vi assicuro che gliele afferrai senza mezzi termini.

Percy fece per strapparsele di dosso. «Tira via...»

Brutal gli imprigionò la mano destra, tutta quanta, piccola e morbida e bianca, ingoiata dal suo pugno abbronzato. «Tappati una buona volta quella fogna, figliolo. Se ti resta un briciolo di buonsenso, non ti lasci scappare quest'ultima occasione di sturarti le orecchie.» Lo ruotai, lo sollevai sulla pedana, quindi lo spinsi fino a fargli urtare con le gambe il sedile della sedia elettrica, costringendolo a sedersi. La calma se n'era andata. Erano scomparse anche cattiveria e presunzione. Erano aspetti consistenti della sua natura, ma non bisogna dimenticare che Percy era molto giovane. Alla sua età erano ancora solo una pellicola sottile, come una pennellata di lacca di cattivo gusto. Era ancora possibile grattarla via. E giudicai che Percy fosse finalmente pronto ad ascoltare.

«Voglio la tua parola», gli dissi.

«La mia parola su cosa?» La sua bocca cercava ancora di sogghignare, ma aveva gli occhi pieni di terrore. L'energia elettrica era staccata, nella stanza dell'interruttore, ma il sedile ligneo di Old Sparky aveva un'energia propria e in quel momento ero sicuro che Percy la stesse avvertendo.

«La tua parola che se domani notte ti mettiamo a capo delle operazioni, poi tu te ne vai al Briar Ridge e ci lasci in pace», spiegò Brutal, con un impeto nella voce che non gli avevo mai udito prima. «Che dopodomani chiedi subito il trasferimento.»

«E se non lo faccio? Se do un colpo di telefono a certe persone e gli racconto che mi avete malmenato e minacciato? Che mi avete *seviziato*?»

«Se le tue conoscenze sono al livello che dici tu», gli risposi, «può anche darsi che ci troviamo con il culo a terra. Ma sta' tranquillo che tu ci lascerai la tua brava dose di sangue, Percy.»

«Per un topolino? Bah! Credete che qualcuno abbia a che ridire se ho pestato il topolino di un assassino condannato a morte? Fuori da questo manicomio, intendo?»

«No. Ma tre uomini ti hanno visto impalato con un pollice infilato nel deretano mentre Wild Bill Wharton stava cercando di strangolare Dean Stanton con la catena che aveva ai polsi. E questo è un fatto sul quale c'è molta gente che avrebbe a che ridire, Percy, credimi. Un fatto sul quale avrebbe qualcosa da dire anche il governatore.»

Chiazze rosse affiorarono sulle guance e sulla fronte di Percy. «Pensi che vi crederebbero?» replicò, ma la voce aveva perso molta della sua forza. Era evidente che era *lui* a pensare che qualcuno avrebbe potuto crederci.

E a Percy non piaceva finire nei guai. Violare le regole andava bene. Farsi pescare nell'atto di violarle, no.

«Si dà il caso che abbia scattato qualche foto del collo di Dean, prima che i lividi cominciassero a scolorirsi», lo informò Brutal. Non sapevo se stesse dicendo la verità o se si fosse inventato tutto quanto, ma l'effetto era notevole. «E sai che cosa raccontano quelle foto? Che Wharton ha avuto tutto il tempo di conciarlo ben bene per le feste, prima che qualcuno lo tirasse via, mentre tu eri proprio lì, a mezzo passo da lui, dalla parte buona, dove Wharton non poteva vederti. Avresti da rispondere a qualche domandina un po' difficile, non trovi? E un precedente come questo resta appiccicato a una persona per un bel pezzo. Probabile che ce l'abbia ancora addosso quando i suoi parenti avranno ormai chiuso alla capitale dello Stato e saranno tornati a casa, a bersi mint julep in veranda. Certe volte lo stato di servizio di un uomo riesce a essere molto interessante e c'è un sacco di gente che ha occasione di darci un'occhiata nel corso di una vita.»

Gli occhi di Percy scattarono dall'uno all'altro, rimpiccioliti dalla circospezione. Si lisciò i capelli con la mano sinistra. Non disse niente, ma io pensai che l'avessimo quasi in pugno.

«Coraggio, facciamola finita», lo incalzai. «Tu hai voglia di restare qui quanto noi abbiamo voglia di averti-ci, non è così?»

«Odio questo posto!» proruppe. «Odio come mi trattate, senza darmi mai uno straccio di possibilità!»

Quest'ultima accusa era ben lontana dal vero, ma giudicai il momento inopportuno per discuterne.

«Ma non mi piace nemmeno che gli altri mi facciano

ballare. Mio padre mi ha insegnato che se cominci a lasciar fare, è quasi certo che va a finire che gli altri ti fanno ballare per tutta la vita.» I suoi occhi, non graziosi come le mani ma quasi, balenarono. «Soprattutto non mi piace che a farmi ballare siano degli scimmioni come questo qui.» Girò lo sguardo sul mio vecchio amico e grugnì. «Brutal! Ah, si può ben dire che ti hanno dato il nome giusto.»

«C'è una cosa che devi capire, Percy», dissi io. «Secondo noi, sei tu che stai menando noi e non viceversa. Non facciamo che dirti e ripeterti come funzionano le cose qui dentro e tu continui a fare di testa tua, poi ti nascondi dietro le tue conoscenze politiche quando qualcosa va storto. Schiacciare il topo di Delacroix...» Brutal intercettò i miei occhi e io rettificai in tutta fretta: «...*cercare* di calpestare il topo di Delacroix è un caso tipico. La meni e la meni e la meni e va a finire che a un certo momento noi meniamo te, molto semplice. Ciononostante, se sei furbo, ne puoi uscire più che bene, da bravo giovane in carriera, lindo e profumato come una rosellina. Nessuno saprà mai di questa nostra chiacchieratina. Allora? Fai finta di essere adulto, per una volta. Prometti che dopo Del toglierai le tende».

Ci pensò su e dopo un momento o due gli affiorò qualcosa negli occhi, quella specie di luce che si accende quando si pensa di aver avuto una buona idea. Non mi piacque molto, perché qualunque idea sembrasse buona a Percy non poteva sembrare buona a noi.

«Se non altro», gli fece notare Brutal, «pensa all'immenso piacere di non aver più a che fare con quel sacco di pus di Wharton.»

Percy annuì e io lasciai che si alzasse dalla sedia. Si riaggiustò la camicia della divisa, se la spinse sotto la cintura dietro la schiena, si diede una passata ai capelli con il pettine. Poi ci guardò. «Va bene, d'accordo. Domani sera comando io e dopodomani chiedo il trasferimento per il Briar Ridge. A quel punto dichiariamo pari e patta. Sufficiente?»

«Sufficiente», risposi. C'era ancora quella luce nei suoi occhi, ma lì per lì ero troppo contento per darmene cruccio.

Mi porse la mano. «Una stretta?»

Lo accontentai. Altrettanto fece Brutal.

I due allocchi.

4

Il giorno dopo fu il più afoso e anche l'ultimo di quella inusitata calura ottobrina. Quando arrivai al lavoro, a ovest brontolava il tuono tra nubi scure che si andavano addensando. Si avvicinarono con lo scendere del buio scagliando verso terra folgori azzurrognole. Verso le dieci, quella sera, nella contea di Trapingus ci fu un tornado che uccise quattro persone e strappò il tetto dalla scuderia di Tefton, mentre Cold Mountain fu scossa da feroci temporali e straventi. In seguito mi venne l'idea che il cielo stesso avesse protestato per la brutta morte di Eduard Delacroix.

Cominciò senza intoppi. Del aveva trascorso una giornata tranquilla nella sua cella, giocando ogni tanto con il signor Jingles, ma soprattutto restandosene sdraiato sulla branda a coccolarlo. Un paio di volte Wharton aveva cercato di seminare zizzania e a un certo momento aveva descritto a Del i topoburger che si sarebbero pappati appena lui avesse cominciato a ballare il fox-trot negli androni dell'inferno, ma il piccolo cajun non aveva reagito e Wharton, forse per aver concluso di aver mandato a vuoto la sua cartuccia migliore, aveva rinunciato a tormentarlo.

Alle dieci e un quarto si presentò padre Schuster, che ci deliziò annunciandoci che avrebbe recitato la preghiera del Signore con Del in francese cajun. Sembrò un buon auspicio. In quello naturalmente ci sbagliavamo tutti quanti.

I testimoni cominciarono ad arrivare verso le undici, i più di loro parlando a bassa voce dell'imminente brutto tempo e avanzando ipotesi sulla possibilità che l'esecuzione fosse rimandata per un'improvvisa interruzione nell'erogazione di energia elettrica. Nessuno di loro sapeva che Old Sparky era alimentata da un generatore e che, a meno di un fulmine che ci cadesse direttamente sopra, lo spettacolo sarebbe andato avanti. Quella sera Harry era all'interruttore, così furono lui, Bill Dodge e Percy Wetmore a fungere da uscieri, scortare gli ospiti ai loro posti e chiedere a ciascuno di loro se desiderassero un bicchiere d'acqua fresca. Due erano le donne presenti, la sorella della ragazzina che Del aveva violentato e ucciso e la madre di una delle vittime dell'incendio. Quest'ultima era grossa e pallida e animosa. Disse a Harry Terwilliger che sperava che l'uomo che era venuta a vedere fosse già mezzo morto di paura, che sapesse che si stavano attizzando per lui i fuochi nella fornace e che gli aiutanti di Satana lo stavano aspettando. Poi scoppiò a piangere e si seppellì il volto in un fazzoletto di pizzo che era grande quasi quanto una federa di guanciale.

Un tuono s'infranse con un boato sul tetto, per nulla attutito dalle lamiere. I presenti alzarono gli occhi al soffitto, irrequieti. Uomini che avevano l'aria di star scomodi in giacca e cravatta a quell'ora tarda della sera si asciugarono le floride guance nel caldo torrido magazzino. E naturalmente i loro sguardi tornavano a Old Sparky. Possibile che ci avessero scherzato nei giorni precedenti, ma verso le undici e mezzo di quella sera la voglia di ironia si era esaurita. Ho cominciato il mio racconto osservando che il buonumore si spegneva in un batter d'occhio in coloro che dovevano sedersi su quella sedia di quercia, ma i condannati non erano i soli sul cui volto scompariva il sorriso quando giungeva il momento. C'era un'inquietante spavalderia in quel trono piantato nel bel mezzo della sua pedana con le ganasce sulle gambe, divergenti, a far pensare ai tutori metallici che potresti vedere su una vittima della poliomielite. Si parlava poco e quando echeggiò di nuovo il tuono, secco e circoscritto come lo spaccarsi di un albero, la sorella della ragazza uccisa da Delacroix si lasciò sfuggire un gridolino. L'ultima persona a prendere posto nel settore riservato ai testimoni fu Curtis Anderson in rappresentanza del direttore Moores.

Alle undici e mezzo io mi avvicinai alla cella di Delacroix seguito a un passo da Brutal e Dean. Del era seduto sulla branda con il signor Jingles sulle ginocchia. Il topo protendeva il muso verso il condannato, con gli occhietti fissi in un'espressione rapita. Del accarezzava la testa del signor Jingles, passandogli un dito tra le orecchie. Gli rotolavano sulle guance grosse lacrime silenziose e sembrava che fosse su quelle che il topolino avesse concentrato la sua attenzione. Del alzò la testa al rumore dei nostri passi. Era molto pallido. Percepii, più che vederlo, la presenza di John Coffey dietro di me, in piedi alle sbarre della sua cella, a guardare.

Del trasalì al rumore delle mie chiavi contro il metallo, ma tenne duro, continuando ad accarezzare la testa del signor Jingles, mentre io giravo la chiave nella serratura e facevo scorrere il cancello.

«Salve, capo Edgecombe», mi salutò. «Salve, ragazzi. Di' ciao, signor Jingles.» Ma il topolino continuò a contemplare rapito il volto dell'ometto calvo, come chiedendosi da dove gli scaturivano quelle lacrime. Il rocchetto colorato era stato riposto con cura nella scatola di sigari Corona: riposto per l'ultima volta, pensai io, e provai una fitta.

«Eduard Delacroix, nella mia veste di rappresentante della corte...»

«Capo Edgecombe?»

Pensai di procedere comunque con il mio discorsetto, ma poi cambiai idea. «Che cosa c'è, Del?»

Mi porse il topo. «Prendi. Stacci attento tu. Che non gli succeda niente.»

«Del, non credo che starà con me. Non è...»

«*Mais oui*, lui dice di sì. Lui dice che sa tutto di te, capo Edgecombe, e che tu lo porterai giù in quel posto in Florida, quello dei topolini artisti. Dice che si fida di te.» Allungò ancora di più la mano verso di me e mi venisse un colpo se il topo non mi si arrampicò sulla spalla. Era così leggero che nemmeno riuscivo a sentirlo attraverso la giacca, ma ne avvertivo la presenza, come una piccola zona di calore. «E capo... non lasciare che quell'uomo cattivo gli si avvicini di nuovo. Non lasciare che faccia di nuovo male al mio topo.»

«No, Del, non glielo permetterò.» La mia domanda era piuttosto che cosa avrei dovuto farne in quel momento? Non mi ci vedevo a passare davanti ai testimoni scortando Delacroix con un topolino sulla spalla.

«Lo prendo io, capo», mormorò una voce cupa alle mie spalle. Era la voce di John Coffey e c'era qualcosa di inquietante nel modo in cui la sua offerta era giunta così puntuale, nemmeno mi avesse letto nel pensiero. «Solo per adesso. Se sta bene a Del.»

Del annuì risollevato. «Sì, prendilo tu, John, giusto il tempo di far fuori questa scemata. *Bien!* Dopodiché...» Il suo sguardo tornò a Brutal e a me. «Dovete portarlo giù in Florida. A Topolinia.»

«Sì, è molto probabile che io e Paul lo faremo insieme», lo rassicurò Brutal osservando con una certa apprensione il signor Jingles che scendeva dalla mia spalla per salire sull'enorme mano protesa di Coffey. Il topo lo fece senza rimostranze, senza dar segno di voler scappare. Si arrampicò anzi prontamente su per il braccio di John Coffey come quando mi era salito sulla spalla. «Ci prendiamo qualche giorno dalle nostre ferie, non è vero, Paul?»

Io annuii. Annuì anche Del, con gli occhi luminosi e una traccia di sorriso sulle labbra. «Dieci centesimi per gli adulti e due per i bambini, dico bene, capo Howell?»

«È così, Del.»

«Tu sei un brav'uomo, capo Howell», dichiarò. «Anche tu, capo Edgecombe. Qualche volta mi gridi dietro, *oui*, ma solo se ci sei costretto. Siete tutti brava gente tolto quel Percy. Peccato che non ho potuto conoscervi da qualche altra parte. *Mauvais temps, mauvais chance.*»

«Ho qualcosa che devo dirti, Del», ripresi allora io.

«Sono solo parole che devo dire a tutti prima di andare di là. Non è niente di importante, ma fa parte del mio mestiere. D'accordo?»

«*Oui m'sieur*», rispose lui e guardò per l'ultima volta il signor Jingles, sulla spalla possente di John Coffey. «*Au revoir, mon ami*», lo salutò mettendosi a piangere più forte. «*Je t'aime, mon petit.*» E gli mandò un bacio. Avrebbe potuto essere buffo, quel bacio soffiato al topo, o forse grottesco, ma non fu così. Incrociai per un istante lo sguardo con quello di Dean, poi dovetti distogliere gli occhi. Dean si girò dalla parte della cella di isolamento e fece un sorriso strano. Credo che fosse sull'orlo delle lacrime. Quanto a me, recitai la mia breve allocuzione cominciando con l'investitura che mi era data dall'autorità giudiziaria. Quand'ebbi finito, Delacroix uscì dalla sua cella per l'ultima volta.

«Un secondo», lo fermò Brutal e gli controllò il culmine della testa pelata, dove sarebbe stata applicata la calotta. Mi rivolse un cenno, poi batté la mano sulla spalla di Del. «Tutto a posto. Andiamo pure.»

Così Eduard Delacroix compì la sua ultima passeggiata lungo il Miglio Verde con rivoletti di pianto misto a sudore che gli scorrevano sulle guance e potenti rombi di tuono nel cielo. Brutal scortava il condannato sulla sinistra, io ero a destra e Dean chiudeva il corteo.

Schuster era nel mio ufficio, dove Ringgold e Battle montavano di guardia negli angoli. Schuster sorrise a Del, poi gli si rivolse in francese. Suonò un po' stentato alle mie orecchie, il suo francese, ma ebbe un effetto miracoloso. Del contraccambiò il sorriso, andò verso Schuster, gli passò le braccia intorno alla schiena, lo abbracciò. Vidi la tensione salire in Ringgold e Battle, ma alzai le mani e scossi la testa.

Schuster ascoltò lo sproloquio singhiozzante di Del, tutto in francese, annuì come se capisse alla perfezione e lo confortò con una mano sulla schiena. Mi guardò da sopra la spalla dell'ometto e disse: «Non capisco un quarto di quello che dice».

«Non credo che abbia importanza», borbottò Brutal.

«Nemmeno io, figliolo», rispose Schuster con un sorriso. Schuster era il migliore e ora che ne parlo mi rendo conto di non avere idea di che fine abbia fatto. Spero che abbia conservato la sua fede, comunque gli sia andata.

Invitò Delacroix a inginocchiarsi, poi congiunse le mani. Delacroix fece lo stesso.

«*Not' Père, qui êtes aux cieux*», cominciò Schuster e Delacroix si unì a lui. Recitarono insieme il Padre Nostro in quelle liquide inflessioni che ha il francese cajun, fino a «*mais déliverez-nous du mal, ainsi soit-il*». A quel punto gli occhi di Del avevano quasi smesso di lacrimare e la sua espressione era più serena. Seguirono alcuni versetti della Bibbia (in inglese), non escluso il vecchio cavallo di battaglia sulle acque calme. Fatto questo, Schuster iniziò a rialzarsi, ma Del lo trattenne per la manica e gli mormorò qualcosa in francese.

Schuster ascoltò con attenzione, corrugando la fronte. Poi gli rispose. Del aggiunse qualcos'altro, quindi lo contemplò con ansia in silenzio.

Schuster si girò verso di me. «Avrebbe ancora qualcosa», mi spiegò. «Una preghiera per la quale io non lo posso aiutare per via del mio credo. Niente in contrario?»

Io controllai l'orologio alla parete e vidi che mancavano diciassette minuti a mezzanotte. «No», risposi, «ma bisogna che si sbrighi. Abbiamo dei tempi da rispettare, come sa.»

«Sì, certo.» Rivolse un cenno d'esortazione a Delacroix.

Del chiuse gli occhi come per pregare, ma per un momento non aprì bocca. La fronte gli s'increspò e a me parve di vederlo sondare nei recessi della mente, come frugando in un piccolo solaio alla ricerca di un oggetto che non si è usato, o di cui non si è avuto bisogno, per molto, molto tempo. Tornai a guardare l'orologio e quasi dissi qualcosa. L'avrei fatto, se Brutal non mi avesse pizzicato una manica scuotendo la testa.

Poi Del cominciò, parlando sottovoce ma in fretta in quel dialetto cajun che era arrotondato e morbido e sensuale come il seno di una giovane donna: «*Marie! Je vous salue, Marie, oui, pleine de grâce; le Seigneur est avec vous; vous etes bénie entre toutes les femmes et mon cher Jésus, le fruit de vos entrailles, est béni*». Piangeva di nuovo, ma non credo che lo sapesse. «*Sainte Marie, ma mère, Mère de Dieu, priez pour moi, priez pour nous, pauv' pécheurs, maint'ant et à l'heure... l'heure de notre mort. L'heure de mon mort.*» Fremette nel trarre un respiro profondo. «*Ainsi soit-il.*»

Nel momento in cui Delacroix si alzò un fulmine illuminò la stanza dall'unica finestra invadendola di un breve bagliore bianco, appena tinto di celeste. Tutti reagirono in maniera inconsulta, all'infuori di Del: sembrava ancora perso nella sua vecchia preghiera. Allungò una mano, senza guardare dove la stava mettendo. Brutal gliela prese e gliela strinse per un attimo. Delacroix lo guardò e accennò un sorriso. «*Nous voyons...*» cominciò e subito si fermò. Con uno sforzo cosciente tornò all'inglese. «Ora possiamo andare, capo Howell, capo Edgecombe. Sono a posto con Dio.»

«Benissimo», commentai, domandandomi quanto a posto con Dio si sarebbe sentito di lì a venti minuti, quando si fosse trovato dall'altra parte della scarica elettrica. Mi auguravo che la sua ultima invocazione fosse stata ascoltata e che la Vergine Maria stesse pregando per lui con tutto il cuore e tutta l'anima, perché Eduard Delacroix, violentatore e assassino, in quel preciso istante aveva bisogno di tutte le raccomandazioni su cui potesse mettere le mani. Un tuono scudisciò di nuovo il cielo. «Vieni, Del. Ancora pochi passi.»

«Sicuro, capo, sicuro. Perché ora non ho più paura.» Così disse, ma io vidi nei suoi occhi che, Padre Nostro o non Padre Nostro, Ave Maria o non Ave Maria, stava mentendo. Quando viene il momento di percorrere l'ultimo tratto di pavimento verde e abbassare la testa per passare nella porticina, quasi tutti hanno paura.

«Fermati in fondo ai gradini, Del», gli sussurrai mentre scendeva, ma le mie parole erano state inutili. Si fermò eccome, in fondo ai gradini, si fermò di colpo, e a fermarlo fu la vista di Percy Wetmore vicino alla piattaforma, con il secchiello della spugna a un piede e il telefono diretto con l'ufficio del governatore appena visibile dietro il fianco destro.

«*Non*», mormorò con la voce tesa dall'orrore. «*Non, non*, non lui!»

«Vai», lo esortò Brutal. «Tieni gli occhi su di me e Paul e dimenticati di lui.»

«Ma...»

Gli spettatori si erano girati a guardarci, ma spostandomi leggermente riuscii a tenere Delacroix per il gomito sinistro rimanendo nascosto. «Forza», lo incitai in un tono di voce che potessero sentire solo lui e forse Brutal. «L'unica cosa che queste persone ricorderanno di te è come ci vai, quindi vedi di fare bella figura.»

Fu in quell'attimo che vibrò sopra di noi il più fragoroso schiocco di tuono di quella sera, così forte da far tremare il tetto di lamiere del capannone. Percy spiccò un balzo come se qualcuno gli avesse strizzato i testicoli e Del fece una risatina sprezzante che risonò come un grugnito. «Ne viene uno un po' più forte e se la fa di nuovo nelle mutande», commentò. Poi squadrò le spalle, nei limiti di quel tanto di spalle che aveva da squadrare, e disse: «Coraggio, facciamola fuori».

Andammo alla pedana. Mentre camminavamo, Delacroix occhieggiò nervoso i testimoni, venticinque, quella volta, ma io, Brutal e Dean tenemmo il nostro sguardo esperto fisso sulla sedia. A me sembrava che tutto fosse in ordine. Alzai un pollice e insieme inarcai un sopracciglio interrogativo, al che Percy reagì torcendo un lato della bocca, come a ribattere: Come sarebbe, se è tutto in ordine? Certo che lo è.

Sperai che avesse ragione.

Quando fummo alla pedana, io e Brutal ci preparammo automaticamente a sostenere i gomiti di Delacroix. Era un dislivello di non più di una ventina di centimetri, ma è incredibile quanti di loro, anche fra i più coriacei e con un palmo di pelo sullo stomaco, hanno bisogno di aiuto per quell'ultimo gradino da salire nella loro vita terrena.

Del però se la cavo bene. Sostò per un momento davanti alla sedia (evitando risolutamente di guardare Percy), quindi le parlò, rivolgendosi direttamente a lei come per presentarsi. «*C'est moi*», disse. Percy si mosse per prenderlo, ma Delacroix si girò per conto suo e si sedette. Io mi inginocchiai su quello che ora era il suo lato sinistro e Brutal si inginocchiò alla sua destra. Mi protessi l'inguine e la gola nel modo che ho già descritto, poi ruotai la ganascia sulla gamba bianca e magra del cajun, appena sopra la caviglia. Muggì il tuono e mi fece saltare. Mi colò sudore in un occhio, che prese a bruciarmi. Topolinia, continuavo a pensare per non so quale motivo. Topolinia, e il costo del biglietto, dieci centesimi. Due per i bambini, che avrebbero osservato i numeri del signor Jingles attraverso finestre di mica.

La ganascia si era inceppata e non riuscivo a chiuderla. Sentivo Del che, sforzandosi di rintuzzare il cuore devastato dalla paura, respirava a grandi boccate, riempiendosi i polmoni che di lì a meno di quattro minuti si sarebbero ridotti a due sacchetti carbonizzati. Che avesse ucciso una mezza dozzina di persone sembrava in quel momento l'aspetto di lui meno significativo. Non sto cercando di esprimere concetti su bene e male; racconto solo com'era.

Dean si abbassò al mio fianco. «Che c'è, Paul?» domandò in un bisbiglio.

«Non riesco...» cominciai io e in quel mentre la ganascia si chiuse con uno scatto sonoro. Dovevo avergli anche pizzicato un lembo di pelle, perché Delacroix contrasse il viso e mandò un sibilo sommesso. «Scusa», mormorai.

«Di niente, capo», rispose Del. «Farà male solo per un minuto.»

Brutal era dalla parte della ganascia con l'elettrodo, che richiede sempre un po' di tempo in più, così che ci rialzammo tutti e tre insieme, quasi in perfetta sincronia. Allora Dean si occupò della ganascia del braccio sinistro di Del e Percy di quella a destra. Ero pronto a farmi avanti se Percy avesse avuto bisogno di assistenza, ma se la cavò con il braccio meglio di quanto fossi riuscito io con la caviglia. Ora vedevo Del che tremava dalla testa ai piedi, come se già fosse percorso da una corrente a bassa tensione. Sentivo anche il suo sudore. Era acido e forte e mi ricordava l'odore di una bagna leggera per sottaceti.

Dean fece un cenno a Percy. Percy girò la testa sulla spalla (mi lasciò vedere il punto, poco sotto il profilo del mento, dove quel giorno si era tagliato facendosi la barba) e con una voce bassa ma ferma ordinò: «Vai con la uno!»

Si udì un ronzio, un rumore simile a quello di un vecchio frigorifero quando entra in funzione, e le lampade del capannone brillarono più intense. Affiorarono sospiri trattenuti e mormorii nel pubblico. Del sobbalzò sulla sedia, stringendo le mani in fondo ai braccioli di quercia così forte da sbiancarsi le nocche. Gli occhi gli viaggiavano frenetici nelle orbite da una parte all'altra e la sua respirazione roca diventò concitata. Ora stava quasi ansimando.

«Buono», mormorò Brutal. «Buono, Del, stai andando forte. Tieni duro, che vai bene.»

Ehi, ragazzi! pensai io. Venite a vedere che cosa sa fare il signor Jingles! E sopra di noi tuonò di nuovo.

Con tutta la solennità del caso, Percy si portò di fronte alla sedia elettrica. Era il suo grande momento, era al centro del palcoscenico, con tutti gli occhi addosso. Tutti, per la precisione, all'infuori di due. Delacroix vide chi era e abbassò lo sguardo in grembo. Ero così sicuro che al momento di pronunciarle sul serio Percy avrebbe ingarbugliato le parole, che ci avrei scommesso, invece le scandì tranquillo senza indecisioni, con una pacatezza quasi innaturale.

«Eduard Delacroix, sei stato condannato a morire sulla sedia elettrica secondo il verdetto di una giuria di tuoi pari e la sentenza di un probo giudice di questo Stato. Dio salvi il popolo di questo Stato. Hai niente da dire prima che la sentenza sia eseguita?»

Del cercò di parlare e sulle prime non gli uscì nulla dalla bocca, se non una vocalizzazione sfibrata dal terrore. L'ombra di un sorriso di disprezzo toccò gli angoli della bocca di Percy e in quell'istante avrei potuto spargli con gioia in piena faccia. Poi Del si passò la lingua sulle labbra e riprovò.

«Sono pentito per quello che ho fatto», dichiarò. «Darei qualunque cosa per portare indietro le lancette dell'orologio, ma nessuno lo può fare. Così ora...» Il tuono esplose come un colpo di mortaio. Del si staccò dalla sedia per quanto gli era concesso dalle ganasce, con gli occhi che gli danzavano nella faccia lucida di sudore. «Così ora ne pago il prezzo. Dio mi perdoni.» Si passò di nuovo la lingua sulle labbra e guardò Brutal. «Non dimenticate la vostra promessa per il signor Jingles», mormorò in un volume di voce che doveva essere riservato a noi due soli.

«Non ci dimenticheremo, non temere», lo rassicurai, battendogli la mano fredda come argilla. «Andrà a Topolinia...»

«Cazzate», ringhiò Percy dall'angolo della bocca, come un vecchio galeotto, mentre stringeva la cinghia intorno al torace di Delacroix. «Topolinia non esiste, è una balla che si sono inventati questi qui per tenerti buono. Pensavo avessi mangiato la foglia, finocchio.»

Il dolore che apparve negli occhi di Del mi disse che sotto sotto aveva capito... ma che, se gli fosse stato concesso, avrebbe impedito alla verità di emergere. Guardai Percy, allibito e furente, e lui sostenne serafico il mio sguardo, come a chiedermi che cosa avessi intenzione di fare. E mi aveva incastrato, naturalmente. Non c'era niente che potessi fare, non davanti ai testimoni, non con Delacroix seduto sull'ultimo ciglio della vita. Non c'era nient'altro da fare che andare avanti, finirlo.

Percy staccò il cappuccio dal gancio e lo srotolò sulla testa di Del, e lo tese ben bene sotto il mento sporgente dell'ometto per dilatare il foro in cima. L'operazione seguente era l'introduzione nella calotta della spugna che si trovava nel secchio e fu qui che Percy si scostò per la prima volta dalla norma: invece di chinarsi a prelevare la spugna dal secchio, tolse la calotta di metallo da dietro la sedia e si piegò sul secchio tenendola tra le mani. Invece di avvicinare la spugna alla calotta, in altre parole, che sarebbe stato il modo naturale per introdurla, abbassò la calotta verso la spugna. Avrei dovuto capire che c'era qualcosa che non andava, ma ero troppo sconvolto. Fu l'unica esecuzione alla quale presi parte con la sensazione di essere del tutto impotente. Quanto a Brutal, non guardò mai Percy, né quando Percy si chinò sul secchio (spostandosi in maniera da nasconderci che cosa stava facendo), né quando si rialzò e si girò verso Del con la calotta in mano e il disco scuro della spugna già inserito. Brutal stava guardando la stoffa che celava il volto di Del, guardava come la seta nera veniva risucchiata delineando il cerchio della bocca aperta di Del e subito dopo si gonfiava del suo fiato. C'erano grosse gocce di sudore sulla fronte di Brutal, e altre ne aveva sulle tempie, poco sotto l'attaccatura dei capelli. Non lo avevo mai visto sudare a un'esecuzione. Dietro di lui Dean aveva l'aria turbata e la faccia di uno che sta male, come se lottasse per non rimettere la cena. Tutti avevamo sentito che c'era qualcosa di storto, ora lo so. Ma nessuno di noi riuscì ad andare oltre una sensazione sgradevole. Nessuno era a conoscenza, non in quel momento, delle domande che Percy aveva rivolto a Jack Van Hay. Erano state molte, ma ho il sospetto che perlopiù fossero diversivi. Ciò che Percy aveva voluto sapere, l'unica cosa che Percy aveva voluto sapere, credo, era come funzionava la spugna. Lo scopo della spugna. Perché veniva inzuppata di soluzione salina... e che cosa sarebbe accaduto se non fosse stata inzuppata.

Che cosa sarebbe accaduto se la spugna fosse stata asciutta.

Percy calò la calotta sulla testa di Del. L'ometto trasalì e gemette di nuovo, questa volta più forte. Alcuni degli spettatori si mossero a disagio sulle seggiole pieghevoli. Dean avanzò di mezzo passo con l'intenzione di aiutare ad allacciare la cinghia sotto il mento, ma Percy lo respinse con un gesto brusco della mano. Dean ubbidì, incassando un po' la testa nelle spalle e facendo una smorfia all'eco di un altro tuono che scosse tutta la costruzione. Questa volta al boato seguirono i primi rintocchi di pioggia sul tetto. Erano scrosci violenti, il rumore di manciate di noccioline scagliate contro un'asse per lavare.

Avete sentito l'espressione «mi si è gelato il sangue», vero? Ne sono certo. È capitato a tutti di sentirla, ma l'unica volta in tanti anni di vita in cui ho provato netta quella sensazione fu in quella notte tempestosa dell'ottobre 1932, a mezzanotte e dieci. Non fu per l'espressione di crudele trionfo sul viso di Percy Wetmore quando si allontanò dall'uomo incappucciato e legato a Old Sparky; fu per qualcosa che avrei dovuto vedere e che invece non vedevo. Non c'era acqua a colare sul collo di Del da sotto la calotta. Fu allora che finalmente capii.

«Eduard Delacroix», stava dicendo Percy, «ora ti verrà fatta passare elettricità nel corpo fino al sopraggiungere della morte, secondo la legge dello Stato.»

Spostai gli occhi su Brutal in preda a un dolore al confronto del quale l'infezione urinaria sarebbe sembrata non più di una scorticatura a un dito. *La spugna è asciutta!* formulai con la bocca, ma lui scosse la testa senza capire e tornò a osservare la maschera sulla faccia del francese, che veniva risucchiata e spinta in fuori dagli ultimi respiri del condannato.

Allungai la mano verso il braccio di Percy, ma lui si sottrasse rivolgendomi un'occhiata vitrea. Fu uno sguardo solo fuggevole, ma mi rivelò tutto. Più tardi avrebbe raccontato le sue bugie e le sue mezze verità e perlopiù sarebbe stato creduto dalle persone che contavano, ma io conoscevo una storia molto diversa. Percy era un ottimo allievo quando doveva fare qualcosa che gli stava a cuore, era una caratteristica che gli avevamo scoperto durante le prove, quindi aveva ascoltato con attenzione quando Jack Van Hay gli aveva spiegato che la spugna impregnata di soluzione salina conduceva l'elettricità, la incanalava in una sorta di proiettile elettrico, diritto al cervello. Oh sì, Percy sapeva benissimo che cosa stava facendo. Penso di avergli creduto quando, più tardi, sostenne di non aver avuto idea della vastità delle conseguenze, ma sarebbe questa un'attenuante da trascrivere nella colonnina delle buone intenzioni? Io non trovo. Fatto sta che, salvo mettermi a gridare davanti al vicedirettore e a tutti i testimoni per impedire a Jack Van Hay di abbassare l'interruttore, avevo le mani legate. Altri cinque secondi e, chissà, forse avrei urlato a Jack di fermarsi, ma Percy non me li concesse.

«Che Dio abbia pietà della tua anima», disse all'uomo terrorizzato che ansimava sulla sedia elettrica, poi girò la testa verso la reticella rettangolare, dove c'erano Harry e Jack, Jack con la mano sull'interruttore con la scritta ASCIUGACAPELLI DI MABEL. Alla destra della finestrella c'era il medico, con gli occhi fissi sulla borsa nera che aveva tra i piedi, più silenzioso e schivo che mai. «Vai con la due!»

Cominciò come tutte le altre volte, con il ronzio un po' più intenso di quello precedente, ma non molto, e l'inarcarsi spasmodico del corpo di Del.

Poi tutto cominciò ad andare alla malora.

Il ronzio diventò discontinuo. A esso si accompagnò un crepitio, come di cellofan che viene schiacciato. Sentii un odore orribile, nel quale non identificai bruciare di capelli e di spugna finché non vidi fili di fumo azzurro uscire dai bordi della calotta. Altro fumo saliva dall'apertura sulla sommità, dove entrava il cavo; sembrava il fumo che esce dalla cima di una tenda indiana.

Delacroix cominciò a dimenarsi e divincolarsi, agitando in scatti violenti la testa incappucciata, da una parte all'altra, come per un reciso rifiuto. Prese a pompare con le gambe, potendole muovere solo di pochi centimetri, impastoiate com'erano dalle ganasce intorno alle caviglie. Il cielo tuonò e la pioggia prese a cadere più forte.

Guardai Dean Stanton. Lui mi fissò con gli occhi sgranati. Da sotto la calotta giunse un botto ovattato, come un nodo di pino che esplode nel caminetto acceso, e allora vidi il fumo filtrare anche attraverso la maschera in riccioli sottili.

Mi lanciai verso la finestrella protetta dalla rete metallica ma prima che potessi aprire bocca, Brutus Howell mi afferrò per un braccio. La stretta violenta mi fece riverberare i nervi. Era bianco come cera, ma non in preda al panico, nemmeno in prossimità di una crisi di panico. «Non dire a Jack di fermarsi», mi ammonì a voce bassa. «Qualunque cosa, ma non farlo fermare. È troppo tardi.»

All'inizio, quando Del cominciò a gridare, i testimoni non lo udirono. La pioggia che batteva sul tetto di lamiera si era fatta fragorosa e i tuoni si susseguivano ormai senza interruzione. Coloro di noi che si trovavano sulla piattaforma, però, lo udirono fin troppo bene: singulti di dolore che scaturivano da sotto il cappuccio fumante, versi che avrebbe potuto fare un animale intrappolato e mutilato da un pressafieno.

Ora il ronzio della calotta era più scomposto che mai,

rotto da scariche che sembravano i disturbi di una radio mal sintonizzata. Delacroix prese a sbattere la schiena contro la sedia come un bambino con una crisi convulsiva, facendo vibrare tutta la pedana. Ogni volta che si sporgeva in avanti, tendeva la cinghia di cuoio da farla quasi strappare. La corrente lo spingeva anche a torcersi da una parte e dall'altra e a un certo momento udii uno schiocco nella sua spalla destra, forse per una frattura o una lussazione. Il rumore faceva pensare a una martellata su una cassa di legno. Il tessuto dei calzoni fra le gambe, per quel poco che si riusciva a vedere di sfuggita dato il pestare frenetico dei piedi, si scurì. Poi Delacroix cominciò a squittire, versi terribili, striduli, versi di topo, strilli straziati che superarono lo scroscio della pioggia.

«Che cosa diavolo gli sta succedendo?» esclamò qualcuno.

«Ma quelle ganasce terranno?»

«Dio, che *puzzo*! Puà!»

Poi, una delle donne: «Ma è normale?»

Delacroix si catapultava in avanti, ricadeva all'indietro, si catapultava in avanti, ricadeva all'indietro. Percy lo fissava a bocca aperta, pieno di orrore. Si era aspettato *qualcosa*, questo sì, ma niente del genere.

La seta s'infiammò sulla faccia di Delacroix. All'odore dei capelli e della spugna che bruciavano si aggiunse ora quello delle sue carni arrosto. Brutal prese il secchio della spugna, che ora era vuoto, naturalmente, e si precipitò al lavabo di servizio nell'angolo del capannone.

«Non dovrei togliere la corrente, Paul?» mi gridò Van Hay attraverso la reticella. La voce era quella di un uomo con i nervi a pezzi. «Non dovrei...»

«No!» gli urlai io. Brutal lo aveva capito per primo, ma io non ci avevo messo molto a raggiungerlo: dovevamo finirla. Qualunque altra cosa avessimo fatto per il resto della nostra vita sarebbe stato secondario a quell'unico comandamento: dovevamo finire Delacroix. «Falla andare, perdio! Falla andare, falla andare, falla andare!»

Mi girai verso Brutal, ignaro in quel momento delle persone che parlavano dietro di noi, alcune balzate in piedi, due o tre che strillavano. «*Fermo!*» gli gridai. «*Niente acqua! Niente acqua! Sei impazzito?*»

Brutal ruotò su se stesso e sul suo viso si disegnò un'espressione di stordita comprensione. Gettare acqua su un uomo che veniva folgorato. Ah, buona questa, veramente astuta. Si guardò intorno, vide l'estintore appeso alla parete e si buttò da quella parte. Bravo ragazzo.

La maschera sulla faccia di Delacroix si era parzialmente consumata e ora lasciava vedere una parte dei lineamenti, più neri di quelli di John Coffey. Gli occhi, ridotti a informi grumi di gelatina bianchiccia, gli erano esplosi dalle orbite e gli pendevano sugli zigomi. Le ciglia erano scomparse e sotto il mio sguardo le palpebre presero fuoco e cominciarono a bruciare. Uno sbuffo di fumo scaturì dalla scollatura della camicia, poi anche quella s'incendiò. E il ronzio dell'elettricità non smetteva mai, mi riempiva la testa, me la faceva vibrare. Credo che sia il suono che sentono i matti, e se non è quello, ci assomiglia molto.

Dean si protese, avendo avuto l'idea balzana di poter spegnere la camicia di Del con le nude mani, e io lo strappai via, facendolo quasi cadere. Toccare Delacroix in quel momento sarebbe stato come mettere un piede nel catrame appena steso. Catrame fresco percorso da corrente elettrica nel nostro caso.

Non mi ero girato a vedere che cosa stava accadendo alle mie spalle, ma doveva essere scoppiato un pandemonio, le seggiole cascavano, gli spettatori urlavano, una donna strillava: «*Basta, basta, oh, ma non vedete che non ne può più?*» Curtis Anderson mi afferrò per una spalla e mi chiese che cosa stava succedendo, Dio del cielo, che cosa stava succedendo, e perché non davo ordine a Jack di spegnere?

«Perché non posso» gli risposi. «Siamo troppo avanti per fermarci ora, non capisci? Comunque sarà tutto finito in pochi secondi.»

Ma ci vollero almeno due minuti prima che finisse, i due minuti più lunghi di tutta la mia vita, e credo che per quasi tutto quel tempo Delacroix rimase cosciente. Gridò e si dimenò come un matto, cacciò fumo dalle narici e dalla bocca che gli era diventata viola scuro come una susina matura. Fumo gli si levava anche dalla lingua, come quello che sprigiona una griglia rovente. I bottoni della sua camicia erano o scoppiati o fusi. La maglietta che portava sotto la camicia non arrivò a incendiarsi, ma gli si carbonizzò addosso emettendo altro fumo, al quale si mescolò l'odore dei peli del suo torace che andavano arrosto. Dietro di noi gli spettatori si accalcavano sulla porta come una mandria di bovini impazziti. Naturalmente, visto che eravamo in un carcere, non potevano uscire, cosicché potevano solo schiacciarvisi contro mentre Delacroix friggeva (*Sto friggendo*, aveva esclamato Toot quando avevamo fatto le prove generali per Arlen

Bitterbuck, *mi tacchinano!*) e i tuoni rombavano e la pioggia scrosciava dal cielo con tutta la furia del mondo.

A un certo momento mi ricordai del medico e lo cercai con lo sguardo. Era ancora al suo posto, ma accartocciato per terra vicino alla sua borsa nera. Era svenuto.

Tornò Brutal con l'estintore. «Non ancora», lo trattenni.

«Lo so.»

Cercammo Percy e lo ritrovammo ora quasi del tutto dietro lo schienale di Old Sparky, impietrito, con gli occhi strabuzzati e una nocca imprigionata tra i denti.

Poi finalmente Delacroix si accasciò sulla sedia, posandosi su una spalla il volto gonfio e deforme. Sussultava ancora, ma era un fenomeno che conoscevamo, era dovuto alla corrente che lo attraversava. La calotta gli si era messa di sghimbescio sulla testa, ma più tardi, quando gliela togliemmo, con essa vennero via gran parte del cuoio capelluto e di quel poco di capelli che gli restavano, appiccicati al metallo come se qualcuno l'avesse spennellato di un potente adesivo.

«Chiudi!» urlai a Jack quando furono trascorsi trenta secondi senza che nella massa nera e irriconoscibile che ballava sulla sedia elettrica avessi visto altro che gli spasmi dovuti all'elettricità. Il ronzio cessò immediatamente e io rivolsi un cenno a Brutal.

Brutal si girò e sbatté l'estintore tra le braccia di Percy facendogli quasi perdere l'equilibrio, a rischio di cascare dalla pedana. «Fai tu», lo invitò. «Sei tu che dirigi l'orchestra stasera, no?»

Lo sguardo che gli rivolse Percy era insieme da mentecatto e da assassino. Poi armò l'estintore, lo pompò, lo inclinò e sparò un enorme fiotto di schiuma bianca sul condannato. Nel momento in cui il getto colpiva Del al volto, gli vidi muoversi un piede, un solo scatto, brusco, e pensai: Oh no, ci tocca dargliene ancora, ma fu quello il suo ultimo spasmo.

Anderson si era messo a gridare ai testimoni atterriti che era tutto sotto controllo, tutto a posto, era stato solo un improvviso aumento della tensione a causa della tempesta elettrica, niente di cui preoccuparsi. Avanti di quel passo e avrebbe sostenuto che l'odore che avevano sentito, quella diabolica mistura di capelli bruciati, carne fritta e feci sfornate di fresco dall'ano croccante di Eduard Delacroix, era Chanel n. 5.

Mentre la schiuma dell'estintore finiva ordinai a Dean di prendere lo stetoscopio del medico. Ormai Delacroix era ricoperto di bianco e il tanfo che emanava veniva coperto da un odore chimico, amarognolo e più penetrante.

«Dottore... dovrei...»

«Lascialo perdere, prendigli lo stetoscopio e basta», tagliai corto. «Facciamola finita... portiamolo via da qui.»

Dean annuì. I concetti di «finito» e «via da qui» erano di suo profondo gradimento. A lui e anche a me. Aprì la borsa e cominciò a frugarci dentro. Intanto il medico aveva cominciato a muoversi di nuovo, quindi non aveva subito un infarto e non gli erano scoppiate le coronarie. Era un bene. Ma non lo era il modo in cui Brutal stava guardando Percy.

«Vai giù nel tunnel e aspetta vicino alla lettiga», ordinai.

Percy deglutì a vuoto. «Paul, ascolta, io non sapevo...»

«Taci. Scendi nel tunnel e aspetta alla lettiga. Ora.»

Lui deglutì di nuovo, fece una smorfia come se avesse provato dolore, poi si avviò alla porta dalla quale si scendeva nel sottopassaggio. Teneva fra le braccia l'estintore vuoto come un neonato. Dean lo incrociò tornando da me con lo stetoscopio. Glielo strappai di mano e me lo applicai nei padiglioni delle orecchie. Lo avevo già fatto sotto le armi ed è come andare in bicicletta, una di quelle cose che non si dimenticano.

Ripulii il petto di Delacroix dalla schiuma, poi dovetti ricacciare indietro un fiotto di vomito, quando una larga sezione di pelle scivolò via dai tessuti sottostanti proprio come si staccherebbe la pelle di un... be', lo sapete anche voi, un tacchino ben cotto.

«Oh mio Dio!» singhiozzò alle mie spalle una voce che non riconobbi. «Ma è sempre così? Perché nessuno mi ha avvertito? Non sarei mai venuto!»

Troppo tardi ora, amico mio, pensai io. «Portate via quest'uomo», comandai a Dean, o Brutal, o chiunque fosse a portata di orecchio. Ma non parlai subito, aspettai di essere sicuro di poter aprir bocca senza rigettare nel grembo fumante di Delacroix. «Via tutti, raggruppateli vicino all'uscita.»

Mi feci forza al meglio, poi applicai il disco dello stetoscopio sulla zona di carni scorticate, rosse e nere, al centro del torace di Del. Ascoltai, scongiurando di non udire nulla e fu esattamente ciò che udii. Nulla.

«È morto». riferii a Brutal.

«Grazie a Dio.»

«Già, grazie a Dio. Tu e Dean prendete la barella. Liberiamolo e portiamolo via di qui di corsa.»

5

TRASPORTAMMO il cadavere giù per i dodici scalini e lo adagiammo sulla lettiga senza incidenti. Il mio incubo era che, mentre lo portavamo giù, le sue carni abbrustolite si staccassero dalle ossa (mi si era inchiodato nel cervello il tacchino di Toot) ma naturalmente non accadde niente di così terrificante.

Curtis Anderson era rimasto di sopra a tener buoni gli spettatori, o per meglio dire a cercare di tenerli calmi, e fu un bene per Brutal, perché così Anderson non fu presente quando avanzò di scatto al di là della lettiga e portò il braccio all'indietro con l'intenzione di colpire Percy, che lo guardava immobile, con un'aria stordita. Intercettai il pugno e ciò fu un bene per entrambi Brutal e Percy. Fu un bene per Percy perché Brutal aveva caricato nel braccio una mazzata capace di staccargli la testa dal collo; e fu un bene per Brutal perché se fosse riuscito nel suo intento avrebbe sicuramente perso il lavoro e forse sarebbe finito in galera lui stesso.

«No», intimai.

«Come sarebbe, no?» protestò lui, fuori di sé. «Come

puoi dire di no? Hai visto che cos'ha fatto! E allora? Vuoi dirmi che dobbiamo lasciare che le sue *conoscenze* lo proteggano anche questa volta? Dopo quello che *ha fatto*?»

«Sì.»

Mi fissò a bocca aperta; gli occhi, saturi com'erano di collera, gli lacrimavano.

«Ascoltami bene, Brutus. Se fai tanto di toccarlo, quasi probabilmente finiamo tutti sbattuti fuori, tu, io, Dean, Harry, magari persino Jack Van Hay. Tutti gli altri salgono di un livello o due, a cominciare da Bill Dodge, e la commissione per gli istituti di pena tira dentro tre o quattro morti di fame a coprire i buchi che si sono creati. Tu puoi anche cavartela lo stesso, ma...» M'interruppi per indicare Dean, girato verso il vano di mattoni gocciolanti del sottopassaggio. Teneva gli occhiali in mano con un'espressione stordita quasi quanto quella di Percy. «Ma Dean che fa?» ripresi. «Lui ha due figli, uno già alle superiori e l'altro che sta per andarci.»

«E il succo quale sarebbe?» sbottò Brutal. «Gliela facciamo passare liscia?»

«Non sapevo che la spugna dovesse essere bagnata», dichiarò Percy in tono meccanico, con un filo di voce. Era chiaramente la storia che si era preparato a raccontare fin da prima, quando aveva creduto di rendersi protagonista di una burla dolorosa e non del cataclisma al quale avevamo appena assistito. «Non era mai bagnata quando facevamo le prove.»

«Ah, figlio di...» cominciò Brutal, protendendosi verso di lui. Lo afferrai di nuovo tirandolo all'indietro. Risonarono passi sui gradini. Alzai gli occhi con il terrore di veder apparire Curtis Anderson, invece era Harry Terwilliger. Aveva le guance bianche come carta per scrivere e le labbra viola come se avesse mangiato una generosa fetta di crostata di mirtilli.

Riportai la mia attenzione su Brutal. «Per l'amor del cielo, Brutal, Delacroix è *morto*, niente può cambiare questa realtà, e fregarsi la vita per colpa di Percy è da stupidi.» Devo pensare che il piano, o il suo embrione, fosse già allora presente nella mia testa? Me lo domando da allora, ve lo confesso. Me lo sono domandato per tanti anni e non sono stato capace di trovare una risposta soddisfacente. Immagino che non abbia molta importanza. Infinite sono le cose di scarsa importanza, ma mi sono reso conto che non basta questo a impedire a un uomo di arrovellarvisi.

«Parlate di me come se fossi un idiota», disse Percy. Sembrava ancora confuso e sfiatato, come se qualcuno gli avesse affondato un cazzotto in pieno ventre, ma cominciava a dare i primi segni di ripresa.

«Tu sei un idiota, Percy», gli risposi.

«Ehi, non puoi...»

Solo appellandomi a tutta la mia forza di volontà controllai il mio personale impulso ad aggredirlo. Dalla volta della galleria le gocce cadevano in piccoli rintocchi sordi; sulle pareti le nostre ombre danzavano enormi e deformate, come le ombre di quel racconto di Poe dello scimmione della Rue Morgue. I tuoni percuotevano il cielo, ma là sotto giungevano ovattati.

«Da te voglio sentire una cosa sola, Percy, da te voglio sentire solo la rinnovata promessa a chiedere da domani il trasferimento al Briar Ridge.»

«Non temere», rispose imbronciato. Guardò la forma nascosta dal lenzuolo sulla lettiga, distolse gli occhi, li alzò per un attimo su di me, poi guardò altrove.

«Sarebbe senz'altro molto saggio», tenne a sottolineare Harry. «Altrimenti ti potresti ritrovare a conoscere Wild Bill Wharton molto meglio di quanto desideri.» Fece una breve pausa. «Grazie al nostro premuroso interessamento.»

Percy aveva paura di noi e aveva probabilmente paura di ciò che avremmo potuto fare se fosse stato ancora lì quando avessimo scoperto che aveva consultato Jack Van Hay sullo scopo della spugna e sul motivo per cui veniva sempre impregnata di soluzione salina. Ma il nome di Wharton sulle labbra di Harry risvegliò nei suoi occhi terrore autentico. Lo vidi ricordare il momento in cui Wharton lo aveva imprigionato, coccolandoselo e arruffandogli i capelli.

«Non oseresti farlo», bisbigliò.

«Oh sì», lo rassicurò Harry imperturbato. «E sai una cosa? La farei franca. Perché tu hai già dimostrato di essere sbadato con i detenuti. E anche incompetente.»

Percy chiuse i pugni e le sue guance presero un colorito roseo più intenso. «Io non...»

«Ma sì, sì che lo sei», lo sopraffece Dean unendosi a noi. Formavamo più o meno un semicerchio intorno a Percy ai piedi delle scale. Gli era impedita anche un'eventuale fuga nel sottopassaggio, perché da quella parte era ostacolato dalla lettiga con il suo carico di carni fumanti sotto il vecchio lenzuolo. «Hai appena bruciato vivo Delacroix. Se questa non è incompetenza, non so proprio come chiamarla.»

Un guizzo di luce attraversò gli occhi di Percy. Aveva pensato di scagionarsi invocando la propria ignoranza e ora si rendeva conto di essere caduto nella propria rete. Non so come avesse avuto intenzione di cavarsela, perché proprio in quel momento irruppe Curtis Anderson, precipitandosi giù per gli scalini. Sentendolo arrivare, tutti noi ci ritraemmo da Percy di mezzo passo, per non apparirgli troppo minacciosi.

«Che cazzo di casino avete combinato?» tuonò Anderson. «C'è vomito dappertutto, là sopra, porco mondo! E il puzzo! Ho fatto aprire tutt'e due le porte a Magnusson e a Toot-Toot, ma ci vorranno almeno cinque fottutissimi anni perché quel puzzo schifoso se ne vada, con quella testa di cazzo di Wharton che ci ha ricamato sopra una *canzonetta*! Con queste orecchie la sento!»

«È intonato, Curt?» domandò Brutal. Sapete che si può bruciare gas illuminante con una sola scintilla rimanendone indenni se lo si innesca prima che la concentrazione superi un certo livello. Fu qualcosa del genere. Per un istante restammo a guardare Brutus sbalorditi, poi ci ritrovammo tutti a sganasciarci dal ridere. I nostri strilli isterici svolazzarono avanti e indietro come pipistrelli nel buio del tunnel. Le nostre ombre saltellavano sulle pareti. Dopo un po' partecipò al coro persino Percy. Quando finalmente ci passò, ci sentivamo tutti un po' meglio. Ci sentiamo di nuovo *normali*.

«Sta bene, ragazzi», disse allora Anderson, asciugandosi gli occhi con il fazzoletto e soffocandoci dentro gli ultimi singhiozzi di ilarità. «Ora mi dite che cosa diavolo è successo?»

«C'è stata un'esecuzione», rispose Brutal. Credo che

il suo tono compassato sorprese Anderson, ma non me, non più che tanto: Brutal aveva sempre avuto il dono di saper riassumere il controllo in un batter d'occhio. «Con esito soddisfacente.»

«Come cavolo fai a definire esito soddisfacente quel pastrocchio abominevole? Abbiamo testimoni che non dormiranno per un mese! Che dico? Quella cicciona probabilmente non dormirà per un anno intero!»

Brutal indicò la lettiga e la sagoma coperta dal lenzuolo. «È morto, no? Quanto ai tuoi testimoni, domani sera i più di loro racconteranno agli amici che è stato un atto di giustizia poetica. Del aveva bruciato vive non so più quante persone, allora noi in cambio abbiamo bruciato vivo lui. Solo che non la racconteranno proprio così. Diranno che è stata la volontà di Dio, che si è espressa *tramite* noi. E può anche esserci un fondo di verità. Ma vuoi sapere dove sta la ciliegina sulla torta? Il tocco finale? Quasi tutti gli amici di cui sopra si mangeranno le mani per non essere stati presenti.» Pronunciò quelle ultime parole con uno sguardo rivolto a Percy, insieme disgustato e beffardo.

«E se sono rimasti un po' scossi, che ci frega?» intervenne Harry. «Sono stati loro a chiedere di vedere, nessuno li ha obbligati.»

«Io non sapevo che la spugna dovesse essere bagnata», affermò Percy in quel suo tono di voce da automa. «Non è mai bagnata quando facciamo le prove.»

Dean lo fissò con occhi carichi di repulsione. «Per quanti anni hai pisciato sull'asse del cesso prima che qualcuno ti dicesse che prima devi sollevarla?» lo apostrofò ringhiando.

Percy aprì la bocca per rispondere, ma io gli ordinai di richiuderla. Miracolosamente lo fece. Io mi rivolsi ad Anderson.

«Percy ha fatto fiasco, Curtis, ecco cos'è successo, puro e semplice.» Mi girai verso Percy, sfidandolo a contraddirmi. Se ne guardò bene, probabilmente per ciò che lesse nei miei occhi: meglio che Anderson sentisse parlare di «stupido errore» che di «volontario sabotaggio». In ogni caso quello che veniva detto là sotto, nel tunnel, non aveva importanza. Ciò che aveva importanza, quello che sembrava importare ai Percy Wetmore di questo mondo, è quanto viene scritto o giunge alle orecchie degli alti papaveri, delle persone che contano.

Anderson ci guardò tutti e cinque, poco convinto. Guardò persino Del, ma Del non parlava. «Immagino che potrebbe essere andata peggio», commentò. «Infatti», convenni. «Potrebbe essere ancora vivo.»

Curtis trasalì: era un'eventualità che non gli era passata per la mente. «Voglio un rapporto completo di tutto quello che è successo sulla mia scrivania domani mattina», dichiarò. «E nessuno di voi ne farà parola con Moores prima che io abbia conferito con lui. Chiaro?»

Scuotemmo la testa con veemenza. Se Curtis Anderson voleva assumersi la responsabilità di raccontarlo al direttore, a noi stava benissimo così.

«Se nessuno di quei coglioni di scribacchini lo va a scrivere sui giornali...»

«Non lo faranno», lo tranquillizzai. «Se ci provano, saranno le redazioni a segarli. È una storia troppo macabra per un pubblico di famiglie. Ma non ci proveranno nemmeno, quelli di stasera erano tutti veterani. Certe volte le cose non vanno per il verso giusto, niente per cui scaldarsi più che tanto. Lo sanno meglio di noi.»

Anderson rifletté ancora per un momento, poi annuì. Spostò lo sguardo su Percy con un'espressione di disprezzo sul viso solitamente benevolo. «Tu sei una piccola testa di cazzo», gli disse, «e mi stai letteralmente sullo stomaco.» Fece un cenno d'assenso davanti allo sbigottimento di Percy. «Se vai a riferire le mie parole a qualcuno dei tuoi amichetti dalle chiappe lisce, ti smentirò fino a quando non suoneranno le trombe del giudizio e tutti i presenti confermeranno la mia versione. Hai un problema, figliolo.»

Si voltò e risalì i gradini. Io gliene lasciai montare quattro, poi lo chiamai. «Curtis?»

Si gira con le sopracciglia inarcate, in silenzio.

«Non darti troppo pensiero per Percy», dissi. «Presto si trasferisce al Briar Ridge. Con mansioni più importanti e gratificanti. Non è così, Percy?»

«Appena arriverà il suo ordine di trasferimento», aggiunse Brutal.

«E fino a quel momento, marcherà visita tutte le sere», concluse Dean.

Quelle ultime parole suonarono come una provocazione alle orecchie di Percy, che lavorava al carcere da troppo poco tempo per aver accumulato giorni di malattia retribuiti. Guardò Dean con viva antipatia. «Non ci sperare», brontolò.

6

ALL'UNA e un quarto o giù di lì eravamo tornati al blocco, tolto Percy, che aveva ricevuto l'ordine di ripulire il capannone e là era rimasto a covare il suo malumore. Io avevo un rapporto da scrivere e decisi di farlo al tavolo di servizio: se mi fossi messo comodo sulla sedia nel mio ufficio, che era molto più confortevole, era probabile che mi assopissi. A voi sembrerà strano, visto tutto quello che era accaduto solo un'ora prima, ma io mi sentivo come se dalle undici della sera precedente avessi vissuto tre vite complete di fila, tutte e tre senza chiudere occhio.

John Coffey era in piedi, alle sbarre della sua cella. A guardare le lacrime copiose che gli scendevano da quei suoi strani occhi dall'espressione lontana sembrava di veder scorrere sangue da una ferita insanabile ma incredibilmente indolore. Più vicino al mio tavolo, Wharton era seduto sulla sua branda a dondolarsi da parte a parte e a cantare una canzoncina che doveva essere di sua creazione, non del tutto insensata. Per quanto riesca a ricordarla, faceva più o meno così:

«Bar-be-cue! Io e tu!
Ma che puzzo è questo qua? Puà puà puà!
Non è Billy o Philadelphia Philly,
non è Jackie o Mustafà!
È un simpatico tipetto,
più gustoso di un filetto,
che si chiama Delacroix!»

«Chiudi il becco, deficiente», gli intimai.

Wharton sorrise, mostrandomi i suoi brutti denti. Lui non stava morendo affatto, era più vivo e arzillo che mai, felice e beato, mancava solo che si mettesse a ballare il tip tap. «Perché non vieni dentro a farmi?» mi provocò tutto contento. Dopodiché attaccò un'altra strofa della *Canzone del barbecue*, inventando il testo non del tutto a casaccio. Sì, qualcosa sotto quella cenere covava, un'intelligenza rozza e insidiosa che, a modo suo, era quasi geniale.

Andai da John Coffey. Lui si asciugò le lacrime con il bordo dei palmi. Aveva gli occhi rossi, infiammati, e mi resi conto che doveva essere sfinito anche lui. Perché avrebbe dovuto esserlo, lui che passeggiava su e giù in cortile per un paio d'ore al giorno e per il resto del tempo se ne stava seduto o sdraiato nella sua cella, non saprei spiegarlo, ma non avevo dubbi su ciò che vedevo. Era fin troppo palese.

«Povero Del», mormorò con la voce roca. «Povero vecchio Del.»

«Sì», annuii. «Povero vecchio Del. John, ma tu stai bene?»

«Lui ne è fuori», continuò Coffey. «Del ne è fuori. Non è vero, capo?»

«Sì. Ora rispondi alla mia domanda, John. Stai bene?»

«Del ne è fuori, fortuna per lui. Comunque sia andata, lui è fortunato.»

Pensai che forse Delacroix avrebbe avuto qualche obiezione su quel punto, ma non lo espressi a parole. Allungai invece lo sguardo nella sua cella. «Dov'è il signor Jingles?»

«È corso laggiù.» Indicò tra le sbarre la cella di confino, in fondo al corridoio.

«Oh be'», ribattei, «tornerà.»

Ma non fu così. Il soggiorno del signor Jingles al Miglio Verde era finito. L'unica traccia che di lui riemerse fu quella trovata in inverno da Brutal, qualche scheggia colorata e un aroma di menta piperita che usciva da un foro in una trave.

Avrei voluto allontanarmi, a quel punto, ma non lo feci. Guardavo John Coffey e lui guardava me come se sapesse tutto quello che stavo pensando. Esortai me stesso a muovermi, a tornare al mio tavolo e al mio rapporto, a mettere la parola fine a quella giornata. Pronunciai invece il suo nome: «John Coffey».

«Sì, capo», rispose subito lui.

Certe volte a un uomo prende il bisogno di conoscere una cosa e se ne fa un tormento che è peggio di una maledizione, e così fu per me allora. Mi abbassai su un ginocchio e cominciai a slacciarmi una scarpa.

7

Quando tornai a casa aveva smesso di piovere e sopra le montagne a nord era spuntato un tardo ghigno di luna. La mia sonnolenza se n'era andata insieme con le nuvole. Ero più sveglio che mai e mi sentivo addosso l'odore di Delacroix. Temevo che me lo sarei sentito sulla pelle – *barbecue, io e tu, Ma che puzzo è questo qua? Puà puà puà!* – per un bel pezzo.

Janice non era andata a coricarsi e mi aspettava, come sempre nelle notti delle esecuzioni. Non avevo intenzione di raccontarle la storia, non vedevo perché straziarla con quell'orrore, ma quando varcai la soglia della cucina, mi guardò diritto in faccia e io non potei esimermi. Così mi sedetti, presi le sue mani calde nelle mie gelide (l'impianto di riscaldamento della mia vecchia Ford funzionava solo in via teorica e il temporale aveva fatto precipitare la temperatura) e le raccontai quello che pensava di voler sentire. Verso la metà mi misi a piangere. Non l'avevo previsto. Provai un po' di vergogna, ma solo un po'. Era grazie a lei, vedete, perché lei non mi faceva mai pesare i momenti in cui deviavo dai comportamenti che pensavo dovesse avere un uomo... quelli che in ogni caso pensavo dovessero essere i *miei*. Un uomo con una brava moglie è la creatura più fortunata del mondo e l'uomo che non ce l'ha dev'essere tra le persone più sventurate, credo, avendo come unica fortuna nella vita quella di non conoscere la portata della sua disgrazia. Piansi e lei mi tenne la testa contro il seno e quando fu passato il mio temporale privato, mi sentii meglio... almeno in certa misura. E credo che fu quello il momento in cui ebbi la prima visione cosciente della mia idea. Non la scarpa, non mi riferisco a quella. La scarpa c'entrava, ma per un altro verso. La riflessione che mi si delinea con chiarezza nella mente era invece un'altra, e delle più singolari: che John Coffey e Melinda Moores, per quanto diversi fossero per taglia e sesso e colore della pelle, avevano occhi assolutamente uguali: dolenti, mesti e sperduti. Occhi morenti.

«Vieni a letto», mi disse finalmente mia moglie. «Vieni a letto con me, Paul.»

Così andai a letto e facemmo l'amore e dopo lei si addormentò. Io restai a guardare la luna sorridere e ad ascoltare gli scricchiolii nei muri (si stavano finalmente contraendo nel cambio di stagione) e a pensare a John Coffey che diceva di aver rimediato alle fratture mortali del topolino. *Ho rimediato. Ho aiutato il signor Jingles. È un topo da circo*. Certo. E chissà, riflettevo, forse eravamo tutti topi circensi, tutti a correre in tondo nella consapevolezza solo vaga che Dio e tutte le Sue legioni celesti ci osservavano nelle nostre casette di bachelite, attraverso le nostre finestrelle di mica.

Dormii un po' quando cominciava a rischiarare, due

ore, penso, forse tre; e dormii come sempre dormo oggi, qui a Georgia Pines, e come mai o quasi mi accadeva allora, assopendomi per brevissimi periodi. Il pensiero con cui mi addormentai era sulle chiese della mia gioventù. I nomi cambiavano a seconda dei capricci di mia madre e delle sue sorelle, ma in realtà era poi sempre la stessa, comunque e sempre la Prima Chiesa Campagnola di Lode a Gesù, il Signore è Onnipotente. All'ombra di quei tozzi campanili il concetto di espiazione riaffiorava con la regolarità con cui la campana chiamava i fedeli all'adorazione. Solo Dio poteva perdonare gli uomini dei loro peccati, solo lui poteva e solo lui lo aveva fatto, lavandoli nel sangue dell'agonia del Figlio crocefisso, senza tuttavia scaricare i Suoi figlioli dalla responsabilità di fare ammenda per quegli stessi peccati (e anche per i più semplici errori di valutazione) qualora possibile. L'espiazione era potente: era la serratura della porta che si chiude sul passato.

Mi addormentai pensando all'espiazione delle pinete, a Eduard Delacroix che ardeva cavalcando la folgore, a Melinda Moores e al mio ragazzone dal pianto incessante. E quei pensieri mi s'insinuarono in un sogno. Vidi John Coffey seduto sulla sponda del fiume a levare nel cielo di prima estate lo strazio del suo inarticolato dolore da mentecatto, mentre sull'altra sponda sferragliava interminabile un convoglio merci lanciato verso le ruggini del ponte sul Trapingus. Nelle braccia piegate l'uomo dalla pelle nera teneva dall'una e dall'altra parte i corpicini nudi di due bambine bionde. Le sue mani, come enormi pietre brune all'estremità di quelle braccia, erano serrate. Tutt'intorno a lui frinivano le cicale e si addensavano sciami di moscerini. Il giorno sfrigolava di calura. Nel sogno mi avvicinavo a lui, mi inginocchiavo davanti a lui e gli prendevo le mani. Lui allentava i pugni e mi rivelava i loro segreti. In una mano aveva un rocchetto colorato di verde e rosso e giallo. Nell'altra teneva una scarpa di una tenuta da guardia carceraria.

«Non ho potuto farci niente», disse. «Ho cercato di rimediare, ma era troppo tardi.»

E quella volta, nel sogno, capii.

8

ALLE nove dell'indomani mattina, mentre bevevo la terza tazza di caffè in veranda (mia moglie non disse niente, ma quando venne a portarmela lessi la sua disapprovazione scritta a grandi caratteri sulla sua fronte), squillò il telefono. Andai in tinello a rispondere e una centralinista disse a qualcuno che la persona desiderata era in linea. A me augurò una giornata all'insegna della spensieratezza e uscì di scena. Forse. Con i centralini non si può mai essere del tutto sicuri.

La voce di Hal Moores mi fece impressione. Tremante e roca, sembrava quella di un ottuagenario. Riflettei che era stata una fortuna che tutto fosse andato per il meglio con Curtis Anderson la sera prima nel sottopassaggio, una fortuna che sul conto di Percy la pensasse come noi, perché l'uomo con cui stavo parlando molto probabilmente non avrebbe più rimesso piede a Cold Mountain.

«Paul, mi dicono che ieri sera c'è stato qualche intoppo. Mi risulta anche che ci ha messo lo zampino il nostro amico signor Wetmore.»

«Qualche difficoltà, sì», ammisi, tenendo il ricevitore ben contro l'orecchio e sfiorando la cornetta con le labbra. «Ma è tutto fatto comunque ed è questo che conta.»

«Già, naturalmente.»

«Posso chiederti chi te lo ha riferito?» Così gli lego un barattolo alla coda, avrei voluto aggiungere.

«Puoi chiedere, ma visto che non è cosa che ti riguardi, credo che su questo punto terrò la bocca chiusa. Però quando ho chiamato in ufficio per vedere se c'erano messaggi per me o questioni urgenti da risolvere, mi hanno raccontato un fatto interessante.»

«Ah sì?»

«Sì. Pare che sul mio tavolo sia piovuta una domanda di trasferimento. Percy Wetmore desidera andare a lavorare al Briar Ridge al più presto possibile. Deve aver compilato il modulo prima di finire il turno di ieri sera, non pensi anche tu?»

«Così sembrerebbe.»

«Normalmente lascerei che se ne occupasse Curtis, ma considerata... diciamo l'atmosfera che domina ultimamente al Blocco E, ho chiesto a Hannah di consegnarlo a me personalmente durante la pausa della colazione. È stata tanto gentile da accordarmelo. Approverò la richiesta e vedrò che sia inoltrata alla capitale oggi pomeriggio stesso. Calcolo che dovresti vedere la schiena di Percy che esce dalla porta per l'ultima volta fra non più di un mese. Forse meno.»

Si aspettava che mi rallegrassi della notizia e ne aveva ragione. Aveva sottratto tempo alle cure della moglie per spingere una pratica che altrimenti avrebbe richiesto anche sei mesi, nonostante le conoscenze di cui si faceva lustro Percy. Non di meno io provai un tuffo al cuore. Un mese! Ma forse non era così importante quanto dovesse durare l'attesa. Sgombrava il campo dal desiderio perfettamente naturale di procrastinare rimandando un'impresa rischiosa e ciò che avevo in mente io era senz'altro più rischioso che mai. Talvolta, date circostanze determinate, è meglio passare all'azione prima di perdere il coraggio. Se era scritto da qualche parte che dovessimo vedercela con Percy (sempre posto che convincessi gli altri a seguirmi nella mia follia, sempre posto, cioè, che ci fosse un noi), tanto valeva che avvenisse subito.

«Paul, sei ancora lì?» La sua voce si abbassò un po', come se non credesse di parlare tra sé. «Dev'essere caduta la linea...»

«No, sono qui. È una gran bella notizia.»

«Sì», convenne lui e di nuovo mi colpì il timbro da persona anziana della sua voce. *Cartaceo*, in un certo senso. «Oh, ma so che cosa stai pensando.»

No, che non lo sai, direttore. Nemmeno vivendo un milione di anni potresti intuire che cosa sto pensando.

«Stai pensando che il nostro giovane amico sarà ancora con noi il giorno dell'esecuzione di Coffey. È probabile, visto che immagino che Coffey se ne andrà molto prima della festa del Ringraziamento, ma puoi sempre rimetterlo all'interruttore. Nessuno avrà niente a che ridire. Nemmeno lui, direi.»

«Farò così», promisi. «Melinda come sta?»

Ci fu una lunga pausa, un silenzio che si protrasse finché fui io a cominciare a temere di aver perso lui, non fosse che per il suono del suo respiro. Quando parlò, aveva abbassato la voce in un sussurro. «Sprofonda.»

Sprofonda. Aveva fatto ricorso a una parola d'altri tempi, quell'espressione da gelarti il sangue che usavano i nostri vecchi per descrivere una persona che non stava solo morendo, ma che cominciava a sganciarsi dalla vita.

«I mal di testa sono un po' meno dolorosi, almeno in questo periodo, ma non può camminare senza che qualcuno l'aiuti, non può raccogliere gli oggetti, perde il controllo della vescica quando dorme...» Ci fu un'altra pausa, poi, con un volume di voce ancora più basso, aggiunse qualcosa che mi parve riguardasse la bocca.

«Che cos'ha alla bocca, Hal?» chiesi io preoccupato. Sulla soglia del tinello si era affacciata mia moglie. Si asciugava le mani in un canovaccio e mi guardava.

«No», rispose lui in un tono che era in bilico tra collera e pianto. «Ho detto che è *sboccata.*»

«Ah...» Ancora non capivo bene in che senso potesse esserlo, ma non avevo intenzione di sollecitare particolari. Non fu necessario, perché fu lui a spiegarmelo spontaneamente.

«La vedi perfettamente normale che parla dei suoi fiori in giardino o di un vestito che ha visto sul catalogo o magari di come ha sentito Roosevelt per radio e che belle parole che ha detto, poi, all'improvviso, spara le parolacce più orrende, dice volgarità incredibili. Non alza la voce. Quasi sarebbe meglio se lo facesse, credo, perché così... vedi, *così...*»

«Darebbe più l'impressione di essere un'altra persona.»

«Infatti», sospirò lui, grato del mio soccorso. «Ma sentirla pronunciare quelle parole così scurrili, quel linguaggio da carrettiere in quella sua voce soave... scusami, Paul.» La voce gli morì in gola e lo sentii raschiarsela rumorosamente girato dall'altra parte. Poi riprese, con la stessa angoscia di prima, ma un po' più di energia. «Vorrebbe che invitassi a casa il pastore Donaldson e so che per lei sarebbe di grande conforto, ma come faccio? Mettiamo che sia qui seduto a leggerle qualche versetto della Bibbia e che lei si metta a dire parolacce? È capace di farlo, sai? Ieri l'ha fatto con me. Mi ha detto: 'Passami quel numero del *Liberty*, testa di cazzo'. Paul, ma dove può aver imparato un linguaggio come quello? Come fa a conoscere quelle parole?»

«Non ne ho idea. Hal, questa sera pensi di essere a casa?»

Quando stava bene ed era libero, quando non era angustiato da qualche impiccio o addolorato da qualche guaio, Hal Moores lasciava affiorare una sfaccettatura tagliente e sarcastica, un lato della sua personalità che i suoi subalterni temevano ancor più che le sue sfuriate di collera o espressioni di disprezzo. Il suo sarcasmo, di solito spazientito e spesso brusco, riusciva a bruciare come acido. Ne ricevetti uno spruzzetto io, in quel momento. Giunse inatteso, ma io trovai il modo di esserne contento lo stesso, perché mi pareva di poter dire che non aveva perso del tutto la voglia di combattere.

«No», mi rispose. «Porto Melinda a ballare la quadriglia. Facciamo quattro salti, due capriole, poi diciamo al violinista che è un figlio di troia con un cece al posto della fava.»

Mi schiacciai la mano sulla bocca per non ridere. Fortuna che l'impulso mi passò subito.

«Scusa», riprese lui. «Ultimamente dormo poco. Mi

rende insofferente. Certo che saremo a casa. Perché me lo chiedi?»

«Così, non so nemmeno io.»

«Non è che pensavi di passare, vero? Perché se eri di turno ieri sera, lo sei anche stasera. Se non ti sei scambiato con qualcuno.»

«No, non mi sono scambiato. Questa sera lavoro.»

«Comunque non sarebbe una buona idea. Non nello stato in cui è ora.»

«Forse hai ragione. Grazie per la notizia che mi hai dato.»

«Non c'è di che. Prega per la mia Melinda, Paul.»

Promisi di farlo mentre pensavo che forse sarei riuscito a fare molto di più che solo pregare per lei. Aiutati che il ciel ti aiuta, come si dice nella chiesa di Lode a Gesù, il Signore è Onnipotente. Riappesi e guardai Janice.

«Come sta Melly?» mi domandò.

«Non bene.» Le riferii che cosa mi aveva detto Hal, inclusa la parte delle parolacce, lasciando fuori la testa di cazzo e il figlio di troia con un cece al posto della fava. Finii con l'espressione che aveva usato Hal, quella dello *sprofondare*, e Jan annuì tristemente. Poi mi scrutò negli occhi.

«Che cos'hai per la testa? Ti frulla in mente qualcosa, probabilmente niente di buono. Te lo leggo in faccia.»

Mentire era fuori discussione, non era così che funzionava tra noi. Mi limitai a rispondere che era meglio che non sapesse, almeno non ancora.

«È... qualcosa che potrebbe farti finire nei guai?» Non sembrava molto allarmata dalla prospettiva. Piuttosto, direi, interessata, che è uno degli aspetti della sua personalità per cui l'ho sempre amata.

«Può darsi», risposi.

«È una cosa buona?»

«Può darsi», ripetei. Ero ancora in piedi al telefono, a girare distrattamente la manovella con un dito, mentre tenevo schiacciati i pulsanti con un dito dell'altra mano.

«Preferisci che ti lasci solo mentre usi il telefono?» mi chiese. «Vuoi che faccia la brava mogliettina e alzi i tacchi? Che vada a lavare i piatti? A sferruzzare in cucina?»

Annuii. «Non sono i termini in cui la metterei io, però...»

«Abbiamo ospiti a pranzo, Paul?»

«Spero di sì.»

9

Trovai subito Brutal e Dean, perché erano collegati tutti e due. Harry non aveva ancora il telefono, ma io avevo il numero del suo vicino di casa. Mi richiamò lui venti minuti dopo, più che mai imbarazzato per aver dovuto addebitarmi la telefonata e farfugliando la promessa di «pagare la sua parte» quando ci fosse arrivata la prossima bolletta. Gli risposi che avremmo contato i pulcini quando si fossero dischiuse le uova e gli chiesi se nel frattempo voleva venire a pranzo da me. Ci sarebbero stati anche Brutal e Dean e Janice aveva offerto la sua famosa insalata di cavolo... per non parlare della sua ancor più famosa torta di mele.

«Solo per il piacere di stare un po' insieme?» chiese Harry poco convinto.

Confessai che c'era qualcosa di cui volevo discutere con loro, ma nel cui merito era meglio non entrare per telefono, nemmeno rimanendo sulle generali. Harry accettò l'invito. Io posai il ricevitore e andai alla finestra a guardar fuori mentre meditavo. Eravamo stati tutti in servizio nel turno di notte e tuttavia non avevo tirato giù dal letto né Brutal, né Dean, ma neppure Harry aveva risposto con la voce di chi è appena riemerso dal mondo dei sogni. Ne traevo la conclusione che non ero io l'unico ad avere problemi con quanto era accaduto la notte precedente e, considerata la follia che tramavo, era probabilmente un bene.

Brutal, che era quello che abitava a me più vicino, arrivò alle undici e un quarto. Pochi minuti dopo apparve Dean e Harry, già in tenuta da lavoro, una decina di minuti dopo Dean. Janice ci servì sandwich freddi con dell'affettato, insalata di cavolo e tè freddo. Solo il giorno prima avremmo pranzato fuori, in veranda, accarezzati dalla brezza, ma dopo il temporale la temperatura era precipitata di una decina di gradi, risucchiando dalle montagne un vento tagliente, così ci accomodammo tutti in cucina.

«Saremo felici di averti qui con noi», proposi a mia moglie.

Lei scosse la testa. «Non credo di voler sapere che cosa avete in mente di fare. Starò meno in pensiero se sarò all'oscuro di tutto. Mangerò un boccone di là. Sono in visita dalla signorina Jane Austen, questa settimana, ed è di ottima compagnia.»

«Chi è Jane Austen?» chiese Harry quando mia moglie se ne fu andata. «Parente tua o sua, Paul? Una cugina? Carina?»

«È una scrittrice, bestia», lo apostrofò Brutal. «Morta praticamente da quando Betsy Ross cucì le stelle sulla prima bandiera.»

«Ah...» fece Harry, imbarazzato. «Come lettore valgo poco. Leggo solo manuali di radiofonia.»

«Che cos'hai in mente, Paul?» mi sollecitò Dean.

«John Coffey e il signor Jingles, per cominciare.» Reagirono con sorpresa, come mi ero aspettato, perché sicuramente avevano previsto che volessi discutere o di Delacroix o di Percy. Forse di entrambi. Guardai Dean e Harry. «Quell'intervento sul signor Jingles, quella cosa che ha fatto Coffey, è avvenuta in un batter d'occhio. Non so se avete avuto il tempo di vedere in che stato era il topo.»

Dean fece segno di no. «Io però ho visto il sangue per terra.»

Mi rivolsi a Brutal.

«Quel figlio di puttana di Percy lo ha pestato», spiegò. «Avrebbe dovuto schiattare lì per lì, invece Coffey gli ha fatto qualcosa. Non so come, ma lo ha guarito. So che effetto fa sentire una cosa così, ma l'ho visto con questi occhi.»

Dissi: «Ha guarito anche me e questa non è una cosa che ho solo visto, questa l'ho *sentita*». Raccontai loro della mia infezione, come avesse ripreso, più feroce che mai (indicai, attraverso la finestra, la catasta della legna alla quale mi ero aggrappato la mattina in cui il dolore mi aveva costretto in ginocchio), e come fosse totalmente scomparsa quando Coffey mi aveva toccato. Per non tornare più.

Non mi ci volle molto e quand'ebbi finito, per un po' consumarono in silenzio i loro sandwich riflettendo sulle mie parole. Finché Dean ricordò: «Gli sono uscite delle cose nere dalla bocca. Come insetti».

«Già», annuì Harry. «Neri all'inizio, ma che poi sono diventati bianchi e sono scomparsi.» Si guardò intorno perplesso. «Diavolo, Paul, me ne sono dimenticato finché non ne hai parlato di nuovo tu. Buffo, no?»

«Non c'è niente di buffo e niente di strano», intervenne Brutal. «Io credo che sia quello che fa quasi tutta la gente di fronte a fenomeni che non si capiscono, li si dimenticano e basta. Non è salutare ricordare cose che non hanno senso. Tu che ne dici, Paul? Ci sono stati quegli insetti anche quando ha guarito te?»

«Sì. Io credo che siano la malattia, il dolore, il male, come dire. Lui lo succhia dentro di sé, poi lo butta di nuovo fuori, spargendolo nell'aria.»

«Dove muore», aggiunse Harry.

Io mi strinsi nelle spalle. Non sapevo se morisse o no. Non ero sicuro che avesse importanza.

«A te l'ha succhiato fuori?» volle sapere Brutal. «Con il topo sembrava che glielo ciucciasse. Il male, dico. La... be', la morte, in un certo senso.»

«No», risposi. «Con me si è limitato a toccarmi. E l'ho sentito. Una specie di sferzata, come una scossa, ma non dolorosa. Però io non stavo morendo, ero solo malato.»

Brutal annuì. «Il tocco e il soffio. Come quelle storie che starnazzano nei loro gospel quei fanatici religiosi.»

«Lode a Gesù, il Signore è Onnipotente», recitai io.

«Non so se Gesù c'entra qualcosa», ribatté Brutal, «ma a me sembra che questo John Coffey sia potente a sufficienza.»

«E va bene, allora», si arrese Dean. «Se voi mi dite che tutto questo è successo, dovrò credervi. Dio usa sistemi misteriosi per i Suoi prodigi. Ma noi che cos'abbiamo a che farci?»

Già, era quello il grande interrogativo, no? Presi fiato e illustrai loro che cosa volevo fare. Mi ascoltarono sbigottiti. Era sbigottito persino Brutal, che leggeva sempre quelle riviste con storie di omini verdi che piovevano dallo spazio. Quando finii ci fu un silenzio più lungo di quello precedente e questa volta nessuno mangiò.

Dopo un po' si fece udire Brutus Howell, in un tono di voce pacato e ragionevole. «Se ci prendono perdiamo il posto, Paul», disse. «E avremmo da ritenerci maledettamente fortunati se ci succedesse solo quello, perché probabilmente finiremmo al Blocco A, ospiti dello Stato, a fabbricare portafogli e a fare la doccia a due a due.»

«Sì», ammisi, «è possibile.»

«Capisco come ti senti, almeno in parte», continuò lui. «Conosci Moores meglio di noi, per te lui non è solo il gran capo, ma anche un amico, e so quanto affetto hai per sua moglie...»

«È la donna più cara che si possa sperare di conoscere», replicai, «e lui la considera la cosa più preziosa che ha.»

«Ma noi non la conosciamo come la conoscete tu e Janice», notò Brutal. «Non è vero, Paul?»

«Se la conosceste piacerebbe anche a voi», risposi. «Vi piacerebbe se l'aveste conosciuta prima che finisse tra le grinfie di questa malattia. È una che si prende a cuore il prossimo, è un'amica premurosa ed è una donna di chiesa. Ma soprattutto è divertente. Lo era. Sapeva dirti cose che ti facevano piangere dal ridere. Ma non sono questi i motivi per cui vorrei tentare di salvarla, se possibile. Quello che le sta accadendo è un *insulto*, maledizione, un vero e proprio *insulto*. Per gli occhi, per le orecchie, per il cuore.»

«Molto nobile, ma dubito molto che sia questo ad averti messo la pulce nell'orecchio», disse Brutal. «Io credo che sia quello che è successo a Del. Tu stai cercando un modo di risarcirlo.»

E aveva ragione. Com'era ovvio. Conoscevo Melinda Moores meglio di loro, ma forse, in fondo, non tanto bene da poter chiedere ai miei amici di rischiare il posto per lei, per non dire la libertà. O anche il mio posto e la mia libertà, se vogliamo. Avevo due figli grandi e l'ultima cosa al mondo che potevo desiderare era che mia moglie dovesse scrivergli per informarli che il loro genitore finiva sotto processo per... be', quale avrebbe potuto essere l'accusa? Chissà, con tutta probabilità qualcosa come favoreggiamento e concorso in un tentativo di evasione.

Ma la morte di Eduard Delacroix era stato lo spettacolo più spaventoso e stomachevole a cui avessi assistito in vita mia, non solo la vita lavorativa, ma tutta la mia esistenza, e io ne ero stato partecipe. Tutti noi ne eravamo responsabili, perché avevamo permesso a Percy Wetmore di rimanere al carcere anche quando sapevamo quanto orribilmente inadeguato fosse a lavorare in un posto come il Blocco E. Eravamo stati al gioco. Anche Moores ci era stato. «Gli attributi gli arrostiranno comunque, che Wetmore faccia parte della squadra o no», aveva detto e forse era anche giusto così, considerati i crimini commessi dal piccolo francese, ma alla fine Percy aveva fatto ben più che cuocergli le palle; gli aveva fatto scoppiare gli occhi nel cranio e andare a fuoco la faccia. E perché? Perché Del era un pluriomicida? Oh no! Perché Percy si era pisciato addosso e il piccolo cajun aveva avuto l'ardire di deriderlo. Eravamo stati partecipi di un atto mostruoso e Percy l'avrebbe fatta franca. Se ne sarebbe andato al Briar Ridge, felice e beato come una vongola all'alta marea, dove avrebbe avuto a disposizione un intero manicomio pieno di mentecatti su cui esercitare le sue crudeltà. Non c'era più niente che potessimo fare da quel punto di vista, ma forse non era troppo tardi per ripulirci le mani di un po' del fango con cui ce le eravamo lordate.

«Nella mia chiesa la chiamano espiazione invece di risarcimento», risposi io, «ma credo che sia la stessa cosa.»

«Credi davvero che Coffey potrebbe salvarla?» chiese Dean con un filo di voce vibrante di meraviglia. «Ma... come dovrebbe fare? Succhiandole il tumore cerebrale fuori dalla testa? Come... un nocciolo di pesca?»

«Io credo che potrebbe. Non ne sono sicuro, non potrei esserlo, ma dopo quello che ha fatto a me... e al signor Jingles.»

«Quel topo era sistemato per le feste, questo sì», brontolò Brutal.

«Ma sarebbe *disposto* a farlo?» domandò Harry.

«Se ne è capace, lo farà», affermai io.

«Perché? Coffey non la conosce neppure!»

«Perché è quello che fa lui. È ciò per cui Dio l'ha mandato in questo mondo.»

Brutal si guardò in giro con un gesto un po' teatrale, volendoci ricordare che avevamo lasciato fuori uno dei protagonisti. «E Percy? Pensi che se ne starà in disparte a fare da spettatore in silenzio?»

Allora io spiegai loro che cos'avevo in mente per Percy. Quand'ebbi finito, Harry e Dean mi fissavano con tanto d'occhi, mentre sul volto di Brutal era apparso un riluttante sorriso d'ammirazione.

«Alla faccia dell'audacia, fratello Paul!» esclamò. «Giuro che mi hai lasciato senza fiato!»

«Ma che godimento sarebbe per il corpo e per l'anima!» quasi bisbigliò Dean, poi rise forte e batté le mani come un bambino. «Dico, da-ba-dan-din-du e sotto ci stai tu!» Non dobbiamo dimenticare che Dean aveva un interesse speciale per la parte del mio piano che riguardava Percy, grazie al quale aveva rischiato di rimetterci le penne, per il modo in cui era rimasto paralizzato a guardare Wharton che lo strangolava.

«Già, ma dopo?» chiese Harry. La voce era un po' tetra, ma gli occhi lo tradivano: gli luccicavano, come quelli di chi desidera con tutto il cuore farsi persuadere. «Dopo?»

«Dicono che i morti non parlano», borbottò Brutal e io gli lanciai un'occhiata per assicurarmi che stesse scherzando.

«lo credo che terrà la bocca chiusa», pronosticai.

«Sicuro?» Dean era dubbioso. Si tolse gli occhiali e cominciò a lucidare le lenti. «Convincimi.»

«Per prima cosa non saprà che cos'è successo veramente. Ci giudicherà lui stesso e arriverà alla conclusione che è stata tutta una burla. In secondo luogo, ed è questo il punto importante, *avrà paura di parlarne*. È su questo che conto. Gli diremo che se si mette a scrivere lettere e a fare telefonate, cominceremo anche *noi* a scrivere lettere e a fare telefonate.»

«Sull'esecuzione», precisò Harry.

«E su come se n'è rimasto impalato quando Wharton

ha assalito Dean», aggiunse Brutal. «Io credo che soprattutto Percy Wetmore se la faccia sotto all'idea che si venga a sapere di quella storia.» Annuì adagio, pensieroso. «Sì, potrebbe funzionare. Ma Paul... non sarebbe più sensato portare la signora Moores da Coffey invece che Coffey dalla signora Moores? Potremmo sistemare Percy più o meno come l'hai messa giù tu, poi usiamo il tunnel per portare dentro lei invece che fuori lui.»

Scossi la testa. «Mai. Nemmeno a parlarne.»

«Per via del direttore?»

«Infatti. È uno con i piedi così imbullonati per terra che al suo confronto il buon vecchio Tommaso lo Scettico sembra Giovanna d'Arco. Se portiamo Coffey a casa sua abbiamo almeno la possibilità di sfruttare la sorpresa per indurlo a permettere a Coffey di tentare. Altrimenti...»

«Che cosa avresti in mente di usare per il trasporto?» domandò Brutal.

«Lì per lì avevano pensato alla diligenza», risposi, «ma non credo che riusciremmo a uscire dal penitenziario senza essere notati. E poi non c'è nessuno in un raggio di venti miglia che non la conosca. No, forse dovremmo usare la mia Ford.»

«Trova qualcosa di meglio», intervenne Dean, reinforcando gli occhiali. «Non riusciresti a far entrare John Coffey nella tua macchina nemmeno con un calzascarpe, dopo averlo spogliato nudo e spalmato tutto di strutto. Ti sei dimenticato di quant'è grosso solo perché hai preso l'abitudine a vedertelo davanti.»

Non avevo risposte a quell'osservazione. Quella mattina la mia attenzione era rimasta concentrata sul problema rappresentato da Percy e quello di minore entità, ma tutt'altro che marginale, rappresentato da Wild Bill Wharton. Solo ora mi rendevo conto che il trasporto non sarebbe stato così semplice come avevo sperato.

Harry Terwilliger raccolse l'avanzo del suo secondo sandwich, lo contemplò per un secondo e lo posò di nuovo nel piatto. «Se vogliamo veramente imbarcarci in questa cosa da pazzi», propose, «allora sarà meglio usare il mio camioncino. Lo mettiamo dietro, nel cassone. A quell'ora non ci sarà nessuno in giro per le strade. Si sta parlando di ben oltre la mezzanotte, no?»

«Sì», confermai io.

«Vi state dimenticando una cosa», obiettò Dean. «So che Coffey se n'è rimasto buono da quando è arrivato da noi, il più del tempo lo passa sdraiato a frignare. Però è un assassino lo stesso. Ed è un assassino grande come una casa. Se decidesse di saltar giù dal pickup di Harry, l'unico modo che avremmo per fermarlo sarebbe ammazzandolo. E un tipo come quello richiede un bel po' di ammazzamento, anche a scaricargli addosso le pallottole di una .45. Mettiamo che non riusciamo ad abbatterlo? E mettiamo che quello va a far fuori qualcun altro? Mi va poco a genio perdere il lavoro e meno ancora finire in galera, dato che ho da sfamare moglie e figli, ma vi dico che l'una e l'altra prospettiva sono niente al confronto di ritrovarmi sulla coscienza un'altra bambina uccisa.»

«Non accadrà», dichiarai.

«Mi vuoi dire come fai a esserne così sicuro?»

Non risposi. Non sapevo da dove cominciare. Sapevo naturalmente che sarebbe saltata fuori, ma lo stesso non sapevo da che parte cominciare a spiegare loro perché ero così sicuro. Mi soccorse Brutal.

«Tu non credi che l'abbia fatto, vero, Paul?» Mi guardava con gli occhi dilatati dalla meraviglia. «Tu credi che quel bestione sia innocente.»

«Sono sicuro che è innocente», ammisi.

«Ma come puoi, nel nome di Dio?»

«Ci sono due ragioni», risposi. «Una è la mia scarpa.» Mi sporsi sul tavolo e cominciai a parlare.

PARTE QUINTA

Viaggio nella notte

1

H.G. WELLS scrisse di un uomo che aveva inventato una macchina del tempo e io ho scoperto che, scrivendo queste memorie, ne ho creata una mia personale. A differenza di quella di Wells, la mia viaggia solo nel passato, tornando all'anno 1932, per la precisione quando ero l'aguzzino capocerbero al Blocco E del penitenziario di Cold Mountain, ma nella sua limitatezza è di una efficienza da brividi. Resta il fatto che questa macchina del tempo mi ricorda la vecchia Ford che possedevo in quei giorni: potevi stare sicuro che prima o poi sarebbe partita, ma non sapevi mai se per accendere il motore sarebbe bastato girare la chiave o se saresti stato costretto a scendere e dar di manovella fin quasi a staccarti il braccio dalla spalla.

Ho avuto la fortuna di numerosi avvii facili da quando ho cominciato a raccontare la storia di John Coffey, ieri però ho dovuto ricorrere alla manovella. Credo sia perché ero arrivato all'esecuzione di Delacroix e qualcosa dentro di me si rifiutava di riviverla. Fu una brutta morte, una morte *terribile*, e andò così per colpa di

Percy Wetmore, un giovanotto che amava molto pettinarsi i capelli ma non sopportava di essere deriso, nemmeno da un ometto mezzo calvo che non avrebbe visto un altro Natale.

Come per tutti i lavori sporchi, tuttavia, la parte più difficile è cominciare. A un motore non importa se l'hai avviato con la chiave o con la manovella: una volta in moto, di solito tiene senza ripensamenti. Così è andata a me ieri. All'inizio le parole mi sono riaffiorate in piccoli colpi, come di tosse, poi in frasi intere, poi in un torrente. Ho scoperto che scrivere è una forma di reminescenza molto speciale e a suo modo terrificante, contiene un elemento di totalità in cui mi sembra di riconoscere analogie con lo stupro. Forse questa sensazione mi deriva dal fatto che sono un uomo molto anziano (un fenomeno che ha avuto luogo alle mie spalle, mi viene da pensare certe volte), ma io non lo credo. Ritengo che l'abbinamento di matita e memoria dia origine a una sorta di virtuale magia. E la magia è pericolosa. Per aver saputo e visto che cosa era capace di fare John Coffey a uomini e topi indifferentemente, mi sento più che qualificato ad affermarlo.

La magia è pericolosa.

Fatto sta che ieri ho scritto tutto il giorno in un fluire naturale di parole, e la veranda di questo nobilitato ospizio è scomparsa e intorno a me c'erano di nuovo il capannone in fondo al Miglio Verde, dove tanti dei miei ragazzi difficili si sedevano per l'ultima volta, e i gradini che scendevano al sottopassaggio. È là che Dean, Harry, Brutal e io ci confrontammo con Percy Wetmore davanti al corpo fumante di Eduard Delacroix e lo costringemmo a rinnovare la sua promessa di chiedere il trasferimento all'istituto statale per malattie mentali di Briar Ridge.

Ci sono sempre fiori freschi nella veranda, ma ieri, a mezzogiorno, io sentivo solo l'odore pernicioso di carni umane arrostite. Al rumore della falciatrice, giù in giardino, si era sostituito il gocciolare sordo dell'acqua che filtrava lentamente dalla volta del tunnel. Il viaggio era cominciato. Ero tornato al 1932, nella mente e nel cuore, se non con il corpo.

Ho saltato la colazione e ho scritto fin verso le quattro del pomeriggio e quando finalmente ho posato la matita, mi faceva male la mano. Camminando adagio, sono andato in fondo al corridoio del primo piano. Lì c'è una finestra che si affaccia sul piazzale di parcheggio dei dipendenti. Brad Dolan, la guardia che mi ricorda Percy, quella un po' troppo curiosa di sapere dove vado e che cosa faccio durante le mie passeggiate, ha una vecchia Chevrolet con un adesivo sul paraurti che porta la scritta HO VISTO DIO MA NON ME LA SONO PRESA. Non c'era. Brad aveva finito il suo turno ed era tornato a quale che fosse la tana che chiamava casa. Mi figuro una roulotte con i paginoni centrali di *Hustler* appiccicati alle pareti e mucchi di lattine di birra negli angoli.

Sono passato per la cucina, dove erano in corso i preparativi per la cena. «Che cos'ha in quel sacchetto, signor Edgecombe?» mi ha chiesto Norton.

«Una bottiglia vuota», ho risposto. «Giù nel bosco ho trovato la fonte dell'eterna giovinezza. Ci faccio un salto tutti i pomeriggi più o meno a quest'ora a spillare un po' di acqua miracolosa e me la bevo prima di coricarmi. È buona, mi creda.»

«Sarà anche vero che la conserva giovane dentro», osservò George, l'altro cuoco, «ma quanto a fuori funziona da schifo.»

Abbiamo riso tutti insieme della sua battuta, poi sono uscito. Mi sono ritrovato a guardarmi intorno nel timore di vedere Dolan anche se la sua automobile non c'era, mi sono dato dello stupido per avergli permesso di diventare protagonista della mia paranoia, e ho attraversato il campo da croquet. Dall'altra parte c'è un praticello spelacchiato dove giocare a golf, due ciuffi d'erba che sui pieghevoli di Georgia Pines ti danno l'idea di un green sontuoso, e più avanti ancora c'è un sentiero che si infila nel boschetto a est dell'ospizio. Su quel sentiero ci sono un paio di vecchie baracche ormai in disuso. Arrivato alla seconda, che si trova a ridosso dell'alto muro di pietra a protezione dei terreni di Georgia Pines lungo la Georgia Highway 47, sono entrato e mi sono trattenuto per un po'.

La cena era buona, ho guardato un po' di TV e sono andato a letto presto. Molte volte mi sveglio di notte e scendo in silenzio nel locale della televisione dove guardo vecchi film sull'American Movie Channel. Ieri notte non l'ho fatto, ho dormito come un sasso e senza essere tormentato dai sogni che mi agitano il sonno da quando ho cominciato le mie avventure letterarie. Tutto quello scrivere di ieri deve avermi stancato; non sono più giovane come una volta, sapete?

Quando mi sono svegliato e ho visto che il raggio di sole che di solito alle sei del mattino s'allunga sul pavimento della mia stanza si era spinto fino ai piedi del mio letto, mi sono alzato in tutta fretta, così preoccupato da non badare alle fitte di dolore artritico alle anche, ginocchia e caviglie. Mi sono vestito il più velocemente possibile e sono corso alla finestra in fondo al corridoio a controllare il parcheggio, nella speranza che il posto dove Dolan lascia la sua vecchia Chevrolet fosse ancora vuoto. È capace di arrivare anche con mezz'ora di ritardo...

Peccato. La macchina c'era, con tutte le sue ruggini illuminate dal sole del mattino. Perché da qualche giorno a questa parte il signor Brad Dolan ha un buon motivo per arrivare puntuale, non è vero? Eh sì. Di primo mattino il vecchio Paulie Edgecombe va da qualche parte, il vecchio Paulie Edgecombe combina qualcosa, e il signor Brad Dolan si è messo in testa di scoprire che cos'è. *Che cosa ci fai laggiù, Paulie? Dimmelo.* Poteva ben darsi che fosse già in agguato. E io avrei fatto bene a restare dov'ero... ma non potevo.

«Paul?»

Mi sono voltato così di scatto che per poco non sono caduto. Era Elaine Connelly, la mia amica. Ha sgranato gli occhi allungando le braccia, come per prendermi al volo. Buon per lei che ho ritrovato in tempo l'equilibrio. L'artrite che l'ha colpita è terribile e, se le fossi caduto tra le braccia, probabilmente l'avrei spezzata in due come un ramoscello secco. Non si smette di essere romantici quando si entra nello strano mondo oltre gli ottant'anni, ma è meglio mettere da parte le esuberanze da *Via col vento*.

«Scusa», mi ha detto. «Non volevo spaventarti.»

«Non è successo niente», l'ho rassicurata io con un debole sorriso. «È un modo migliore per svegliarsi che con una secchiata di acqua fredda. Dovrei assumerti per farmelo tutte le mattine.»

«Stai guardando se c'è la sua macchina, vero? Quella di Dolan.»

Inutile cercare di ingannare lei, così ho annuito. «Mi piacerebbe essere sicuro che è nell'altra ala dell'ospizio. Vorrei fare una scappata fuori, ma non mi va che mi veda.»

Elaine ha sorriso, un fantasma dell'accattivante sorriso malizioso che doveva avere da ragazza. «Ostico ficcanaso, eh?»

«Già.»

«Comunque non è dall'altra parte. Sono già stata giù a fare colazione, dormiglione, e posso dirti dov'è perché ho spiato. È in cucina.»

Mi sono sentito prendere dallo sgomento. Sapevo che Dolan era curioso, ma non fino a quel punto.

«Puoi rinunciare alla tua passeggiata?» mi ha chiesto Elaine.

Io ho riflettuto per qualche istante. «Potrei, immagino, però...»

«Non dovresti.»

«No, non dovrei.»

Ora mi chiederà dove vado, ho pensato, che cosa vado a fare di così dannatamente importante in quel bosco.

Ma non me l'ha domandato. Sulle sue labbra è riapparso invece quel sorriso birichino. Era strano e meraviglioso su quel viso così sparuto, così assediato dal dolore. «Conosci il signor Howland?» mi ha chiesto.

«Certo», ho risposto io, anche se non lo vedevo spesso. La sua stanza era nell'ala ovest, che a Georgia Pines era qualcosa come una nazione confinante. «Perché?»

«Sai che cos'ha di tanto speciale?»

Ho scosso la testa.

«Il signor Howland», mi ha spiegato Elaine, ora sorridendo più che mai, «è uno dei cinque ospiti rimasti a Georgia Pines che ha il permesso di fumare. È perché era già qui prima che cambiassero il regolamento.»

La clausola del nonno, ho pensato. Quale luogo più adatto a introdurla di una residenza per anziani?

Dalla tasca della vestaglia a strisce blu e bianche ha estratto, ma non del tutto, due oggetti: una sigaretta e una bustina di fiammiferi. «Tanto va la gatta al lardo», ha intonato in una buffa vocetta infantile, «che si riempie lo zampino.»

«Elaine, ma che cosa...»

«Accompagna da basso una vecchietta», mi ha esortato lei, riponendo in tasca sigaretta e fiammiferi e prendendomi il braccio con la mano rattrappita dall'artrite. Ci siamo incamminati per il corridoio e in quel momento ho deciso di arrendermi consegnandomi alla sua sagacia. Era anziana e fragile, ma non stupida.

Mentre scendevamo con la circospezione un po' vetrosa dei relitti che ormai siamo, mi ha detto: «Tu aspetta qui. Io vado alla toilette che c'è nell'ala ovest. Sai quale, vero?»

«Sì. Quella di fianco ai bagni. Ma perché?»

«Saranno passati più di quindici anni dall'ultima volta che ho fumato una sigaretta», ha risposto lei. «Oggi mi è tornata la voglia. Non so quante boccate ci vogliono per far partire l'allarme del rilevatore di fumo che c'è in quel gabinetto, ma ho intenzione di scoprirlo.»

L'ho contemplata con incipiente ammirazione e ho pensato a quanto mi ricordava mia moglie: Jan sarebbe stata capace di una cosa del genere. Elaine ha contraccambiato il mio sguardo, con quel suo gustoso sorriso birbonesco. Le ho posato la mano dietro il suo bel collo lungo, l'ho attirata verso di me e l'ho baciata delicatamente sulla bocca. «Ti amo, Ellie», le ho mormorato.

«Uh, che parolone», ha risposto lei, ma si vedeva che era contenta.

«Non è che Chuck Howland finisce in qualche guaio, eh?» le ho chiesto.

«No, perché è giù a guardare *Good Morning America* con un'altra ventina di vecchietti. E io sparirò appena il rilevatore del fumo farà scattare l'allarme antincendio.»

«Attenta a non cadere e farti male, donna. Non mi perdonerei mai se...»

«Oh, smettila di far tante storie», mi ha zittito e questa volta è stata lei a baciare me. Amore tra le rovine. Ci saranno quelli tra voi che lo troveranno fuori luogo e tutti gli altri lo giudicheranno grottesco, ma lasciate che vi dica una cosa, amici miei: sempre meglio un amore bizzarro che nessun amore.

L'ho guardata allontanarsi, rigida e lenta nei movimenti (ma è troppo orgogliosa per usare il bastone se non nelle giornate di maggior umidità e, anche in quel caso, solo se il dolore è veramente insopportabile) e ho aspettato. Sono trascorsi cinque minuti, poi dieci, e proprio quando stavo per concludere che doveva essersi persa d'animo o doveva aver scoperto che la batteria del rilevatore nella toilette era scarica, nell'ala ovest è entrata in funzione l'assordante cicala dell'allarme antincendio.

Io sono partito subito in direzione della cucina, ma camminando adagio: inutile precipitarsi prima di essere sicuro che Dolan non fosse nei paraggi. Uno stuolo di vecchietti, quasi tutti in vestaglia, si è riversato fuori dal locale TV (qui lo chiamano Centro Ricreativo, e questo sì, che è grottesco!) a vedere che cosa stava succedendo. Tra loro c'era anche Chuck Howland e sono stato felice di vederlo.

«Edgecombe!» ha starnazzato Kent Avery, con una mano sul deambulatore e l'altra a darsi strattoni al cavallo dei calzoni del pigiama. «È un allarme vero o no? Tu che ne pensi?»

«Impossibile saperlo», gli ho risposto.

In quel mentre sono arrivati al trotto tre inservienti, tutti diretti all'ala ovest, e hanno gridato agli ospiti raggruppati davanti alla porta del locale TV di uscire in giardino e aspettare il via libera. Il terzo del drappello era Brad Dolan. È passato senza nemmeno guardarmi, fatto che mi ha procurato un immenso piacere. Mentre mi reincamminavo verso la cucina, mi è venuto da considerare che il sodalizio di Elaine Connelly e Paul Edgecombe avrebbe probabilmente tenuto testa a una decina di Brad Dolan messi insieme, anche se assistiti da cinque o sei Percy Wetmore.

In cucina i cuochi continuavano a rigovernare senza badare all'allarme.

«Ehi, signor Edgecombe», mi ha richiamato George. «Mi pare che Brad Dolan la stava cercando. Anzi, l'ha mancato di un niente.»

Per mia fortuna, ho pensato io. A voce alta ho detto invece che avrei fatto in modo di trovarlo più tardi. Poi ho chiesto se era avanzato del pane abbrustolito dalla prima colazione.

«Ce n'è», mi ha risposto Norton. «Ma ormai è gelido. Abbiamo fatto tardi, stamane.»

«Vero», ho ammesso, «ma ho fame lo stesso.»

«Ci metto solo un attimo a prepararle qualche fetta calda», si è offerto George, subito accingendosi a tagliare il pane.

«Non c'è bisogno, mi va bene anche freddo», ho detto io e quando mi ha dato un paio di fette (un po' sconcertato; anzi, tutti e due avevano l'aria perplessa), ho imbucato alla svelta la porta, sentendomi di nuovo come il ragazzino di un tempo, quando bigiavo per andare a pescare con un cannolo ripieno di marmellata, avvolto nella carta oleata e infilato nella camicia.

Appena fuori della cucina, mi sono guardato intorno di riflesso, dovesse esserci Dolan. Non ho visto nemici in agguato e ho preso subito in direzione del bosco, attraversando il campo di croquet e il praticello del golf mentre sgranocchiavo una delle mie fette di pane tostato. Ho rallentato un po' l'andatura mentre entravo al riparo delle fronde e, mentre percorrevo il sentiero, la mia mente è tornata all'indomani della terribile esecuzione di Eduard Delacroix.

Quella mattina avevo parlato con Hal Moores e lui mi aveva riferito che il tumore al cervello aveva provocato in Melinda scivoloni improvvisi in un linguaggio scurrile, che mia moglie avrebbe in seguito classificato (con una certa titubanza, perché non era proprio sicura che fosse la stessa cosa) come sindrome di Tourette. Lo sconforto nella voce di Moores e il ricordo di come John Coffey avesse guarito la mia infezione alle vie urinarie e riaggiustato la schiena spezzata del topolino di Delacroix mi avevano spinto infine oltre la linea di demarcazione che separa il dire dal fare.

E non era tutto. C'era un'altra questione, che aveva a che fare con le mani di John Coffey e la mia scarpa.

Così avevo convocato gli uomini con cui lavoravo, quelli ai quali avevo affidato la mia vita per anni: Dean Stanton, Harry Terwilliger e Brutus Howell. Erano venuti a pranzo a casa mia il giorno dopo l'esecuzione di Delacroix e mi avevano quanto meno ascoltato quando avevo illustrato loro il mio piano. Sapevano tutti, come è ovvio, che Coffey aveva praticamente resuscitato il topo e Brutal in particolare aveva assistito alla scena. Così, quando avevo avanzato l'ipotesi di un secondo miracolo se avessimo messo John Coffey al cospetto di Melinda Moores, non erano scoppiati a ridermi in faccia. L'interrogativo più inquietante era stato sollevato da Dean Stanton: e se John Coffey fosse fuggito durante il trasferimento alla casa del direttore del carcere?

«Mettiamo che uccida qualcun altro?» aveva osservato Dean. «Mi va poco a genio perdere il lavoro e meno ancora finire in galera, dato che ho da sfamare moglie e figli, ma vi dico che l'una e l'altra prospettiva sono niente al confronto di ritrovarmi sulla coscienza un'altra bambina uccisa.»

Allora era calato il silenzio e tutti avevano guardato me in attesa della mia risposta. Sapevo che tutto sarebbe cambiato se avessi detto quello che avevo sulla punta della lingua; avevamo raggiunto il punto oltre il quale tornare indietro sarebbe stato impossibile.

Io, però, quel punto lo avevo già superato. Aprii la bocca e dissi:

2

«NON accadrà.»

«Mi vuoi dire come fai a esserne così sicuro?» chiese Dean.

Non risposi. Non sapevo da dove cominciare. Sapevo naturalmente che sarebbe saltata fuori, ma lo stesso non sapevo da che parte cominciare a spiegare loro perché ero così sicuro. Mi soccorse Brutal.

«Tu non credi che l'abbia fatto, vero, Paul?» Mi guardava stupito. «Tu credi che quel bestione sia innocente.»

«Sono sicuro che è innocente.»

«Ma come puoi, nel nome di Dio?»

«Ci sono due ragioni», risposi. «Una è la mia scarpa.»

«La tua scarpa?» proruppe Brutal. «E che cosa mai avrebbe a che fare la tua scarpa con John Coffey e quelle due povere bambine?»

«Ieri sera mi sono tolto una scarpa e gliel'ho data», spiegai. «È stato dopo l'esecuzione, dopo che le acque si erano un po' calmate. Gliel'ho passata attraverso le sbarre e lui l'ha presa in quelle manacce che si ritrova. Gli ho chiesto di allacciare la stringa. Dovevo sapere, vedete, perché tutti i nostri ragazzi difficili di solito portano le pantofole. Uno che vuole togliersi la vita, può anche farlo con i lacci delle scarpe, se ci si mette. È una cosa che sappiamo tutti.»

Stavano annuendo.

«Lui si è messo la scarpa in grembo e ha incrociato le estremità della stringa. Fin lì tutto bene, ma a quel punto si è fermato. Ha detto di essere sicuro che qualcuno gli aveva mostrato come si fa quand'era più giovane, forse suo padre o magari uno degli amici che ha frequentato sua madre dopo che suo padre si è dileguato, ma che non ricordava più bene come funzionava.»

«Scusa, ma io mi schiero con Brutal», intervenne a questo punto Dean. «Non vedo proprio come potrebbe servire la tua scarpa a stabilire se Coffey ha ucciso o no le gemelline.»

Allora io ricostruii la storia del rapimento e dell'omicidio, raccontando quello che avevo letto in quella torrida giornata nella biblioteca del carcere, con l'inguine che mi andava arrosto e Gibbons che russava in un angolo e aggiungendovi quello che mi aveva riferito più tardi Hammersmith, il giornalista.

«Il cane dei Detterick non era un gran che quanto a morsicare, ma quanto ad abbaiare era un campione», dissi. «L'uomo che ha rapito le bambine l'ha tenuto buono dandogli da mangiare salsicce. Immagino che via via che gliene dava una, si avvicinava sempre di più, e che è stato quando il cane ha mangiato l'ultima, che lo ha afferrato per la testa e gliel'ha torta. Spezzandogli il collo.

«Più tardi, quando hanno trovato Coffey, l'aiutosceriffo che guidava la caccia, Rob McGee, si chiamava, si è accorto che nel marsupio della pettorina di Coffey c'era qualcosa. Lì per lì ha pensato che fosse una pistola. Coffey ha detto che era la sua merenda e così era, infatti: sandwich, un dolce con la marmellata e dei sottaceti. Il tutto era avvolto in un foglio di carta di giornale e legato con lo spago. Coffey non ricordava più chi gliel'aveva dato, solo che era stata una donna con il grembiule.»

«Sandwich, sottaceti, ma niente salsicce», notò Brutal.

«Niente salsicce», confermai.

«Per forza», sbottò Dean. «Quelle, le aveva date al cane.»

«Così ha sostenuto l'accusa al processo», gli risposi, «ma se Coffey aveva aperto l'involto per dare le salsicce al cane, come ha fatto a legare di nuovo il foglio di giornale con quel pezzo di spago? C'è da domandarsi quando ne avrebbe avuta l'occasione, se è per questo, ma ora come ora non ci interessa. Il fatto è che quell'uomo non è capace nemmeno di confezionare un doppio nodo.»

Ci fu un lungo momento di silenzio attonito, interrotto poi da Brutus. «Porca merda», mormorò. «Com'è che nessuno ha tirato fuori questa circostanza al processo?»

«Non è venuto in mente a nessuno», gli risposi e mi ritrovai a pensare a Hammersmith, il giornalista, Hammersmith che era stato all'università a Bowling Green, Hammersmith che si compiaceva di ritenersi di larghe vedute, Hammersmith che mi aveva detto che cani bastardi e negri sono la stessa cosa, che gli uni e gli altri sono capaci di staccarti un pezzo di polpaccio di punto in bianco, senza alcun motivo. Solo che lui li aveva sempre definiti i *tuoi* negri, come se fossero ancora una proprietà... ma non la *sua* proprietà. Oh no, sua no. Mai. E all'epoca al Sud quelli come Hammersmith non si contavano. «Nessuno in realtà aveva l'esperienza necessaria per pensarci, nemmeno l'avvocato di Coffey.»

«Però tu ci sei arrivato», commentò Harry. «Ragazzi, ragazzi, ma qui abbiamo un autentico Sherlock Holmes!» Non c'era solo amichevole dileggio nella sua voce, c'era anche ammirazione.

«Mettici un coperchio», lo apostrofai. «Nemmeno io ci avrei pensato se non avessi collegato quello che ha detto a McGee il giorno che l'hanno ritrovato sul fiume con quello che ha detto dopo avermi guarito dalla mia infezione e dopo aver riaggiustato il topo.»

«Che cosa?» volle sapere Dean.

«Quando sono entrato nella sua cella, mi sono sentito come ipnotizzato. La sensazione era che non avrei potuto impedire quello che voleva nemmeno se ci avessi provato.»

«Questa non mi piace», borbottò Harry dando segni di agitazione.

«Gli ho chiesto che cosa voleva e lui ha risposto: 'Solo aiutare'. Lo ricordo molto bene. E quand'è finita e mi sentivo meglio, lui sapeva di avermi guarito. 'Ti ho aiutato', mi ha detto. 'Ti ho aiutato, no?'»

Brutal stava annuendo. «Proprio come con il topo. Tu gli hai detto: 'L'hai aiutato' e Coffey l'ha ripetuto come un pappagallo. 'Ho aiutato il topo di Del.' È lì che hai capito? È stato quello il momento, vero?»

«Sì, credo di sì. Ricordo che cos'ha detto a McGee quando gli ha domandato com'erano andate le cose. Le parole sono state riportate più o meno uguali in tutti gli articoli sul delitto. 'Non ho potuto farci niente. Ho cercato di rimediare, ma era troppo tardi.' Un uomo che si esprime così con due bambine morte in braccio, loro bionde e con la pelle bianca, e lui grosso come un bisonte... Era inevitabile che interpretassero male le sue parole. Hanno sentito quello che diceva in un modo che corrispondesse a quello che vedevano. E quello che vedevano in quel momento era nero. Pensavano che stesse confessando, che stesse dicendo che l'aveva preso l'impulso di rapire quelle bambine, violentarle e ucciderle. Che poi avesse ritrovato il lume della ragione e avesse cercato di fermarsi...»

«Ma che ormai era troppo tardi», finì sottovoce Brutal.

«Già. Solo che in realtà lui stava cercando di dire che quando le aveva trovate aveva cercato di guarirle, di rimediare alle sevizie che avevano subito, ma che non c'era riuscito, perché erano già morte e irrecuperabili.»

«Paul, ma tu ci credi davvero?» mi chiese Dean. «Sinceramente, davanti a Dio, tu credi a quello che stai dicendo?»

Mi esaminai il cuore come meglio potevo per un'ultima volta, poi annuii. Non solo lo so ora. Fin dall'inizio, posso dire, ebbi l'intuizione di qualcosa che non quadrava nella storia di John Coffey, quando Percy era entrato al blocco con lui, sbraitando: «Uomo morto che cammina!» Gli avevo stretto la mano, ricordate? Non avevo mai scambiato una stretta di mano con un ospite del Miglio Verde, ma avevo stretto la mano di Coffey.

«Gesù», proruppe Dean. «Gesù santo!»

«Abbiamo sentito della scarpa», intervenne Harry. «Ma qual è l'altra ragione?»

«Poco prima che ritrovasse Coffey e le bambine, la

squadra era sbucata dal bosco nei pressi della riva sud del Trapingus. Lì c'era un tratto di erba schiacciata, con un mucchio di sangue e un brandello della camicia da notte di Cora Detterick. I cani sono rimasti un po' confusi, per la maggior parte volevano proseguire in direzione sudest, lungo la sponda, ma due, i coonie, volevano *risalire* il fiume. La muta era guidata da Bobo Marchant e quando Bobo ha fatto annusare la camicia da notte ai coonie, anche loro si sono uniti agli altri.»

«Perché i coonie si erano incasinati, ed è abbastanza naturale», osservò Brutal. Un'ombra di sorriso amaro gli aleggiava sugli angoli della bocca. «Da un punto di vista squisitamente tecnico, non sono nati per fare i segugi e a un certo punto hanno perso di vista il loro compito.»

«Infatti.»

«Non capisco», disse Dean.

«I coonie si erano dimenticati che cosa gli aveva fatto annusare Bobo quando avevano cominciato la caccia», spiegò Brutal. «Ora che sono arrivati al fiume, stavano cercando l'*assassino*, non le bambine. Nessun problema finché assassino e bambine erano rimasti insieme, ma...»

A Dean s'illuminarono gli occhi. Harry c'era già arrivato.

«A rifletterci», ripresi io, «c'è da domandarsi come possa qualcuno, anche una giuria animata dal desiderio di appioppare il delitto a un nero vagabondo, aver creduto per un solo momento che Johnny Coffey fosse il loro uomo. Già l'idea di tener buono un cane dandogli da mangiare fino al momento opportuno per spezzargli il collo è troppo complicata per un cervello come quello di Coffey.

«Secondo me non si è mai avvicinato alla casa dei Detterick. Lui era sulla sponda del Trapingus, a sei o più miglia da loro. Gironzolava da quelle parti, forse con una mezza intenzione di arrivare alla ferrovia e arrampicarsi su un treno merci per andare da qualche altra parte, approfittando del ponte, dove i convogli rallentano abbastanza. Era lì quando deve aver sentito rumori più a nord.»

«L'assassino?» chiese Brutal.

«L'assassino. Forse le aveva già violentate, forse sono state proprio le grida delle bambine, quello che ha udito Coffey. In ogni caso il punto dove ha agito l'assassino era laggiù, in quel tratto di erba schiacciata e piena di sangue. Ha cozzato le teste delle bimbe una contro l'altra, le ha mollate lì e se l'è data a gambe.»

«Se l'è data a gambe a nordovest», aggiunse Brutal. «Dove volevano andare i coonie.»

«Giusto. John Coffey esce dalla macchia di ontani che c'è poco a sudest del luogo dove sono state abbandonate le bambine, probabilmente incuriosito dal rumore, e trova i corpi. Forse una era ancora viva, è possibile che lo fossero entrambe, ma non lo sono rimaste per molto tempo. John Coffey non avrebbe saputo stabilire se erano morte, questo è pacifico. Lui sa solo di avere la capacità di guarire con le mani e ha cercato di usarla con Cora e Kathe Detterick. Visto che non c'è riuscito, si è messo a urlare come un vitello sventrato. Ed è così che l'hanno trovato.»

«Ma perché non è rimasto dov'era, là dove erano state abbandonate le bimbe?» domandò Brutal. «Perché portarle a sud lungo la riva del fiume? Hai qualche idea?»

«Io scommetto che all'inizio si era fermato», risposi. «Al processo hanno parlato ripetutamente di una *vasta* zona di erba calpestata. E John Coffey è un uomo bello grosso.»

«Un gigante, che cazzo», precisò Harry, abbassando moltissimo la voce perché mia moglie non lo sentisse esprimersi in quel modo se fosse stata in ascolto.

«Forse quando ha visto che quello che stava facendo non funzionava si è fatto prendere dal panico. O magari ha avuto l'idea che l'assassino fosse ancora nelle vicinanze, tra gli alberi, a spiarlo da poco distante. Coffey è grande e grosso come una montagna, questo sì, ma non è proprio coraggioso. Harry, ti ricordi quando ha chiesto se lasciavamo accesa una luce anche di notte?»

«Sì. E mi era sembrato parecchio strano sentirlo chiedere a un colosso come lui.» Harry era scosso e pensieroso.

«Ma se non è stato lui a uccidere le bambine, allora chi è stato?» chiese Dean.

Io scossi la testa. «Qualcun altro. Un qualcun altro *bianco*, se volete sapere come la penso. L'accusa ha ricamato a lungo su quanto dovesse essere forte l'uomo in grado di uccidere un cane grosso come quello dei Detterick, ma...»

«Stronzate», brontolò Brutus. «Anche una bambina di dodici anni saprebbe spezzare il collo a un cane grosso, cogliendolo di sorpresa e sapendo come prenderlo. Se non è stato Coffey, può essere stato praticamente chiunque. Un uomo qualsiasi, intendo dire. Probabilmente non sapremo mai chi.»

«A meno che ci rifaccia», notai io.

«Anche così non lo sapremmo, se gli va di rifarci in Texas o in California», obiettò Harry.

Brutal si appoggiò allo schienale, si ruotò i pugni nelle orbite come un bambino stanco, poi si lasciò ricadere le mani in grembo. «È un incubo», sospirò. «Abbiamo un uomo che potrebbe essere innocente, che probabilmente è innocente, e quant'è vero Iddio si farà il suo Miglio Verde e nessuno potrà evitarglielo. E noi come potremmo aiutarlo? Se tiriamo fuori questa storia che guarisce la gente con le mani, ci facciamo ridere dietro da mezzo mondo e lui finisce lo stesso in padella.»

«Di questo ci occuperemo a suo tempo», ribattei, perché non sapevo nemmeno io dove andare a parare. «Ora come ora quello che conta è che cosa vogliamo fare di Melly. Io propongo di sospendere la questione e prenderci qualche giorno per riflettere, ma credo che ogni giorno che passa aumentano le probabilità che non sia più in grado di aiutarla.»

«Ricordi come ti aveva sollecitato perché gli dessi il topo?» sbottò Brutal. «'Dammelo finché c'è ancora tempo', ti ha detto. *Finché c'è ancora tempo.*»

«Sì, lo ricordo bene.»

Brutal pensò, poi annuì. «Io sono con te. Com'è andata a finire con Del ha preso male anche me, ma soprattutto credo di aver voglia di vedere che cosa succede quando lui la tocca. Probabilmente niente, ma forse...»

«Dubito fortemente che riusciremo a far uscire quel bestione dal carcere», borbottò Harry. Ma poi sospirò e annuì anche lui. «E chi se ne frega, mi dico io? Fai conto su di me.»

«Ci sono anch'io», fece eco Dean. «Ma, Paul, chi resta al blocco? Tiriamo a sorte?»

«No», gli risposi. «Resti tu.»

«Come? Così, come se niente fosse? Che razza di fregatura sarebbe?» protestò Dean, offeso e adirato. Si strappò via gli occhiali dal naso e cominciò a pulirseli furiosamente in un lembo di camicia. «Chi ti dà il diritto di tagliarmi fuori in questo modo?»

«Il fatto che tu hai figli che vanno ancora a scuola», rispose per tutti Brutal. «Io e Harry siamo scapoli. Paul è sposato, ma i suoi figli sono grandi e badano a se stessi. Questa bella impresa è degna di un branco di fuori di testa e credo che siamo tutti quasi sicuri che ci beccheranno.» Girò su di me uno sguardo molto serio. «Quello che tu non hai detto, Paul, è che se riusciamo a farlo uscire di prigione e poi le sue mani miracolose non ottengono nessun effetto, possiamo dare per scontato che Hal Moores ci schiaffa dentro personalmente.» Mi diede la possibilità di ribattere, magari di obiettare, ma non potevo, così tenni la bocca chiusa. Brutal si girò verso Dean. «Non fraintendermi», continuò, «è probabile che ci rimetti il posto anche tu, ma almeno hai qualche speranza di scampare alla galera, se si mette davvero male. Percy penserà che era tutto uno scherzo. Se resterai di servizio al blocco, potrai sostenere di averlo creduto anche tu e che noi non abbiamo fatto niente per lasciarti intendere altrimenti.»

«Non mi piace lo stesso», insisté Dean, ma ormai era chiaro che avrebbe accettato comunque la nostra decisione. Il pensiero delle conseguenze che avrebbero potuto patirne i figli lo aveva convinto. «E dev'essere questa sera? Davvero?»

«Se vogliamo farlo, sarà meglio che sia stasera», rispose Harry. «Se mi si dà tempo di pensarci su, è quasi certo che mi scappa il coraggio.»

«Lasciate a me l'infermeria», pretese Dean. «Almeno quello.»

«Basta che qualunque cosa fai, tu lo faccia senza farti prendere», lo ammonì Brutal.

Dean sembrò offeso e gli batté una mano sulla spalla. «Appena avete timbrato il cartellino, d'accordo? Il più presto possibile.»

«Contaci.»

Mia moglie fece capolino come se avesse sentito che quello era il momento giusto. «Nessuno vuole altro tè freddo?» ci offrì con cordiale allegria. «Tu, Brutus?»

«No, grazie», declinò lui. «Mi andrebbe piuttosto una bella dose di whisky, ma date le circostanze, forse non è opportuno.»

Janice guardò me, con un sorriso sulla bocca e viva preoccupazione negli occhi. «In che cosa stai attirando questi ragazzi, Paul?» Ma prima che potessi anche solo cominciare a formulare una risposta, alzò una mano e aggiunse: «Lascia perdere. Non voglio saperlo».

3

Dopo, quando gli altri se n'erano già andati da tempo e io mi vestivo per andare al lavoro, mi prese per il braccio, mi obbligò a voltarmi su me stesso e mi piantò gli occhi negli occhi.

«Melinda?» mi domandò.

Annuii.

«Puoi fare qualcosa per lei, Paul? Puoi veramente fare qualcosa per lei o è solo una pia illusione nata da quello che hai visto ieri sera?»

Io pensai agli occhi di Coffey, alle mani di Coffey, e a come gli avevo ubbidito avvicinandomi a lui quando me lo aveva chiesto. Pensai a come aveva proteso le mani perché gli consegnassimo il corpicino spezzato e morente del signor Jingles. *Finché c'è ancora tempo*, aveva scongiurato. E quei fantomatici insetti neri che diventavano bianchi e scomparivano nel nulla.

«Penso che potremmo essere noi l'ultima spiaggia per lei», risposi finalmente.

«Allora provaci», mi esortò, abbottonandomi il soprabito nuovo.

Era nell'armadio dal giorno del mio compleanno ai primi di settembre, ma era solo la terza o quarta volta che lo mettevo. «Provaci.»

E mi spinse letteralmente fuori della porta.

4

QUELLA sera, la più strana sera di tutta la mia vita, montai in servizio alle sei e venti. Mi sembrava di percepire ancora, seppur debole, un residuo dell'odore di carne bruciata. Doveva essere solo una sensazione, perché le porte che davano all'esterno, quella del blocco e quella del capannone, erano rimaste aperte per quasi tutta la giornata e gli uomini in servizio nei due turni precedenti avevano grattato e strofinato là dentro per ore. Tutto questo però sembrava non avere effetto su quanto mi raccontava il mio naso e non credo che sarei riuscito a mangiare un solo boccone nemmeno se non fossi stato spaventato quasi a morte alla prospettiva di quanto mi attendeva quella sera.

Brutal si presentò al blocco alle sette meno un quarto, Dean cinque minuti dopo. Chiesi a Dean se volesse essere così gentile da fare un salto in infermeria a vedere se avevano un termoforo per la mia schiena, che mi faceva male dal primo mattino, quando avevo trasportato il corpo di Delacroix nel sottopassaggio. Dean rispose che l'avrebbe fatto con piacere. Credo che avesse una gran voglia di strizzarmi l'occhio, ma si trattenne.

Harry entrò in servizio che mancavano tre minuti alle sette.

«Il camioncino?» gli domandai.

«Dove si era detto.»

Fin lì, tutto bene. Trascorse un breve lasso di tempo durante il quale restammo nei pressi del tavolo di servizio a bere caffè e a evitare con cura di esprimere in parole ciò che tutti pensavamo e speravamo: che Percy fosse in ritardo; anzi, che non si presentasse affatto. Considerate le critiche severe che gli erano piovute addosso per come aveva gestito l'esecuzione, non era del tutto escluso.

Ma Percy doveva aver aderito al vecchio assioma secondo il quale bisogna montare immediatamente in groppa al cavallo che ti ha appena disarcionato, perché eccolo apparire alle sette e sei minuti, sgargiante nella sua divisa blu, con la pistola d'ordinanza appesa a un fianco e il manganello di legno dall'altra parte, infilato in quella ridicola guaina personalizzata. Timbrò il cartellino, poi ci lanciò un'occhiata sospettosa (mancava solo Dean, che ancora non era tornato dall'infermeria). «Mi si è bruciato il motorino d'avviamento», annunciò. «Ho dovuto usare la manovella.»

«Ahi», lo compatì Harry. «Povero piccolo.»

«Avresti dovuto restare a casa e far riparare il motorino», commentò in tono neutro Brutal. «Ci sarebbe dispiaciuto se ti fossi procurato una tendinite, non è vero, ragazzi?»

«So bene quanto ci avreste goduto», ribatté Percy con

una smorfia, ma parve tranquillizzato dalla relativa affabilità di Brutal. Meglio così. Per qualche ora avremmo dovuto mantenere con lui una linea prestabilita, non troppo ostile, ma nemmeno troppo cameratesca. Dopo quanto era avvenuto la sera precedente, avrebbe fiutato insidie in qualunque atteggiamento rasentasse la socievolezza. Non lo avremmo sorpreso del tutto impreparato, di questo eravamo tutti consapevoli, ma pensavo che, se avessimo giocato bene le nostre carte, avremmo potuto almeno coglierlo con la guardia notevolmente abbassata. Era importante che ci muovessimo con celerità, ma era anche importante, almeno per me, che nessuno si facesse male. Nemmeno Percy.

Tornò Dean, che mi indirizzò un piccolo cenno.

«Percy», dissi io, «voglio che scendi nel magazzino a pulire per terra. Anche i gradini che scendono nel sottopassaggio. Poi puoi scrivere il tuo rapporto su ieri sera.»

«Bella occasione per dar sfoggio della tua creatività», sospirò Brutal. S'infilò i pollici sotto la cintura e alzò gli occhi al soffitto.

«Certo che siete più spassosi di una scopata in chiesa», ribatté Percy, ma più di così non protestò. Non ci fece nemmeno notare quanto sapevamo tutti, che cioè il pavimento giù nel magazzino era già stato lavato almeno due volte, quel giorno. Credo che fosse troppo contento dell'opportunità di allontanarsi da noi.

Diedi una scorsa al rapporto del turno precedente, non vidi nulla che richiedesse un mio intervento e mi feci una passeggiata fino alla cella di Bill Wharton. Lo trovai seduto sulla branda con le ginocchia sotto il mento e le braccia strette intorno agli stinchi, a guardarmi con un brillante sorriso carico di ostilità.

«Che onore», mi salutò. «Il gran capo in persona, se i miei occhi non m'ingannano. In tutta la sua carne, ossa e bruttezza. Ti vedo più gongolante di un maiale nella merda fino all'ombelico, capo Edgecombe. Cos'è, la mogliettina ti ha dato una scrollata al pisello prima che sei uscito di casa?»

«Come va, Kid?» chiesi io senza scompormi, al che si entusiasmò sul serio. Mollò le gambe, si alzò e si sgranchì. Il suo sorriso s'allargò perdendo parte dell'ostilità di poco prima.

«Che mi venga un colpo!» esclamò. «Mi ha chiamato con il nome giusto! Che ti ha preso, capo Edgecombe? Qualche brutta malattia?»

No, malattie no. Avevo avuto una malattia, ma me ne aveva liberato John Coffey. Le sue mani non erano più capaci della semplice manovra di annodare una stringa, se mai lo erano state, ma conoscevano ben altri trucchi. Oh, se li conoscevano.

«Amico mio», ripresi, «se preferisci essere un Billy the Kid invece di un Wild Bill, per me fa lo stesso.»

Si gonfiò vistosamente, come uno di quei tremendi pesci che vivono nei fiumi sudamericani, con certi aculei sulla schiena e sui fianchi con cui possono quasi ridurti in fin di vita. Ho dovuto vedermela con molti uomini pericolosi al Miglio, ma pochi repellenti come William Wharton, che si considerava un grande fuorilegge, ma il cui comportamento in carcere raramente si elevava dal pisciare o sputare attraverso le sbarre della cella.

Finora non gli avevamo tributato il sussiegoso rispetto che riteneva gli fosse dovuto, ma quella era una sera in cui volevo che fosse malleabile. Avessi dovuto sviolinarmelo, l'avrei fatto volentieri.

«Ho molte cose in comune con il Kid, credimi», si vantò Wharton. «Non è che sono finito qui dentro per aver rubato caramelle ai bambini», precisò, con tutto l'orgoglio di un uomo assegnato alla brigata degli eroi della legione straniera e non certo quello di chi si è fatto sbattere in una cella a settanta passi dalla sedia elettrica. «Dov'è la mia cena?»

«Non fare il furbo, Kid, sta scritto di là che hai mangiato alle cinque e cinquanta. Polpettone con sugo, purè di patate e piselli. Non me la fai in barba così facilmente.»

Rise di gusto e tornò a sedersi sulla branda. «Allora accendi la radio.» Diceva «radio» nel modo in cui lo si diceva a quei tempi quando si voleva scherzare, in modo che facesse rima con «Daddy-O», il vezzo con cui ci si rivolgeva alle persone più anziane. È buffo quanto una persona riesce a ricordare dei momenti in cui aveva i nervi così tesi che quasi entravano in risonanza.

«Magari più tardi, bello mio», risposi. Indietreggiai dalla sua cella e allungai lo sguardo per il corridoio. Brutal si era portato all'altra estremità, a controllare che la camera di confino fosse chiusa con una sola delle due serrature. Io lo sapevo perché ci ero già passato. Più tardi avremmo avuto bisogno di aprire quella porta in fretta e furia. Non avremmo sprecato tempo a svuotare la cella da tutte le cianfrusaglie che vi si accumulavano nel corso degli anni, perché le avevamo portate fuori, catalogate e riposte altrove poco dopo che Wharton si era unito all'allegra brigata. Avevamo avuto l'impressione che la stanza con le pareti imbottite ci sarebbe tornata utile spesso e sovente fino al giorno in cui Billy the Kid avesse percorso il Miglio.

John Coffey, che a quell'ora di solito era sdraiato, con le grosse gambe penzoloni e la faccia al muro, era seduto all'estremità della branda a mani giunte e guardava Brutal con un'attenzione, una *presenza*, che non gli era propria. E non stava nemmeno piangendo.

Brutal controllò la porta della cella d'isolamento, poi risalì il Miglio. Gettò un'occhiata a Coffey, quando gli passò davanti, e Coffey disse una cosa curiosa: «Certo. Faccio volentieri una gita», come rispondendo a qualcosa che aveva detto Brutal.

Gli occhi di Brutal trovarono i miei. *Lo sa*, mi parve quasi di sentirlo dire a voce alta. *Non so come, ma lo sa*.

Io mi strinsi nelle spalle e gli mostrai le mani, come a rispondere: *Per forza lo sa*.

5

Il vecchio Toot-Toot compì il suo ultimo giro serale del Blocco E verso le nove meno un quarto. Comperammo abbastanza dal suo carrello da farlo sorridere di cupidigia.

«Ehi, ragazzi, avete visto quel topo?» domandò.

Scuotemmo la testa.

«Forse l'ha visto Pretty Boy», commentò Toot, indicando con la testa nella direzione del magazzino, dove in quel momento Percy era intento a lavare il pavimento, o a scrivere il suo rapporto, o a grattarsi il sedere.

«Che te ne importa? Non sono affari tuoi, mi pare», lo apostrofò Brutal. «Fai andare quelle ruote, Toot. Stai seminando il tuo tanfo dappertutto.»

Toot gli rispose con quel suo sorriso particolarmente sgradevole, sdentato e rattrappito, fingendo di annusare l'aria. «No, questo non è il mio odore», obiettò. «Questo è Del che dice ciao ciao.»

Spinse ridacchiando il carrello fuori dalla porta, uscendo nel cortile. E continuò a spingerlo per altri dieci anni, molto dopo che io me n'ero ormai andato, anzi, per meglio dire molto dopo che se n'era andato il penitenziario di Cold Mountain, a vendere dolciumi e bibite alle guardie e ai carcerati che se lo potevano permettere. Certe volte lo sento ancora oggi nei miei sogni, che grida che sta friggendo, sta friggendo, lo stanno tacchinando.

Il tempo faticò a passare, dopo l'uscita di Toot, sembrava che le lancette dell'orologio non avessero alcuna voglia di muoversi. Tenemmo la radio accesa per un'ora e mezzo e Bill Wharton ragliò risate ascoltando Fred Allen e *Allen's Alley*, ma io dubito molto che afferrasse il senso della gran parte delle battute. John Coffey se ne restò seduto sul bordo della sua branda, a mani giunte, staccando raramente gli occhi da chi si trovava al tavolo di servizio. Ho visto uomini in quell'atteggiamento alle stazioni della Greyhound, in attesa di sentir annunciare il loro pullman.

Percy tornò dal capannone verso le undici meno un quarto e mi consegnò un rapporto laboriosamente redatto a matita. Il foglio era tutto sporco di rimasugli di gomma per cancellare. Vide che passavo il pollice su uno di quei ricciolini e si affrettò a giustificarsi: «È solo la brutta copia. Lo ricopierò in bella. Che ne pensi?»

La mia opinione era che fosse la più indecente mistificazione che avessi mai letto. A lui risposi che andava benissimo e lo lasciai andar via soddisfatto.

Dean e Harry giocarono a cribbage, parlando troppo forte, litigando troppo spesso sul punteggio e guardando l'orologio ogni cinque secondi o giù di lì. Ci fu almeno un'occasione in cui ebbi l'impressione che facessero il giro del segnapunti tre volte invece di due. La tensione nell'aria era così palpabile che sembrava la si potesse tagliare come argilla e le uniche persone che non davano mostra di accorgersene erano Percy e Bill il Selvaggio.

A mezzanotte meno dieci persi la pazienza e rivolsi un piccolo cenno a Dean. Lui entrò nel mio ufficio con la bottiglia di R.C. Cola che aveva comperato da Toot e ne uscì un paio di minuti dopo, avendo versato la bibita in una tazza di latta, di quelle che un prigioniero non può spaccare per poi servirsi dei cocci come arma.

Mi consegnò la tazza e io alzai gli occhi. Harry, Dean e Brutal, mi stavano tutti osservando. Anche John Coffey, per la verità. Ma non Percy. Percy era tornato di là, dove probabilmente si sentiva più a suo agio quella sera. Annusai velocemente la bibita e non sentii altro odore che quello della R.C., che a quei tempi aveva uno strano ma gradevole aroma di cannella.

Andai alla cella di Wharton, che era sdraiato sulla branda. Non si stava masturbando, non ancora, almeno, ma si era procurato una discreta erezione sotto i calzoncini e se la stava conservando con una bella pizzicata di tanto in tanto, come un suonatore di basso un po' in bambola che fa vibrare una corda in Mi più grossa del solito.

«Kid», lo chiamai.

«Non mi seccare.»

«Come vuoi. Ti ho portato un sorso per esserti comportato tutta sera da essere umano, che per te è quasi un primato, ma vorrà dire che me lo bevo io.»

Feci come se volessi dar seguito alla minaccia, portandomi alle labbra la tazza di latta, tutta ammaccata per le numerose volte che era stata battuta e sbattuta su chissà quante sbarre di cella. Wharton si alzò di scatto, cosa che non mi stupì. Il mio bluff non era ad alto rischio:

quasi tutti i detenuti pesanti (come definivamo noi gli ergastolani, gli stupratori e gli uomini condannati alla sedia) hanno un debole per tutto ciò che è dolce e Wharton non era un'eccezione.

«Passa qui, scemo», brontolò, nel tono in cui si rivolgerebbe un caposquadra all'ultimo dei manovali. «Passa qui al Kid.»

Tenni la tazza appena al di qui delle sbarre, perché fosse lui a mettere la mano fuori. Agire al contrario era il miglior modo per sollecitare un disastro, come vi confermerà qualsiasi guardia carceraria con un minimo di esperienza. Era una di quelle attenzioni che ci venivano naturali, senza che occorresse pensarci, allo stesso modo in cui sapevamo di non dover permettere ai detenuti di chiamarci con il nostro nome di battesimo, allo stesso modo in cui sapevamo che il rapido tintinnare di chiavi era il segnale che era successo qualcosa di grave al reparto, perché quello era il rumore di una guardia che corre e le guardie non corrono *mai*, se non c'è un'emergenza. Tutte verità che a Percy Wetmore sarebbero rimaste sconosciute.

Quella sera comunque Wharton non aveva interesse a tentare un'aggressione. Mi strappò la tazza dalla mano e mandò giù la bibita in tre lunghe sorsate. Poi emise un rutto sonoro. «*Squisita!*» esclamò.

Io porsi la mano. «La tazza.»

Lui la trattenne, provocandomi con gli occhi. «E se non te la dessi più?»

Mi strinsi nelle spalle. «Allora vorrà dire che entriamo a prendercela. Tu vai là in fondo, nella stanzetta e avrai bevuto la tua ultima R.C. A meno che la servano anche all'inferno.»

Il suo sorriso vacillò. «Non mi piacciono le spiritosaggini sull'inferno, sbirro.» Mi offrì la tazza attraverso le sbarre. «Toh, prendi qui.»

Ritirai la tazza.

«Si può sapere che idea ti è venuta di dare da bere a un biecolone?» mi domandò Percy da tergo.

Gliel'ho data perché c'è dentro abbastanza sonnifero preso in infermeria da tenerlo nel mondo dei sogni per quarantott'ore, pensai io. E non ha nemmeno sentito il cattivo sapore.

«In Paul la misericordia è una virtù innata», dichiarò Brutal. «Sgorga spontanea come sorgente.»

«Cosa?» chiese Percy corrugando la fronte.

«Sto dicendo che è buono di natura. È sempre stato così e così sempre sarà. Facciamo qualche mano all'Otto Matto, Percy?»

Percy sbuffò. «Dopo Rubamazzo e l'Uomo Nero, è il gioco a carte più stupido che sia mai stato inventato.»

«È per questo che ho pensato che magari avresti fatto qualche mano», replicò Brutal con un sorriso zuccherino.

«Che bel covo di sapientoni», brontolò Percy e scomparve contrariato nel mio ufficio. Non mi andava molto che quel vermiciattolo andasse a parcheggiare le chiappe dietro la mia scrivania, ma tenni la bocca chiusa.

E il tempo non passava. Dodici e venti; dodici e trenta. A mezzanotte e quaranta, John Coffey si alzò dalla branda e si avvicinò alla porta della cella. Lì sostò tranquillo, con le mani chiuse sulle sbarre. Io e Brutal andammo a dare un'occhiata nella cella di Wharton. Il ragazzo era disteso a sorridere al soffitto. Aveva gli occhi aperti, ma erano occhi che somigliavano molto a grosse biglie di vetro. Si teneva una mano posata sul torace; l'altra gli pendeva inerte oltre il bordo della branda, a sfiorare il pavimento con le nocche.

«Cavoli», commentò Brutal, «da Billy the Kid a Billy Bebè in meno di un'ora. Chissà quante pillole di morfina Dean gli ha messo in quella roba.»

«Abbastanza», mormorai io. Avvertii un piccolo tremito nella mia voce. Non so se se ne accorse Brutal, ma io sì. «Coraggio, si fa.»

«Non vuoi che aspettiamo che cocco bello se ne sia andato nel mondo dei sogni?»

«C'è già andato, Brute. È solo troppo fatto per chiudere gli occhi.»

«Il capo sei tu.» Si girò a cercare Harry con lo sguardo, ma Harry era già arrivato. Dean era seduto eretto al tavolo di servizio, a mescolare le carte con furia spasmodica, a rischio di incendiarle per l'attrito. A ogni rimescolata, lanciava un'occhiatina a sinistra, dove c'era la porta del mio ufficio. Sorvegliava Percy.

«È ora?» domandò Harry. La sua lunga faccia equina era molto pallida sopra la giacca blu della divisa, ma l'espressione era decisa.

«Sì», risposi. «Se vogliamo farlo, è ora.»

Harry si fece il segno della croce e si baciò il pollice. Poi andò alla cella d'isolamento, l'aprì con la chiave, e tornò con la camicia di forza. La consegnò a Brutal. Percorremmo insieme il Miglio Verde. Coffey era alle sbarre a guardarci. Non disse una parola. Quando fummo al tavolo di servizio, Brutal si nascose la camicia di forza dietro la schiena, che era larga abbastanza da farla scomparire del tutto.

«In bocca al lupo», mormorò Dean. Era pallido come Harry e sembrava altrettanto risoluto.

Percy era come previsto dietro la mia scrivania, seduto sulla mia sedia, a scrutare con cipiglio le pagine del libercolo con cui girava da qualche sera a quella parte, non *Argosy* o *Stag*, ma *Tecniche di comportamento con i malati mentali nelle strutture ospedaliere*. Dall'espressione colpevole e ansiosa con cui salutò il nostro ingresso, avresti pensato che stesse leggendo *Gli ultimi giorni di Sodoma e Gomorra*.

«Cosa?» chiese chiudendo frettolosamente il libro. «Che cosa volete?»

«Parlarti, Percy», dichiarai io. «Nient'altro.»

Ma sui nostri volti lui lesse molto più del desiderio di fare conversazione e fu in piedi in un lampo, già proiettato, non del tutto correndo, ma quasi, verso la porta aperta che dava nel capannone. Aveva concluso che avessimo in mente di dargli come minimo una raddrizzatina e, più probabilmente, una riaggiustata dura ai connotati.

Harry gli tagliò la strada e si piantò davanti alla porta a braccia conserte.

«Eeehi!» esclamò Percy, voltandosi verso di me, allarmato, ma cercando di non farlo vedere. «Che storia è questa?»

«Non fare domande, Percy», rispose. Pensavo che mi sarei messo il cuore in pace, che sarei almeno tornato a uno stato d'animo normale, una volta dato inizio a quell'impresa pazzesca, ma non stava andando come avevo sperato. Non riuscivo a credere a quello che stavo facendo. Era come un brutto sogno. Continuavo ad aspettarmi che mia moglie mi scuotesse per svegliarmi e dirmi che gemevo nel sonno. «Sarà più facile se ti adatti alle circostanze senza protestare.»

«Che cos'ha Howell dietro la schiena?» sbottò Percy, quasi gracchiando e allungando il collo per cercare di guardare dietro la schiena di Brutal.

«Niente», disse Brutal. «Oppure... bah, *questa*, per esempio...»

Tirò fuori la camicia di forza e se la scrollò vicino all'anca come un matador che scuote la muleta per invitare il toro a caricare.

Percy strabuzzò gli occhi e si lanciò. L'intenzione era di darsela a gambe, ma Harry lo afferrò per le braccia e il suo slancio morì sul nascere.

«Lasciami andare!» sbraitò Percy, cercando di divincolarsi dalla presa di Harry. Non aveva alcuna possibilità, perché Harry pesava una cinquantina di chili più di lui e aveva i muscoli di chi passava la gran parte del tempo libero ad arare e spaccare legna, ma Percy ci mise abbastanza impegno da trascinare Harry per metà della stanza, increspando l'orribile tappeto verde che avevo sempre in mente di sostituire. Per un momento pensai addirittura che stesse per riuscire a liberare un braccio: il panico è uno stimolo senza pari.

«Sta' buono, Percy», lo esortai io. «Sarà tutto più facile se...»

«Non venirmi a dire di stare buono, farabutto!» strillò Percy, scuotendo le spalle e cercando di liberare le braccia. «Lontani da me! Tutti quanti! Io conosco certa gente! Gente *importante*! Se non la smettete subito, dovrete andarvene in South Carolina a cercarvi una minestra calda in qualche mensa dei poveri!»

Si produsse in un ultimo sforzo e urtò con le cosce la mia scrivania. Il libro che stava leggendo, *Tecniche di comportamento con i malati mentali nelle strutture ospedaliere*, sobbalzò e ne balzò fuori il giornaletto più piccolo che vi era nascosto dentro. Capii allora perché Percy aveva assunto quell'espressione così colpevole, quando eravamo entrati noi. Non era *Gli ultimi giorni di Sodoma e Gomorra*, ma quello che davamo qualche volta ai detenuti particolarmente sofferenti per crisi di astinenza, che si fossero comportati abbastanza bene da meritare un piccolo premio. Mi pare di averne accennato, era quel fumetto in cui Olivia si fa tutti gli altri personaggi con la sola esclusione di Pisellino, il marmocchio.

Io trovai triste che Percy fosse stato nel mio ufficio a dedicarsi a una così scialba pornografia e Harry, per quanto potevo vedere di lui da sopra la spalla di Percy, era leggermente disgustato, ma Brutal si lasciò andare a risate gufesche che minarono per qualche istante la combattività di Percy.

«Percy Percy», lo apostrofò. «Che direbbe mai tua madre? Che cosa ne direbbe poi il governatore?»

Percy era paonazzo. «Chiudi il becco! E lascia fuori mia madre.»

Brutal mi gettò la camicia di forza e sfiorò quasi con il naso quello di Percy. «Sicuro. Ma tu intanto apri bene le braccia da bravo bambino.»

A Percy tremavano le labbra. Gli occhi gli erano diventati troppo lucidi. Capii che era sull'orlo delle lacrime. «No», rispose con una vocetta infantile. «E tu non mi puoi costringere.» Poi prese a urlare invocando aiuto. Harry trasalì e anch'io ebbi un momento di grave indecisione. Se mai fummo sul punto di mollare tutto, quello fu il momento. E forse avremmo rinunciato, non fosse stato per Brutal. Lui non esitò. Si portò dietro Percy, in modo da trovarsi con la spalla contro quella di Harry, che ancora stava trattenendo le mani di Percy dietro la sua schiena. Poi gli prese le orecchie.

«Piantala di strillare», gli ordinò. «Se no ti faccio venire le orecchie come due badili.»

Percy smise di invocare aiuto. Rimase fermo dov'era, a tremare, con gli occhi abbassati sulla copertina del greve giornaletto, dove Braccio di Ferro e Olivia s'accoppiavano in una posizione creativa che io non avevo mai tentato. «Oh, Braccio di Ferro!» era la scritta nel palloncino sopra la testa di Olivia. «Ac-ac-ac-ac!» Si leggeva nella nuvoletta di Braccio di Ferro. Che fumava la pipa.

«Dammi quelle braccia e smettiamola di menare il can per l'aia», gli intimò Brutal. «Sbrigati.»

«No», insisté Percy. «Non lo faccio e tu non mi puoi costringere.»

«Sapessi quanto ti sbagli su questo, ragazzo mio», sospirò Brutal. Dopodiché gli torse le orecchie come ruotando le manopole di un forno. Un forno che non sta cuocendo come vorresti tu. Percy mandò un gridolino di dolore e sorpresa che io avrei preferito mille volte non udire. Il fatto è che non vi avevo udito *solo* dolore e sorpresa; c'era anche comprensione. Per la prima volta in vita sua Percy si stava rendendo conto che le cose brutte non accadono solo agli altri, a quelli non tanto fortunati da avere legami di parentela con un governatore. Avrei voluto dire a Brutal di fermarsi, ma naturalmente non potevo. Ormai c'eravamo spinti troppo avanti per tornare indietro. Potevo solo ricordare a me stesso che Percy aveva sottoposto Delacroix a strazi di cui forse solo Dio conosceva la vastità solo perché Delacroix lo aveva deriso. Ricordarlo non servì molto come antidoto ai sentimenti che stavo provando. Forse sarebbe andata diversamente se avessi avuto una personalità più in sintonia con quella di Percy.

«Apri bene quelle braccia, tesoro», ribadì Brutal, «o te ne buschi un'altra.»

Harry aveva già lasciato andare il giovane signor Wetmore. Piangendo come un bambino, con le lacrime che gli erano finalmente traboccate dagli occhi sulle guance, Percy allungò di scatto le braccia in avanti, come nella parodia di un sonnambulo. In un lampo gli infilai le maniche della camicia di forza. Non gliel'avevo ancora indossata all'altezza delle spalle, che già Brutal aveva staccato le mani dalle orecchie di Percy e afferrato le cinghie che pendevano alle estremità. Strattonò violentemente le mani di Percy in diagonale, in modo da fargli incrociare le braccia sul petto. Intanto Harry bloccava le fibbie dietro la schiena. Dal momento in cui Percy si era arreso e ci aveva offerto le braccia, l'operazione non aveva richiesto più di dieci secondi.

«Bravo», mormorò Brutal. «E adesso avanti, marsch.»

Niente da fare. Percy lo guardò, poi girò su di me gli occhi piangenti e pieni di terrore. Niente minacce, ora, niente promesse di farci finire in South Carolina a caccia di una minestra calda. Aveva ben altro per la testa.

«Ti prego», bisbigliò in una vocina roca e rotta dal pianto. «Ti prego, Paul, non mettermi dentro con lui.»

Allora capii il perché del suo panico, capii come

mai aveva lottato con tanto accanimento. Credeva che avessimo intenzione di chiuderlo in cella con Wild Bill Wharton; credeva che il castigo per la spugna non lubrificata fosse una sodomizzazione non lubrificata da parte del nostro psicopatico personale. Nel rendermene conto, invece di provare compassione per lui, provai ripugnanza e sentii crescere in me la convinzione in ciò che stavo facendo. Ci stava in fondo giudicando sulla base di come si sarebbe comportato lui al posto nostro.

«Non vai con Wharton», lo rassicurai. «Vai in isolamento, Percy. Ci passerai tre o quattro ore tutto solo, al buio, a ripensare a quello che hai fatto a Del. Sarà troppo tardi perché tu impari qualche lezione nuova su come la gente dovrebbe comportarsi, così pensa Brute, per esempio, ma io sono ottimista. Adesso spicciati.»

Ubbidì, borbottando sottovoce che avremmo avuto di che pentircene, pentircene amaramente, che aspettassimo e vedessimo, ma nell'insieme era risollevato e più tranquillo.

Quando uscimmo dall'ufficio con lui, Dean ci accolse con un'espressione di così interdetta meraviglia e disarmante innocenza che, non avessi avuto per le mani una faccenda così seria, sarei senz'altro scoppiato a ridere. Avevo visto di meglio nelle riviste messe in scena dai contadini della Grange.

«Ehi, non vi pare che lo scherzo sia già andato un po' troppo per le lunghe?» chiese Dean.

«Tu chiudi il becco, che ti conviene», ringhiò Brutal. Erano battute che ci eravamo preparati a colazione e fu esattamente così che suonarono alle mie orecchie, battute da copione, ma se Percy era abbastanza spaventato e abbastanza confuso, avrebbero forse lo stesso preservato a Dean Stanton il suo posto di lavoro. Io ne dubitavo altamente, ma tutto era possibile. Ogni volta che mi prende il pessimismo, da allora a oggi, richiamo alla memoria John Coffey e il topo di Delacroix.

Trascinammo Percy di corsa per il Miglio Verde. Lui inciampava in continuazione e ansimava pregandoci di rallentare, pronosticando che se non fossimo andati più piano sarebbe finito lungo disteso, con la faccia schiacciata sul pavimento. Wharton era sulla branda, ma passammo troppo velocemente perché potessi accertarmi se stesse dormendo o no. John Coffey era alle sbarre della sua cella. «Tu sei un uomo cattivo e meriti di andare in quel posto al buio», sentenziò, ma non credo che Percy lo udì.

Entrammo nella cella di confino. Percy aveva le guance avvampate e umide di lacrime, gli occhi che schizzavano di qua e di là, i vezzeggiati boccoli che gli ballavano disordinati sulla fronte. Harry gli sfilò la pistola con una mano e l'adorato spaccateste di legno con l'altra. «Li avrai indietro, non piangerci sopra», gli promise. Nella voce gli si era insinuato un filo di imbarazzo.

«Vorrei poter dire lo stesso del tuo lavoro», ribatté Percy. «Del lavoro di tutti voi! Non potete farmi una cosa così! *Non potete!*»

Era chiaro che era disposto a continuare in quella vena per un pezzo, ma noi non avevamo tempo per ascoltare i suoi moniti. Io avevo in tasca un rotolo di nastro isolante, l'antenato anni Trenta del nastro adesivo che si usa oggigiorno. Percy lo vide e cominciò a indietreggiare. Brutal lo prese da tergo e lo abbracciò, tenendolo fermo mentre io gli applicavo il nastro alla bocca, facendogli un giro intero intorno alla testa per maggior sicurezza. Al momento di toglierglielo, si sarebbe ritrovato con qualche ciocca di capelli in meno e un paio di labbra malamente scorticate, ma non me ne importava più niente, avevo fatto il pieno di Percy Wetmore.

Ci allontanammo da lui. Rimase solo al centro della cella, sotto la lampadina protetta dalla reticella, stretto nella camicia di forza, a respirare dalle narici dilatate e a produrre suoni mozzi da dietro il nastro che gli tappava la bocca. Nel complesso sembrava in tutto e per tutto scervellato quanto gli altri detenuti che eravamo stati costretti a chiudere là dentro.

«Più te ne stai zitto, prima esci di qui», lo ammonii. «Cerca di ricordartelo, Percy.»

«E se ti senti solo, pensa a Olivia», fu il consiglio di Harry. «Ac-ac-ac-ac.»

Uscimmo. Io chiusi la porta e Brutal la sprangò. Dean era poco più in giù, sul Miglio, all'altezza della cella di Coffey. Aveva già infilato la chiave nella serratura superiore. Ci guardammo tutti e quattro, nessuno aprì bocca. Non era necessario parlare. Avevamo messo la macchina in moto; ormai potevamo solo sperare che proseguisse senza deragliare sul percorso che le avevamo tracciato.

«Hai ancora voglia di fare quella gitarella, John?» chiese Brutal.

«Sì, signore», rispose lui. «Credo.»

«Bene», si compiacque Dean. Ruotò la chiave nella prima serratura, la sfilò e la infilò nella seconda.

«Dobbiamo incatenarti, John?» chiesi io.

Coffey parve riflettere. «Se volete», rispose poi. «Ma non perché c'è bisogno.»

Rivolsi un cenno a Brutal, che aprì la cella, quindi mi girai verso Harry, che stava più o meno spianando la .45 di Percy contro Coffey, nel momento in cui il detenuto usciva in corridoio.

«Dai quelli a Dean», gli ordinai.

Harry batté le palpebre come fa chi si risveglia da un assopimento momentaneo, si accorse di avere ancora in mano la pistola e lo sfollagente di Percy e li consegnò a Dean. Coffey frattanto giganteggiava in corridoio, sfiorando quasi con il cranio calvo una delle lampadine appese al soffitto. Vedendolo così, con le mani davanti a sé e le spalle spinte in avanti ai lati del torace possente, mi fece pensare, come già la prima volta, a un enorme orso appena catturato.

«Chiudi i giocattoli di Percy a chiave nel cassetto della scrivania di servizio finché non torniamo», ordinai.

«*Se* torniamo», precisò Harry.

«Ci penso io», mi disse Dean, senza badare a Harry.

«E se dovesse passare qualcuno... non succederà, ma giusto in caso, che cosa gli dici?»

«Che Coffey si è sentito male verso mezzanotte», rispose Dean. Era compito come uno studente che sostiene un esame importante. «Abbiamo dovuto mettergli la camicia di forza e chiuderlo nella cella di isolamento. Se qualcuno sentirà mugolare, penserà che è lui.» Indicò John Coffey con il mento.

«E noi?» chiese Brutal.

«Paul è in amministrazione a chiudere la pratica di Del», rispose Dean. «Stavolta è necessario esaminare bene le dichiarazioni dei testimoni, dato che l'esecuzione è stata un tale pasticcio. Ha detto che probabilmente resterà in ufficio tutta notte. Tu, Harry e Percy siete in lavanderia a lavare la vostra roba.»

Era un modo di dire. Certe notti nel retro della lavanderia si organizzavano partite ai dadi; altre volte era blackjack o poker o backgammon. In tutti i casi, degli agenti di custodia che vi partecipavano si diceva che erano andati a fare il bucato. Di solito a quelle riunioni girava whisky di contrabbando e talvolta ci si passava anche una pipetta. È così in tutte le prigioni da quando le prigioni sono state inventate, credo. Quando passi la vita intera a occuparti di gente sporca, non puoi evitare che ti resti attaccato un po' di fango. Era comunque improbabile che a qualcuno venisse voglia di andare a controllare. A Cold Mountain il «bucato» era trattato con molta discrezione.

«Perfetto», mi complimentai e ruotai Coffey su se stesso spingendolo in avanti. «Dovesse andare tutto storto, Dean», aggiunsi, «tu non ne sai niente.»

«Facile dirlo, però...»

In quel momento un braccio magro passò di scatto tra le sbarre della cella di Wharton e una mano afferrò il voluminoso bicipite di Coffey. Restammo tutti interdetti. Wharton avrebbe dovuto essere privo di sensi, ai limiti dello stato comatoso, invece era lì a dondolarsi sui piedi come un pugile voglioso, con un sorriso da ebete sulle labbra.

La reazione di Coffey fu stupefacente. Non si ritrasse. Trasecolò, risucchiando aria a denti stretti come fa chi ha toccato qualcosa di freddo e spiacevole. Sgranò gli occhi e per un momento fu come se lui e l'idiota, il compagno con cui si alzava ogni mattina e coricava tutte le sere, non si fossero mai conosciuti. Era sembrato più vivo che mai, *presente*, quando aveva voluto che io entrassi nella sua cella per potermi toccare. Per aiutarmi, in coffeynese. Lo stesso era stato quando aveva proteso le mani chiedendo il topo. Ora, per la terza volta, il suo viso s'illuminava, come se gli si fosse acceso un faro nel cervello. Pure, c'era qualcosa di diverso. Perché questa volta la sua espressione era più *fredda*, e fu allora che ebbi a chiedermi che cosa sarebbe potuto accadere se John Coffey si fosse a un tratto ribellato. Avevamo le nostre pistole, avremmo potuto sparargli, ma abbatterlo non sarebbe stato forse così facile.

Lessi considerazioni analoghe sul viso di Brutal, ma Wharton continuò serafico a sorridere il suo sorriso impagliato, in quella sua faccia dall'espressione labile. «Dove credi di andare?» domandò. Dalla sua bocca uscì qualcosa come: *Douecheandae?*

Immobile, Coffey guardò prima Wharton, poi la sua mano, poi di nuovo il suo volto. Non riuscivo a decifrarlo. Intendo dire che vedevo intelligenza nei suoi occhi, ma non riuscivo a *leggervi* nulla. Non so se avrebbe potuto cambiare qualcosa, probabilmente no. Quanto a Wharton, non ero preoccupato. Non avrebbe ricordato niente: era come un ubriaco che si aggira in una notte senza luna.

«Tu sei un uomo cattivo», mormorò Coffey e non saprei dire che cosa udii nella sua voce, se dolore o collera o paura. Forse tutte e tre. Lo vidi riabbassare gli occhi sulla mano che gli teneva il braccio, a guardarla come si guarderebbe un insetto che, gliene avesse presa la vaghezza, avrebbe potuto infliggerti una brutta morsicatura.

«Hai ragione, negro», ribatté Wharton con quel sorriso balordo sempre sulle labbra. «Cattivissimo.»

Ebbi all'improvviso la sensazione netta che stesse per accadere qualcosa di orrendo, qualcosa che avrebbe modificato il corso programmato di quella notte con l'irruenza con cui un forte terremoto cambierebbe il corso di un fiume. Stava per succedere e nulla avremmo potuto fare né io né gli altri per impedirlo. Poi Brutal afferrò il polso di Wharton e gli staccò la mano dal braccio di John Coffey e la terribile sensazione svanì. Fu come se fosse stato interrotto un circuito potenzialmente pericoloso. Vi ho detto che negli anni in cui ho lavorato al Blocco E, il telefono del governatore non ha mai squillato. È vero, ma immagino che se fosse accaduto, avrei provato lo stesso sollievo che mi invase quando Brutal staccò la mano di Wharton dal braccio del gigante che avevo al fianco. Gli occhi di Coffey s'appannarono come d'incanto e fu come se qualcuno avesse spento il faro che gli si era acceso nella testa.

«Mettiti giù, Billy», disse Brutal. «Riposati un po'.» Aveva preso a prestito una delle mie battute ricorrenti, ma in quelle circostanze non ne fui geloso.

«Forse lo faccio», borbottò Wharton. Indietreggiò, barcollò, per poco non stramazzò, ritrovò l'equilibrio all'ultimo istante. «Oh, ragazzi. Che giramento. Mi sento come ubriaco.»

Tornò verso la branda, continuando a guardare Coffey con la stessa espressione intorpidita. «I negri dovrebbero avere una sedia elettrica separata», dichiarò. Poi colpì la branda con le gambe e vi si accasciò sopra. Russava già prima che la sua testa avesse toccato lo smunto cuscino passato dalla fureria della prigione. Ombre color blu scuro gli riempirono le conche degli occhi e la punta della lingua gli scivolò fuori della bocca.

«Cristo, ma come ha fatto ad alzarsi con tutta la roba che ha in corpo?» gemette Dean.

«Non ha più importanza ora», tagliai corto io. «Se vedi che comincia a riprendersi, dagli un'altra pillola sciolta in un bicchier d'acqua. Non più di una, però. Non vogliamo che ci resti secco.»

«Parla per te», brontolò Brutal, con un'occhiata di sdegno a Wharton. «E poi una scimmia come lui non muore di droga. Quelli come lui se ne nutrono.»

«È un uomo cattivo», ripeté Coffey, questa volta con un volume di voce più basso, come se non fosse del tutto sicuro di quel che stava dicendo o del suo significato.

«Giusto», confermò Brutal. «Malvagio. Ma ora non è un problema, perché non dobbiamo più occuparci di lui.» C'incamminammo di nuovo, in quattro intorno a Coffey come devoti in adorazione di un idolo che avesse preso parzialmente vita. «Dimmi una cosa, John. Sai dove ti stiamo portando?»

«A rimediare», rispose lui. «Credo... ad aiutare... una signora...» Rivolse a Brutal un'espressione di ansia premurosa.

Brutal annuì. «È così. Ma tu come lo sai?»

John Coffey meditò sulla domanda concentrandosi, poi scosse la testa. «Non so rispondere», confessò poi. «A dire la verità, capo, io non è che ci capisco molto. Mai riuscito.»

E di quello dovemmo accontentarci.

6

SAPEVO che la porticina tra l'ufficio e il magazzino non era stata costruita avendo in mente persone della taglia di Coffey, ma fu solo quando lui ci fu davanti, a contemplarla con perplessità, che mi resi conto del divario.

Harry rise, ma John non sembrava trovare nulla di umoristico in un omone come lui al cospetto di una porticina piccola come quella. Era più che comprensibile, non avrebbe trovato niente di straordinario nemmeno se fosse stato un po' più sveglio di com'era: lui era grosso così da chissà quanti anni e quella porta era solo un tantino più piccola delle porte ordinarie.

Si sedette sul pavimento, si trascinò dall'altra parte in quel modo, si rialzò e scese i gradini dall'altra parte, in fondo ai quali lo attendeva Brutal. Lì si fermò, a fissare la pedana sulla quale si trovava Old Sparky, silenziosa, ma anche misteriosa, come il trono nel castello di un re morto. La calotta era appesa sulle ventitré a uno dei montanti dello schienale, più simile al berretto di un giullare che alla corona di un re, un copricapo che avrebbe potuto indossare un pagliaccio, per scuoterlo suscitando risa più vigorose per i suoi lazzi da parte del suo pubblico aristocratico. L'ombra della sedia, allungata e scheletrica, si arrampicava sul muro come una minaccia. E sì, avevo la sensazione di sentire ancora nell'aria odore di carne bruciata. Era debole, ma pensai che fosse più che immaginario.

Harry si chinò e passò dall'altra parte. Poi toccò a me. Non mi piacquero lo sguardo vitreo e le pupille dilatate con cui John osservava Old Sparky. Ancor meno mi piacque un particolare che notai sulle sue braccia quando gli fui più vicino: le pelle accapponata.

«Vieni, ragazzone», lo esortai. Lo presi per l'avambraccio e cercai di tirarlo in direzione della porta che scendeva nel sottopassaggio. Lì per lì oppose resistenza e per me fu come se stessi cercando di scalzare dal terreno un macigno a mani nude.

«Dai, John, dobbiamo andare, se non vuoi che la carrozza si trasformi in una zucca», lo incalzò Harry, lasciandosi scappare un'altra delle sue risatine nervose. Afferrò John per l'altro braccio e tirò anche lui, ma John non voleva saperne. Poi disse qualcosa in un tono di voce trasognato, sommesso. Non era a me che si stava rivolgendo, né a me né ad alcuno di noi, ma da allora non ho più scordato le sue parole.

«Sono ancora qui dentro. Pezzi di loro, ancora qui. Li sento gridare.»

Le risatine nervose di Harry si dissiparono nell'aria. Sulla sua bocca rimase appeso un sorriso come un'imposta agganciata con un solo cardine alla finestra di una casa abbandonata. Brutal mi rivolse uno sguardo che era quasi di terrore e si allontanò di un passo da John Coffey. Per la seconda volta in meno di cinque minuti ebbi la sensazione che la nostra impresa fosse sul punto di fallire. Questa volta fui io a reagire. Quando l'insuccesso ci minacciò per la terza volta, poco dopo, sarebbe toccata a Harry. Tutti noi avemmo la nostra occasione quella notte, credetemi.

Mi misi tra John e la sedia, alzandomi sulla punta dei piedi per essere sicuro di ostacolargli completamente la visuale. Poi gli schioccai le dita davanti agli occhi, due volte, con forza.

«Avanti!» esclamai. «Cammina! Hai detto che non hai bisogno di essere incatenato. Ora dimostramelo. Forza, ragazzone! Vai, John Coffey! Per di là! Verso quella porta!»

Gli si schiarirono gli occhi. «Sì, capo.» E, sia lode al Signore, s'incamminò.

«Guarda la porta, John Coffey, solo la porta e nient'altro.»

«Sì, capo.» Diligente, John fissò lo sguardo sulla porta.

«Brutal», chiamai io, puntando l'indice.

Brutal allungò il passo per precederci, mentre cercava la chiave giusta fra le tante del mazzo. John tenne lo sguardo sulla porta che dava nel sottopassaggio e io il mio fisso su di lui, ma con la coda dell'occhio vidi Harry che lanciava occhiate ansiose alla sedia, come se non l'avesse mai vista prima.

Ci sono pezzi di loro ancora qui dentro... Li sento gridare.

Se era vero, allora le urla di Eduard Delacroix erano le più lunghe e straziate di tutte e io ero contento di non avere le orecchie di John Coffey.

Brutal aprì la porta. Scendemmo i gradini alle spalle di Coffey. Arrivato in fondo, si fermò a osservare con le sopracciglia aggrottate il tunnel, con il suo basso soffitto di mattoni. Si sarebbe ritrovato con la schiena bloccata, ora che fossimo arrivati dall'altra parte, a meno che...

Andai a prendere la lettiga. Senza il lenzuolo sul quale avevamo adagiato Del (che probabilmente era stato distrutto nella fornace), il piano mostrava il rivestimento imbottito di pelle nera. «Monta su», dissi a John. Lui mi guardò dubbioso e io lo incoraggiai con un cenno del capo. «Sarà più facile per te senza creare complicazioni a noi.»

«Va bene, capo Edgecombe.» Prima si sedette, poi si distese, guardandoci con occhi preoccupati. I piedi, nelle pantofole da quattro soldi che passava il carcere, scendevano fin quasi a sfiorare il pavimento. Brutal gli si inserì tra le gambe e cominciò a spingerlo per il buio passaggio come aveva spinto tanti altri prima di lui. L'unica differenza è che questa volta il passeggero respirava ancora. Quando eravamo verso la metà del percorso (dovevamo trovarci sotto la statale e, se l'ora non fosse stata così tarda, avremmo udito, attutito, il rombo dei veicoli in transito), John cominciò a sorridere. «Ehi», mormorò, «ma è divertente.» Non l'avrebbe pensata allo stesso modo la prossima volta che avesse compiuto quel tragitto sulla stessa lettiga; questo fu il pensiero che mi attraversò la mente. In effetti, la prossima volta non avrebbe avvertito nulla. O forse mi sbagliavo? *Ci sono pezzi di loro ancora qui dentro*, aveva detto; li aveva sentiti gridare.

Trovandomi in coda alla processione, non visto dai miei compagni, rabbrividii.

«Spero che ti sei ricordato l'Aladdin, capo Edgecombe», disse Brutal, quando arrivammo in fondo al sottopassaggio.

«Non temere», lo tranquillizzai. L'Aladdin era una chiave in tutto e per tutto simile alle altre che portavo sempre con me, un mazzo che doveva pesare un paio di chili, ma era la chiave universale di tutte le chiavi universali, quella che apriva tutte le porte. C'era un Aladdin per ciascuno dei bracci del penitenziario, a quei tempi, e ogni Aladdin era di proprietà di ciascun soprintendente. Le altre guardie potevano servirsene, ma solo il capo degli agenti di custodia non era obbligato a firmare.

In fondo al sottopasso c'era un cancello con le sbarre d'acciaio. Mi ricordava sempre le immagini che avevo visto degli antichi castelli, quelli, sapete, dei tempi in cui i cavalieri erano arditi e valorosi e imperava sopra ogni altra la legge dell'onore. Ma Cold Mountain era lontana mille miglia da Camelot. Al di là del cancello una rampa di scale saliva a un anonimo boccaporto protetto da scritte come VIETATO L'ACCESSO e PROPRIETÀ DELLO STATO e ATTENZIONE: RETICOLATO IN TENSIONE.

Io aprii il cancello e Harry lo spinse. Salimmo, anche questa volta con John Coffey in testa, spalle abbassate e capo chino. Arrivati in cima, Harry gli si mise davanti (non senza qualche difficoltà, sebbene fosse il più piccolo di tutti noi) per aprire con la chiave la serratura del boccaporto. La lastra d'acciaio era pesante e Harry riuscì a sollevarla di qualche centimetro, ma non fu in grado di ribaltarla.

«Lascia fare a me, capo», intervenne John. Passò di nuovo in testa al gruppo, senza poter evitare di schiacciare Harry contro la parete con un fianco, e sollevò il boccaporto con una mano. A vederglielo alzare, avresti detto che era di cartone.

Ci investì l'aria fredda della notte, spinta dal vento che scendeva dai monti e che ci avrebbe fatto compagnia d'ora in avanti fino a marzo o aprile. Con essa scese nel sottopassaggio un turbinio di foglie morte e Coffey ne acchiappò una con la mano libera. Non scorderò mai come la contemplò, e come se la sbriciolò sotto il bel naso camuso per farne liberare la fragranza.

«Coraggio», lo sospinse Brutal. «Andiamo.»

Uscimmo all'aperto. John riabbassò il boccaporto e Brutal lo chiuse con la chiave. Per quella porta non era necessario l'Aladdin, che invece serviva ad aprire il cancello nella gabbia di fil di ferro in cui eravamo emersi.

«Mani contro i fianchi mentre passi, ragazzone», mormorò Harry. «Attento a non toccare quei fili se non vuoi buscarti una bruciatura rognosa.»

Poi fummo fuori, sul ciglio della strada, tutti raggruppati in un crocchio (tre colline intorno a una montagna, è l'immagine che mi sovviene), a guardare i muri esterni, le luci e le torrette del penitenziario di Cold Mountain. Scorsi addirittura la sagoma di una guardia che dentro una di quelle torri si soffiava alito sulle mani, ma fu solo un istante; le finestre che dalle torri si affacciavano nella strada erano piccole e insignificanti. Ciononostante avremmo dovuto fare molta, molta attenzione. E se fosse passato in quel momento un veicolo, ci saremmo trovati in guai peggio che seri.

«Andiamo», bisbigliai. «Harry, fai strada.»

Ci avviammo furtivi in direzione nord lungo la statale, in fila indiana, Harry davanti a tutti, poi John Coffey, poi Brutal e infine io. Superammo il primo dosso e scendemmo dall'altra parte, dove del carcere si vedeva solo il riverbero delle luci nelle fronde degli alberi. E Harry continuò.

«Ma dove l'hai lasciato?» sbottò Brutal in un bisbiglio un po' teatrale, emettendo condensa bianca dalla bocca. «A Baltimora?»

«È qui davanti», rispose Harry, nervoso e irascibile. «Non rompere, Brutus.»

Ma Coffey, da quello che mi pareva di aver capito, sarebbe stato lieto di camminare fino al levarsi del sole, magari finché non fosse tramontato di nuovo.

Guardava dappertutto. Trasalì, non di paura ma di piacere, ne sono certo, quando udì una civetta. Ne dedussi che, per quanta paura avesse del buio all'interno, non aveva paura di quello all'aperto. Niente affatto. Accarezzava la notte, vi strofinava i sensi come un uomo potrebbe sfregare la guancia sulle rotondità di un seno femminile.

«Giriamo qui», sussurrò Harry.

Alla nostra destra s'insinuava nell'oscurità una strisciolina di strada, stretta stretta, sterrata, con una criniera di erba alta al centro. La imboccammo e camminammo ancora per mezzo chilometro.

Brutal aveva cominciato a protestare di nuovo, quando Harry si fermò, abbandonò la stradina sul lato sinistro e cominciò a scostare rami di pino spezzati. Gli si aggregarono John e Brutal e prima che potessi intervenire a mia volta, avevano scoperto il muso ammaccato di un vecchio camioncino, i cui fanali legati con il fil di ferro ci fissavano come gli occhioni di un insetto gigantesco.

«Non volevo correre rischi stupidi», si giustificò Harry con Brutal, con una punta di rimprovero nella voce sottile. «Sarà anche tutto un gioco per te, Brutus Howell, ma io vengo da una famiglia molto religiosa, ho certi parenti io che sono così maledettamente santi che al loro confronto i cristiani sembrano leoni, e se mi faccio prendere con le mani in questo sacco...»

«Certo, certo», lo interruppe Brutal. «Sono solo un po' sulle spine, niente di più.»

«Anch'io», lo rimbeccò Harry. «Ora, se solo questo dannato vecchio trabiccolo ci farà la cortesia di mettersi in moto...»

Passò intorno al cofano del camioncino, sempre brontolando, e Brutal mi strizzò l'occhio. Per Coffey noi tutti avevamo cessato di esistere. Aveva rovesciato la testa all'indietro e si beava gli occhi della vista delle stelle che tempestavano il cielo.

«Mi metto nel cassone con lui, se vuoi», si offrì Brutal. Dietro di noi il motorino d'avviamento del pickup mandò un gemito, qualcosa di simile al mugolio di un vecchio cane che cerca di mettersi dritto sulle zampe in una gelida mattina d'inverno; poi il motore si avviò con un'esplosione. Harry diede gas una volta prima di abbandonarlo al suo minimo un po' irregolare. «Non c'è bisogno che lo accompagnamo tutti e due.»

«Mettiti davanti», risposi. «Starai con lui al ritorno. Sempre che quel viaggio non lo facciamo chiusi a chiave nella nostra diligenza.»

«Non parlare così», mi rimproverò con sincera preoccupazione. Era come se si rendesse conto solo allora di quanto gravi sarebbero state le conseguenze se ci avessero preso. «Cristo, Paul!»

«Vai», lo invitai io. «Monta in cabina.»

Fece come gli avevo chiesto. Io tirai John Coffey per un braccio fino a riportare sulla terra un po' della sua attenzione, poi lo condussi dietro il camioncino, che aveva le sponde a montanti. A essi Harry aveva fissato un telo sui fianchi, che sarebbe stato di qualche aiuto avendo a incrociare altri veicoli lungo la strada. Non aveva però potuto fare niente per il lato posteriore che rimaneva aperto.

«Salta su, ragazzone.»

«Ora si va?»

«Sì.»

«Bene.» Sorrise. Fu dolce e bello, quel sorriso, forse così soave proprio perché poco intralciato dal pensiero. Montò sul pianale. Poi salii io e andai a battere con il pugno sul tetto della cabina. Harry inserì la prima e, sussultando e traballando, il camioncino uscì dalla macchia in cui era stato nascosto.

John Coffey era in piedi a gambe divaricate al centro del cassone, di nuovo con gli occhi rivolti alle stelle e un largo sorriso sul volto, indifferente ai rami che lo sferzarono nel tratto di boscaglia che Harry dovette attraversare per raggiungere la statale. «Guarda, capo!» esclamò tenendo la voce bassa, in un tono estasiato, alzando un dito alla notte nera. «È Cassie, la signora sulla sedia a dondolo!»

Aveva ragione. La vedevo nel nastro di stelle delimitato dalla massa nera degli alberi che scorrevano intorno a noi. Ma non fu a Cassiopea che pensai io, quando ricordò la donna sulla sedia a dondolo. Io pensai a Melinda Moores.

«La vedo, John», replicai e lo presi per un braccio. «Ma adesso devi sederti, da bravo.»

Si sistemò con la schiena contro la paratia della cabina, senza mai staccare gli occhi dal cielo. L'espressione del suo viso era di sublime felicità, vuota di pensieri. A ogni rotazione delle gomme lisce del pickup il Miglio Verde si allontanava di più da noi e, almeno per quel momento, sembrava essersi arrestato l'incessante fluire delle lacrime di John Coffey.

7

ERANO venticinque miglia fino all'abitazione di Hal Moores sul Chimney Ridge e con lo sfiatato e cigolante camioncino di Harry Terwilliger impiegammo più di un'ora. Fu un viaggio pervaso da un'atmosfera irreale e per quanto abbia ora l'impressione che ogni istante di esso mi sia rimasto scolpito nella memoria, ogni curva, ogni cunetta, ogni buca, i momenti di alta tensione (furono due) in cui incrociammo veicoli che provenivano dalla direzione opposta, non credo che potrei mai avvicinarmi a descrivere come mi sentivo, seduto là dietro con John Coffey, entrambi avvolti nelle vecchie coperte che Harry era stato tanto previdente da buttare nel cassone.

Era più che altro una sensazione di *smarrimento*, quel dolore profondo e terribile che prova un bambino quando si accorge di aver sbagliato strada, di aver perso tutti i punti di riferimento e di non sapere più come ritrovare la via di casa. Ero fuori nella notte con un detenuto, e non un detenuto qualsiasi, ma un uomo processato e condannato per l'assassinio di due bambine, condannato alla pena capitale per quel delitto. La mia convinzione che fosse innocente non sarebbe valsa a nulla se ci avessero sorpresi; saremmo finiti in galera anche noi e probabilmente non l'avrebbe scampata nemmeno Dean Stanton. Avevo buttato alle ortiche una vita di lavoro e credo religioso per colpa di un'esecuzione andata male e perché mi ero messo in testa che il lumacone che mi sedeva accanto potesse guarire una donna da un tumore inoperabile al cervello. Ma osservando John che contemplava le stelle mi rendevo conto con sgomento che non ci credevo più, se mai lo avevo creduto; la mia infezione era lontana e marginale, come accade alle cose virulente e dolorose dopo che sono passate (se una donna fosse veramente capace di ricordare quanto dolore ha provato nel mettere al mondo il primo figlio, affermò una volta mia madre, non ne concepirebbe mai un secondo). Quanto al signor Jingles, non era possibile, se non probabile, che ci fossimo sbagliati sulla gravità dei danni che aveva subito da Percy? O che John, dotato senza dubbio di poteri ipnotici, ci avesse in qualche modo ingannati inducendoci a credere di aver visto qualcosa che non avevamo visto affatto? Poi c'era il problema di Hal Moores. Il giorno in cui l'avevo sorpreso nel suo ufficio, avevo trovato davanti a me un vecchio lacrimoso e semiparalitico. Ma non ritenevo che fosse quello il lato più vero del direttore del nostro carcere. Pensavo che il Moores autentico fosse l'uomo che aveva spaccato il polso alla canaglia che aveva tentato di accoltellarlo; l'uomo che mi aveva ricordato con cinico realismo che gli attributi di Delacroix sarebbero finiti arrosto a prescindere da chi avesse fatto parte della squadra per l'esecuzione. Mi aspettavo che Hal Moores ci avrebbe concesso, remissivo e mansueto, di far entrare in casa sua un detenuto assassino di bambini perché mettesse le mani addosso a sua moglie?

I dubbi mi crescevano dentro come una malattia mentre dondolavo su quel camioncino. Proprio non capivo che cosa mi avesse spinto a fare quello che stavo facendo e perché avessi persuaso gli altri a impegolarsi in quella mia folle sortita notturna; e non credevo che avessimo uno straccio di possibilità di cavarcela... nemmeno ad attaccarsi alle funi del cielo, come solevano dire i vecchi di allora. Eppure non feci niente per sospendere, come avrei potuto, considerato che nulla sarebbe stato irrevocabile fino al momento in cui ci fossimo presentati a casa di Moores. Qualcosa, chissà, forse le onde di esaltazione che mi giungevano dal gigante seduto di fianco a me, mi trattenne dal martellare i pugni sulla cabina e gridare a Harry di invertire il senso di marcia e tornare al carcere finché c'era ancora tempo.

Tale era il mio stato d'animo mentre abbandonavamo la statale per imboccare la strada di contea numero cinque e da quella passavamo sulla Chimney Ridge Road. Una quindicina di minuti più tardi scorsi la forma di un tetto che nascondeva le stelle e seppi che eravamo arrivati.

Harry scalò dalla seconda in prima (credo che fosse riuscito a mettere la marcia più alta una sola volta durante tutto il tragitto). Il motore singhiozzò, trasmettendo un fremito in tutto il telaio, come se anch'esso si accostasse con vivo timore a ciò che ci attendeva.

Harry imboccò il vialetto di ghiaia di casa Moores e

si fermò dietro alla molto sobria Buick nera del direttore. Davanti a noi, un po' spostata sulla sinistra, c'era una casa linda linda nello stile che credo si chiamasse Cape Cod, il genere di casa che forse avrebbe dovuto sembrare fuori luogo nella nostra regione montuosa, e invece non stonava affatto. Era spuntata la luna, con un ghigno un po' più ampio quella notte, e alla sua luce vedevo che la zona antistante la casa, sempre così ben tenuta, ora era in preda all'abbandono. Erano foglie, soprattutto, cumuli che non erano stati spazzati via. In circostanze normali sarebbe stata una delle mansioni di Melly, ma quell'anno lo stato di salute glielo aveva impedito e quanto all'autunno prossimo, non le sarebbe stato dato di veder cadere di nuovo le foglie dagli alberi. Quella era la verità nuda e cruda e io dovevo essere impazzito se avevo pensato che quell'idiota dallo sguardo sperduto potesse cambiarla.

Forse però non era ancora troppo tardi perché ci salvassimo dalle conseguenze della mia iniziativa. Feci per alzarmi e la coperta che mi ero messo addosso mi scivolò dalle spalle. Stavo per sporgermi, battere sul finestrino dalla parte del conducente e dire a Harry di battersela da lì prima che...

John Coffey mi afferrò per un braccio chiudendomelo nella sua mano gigantesca e costringendomi a risedermi senza esercitare il minimo sforzo, neanche avesse trattenuto un bambino. «Guarda, capo», mormorò puntando il dito. «C'è qualcuno sveglio.»

Guardai nella direzione del suo indice e avvertii un tuffo, non al cuore, bensì nel ventre. C'era un lume acceso a una delle finestre sul retro. La stanza dove ormai

Melinda trascorreva tutti i suoi giorni e le sue notti, con molta probabilità; non poteva essere in grado di usare le scale più di quanto lo fosse di rastrellare le foglie cadute con l'ultimo temporale.

Avevano udito il pickup, naturalmente, la raucedine del motore di quel dannato macinino e i latrati che uscivano da un tubo di scarico, che figuriamoci se poteva essere inibito da un orpello così frivolo come una marmitta. Che diamine, mi dissi, c'era da presumere che i Moores avessero comunque qualche difficoltà a prender sonno, da qualche tempo a quella parte.

Si accese una luce più vicina all'ingresso (la cucina), poi quella centrale del soggiorno, poi quella dell'anticamera, finalmente quella all'esterno della porta. Osservai quel progredire di luci come un uomo con le spalle a un muro di cemento guarderebbe, fumando l'ultima sigaretta, il sopraggiungere a ranghi serrati del plotone d'esecuzione. Lo stesso non ebbi la percezione che ormai era troppo tardi prima di aver sentito quietarsi l'arranfare sconnesso del camioncino e aver sentito cigolare le portiere e digrignare la ghiaia sotto i piedi di Harry e Brutal che ne smontavano.

John era in piedi e mi aiutava ad alzarmi a mia volta. Nella luce fioca la sua espressione era animata di impazienza. Perché no? ricordo che pensai. Perché non dovrebbe essere impaziente? È un idiota.

Brutal e Harry aspettavano spalla a spalla dietro il pianale, come bambini che si stringono in un temporale, e io li vidi preoccupati, confusi e a disagio non meno di me. Mi fecero sentire ancora peggio.

John smontò. Per lui fu più un passo che un balzo. Io

lo seguii in preda alla disperazione. Saltai così contratto e rigido, che sarei finito a gambe levate nella ghiaia se non mi avesse agguantato per un braccio.

«Questo è uno sbaglio», sibilò Brutal in un filo di voce tesa. I suoi occhi erano molto grandi e molto impauriti. «Dio del cielo, Paul, che cosa ci è venuto in mente?»

«Ormai è troppo tardi», risposi. Spinsi Coffey, che si spostò ubbidiente per mettersi di fianco a Harry. Poi presi Brutal a braccetto come una fidanzata e m'incamminai con lui verso la porta di casa, dove ora si era accesa la lampada esterna. «Lascia parlare me, chiaro?»

«Sì», mormorò lui. «In questo momento è l'unica cosa che mi è chiara.»

Mi gettai un'occhiata alle spalle. «Harry, tu resta vicino al camioncino con lui finché non ti chiamo. Non voglio che Moores lo veda prima di essere pronto.» Peccato che non sarei mai stato pronto. Ora lo so.

Eravamo appena arrivati ai piedi dei gradini dell'ingresso, quando la porta si aprì con un movimento abbastanza energico da far urtare il batacchio d'ottone contro la sua piastra. Apparve Hal Moores in canottiera e calzoni di pigiama blu, con i capelli grigio ferro scomposti in ciuffi disordinati. Era uomo da essersi procurato migliaia di nemici nel corso della carriera e lo sapeva bene. Stretta nella mano destra, con la canna più lunga del normale non esattamente puntata verso il suolo, c'era la pistola che conservava appesa sopra la mensola del caminetto. Era il modello noto come Ned Buntline Special, era stata di suo nonno, e in quel momento (un particolare che notai con un ulteriore tuffo nelle viscere) il cane era armato.

«Chi è che ha avuto la bella pensata di presentarsi qui

alle due e mezzo di notte?» chiese. Non avvertii la minima traccia di paura nella sua voce. E in quel momento nulla del suo corpo tremava, la mano che stringeva la pistola era ferma e immobile come pietra. «Rispondete subito, altrimenti...» La canna della pistola cominciò ad alzarsi.

«Fermo, direttore!» proruppe Brutal alzando le mani e mostrando i palmi. Non gli avevo mai sentito una voce così stentata; sembrava quasi che i tremiti dissoltisi nelle mani di Moores si fossero trasferiti nella gola di Brutus Howell. «Siamo noi! Io e Paul e... siamo noi!»

Salì sul primo gradino in modo che la lampada dell'ingresso gli illuminasse il viso. Salii anch'io. Hal Moores ci guardò, prima l'uno poi l'altro, mentre la collera lasciava il posto allo sconcerto. «Che fate qui?» sbottò. «Non solo siamo in piena notte, ma voialtri siete di turno. Lo so perché tengo l'ordine di servizio appeso in casa. Dunque volete dirmi... oh, Gesù. Non è un'evasione, vero? O una sommossa al carcere?» Fissò lo sguardo tra noi due, sforzandosi di vedere lontano. «Chi c'è laggiù vicino al pickup?»

Lascia parlare me. Così avevo raccomandato a Brutal, ma ora che il momento di parlare era giunto non riuscivo ad aprire la bocca. Mentre mi recavo al lavoro quel pomeriggio mi ero preparato con cura su quanto avrei dovuto dire quando fossimo arrivati a casa di Hal e non mi era sembrato che il mio discorsetto fosse troppo strampalato. Normale no, di normale non c'era nulla, ma forse abbastanza *vicino* alla normalità da concederci di varcare la soglia di casa sua e tentare la nostra sorte. Concedere a *John* di tentare. Ora invece le parole che mi ero preparato così meticolosamente mi giravano nella testa in un rombo confuso. Pensieri e immagini mi turbinavano nella mente come sabbia presa da un mulinello: Del che bruciava, il topo che moriva, Toot che si agitava in grembo a Old Sparky strillando che lo stavano tacchinando. Credo che ci sia del bene nel mondo, il quale tutto è dispensato in un modo o in un altro da un Dio amorevole. Ma credo che esista anche un'altra forza, in tutto e per tutto reale quanto il Dio al quale ho elevato le mie preghiere per tutta la vita, una forza che si adopera scientemente con l'intento di guastare tutte le nostre buone intenzioni. Non alludo a Satana, non a lui (anche se credo nella sua esistenza), ma a un demone della discordia, un essere pervaso di beffarda stupidità che ride di gioia quando un vecchietto si dà fuoco cercando di accendersi la pipa o quando un adorato bambino piccolo si mette in bocca il primo giocattolo ricevuto in regalo a Natale e ne muore soffocato. Ho avuto molti anni per riflettere su questo, da Cold Mountain a Georgia Pines, e sono convinto che quella forza fosse alacremente all'opera tra noi quella notte, a turbinare di qua e di là come una nebbia cercando di tenere John Coffey lontano da Melinda Moores.

«Hal... io...» Niente da fare, non riuscivo ad articolare una frase sensata.

Lui alzò di nuovo la pistola, puntandola tra Brutal e me, senza ascoltarmi. Le pupille negli occhi arrossati gli si erano dilatate. Stava sopraggiungendo Harry Terwilliger, praticamente trascinato di peso dal nostro ragazzone, il cui volto era ancora disteso in quel suo ampio sorriso beota.

«Coffey», mormorò Moores. «John Coffey.» Inalò e con una voce un po' stridula ma forte gridò: «Alt! Fermo là o sparo!»

Fu in quel momento che alle sue spalle si udì un'altra voce, femminile, debole e incerta: «Hal? Che cosa fai là fuori? Con chi stai parlando, stronzo figlio di puttana!»

Lui si girò per metà, solo per un istante, smarrito e afflitto. Fu un attimo soltanto, come ho detto, ma mi sarebbe bastato per strappargli dalla mano quella pistola a canna lunga. Se non che non ero in grado di alzare le mie: era come se mi fossero state piombate. Mi sembrava di avere la testa piena di energia statica, come le scariche di una radio che cerca di trasmettere durante una tempesta. Le uniche emozioni che ricordo di aver provato erano paura e una sorta di ottuso imbarazzo per Hal.

Harry e John Coffey arrivarono ai piedi dei gradini. Moores tornò a girarsi verso di noi e a sollevare la pistola. Avrebbe ammesso più tardi che, sì, aveva avuto la ferma intenzione di sparare a Coffey; sospettava che fossimo tutti suoi prigionieri e che la mente responsabile di tutto quello che stava avvenendo fosse dietro il camioncino, in agguato nell'oscurità. Non capiva perché fossimo stati costretti ad andare a casa sua, ma propendeva per un desiderio di vendetta come il più probabile tra i moventi possibili.

Prima che potesse premere il grilletto, Harry Terwilliger si mise davanti a Coffey, facendogli scudo con il proprio corpo. Non fu Coffey a indurlo a quella manovra: Harry si era mosso spontaneamente.

«No, direttore!» esclamò. «È tutto a posto! Nessuno è armato, nessuno si farà del male, siamo qui per aiutare!»

«Aiutare?» Le folte sopracciglia di Moores si raggricciarono. Un lampo gli illuminò gli occhi. Io non riuscivo a distogliere i miei dal cane armato della Buntline. «Aiutare *cosa*? Aiutare *chi*?»

Come in risposta, si udì di nuovo la fievole voce femminile di poco prima, lagnosa, chiara e assolutamente persa. «Vieni dentro a scovolarmi la fregna, maiale! Porta dentro anche quei figli di troia dei tuoi amici, che ne ho per tutti!»

Guardai Brutal, scosso fin nell'anima. Sapevo che era scurrile, che chissà come il tumore aveva aperto in lei le pagine di un vocabolario di volgarità, ma stavamo ascoltando ben altro che semplici parolacce. Era molto peggio.

«Che cosa fate qui?» domandò di nuovo Moores. Le interferenze della moglie avevano spento gran parte della risolutezza nella sua voce. «Non capisco. C'è stata un'evasione o...»

John spostò Harry. Nel senso che lo sollevò da terra e lo posò di fianco a sé. Poi salì sul primo gradino. Era così ingombrante, tra me e Brutal, che per poco non ci spinse giù, facendoci precipitare nei cespugli di agrifoglio di Melly. Gli occhi di Moores si alzarono per seguirlo, come quando si cerca di vedere la cima di un albero molto alto, e tutt'a un tratto il mondo intorno a me ritrovò il suo ordine naturale. Lo spirito della discordia, che mi aveva rimestato i pensieri come dita muscolose che setacciano sabbia o chicchi di riso, si era dissolto. Pensai anche di aver capito come mai Harry era riuscito a reagire quando Brutal e io non eravamo stati capaci di far altro che rimanere immobili e impotenti davanti al nostro principale. Harry era vicino a John, e quale che fosse lo spirito positivo che contrastava quell'altro, lo spirito demoniaco, quella notte si trovava dentro di lui. E quando John si parò davanti a Moores, fu quest'altro spirito, qualcosa di bianco, è così che me lo figuro, come qualcosa di bianco, ad assumere il controllo della situazione. L'altro non era scomparso del tutto, ma lo sentii ritirarsi come un'ombra all'improvviso accendersi di una luce forte.

«Voglio aiutare», dichiarò John Coffey. Moores lo fissò incredulo, a bocca aperta. Quando Coffey gli sfilò la Buntline Special dalla mano e la passò a me, credo che Hal non se ne accorse nemmeno. Io abbassai con cautela il cane. Più tardi, quando controllai il tamburo, scoprii che era scarica. Qualche volta mi chiedo se Hal ne fosse consapevole. John intanto stava ancora mormorando. «Sono venuto ad aiutarla. Solo per aiutare. Non voglio altro.»

«Hal!» chiamò lei da dietro. Ora la sua voce era un po' più decisa, ma con un'eco di paura, come se la presenza che poco prima aveva reso noi così impacciati e confusi, si fosse ora trasferita dentro di lei. «Falli andar via, cacciali via! Non vogliamo venditori in piena notte! Non vogliamo Electrolux! Non vogliamo Hoover! Non vogliamo mutandine di pizzo gialle di venute! Sbattili fuori! Digli di andare a prenderlo in c... c... c...» Qualcosa andò in frantumi, forse un bicchiere, poi la udimmo singhiozzare.

«Solo per aiutare», ripeté John Coffey, così sommesso che quasi bisbigliava. Sembrava ugualmente sordo ai singhiozzi e alle oscenità pronunciate da Melly. «Solo per aiutare, capo, nient'altro.»

«Non puoi», rispose Moores. «Nessuno può aiutare.» Era un tono che gli avevo già sentito e dopo un momento mi accorsi che era così che mi ero espresso anch'io la sera in cui ero entrato nella cella di Coffey e lui mi aveva guarito dalla mia infezione. Ipnotizzato. *Tu bada ai fatti tuoi che io bado ai miei*, avevo detto a Delacroix... solo che era stato *Coffey* a occuparsi dei fatti miei, come ora si stava occupando di quelli di Hal Moores.

«Noi pensiamo che possa», intervenne Brutal. «E non abbiamo messo a repentaglio i nostri posti di lavoro, rischiando forse di finire in gattabuia anche noi, per dovercene tornare indietro senza nemmeno tentare.»

Cosa che ero stato sul punto di fare solo tre minuti prima. Io e anche lui.

John Coffey assunse la direzione delle operazioni. Salì fino alla porta e passò accanto a Moores, che alzò meccanicamente una mano per fermarlo (sfiorò il fianco di Coffey, prima di ricadere, e io sono sicuro che il gigante non se ne accorse nemmeno), e s'inoltrò strascicando i piedi per il corridoio verso il soggiorno e la cucina, verso la camera da letto, da dove si levò di nuovo la voce stridula e irriconoscibile di Melinda. «Non t'azzardare! Chiunque sei, stai indietro! Non sono vestita, ho le tette fuori e la sorca al vento!»

John la ignorò, proseguì come se nulla fosse, tenendo la testa abbassata per non sbatterla nelle lampade che gli si riflettevano sul cranio tondo e scuro. Dopo qualche istante lo seguimmo anche noi, io per primo, Brutal e Hal subito dietro di me, e Harry per ultimo. Una cosa capivo perfettamente: tutto era ormai fuori delle nostre mani e in quelle di John.

8

La donna che, in camera da letto, con la schiena appoggiata alla testiera, fissava sbalordita il gigante apparso nel suo annebbiato campo di visuale, non somigliava per niente alla Melly Moores che avevo conosciuto per vent'anni. Non somigliava nemmeno alla Melly Moores che io e Janice eravamo andati a trovare poco prima dell'esecuzione di Delacroix. La donna seduta su quel letto faceva pensare a una bambina malata, travestita da strega per la festa di Halloween. La pelle cinerea era un sovrapporsi di grinze, tutte increspate intorno all'occhio destro come se stesse cercando di ammiccare. Da quella stessa parte, la bocca era piegata all'ingiù; sopra il labbro inferiore color fegato le spuntava un canino giallo di vecchiezza. I capelli erano una rada nebbia caotica intorno alla testa. L'ambiente puzzava delle sostanze che i nostri corpi eliminano con tutto il decoro possibile quando le cose vanno per il verso giusto. Il vaso da notte accanto al letto era pieno per metà di un nauseante liquido denso e giallastro. Siamo arrivati lo stesso troppo tardi, pensai con orrore. Era stata solo questione di giorni dall'ultima volta che era stata riconoscibile, malata, sì, ma ancora se stessa. Poi la cosa che aveva nella testa aveva consolidato la sua posizione con spaventosa velocità. Giudicai che nemmeno John Coffey avrebbe più potuto fare nulla per lei.

L'espressione con cui accolse il gigante nero fu di paura e orrore, come se qualcosa dentro di lei avesse riconosciuto un medico capace di scovarlo e strapparlo via... di spargerci sopra sale come si fa con una sanguisuga per obbligarla a mollare la presa. Intendetemi bene: non sto affermando che Melly Moores fosse posseduta e sono conscio che, nello stravolgimento interiore in cui mi dibattevo, tutte le mie percezioni di quella notte vanno prese con il beneficio del dubbio. Ciononostante non ho mai scartato completamente la possibilità di un invasamento demoniaco. C'era qualcosa nei suoi occhi, vi dico, qualcosa che somigliava alla paura. Su questo punto credo che possiate fidarvi di me: è un'emozione che avevo visto troppe volte per poterla fraintendere.

Comunque fosse, sparì in pochi secondi, sostituita da un vivo, irrazionale interesse. E la sua bocca fremette in quello che poteva essere un sorriso.

«Oh, che grosso!» esclamò. La voce poteva essere quella di una bambina con una grave infezione alla gola. Estrasse da sotto il copriletto le mani, spugne bianchicce come il viso, e le batté delicatamente l'una contro l'altra. «Tirati giù i calzoni! È tutta la vita che sento parlare dei cazzi dei negri e non ne ho mai visto uno!»

Dietro di me Moores si lasciò sfuggire un gemito soffocato, colmo di disperazione.

John Coffey non le badò per nulla. Dopo aver sostato

per un momento, come per contemplarla da una certa distanza, si avvicinò al letto, che era illuminato da un piccolo abat-jour sul tavolino. La lampadina proiettava un cerchio di luce sul copriletto bianco, tirato fino al pizzo che ornava il colletto della sua camicia da notte. Dall'altra parte del letto, nell'ombra, scorsi la chaise-longue che apparteneva al tinello. Metà su di essa e metà per terra, pendeva la coperta che Melly aveva confezionato con le proprie mani in giorni più lieti. Era lì che Hal dormiva o sonnecchiava quand'eravamo arrivati noi.

Mentre John si avvicinò, la sua espressione subì un terzo cambiamento. A un tratto rividi Melly, il cui affetto tanto aveva significato per me per molti anni e ancor più per Janice, quando i figlioli erano volati via dal nido lasciandola sola, triste e vittima di uno sconosciuto senso di inutilità. Melly era ancora interessata, ma ora il suo interesse sembrava razionale e consapevole.

«Chi sei?» chiese in un tono di voce improvvisamente limpido, da persona nel pieno possesso delle sue facoltà mentali. «E perché hai tutte quelle cicatrici sulle mani e sulle braccia? Chi ti ha torturato in quel modo?»

«Non ricordo più da dove mi vengono, signora», rispose umile John Coffey, sedendosi accanto a lei.

Melinda sorrise come meglio poteva. Il lato destro della sua bocca fremette, ma le labbra non riuscirono a piegarsi all'insù. Gli toccò una cicatrice sul dorso della mano sinistra, bianca e curva come la lama di una scimitarra. «Che grande fortuna! Sai perché?»

«Sarà perché se non sai chi ti ha fatto male o chi ti ha trattato come un cane, puoi dormire di notte», rispose Coffey, con quel suo accento per metà del Sud.

Lei rise di quelle parole, un suono puro come argento nell'aria maleodorante della camera. Ora Hal era accanto a me. Aveva il respiro corto, ma non cercò di interferire. Quando Melly rise, la sua respirazione concitata rimase sospesa per un momento, poi una delle sue grandi mani mi afferrò la spalla. Me la strinse forte, da lasciarmi un livido che trovai il giorno dopo, ma lì per lì quasi non me ne accorsi.

«Come ti chiami?» chiese lei.

«John Coffey, signora.»

«Coffey come quello che si beve.»

«Sì, signora, ma scritto diverso.»

Melly si appoggiò di nuovo ai guanciali, sostenuta ma non propriamente seduta, e lo osservò. Seduto sul letto, lui guardava lei, e la luce dell'abat-jour li incorniciava come attori su un palcoscenico, il gigantesco uomo nero vestito da carcerato e la piccola donna bianca in agonia. Melly fissava gli occhi di John in uno stato di splendente incantamento.

«Signora?»

«Sì, John Coffey.» La risposta, appena sussurrata, giunse a stento fino alle nostre orecchie nell'aria nauseante. Io avvertii contrazioni involontarie nei muscoli delle braccia, delle gambe e della schiena. Lontano, non so dove, percepivo la stretta con cui Hal mi tratteneva il braccio e ai margini della mia visuale scorgevo Harry e Brutal abbarbicati l'uno all'altro, come bambini sperduti nella notte. Stava per succedere qualcosa. Qualcosa di grosso. Ciascuno di noi, a modo suo, lo sentiva.

John Coffey si chinò su di lei. Le molle del letto cigolarono, le coperte frusciarono, e il sorriso algido della luna imbiancò uno dei vetri superiori della finestra. Gli occhi infiammati di Coffey scrutarono nel viso provato della donna.

«Lo vedo», mormorò. E non parlava a lei, almeno non credo, si rivolgeva invece a se stesso. «Lo vedo e posso rimediare. Ferma... immobile...»

Più giù si abbassò, più vicino a lei, sempre più vicino. Per un momento la sua faccia larga si fermò a meno di cinque centimetri da quella di lei. Sollevò una mano, a dita aperte, come per invitare qualcuno ad attendere... un momento solo... poi abbassò la testa di più. Le sue labbra carnose e lisce si schiacciarono su quelle di lei, costringendola ad aprirle. Per un istante vidi un occhio di Melly, levare uno sguardo oltre Coffey, colmo di un'espressione che somigliava allo stupore. Poi il testone levigato di lui si spostò e non vidi più niente.

Udii un sibilo sommesso, come se Coffey stesse inalando aria dal profondo dei polmoni di lei. Altro non ci fu per un secondo o due, quindi il pavimento sotto i nostri piedi si mosse e tutta la casa si mosse intorno a lei. Non era la mia immaginazione, tutti lo avvertimmo, tutti ne commentarono poi. Fu come un ondeggiare sussultorio. Ci fu uno schianto di qualcosa di molto pesante che cadeva nel soggiorno. Era il grande orologio a pendolo. Hal Moores avrebbe cercato di farlo riparare, ma dopo quella volta non sarebbe più riuscito a segnare l'ora giusta per più di quindici minuti.

Più vicino a noi ci fu un crepitio seguito da un tintinnare di vetri: si era infranta la lastra attraverso la quale si era messa a sbirciare la luna. Dal suo gancio alla parete si staccò un quadro raffigurante un clipper che solcava i flutti di uno dei sette mari: precipitò sul pavimento e il vetro che lo proteggeva andò in mille pezzi.

Percepii una sensazione di calore, un odore strano, e mi accorsi che dal fondo della sopracoperta bianca saliva del fumo. Un lembo si stava annerendo, giù vicino alla protuberanza agitata che corrispondeva al piede destro di Melly. Come muovendomi in un sogno, mi liberai della mano di Moores e mi avvicinai al comodino. Presi il bicchiere dell'acqua tra i flaconi di pillole che si erano rovesciati durante la scossa sismica. Gettai l'acqua sul punto che aveva cominciato a fumare. Ci fu un sibilo.

Coffey continuava a premerle la bocca contro la bocca, in quel bacio profondo e intimo che sembrava non finire mai, continuando a inalare, con una mano sempre protesa e l'altra sul letto, a reggere il suo peso immenso. Le dita erano divaricate; la sua mano mi faceva pensare a una grande stella marina marrone.

A un tratto Melly inarcò la schiena. Annaspò con una mano, aprendo e chiudendo le dita in una serie di spasmi. Pestò i piedi sotto la coperta. Poi qualcosa urlò. Ancora una volta affermo che non ero io a sognarlo, anche gli altri lo udirono. A Brutal ricordò un lupo o un coyote con una zampa presa in una trappola. A me fece pensare a un'aquila, come talvolta capitava di udire nella quiete della mattina quando sfrecciavano a valle dalle brume dei canaloni ad ali spiegate.

Una ventata colpì la casa facendola tremare per una seconda volta ed è un fatto strano, sapete, perché fino a quel momento non c'era stata nemmeno una bava di brezza.

John Coffey si staccò da lei e vidi che la pelle sul viso

di Melly si era distesa. Il lato destro della sua bocca non era più piegato verso il basso. I suoi occhi avevano ritrovato la loro forma normale. Sembrava ringiovanita di dieci anni. Lui la contemplò rapito per un momento o due, poi prese a tossire. Girò la testa per non tossirle in faccia, perse l'equilibrio (e non c'era di che meravigliarsi, visto che, grosso com'era, fin dal principio si era appollaiato con solo una natica sulla sponda del letto) e scivolò sul pavimento. Bastò perché la casa sobbalzasse per la terza volta. Cadde sulle ginocchia e piegò la testa in avanti, tossendo come un uomo ormai quasi totalmente divorato dalla tubercolosi.

Adesso usciranno gli insetti, pensai io. Li tossirà fuori e Dio solo sa quanti ce ne saranno questa volta.

Invece no. Continuò a tossire dal profondo del torace, in quella serie di spasmi a metà tra il conato e il latrato, stentando a trovare tra una crisi e l'altra un attimo per prendere fiato. La sua pelle cioccolatosa si andava ingrigendo. Allarmato, Brutal accorse. Si calò su un ginocchio al suo fianco e gli passò un braccio intorno alla grande schiena sobbalzante. Come se Brutal con la sua mossa avesse spezzato un incantesimo, Moores avanzò di un passo e si sedette sulla sponda del letto, nel punto che Coffey aveva da poco abbandonato. Sembrava non accorgersi per niente della presenza del gigante e dei suoi rochi rantoli. Sebbene Coffey fosse ai suoi piedi, Moores aveva occhi solo per la moglie, che lo osservava con una luminosa espressione di meraviglia. Guardarla in quel momento era come guardare uno specchio che, opacizzato fino a poco prima da un velo di sporcizia, fosse stato appena lucidato.

«John!» gridò Brutal. «Vomitalo! Vomitalo come hai fatto prima!»

John continuò ad abbaiare quei colpi di tosse strozzati. Aveva gli occhi umidi, non di pianto, ma per lo sforzo. Lanciava dalla bocca spruzzi di saliva sottile, ma nient'altro.

Brutal lo picchiò un paio di volte sulla schiena, poi si girò verso di me. «Sta soffocando! Quella cosa che le ha succhiato fuori lo sta strozzando!»

Mi mossi, ma qualunque cosa avessi avuto in mente, il mio tentativo andò a vuoto, perché John si allontanò strisciando sulle ginocchia per andare a rifugiarsi in un angolo della camera da letto, dove continuò a tossire con violenza, succhiando rumorosamente aria fra un accesso e l'altro. Appoggiò la fronte alla tappezzeria di rose rosse arrampicate su un muro di giardino e produsse uno schiocco raccapricciante come se stesse cercando di vomitare la propria faringe. Adesso è impossibile che non rigurgiti quegli insetti, ricordo che pensai, ma mi sbagliavo di nuovo. Nondimeno la sua tosse sembrò placarsi un po'.

«Va tutto bene, capo», rantolò, sempre appoggiato con la fronte alle rose rampicanti. Teneva gli occhi chiusi. Non so come sapesse che ero lì, ma lo sapeva. «Giuro. Occupatevi della signora.»

Io lo osservai dubbioso per qualche istante, poi mi girai verso il letto. Hal stava accarezzando Melly e io notai un fatto sorprendente: sopra l'ovale del suo viso alcuni capelli, non molti, ma abbastanza perché me ne accorgessi, erano ridiventati neri.

«Cos'è successo?» chiese a suo marito. Davanti ai

miei occhi le sue guance presero a colorirsi. Sembrava quasi che avesse rubato qualche rosa alla tappezzeria. «Come sono arrivata qui? Non dovevamo andare all'ospedale di Indianola? C'era quel medico che doveva farmi i raggi alla testa per fotografarmi il cervello.»

«Zitta», rispose Hal. «Ssst, cara, zitta, zitta, adesso non conta più niente.»

«Ma non capisco!» protestò lei. «Ci siamo fermati a quel baracchino... mi hai comperato le noccioline... e poi... sono qui. Ed è buio! Hal, hai cenato? Perché sono nella stanza degli ospiti? Mi hanno fatto i raggi?» I suoi occhi si spostarono da Harry, che stava guardando senza in realtà vederlo (immagino che fosse lo choc) per fissarsi su di me. «Paul? Mi hanno fatto i raggi?»

«Sì», le risposi. «Tutto a posto.»

«Non hanno trovato il tumore?»

«No. Hanno detto che ora i dolori alla testa dovrebbero passare.»

Hal scoppiò in lacrime.

Lei si sporse per baciarlo su una tempia. Poi spostò lo sguardo verso l'angolo. «Chi è quel negro? Perché è nell'angolo?»

Vidi che John stava cercando di rimettersi in piedi. Brutal lo aiutò e con un ultimo sforzo ci riuscì. Rimase però rivolto alla parete, come un bambino che si è comportato male. Non aveva smesso di tossire in quella maniera convulsa, ma con spasmi ora meno violenti.

«John», lo chiamai. «Girati, ragazzone, e guarda questa signora.»

Lui ubbidì, adagio. Il suo volto era ancora color cenere, e sembrava invecchiato di dieci anni, come un uomo una volta potente che alla fine perde la sua annosa battaglia contro una malattia terminale. Teneva gli occhi abbassati sulle pantofole da carcerato e sembrava quasi soffrire per la mancanza di un berretto da torcere tra le mani.

«Chi sei?» chiese di nuovo. «Come ti chiami?»

«John Coffey», rispose lui, al che lei subito ribatté: «Ma non scritto come quello che si beve».

Hal trasalì. Melly lo sentì e lo rassicurò carezzandogli la mano, senza distogliere lo sguardo dal gigante nero.

«Ti ho sognato», mormorò poi, in un tono pensieroso. «Ho sognato che giravi senza meta nel buio e che c'ero anch'io. Poi ci siamo trovati.»

John Coffey non parlò.

«Ci siamo trovati nel buio», seguitò lei. «Alzati, Hal. Mi stai inchiodando al letto.»

Hal si alzò e la guardò incredulo rovesciare il copriletto. «Melly, non puoi...»

«Non essere sciocco», lo rintuzzò lei sfilando le gambe per posare i piedi sul pavimento. «Certo che posso.» Si aggiustò la camicia da notte, si sgranchì la schiena e si alzò.

«Mio Dio», sussurrò Hal. «Dio Dio Dio, guardatela...»

Melinda si avvicinò a John Coffey. Brutal si ritrasse da lei, in un moto di turbata soggezione. Lei zoppicò, compiendo il primo passo, ebbe non più di un'esitazione nel muovere la gamba destra, poi anche quell'indecisione scomparve. Ricordai Brutal che porgeva il rocchetto colorato a Delacroix e gli diceva: «Lancialo. Lo voglio vedere correre». Mr Jingles si era mosso claudicando, ma la sera dopo, quella in cui Del aveva percorso il Miglio, stava di nuovo bene.

Melinda passò le braccia intorno a John. Coffey non

reagì per un momento, lasciandosi abbracciare, poi alzò una mano e le accarezzò la testa. Lo fece con delicatezza infinita. La sua faccia era ancora grigia. L'aspetto era quello di una persona che sta malissimo.

Melinda si spostò all'indietro e alzò il viso verso quello di lui. «Grazie», mormorò.

«Prego, signora.»

Poi Melly tornò da Hal, che l'accolse fra le proprie braccia.

«Paul...» Harry ruotò verso di me il polso destro e batté il dito sul quadrante dell'orologio. Erano quasi le tre. Alle quattro e mezzo avrebbe cominciato ad albeggiare. Se volevamo riportare Coffey a Cold Mountain prima che accadesse, dovevamo muoverci al più presto. E volevo che fosse al suo posto, in parte perché più il tempo passava, più si assottigliavano le probabilità di uscire incolumi da quell'avventura, questo è chiaro; ma anche perché desideravo che John fosse dove avrei potuto legittimamente chiamare un medico a occuparsi di lui, se fosse stato necessario. E guardandolo lo ritenevo probabile.

I Moores erano seduti sulla sponda del letto, abbracciati. Pensai di invitare Hal a seguirmi in soggiorno per due parole in privato, poi mi resi conto che avrei potuto anche implorarlo senza riuscire a smuoverlo da dove si trovava in quel momento. Avrebbe forse staccato gli occhi da sua moglie, se non altro per qualche secondo, quando fosse spuntato il sole, ma non ora.

«Hal», dissi, «Adesso noi dobbiamo andare.»

Annuì senza guardarmi. Osservava il colorito sulle guance di sua moglie, la curva naturale e serena delle sue labbra, i capelli nuovamente neri sopra la sua fronte.

Gli toccai la spalla e riuscii a catturare per un istante la sua attenzione. «Hal, noi non siamo mai stati qui.»

«Cosa?...»

«Noi non siamo mai stati qui», ribadii. «Ne parleremo più tardi, ma per il momento basterà che sia chiaro questo. Noi non siamo mai stati qui.»

«Sì, va bene.» Si sforzò di concentrarsi su di me, cosa che gli era visibilmente difficile. «L'avete fatto uscire. Siete in grado di farlo rientrare?»

«Credo di sì. Forse. Ma bisogna che andiamo.»

«Come facevi a sapere che era capace di... questo?» Poi scosse la testa, come rendendosi conto da sé che non era il momento. «Paul... grazie.»

«Non ringraziare me», replicai. «Ringrazia John.»

Si girò verso di lui, poi protese la mano, proprio come avevo fatto io il giorno in cui Harry e Percy avevano scortato John al blocco. «Grazie. Grazie di cuore.»

John guardò la mano. Brutal lo colpì senza troppi complimenti con una gomitata al fianco. John sussultò, poi prese la mano e la strinse. Su, giù, di nuovo al centro, prima di abbandonarla. «Prego», rispose con la voce roca. Mi sembrò la stessa voce con cui Melly aveva battuto le mani esortando John ad abbassarsi i calzoni. «Prego», disse all'uomo che, nel corso ordinario delle cose, avrebbe impugnato in quella stessa mano una penna e avrebbe firmato l'ordine per la sua esecuzione.

Harry batté di nuovo il dito sull'orologio, questa volta con più urgenza.

«Brute?» chiamai io. «Sei pronto?»

«Ciao, Brutus», lo salutò allegramente Melinda, come accorgendosi solo allora della sua presenza. «Che bello vederti qui. Vi andrebbe una tazza di tè? Ci stai anche tu, Hal? Ci metto un attimo.» Si alzò di nuovo. «Sono stata poco bene, ma ora mi è passato tutto. Mai sentita meglio in tanti anni.»

«Grazie, signora Moores, ma dobbiamo andare», declinò Brutal. «Si è fatto tardi e John dovrebbe essere già a letto da un pezzo.» Sorrise per mostrare che era uno scherzo, ma lo sguardo che rivolse a John tradiva un'ansia pari a quella che provavo io.

«Be', se siete sicuri...»

«Sì, signora. Coraggio, John Coffey.» Tirò John per la manica per invitarlo a incamminarsi e John ubbidì.

«Un momento!» Melinda si liberò della mano con cui Hal la tratteneva e corse leggera come una fanciulla a prendere John fra le braccia per stringerlo ancora una volta. Poi si portò una mano dietro la nuca e si sfilò dal collo una catenella sottile, in fondo alla quale pendeva una medaglietta d'argento. La porse a John, che rimase interdetto a guardare la catenella senza muoversi.

«È san Cristoforo», disse Melly. «Voglio che la tenga lei, signor Coffey. E che la porti al collo. La proteggerà. La prego, se la metta. Lo faccia per me.»

John si girò a guardarmi turbato, e io guardai Hal, che prima si strinse nelle spalle e poi annuì.

«Prendila, John», dissi allora. «È un regalo.»

John lo accettò, si infilò la catenella intorno al collo taurino e si lasciò cadere la medaglietta con san Cristoforo dentro la camicia. Ormai aveva smesso del tutto di tossire, ma era ancora grigio e aveva un aspetto spaventoso.

«Grazie, signora», mormorò.

«Oh no», ribatté lei. «Grazie a lei. Grazie a *lei*, John Coffey.»

9

Al ritorno viaggiai in cabina con Harry e fui ben contento di aver scelto così. Il riscaldamento era guasto, ma godevamo almeno di un minimo di protezione dall'aria aperta. Avevamo percorso una decina di miglia quando Harry approfittò del piccolo spiazzo di un bivio per fermare il pickup.

«Che cos'è?» domandai. «È partito qualche cuscinetto?» A mio vedere, il problema avrebbe potuto essere quello come qualsiasi altro; non c'era componente del motore della trasmissione che non rumoreggiasse dando l'impressione di essere sul punto di incepparsi con conseguenze catastrofiche o di tirare definitivamente i remi in barca.

«No», si scusò, «è solo che ho bisogno di scaricare. Sono pieno fino alla gola.»

Finì che gli tenemmo tutti compagnia, con l'eccezione di John. Quando Brutal gli chiese se non volesse scendere dal cassone a innaffiare i cespugli con noi, scosse la testa senza alzarla. Era appoggiato al retro della cabina, avvolto in una delle coperte militari. Mi era impossibile farmi un'idea del suo aspetto, ma sentivo bene come respirava, in ansiti rauchi, come il soffiare del vento in un canneto. Non mi piaceva.

Mi addentrai in una macchia di salici, mi sbottonai i calzoni e orinai. Mi ero rimesso solo da troppo poco tempo dall'infezione che mi aveva colpito perché l'amnesia fisica avesse avuto il sopravvento per intero, cosicché mi ritrovai ancora una volta a ringraziare Iddio di poterlo fare senza mettermi a gridare di dolore. Ero lì che svuotavo la vescica contemplando la luna, immemore di Brutal che faceva altrettanto accanto a me, quando a un tratto lo udii commentare a voce bassa: «Non finirà mai su Old Sparky».

Mi girai sorpreso e un po' spaventato dalla certezza che avevo sentito nella sua voce. «Come sarebbe?»

«Sarebbe che ha mandato giù quella roba invece di sputarla fuori come aveva fatto l'altra volta. Non so perché, ma so che potrà impiegarci una settimana, visto quant'è grosso e forte Coffey, ma scommetto che sarà di meno. Poi uno di noi farà il giro di ronda e lo troverà morto stecchito sulla sua branda.»

Credevo di aver finito di orinare, ma all'udire quelle parole un piccolo brivido mi serpeggiò su per la schiena spremendomi fuori ancora qualche goccia. Mentre mi riabbottonavo, riflettei che quanto Brutal aveva detto era perfettamente sensato. E sotto sotto mi auguravo che avesse ragione. John Coffey non meritava di morire, se avevo visto giusto nella mia ricostruzione della morte delle piccole Detterick, ma se era destino che morisse, volevo che non fosse per mano mia. Non ero sicuro di poterla alzare per provocare il suo decesso, né che fosse venuto il momento.

«Muoviamoci», mormorò nel buio Harry. «Si sta facendo tardi. Vediamo di rientrare.»

Mentre tornavamo al camioncino mi resi conto che avevamo lasciato John completamente solo, una manifestazione di stupidaggine degna di Percy Wetmore. Pensai che fosse scomparso, che avesse sputato gli insetti appena avesse visto che nessuno lo sorvegliava e si fosse involato, come Huck e Jim sul grande fiume fangoso. Pensai che avremmo trovato solo la coperta che si era gettato sulle spalle.

Viceversa era lì, ancora seduto contro la cabina, con gli avambracci sulle ginocchia. Alzò la testa sentendoci arrivare e cercò di sorridere. Il tentativo rimase per qualche istante sospeso sulle labbra del suo volto affaticato, poi svanì.

«Come va, Big John?» domandò Brutal salendo sul pianale e recuperando la coperta.

«Bene, capo», rispose John in tono amorfo. «Tutto bene.»

Brutal gli batté le dita su un ginocchio. «Fra poco saremo a casa. E quando ci saremo sistemati, sai una cosa? Ti faccio preparare una bella tazzona di caffè caldo, con lo zucchero, la panna e tutto quanto.»

Certo, riflettei io, girando intorno al pickup per montare in cabina dall'altra parte. Se non veniamo arrestati e schiaffati dentro a nostra volta.

Ma era un'ipotesi che non aveva smesso di tormentarmi dal momento in cui avevamo chiuso Percy nella cella d'isolamento e non riuscì ad angustiarmi abbastanza da tenermi sveglio. Mi assopii e sognai il Calvario. Tuoni a ovest e un odore che poteva essere quello delle bacche del ginepro. Io, Brutal, Harry e Dean eravamo vestiti di drappi, con copricapi di latta sulla testa, come in un film di Cecil B. DeMille. Immagino che fossimo centurioni. C'erano tre croci, John Coffey al centro e Percy Wetmore ed Eduard Delacroix ai suoi lati. Mi guardai la mano e vidi che impugnavo un martello insanguinato.

Dobbiamo tirarlo giù da lì, Paul! gridava Brutal. *Dobbiamo tirarlo giù!*

Ma non potevamo, perché avevano portato via la scala. Mi accingevo a spiegarlo a Brutal, quando un sobbalzo più violento del veicolo mi destò. Stavamo indietreggiando nella macchia dove Harry aveva nascosto il pickup in un'ora precedente di un giorno che già sembrava allungarsi nel passato fino agli albori del tempo.

Scendemmo e tornammo indietro ai due lati del cassone. Brutal balzò giù senza problemi, ma a Coffey cedettero le ginocchia. Tutti e tre insieme lo sorreggemmo perché non cadesse. Non aveva ancora trovato un equilibrio stabile, che già veniva scosso da un'altra di quelle crisi, la peggiore. Si piegò in due, smorzando i colpi di tosse nelle mani schiacciate sulla bocca. Sembrava che stesse cercando di tener dentro qualcosa. Pensai che doveva essere proprio così. Ora, tornando a quella notte nella prospettiva di tutti gli anni trascorsi, posso solo scuotere la testa considerando quanto riuscissimo a essere allo stesso tempo nel giusto e in errore.

Quando la sua tosse si placò, coprimmo di nuovo il camioncino con i rami di pino e tornammo a piedi per la via da cui eravamo venuti. La parte peggiore di quell'intera escursione surreale fu, almeno per me, quella corrispondente agli ultimi duecento metri di furtiva risalita lungo il ciglio della statale. Vedevo (o così mi sembrava) il primo vago rischiarare del cielo a oriente e giudicai inevitabile che qualche agricoltore levatosi di buon'ora per andare a raccogliere le zucche o dissotterrare le ultime file di patate dolci ci avrebbe sorpresi incrociandoci sulla strada. E anche se così non fosse stato, avremmo sentito qualcuno (nella mia immaginazione era la voce di Curtis Anderson) gridare: «*Altolà!*» mentre usavo l'Aladdin per aprire il cancello della gabbia a protezione del boccaporto da cui si scendeva nel sottopasso. Allora dal bosco sarebbero sbucate una ventina di guardie armate di carabina e la nostra piccola avventura avrebbe fatto la sua brutta fine.

Arrivammo alla gabbia che avevo il cuore così impazzito nel petto da vedere una miriade di punticini bianchi esplodermi davanti agli occhi a ogni pulsazione. Sentivo le mani fredde, insensibili e separate dal resto del corpo, e per un tempo che mi parve interminabile non riuscii a infilare la chiave nella serratura.

«Oh, Cristo, dei fari!» gemette Harry.

Alzai la testa di scatto e vidi fasci di luce sulla strada, via via più intensi. Quasi mi sfuggì di mano il mazzo delle chiavi, che recuperai solo all'ultimo secondo.

«Dai a me», sussurrò Brutal. «Faccio io.»

«No, devo farlo io», insistei. Finalmente la chiave scivolò nella toppa e la ruotai. Pochi attimi dopo eravamo dentro. Ci accovacciammo dietro alla botola e aspettammo che davanti al carcere transitasse scoppiettando un camion della Sunshine Bread. Sentivo vicino a me il respiro affannato di John Coffey. Faceva il rumore di un motore che ha consumato quasi tutto l'olio. Quando si era trattato di uscire dal tunnel sotterraneo, era stato lui a sollevare il coperchio, spingendolo senza alcuna fatica, ma questa volta non gli chiedemmo nemmeno di darci una mano, era fuori questione. Lo alzammo io e Brutal e Harry lo aiutò a scendere gli scalini. Il gigante vacillò, ma riuscì ad arrivare fino in fondo. Io e Brutal lo seguimmo in tutta fretta, richiudendo il boccaporto dietro di noi e sprangandolo con la chiave.

«Cristo, credo che ce l'abbiamo...» cominciò Brutal, ma io lo zittii con una gomitata nelle costole.

«Non dirlo», lo ammonii. «Non pensarlo neppure, finché non l'abbiamo riportato sano e salvo nella sua cella.»

«E c'è anche Percy», ci rammentò Harry. Le nostre voci risonavano di un'eco sorda contro la volta di mattoni del sottopassaggio. «Non sarà finita finché non avremo regolato i conti con lui.»

Stavamo per scoprire che era *lungi* dall'essere finita... e che regolare i conti con Percy Wetmore sarebbe stato insieme più facile e difficile di quanto avremmo potuto prevedere.

PARTE SESTA

L’ultimo viaggio di Coffey

1

SEDUTO nella veranda di Georgia Pines, con la penna stilografica di mio padre in mano, ho perduto la nozione del tempo ricordando la notte in cui, con Harry e Brutal, feci evadere John Coffey per accompagnarlo da Melinda Moores nel tentativo di salvarle la vita. Ho scritto di come drogammo William Wharton, che si considerava la reincarnazione di Billy the Kid; ho scritto di come imprigionammo Percy nella camicia di forza e lo chiudemmo nella cella di confino in fondo al Miglio Verde; ho scritto della nostra strana spedizione notturna, così lacerata dalla paura e vibrante di emozioni, e del miracolo che ne suggellò l'esito. Vedemmo John Coffey salvare una donna non già dal ciglio della sua fossa, ma molto più probabilmente dal fondo stesso della sua tomba.

Scrivevo ed era solo molto marginale la consapevolezza della vita che mi girava intorno nella sua versione Georgia Pines. Gli anziani si sono intruppati per andare a consumare la cena e da lì per riunirsi al Centro Ricreativo (sì, vi è permesso sghignazzare) per la loro dose serale di telecommediole. Mi pare di ricordare che la mia amica Elaine sia venuta a portarmi un sandwich e che io l'abbia ringraziata e abbia mangiato il sandwich, ma non saprei a che ora sia accaduto o che cosa ci fosse tra le fette di pane. Troppa parte di me era tornata al 1932, quando ci compravamo i nostri tramezzini dal carrello evangelico di Toot-Toot: un nichelino con il maiale, dieci centesimi con carne di manzo.

Ricordo il silenzio diffondersi per i corridoi via via che i relitti che soggiornano in queste dimore si sono apprestati a un'altra notte di sonno superficiale e intermittente; ho sentito Mickey, forse non il più efficiente ma di certo il più gentile degli inservienti, cantare *Red River Valley* nella sua bella voce tenorile mentre passava di stanza in stanza a distribuire le medicine serali: «*Da questa valle dicono che partirai... Ci mancheranno i tuoi occhi luminosi e il tuo sorriso dolce...*» La canzone mi ha fatto pensare di nuovo a Melinda e a quello che aveva detto a John dopo il miracolo: «Ti ho sognato. Ho sognato che giravi senza meta nel buio e che c'ero anch'io. Poi ci siamo trovati».

La mezzanotte è sopraggiunta e passata nella quiete di Georgia Pines e io ancora scrivevo. Sono arrivato al momento in cui Harry ci rammentava che, anche se avessimo riportato John nella sua cella senza essere scoperti, dovevamo ancora affrontare il problema di Percy. «La sera non sarà finita finché non avremo regolato i conti con lui», aveva detto all'incirca.

È qui che le molte ore passate curvo sulla penna di mio padre si sono fatte finalmente sentire. L'ho posata, convinto di farlo per pochi secondi, per sgranchirmi le dita intorpidite, poi ho appoggiato la fronte al braccio e ho chiuso gli occhi per riposarli. Quando li ho riaperti e ho sollevato la testa, dalle vetrate mi inondava di luce il sole del mattino. Ho controllato l'orologio e ho visto che erano le otto passate. Avevo dormito per qualcosa come sei ore con la testa sulle braccia come un vecchio ubriaco. Mi sono alzato tutto indolenzito a cercare di restituire un po' di elasticità alla schiena. Ho valutato se scendere in cucina a prendere un toast e uscire per la mia passeggiata del mattino, poi ho posato lo sguardo sui fogli di carta scribacchiata che avevo seminato sul tavolo. Lì per lì ho deciso di rimandare la passeggiata. Avevo un compito da svolgere, sì, ma poteva aspettare, e per una volta avevo poca voglia di giocare a nascondino con Brad Dolan.

Invece di camminare, avrei finito la mia storia. Alle volte è meglio darci dentro, senza ascoltare le proteste del corpo e della mente. Alle volte è l'unico modo per arrivare in fondo. E il ricordo più vivo che ho di quella mattina è quanto desideravo liberarmi del fantasma di John Coffey.

E va bene, mi sono detto. Ancora un miglio. Ma poi...

Sono andato ai servizi in fondo al corridoio del primo piano. Mentre orinavo, mi è capitato di alzare gli occhi al rilevatore di fumo applicato al soffitto. Così mi è venuto da pensare a Elaine e allo stratagemma con cui, il giorno prima, aveva distratto Dolan per consentirmi di uscire per la mia passeggiata e la mia piccola commissione. Ho finito di fare pipì con un sorriso sulle labbra.

Sono tornato in veranda in condizioni di spirito molto migliori (e anche *molto* più tranquillo nelle regioni perineali). Qualcuno, senza dubbio Elaine, aveva lasciato vicino alle mie pagine una teiera. Mi sono avventato a bere con avidità prima una tazza e poi una seconda prima ancora di essermi seduto. Poi ho ripreso il mio posto, ho svitato il cappuccio della penna stilografica e ho ripreso a scrivere.

Mi stavo calando per intero nel mio racconto quando su di me si è allungata un'ombra. Ho alzato lo sguardo e mi è venuto un groppo alla bocca dello stomaco. Era Dolan, fermo tra me e le vetrate. Sorrideva senza simpatia.

«Non ti ho visto uscire per la tua passeggiatina, Paulie», mi ha apostrofato, «così ho pensato di venire su a vedere che cosa stavi combinando. Sai, tanto per assicurarmi che non ti sei ammalato o che so io.»

«Ti sono grato del tuo gran buon cuore», ho risposto. La mia voce funzionava bene, per il momento, ma il cuore mi batteva forte. Avevo paura di lui e dubito che quella realtà mi venisse rivelata solo in quel momento. Mi ricordava Percy Wetmore e non avevo mai avuto paura di Percy. Ma quando avevo conosciuto lui, ero ancora giovane.

Il sorriso di Brad si è intensificato, senza per questo migliorare.

«Mi dicono che sei stato su tutta notte, Paulie, a scrivere il tuo piccolo rapporto. Male, male. I vecchietti come te hanno bisogno del loro riposo.»

«Percy...» ho cominciato io, poi ho visto una ruga di perplessità oscurare il suo sorriso e mi sono accorto dell'errore. Ho preso fiato e ho riprovato. «Brad, che cos'hai contro di me?»

Ha avuto un momento di incertezza, forse perché l'ho colto alla sprovvista. Poi il sorriso è riapparso. «Può darsi che semplicemente non mi piaccia la tua faccia, vecchio», ha risposto. «Comunque, che vai scrivendo? Il tuo testicolamento?»

È venuto avanti, allungando il collo. Io ho schiaffato velocemente la mano sulla pagina che stavo scrivendo. Con l'altra ho cominciato a rastrellare in tutta fretta i fogli sparsi, stropicciandone qualcuno per la furia di infilarmeli sotto il braccio e metterli al sicuro.

«Ehi», mi ha schernito lui come rivolgendosi a un bambino piccolo, «non va bene, tesoruccio, non va affatto bene. Se Brad vuole vedere, Brad vede. Ed è meglio che te lo ficchi ben bene in quella vecchia zucca.»

La sua mano, giovane e pericolosamente forte, mi si è chiusa sul polso e ha cominciato a stringere. Il dolore mi si è affondato nella mano come zanne, strappandomi un gemito.

«Lasciami andare», sono riuscito a biascicare.

«Quando mi avrai fatto vedere», mi ha risposto e non sorrideva più. Ma l'espressione del suo viso era gioiosa, era l'espressione compiaciuta che riscontri solo sul volto di chi prova gusto nella cattiveria. «Fammi vedere, Paulie. Voglio sapere che cosa scrivi.» La mia mano ha cominciato a scivolare sulla pagina. Dal nostro viaggio di ritorno con John nel sottopassaggio. «Voglio sapere se c'entra qualcosa con quello che vai a...»

«Lasci andare quell'uomo.»

È stato come un aspro schiocco di frusta in una giornata di secca calura e, a giudicare dal balzo che ha compiuto Brad Dolan, avresti pensato che le sue natiche ne fossero state il bersaglio. Mi ha abbandonato la mano, che è ricaduta sulle mie pagine, e tutti e due ci siamo girati a guardare verso la porta.

Lì c'era Elaine Connelly, fiorente e tonica come non

le accadeva da giorni. I jeans che indossava le mettevano in risalto la curva snella dei fianchi e le gambe lunghe; si era stretta un nastro azzurro nei capelli. Tra le mani artritiche reggeva un vassoio: succo di frutta, un uovo strapazzato, pane tostato e altro tè. Le ardevano gli occhi.

«Che cosa crede di fare?» l'ha aggredita Brad. «Non può mangiare quassù.»

«Non solo può benissimo mangiare qui, ma è esattamente quello che farà», ha replicato lei nello stesso tono asciutto di comando. Non gliel'avevo mai udito prima, ma in quel momento gliene ero immensamente grato. Ho cercato un'ombra di paura nei suoi occhi e non ne ho trovato nemmeno un bruscolo. C'era solo furore. «Quello che farà lei, invece, è uscire da qui prima che il fastidio provocato dalla sua presenza passi dal livello di scarafaggio a quello di qualche parassita un po' più grosso. *Rattus Americanus*, per esempio.»

Lui ha fatto un passo nella sua direzione, insieme titubante e furibondo. A me sembrava una combinazione pericolosa, ma Elaine non ha battuto ciglio guardandolo avvicinarsi. «Scommetto che so chi è che ha fatto partire quel dannato allarme antincendio», ha insinuato Dolan. «Chissà che non sia stata una certa vecchia megera con un paio di artigli al posto delle mani. E adesso fuori di qui. Io e Paulie non abbiamo ancora finito la nostra chiacchieratina.»

«Si chiama *signor Edgecombe*», lo ha corretto lei. «E se la sorprendo di nuovo a chiamarlo Paulie, credo di poterle promettere che i suoi giorni di impiegato qui a Georgia Pines finiranno al più presto, signor Dolan.»

«Ma chi si crede di essere?» ha esclamato lui. Ora

cercava di intimorirla incombendo su di lei con tutta la sua statura, mentre tentava di ridere senza riuscirci.

«Credo», ha risposto lei con tutta calma, «di essere la nonna dell'uomo che riveste attualmente la carica di presidente alla Camera dei Rappresentanti della Georgia. Un uomo che tiene in grande conto i suoi parenti, signor Dolan. Specialmente i suoi parenti *anziani.*»

Il sorriso forzato si è sgranato sulla faccia di Dolan come una scritta in gesso al passare di una spugnetta umida sulla lavagna. Ho registrato incertezza, il dubbio che quella di Elaine fosse millanteria, il timore che non lo fosse, e il raggiungimento di una conclusione abbastanza logica: sarebbe stato più che facile per lui controllare, lei doveva saperlo, di conseguenza diceva la verità.

Così mi è scappato da ridere all'improvviso e per quanto rugginosi suonassero i miei versi, era giusto farlo. Mi sono ricordato in quel momento tutte le volte che Percy Wetmore ci aveva minacciato con le sue conoscenze, in quei brutti giorni di cui andavo raccontando. Ora, per la prima volta nella mia lunga, lunga vita, quella minaccia veniva riesumata... ma in mia difesa.

Brad Dolan mi ha lanciato un'occhiata torva, prima di tornare a fissare Elaine.

«Dico sul serio», ha ribadito lei. «Avevo pensato di non prendere provvedimenti contro di lei. Sono vecchia e incline a lasciar correre. Ma se vengono minacciati e maltrattati i miei amici, allora non lascio correre un bel niente. E ora fuori di qui. E senza fiatare.»

Ho visto le labbra di Dolan muoversi come quelle di un pesce. Ah, quanta voglia lo scuoteva di ringhiare ancora una parola (forse quella che fa rima con *noia*). Ma non l'ha fatto. Ha rivolto un'ultima occhiata a me, poi le è passato accanto ed è uscito in corridoio.

Io ho liberato un lungo sospiro roco mentre Elaine posava il vassoio sul tavolo e mi si sedeva davanti. «Davvero tuo nipote è presidente alla Camera?» le ho chiesto.

«Sì.»

«Allora che ci fai qui?»

«Essere presidente di un'istituzione parlamentare gli dà l'autorità per mettere al suo posto un insetto come Brad Doland, ma non lo rende *ricco*», ha risposto lei ridendo. «E poi qui sto bene. Mi piace la compagnia.»

«Lo prenderò come un complimento», ho ribattuto ed ero sincero.

«Paul, stai bene? Sembri molto stanco.» Si è allungata per scoprirmi le sopracciglia e la fronte da una ciocca di capelli. Le sue dita erano deformate, ma il suo tocco era fresco e squisito. Io ho chiuso gli occhi per un momento. Quando li ho riaperti, avevo preso una decisione.

«Sto bene», l'ho rassicurata. «E ho quasi finito. Elaine, vorresti leggere qualcosa?» Le ho offerto le pagine che avevo radunato alla rinfusa. Probabilmente non erano più nell'ordine giusto (Dolan mi aveva veramente terrorizzato), ma erano numerate e non avrebbe impiegato molto a risistemarle.

Mi ha fissato con un'espressione pensosa, senza prendere le pagine che le offrivo. Non ancora, almeno. «Hai finito?»

«Ti ci vorrà fino al pomeriggio per leggere tutto questo», le ho detto. «Se riesci a capirci qualcosa, s'intende.»

Allora ha preso le mie pagine e le ha guardate. «Hai

una scrittura molto chiara, anche quando hai la mano stanca», ha commentato. «Leggerò senza difficoltà.»

«Quando tu avrai finito di leggere, io avrò finito di scrivere», le ho promesso. «Il resto lo farai fuori in una mezz'oretta. Poi, se ancora ne avrai voglia, mi piacerebbe mostrarti una cosa.»

«Ha a che vedere con le passeggiate che fai quasi tutti i giorni di mattina e di pomeriggio?»

Ho risposto affermativamente con un cenno del capo.

Lei ha riflettuto per un po' in silenzio e a me è sembrato che passasse un'eternità prima che annuisse e si alzasse con le mie pagine. «Uscirò sul retro», ha annunciato. «Stamane c'è un sole molto bello.»

«E il drago è stato sconfitto», ho aggiunto io. «Questa volta dall'intrepida amazzone.»

Mi ha sorriso e si è chinata per baciarmi il sopracciglio in quel punto sensibile che mi dà sempre i brividi. «Così speriamo», ha mormorato. «Ma so per esperienza che i draghi come Brad Dolan non si lasciano sbaragliare tanto facilmente.» Poi ha esitato. «Buona fortuna, Paul. Spero che tu riuscirai a sconfiggere quel qualcosa che non so e che ti sta avvelenando l'anima.»

«Lo spero anch'io», ho risposto e ho pensato a John Coffey. *Ho cercato di rimediare*, aveva detto John. *Ci ho provato, ma era troppo tardi.*

Ho mangiato l'uovo che mi aveva portato, ho bevuto il succo di frutta e ho messo da parte il pane tostato. Poi ho impugnato la penna e ho ripreso a scrivere, per quella che speravo fosse l'ultima volta.

Un ultimo miglio. Verde.

2

QUELLA notte, quando riportammo John al Blocco E, la lettiga fu una necessità e non un lusso. Dubito molto che avrebbe potuto percorrere il sottopassaggio sulle proprie gambe. Per camminare curvi ci vuole più energia che per camminare eretti e quel soffitto era dannatamente basso per uno come John Coffey. Non mi andava il pensiero di vedermelo crollare là sotto. Come avremmo potuto giustificarlo, oltre alle spiegazioni che avremmo dovuto inventarci per aver fatto indossare a Percy lo smoking dei matti e averlo chiuso in cella di isolamento?

Ma, grazie a Dio, avevamo la lettiga, e su di essa spingemmo John Coffey come una balena spiaggiata fino ai gradini del magazzino. Giunti là, ne scese, barcollò, quindi rimase fermo dov'era con la testa abbassata a respirare rumorosamente. La sua pelle africana era talmente grigia che sembrava si fosse rotolato nella farina. Pronosticai che per mezzogiorno sarebbe stato ricoverato in infermeria. Sempre che per quell'ora non fosse stato già morto e defunto.

Brutal mi rivolse uno sguardo cupo di disperazione.

Io lo ricambiai. «Non possiamo portarlo su, ma possiamo aiutarlo», dissi. «Tu sotto il braccio destro, io sotto quello sinistro.»

«E io?» chiese Harry.

«Seguici. Se ti sembra che stia per cascare all'indietro, dagli uno spintone.»

«E se non funziona così, accovacciati dove ti sembra che stia per cadere e attutisci il colpo», aggiunse Brutal.

«Bontà divina», sospirò Harry. «Brute, spassoso come sei non capisco perché non ti dedichi alla rivista.»

«In effetti sono alquanto spiritoso», ammise Brutal.

Alla fine riuscimmo a far salire le scale a John. La mia preoccupazione maggiore era che svenisse, ma ci andò bene. «Passami davanti e controlla che in magazzino non ci sia nessuno», gracchiai a Harry.

«Che devo dire se ci trovo qualcuno?» ribatté Harry, infilandomisi sotto il braccio. «Scusi tanto, ripasso più tardi?»

«Vedo che hai un futuro anche tu», ironizzò Brutal.

Harry aprì uno spiraglio e mise la testa dall'altra parte. A me parve che rimanesse così per un tempo interminabile. Finalmente si ritrasse. Sembrava quasi allegro. «Via libera, è tutto *tranquillo.*»

«Speriamo che resti così», commentò Brutal. «Coraggio, John Coffey, siamo quasi a casa.»

Riuscì ad attraversare il capannone con le proprie forze, ma dovemmo assisterlo sui tre gradini che salivano al mio ufficio e quindi spingerlo praticamente attraverso la porticina. Quando si rialzò in piedi, rantolava e gli occhi gli erano diventati vitrei. Con sincero orrore notai in quel momento che il lato destro della bocca gli si era piegato all'ingiù ed era la stessa piega delle labbra che aveva Melinda, quando eravamo entrati nella sua camera e l'avevamo vista puntellata dai guanciali. Dean ci udì arrivare e lasciò il tavolo per venirci incontro in fondo al Miglio Verde.

«Il cielo sia lodato! Credevo che non sareste tornati mai più. Mi ero mezzo convinto che vi avessero presi, o che il direttore vi avesse arrestati, o...» S'interruppe, guardando John solo allora per la prima volta. «Diavolo, ma che cos'ha? Sembra in punto di morte!»

«No che non è in punto di morte, vero, John?» chiese Brutal. Lanciando con gli occhi un avvertimento a Dean.

«Certo che no, non pensavo veramente che sta *moren...*» Dean fece una risatina nervosa. «Però, caspita...»

«Lascia stare», intervenni. «Aiutaci a riportarlo nella sua cella.»

Eravamo di nuovo colline intorno a una montagna, ma ora era una montagna che aveva subito milioni di anni di erosione, una montagna consunta e triste. John Coffey si muoveva con lentezza, respirando come un vecchio che ha fumato troppo per tutta la vita, ma almeno si muoveva.

«Com'è andata con Percy?» m'informai. «Ha piantato una grana?»

«Ha protestato un po' all'inizio», mi rispose Dean, «cercando di urlare attraverso il nastro adesivo. Imprecazioni, credo.»

«Pietà», gemette Brutal. «Meno male che le nostre delicate orecchie erano altrove.»

«Poi si è messo a tirare calci alla porta. Uno ogni tanto.» Felice com'era di rivederci, Dean balbettava un po'.

Gli scivolarono gli occhiali sulla punta del naso, che luccicava di sudore, e li spinse all'indietro. Oltrepassammo la cella di Wharton. Il giovane poco di buono era riverso sulla schiena a russare come una tuba. E questa volta aveva gli occhi chiusi.

Dean mi vide guardare e rise.

«Lui è stato un angioletto! Non si è più mosso da quando si è sdraiato. Sprofondato in qualche altro mondo. E confesso che non mi dispiaceva affatto che Percy menasse qualche calcio alla porta. Anzi, ero contento. Non lo avessi più sentito, avrei cominciato a temere che fosse morto soffocato dal bavaglio che gli hai schiaffato sulla bocca. Ma il bello non è questo. Sai qual è il bello? Che è stato tutto tranquillo come la mattina del Mercoledì delle Ceneri giù a New Orleans! Non è passato nessuno per tutta la notte!» Pronunciò queste ultime parole in un gioioso tono di trionfo. «Ce l'abbiamo fatta, ragazzi! Ce l'abbiamo fatta!»

Solo allora ripensò al motivo che ci aveva spinto a quell'iniziativa sventata e ci chiese di Melinda.

«Sta bene», gli dissi. Avevamo raggiunto la cella di John. Stavo cominciando a prendere coscienza delle ultime parole di Dean: *Ce l'abbiamo fatta, ragazzi. Ce l'abbiamo fatta.*

«È stato come... come... il topo?» domandò Dean. Rivolse una rapida occhiata alla cella vuota dove Delacroix aveva soggiornato con il signor Jingles, poi guardò verso la cella di isolamento, quella che, per quanto ne sapevamo, era il luogo d'origine del topo. Abbassò la voce, come si fa entrando in una cattedrale dove sembra sussurrare anche il silenzio. «È stato un...» Deglutì. «Dannazione, lo sapete anche voi... è stato un miracolo?»

Ci scambiammo un'occhiata, trovando l'uno nell'altro conferma di ciò che già sapevamo. «L'ha tirata fuori di peso dalla tomba, ecco che cos'ha fatto», dichiarò Harry. «Sissignori che è stato un miracolo.»

Brutal aprì le due serrature della cella e spinse dolcemente John all'interno. «Vai, ragazzone. Riposati, che te lo meriti. Noi andiamo a sistemare Percy...»

«È un uomo cattivo», mormorò meccanicamente John.

«Su questo hai ragione, peggio di un fattucchiere», convenne Brutal nel suo tono più benevolo, «ma tu non devi preoccuparti di lui, perché non gli permetteremo di venirti vicino. Mettiti buono su quella branda e io ti faccio portare un bel caffè. Forte e caldo. Ti rimetterà a nuovo.»

John si sedette pesantemente sulla branda. Pensai che cascasse all'indietro e si girasse con la faccia al muro come faceva di solito, invece rimase seduto, con le dita delle mani mollemente intrecciate fra le ginocchia, la testa abbassata, respirando forte dalla bocca aperta. La medaglietta di san Cristoforo gli era scivolata fuori della camicia e dondolava nel vuoto. Ti proteggerà, gli aveva detto Melinda, ma John Coffey sembrava aver oltrepassato ogni possibilità di protezione. Pareva piuttosto che avesse preso il posto di Melinda sul ciglio della tomba a cui aveva alluso Harry.

Ma non era il momento di pensare a John Coffey.

Mi rivolsi agli altri. «Dean, prendi la pistola e il bastone di Percy.»

«Subito.» Andò alla scrivania, aprì con la chiave il

cassetto dove aveva riposto pistola e sfollagente e tornò da noi.

«Pronti?» chiesi. I miei uomini annuirono, i miei bravi ragazzi, e mai come quella notte mi sentii tanto fiero di loro. Harry e Dean erano nervosi, Brutal una roccia come sempre. «Va bene. Lasciate parlare me. Meno ci mettete lingua voi, più probabilità abbiamo di risolvere la questione alla svelta. In un modo o nell'altro. D'accordo?»

Annuirono di nuovo. Io trassi un bel respiro e partii per il Miglio Verde in direzione della cella di confino.

Quando accendemmo la luce, ci guardò socchiudendo gli occhi. Era seduto per terra a spingere la lingua contro il nastro che gli avevo incollato alle labbra. La parte che gli avevo fatto girare dietro la nuca si era staccata (probabilmente con l'aiuto del sudore e della brillantina che aveva nei capelli) e ora si era messo d'impegno per liberarsi anche dell'ultimo tratto. Un'ora ancora e avrebbe preso a invocare aiuto a pieni polmoni.

Quando entrammo si spinse all'indietro con i piedi per qualche spanna di pavimento, poi rinunciò, senza dubbio per essersi reso conto che non aveva da strisciare che fino alla parete di fondo.

Presi dalle mani di Dean la pistola e il manganello e glieli mostrai. «Li vuoi indietro?»

Mi fissò con diffidenza, poi fece segno di sì.

«Brutal. Harry. Mettetelo in piedi», ordinai io.

I miei compagni lo issarono prendendolo da sotto le ascelle della camicia di forza. Io mi piazzai davanti a lui sfiorandolo quasi con il naso. Mi investì l'odore acre del sudore di cui era intriso. In parte era dovuto agli sforzi per liberarsi della casacca e ai calci che aveva tirato alla porta, secondo quanto riferitoci da Dean; ma io pensai che fosse soprattutto il sintomo della più esplicita e semplice delle paure: quella di ciò che avremmo potuto fargli al nostro ritorno.

Me la caverò, non sono *assassini*, doveva aver pensato. E subito dopo, chissà, ricordando Old Sparky, poteva aver riflettuto che invece lo eravamo. Io ne ho giustiziati settantasette, più di quanti ne abbiano singolarmente uccisi quelli a cui ho stretto la cinghia sulla sedia, più di quanti siano stati accreditati al sergente York nella prima guerra mondiale. Uccidere Percy non sarebbe stato logico, ma noi ci eravamo già comportati senza logica, si sarebbe detto seduto con le braccia legate dietro la schiena a lavorare di lingua per staccarsi il nastro dalle labbra. E poi difficilmente la logica ha molta influenza sui pensieri di una persona seduta sul pavimento di un locale con le pareti imbottite, più imbozzolato di quanto riesca a fare un ragno con una mosca.

Vale a dire che in quel momento doveva essere al massimo di soggezione a cui avrei mai potuto sperare di costringerlo.

«Ti tolgo il nastro dalla bocca se mi prometti di non metterti a sbraitare», gli dissi. «Voglio scambiare due parole con te, non ingaggiare una gara di schiamazzi. Allora? Starai buono?»

Vidi il sollievo apparire nei suoi occhi nel riflettere che, se volevo parlare, aveva buone probabilità di uscire illeso da quella situazione. Annuì.

«Se fai tanto di provarci, ti tappo di nuovo la bocca», lo minacciai. «Questo lo capisci, vero?»

Un altro cenno affermativo, questa volta spazientito.

Io afferrai un'estremità del nastro che gli si era staccato da dietro la testa e diedi uno strattone violento. Il rumore dello strappo fece trasalire Brutal. Percy guaì per il dolore e cominciò a tamponarsi le labbra con la lingua.

«Toglimi di dosso questa giacca per matti, biecolone», ragliò.

«Tra un attimo.»

«Ora! Subito! Ora me la devi...»

Gli mollai uno schiaffo. La mia mano partì prima che me ne accorgessi, ma naturalmente sapevo che si sarebbe *potuto* arrivare a quello. Già ai tempi della mia prima chiacchierata su Percy con Moores, quando il direttore mi aveva consigliato di far partecipare Percy all'esecuzione di Delacroix, già allora sapevo che sarebbe *potuto* succedere. La mano di un uomo è come un animale addomesticato solo per metà; fa la brava quasi sempre, ma di tanto in tanto scappa e morde la prima cosa che vede.

Il suono fu uno schiocco secco, come lo spezzarsi di un ramo. Dean soffocò un'esclamazione. Percy mi fissò esterrefatto, con gli occhi così strabuzzati che sembrava dovessero cascargli fuori delle orbite. La sua bocca si aprì e richiuse, si aprì e richiuse, come la bocca di un pesce dietro il vetro di un acquario.

«Sta' zitto e ascolta me», lo ammonii. «Meritavi di essere punito per quello che hai fatto a Del e ti abbiamo dato il castigo che ti era dovuto. Questo era l'unico modo in cui potevamo farlo. L'unico a non essere d'accordo è stato Dean, ma terrà la bocca chiusa perché avrebbe da rimpiangerlo se non lo facesse, vero, Dean?»

«Sì», mormorò lui. Era bianco come un cencio. «Credo di sì.»

«Quanto a *te* invece», ripresi, «ti faremo rimpiangere persino di essere nato. Faremo in modo che sia di dominio pubblico come hai sabotato l'esecuzione di Delacroix...»

«*Sabotato!*»

«...e come per poco non hai lasciato che Dean finisse ammazzato. Abbiamo abbastanza da raccontare su di te da farti perdere praticamente tutti i lavori che tuo zio dovesse trovarti.»

Percy scuoteva la testa con energia. Quello non lo credeva, forse non gli era proprio possibile. I segni delle mie cinque dita spiccavano nel pallore della sua guancia come l'insegna di una chiromante.

«E per buona misura ci aggiungeremo un pestaggio da lasciarti a un palmo dall'aldilà. Non sarà necessario che ci sporchiamo le mani. Anche noi conosciamo certe persone, Percy, o sei così scemo da non rendertene conto? Non è gente che sta su alla capitale dello Stato, ma è lo stesso gente che sa come legiferare su certe questioni. È gente che ha amici qui dentro, gente che ha fratelli qui dentro, gente che ha genitori qui dentro. Gente ben contenta di amputare il naso o l'uccello a una merda come te. Lo farebbero volentieri se certi loro parenti che vivono qui dentro avessero in cambio due o tre ore in più alla settimana fuori in cortile.»

Percy aveva smesso di scuotere la testa. Ora mi fissava e basta. Aveva le lacrime agli occhi, che però non gli scivolarono sulle guance. Credo che fossero lacrime di furore o frustrazione. Ma forse lo pensavo solo perché lo speravo.

«Detto questo, guardiamola ora dal lato buono, Percy. Ti bruciano un po' le labbra per via del nastro che ti ho strappato, immagino, ma per il resto il solo infortunio è quello che ha subito il tuo amor proprio... e non occorre che questo lo venga a sapere nessuno oltre alle persone presenti in questo momento. Né noi lo andremo mai a raccontare in giro, vero, ragazzi?»

Scossero tutti la testa. «Certo che no», promise Brutal. «I panni sporchi del Miglio Verde si lavano al Miglio Verde. È sempre stato così.»

«Tu te ne andrai al Briar Ridge e noi ti lasceremo in pace fino a quel giorno», aggiunsi io. «Ti va bene così, Percy, o vuoi mettercela giù dura?»

Ci fu un lungo, lungo silenzio meditativo e quasi mi pareva di vedere le rotelle del suo cervello girare via via che valutava e scartava varie ipotesi di replica. Alla fine credo che i suoi molti calcoli cedettero a una verità più elementare: gli avevamo tolto il bavaglio, ma indossava ancora la camicia di forza e probabilmente aveva un feroce bisogno di pisciare.

«D'accordo», annunciò. «Consideriamo la faccenda chiusa. E adesso tiratemi fuori da questo coso. Mi sento le...»

Brutal mi passò davanti con una spallata e afferrò Percy, affondandogli quattro dita nella guancia destra e il pollice in quella di sinistra.

«Tra un attimo», disse. «Dopo che avrai ascoltato me. Qui Paul è il gran capo, perciò certe volte deve parlare elegante.»

Cercai di ricordare che cosa di elegante potessi aver detto a Percy e non trovai molto. Ritenni comunque opportuno tenere la bocca chiusa, perché Percy mi sembrava terrorizzato al punto giusto e non volevo guastare l'effetto.

«Non sempre la gente capisce che essere eleganti non significa essere morbidi ed è qui che entro io. A me non frega niente di essere elegante. Io dico pane al pane e vino al vino. Dunque sturati le orecchie: se tu ti rimangi la tua promessa, è quasi certo che a noi ci spaccano il culo, però poi veniamo a cercarti e dovessimo farcela a piedi fino in Russia, sta' tranquillo che ti scoviamo e allora siamo noi che spacchiamo te, e non solo nel culo, ma in tutti i buchi che hai. Ti spacchiamo tutto quello che c'è da spaccare fino a farti desiderare di essere morto e poi ti versiamo aceto in tutti i posti dove sanguini. Hai capito?»

Percy annuì. Con le dita di Brutal che gli schiacciavano i lati della faccia, somigliava incredibilmente a Toot-Toot.

Brutal lo lasciò andare e indietreggiò. Io rivolsi un cenno a Harry, che si portò alle spalle di Percy e cominciò a slacciarlo.

«Tienilo a mente, Percy», lo ammonì Harry. «Tienilo a mente e ricorda che l'acqua passata non macina più.»

Era stato tutto a regola d'arte, tre omaccioni in divisa blu che incutevano terrore al solo guardarli, e tuttavia io mi sentii invadere ad una triste rassegnazione. Avrebbe tenuto la bocca chiusa per un giorno o una settimana, continuando a calcolare i pro e i contro di svariate azioni di rappresaglia, ma prima o poi due elementi sarebbero venuti necessariamente in contatto: la fiducia nelle sue conoscenze altolocate e l'incapacità di incassare una situazione che lo aveva visto nei panni del perdente. Allora avrebbe vuotato il sacco. Avevamo anche contribuito a salvare la vita a Melly Moores portandole John e su questo non avrei mai avuto rimpianti («nemmeno per tutto il tè della Cina», come si soleva dire a quei tempi), ma alla fine saremmo stati messi al tappeto e l'arbitro avrebbe contato oltre il dieci. Salvo uccidendolo, non c'era modo di costringere Percy a rispettare il patto stipulato con noi, non dopo che si fosse sottratto alla nostra influenza diretta e avesse cominciato a ritrovare quella cosa che aveva al posto del fegato.

Rivolsi un'occhiatina furtiva a Brutal e vidi che ne era cosciente anche lui. Non mi sorprese. Non aveva lesinato in materia grigia, la signora Howell, nel mettere al mondo il piccolo Brutus. Mi rispose con un'alzatina di spalle, un movimento di non più di un paio di centimetri, ma tanto mi fu sufficiente. *E allora*, diceva quel gesto. *Che alternativa abbiamo, Paul? Abbiamo fatto quello che dovevamo e lo abbiamo fatto come meglio potevamo.*

Sì. Né c'era da recriminare sull'esito ottenuto.

Harry sciolse l'ultima cinghia della camicia di forza. Alternando smorfie di disgusto a smorfie di rabbia, Percy se ne sbarazzò lasciandosela cadere ai piedi. Evitava di guardarci, sfuggiva volontariamente ai nostri occhi.

«Datemi la mia pistola e il mio bastone», pretese. Glieli porsi. S'infilò l'arma nella fondina e il manganello nella guaina speciale.

«Percy, se ci pensi...»

«Oh, ne ho la più ferma intenzione», ribatté subito

lui, già diretto alla porta. «Ho intenzione di pensarci molto, molto bene. A cominciare da subito. Mentre me ne vado a casa. Uno di voi può timbrare il mio cartellino alla fine del turno.» Arrivato alla porta si girò a rivolgerci uno sguardo di disprezzo, in cui si mescolavano stizza e imbarazzo, una combinazione perniciosa per il segreto che eravamo tanto ingenui da sperare di poter conservare. «A meno naturalmente che vogliate spiegare voi perché me ne sono andato in anticipo.»

Uscì e s'incamminò per il Miglio Verde, troppo agitato in quel momento per ricordarsi perché quel corridoio centrale fosse così largo. Era già caduto una volta vittima di quella svista e l'aveva scampata. Non sarebbe stato di nuovo così.

Io lo seguii fuori della cella, mentre mi sforzavo di trovare la maniera di calmarlo. Non volevo che lasciasse il Blocco E in quello stato, tutto sudato e scarmigliato, con l'impronta rossa della mia mano ancora sulla guancia. Gli altri tre mi vennero dietro.

Ciò che avvenne allora fu questione di pochi momenti, tutto finito in non più di un minuto, forse meno. Nondimeno me lo ricordo benissimo ancora oggi, soprattutto, credo, per aver raccontato a Janice ogni cosa appena rincasato ed essermi così impressa la scena nella memoria. Gli avvenimenti successivi, l'incontro all'alba con Curtis Anderson, l'inchiesta, la conferenza stampa organizzataci da Hal Moores (naturalmente era tornato anche lui) e la conseguente commissione appositamente istituita alla capitale dello Stato, tutto questo mi si è appannato nel ricordo insieme con tante altre vicende, con il passare degli anni. Ma quanto a ciò che avvenne in quel momento lungo il Miglio Verde, oh, lo ricordo alla perfezione.

Percy camminava sul lato destro del Miglio con la testa abbassata e a suo discapito devo ammettere che nessun detenuto normale avrebbe potuto raggiungerlo. Ma John Coffey non era un detenuto normale. John Coffey era un gigante, con un allungo da gigante.

Vidi le sue lunghe braccia scure sbucare dalle sbarre e gridai: «*Attento, Percy, attento!*» Percy fece per girarsi, abbassando la mano sull'impugnatura dello sfollagente. In quell'istante fu ghermito e tirato con violenza contro le sbarre della cella di Coffey, nelle quali schiantò il lato destro della faccia.

Grugnì e si voltò verso Coffey, levando il manganello. John offriva certamente un bersaglio facile, con la faccia spinta con tanta forza nello spazio tra due delle sbarre centrali, da dare l'impressione che stesse cercando di far passare attraverso la testa intera. Sarebbe stato impossibile, naturalmente, ma così sembrava. Annaspò con la destra, trovò la nuca di Percy, vi si avvinghiò e tirò la sua testa verso di sé. Percy calò il manganello tra le sbarre colpendolo alla tempia. Sprizzò sangue, ma John non reagì. Premette la bocca su quella di Percy. Udii un sibilo come un colpo di vento, un suono di esalazione, come di un respiro trattenuto a lungo. Percy si dibatté come un pesce all'amo, cercando inutilmente di staccarsi, ma John lo teneva schiacciato dietro la nuca con la mano destra, inchiodato alle sbarre. Le loro facce erano tutt'uno, come fuse insieme, come i volti di certi innamorati che ho visto baciarsi con passione attraverso le sbarre.

Percy gridò producendo un suono soffocato come quando tentava di farlo con il nastro adesivo sulla bocca e cercò di nuovo di tirarsi indietro. Per un istante le loro labbra si separarono e io scorsi il flusso nero e turbinoso che da John Coffey si rovesciava dentro Percy Wetmore. Quanto non gli penetrava nel corpo dalla bocca tremante, gli si insinuava nelle narici. Poi la mano dietro la nuca fece pressione e Percy fu di nuovo schiacciato contro la bocca di John. Si potrebbe dire impalato.

La mano sinistra di Percy si aprì di scatto. Il suo adorato manganello cadde sul linoleum verde. Non lo avrebbe mai raccolto.

Tentai di lanciarmi, probabilmente lo feci, ma pareva persino a me stesso che i miei movimenti fossero quelli di un vecchio, impacciati da attriti e inerzia. Annaspai per impugnare la pistola, ma il calcio di legno di noce era ancora trattenuto dalla linguetta della fondina e non riuscii a estrarla. Sentivo il pavimento tremare sotto i piedi come nella camera da letto della sobria casetta di Melinda. Non potrei giurarci, ma so per certo che una delle lampadine del soffitto s'infranse in una cascata di frammenti di vetro, strappando un grido di sorpresa a Harry.

Finalmente riuscii a far saltar via la linguetta sopra il calcio della mia .38, ma prima di poterla sfilare dalla fondina, John aveva spinto Percy nel corridoio e retrocedeva nella sua cella. Si passava la mano sulla bocca atteggiata a una smorfia di disgusto, come per un saporaccio.

«Che cos'ha fatto?» proruppe Brutal. «Che cos'ha fatto, Paul?»

«Quello che ha tirato fuori da Melly, ora lo ha dato a Percy», risposi.

Percy era fermo contro le sbarre della cella che era stata di Delacroix. Aveva gli occhi dilatati e vacui, due grandi zero. Mi avvicinai a lui con prudenza, aspettando che da un momento all'altro cominciasse a scuotersi di conati e tossire come aveva fatto John dopo il suo intervento su Melinda. Invece non accadeva niente, restava immobile, contro le sbarre.

Gli schioccai le dita davanti agli occhi. «Percy! Ehi, Percy? Sveglia!»

Nulla. Mi raggiunse Brutal e allungò le mani al volto assente di Percy.

«Non servirà», affermai io.

Brutal ignorò il mio commento e sbatté forte le mani due volte davanti al naso di Percy e contro la mia previsione funzionò, o così parve. Percy sbatté le palpebre e si guardò intorno intontito come una persona che riprende faticosamente i sensi dopo aver ricevuto un colpo alla testa. Passò lo sguardo da Brutal a me. Dopo tanti anni, sono più che sicuro che non ci vedeva, ma in quel momento credetti di sì, pensai che si stesse riavendo.

Si staccò dalle sbarre e dondolò un po' sui piedi. Brutal lo aiutò a trovare l'equilibrio. «Buono, figliolo, tutto bene?»

Percy non rispose, evitò Brutal e si diresse al tavolo di servizio. Non posso dire che rollasse, ma senz'altro sbandava a manca.

Brutal si protese per sorreggerlo, ma io fermai la sua mano. «Lascialo stare.» Avrei detto lo stesso se avessi saputo che cosa stava per accadere? Mille e una volta mi sono posto questa domanda dall'autunno del 1932. Mai ho trovato una risposta.

Percy compì tredici o quattordici passi, poi si fermò di nuovo, con la testa abbassata. Era all'altezza della cella di Wild Bill Wharton. Wharton stava ancora russando come un trombone. Dormì per tutto il tempo. Morì dormendo, ora che ci penso, molto più fortunato in questo della gran parte degli uomini che finivano lassù. Certamente più fortunato di quanto meritasse.

Cogliendoci tutti impreparati, Percy estrasse la pistola, si avvicinò alle sbarre di Wharton e scaricò tutti e sei i colpi nel corpo del prigioniero che dormiva. Niente di più e niente di meno che bam-bam-bam, bam-bam-bam, un colpo dietro l'altro per quanto veloce era capace di premere il grilletto. Nello spazio chiuso il rumore fu assordante; quando raccontai questi fatti a Janice il mattino seguente, ancora stentavo a udire la mia stessa voce per il riverbero che avevo nelle orecchie.

Ci gettammo su di lui, tutti e quattro. Il primo ad arrivare fu Dean, non so come, dato che quando Coffey aveva afferrato Percy si trovava dietro a Brutal e me, ma riuscì lo stesso a precederci. Gli prese il polso, con l'intenzione di strappargli l'arma dalle dita, ma non fu necessario. Percy aprì la mano e la pistola cadde per terra. Il suo sguardo scivolò su di noi come se i suoi occhi fossero pattini e noi fossimo ghiaccio. Ci fu un sibilo sottile e un penetrante odore di ammoniaca ci informò che aveva rilasciato la vescica. Poi, con un brontolio sommesso e il diffondersi di un odore più intenso, si riempì anche il lato posteriore delle mutande. I suoi occhi si erano fermati su un angolo in fondo al corridoio. Erano occhi che non avrebbero mai più visto niente del mondo reale come noi lo conosciamo, per quanto ne so.

Ancora nelle prime pagine di questo diario ho scritto che Percy era al Briar Ridge all'epoca in cui Brutal trovò le schegge colorate del rocchetto del signor Jingles, un paio di mesi più tardi, e non mentivo. Ma non ci andò a occupare l'ufficio con il ventilatore, né ebbe mai un gruppo di malati di mente da bistrattare. Suppongo comunque che abbia ottenuto almeno una camera tutta per sé.

Grazie alle sue conoscenze altolocate, naturalmente.

Wharton era disteso sul fianco con la schiena contro il muro. Lì per lì avevo poco da vedere oltre al lago di sangue che aveva intriso il lenzuolo e schizzato il cemento, ma il coroner dichiarò che Percy aveva sparato con la precisione di un tiratore scelto. Ricordando il racconto di Dean su come Percy avesse lanciato il suo manganello sul topo mancandolo per un niente, non me ne meravigliai più che tanto. Questa volta la distanza era minore e il bersaglio immobile: un colpo all'inguine, uno al ventre, uno al petto, tre alla testa.

Brutal tossiva, sbracciandosi per disperdere il fumo. Tossivo anch'io, ma me ne accorsi solo in un secondo tempo.

«Questo è il capolinea», mormorò Brutal. Il tono era calmo, ma era inequivocabile il panico che gli riempiva gli occhi.

Mi girai dall'altra parte e vidi John Coffey seduto a un'estremità della sua branda. Teneva di nuovo le mani giunte tra le ginocchia, ma con la testa rialzata e senza più quell'espressione moribonda. Mi rivolse un piccolo cenno e io, come il giorno in cui gli avevo porto la mano, mi stupii nel ritrovarmi a ricambiarlo.

«Che cosa facciamo?» farfugliava Harry. «Oh Cristo, Paul, adesso che cosa facciamo?»

«Non possiamo fare proprio niente», rispose Brutal nello stesso tono calmo di prima. «Siamo fregati. Non è vero, Paul?»

La mia mente si era messa a lavorare a gran velocità. Guardai Harry e Dean, che mi fissavano come bambini impauriti. Guardai Percy, immobile con le braccia e il mento penzoloni. Poi guardai il mio vecchio amico Brutus Howell.

«Andrà tutto bene», dichiarai.

Finalmente cominciò a tossire anche Percy. Si piegò in due, si afferrò le ginocchia, quasi volesse vomitare. La sua faccia cominciò a colorirsi. Io aprii la bocca volendo ingiungere agli altri di stare alla larga, ma non mi fu possibile. Produsse un verso che era un incrocio tra un conato roco e il gracidare di un rospo, spalancò la bocca e rigurgitò una nube di una sostanza turbolenta e nera. Era così densa che per un momento non vedemmo più la sua testa. Harry gemette: «Dio del cielo, salvaci», con un filo di voce che risonò come un pigolio lamentoso. Poi la misteriosa sostanza si sbiancò, abbacinante come il sole di gennaio sulla neve fresca. Un attimo dopo la nuvola era scomparsa. Percy si raddrizzò adagio e fissò di nuovo gli occhi vitrei sul fondo del Miglio Verde.

«Noi non lo abbiamo visto», disse Brutal. «Vero, Paul?»

«No, non l'ho visto io e nemmeno tu. Tu l'hai visto, Harry?»

«No», rispose Harry.

«Dean?»

«Visto cosa?» Dean si tolse gli occhiali e cominciò a lucidare le lenti. Diedi per scontato che gli sarebbero caduti dalle mani, per quanto gli tremavano, ma riuscì a evitarlo.

«'Visto cosa'», ripetei io. «Sì, mi piace. Questo è l'atteggiamento giusto. E ora ascoltatemi, ragazzi, ascoltate bene che cos'ha da dirvi il vostro caposquadra, e vedete di capire tutto alla perfezione da subito, perché non abbiamo tempo. La storia è semplice. Vediamo di non complicarla.»

3

TUTTO questo raccontavo a Jan verso le undici di quella mattina. *Della mattina dopo*, mi è venuto da scrivere, ma il giorno era sempre lo stesso. Il più lungo di tutta la mia vita, senza dubbio. Lo raccontai a lei più o meno come l'ho ricostruito qui, finendo con William Wharton morto sulla sua branda, crivellato dal piombo della pistola di Percy.

No, non è proprio così. Conclusi per essere sincero con la sostanza uscita dalla bocca di Percy, quel nugolo di insetti o altro che fosse. Quello fu un particolare difficile da raccontare, anche se alla propria moglie, ma ci riuscii.

Mentre parlavo, mi portò caffè nero in tazze piene solo a metà, perché all'inizio le mani mi tremavano troppo per poterne reggere una colma senza versarlo. Alla fine il tremore si era molto calmato e mi sentivo persino in condizione di mangiare qualcosa, un uovo, forse, o qualche cucchiaiata di minestra.

«La cosa che ci ha salvati è che nessuno di noi è stato costretto a mentire.»

«È bastato tralasciare qualcosa», ribatté lei e annuì. «Particolari di scarsa rilevanza, perlopiù, come il fatto che abbiate condotto fuori del carcere un condannato a morte, come costui abbia guarito una donna in fin di vita e come abbia fatto impazzire Percy Wetmore, scaricandogli, come dire, frappé di tumore cerebrale in gola. Giusto?»

«Non so, Jan», risposi. «Io so solo che se continui a parlare così, va a finire che quella minestra te la mangi da te o la dai al cane.»

«Scusa. Però ho ragione, no?»

«Sì», ammisi. «Ma resta il fatto che...» Come potevo chiamarla? Non era stata un'evasione e certamente non un'escursione. «... che la scappata in campagna è riuscita senza che nessuno si sia accorto di nulla. Nemmeno Percy potrebbe denunciarci se mai tornerà in sé.»

«Se ritornerà in sé», fece eco lei. «Che probabilità ci sono?»

Scossi la testa per indicare che non ne avevo idea. In realtà non era così, in realtà pensavo che non si sarebbe rimesso, né nel 1932, né nel '42 o nel '52. In questo avevo visto giusto. Percy Wetmore rimase al Briar Ridge fino all'incendio che distrusse l'istituto nel 1944. Nel rogo morirono diciassette internati, tra i quali lui non figurava. Sempre muto e insensibile da ogni punto di vista (avrei appreso che la sua condizione viene descritta come *catatonica*) fu accompagnato fuori ben prima che il fuoco raggiungesse l'ala in cui si trovava la sua stanza. Fu chiuso in un altro manicomio, di cui non ricordo il nome posto che abbia qualche importanza, dove morì nel 1965. Per quel che ne so, l'ultima volta che aprì la bocca per parlare fu quando disse a noi di timbrare il suo cartellino alla fine del turno... se non volevamo dover spiegare perché era tornato a casa in anticipo.

Ironia vuole che non dovemmo mai spiegare niente a nessuno. Percy era impazzito e aveva sparato a William Wharton uccidendolo. Tanto dichiarammo e, entro questi termini, ogni nostra parola rispondeva al vero. Quando Anderson chiese a Brutal come gli era sembrato Percy prima che si mettesse a sparare e Brutal rispose con la sola parola «taciturno», per un momento terribile temetti di scoppiare a ridere. Perché anche in quello Brutal era sincero. Percy era stato più che mai taciturno, per quasi tutta la sera trascorsa di servizio al Blocco E aveva avuto la bocca tappata da un pezzo di nastro adesivo e il meglio che era stato capace di produrre era *mmmf*, *mmmf*, *mmmf*.

Curtis trattenne Percy al carcere fino alle otto, un Percy muto come una statua ma molto meno rassicurante. Poi arrivò Hal Moores, torvo, ma con l'aria di essere pronto a rimontare in sella. Curtis Anderson gli cedette volentieri le briglie, con un sospiro di sollievo che ci parve quasi di udire. L'uomo precocemente invecchiato, frastornato e impaurito non c'era più: era di nuovo il nostro direttore, quello che si parò davanti a Percy, lo afferrò per le spalle e lo scosse con energia.

«Figliolo!» gli gridò in faccia, quella faccia priva di espressione che mi sembrava stesse già cominciando ad ammorbidirsi come cera. «*Figliolo!* Mi senti? Se mi senti parlami! Voglio sapere che cos'è successo!»

Da Percy niente, com'era prevedibile. Anderson voleva prendere Moores in disparte, discutere con lui su come regolarsi nel gestire una patata bollente politica da rimetterci le mani, se mai se n'era vista una, ma il direttore decise di accantonare per il momento il problema e mi condusse in fondo al Miglio. John Coffey era sdraiato sulla branda con il volto al muro e le gambe che pendevano oltre l'estremità inferiore, come sempre. Sembrava che dormisse e probabilmente era così; ma è anche vero che non era *sempre* quello che sembrava, come avevamo avuto modo di constatare.

«Quello che è avvenuto a casa mia ha qualcosa a che vedere con quanto è accaduto qui quando siete tornati indietro?» mi chiese a bassa voce Moores. «Vi copro come posso, anche dovessi rischiare il posto, ma devo sapere.»

Scossi la testa. Quando parlai, anch'io tenni la voce bassa. C'erano ormai una decina di agenti di custodia raccolti in fondo al corridoio. Una guardia stava fotografando Wharton nella sua cella. Curtis Anderson si era girato da quella parte e almeno per quegli istanti a osservare noi c'era solo Brutal. «No, direttore. Abbiamo rimesso John nella sua cella come vedi anche tu, poi abbiamo fatto uscire Percy da quella di isolamento, dove l'avevamo chiuso per misura cautelare. Pensavo che sarebbe stato furioso, invece non ha avuto reazioni inconsulte. Ha chiesto solo di avere indietro pistola e sfollagente. Non ha detto altro. Si è avviato per il corridoio, poi, quando è arrivato alla cella di Wharton, ha estratto la pistola e si è messo a sparare.»

«Credi che l'essere rimasto in isolamento gli abbia sconvolto il cervello?»

«Signornò.»

«Gli avevate messo la camicia di forza?»

«Signornò. Non ce n'era bisogno.»

«Era tranquillo? Non si è ribellato?»

«No.»

«Anche quando ha visto che avevate intenzione di chiuderlo in quella cella, è rimasto tranquillo e non ha opposto resistenza.»

«Proprio così.» Provai l'impulso di infiorare la circostanza, concedere a Percy almeno una battuta, ma riuscii a dominarlo. Meglio limitarsi all'essenziale. «Nessuna rimostranza. Se n'è andato in un angolo in fondo alla cella e si è seduto.»

«Senza parlare di Wharton?»

«Signornò.»

«Nemmeno di Coffey?»

Scossi la testa.

«Possibile che Percy stesse covando qualcosa contro Wharton? Che gli serbasse rancore per qualche motivo?»

«Può essere», gli concessi, abbassando ancor di più la voce. «Percy è sempre stato sbadato nel percorrere questo corridoio, Hal. C'è stata una volta che Wharton lo ha acchiappato mentre passava tirandolo contro le sbarre e strapazzandolo un po'.» Feci una pausa. «Lo ha palpato, potremmo dire.»

«Niente di più grave? Lo ha solo 'strapazzato un po'' e nient'altro?»

«No, ma per Percy è stata lo stesso una brutta esperienza. Wharton ha detto che avrebbe preferito scoparsi lui che sua sorella.»

«Mmm.» Moores continuava a lanciare occhiate di traverso a John Coffey, come se dovesse costantemente rassicurarsi che Coffey fosse una persona in carne e ossa, una creatura di questo mondo. «Non spiega che cosa gli è successo, ma spiega in buona misura perché se la sia presa con Wharton e non con Coffey o con uno dei tuoi. E a proposito dei tuoi uomini, Paul, racconteranno tutti la stessa storia?»

«Signorsì», avevo risposto a lui, e a Jan aggiunsi: «E lo faranno», immergendo il cucchiaio nella minestra che aveva messo in tavola. «Me ne assicurerò io stesso.»

«Dunque hai mentito, almeno un pochino», mi fece notare lei. «Hai mentito a Hal.»

Non è forse così una brava moglie? Sempre a caccia di buchi di tarme nel tuo abito migliore, per poi scovarne uno più spesso sì che no.

«Immagino di sì, se vuoi vederla in questo modo. Ma non gli ho detto niente che debba restarci poi sulla coscienza. Hal è fuori da questa storia, credo. Del resto non era nemmeno presente. Lui era a casa a occuparsi della moglie malata fino a quando non è arrivata la telefonata di Curtis.»

«Ha detto come sta Melinda?»

«Non allora, non c'è stato tempo, ma ci siamo parlati di nuovo quando io e Brutal stavamo per uscire. Melly non ricorda molto, ma sta bene. Non è più a letto e si regge perfettamente sulle sue gambe. Parla delle aiuole di fiori che vuole metter giù l'anno prossimo.»

Per un po' mia moglie rimase in silenzio a guardarmi mangiare. Poi domandò: «Hal sa che è un miracolo, Paul? Lo capisce?»

«Sì. Tutti lo capiamo. Tutti quelli che erano lì.»

«Da una parte mi dispiace non esserci stata anch'io»,

mormorò. «Ma credo che sotto sotto sono contenta che sia andata così. Se avessi visto le scaglie cadere dagli occhi di Paolo sulla via per Damasco, sarei probabilmente morta d'infarto.»

«Ma no», obiettai, inclinando la scodella per raccogliere l'ultima cucchiaiata. «Probabilmente gli avresti fatto questa minestra. È ottima, tesoro.»

«Grazie.» Ma non stava in realtà pensando alla minestra o alla sua abilità di cuoca o alla conversione di Paolo sulla strada per Damasco. Guardava le montagne dalla finestra, con il mento appoggiato alla mano, gli occhi annebbiati come quelle cime nelle mattine d'estate, quando si preannuncia una giornata calda. Mattine estive come quella in cui erano state ritrovate le gemelline, mi venne da pensare senza motivo. Mi chiedevo perché non avessero gridato. Il loro assassino le aveva ferite, c'era sangue in veranda e sui gradini. Dunque perché non avevano gridato?

«Tu pensi che sia stato in realtà John Coffey a uccidere quel Wharton, vero?» chiese Janice, distogliendo finalmente gli occhi dalla finestra. «Tu non credi che sia stato un incidente o nulla del genere. Tu pensi che abbia usato Percy Wetmore contro Wharton come una pistola.»

«Sì.»

«Perché?»

«Non lo so.»

«Raccontami di nuovo di quando avete portato Coffey fuori del carcere. Solo quella parte.»

L'accontentai. Le dissi come il braccio magro che scattava tra le sbarre per afferrare il bicipite di John mi aveva ricordato un serpente, uno di quei rettili acquatici di cui avevamo tutti tanta paura quando da bambini si andava a nuotare nel fiume. E ricordai Coffey che diceva che Wharton era un uomo cattivo. Quasi bisbigliando.

«E Wharton?...» Mia moglie stava di nuovo guardando fuori della finestra, ma mi ascoltava con attenzione.

«E Wharton ha risposto: 'Hai ragione, negro. Cattivissimo'.»

«E nient'altro.»

«Già. Lì per lì ho avuto la sensazione che dovesse succedere qualcosa, ma mi sbagliavo. Brutal ha staccato la mano di Wharton dal braccio di John e gli ha ordinato di mettersi sdraiato. Wharton ha ubbidito, ma in pratica stava già dormendo quand'era ancora in piedi. Ha bofonchiato non so cosa sui negri che meriterebbero una sedia elettrica tutta per loro e la cosa è finita lì. Noi poi ce ne siamo andati.»

«John Coffey gli ha dato del cattivo.»

«Sì. Stessa cosa che una volta ha detto anche di Percy. Forse anche più di una volta, ora non ricordo più bene quando, ma so che l'ha fatto.»

«Però Wharton non ha mai fatto niente a John Coffey, vero? Dico direttamente. Come era invece accaduto con Percy.»

«No. Per come erano messe le celle, Wharton vicino al tavolo su un lato e John un po' più giù dall'altra parte, praticamente non riuscivano nemmeno a vedersi.»

«Dimmi di nuovo com'era Coffey quando Wharton lo ha afferrato.»

«Janice, non stiamo andando da nessuna parte.»

«Forse sì e forse no. Dimmi di nuovo come ha reagito.»

Sospirai. «Immagino si possa dire che è stato uno

choc. Ha trattenuto il fiato, è trasalito come faresti tu se stessi prendendo il sole in spiaggia e io arrivassi di soppiatto a farti cadere acqua fredda sulla schiena. O come per aver ricevuto una sberla all'improvviso.»

«Sì, capisco», annuì lei. «Quella mano sbucata dal nulla lo ha sorpreso, lo ha svegliato per un secondo.»

«Sì», risposi. E subito dopo: «No».

«Be', deciditi. Sì o no?»

«No. Non è stato per la sorpresa. È stato come quando ha voluto che entrassi nella sua cella per guarirmi dalla mia infezione. O quando voleva che gli dessi il topo. La sorpresa c'è stata, ma non per essere stato toccato... non proprio, mi pare... Gesù santo, Jan, non lo so nemmeno io.»

«Va bene, lasciamo stare», mi venne incontro lei. «È solo che non capisco perché John lo abbia fatto. Non è che sia violento di natura. E da questo nasce un'altra domanda, Paul: come puoi giustiziarlo se hai ragione su quelle bambine? Come puoi accettare l'idea di farlo sedere sulla sedia elettrica se è stato qualcun altro...»

Ebbi un moto inconsulto. Urtai con il gomito la scodella che cadde per terra e si ruppe. Mi era venuta un'idea. Era più frutto di un'intuizione che di un processo logico, a quel punto, ma non le mancava una certa, nera eleganza.

«Paul?» mi chiese subito Janice preoccupata. «Che cosa c'è?»

«Non so», risposi. «Di sicuro non so niente, ma tenterò di capirci qualcosa.»

4

Al fattaccio seguì una girandola di avvenimenti degna di un circo a tre piste, con il governatore in una, il carcere in un'altra e, nella terza, il povero Percy Wetmore con il cervello sbalestrato. E a dirigere le danze? Be', quello fu un compito nel quale si avvicendarono vari signori della stampa. Non erano deplorevoli come sono oggi, non si *permettevano* di esserlo, ma già a quei tempi, prima di Geraldo Rivera e Mike Wallace e tutti gli altri, sapevano lavorare di molari una volta affondati gli incisivi nella preda. Fu quanto avvenne quella volta e, per il tempo che durò, lo show fu dei migliori.

Anche il circo più straordinario, però, quello con i capricci della natura più spaventosi, i clown più spassosi e gli animali più esotici, prima o poi deve lasciare la città. Questo levò il tendone dopo le risoluzioni della commissione d'inchiesta, un'autorità dal nome altisonante e che incute soggezione, ma che si rivelò in realtà molto addomesticata e poco incline agli approfondimenti. In altre circostanze è certo che il governatore avrebbe preteso la testa di qualcuno, ma non quella volta. Il nipote acquisito per matrimonio, sangue del sangue di sua moglie, era andato in corto circuito e aveva accoppato un uomo. Aveva ucciso un omicida, questo sì, ed era per sua fortuna un elemento tenuto in grande considerazione, ma Percy aveva comunque ucciso un uomo che dormiva nella sua cella, un fatto non proprio sportivo. Quando si aggiunge che il giovanotto in questione era rimasto, anche dopo, matto come un cavallo, si può capire perché il governatore desiderava solo mettere una pietra sull'incidente e il più presto possibile.

La nostra gita all'abitazione del direttore Moores sul pickup di Harry Terwilliger non venne mai fuori. Nemmeno si seppe che Percy era stato imprigionato in una camicia di forza e chiuso a chiave in cella di isolamento per tutto il periodo della nostra assenza. Né si scoprì che, quando Percy gli aveva sparato, William Wharton era imbottito di droga. D'altronde le autorità non avevano ragione di sospettare che nel corpo di Wharton ci fosse dell'altro, oltre a una mezza dozzina di pallottole. Il coroner tolse le pallottole, il becchino lo distese in una cassa di legno di pino e così ebbe fine la storia dell'uomo con *Billy the Kid* tatuato sull'avambraccio sinistro. Meglio perduto che trovato, diciamo pure.

La turbolenza durò un paio di settimane. Per tutto quel periodo non ebbi il fegato di uscire dal mio seminato nemmeno di mezzo passo: figuriamoci se mi sarei preso un giorno di libertà per andare a esplorare l'idea che mi era venuta al tavolo della cucina di casa mia la mattina dopo la fatidica notte. Seppi con certezza che il circo aveva lasciato la città verso la metà di novembre, credo il dodici, ma non prendetemi in parola. Fu quello il giorno in cui, andando al lavoro, trovai al centro della mia scrivania quel foglio di carta che avevo sempre temuto di ricevere: la notifica della data dell'esecuzione di John Coffey. L'aveva firmata Curtis Anderson al posto di Hal Moores, ma naturalmente il documento non era meno legale, e naturalmente non poteva non essere passato tra le mani di Hal prima di arrivare a me. Mi sembrava di vederlo, Hal, seduto in direzione con quel foglio di carta fra le dita, seduto al suo tavolo a pensare alla moglie, divenuta un enigma clinico per i medici del General Hospital di Indianola. Erano gli stessi medici che avevano consegnato a lei il suo mandato di esecuzione, ma John Coffey glielo aveva stracciato. Ora però toccava a Coffey percorrere il Miglio Verde, e chi fra noi avrebbe potuto impedire che accadesse? Chi di noi si sarebbe sentito di impedirlo?

La data del suo mandato di morte era quella del venti novembre. Tre giorni dopo averla ricevuta, il quindici, credo, feci telefonare in carcere da Janice per avvertire che ero malato. Una tazza di caffè più tardi ero a bordo della mia vecchia Ford, affidabile seppur fiacca di sospensioni, diretto verso nord. Janice mi aveva dato il bacio del buon viaggio e mi aveva augurato buona fortuna; io l'avevo ringraziata, ma non avevo più le idee chiare su che cosa dovesse essere la buona fortuna, se trovare ciò che stavo cercando o non trovarlo. So comunque che non avevo una gran voglia di cantare mentre guidavo. Non quel giorno.

Alle tre del pomeriggio mi ero ormai addentrato nella zona montuosa. Giunsi al palazzo di giustizia della contea di Purdom poco prima dell'ora di chiusura, consultai certi dati d'archivio, quindi ricevetti la visita dello sceriffo, al quale il cancelliere aveva riferito che uno sconosciuto stava frugando tra gli scheletri dell'armadio locale. Lo sceriffo Catlett desiderava sapere che cosa avessi in mente di fare. Glielo spiegai. Catlett ci rifletté e poi mi disse qualcosa di interessante. Aggiunse che avrebbe negato di aver mai aperto bocca se avessi divulgato le sue informazioni, le quali non erano comunque conclusive, ma qualcosa erano. Oh sì. Ci rimuginai per tutto il viaggio di ritorno e quella notte, dalla mia parte del letto, ci furono un gran elucubrare e uno scarso, scarsissimo dormire.

Il giorno dopo mi alzai quando il sole era ancora solo un suggerimento a oriente, montai in macchina e partii alla volta della contea di Trapingus. Mi tenni ben alla larga da quel gran sacco di comesidice di Homer Cribus, per andare a conferire invece con il vicesceriffo Rob McGee. McGee non aveva voglia di sentire che cosa gli stavo dicendo. Con grande impeto, non ne aveva voglia. Si arrivò a un punto che temetti davvero che mi piazzasse un diritto alla bocca per poter *smettere* di sentire, ma alla fine acconsentì ad andare a porre un paio di domande a Klaus Detterick. Soprattutto, credo, per essere sicuro che non ci andassi io per mio conto. «Ha solo trentanove anni, ma ora come ora sembra un vecchietto», mi spiegò, «e non ha certo bisogno di essere angosciato da qualche sbruffone che fa il carceriere e crede di essere un investigatore proprio quando comincia a farsi un minimo di ragione della tragedia che lo ha travolto. Lei se ne stia qui buono in città. Non voglio vedere neanche l'ombra del suo naso nei paraggi della fattoria dei Detterick, ma voglio poterla trovare quando ho finito di parlare a Klaus. Se comincia a provare prurito ai piedi, vada a farsi una fetta di dolce in quel posticino laggiù. Servirà a zavorrarla.» Andò a finire che ne mangiai due fette e, in quanto a zavorra, non era solo una similitudine.

Quando entrò McGee e venne a sedersi al banco accanto a me, cercai invano di decifrare la sua espressione. «Allora?» lo incalzai.

«Venga a casa mia», rispose lui. «Ne parliamo lì. Questo posto è un po' troppo pubblico per i miei gusti.»

Tenemmo il nostro colloquio sulla veranda davanti all'abitazione di Rob McGee. Eravamo entrambi imbacuccati e infreddoliti, ma la signora McGee non permetteva che si fumasse in nessun locale della casa. Era una donna che anticipava i tempi. McGee parlò per qualche minuto. Lo fece con l'atteggiamento di chi non prova alcun piacere nell'udire ciò che gli esce dalla bocca.

«Non dimostra niente, questo lo capisce anche lei, vero?» domandò quando giunse in prossimità della conclusione. Il tono era bellicoso e il suo ammonimento fu sottolineato dal modo aggressivo in cui mi puntò addosso la sigaretta che si era arrotolato da sé, ma la sua faccia era quella di una persona che sta male. Non tutte le prove sono quelle che si vedono e ascoltano in un'aula di giustizia e ne eravamo consapevoli tutti e due. Ho il sospetto che quello sia stato l'unico momento nella sua vita in cui il vicesceriffo McGee abbia rimpianto di non essere uno zoticone con un cervello da gallina come il suo principale.

«Lo so», risposi.

«E se ha qualche idea di fargli ottenere una revisione del processo sulla base di questo unico dato, è meglio che ci ripensi, *señor*. John Coffey è un negro e nella contea di Trapingus ci prende male un casino di dover rifare i processi ai negri.»

«So anche questo.»

«Dunque che cosa intende fare?»

Io feci volare la mia sigaretta oltre il parapetto, poi mi alzai. Avevo davanti a me una marcia lunga e fredda per tornare a casa e prima mi fossi messo in viaggio, prima mi sarei tolto quel peso dalle spalle.

«Mi piacerebbe saperlo, vice», gli risposi. «Ma non lo so. L'unica cosa che so con certezza questa sera è che quella seconda fetta di torta è stato un errore.»

«Allora le dirò qualcosa io, furbacchione», ribatté lui, sempre in quel tono di cupa aggressività. «Credo che abbia fatto male ad aprire il vaso di Pandora.»

«Non sono stato io ad aprirlo», dichiarai e me ne tornai a casa.

Arrivai tardi, a mezzanotte suonata, ma mia moglie era rimasta in piedi ad aspettarmi. L'avevo previsto, ma mi fece lo stesso bene al cuore vederla e sentire le sue braccia intorno al collo e il suo corpo stretto stretto al mio. «Salve, straniero», mi salutò, poi mi toccò sotto il ventre. «Tutto a posto con questo nostro amichetto ora, vero? Mi sembra più sano e arzillo che mai.»

«Sì, signora», confermai sollevandola da terra. La portai in camera e facemmo un amore dolce come zucchero e quando giunsi al mio culmine, quella squisita sensazione di espansione e abbandono, pensai agli occhi sempre piangenti di John Coffey. E a Melinda Moores che diceva: *Ho sognato che giravi senza meta nel buio e che c'ero anch'io*.

Ancora allungato sopra mia moglie, con le sue braccia intorno al collo e le cosce intrecciate alle cosce, cominciai a piangere.

«Paul!» esclamò lei spaventata. Credo che non mi avesse visto in lacrime più di cinque o sei volte prima in tutto il tempo del nostro matrimonio. Non sono mai stato di norma propenso al pianto. «Paul, che cosa c'è?»

«So tutto quello che c'è da sapere», confessai tra le lacrime. «So troppo, maledettamente troppo, se vuoi che ti dica la verità. Fra meno di una settimana dovrò giustiziare John Coffey sulla sedia elettrica, ma a uccidere le gemelle Detterick è stato William Wharton. È stato Bill il Selvaggio.»

5

Il giorno dopo, al tavolo della mia cucina si ritrovarono a pranzare gli stessi agenti di custodia che già si erano riuniti a casa mia all'indomani della macabra esecuzione di Delacroix. Questa volta al nostro consiglio di guerra partecipava una quinta persona, mia moglie. Era stata Jan a persuadermi a raccontare tutto agli altri, contro il mio primo impulso. Non era già abbastanza terribile, le avevo chiesto, che lo sapessimo *noi*?

«Non stai considerando la situazione con la giusta lucidità», aveva replicato lei. «Probabilmente è perché sei ancora così sconvolto. Conoscono già la verità peggiore, che cioè John verrà giustiziato per un crimine che non ha commesso. Questo, casomai, servirà a farli stare un po' meglio.» Non ne ero del tutto convinto, ma mi affidai al suo buonsenso. Mi aspettavo un'insurrezione dopo aver riferito a Brutal, Dean e Harry ciò che sapevo (non potevo dimostrarlo, ma quanto a saperlo non c'erano dubbi), se non che sulle prime ci fu solo un silenzio carico di riflessioni. Poi Dean prese la parola, mentre contemporaneamente prendeva un altro dei biscotti sfornati da Janice e cominciava a spalmarci sopra un quantitativo indecente di burro. «Credi che John lo abbia visto? Ha visto Wharton con le bambine? Magari lo ha addirittura visto che le violentava?»

«Sono convinto che se avesse visto qualcosa, avrebbe cercato di intervenire», risposi. «Quanto a Wharton, forse lo ha scorto mentre scappava, è possibile. In tal caso, in seguito se ne è dimenticato.»

«Già», convenne Dean. «È un uomo speciale, ma questo non ne fa un uomo intelligente. Ha scoperto che era stato Wharton solo quando Wharton lo ha toccato.»

Brutal stava annuendo. «Per questo John è sembrato così sorpreso. Così incredulo. Ricordate come ha spalancato gli occhi?»

«E si è servito di Percy come di una pistola per uccidere Wharton», aggiunsi io. «Così si è espressa Janice e da quel momento ho continuato a ripensarci. Perché John Coffey avrebbe voluto uccidere Bill? Casomai Percy, che aveva schiacciato il topo di Delacroix proprio davanti a lui, Percy che aveva bruciato vivo Delacroix, cosa che John sapeva. Ma perché Wharton? In un modo o nell'altro Wharton aveva trovato la maniera di prenderci di mira tutti quanti, ma mai John, per quel che ne so. Per il tempo che sono stati insieme al Miglio non gli avrà rivolto più di qualche manciata di parole, metà delle quali proprio quell'ultima notte. Allora perché? Lui era della contea di Purdom e i ragazzi di razza bianca di quelle parti non si accorgono nemmeno di avere un negro davanti a sé, se non gli sbarra il passo. Allora ho continuato a chiedermi: Che cosa di tanto orribile può aver visto o sentito quando Wharton lo ha toccato da spingerlo a conservare per lui il veleno estratto dal corpo di Melly?»

«Rimettendoci per metà la pelle», notò Brutal.

«Diciamo pure tre quarti. E le piccole Detterick sono state l'unico motivo che sono riuscito a trovare abbastanza grave da spiegare il suo gesto. Mi sono ripetuto chissà quante volte che era un'idea assolutamente balzana, che la coincidenza era eccessiva, l'ipotesi troppo tirata per i capelli. Poi ho ricordato una cosa che Curtis Anderson aveva inserito nei primi dati che mi fece pervenire su Wharton, che cioè Wharton era un selvaggio forsennato e che ne aveva fatte di cotte e crude in tutto lo Stato prima della rapina a mano armata in cui uccise tutte quelle persone. *Ne ha fatte di cotte e crude in tutto lo Stato*. Ecco che cosa mi ha colpito. Poi c'è stata quella volta che ha cercato di strangolare Dean, quand'è arrivato da noi. Anche quello mi ha dato da pensare...»

«Il cane», intervenne Dean. Si accarezzava il collo dove Wharton lo aveva stretto con la catena. Non credo che sapesse che lo stava facendo. «Il cane con il collo spezzato.»

«Fatto sta che sono stato nella contea di Purdom a dare un'occhiata ai precedenti di Wharton in tribunale, visto che noi avevamo solo i rapporti riguardanti gli omicidi che lo avevano fatto finire al Miglio Verde. La fine della carriera, in altre parole. Mentre io volevo gli inizi.»

«Molta roba?» domandò Brutal.

«Sì. Atti di vandalismo, furtarelli, covoni incendiati, persino un furto di esplosivo. Ha rubato con un amico un candelotto di dinamite e l'ha fatto saltare sulla sponda di un ruscello. Ha cominciato presto, dieci anni, ma quello che cercavo io, in quelle carte non c'era. Poi è venuto a trovarmi lo sceriffo che voleva sapere chi ero e che cosa facevo lì ed è stato un vero colpo di fortuna. Ho cacciato una balla, gli ho raccontato che durante una perquisizione in cella erano saltate fuori delle foto nascoste nel materasso di Wharton, bambine senza vestiti addosso. Ho detto che volevo vedere se Wharton aveva qualche trascorso da pedofilo, giacché avevo sentito di un paio di casi rimasti irrisolti su nel Tennessee. Sono stato ben attento a non far cenno delle gemelle Detterick. E non credo che siano venute in mente nemmeno a lui.»

«Per forza», affermò Harry. «Perché avrebbe dovuto pensarci? Quello è un caso chiuso.»

«Poi ho minimizzato, ho detto che era inutile stare ad affannarmi visto che sulla fedina penale di Wharton non c'era niente di quel genere. Oddio, c'era a *iosa* di tutto il resto, ma nessun indizio nel senso che intendevo io. Allora lo sceriffo, che si chiama Catlett, si è messo a ridere e mi ha risposto che non tutto quello che fanno le mele marce come Bill Wharton finisce agli atti. Ma che importanza aveva? Ormai era morto, no?

«Gli ho detto che stavo indagando solo per soddisfare una mia curiosità personale, nient'altro, e lui si è messo il cuore in pace. Mi ha portato in ufficio da lui, mi ha fatto sedere, mi ha offerto un caffè e una ciambella e mi ha raccontato che sedici mesi fa, quando Wharton aveva sì e no diciotto anni, un tizio nel settore ovest della contea lo aveva pescato nel fienile con sua figlia. Non si è trattato tecnicamente di stupro. A Catlett il tizio in questione ha parlato di 'non più che una sditalinata'. Scusa, cara.»

«Non ci pensare», mormorò Janice. Ma era pallida.

«Quanti anni aveva la figlia?» volle sapere Brutal.

«Nove», risposi io. Lui fece una smorfia. «Il tizio l'avrebbe forse fatta pagare a Wharton di persona, se avesse avuto ad aiutarlo qualche altro fratello o cugino abbastanza grande e grosso, ma era solo. Così si è rivolto invece a Catlett, chiarendo però che voleva solo che Wharton venisse messo di guardia. Nessuno desidera che una faccenda così sgradevole diventi di dominio pubblico, se appena appena riesce a evitarlo. Dal canto suo, lo sceriffo aveva l'amico Wharton piantato nel fianco già da un pezzo, tant'è che a quindici anni lo aveva schiaffato al riformatorio per otto mesi. Così, di fronte a questa sua nuova bella impresa, ha deciso che era venuta l'ora di dargli una lezione più duratura. Ha preso tre dei suoi, è andato a casa di Wharton, ha scacciato mammina quando si è messa a frignare, e ha spiegato al signor William Wharton detto Billy the Kid che cosa succede ai delinquenti grandi e grossi con la faccia piena di brufoli quando vanno a nascondersi nei fienili con delle bambine così piccole non solo da non avere ancora le mestruazioni, ma da non sapere nemmeno che esistono. 'E abbiamo messo in guardia a dovere quel piccolo mascalzone', mi ha detto Catlett. 'Lo abbiamo messo in guardia finché la testa gli sanguinava, aveva una spalla lussata e il culo praticamente a pezzi.'»

Brutal rideva suo malgrado. «Contea di Purdom fatta e finita», dichiarò. «Con tanto di marchio di fabbrica.»

«È stato più o meno tre mesi dopo che Wharton si è eclissato e ha cominciato quel girovagare che si è concluso con la rapina», finii io. «Quella per cui è stato consegnato a noi.»

«Dunque aveva avuto a che fare una volta con una minorenne», riepilogò Harry. Si tolse gli occhiali, ci soffiò sopra e cominciò a lucidarli. «*Molto* minorenne. Una volta non è esattamente indice di recidività, mi pare.»

«Un uomo non fa una cosa del genere una volta sola», intervenne mia moglie e subito compresse le labbra così forte da farle quasi scomparire.

Allora raccontai loro della mia visita alla contea di Trapingus. Con Rob McGee ero stato molto più franco e del resto non avevo alternative. A tutt'oggi non ho idea di che cosa si sia inventato lui a beneficio di Detterick, ma posso dire che il McGee che venne a sedersi accanto a me in quel ristorantino sembrava invecchiato di sette anni di colpo.

A metà maggio, un mese circa prima della rapina e delle uccisioni che avevano posto fine alla breve carriera intrapresa da Wharton come fuorilegge, Klaus Detterick aveva ridipinto il fienile (e incidentalmente anche la cuccia del cane che vi si trovava accanto). Aveva preferito che il figlio non dovesse arrampicarsi su un ponteggio molto alto e il ragazzo comunque aveva da frequentare la scuola, così aveva assunto un giovane. Un giovane abbastanza simpatico. Molto riservato. Il lavoro era durato tre giorni. No, il giovane non aveva dormito in casa, Detterick non era così ingenuo da pensare che simpatico e riservato fossero senz'altro sinonimi di perbene, specialmente in quei tempi in cui circolavano tanti sbandati per le strade. Un padre di famiglia ha da essere prudente. In ogni caso il giovane non aveva bisogno di alloggio: aveva detto a Detterick di aver preso una stanza in città da Eva Price. C'era veramente una Eva Price a Tefton ed era vero che affittava camere, ma nel mese di maggio di quell'anno non aveva avuto un pensionante che corrispondesse alla descrizione del giovanotto ingaggiato da Detterick, ma solo i soliti tipi in giacca a scacchi e cappello floscio, armati delle loro valigie di campionari. Piazzisti, in altre parole. McGee aveva potuto darmi questa notizia perché era passato dalla signora Price di ritorno dalla fattoria di Detterick. Tanto per dire quanto era costernato.

«Anche così», aveva aggiunto, «non c'è una legge contro le persone che dormono nei boschi, signor Edgecombe. L'ho fatto anch'io qualche volta.»

Il giovane non aveva dormito a casa Detterick, ma due volte aveva pranzato con loro. Doveva aver conosciuto Howie. Doveva aver conosciuto le bambine, Cora e Kathe. Doveva aver ascoltato le loro chiacchiere infantili, durante le quali potevano essersi lasciate sfuggire quanto attendessero con ansia l'estate, perché se erano brave e il tempo era buono, qualche volta la mamma concedeva loro di dormire in veranda, dove potevano fingere di essere mogli di pionieri durante l'attraversamento delle Grandi Pianure su carri Conestoga.

Me lo vedo seduto a tavola a mangiare pollo arrosto e il pane di segale della signora Detterick, ad ascoltare, a tenere ben abbassati gli occhi da lupo, annuendo, sorridendo di tanto in tanto, assimilando parola per parola.

«Questo non somiglia per niente al forsennato di cui mi hai parlato quando è arrivato al Miglio, Paul», commentò dubbiosa Janice. «Non ci somiglia per niente.»

«Lei non l'ha visto all'ospedale di Indianola, signora», rispose Harry. «Fermo là con la bocca aperta e il sedere che gli usciva dalle mutande. A lasciarsi vestire da noi. Abbiamo pensato che fosse drogato o scimunito. Non è vero, Dean?»

Dean annuì.

«Finito il lavoro al fienile, se n'è andato per i fatti suoi e il giorno dopo un uomo con la faccia nascosta da un fazzoletto ha rapinato l'agenzia di Hampey a Jarvis», ripresi io. «Se n'è andato portandosi via settanta dollari. E ha preso anche un dollaro d'argento del 1892 che l'agente conservava come portafortuna. Quel dollaro d'argento è stato trovato addosso a Wharton all'atto della sua cattura e Jarvis si trova a sole trenta miglia da Tefton.»

«Dunque questo rapinatore, questo matto violento, secondo te si sarebbe fermato per tre giorni ad aiutare Klaus Detterick a ridipingere il suo fienile», obiettò mia moglie. «A pranzare con loro e a dire prego, vorrebbe passarmi il sale, come una persona del tutto normale.»

«La cosa più inquietante delle persone come lui è la loro imprevedibilità», osservò Brutal. «Può darsi che avesse avuto intenzione di uccidere i Detterick e svaligiargli la casa e che abbia poi cambiato idea perché una nuvola è passata sul sole nel momento sbagliato o qualcos'altro del genere. Forse aveva solo voglia di starsene tranquillo per un po'. Ma più probabilmente aveva già messo gli occhi sulle bambine e aveva programmato di tornarci. Che ne dici, Paul?»

Annuii. Certo che ci avevo pensato anch'io. «E poi c'è il nome che ha dato a Detterick.»

«Quale nome?» chiese Jan.

«Will Bonney.»

«Bonney? Non...»

«Era il vero nome di Billy the Kid.»

«Ah.» Poi sgranò gli occhi. «Ah! Allora puoi salvare John Coffey! Il cielo sia lodato! Basta che mostri a Detterick una foto di William Wharton. Basterà la sua foto segnaletica...»

Io e Brutal ci scambiammo uno sguardo imbarazzato. Dean si mostrava animato da un soffio di speranza, ma Harry si contemplava le mani, come se tutt'a un tratto avesse sviluppato un interesse sperticato per le proprie unghie.

«Che cosa c'è?» volle sapere Janice. «Perché vi guardate in quel modo? Senza dubbio questo McGee dovrà pur...»

«Rob McGee mi ha dato l'impressione di essere una brava persona e credo che sia anche in gamba come tutore dell'ordine», dissi io. «Ma a Trapingus non conta niente. Lì il potere è nelle mani dello sceriffo Cribus. E il giorno che riaprisse il caso Detterick sulla base di quello che sono riuscito a raccogliere io, sarebbe il giorno in cui nevicherebbe all'inferno.»

«Ma... se Wharton era là... se Detterick può identificarlo in fotografia e loro *sanno* che lui *c'era...*»

«Il fatto che fosse là in maggio non significa che ci sia tornato in giugno a uccidere le bambine», affermò Brutal. Il suo tono fu contenuto, pacato, come quando si deve comunicare che c'è stato un lutto in famiglia. «Da una parte c'è quest'uomo che ha aiutato Klaus Detterick a ridipingere un fienile e poi se n'è andato. Salta fuori che ne ha fatte di cotte e di crude un po' dappertutto, ma non c'è niente contro di lui nei tre giorni di maggio in cui è stato nei pressi di Tefton. Dall'altra parte abbiamo un negro, grande e grosso, anzi, un negro gigantesco, che è stato trovato sulla sponda del fiume con in braccio due bambine morte, tutt'e due nude.»

Scosse la testa.

«Paul ha ragione, Jan. McGee avrà anche i suoi dubbi, ma McGee non conta. Cribus è l'unico che può far riaprire il caso e Cribus non si sogna nemmeno di guastare quello che ritiene un lieto fine. È stato un negro, pensa lui, e nemmeno uno dei nostri. Perfetto. Mi faccio una scappata a Cold Mountain, una bistecca e una birra alla spina da Ma', poi vado a vederlo friggere e il capitolo è chiuso.»

Janice ascoltò tutto questo con un'espressione di orrore crescente sul volto, poi si girò verso di me. «Ma McGee è sicuro, non è vero, Paul? Te l'ho letto in faccia. Il vicesceriffo McGee sa di aver arrestato l'uomo sbagliato. Non si opporrebbe allo sceriffo?»

«Tutto quello che potrebbe fare opponendosi allo sceriffo sarebbe di perdere il lavoro», risposi. «Sì, credo che in cuor suo sappia che è stato Wharton. Ma quello che dice a se stesso è che, se tiene la bocca chiusa e sta al gioco fino al giorno in cui Cribus o va in pensione o si ammazza di cibo, si prende il posto suo. E allora tutto sarà diverso. Questo dice a se stesso per dormire, secondo me. Ed è probabile che su un punto non sia molto diverso da Cribus. Dirà fra sé che in fondo non è che un negro. Non è che fa bruciare un bianco per una colpa che non ha.»

«Allora devi andarci tu», concluse Janice e il mio cuore si gelò al tono risoluto della sua voce. «Vai e digli che cosa hai scoperto.»

«E come glielo spieghiamo, Jan?» le chiese Brutal nello stesso tono misurato di prima. «Dobbiamo raccontargli di quando Wharton ha afferrato John mentre lo portavamo fuori di prigione perché facesse un miracolo salvando la vita alla moglie del direttore?»

«No, certo che no, ma...» Si accorse di quanto fosse sottile il ghiaccio in quella direzione e sterzò per provarne un'altra. «Mentite, allora.» Sostenne gli occhi di Brutal con un atteggiamento di sfida, prima di rivolgere gli occhi a me. Ardevano abbastanza da forare una pagina di giornale, avresti detto.

«Mentire», mormorai io. «Mentire come?»

«Trova una giustificazione sul perché hai deciso di andare prima nella contea di Purdom e poi in quella di Trapingus. Vai giù da quel grassone dello sceriffo Cribus e digli che Wharton *ti ha detto* di aver violentato e ucciso le bambine. Digli che ha confessato.» Riportò per un momento gli occhi di fuoco su Brutal. «Tu puoi sostenerlo, Brutus. Tu puoi dire che eri presente quando ha confessato, che l'hai sentito anche tu. Anzi, probabilmente lo ha sentito anche Percy ed è stato quello a fargli perdere il lume della ragione. Ha sparato a Wharton perché non sopportava il pensiero di quello che Wharton aveva fatto a quelle povere piccole. Ha perso la testa. Non... che cosa? Che cos'altro c'è *adesso*, in nome di Dio?»

Ora non eravamo più solo io e Brutal, ci si erano messi anche Harry e Dean, che la fissavano con qualcosa di simile all'orrore dipinto sul viso. «Noi non abbiamo mai *dichiarato* niente del genere, signora», spiegò Harry. Parlava come rivolgendosi a una bambina. «La prima cosa che ci chiederebbero è perché. Noi dobbiamo riferire tutto quello che i nostri prigionieri dicono su crimini avvenuti in precedenza. Commessi da loro o da altri.»

«E non è detto che gli avremmo creduto», soggiunse Brutal. «Un tipo come Wild Bill Wharton caccia balle su tutto e tutti. Reati da lui commessi, pezzi grossi che ha conosciuto, donne con cui è stato a letto, mete segnate ai tempi delle superiori, persino le condizioni del tempo.»

«Ma... ma...» Il suo volto era uno specchio di sofferenza. Andai a passarle un braccio intorno alla schiena ma lei mi respinse con violenza. «*Ma lui era là! Ha dipinto il loro dannato fienile! Ha mangiato alla loro tavola!*»

«Ragione di più per millantare il crimine», obiettò Brutal. «Perché non vantarsene, in fondo? Un uomo, non lo si può friggere due volte.»

«Vediamo se ho capito bene. Tutti noi qui intorno a questo tavolo sappiamo che non solo John Coffey non ha ucciso quelle bambine, ma ha addirittura cercato di salvarle. È un particolare che non può sapere il vicesceriffo McGee, naturalmente, il quale però si è praticamente convinto che l'uomo condannato a morire per i due omicidi è innocente. E tuttavia... *tuttavia*... non potete fargli ottenere un nuovo processo. Nemmeno una riapertura del caso.»

«Sissignora», confermò Dean. Si stava lucidando con furia gli occhiali. «Ha riassunto bene la situazione.»

Mia moglie abbassò la testa e si mise a riflettere. Brutal era sul punto di dire qualcosa e io glielo impedii alzando la mano. Non credevo che Janice fosse in grado di escogitare un modo per strappare John al suo destino, ma non lo ritenevo nemmeno impossibile. Era dotata di un'intelligenza che alle volte mi faceva paura, mia moglie. Come faceva paura la sua risolutezza. Sono due caratteristiche che, messe insieme, riescono talvolta a trasformare le montagne in valli.

«E va bene», concluse finalmente. «Allora dovrete tirarlo fuori voi.»

«Signora?» Harry era sbalordito. E anche spaventato.

«Avete già dimostrato di poterlo fare una volta, no? Vorrà dire che lo farete una seconda. Solo che questa volta non lo riporterete in carcere.»

«Vuole essere lei a spiegare ai miei figli come mai il loro padre è finito in gattabuia, signora Edgecombe?» l'apostrofò Dean. «Con l'accusa di aver aiutato un assassino a evadere?»

«Non accadrà niente di simile, Dean. Prepareremo un piano. La faremo sembrare un'evasione autentica.»

«Allora si assicuri che sia un piano che possa essere architettato da un uomo che non si ricorda più nemmeno come si allacciano le scarpe», ribatté Harry. «Perché dovranno crederci.»

Lei lo osservò un po' smarrita.

«Non servirebbe», dichiarò Brutal. «Anche se trovassimo una maniera, non servirebbe a niente.»

«Perché?» Ora Janice sembrava in procinto di piangere. «Perché mai?»

«Perché è un nero alto due metri, con la testa pelata e dentro un cervello così piccolo che c'è da chiedersi come riesca a trovare da mangiare», risposi io. «Quanto tempo potrebbe passare secondo te prima che sia ripreso? Due ore? Sei?»

«Ma è arrivato all'età che ha senza attirare molta attenzione», insisté lei. Una lacrima le scivolò sulla guancia. Se la strappò via con un colpo della mano.

Aveva anche ragione. Avevo scritto ad amici e parenti che abitavano più a sud chiedendo loro se avessero notato sui giornali notizie di cronaca riguardanti un uomo la cui descrizione ricordasse quella di John Coffey. Qualsiasi cosa. Lo stesso aveva fatto Janice. Fino a quel momento avevamo raccolto una sola segnalazione interessante, avvenuta nella cittadina di Muscle Shoals, in Alabama. Nel 1929 un tornado aveva colpito una chiesa nella quale si stavano svolgendo le prove di un coro e un gigantesco uomo di colore aveva estratto due delle vittime dalle macerie. Le persone presenti le avevano date per morte, sulle prime, mentre era risultato che nessuna delle due aveva subito ferite se non di lieve entità. Era stato un miracolo, aveva dichiarato uno dei testimoni. Il nero, che non era del luogo ed era stato assunto dal pastore per quella sola giornata perché sbrigasse tutta una serie di lavoretti, era scomparso nella grande confusione generale.

«È vero che nessuno ha badato a lui», disse Brutal. «Ma non bisogna dimenticare che il suo non farsi notare è avvenuto quasi tutto prima che venisse arrestato e condannato per aver violentato e ucciso due bambine.»

Janice non rispose. Rimase seduta senza parlare per quasi un minuto intero, poi fece una cosa che lasciò esterrefatto me quanto senza dubbio era stato traumatico per lei vedermi scoppiare improvvisamente in lacrime. Muovendosi di scatto, sventagliò un braccio sul tavolo facendo schizzare via tutto quello che c'era sopra, piatti, bicchieri, tazze, posate, la ciotola con il cavolo a striscioline, la zuppiera con la minestra di zucca, il piatto con il prosciutto affettato, il latte, la caraffa di tè freddo. Tutto volò via dal tavolo per schiantarsi sul pavimento.

«Porca merda!» proruppe Dean, spingendosi precipitosamente all'indietro, a rischio di stramazzare a terra.

Janice non lo sentì neppure. Stava fissando me e Brutal, ma soprattutto me. «Allora avete intenzione di ucciderlo, vigliacchi?» esplose. «Avete intenzione di uccidere l'uomo che ha salvato la vita a Melinda Moores, che ha cercato di salvare la vita di quelle due povere bimbe? Ah già, almeno ci sarà un negro in meno al mondo, giusto? Vi potrete consolare con questo. *Un dannato muso nero in meno al mondo!*»

Si alzò, guardò la propria seggiola e la scaraventò contro il muro con un calcio. La sedia rimbalzò e cadde nella pozza di minestra. Io la presi per un polso ma lei si liberò con rabbia.

«Non mi toccare. La settimana prossima a quest'ora sarai un assassino, né più né meno di quel Wharton, perciò non mi toccare.»

Uscì sul retro, si sollevò il grembiule davanti al viso e cominciò a singhiozzarci dentro. Noi quattro ci guardammo ammutoliti. Dopo un po' io mi alzai e mi misi a ripulire. Brutal fu il primo ad aiutarmi, poi si aggiunsero anche Harry e Dean. Quando la cucina ebbe riacquistato un aspetto più o meno decente, se ne andarono. Per tutto il tempo nessuno di noi aveva aperto bocca. Non c'era del resto altro da dire.

6

ERA la mia notte di libertà. Rimasi nel soggiorno della nostra casetta a fumare sigarette, ad ascoltare la radio e a osservare il buio emergere dal suolo per ingoiare il cielo. La televisione mi sta anche bene, non la osteggio, ma non mi piace come ti estrania dal resto del mondo, escludendo dalla tua attenzione tutto quanto circonda la sua vitrea realtà. Per questo verso almeno la radio era meglio.

Entrò Janice, s'inginocchiò di fianco al bracciolo della mia poltrona e mi prese la mano. Per qualche minuto non parlammo, restammo così, ad ascoltare *Kollege of Musical Knowledge* di Kyser e a guardare lo spuntar delle stelle. A me andava benissimo.

«Sono così dispiaciuta di averti dato del vigliacco», mormorò. «Mi fa star male come non mi era mai successo per niente di quello che mi è capitato di dirti in tanti anni.»

«Peggio anche di quella volta che eravamo in tenda e mi hai dato del vecchio puzzolone?» le chiesi e allora ci mettemmo a ridere e ci scambiammo un bacio o due e fra noi fu tutto di nuovo più roseo. Era così bella, la mia

Janice, e la sogno ancora. Vecchio e stanco di vivere come sono, sogno di vederla entrare nella mia camera in questo luogo di solitudine e dimenticanza, dove tutti i corridoi odorano di orina e bollitura di cavoli, sogno che è giovane e bella con gli occhi blu e i bei seni alti, quelli dai quali non riuscivo a tener lontane le mani, e mi dice: «Ti sei sbagliato, caro, io non ero su quel pullman quando c'è stato l'incidente». Ancora oggi mi capita di sognarlo e certe volte, quando mi sveglio e mi rendo conto che è stato un sogno, piango. Io, che da giovane non piangevo quasi mai.

«Hal lo sa?» mi domandò infine.

«Che John è innocente? Non vedo come potrebbe saperlo.»

«Potrebbe aiutare? Ha qualche influenza su Cribus?»

«Neanche uno straccio, tesoro.»

Lei annuì, come se se lo fosse aspettato. «Allora non dirglielo. Se non può farci niente, per l'amor del cielo, che non lo sappia.»

«Sì.»

Mi guardò con fermezza. «E non darti malato quella notte. Nessuno di voi deve farlo. Non potete.»

«No, non possiamo. Se ci siamo noi, possiamo almeno fare in modo che sia una cosa veloce. È il minimo. Non andrà come con Delacroix.» Per un attimo, fortunatamente breve, vidi lo straccio di seta nera consumarsi sul volto di Del ed esporre i grumi di gelatina abbrustolita che erano stati i suoi occhi.

«Non c'è verso di venirne fuori, vero?» mi prese la mano e se la portò sul morbido velluto della guancia. «Povero Paul. Pover'uomo.»

Non dissi niente. Mai prima di allora o dopo provai così forte il desiderio di scappare da qualcosa. Prendere Jan con me, io e lei e una sola valigia, in fuga per non so dove. «Il mio pover'uomo», ripeté. E poi: «Parlagli».

«A chi? John?»

«Sì. Parlagli. Scopri che cosa vuole lui.»

Riflettei e annuii. Aveva ragione. Come quasi sempre.

7

DUE giorni dopo, il diciotto di novembre, Bill Dodge, Hank Bitterman e alcuni altri agenti stagionali di cui non ricordo il nome accompagnarono John Coffey al Blocco D per la sua doccia e noi facemmo le prove generali della sua esecuzione. Non ci servimmo di Toot-Toot come sostituto di John: sapevamo tutti, anche senza parlarne, che sarebbe stato un sacrilegio.

Mi ci misi io.

«John Coffey», intonò Brutal con una voce non priva di incertezza rivolgendosi a me, seduto e bloccato su Old Sparky, «sei stato condannato a morire sulla sedia elettrica da una sentenza emessa da una giuria di tuoi pari...»

I pari di John Coffey? Che assurdità. Per quel che ne sapevo, non esisteva un altro come lui su tutto il pianeta. Poi ricordai che cosa aveva detto quando si era fermato a guardare Sparky dai piedi delle scale che scendevano nel mio ufficio: «Sono ancora qui dentro. Li sento gridare».

«Liberatemi da qui», gracchiai. «Aprite queste ganasce e fatemi alzare.»

Loro mi accontentarono, ma per qualche istante rimasi come paralizzato dov'ero, quasi che Old Sparky non mi volesse lasciar andare.

Mentre tornavamo al blocco, Brutal mi parlò a voce bassa, così bassa da non farsi udire nemmeno da Dean e Harry che, dietro di noi, stavano sistemando le ultime seggiole. «Ho fatto alcune cose nella mia vita di cui non vado fiero, ma questa è la prima volta che mi sento veramente in pericolo di finire all'inferno.»

Lo guardai per assicurarmi che non stesse scherzando. Non ebbi questa impressione. «In che senso?»

«Nel senso che ci stiamo preparando a uccidere un dono di Dio», rispose. «Uno che non ha mai fatto male né a noi, né ad altri. Che cosa potrò dire se mi dovessi trovare al cospetto del Padre Nostro Onnipotente e Lui mi chiedesse di spiegargli perché l'ho fatto? Gli rispondo che era il mio lavoro? *Il mio mestiere?*»

8

QUANDO gli stagionali che lo avevano accompagnato alla doccia riportarono John nella sua cella, io aprii la porta, entrai e mi sedetti sulla branda accanto a lui. Al tavolo di servizio c'era Brutal. Alzò lo sguardo, mi vide solo con il detenuto ma non disse niente. Tornò a concentrarsi sulle scartoffie che stava imbrattando, senza smettere un solo momento di leccare la punta della matita.

John mi guardò con quei suoi occhi strani, arrossati e distanti, sul punto di piangere, e tuttavia calmi, come se piangere non fosse poi un modo così brutto di vivere la vita, una volta che ci fai l'abitudine. Arrivò persino ad accennare un sorriso.

Profumava di sapone, ricordo, lindo e fresco come un bebè dopo il suo bagnetto serale.

«Ciao, capo», mi salutò e mi prese le mani nelle sue. Lo fece con una naturalezza del tutto spontanea.

«Ciao, John.» Avevo un piccolo groppo in gola e cercai di deglutirlo. «Credo che tu sappia che ormai ci stiamo arrivando. Un paio di giorni ancora.»

Non disse niente, restò lì buono, a tenermi le mani. A

ripensarci ora, mi viene da pensare che qualcosa avesse già cominciato ad accadermi in quel momento, ma ero troppo preso dai miei doveri d'ufficio, nella mente e nel cuore, perché potessi accorgermene ora.

«C'è niente di speciale che vorresti da mangiare a cena, quella sera, John? Possiamo procurarti quasi tutto. Anche una birra, se ti va. Dovrai solo berla da una tazza da caffè.»

«Non mi è mai piaciuta.»

«Qualcosa di particolare da mangiare, allora.»

La sua fronte s'increspò sotto la cupola del suo liscio cranio bruno. Poi la sua fronte si ridistese e John sorrise. «Polpettone.»

«E polpettone sia. Con sugo di carne e purè di patate.» Avvertii un formicolio come quello che ti prende al braccio quando ci hai dormito sopra, se non che io ce l'avevo su tutto il corpo. *Nel* corpo. «Nient'altro?»

«Non so, capo. Quel che avete mi andrà bene. Zuppa di gombo, magari, ma mi va bene tutto.»

«D'accordo», conclusi io e pensai che vi avrei aggiunto anche una fetta di crostata di pesche della signora Janice Edgecombe. «Ora, dimmi, ti piacerebbe che venisse a trovarti un uomo di Dio? Qualcuno con cui recitare una piccola preghiera dopodomani? È di conforto, l'ho visto molte volte. Potrei sentire il reverendo Schuster, quello che è venuto quando Del...»

«Non voglio nessuno», dichiarò John. «Tu sei stato buono con me, capo. Puoi dirla tu una preghiera, se vuoi. Mi piacerebbe. Potrei inginocchiarmi con te per un po'.»

«*Io!* John, ma io non...»

Mi schiacciò un po' di più le mani e la sensazione che

stavo provando s'intensificò. «Sì che puoi», disse. «Non è vero, capo?»

«Immagino che tu abbia ragione», sentii dire a me stesso. Era come se la mia voce avesse sviluppato un'eco. «Immagino di sì, se proprio devo.»

Intanto la sensazione che provavo dentro era forte, simile a quella della volta precedente, quando mi aveva guarito dalla mia infezione alle vie urinarie, ma anche diversa. E non solo perché questa volta non avevo nessun malanno. Era diversa perché *questa volta non sapeva che lo stava facendo*. A un tratto mi sentii atterrito, quasi soffocato dal bisogno di scappare. Mi si accendevano dentro luci laddove mai se ne erano accese prima. Non solo nel cervello, ma in tutto il corpo.

«Tu e il signor Howell e tutti gli altri capi siete stati buoni con me», disse John Coffey. «So che vi siete preoccupati, ma adesso dovreste smettere di starci male. Perché io *voglio* andare, capo.»

Provai a parlare e non ci riuscii. Ci riuscì lui, viceversa. Ciò che disse fu il discorso più lungo che gli avessi mai sentito pronunciare.

«Non ne posso più del dolore che sento e vedo, capo. Non ne posso più di vivere in strada, solo come un pettirosso sotto la pioggia. Mai un amico da andarci assieme, un amico che mi dice da dove veniamo e dove stiamo andando e perché. Non ne posso più della gente cattiva che si fa del male. Per me è come cocci di vetro piantati nella testa. Non ne posso più di tutte le volte che ho voluto rimediare e non ho potuto. Non ne posso più di stare al buio. Soprattutto è il dolore. Ce n'è troppo. Se potessi smettere di sentirlo, lo farei. Ma non posso.»

Basta, cercai di ribattere. Basta, lasciami andare le mani, finisco annegato, se non mi lasci. O annego o esplodo.

«Non esploderai», disse lui, sorridendo un po' all'idea, però mi lasciò andare le mani.

Mi sporsi in avanti boccheggiando. Tra le ginocchia vedevo ogni singola crepa nel pavimento di cemento, ogni solco, ogni luccichio di mica. Alzai gli occhi al muro e vidi i nomi che vi erano stati scritti nel 1924, 1926, 1931. Quei nomi erano stati lavati via, anche gli uomini che li avevano scritti erano stati lavati via, in un certo senso, ma suppongo che non si riesca mai a cancellare qualcosa del tutto, non dal vetro scuro di questo mondo, e in quel momento li rivedevo, un groviglio di nomi sovrapposti gli uni agli altri, e guardarli era come ascoltare i morti parlare e cantare e invocare pietà. Mi sentivo le palle degli occhi pulsare nelle orbite, udivo il mio cuore, avvertivo il sibilo del fluire del mio sangue per tutti i viali del mio corpo come lettere spedite in ogni dove.

Udii il fischio di un treno in lontananza, il convoglio delle tre e cinquanta per Priceford, immagino, ma non potevo esserne sicuro, perché non l'avevo mai sentito prima. Non da Cold Mountain, perché il punto in cui la ferrovia correva più vicina al penitenziario statale era a dieci miglia a est. Non avrei *potuto* udirlo dal carcere, così avresti detto, e così avrei creduto anch'io fino al novembre del 1932, ma quel giorno lo udii.

Non so dove scoppiò una lampadina, un rumore forte come di una bomba.

«Che cosa mi hai fatto?» bisbigliai. «Oh, John, che cosa mi hai fatto?»

«Scusami, capo», mormorò lui in quel suo modo pacato. «Non ci stavo pensando. Niente di importante, non temere. Ti sentirai come prima fra poco.»

Mi alzai e andai alla porta della cella. Mi sembrava di camminare in un sogno. Quando ci arrivai, John disse: «Ti chiedi perché non hanno gridato. È l'unico particolare che ancora ti dà da pensare, vero? Perché quelle due bambine non hanno gridato quand'erano ancora sulla veranda di casa».

Mi voltai e lo guardai. Avrei potuto contare a una a una le venuzze rosse nei suoi occhi, tutti i pori della pelle del suo viso... e percepivo la sua afflizione, il dolore che raccoglieva dal suo prossimo come una spugna assorbe acqua. Vedevo anche l'oscurità di cui mi aveva parlato. Si prendeva tutti gli spazi vuoti del mondo come lui lo vedeva e in quel momento provai per lui insieme pietà e un grande sollievo. Sì, sarebbe stato terribile quello che avremmo fatto, niente poteva modificare quella realtà, ma gli avremmo anche fatto un piacere.

«L'ho visto quando quell'uomo cattivo mi ha afferrato», continuò John. «È stato lì che ho saputo che era stato lui a farlo. Quel giorno l'ho visto, ero tra gli alberi e l'ho visto che le lasciava cadere e scappava via, ma...»

«Te lo sei scordato.»

«Sì, capo. Fino a quando mi ha toccato, non l'ho ricordato più.»

«E allora perché non hanno gridato, John? Ha fatto loro del male abbastanza da farle sanguinare, con i genitori che erano appena al piano di sopra, allora perché non hanno gridato?»

Lui mi guardò con quei suoi occhi spiritati. «A una ha detto: 'Se gridi ammazzo tua sorella, non te'. E la stessa cosa ha detto all'altra. Vedi?»

«Sì», sussurrai. E lo vedevo davvero. La veranda dei Detterick immersa nel buio. Wharton curvo sulle bambine come un orco. Una delle due che forse era sul punto di lanciare un grido e Wharton che la colpiva facendola sanguinare dal naso. Da lì proveniva il grosso del sangue che era stato ritrovato.

«Le ha uccise con il loro amore», disse John. «Il loro amore di sorelle. Vedi come ha fatto?»

Annuii, non potendo più parlare.

Lui sorrise. Stava piangendo di nuovo, ma sorrideva. «È così che va tutti i giorni», aggiunse, «in tutto il mondo.» Poi si distese e si girò dalla parte del muro.

Io uscii sul Miglio, chiusi a chiave la sua cella e mi avvicinai al tavolo. Ancora mi sentivo come in un sogno. Mi resi conto che udivo i pensieri di Brutal, un bisbiglio molto lieve, come scrivere *coscienza*, mi pare. Stava pensando: Coscienza con la i senza conoscenza, o come diavolo era quel trucchetto. Poi alzò gli occhi, fece per sorridere e rinunciò quando mi ebbe guardato meglio. «Paul! Stai bene?»

«Sì.» Poi gli riferii che cosa mi aveva detto John, non tutto tutto, e certo non gli parlai delle sensazioni che mi aveva provocato prendendomi le mani (è un particolare che non ho rivelato a nessuno, nemmeno a Janice; la prima a saperlo sarà Elaine Connelly, posto che abbia voglia di leggere queste ultime pagine dopo aver letto tutto il resto), ma gli ripetei la sua dichiarazione di volersene andare. L'impressione fu che Brutal ne fosse risollevato almeno in parte, ma avvertii (udii?) il dubbio che gli attraversò la mente che mi fossi inventato tutto io, giusto per mettergli il cuore in pace. Subito dopo lo sentii decidere di crederci, se non altro perché gli avrebbe reso il momento un po' più facile quando fosse arrivato.

«Paul, non è che ti sta tornando quell'infezione?» mi chiese. «Sei tutto accaldato.»

«No, credo di essere a posto», gli risposi. Non lo ero, ma mi ero persuaso ormai che John avesse detto il vero e che presto mi sarebbe passata. Sentivo il formicolio scemare.

«Comunque non ti farebbe male andare di là in ufficio a sdraiarti un po'.»

Sdraiarmi era l'ultima cosa di cui sentivo il bisogno in quel momento e la proposta mi parve così ridicola che per poco non ne risi. Piuttosto avrei avuto voglia di costruirmi una casetta, perlinarmela tutta quanta con le mie mani, allestirmi un bell'orticello sul retro e seminarlo. Tutto prima dell'ora di cena. È così che va, pensai, tutti i giorni. In tutto il mondo. Quell'oscurità. In tutto il mondo.

«Credo che farò invece un salto in amministrazione. Ho due o tre cosucce da controllare.»

«Come preferisci.»

Andai alla porta e l'aprii, poi mi girai. «Guarda che ti ricordavi bene», lo confortai. «Scienza e coscienza con la i, conoscenza è senza. Attento alle eccezioni, però. Ce n'è sempre qualcuna per ogni regola.» Uscii, senza che dovessi voltarmi a guardarlo per sapere che mi fissava a bocca aperta.

Continuai a darmi da fare per il resto di quel turno, incapace di star seduto per più di cinque minuti di fila prima di saltare di nuovo in piedi. Andai in amministrazione, quindi presi a marciare avanti e indietro per il cortile vuoto finché le sentinelle nelle torrette avranno pensato che fossi impazzito. Sul finire del mio turno di servizio cominciavo a calmarmi e mi si andava anche placando nella testa quel frusciare di pensieri che era come uno stormire di foglie.

Mentre tornavo a casa però, il malessere rispuntò più forte di prima. Dovetti fermare la Ford ai bordi della strada, scendere e correre per quasi mezzo miglio, a testa bassa, con le braccia a stantuffo e il fiato che mi bruciava la gola, caldo come un oggetto trasportato sotto l'ascella. Solo dopo la corsa cominciai finalmente a sentirmi di nuovo normale. Tornai per un po' al piccolo trotto verso il punto in cui avevo parcheggiato la Ford e percorsi gli ultimi metri camminando, con l'alito che si condensava nell'aria fredda. Giunto a casa dissi a Janice che John Coffey aveva affermato di essere pronto, di volersene andare. Annuì e mi sembrò rasserenata. Lo era davvero? Non so. Sei ore prima, ma anche solo tre, avrei letto nella sua anima, ma ora non più. E ne ero contento. John aveva ripetutamente dichiarato che era stanco e ora capivo perché. Essere come lui avrebbe stancato chiunque. In chiunque avrebbe alimentato un accorato desiderio di riposo e quiete.

Quando Janice mi domandò perché avessi un'aria così trafelata e fossi così sudato, le risposi che tornando a casa avevo fermato la macchina per correre un po', correre di buona lena. Tanto le rivelai (come posso aver già accennato in una delle ormai troppe pagine precedenti perché abbia voglia di sfogliarle per accertarmene, le bugie erano estranee al nostro matrimonio), ma non le spiegai perché.

E lei non me lo chiese.

9

NON ci furono temporali la notte in cui toccò a John Coffey percorrere il Miglio Verde. Il freddo era quello stagionale per quella regione in quell'epoca dell'anno, quantomeno negli anni Trenta, e milioni di stelle brillavano sui campi spogliati dalle loro messi, dove la brina scintillava sugli steccati e riluceva come diamanti sugli scheletri secchi del mais di luglio.

Le operazioni sarebbero state dirette da Brutus Howell, per quella volta, lui avrebbe collocato la calotta sulla testa del condannato e ordinato a Van Hay di dare corrente. Bill Dodge assisteva Van Hay e, verso le undici e venti della sera del venti novembre, Dean, Harry e io ci presentammo davanti all'unica delle nostre celle in cui ospitavamo un detenuto, quella in cui John Coffey sedeva in fondo alla sua branda con le mani strette tra le ginocchia e una macchiolina di sugo sul colletto della camicia celeste. Ci guardò attraverso le sbarre con una calma che almeno all'apparenza era molto superiore a quella che provavamo noi. Io avevo le mani fredde e un battito nelle tempie. Una cosa era sapere che se ne andava volentieri, serviva quanto meno a rendere il nostro compito sopportabile, ma altra cosa era sapere che stavamo per giustiziarlo per il crimine commesso da un altro.

Avevo visto Hal Moores per l'ultima volta verso le sette. Era nel suo ufficio ad abbottonarsi il cappotto. Era pallido e le mani gli tremavano impacciandogli vistosamente i movimenti con quei bottoni. Mi era venuta quasi voglia di intromettermi e allacciarglieli io, allontanandogli le mani come si fa con un bambino. Sconcertante ironia che Melinda fosse apparsa in condizioni di salute migliori quando ero andato a trovarla con Jan il fine settimana precedente, di quanto mi fosse sembrato Hal poche ore prima dell'esecuzione di John Coffey.

«Non sarò presente questa volta», mi aveva comunicato. «Ci sarà Curtis e so che con te e Brutus Coffey sarà in buone mani.»

«D'accordo, faremo del nostro meglio», avevo risposto. «Nessuna novità su Percy?» Naturalmente il senso implicito della mia domanda era: Sta tornando in sé? Non è che in questo preciso istante è da qualche parte a raccontare a qualcuno, per esempio un medico, che lo avevamo legato come un salame e l'avevamo sbattuto in cella di isolamento come uno qualsiasi degli altri nostri ragazzi difficili, uno qualsiasi dei nostri biecoloni, per dirla con le parole sue? E se sta spifferando tutto, non è che gli credono?

Ma secondo Hal, Percy era tale e quale. Non parlava e, per quanto si riuscisse a capire, non era nemmeno tra noi. Fisicamente era ancora a Indianola, «oggetto di valutazione», aveva specificato Hal, mostrandomi con una smorfia quanto quell'espressione gli fosse oscura, ma se non ci fossero stati miglioramenti presto sarebbe stato trasferito.

«Come se la sta cavando Coffey?» mi aveva chiesto poi lui. Era finalmente riuscito ad allacciarsi l'ultimo bottone del cappotto.

«Andrà tutto bene, direttore», lo avevo tranquillizzato io.

Lui aveva risposto con un cenno del capo al mio, poi era andato alla porta, con quell'aria di uomo vecchio e malato. «Com'è possibile che tanto bene e tanto male convivano nella stessa persona? Com'è possibile che l'uomo che ha guarito mia moglie sia lo stesso uomo che ha ucciso quelle bambine? Tu lo capisci?»

Gli avevo risposto di no, che le vie del Signore sono misteriose, che c'è del bene e del male in tutti noi, che non è dato a noi indagarne il perché, e bla bla bla, blu e ble. La gran parte erano cose che avevo appreso alla chiesa di Lode a Gesù, il Signore è Onnipotente e Hal mi aveva ascoltato annuendo continuamente, con un'espressione di quasi rapimento. Poteva permettersi di annuire, no? E anche di sembrare rapito. C'era profonda tristezza sul suo viso, era senz'altro molto scosso, non ne ho mai dubitato, ma quella volta non ci furono lacrime, perché aveva una moglie a cui tornare, a casa, aveva la sua compagna a cui tornare, una compagna in perfetta salute. Grazie a John Coffey lei stava bene e l'uomo che aveva firmato l'esecuzione di John poteva lasciare l'ufficio e tornare da lei. Hal non era costretto ad assistere a quanto sarebbe accaduto. Avrebbe potuto dormire quella notte nel calore di sua moglie mentre John Coffey, sdraiato su una lastra di pietra negli scantinati del

County Hospital, si sarebbe progressivamente raffreddato con il passare verso l'alba delle ore tacite e inimiche. E avevo odiato Hal per tutto questo. Solo un pochino e per non molto tempo, ma il sentimento che avevo provato era senz'altro odio. Quello autentico.

Entrai dunque nella cella seguito da Dean e Harry, entrambi pallidi e scorati. «Sei pronto, John?» chiesi.

Lui annuì. «Sì, capo. Credo di sì.»

«Bene. Ho qualcosa da dire prima che usciamo.»

«Di' tutto quello che devi, capo.»

«John Coffey, quale funzionario e rappresentante della corte...»

Recitai il mio discorsetto fino in fondo e alla fine Harry Terwilliger mi affiancò e tese la mano. Per un momento John rimase sorpreso, poi sorrise e gliela strinse. Dean, più bianco in volto che mai, gli offrì la sua. «Meriti meglio di questo, Johnny», mormorò con la voce roca. «Mi dispiace.»

«Andrà tutto bene», rispose John. «Questa è la parte difficile. Fra poco sarà tutto a posto.» Si alzò e dalla camicia gli scivolò fuori la medaglietta di san Cristoforo che gli aveva regalato Melly.

«John, quella dovresti darla a me», gli dissi. «Te la rimetterò al collo dopo... dopo, se vuoi, ma per adesso è meglio che la tenga io.» Era d'argento e se l'avesse avuta addosso quando Jack Van Hay avesse dato corrente, c'era il rischio che gli si fondesse nella pelle. Anche se non si fosse arrivati a tanto, era probabile che un fenomeno di galvanostegia gli lasciasse sul petto una sorta di fotografia carbonizzata della medaglia. L'avevo già visto succedere. Avevo visto quasi tutto negli anni di servizio al Miglio. Più di quanto sarebbe stato opportuno per la mia salute. In quel momento me ne rendevo conto.

Si sfilò la catenella dalla testa e me la mise in mano. Io riposi la medaglietta in tasca e gli chiesi di uscire dalla cella. Non era necessario controllargli la testa per assicurarsi che il contatto fosse saldo e la conduzione buona: ce l'aveva liscia come il palmo della mia mano.

«Sai, capo», mi rivelò, «oggi pomeriggio mi sono addormentato e ho fatto un sogno. Ho sognato il topo di Del.»

«Davvero, John?» Mi misi al suo fianco sinistro. Harry si portò sulla sua destra. Dean si piazzò dietro di noi e ci avviammo per il Miglio Verde. Per me fu quella l'ultima volta che lo percorsi con un condannato.

«Sì», ribadì lui. «Ho sognato che era finito giù in quel posto di cui parlava capo Howell, la città dei topi. Ho sognato che c'erano bambini e che ridevano, ah come si divertivano ai suoi numeri!» Rise anche lui a ripensarci, poi ridivenne serio. «Ho sognato che c'erano anche quelle due bambine bionde. Ridevano anche loro. Io le ho prese in braccio e non c'era sangue che veniva fuori dai capelli, stavano benissimo. Abbiamo guardato tutti insieme il signor Jingles che faceva rotolare quel rocchetto e che risate ci siamo fatti. A crepapelle.»

«Ma guarda.» Stavo pensando che non ce la potevo fare, escluso, nemmeno a parlarne. Mi sarei messo a piangere o a gridare o forse mi sarebbe scoppiato il cuore per la disperazione e sarebbe stata la fine anche per me.

Entrammo nel mio ufficio. John si guardò attorno per un momento o due, poi s'inginocchiò senza farsi invitare. Dietro di lui Harry mi guardava con occhi traumatizzati. Dean era più bianco di un cencio.

M'inginocchiai anch'io e riflettei che si stava covando un singolare ribaltamento delle parti: dopo tutti i prigionieri che avevo aiutato a rialzarsi perché potessero compiere fino in fondo il loro viaggio, quella volta era probabile che toccasse a me accogliere il sostegno di qualcuno per rimettermi in piedi. Così sentivo.

«Per che cosa dobbiamo pregare, capo?» chiese John.

«Forza», risposi senza nemmeno pensarci. Chiusi gli occhi e dissi: «Signore Dio nostro, aiutaci Ti prego a finire quello che abbiamo cominciato e, Ti prego, accogli quest'uomo, John Coffey, come la bevanda ma non scritto alla stessa maniera, nel Tuo regno e dagli pace. Aiutaci Ti prego ad assisterlo nella maniera che merita e fai che tutto vada come deve. Amen». Aprii gli occhi e guardai Dean e Harry. Li trovai entrambi un po' meno smarriti. Probabile che fosse perché avevano avuto qualche istante per riprendere fiato. Dubito che fosse stata la mia preghiera.

Feci per rialzarmi e John mi prese per il braccio. Mi rivolse uno sguardo che conteneva insieme timidezza e speranza. «Ricordo una preghiera che mi hanno insegnato quand'ero piccolo», mormorò. «Credo di ricordarla abbastanza bene. Posso dirla?»

«Ma certo, John», intervenne Dean, «certo che puoi dirla. C'è tutto il tempo.»

John chiuse gli occhi e si concentrò aggrottando la fronte. Mi ero aspettato magari la preghiera che si recita prima di dormire, l'Angelo Custode, o un Padre Nostro un po' raffazzonato, mentre ascoltai parole che non avevo mai udito prima e mai avrei udito in futuro, per quanto i sentimenti espressi e le loro formulazioni fossero abbastanza comuni. Levandosi le mani davanti agli occhi chiusi, John Coffey intonò: «Bambin Gesù, mio buon fratello, prega per questo trovatello. Sii la mia forza, Gesù Bambino, fino alla fine stammi vicino. Amen». Aprì gli occhi, cominciò a rialzarsi, poi mi fissò.

Io mi asciugai con il braccio. Mentre lo ascoltavo mi era tornato alla mente Del; anche lui aveva voluto recitare una preghiera personale, alla fine. *Santa Maria, madre di Dio, prega per noi peccatori, adesso e nell'ora della nostra morte*. «Mi dispiace, John.»

«Non ci pensare», rispose lui. Mi strinse il braccio e sorrise. Poi, come avevo sospettato che dovesse accadere, mi aiutò a rialzarmi.

10

NON furono molti i testimoni, forse quattordici in tutto, la metà di quelli che si erano riuniti nel magazzino per l'esecuzione di Delacroix. Era venuto Cribus, traboccante dalla seggiola come sempre, ma non vidi il suo vice McGee. Come Hal Moores, aveva evidentemente deciso di saltare quell'appuntamento.

Seduta in prima fila c'era una coppia di anziani che lì per lì non riconobbi, nonostante le numerose volte che avevo visto le loro fotografie in altrettanti articoli prima di quel giorno della terza settimana di novembre. Poi, quando fummo vicini alla pedana sulla quale ci attendeva Old Sparky, la donna sbraitò: «Muori adagio, figlio di un cane!» e allora capii che erano i Detterick, Klaus e Marjorie. Non li avevo riconosciuti perché non capita spesso di vedere due persone anziane che non hanno ancora toccato i quarant'anni di età.

John ingobbì le spalle al suono della sua voce e lo sceriffo Cribus manifestò la sua approvazione con un grugnito. Hank Bitterman, collocato in servizio d'ordine vicino alla prima fila dello sparuto gruppo di spettatori, non distolse mai lo sguardo da Klaus Detterick. Eseguiva miei ordini specifici, tuttavia Detterick non abbozzò una sola mossa in direzione di John durante tutte le operazioni. Detterick sembrava trasferito su qualche altro pianeta.

Fermo di fianco a Old Sparky, Brutal mi indirizzò un gesto discreto con il dito quando montammo sulla pedana. Ripose la pistola nella fondina e prese John per il braccio, scortandolo alla sedia elettrica con tutta la delicatezza di un ragazzo che accompagna la sua amichetta in pista per il loro primo ballo da fidanzatini.

«Tutto bene, John?» domandò a voce bassa.

«Sì, capo, ma...» I suoi occhi viaggiavano da una parte all'altra nelle orbite e per la prima volta lasciò intendere la sua paura nell'atteggiamento e nella voce. «Ma c'è molta gente qui dentro che mi odia. Ce n'è *molta*. Lo sento. Fa male. Sono come punture di ape e *fanno male.*»

«Senti noi, allora», gli suggerì Brutal sempre parlando sottovoce. «Noi non ti vogliamo male, questo lo senti, vero?»

«Sì, capo.» Ma ora la sua voce tremava di più e dagli occhi avevano ripreso a sgorgargli quelle lacrime lente.

«Ammazzatelo due volte, ragazzi!» strillò a un tratto Marjorie Detterick. La sua voce rotta, stridente, echeggiò come uno schiaffo. John sussultò di nuovo e gemette. «*Uccidetelo due volte perché due volte deve morire quell'assassino e violentatore di bambini!*» Muovendosi come una persona che sogna da sveglio, Klaus l'attirò contro di sé. Marjorie scoppiò in singhiozzi.

Vidi con sgomento che stava piangendo anche Harry Terwilliger. Fino ad allora gli spettatori non si erano accorti delle sue lacrime perché volgeva loro la schiena, però me ne accorsi io. Ma che cosa potevamo fare? A parte andare avanti, fino in fondo?

Io e Brutal ruotammo John su se stesso. Brutal schiacciò con la mano una spalla del gigante e John si sedette. S'aggrappò agli ampi braccioli di quercia, spostando gli occhi di qua e di là, facendo guizzare la punta della lingua a umettarsi prima un angolo della bocca e poi l'altro.

Io e Harry c'inginocchiammo. Il giorno prima uno dei detenuti che lavorava all'officina aveva saldato dietro nostra istruzione estensioni provvisorie alle ganasce inferiori, perché la circonferenza delle caviglie di John Coffey non era di quelle riscontrabili su una persona normale. Trascorsi nondimeno qualche istante da incubo in cui temetti che sarebbero state troppo corte lo stesso e che avremmo dovuto riaccompagnarlo alla sua cella mentre si andava a cercare Sam Broderick, che all'epoca guidava la squadra dei ragazzi dell'officina, perché facesse apportare qualche altra modifica. Con un ultimo e più potente strattone, riuscii infine a far scattare la ganascia dalla mia parte. John reagì con un movimento violento della gamba e un gemito strozzato. Lo avevo pizzicato.

«Scusa, John», mormorai e lanciai uno sguardo a Harry. Lui era riuscito a chiudere la sua ganascia più facilmente (o perché l'estensione dalla sua parte era più lunga o perché il polpaccio destro di John era un po' meno muscoloso), ma contemplava il risultato dell'operazione con un'espressione dubbiosa. Credetti di indovinare perché: le ganasce modificate avevano un aspetto *famelico*, sembravano fauci di alligatore.

«Andrà tutto bene», sussurrai in un tono che speravo fosse convincente... e sincero. «Asciugati la faccia, Harry.»

Lo fece passandoci sopra il braccio, portandosi via lacrime dalle guance e gocce di sudore dalla fronte. Ci girammo. Homer Cribus, che stava parlando a voce troppo alta con l'uomo seduto al suo fianco (il pubblico ministero, a giudicare dalla cravatta a laccio e dal vestito scuro), tacque. Era quasi ora.

Brutal aveva bloccato un polso di John, Dean gli aveva fissato l'altro. Dietro la spalla di Dean scorgevo il medico, discreto come sempre, vicino al muro con la sua borsa nera tra i piedi. Credo che ai giorni nostri siano in pratica loro a guidare operazioni del genere, specialmente quelle con l'impiego di siringhe, ma ai tempi miei bisognava quasi trascinarli di forza, perché fossero presenti alle esecuzioni. Forse era un'epoca in cui avevano un'idea più precisa di che cos'era giusto per un dottore in medicina e che cosa era invece un'interpretazione perversa dello speciale giuramento che prestavano, quello per cui promettevano prima di tutto di non fare del male.

Dean rivolse un cenno a Brutal. Brutal girò la testa, parve lanciare un'occhiata al telefono che mai avrebbe squillato per gente come John Coffey, e ordinò: «Vai con la uno», a Jack Van Hay.

Ci fu il ronzio, come l'entrata in funzione di un vecchio frigorifero, e l'incandescenza delle lampadine s'intensificò. Le nostre ombre si delinearono un po' più nette, sagome nere che s'inerpicavano per il muro a librarsi come avvoltoi sopra l'ombra della sedia. John trasse un respiro sibilante. Gli si sbiancarono le nocche.

«*Fa già male?*» strepitò con la voce rotta la signora Detterick schiacciata contro la spalla del marito. «*Spero di sì! Spero che faccia un male d'inferno!*» Il marito la strinse. Perdeva sangue da una narice, notai in quel momento, un rivolino rosso che gli s'insinuava nei baffi sottili. Quando, aprendo il giornale nel marzo dell'anno dopo, vidi che era morto di un colpo apoplettico, non ne fui affatto sorpreso.

Brutal entrò nella visuale di John. Mentre gli parlava, gli toccò la spalla. Era irregolare, ma di tutti i testimoni, solo Curtis Anderson lo sapeva e scelse di ignorarlo. Mi diede in quel momento l'impressione di un uomo che desidera solo farla finita al più presto, un uomo animato dal disperato desiderio che sia finita. Si arruolò nell'Esercito dopo Pearl Harbor, ma non lasciò mai la madrepatria; morì a Fort Bragg in un incidente automobilistico.

Intanto la tensione nel corpo di John si allentava sotto le dita di Brutal. Credo che John capisse poco o niente di quanto Brutal gli stava dicendo, ma trovava conforto nella mano che sentiva sulla spalla. Brutal, che sarebbe morto venticinque anni dopo di infarto (stava mangiando un sandwich di pesce e guardava un incontro di wrestling in TV, secondo quanto dichiarato dalla sorella), era un buon uomo. Amico mio. Forse il migliore di noi. Non aveva difficoltà a comprendere come un uomo potesse simultaneamente desiderare andarsene ed essere lo stesso atterrito dal viaggio.

«John Coffey, sei stato condannato a morire sulla sedia elettrica da una sentenza pronunciata da una giuria di tuoi pari e resa esecutiva da un giudice ufficialmente operante in questo Stato. Dio salvi il popolo di questo Stato. Hai qualcosa da dire prima che sia eseguita la sentenza?»

John si inumidì le labbra, poi parlò con chiarezza. Sei parole. «Mi dispiace per quello che sono.»

«*E fai bene!*» gridò la madre delle due bambine morte. «*Oh, se fai bene, mostro! Oh, se ti devi dispiacere!*»

Gli occhi di John si spostarono su di me. Non vi lessi rassegnazione, nessuna speranza di paradiso, nessun germoglio di pace interiore. Che cosa non darei per poter affermare il contrario. Che cosa non darei per poterlo raccontare a me stesso. Nei suoi occhi vidi paura, infelicità, incompletezza e incomprensione. I suoi erano gli occhi di un animale intrappolato e pieno di terrore. Pensai a che cosa mi aveva detto di come Wharton aveva trafugato Cora e Kathe Detterick dalla veranda senza svegliare i loro genitori: *Le ha uccise con il loro amore. È così che va tutti i giorni. In tutto il mondo.*

Brutal staccò il nuovo cappuccio dal gancio di ottone dietro la sedia, ma appena John lo vide e capì che cos'era, i suoi occhi si dilatarono di orrore. Guardò me e io vidi gocce enormi di sudore sulla volta del suo cranio glabro. Grandi come uova di pettirosso, mi sembrarono.

«Ti prego, capo, non mettermi quella cosa sulla faccia», gemette in un bisbiglio appena percettibile. «Ti prego, non mettermi nel buio, non farmi andare nel buio, io ho paura del buio.»

Brutal mi stava guardando, sopracciglia inarcate, bloccate, con il cappuccio tra le mani. Con gli occhi mi diceva che la decisione era mia. Avrebbe ubbidito comunque. Riflettei, più veloce che potevo e come meglio potevo, ed era dura, con la testa che mi batteva in quel modo. Il cappuccio era la tradizione, non un obbligo di legge. Serviva in effetti a proteggere i testimoni. Tutt'a un tratto decisi che non avessero bisogno di essere protetti, non quella volta. John non aveva fatto niente di niente nella sua vita da giustificare che si trovasse dov'era. Loro non lo sapevano, ma noi sì, così decisi di accontentare quella sua ultima richiesta. Quanto a Marjorie Detterick, mi avrebbe probabilmente inviato un biglietto di ringraziamento.

«Come vuoi, John», mormorai.

Brutal riappese il cappuccio. Alle nostre spalle Homer Cribus manifestò la sua indignazione nei toni da campagnolo del Sud che gli erano propri. «Ehi, voialtri, mettetegli in testa quello straccio! Che sarebbe, dovremmo star qui a guardargli scoppiare gli occhi?»

«Faccia silenzio, signore», risposi io senza voltarmi. «Questa è un'esecuzione e lei qui non ha alcuna autorità.»

«Non più di quella che hai pensato bene di chiudere in un armadio quando è stato il momento di doverlo andare ad arrestare, barile di grasso», sibilò Harry. Harry sarebbe morto nel 1982, a quasi ottant'anni di età. Un vecchio. Non al mio livello, si capisce, ma lo sono in pochi. Fu un cancro all'apparato digerente, non so quale.

Brutal si chinò e pescò dal secchio il disco di spugna. Vi schiacciò un dito e se ne leccò la punta, ma avrebbe potuto evitarselo, si vedeva bene come gocciolava. Infilò il disco nella calotta, quindi posò la calotta sulla testa di John. Per la prima volta vidi che Brutal era pallido, di un pallore cinereo, sul punto di svenire. Ricordai quando mi aveva confidato di sentirsi, per la prima volta in vita sua, in pericolo di finire all'inferno, perché ci preparavamo a uccidere un dono di Dio. Avvertii, improvviso e violento, il bisogno di vomitare. Lo controllai, ma solo con un grande sforzo. L'acqua che usciva dalla spugna gocciolava ai lati della faccia di John.

Dean Stanton gli passò intorno al torace la cinghia, svolta per l'occasione per tutta la sua lunghezza, e me ne consegnò le estremità. Avevamo preso tante precauzioni per cercare di proteggere Dean la notte della nostra sortita perché non avessero a patirne i suoi figli, senza poter sapere che gli restavano meno di quattro mesi di vita. Dopo John Coffey, fece richiesta di trasferimento dal Miglio Verde e passò al Blocco C, dove un detenuto gli squarciò la gola con un pezzo di vetro e lasciò che il sangue della sua vita si travasasse sulle assi sporche del pavimento. Non ho mai saputo perché. Credo che nessuno l'abbia mai saputo, il perché. Old Sparky mi appare come un tale ordigno di perversità, quando torno con la memoria a quei giorni, una così micidiale invenzione della follia. Fragili come vetro soffiato, siamo noi, anche nelle condizioni migliori. Ammazzarci l'un l'altro con il gas e l'elettricità e a sangue freddo? Che follia. Che *orrore*.

Brutal controllò la cinghia e fece un passo indietro. Aspettai che parlasse, ma rimase in silenzio. Quando si incrociò le mani dietro la schiena nella posizione militare di riposo, capii che non lo avrebbe fatto. Forse non poteva. Pensavo di non poterlo fare nemmeno io, ma poi guardai gli occhi lacrimanti e atterriti di John e capii che dovevo. Avessi a meritarne la dannazione eterna, dovevo.

«Vai con la due», ordinai con una voce polverosa e cigolante che non riconobbi per mia.

La calotta emise un ronzio. Dieci dita enormi si staccarono dalle estremità dei braccioli di quercia e si aprirono a ventaglio in dieci direzioni diverse, con le punte che vibravano. Le sue grosse ginocchia sussultarono, ma le ganasce alle caviglie ressero. Tre delle lampadine appese al soffitto saltarono, *pop! pop! pop!* Marjorie Detterick gridò spaventata dagli scoppi e perse i sensi fra le braccia del marito. Sarebbe morta a Memphis, diciotto anni dopo. Harry mi spedì il necrologio. Sarebbe rimasta vittima di un incidente in cui era coinvolto un tram.

John s'inarcò in avanti contro la cinghia che gli attraversava il petto. Per un momento i suoi occhi incontrarono i miei. Erano consapevoli. Io fui l'ultima cosa che vide mentre lo spingevamo oltre il ciglio del mondo. Poi ricadde contro lo schienale e la calotta gli scivolò inclinandosi un po' sulla testa e lasciando trapelare uno sbuffo di fumo, una sorta di nebbiolina fuligginosa. Ma nell'insieme devo dire che fu veloce. Dubito che fosse indolore, come affermano sempre i sostenitori della sedia (è una circostanza che nemmeno i più accaniti di loro sembra desiderino investigare di persona), ma fu veloce. Le mani furono di nuovo inerti, le lunette dapprima bianco-azzurrognole alla base delle unghie avevano assunto ora un intenso color viola melanzana, un filo di fumo saliva dalle guance ancora bagnate della soluzione salina di cui era impregnata la spugna... e delle sue lacrime.

Le ultime lacrime di John Coffey.

11

TENNI duro fino a quando tornai a casa. Ormai era l'alba e gli uccelli cantavano. Parcheggiai la mia Ford, smontai, salii i gradini dell'ingresso sul retro e fu lì che mi colpì un dolore che nella mia vita sarebbe stato superato solo una volta. A procurarmelo fu il pensiero della sua paura del buio. Ricordai la prima volta che l'avevo visto, quando mi aveva chiesto se di notte lasciavamo una luce accesa, e le gambe mi tradirono. Mi sedetti sugli scalini, chinai la testa sopra le ginocchia e piansi. E non mi parve che quel pianto fosse solo per John, ma per tutti noi.

Janice uscì a sedersi accanto a me. Mi posò un braccio sulle spalle.

«Non gli avete fatto male più di quanto fosse strettamente necessario, vero?»

Glielo confermai con un cenno della testa.

«E lui voleva andarsene.»

Annuii.

«Vieni dentro», disse lei, aiutandomi ad alzarmi. Mi fece pensare a come John mi aveva aiutato ad alzarmi dopo che avevamo pregato insieme. «Vieni dentro. Bevi un sorso di caffè.»

Così feci. La prima mattina passò e il primo pomeriggio, poi il primo turno di lavoro. Il tempo si prende tutto, che tu lo voglia o no. Il tempo si prende tutto, il tempo lo porta via, e alla fine c'è solo oscurità. Talvolta incontriamo altri in quell'oscurità e talvolta li perdiamo di nuovo là dentro. È tutto quello che so, salvo che tutto questo avvenne nel 1932, quando il penitenziario statale era ancora a Cold Mountain.

E anche la sedia elettrica, naturalmente.

12

VERSO le due e un quarto del pomeriggio è venuta l'amica Elaine Connelly a trovarmi in veranda, dove sedevo con le ultime pagine della mia storia ben ordinate davanti a me. Era molto pallida in viso e aveva le palpebre inferiori lucide. Credo che avesse pianto.

Dal canto mio, avevo guardato. Nient'altro. Guardavo dalle vetrate le colline a est, con un pulsare ritmico nella mano destra, giù fino al polso. Ma era un battito pacifico, a modo suo. Mi sentivo svuotato, sgusciato. Una sensazione che era allo stesso tempo terribile e bella.

Mi è stato arduo incrociare lo sguardo con quello di Elaine, temevo l'odio e il disprezzo che avrei potuto trovare nei suoi occhi, ma non vi lessi sentimenti negativi. Tristezza e perplessità, ma nessun rimprovero. Non odio, non disprezzo e non incredulità.

«Vuoi il resto della storia?» le ho chiesto. Ho battuto con la mano dolente la mia piccola pila di fogli. «È qui, ma sta' tranquilla che capisco se mi dici che...»

«Non è questione di quello che voglio», mi ha risposto. «È che devo sapere com'è finita, anche se non vedo come potreste non averlo giustiziato. Temo che l'intervento della Provvidenza, quella con la P maiuscola, sia molto sopravvalutato nella vita dei comuni mortali. Ma prima di prendere quelle pagine... Paul...»

Si è interrotta, come se non sapesse come proseguire. Io ho aspettato. Certe volte non si può aiutare il prossimo. Certe volte è meglio non provarci nemmeno.

«Paul, qui scrivi come se nel 1932 tu avessi due figli grandi. E non solo uno, *due*. Se non hai sposato la tua Janice quando tu avevi dodici anni e lei undici o qualcosa del genere...»

Io ho sorriso un po'. «Ci siamo sposati giovani, come succede spesso tra la gente di montagna, com'è stato anche per mia madre... ma non *così* giovani.»

«Allora quanti anni hai? Ho sempre creduto che avessi poco più di ottant'anni, su per giù come me, forse qualcosa di meno, ma a leggere qui...»

«Ho compiuto quarant'anni l'anno in cui John ha fatto il Miglio Verde», ho risposto. «Sono del 1892. Il che significa che ho centoquattro anni, se so ancora far di conto.»

Lei mi ha fissato senza parole.

Le ho porto il resto del manoscritto, ricordando ancora una volta come John mi aveva toccato laggiù, nella sua cella. *Non esploderai*, aveva detto, con un mezzo sorriso a quell'idea, e io non ero esploso... ma mi era successo lo stesso qualcosa. Qualcosa di duraturo.

«Leggi il resto», l'ho esortata. «Le poche risposte che ho sono tutte qui dentro.»

«Va bene», quasi ha bisbigliato lei. «Ho un po' paura, inutile che cerchi di nasconderlo, ma... va bene. Dove ti trovo?»

Mi sono alzato, mi sono sgranchito le membra, ho sentito lo scricchiolio nella schiena. Un fatto di cui mi sentivo più che sicuro era che non sopportavo più la veranda. «Giù al campo di croquet. C'è ancora una cosa che voglio mostrarti ed è in quella direzione.»

«Una cosa... che fa paura?» Nella sua espressione timida ho visto la bambina che era stata ai tempi in cui gli uomini portavano cappelli di paglia d'estate e giacconi di pelliccia di procione d'inverno.

«No», l'ho rassicurata sorridendo. «Niente che faccia paura.»

«D'accordo.» Ha preso i miei fogli. «Me li porto in camera. Ci vediamo al campo di croquet verso...» Ha sfogliato il manoscritto per valutarne la lunghezza. «Le quattro? Ti va bene?»

«Perfetto», ho detto io, pensando al troppo curioso Brad Dolan. A quell'ora avrebbe dovuto essere già andato via.

Lei mi ha lasciato dopo avermi stretto appena appena il braccio. Io sono rimasto lì ancora un momento a contemplare il tavolo, a registrare il fatto che era di nuovo sgombro, a parte il vassoio della prima colazione che mi aveva portato Elaine quella mattina. Finalmente tutti i miei fogli non c'erano più. Non so perché, ma non riuscivo a credere di aver finito... e come potete constatare anche voi, dato che tutto quanto segue l'ho scritto dopo aver raccontato dell'esecuzione di John Coffey e aver consegnato a Elaine l'ultimo mazzetto di pagine, finito non avevo. E già in quel momento sotto sotto sapevo perché.

Alabama.

Mi sono intascato l'ultimo pezzetto di pane abbrustolito rimasto sul vassoio, ho sceso le scale e sono uscito nel campo da croquet. Lì mi sono seduto al sole, a guardare una mezza dozzina di coppie e un quartetto, lento ma allegro, vagare per il campo con le loro mazze, immerso nei miei pensieri da vecchio mentre mi lasciavo scaldare le ossa da vecchio.

Verso le tre meno un quarto sono cominciati ad apparire dal piazzale di parcheggio i dipendenti del turno dalle tre alle undici e alle tre se ne sono andati quelli del turno diurno. Perlopiù si sono allontanati in gruppetti, ma ho notato Brad Dolan che usciva da solo. È una circostanza che mi ha rallegrato: forse il mondo non è andato ancora tutto quanto alla malora. Da una tasca posteriore gli spuntava uno di quei suoi giornaletti di barzellette. Il sentiero che porta al parcheggio rasenta il campo da croquet, così mi ha visto, senza però beneficiarmi né di un gesto né di una smorfia. A me andava benissimo così. È montato sulla sua vecchia Chevrolet con la scritta HO VISTO DIO MA NON ME LA SONO PRESA sul paraurti ed è partito alla volta del luogo ignoto dove va a rifugiarsi quando non è qui, lasciandosi dietro una scia sottile di olio per motore comperato a qualche discount.

Verso le quattro è arrivata Elaine, come aveva promesso. A giudicare dagli occhi, aveva spremuto ancora qualche lacrima. Mi ha abbracciato e mi ha stretto forte. «Povero John Coffey», ha detto. «E povero anche Paul Edgecombe.»

Povero Paul, mi è sembrato di sentir dire a Jan. *Pover'uomo.*

Elaine ha cominciato a piangere di nuovo. Io l'ho tenuta fra le braccia, lì sul campo da croquet, negli ultimi raggi del sole. Le nostre ombre sembravano danzare. Forse nel salone da ballo immaginario di cui solevamo ascoltare alla radio a quei tempi.

Dopo un po' si è ricomposta e si è staccata da me. Ha trovato un fazzoletto di carta nella tasca del vestito e si è asciugata gli occhi. «Che cos'è stato della moglie del direttore, Paul? Che fine ha fatto Melly?»

«Fu considerata il caso più straordinario dell'epoca, almeno dai medici dell'ospedale di Indianola», ho risposto. L'ho presa a braccetto e mi sono avviato con lei verso il sentiero che si distacca dal parcheggio dei dipendenti e s'inoltra nel bosco. Verso la baracca a ridosso del muro di cinta che divide Georgia Pines dal mondo della gente più giovane di noi. «Morì. Ma di arresto cardiaco, non di tumore cerebrale. Si spense dieci o undici anni dopo. Nel quarantatré, mi pare. Hal morì di un colpo nei giorni dell'attacco a Pearl Harbor. Per quel che ricordo potrebbe essere stato il giorno stesso. Dunque lei gli è sopravvissuta per due anni. Com'è strano il destino.»

«E Janice?»

«Non mi sento preparato a parlarne oggi. Te lo racconto un'altra volta.»

«Promesso?»

«Promesso.» Ma è stata una promessa che non ho mai mantenuto. Tre mesi dopo il giorno in cui ci recammo nel bosco insieme (l'avrei tenuta per mano se non avessi avuto paura di far male a quelle dita contorte e gonfie), Elaine Connelly si è spenta pacificamente nel suo letto. Come per Melinda Moores, la sua scomparsa è avvenuta in seguito a un infarto. L'inserviente che l'ha trovata ha detto che il suo viso era sereno, come se fosse stato improvviso e senza molto dolore. Spero che abbia avuto ragione. Amavo Elaine. E mi manca. Lei e Janice e Brutal e tutti gli altri.

Siamo giunti alla seconda baracca lungo il sentiero, quella più vicina al muro. Era nel fondo di un recesso di pini nani, con un disegno d'ombre che merlettavano e screziavano il tetto pericolante e le assi inchiodate sulle finestre. Elaine mi trattenne impaurita.

«Non temere», la tranquillizzai. «Fidati, vieni.»

Alla porta mancava il chiavistello, di cui rimanevano solo gli anelli di scorrimento, nei quali, per tenerla chiusa, avevo inserito un pezzo di cartone ripiegato. Ho sfilato il mio chiavistello di fortuna e sono entrato nella baracca, lasciando la porta completamente spalancata perché all'interno era tutto buio.

«Paul, che cosa?... Oh. *Oh!*» Quella seconda esclamazione è stata quasi un grido.

Su un lato c'era un tavolo, spinto contro la parete. Su di esso una torcia e un sacchetto di carta. Sul pavimento c'era una scatola di sigari Hav-A-Tampa che avevo rimediato dall'uomo che veniva a rifornire i distributori automatici di bibite e caramelle. Mi ero raccomandato a lui e siccome la ditta per cui lavora vende anche prodotti per fumatori, non gli era stato difficile procurarmela. Gli avevo offerto di pagare per un oggetto considerato di grande valore ai tempi in cui lavoravo a Cold Mountain, come devo avervi spiegato, e lui si era messo a ridere.

Dal bordo della scatola ci fissavano due occhietti luccicanti come goccioline di petrolio.

«Signor Jingles», l'ho chiamato a voce bassa. «Vieni

qui. Vieni qui, vecchio mio, che ho una signora da presentarti.»

Mi sono acquattato, nonostante il dolore, e gli ho teso la mano. Allora ho pensato che questa volta non sarebbe riuscito a scavalcare il bordo della scatola, invece, dopo un momento di incertezza, riuscì a balzar fuori. È caduto su un fianco, si è rimesso sulle zampe ed è venuto verso di me. Correva trascinando un po' una delle zampe posteriori: le conseguenze della ferita inflittagli da Percy si erano acuite nella sua terza età. La sua terza o *quarta* età. A parte la testolina e la punta della coda, il pelo gli era diventato tutto grigio.

Mi è saltato nella mano. L'ho sollevato e lui ha proteso il collo, annusandomi l'alito con le orecchie schiacciate all'indietro e gli occhietti avidi. Allora ho girato la mano verso Elaine, che contemplava il topolino con gli occhi sgranati dallo stupore e le labbra dischiuse.

«Non può essere», ha mormorato, alzando gli occhi su di me. «Oh, Paul, non... non può essere!»

«Guarda prima.»

Dal sacchetto sul tavolo ho preso un rocchetto che avevo colorato io stesso, non con dei pastelli, bensì con pennarelli evidenziatori, un'invenzione che nel 1932 non ci si sognava neppure. Il risultato però era il medesimo. Era sgargiante e variopinto com'era stato quello di Del, forse anche più bello. *Messieurs et mesdames*, ho pensato. *Bienvenue au cirque du mousie!*

Mi sono accosciato di nuovo e il signor Jingles mi è saltato giù dalla mano. Era vecchio, ma non meno fanatico di un tempo. Dall'attimo in cui avevo preso il rocchetto, non aveva occhi che per esso. L'ho fatto rotolare sul pavimento tutto irregolare della baracca e lui subito a rincorrerlo. Non con la velocità di un tempo, e faceva male vedere come trascinava l'arto ferito, ma perché avrebbe dovuto essere veloce o sicuro nel passo? Come ho detto era vecchio, un Matusalemme di topo. Sessantaquattro anni almeno.

Ha raggiunto il rocchetto, che aveva urtato la parete di fondo rimbalzando all'indietro. Ci ha girato intorno, poi si è sdraiato sul fianco. Elaine ha fatto per avvicinarsi e io l'ho trattenuta. Dopo un momento il signor Jingles si è rialzato. Adagio, molto adagio, ha cominciato a spingere verso di me il rocchetto con il naso. Quando era riapparso (l'avevo trovato riverso più o meno alla stessa maniera sugli scalini che salivano in cucina, come se avesse compiuto un lungo viaggio e fosse sfinito) era ancora capace di spingere il rocchetto con le zampe come faceva tanti, tanti anni prima al Miglio Verde. Ora gli era precluso, le zampe posteriori non lo reggevano più. Nondimeno il suo naso era più abile che mai; era solo costretto a spostarsi da una parte all'altra del rocchetto per mantenerlo sulla sua rotta. Quando è arrivato da me, io ho preso lui in una mano (non più di una piuma) e il rocchetto nell'altra. I suoi occhietti scintillanti non lo abbandonarono mai.

«Non farglielo fare di nuovo, Paul», mi ha pregato Elaine con la voce rotta. «Non sopporto di guardarlo.»

Ho capito che cosa intendeva, ma ho pensato che sbagliasse a chiederlo. Lui era felice di correre a riprendere il rocchetto, dopo tanti anni gli piaceva ancora da matti come all'inizio. Fossimo tutti così fortunati nelle nostre passioni.

«Nel sacchetto ci sono anche delle mentine», le ho detto. «Canada Mints. Credo che gli piacciano ancora. Se gliene avvicino una, non smette più di annusare. Ma gli sono diventate indigeste, non può più mangiarle. Così gli porto del pane abbrustolito.»

Mi sono abbassato di nuovo, ho staccato un pezzetto dalla fetta che avevo portato con me dalla veranda e l'ho posato sul pavimento. Il signor Jingles l'ha annusato, poi l'ha preso con le zampette e ha cominciato a sgranocchiarlo. Teneva la coda elegantemente arrotolata intorno al corpo. Quando ha finito, ha alzato il muso verso di me come chiedendone ancora.

«Certe volte noialtri vecchietti riveliamo un appetito sorprendente», ho commentato passando il pane tostato a Elaine. «Prova tu.»

Lei ne ha spezzato un altro frammento e l'ha lasciato cadere per terra. Il signor Jingles si è avvicinato, ha annusato, ha guardato Elaine... poi ha preso il boccone e ha cominciato a mangiarlo.

«Visto?» ho detto io. «Sa che non sei una stagionale.»

«Da dov'è arrivato, Paul?»

«Non ne ho idea. Un giorno che sono uscito per una delle mie passeggiate mattutine, l'ho trovato disteso sui gradini della cucina. L'ho riconosciuto subito, ma giusto per essere sicuro ho preso un rocchetto dal cestino per il cucito che tengono in lavanderia. E gli ho procurato una scatola da sigari. L'ho foderata con il materiale più morbido che sono riuscito a rimediare. È come noi, Ellie, credo: per il più del tempo un prolungato, interminabile acciacco. Però non ha perso il piacere di vivere. Gli piace il suo rocchetto e gli piace ancora quando viene a trovarlo il suo vecchio compagno dei tempi del penitenziario. Per sessant'anni ho tenuto dentro di me la storia di John Coffey, sessanta e più, e ora l'ho raccontata. Mi è venuta una mezza idea che sia arrivato fin qui proprio per questo, per farmi sapere che dovevo sbrigarmi a raccontarla finché c'era ancora tempo. Perché io sono come lui. Ci sto arrivando.»

«Arrivando dove?»

«Oh, lo sai», ho risposto e per un po' siamo rimasti a guardare il signor Jingles in silenzio. Poi, per nessun motivo che potrei immaginare, ho lanciato di nuovo il rocchetto, sebbene Elaine mi avesse pregato di non farlo. Forse solo perché, in un certo senso, rincorrere il rocchetto era l'equivalente della versione lenta e tutta cautele della sessualità tra persone anziane. Forse voi non avete voglia di guardarli, voi che siete giovani e convinti che, quando giungerete nella vostra terza età, nel vostro caso sarà realizzata un'eccezione, ma *loro* hanno ancora voglia di farlo.

Il signor Jingles è partito di nuovo alla rincorsa del rocchetto e si vedeva che soffriva, ma altrettanto chiaramente (almeno agli occhi miei) si vedeva tutta la sua antica gioia fanatica.

«Finestre di mica», ha bisbigliato lei, guardandolo arrancare.

«Finestre di mica», ho ripetuto io sorridendo.

«John Coffey ha toccato il topo come ha toccato anche te. Quella volta non ti ha solo guarito da qualche malanno che avevi, ti ha reso... come? Resistente?»

«Possiamo benissimo dire così.»

«Resistente alle cose che prima o poi abbattono tutti

noi come alberi invasi dalle termiti. Tu... e lui. Il signor Jingles. Quando ha preso il signor Jingles tra le mani.»

«Infatti. È qualcosa che viene dal potere misterioso che agiva tramite John, così la penso io, comunque, e ora finalmente si sta esaurendo. Le termiti hanno aperto un varco nella nostra corteccia. Hanno impiegato un po' di più del solito, ma ce l'hanno fatta. Avrò forse qualche anno ancora, gli uomini vivono ancora più a lungo dei topi, mi pare, ma l'ora del signor Jingles sta per scoccare.»

Ha raggiunto il rocchetto, ci ha girato intorno zoppicando, è caduto su un fianco con il fiato corto (vedevamo i movimenti della sua respirazione percorrergli la pelliccia grigia come increspature sull'acqua), poi si è rialzato e ha cominciato a spingerlo piano piano con il naso. Il suo pelo era ingrigito, il suo passo era insicuro, ma le goccioline di petrolio che aveva per occhi scintillavano più che mai.

«Tu pensi che volesse farti scrivere quello che hai scritto», commentò lei. «È così, Paul?»

«Non proprio il signor Jingles», l'ho corretta. «Non tanto lui, quanto la forza che...»

«Ah, Paulie! E anche Elaine Connelly!» ha esclamato una voce dalla porta spalancata. Era carica di orrore sarcastico. «In poca carne e molte ossa! Che diamine ci fate voi due quaggiù?»

Mi sono girato non proprio sorpreso di vedere Brad Dolan nel riquadro della porta. Sogghignava come fa solo chi è sicuro di averti incastrato per bene. Quanta strada aveva compiuto quand'era smontato dal lavoro? Forse era arrivato solo al *Wrangler* per una birra o due e quattro salti, prima di tornare indietro.

«Fuori», ha risposto Elaine, gelida. «Fuori. Subito.»

«Ehi, non venire a dire a me di uscire, vecchia troia rattrappita», l'ha apostrofata lui senza smettere di sogghignare. «Forse potrai fare la voce grossa quando siamo su all'ospizio, ma non ci siamo adesso. Qui siamo dove non dovete essere. Qui a voi è proibito venire. Cos'è, Paulie, il vostro piccolo nido d'amore? Ci ho preso? Un piccolo gerontoscannatoio...» Poi ha sbarrato gli occhi, vedendo finalmente l'inquilino della baracca. «Che cazzo?...»

Non mi sono girato a guardare. Sapevo a che cosa si riferiva, da una parte; dall'altra il passato aveva improvvisamente raggiunto il presente consolidandosi in un'unica immagine terribile, tridimensionale nella sua realtà. Non c'era più Brad Dolan fermo su quella soglia, ma Percy Wetmore. Di lì a un attimo si sarebbe lanciato sul signor Jingles (che non poteva più sperare di sfuggirgli) per schiacciarlo sotto il tacco. E questa volta non c'era un John Coffey a riportarlo indietro dal ciglio della morte. Come non c'era stato un John Coffey quando avevo avuto bisogno di lui in quel giorno di pioggia in Alabama.

Mi sono alzato, questa volta senza avvertire alcun dolore nelle articolazioni e nei muscoli, e sono corso verso di lui. «Lascialo stare!» ho urlato. «Lascialo stare, Percy, o perdio...»

«Perché mi chiami Percy?» mi ha chiesto lui, spedendomi all'indietro con uno spintone che per poco non mi fece ruzzolare. A dispetto del male che deve aver provato, Elaine mi ha soccorso per evitarmelo. «E non è nemmeno la prima volta. E poi smettila di fartela nelle brache, che non te lo tocco. Non c'è bisogno. Quel roditore è già cadavere.»

Allora mi sono voltato pensando che il signor Jingles fosse sdraiato sul fianco a riprendere fiato, come faceva ogni tanto. Sì, era su un fianco, ma quell'incresparsi del pelo era cessato. Ho cercato di persuadermi di vederlo ancora, ma Elaine è scoppiata in singhiozzi accorati. Si è chinata con una smorfia di dolore e ha raccolto da terra il topo che avevo visto per la prima volta al Miglio Verde avvicinarsi al tavolo di servizio impavido come un uomo che si avvicina ai suoi pari... o a un gruppo di amici. Ora era inerte nella mano di Elaine. I suoi occhi erano opachi e fissi. Era morto.

Dolan ha fatto un sorriso che sembrava un ringhio, mostrando denti che non conoscevano dentista. «Poveri noi!» ha esclamato. «Abbiamo appena perso il coccolo di famiglia? Dobbiamo organizzare un funeralino, con fiori di carta e...»

«*Silenzio!*» gli ha gridato Elaine, investendolo in modo così perentorio e violento da indurlo a fare un passo indietro, mentre il sorriso gli moriva sulle labbra. «*Fuori di qui! Fuori di qui o non avrai un solo giorno ancora da lavorare in questo posto! Non un'ora! Te lo giuro!*»

«Non riuscirai ad arraffare nemmeno un tozzo di pane a una mensa per poveri», ho mormorato io, ma così piano che nessuno dei due mi ha udito. Non potevo distogliere gli occhi dal signor Jingles, inerte nella mano di Elaine come la più piccola pelliccia d'orso di questo mondo.

Brad è stato sul punto di reagire, di sfidarla a provarci. Non aveva tutti i torti, perché la baracca era preclusa ai detenuti di Georgia Pines, lo sapevo anch'io. Ma alla fine non ha trovato il coraggio necessario. Sotto sotto era un vigliacco, non meno di Percy. E può darsi che avesse controllato e accertato che davvero Elaine aveva un nipote in posizione da nuocere. Ma forse soprattutto la sua curiosità era stata appagata, la sua sete di sapere soddisfatta, e dopo tanto arrovellarsi, il mistero si era rivelato poca cosa: nella baracca aveva preso alloggio un topolino al quale un vecchietto si era affezionato. Ora il topolino era schiattato, gli era scoppiata un'arteria o qualcosa mentre spingeva un rocchetto variopinto.

«Non capisco perché bisogna scaldarsi tanto», ha borbottato. «Vi comportate come se fosse un cane o che so io.»

«Fuori», ha ripetuto lei. «Fuori, razza di ignorante. Se in quella testa c'è un po' di cervello, è roba di cui vergognarsi.»

Lui è arrossito, punteggiandosi di un colore più acceso là dove l'acne gli aveva segnato la pelle quand'era adolescente. A giudicare dalla quantità di cicatrici doveva averne sofferto parecchio. «Me ne vado», ha detto, «ma quando domani mattina tornerai qui, *Paulie*, troverai un lucchetto nuovo su questa porta. Questo posto è vietato ai residenti, e la qui presente signora Puzza Sotto il Naso può dire tutte le porcate che vuole sul mio conto. Guardate quel pavimento! Le assi sono tutte marce! Se vi capita che una ceda, vi ritrovate con le gambe spezzate come grissini. Perciò prendete pure quel topo morto, se vi sta tanto a cuore, e uscite da qui. Da questo momento la Baracca dell'Amore è chiusa.»

Si è girato e si è incamminato con l'atteggiamento di

chi è convinto di essersi meritato almeno un pareggio. Ho aspettato che fosse lontano, poi ho prelevato dolcemente il signor Jingles dalla mano di Elaine. Gli occhi mi si sono posati per caso sul sacchetto con le mentine e a quel punto ho ceduto: ho sentito arrivare le lacrime. Non so, ma mi sembra che di questi giorni mi accade di piangere più facilmente.

«Mi aiuti a seppellire un vecchio amico?» ho chiesto a Elaine quando i passi pesanti di Brad Dolan erano ormai lontani.

«Sì, Paul.» Mi ha fatto scivolare un braccio intorno alla vita e mi ha appoggiato la testa alla spalla. Con un dito vecchio e deforme ha accarezzato il fianco immobile del signor Jingles. «Ne sarò felice.»

Così abbiamo preso una paletta dal ripostiglio degli attrezzi da giardinaggio e abbiamo seppellito il topolino di Del nelle ombre pomeridiane che si andavano allungando tra gli alberi. E mi sono ritrovato a pensare proprio a Del, quando si era inginocchiato a mani giunte sul tappeto verde del mio ufficio, con il cranio calvo che scintillava nella luce artificiale; Del che aveva chiesto che ci si prendesse cura del signor Jingles, che si impedisse a quell'uomo cattivo di fargli ancora del male. Solo che c'è una persona cattiva che alla fine fa male a tutti noi, non è vero?

«Paul?» mi ha chiamato Elaine. Nella sua voce c'erano insieme affetto e stanchezza. Anche scavare una fossa con una paletta e adagiarci un topo per il suo ultimo riposo dev'essere un'impresa non da poco per una coppia di vecchietti come noi. «Stai bene?»

La tenevo per la vita. L'ho stretta. «Sì», ho risposto.

«Guarda. Sarà un bellissimo tramonto. Ti va se restiamo fuori a guardarlo?»

«Mi va moltissimo», le ho risposto e siamo rimasti lì sul prato per un bel po', tenendoci per la vita l'uno con l'altro, prima a guardare i colori accendersi nel cielo, poi a guardarli spegnersi in cenere.

Sainte Marie, Mère de Dieu, priez pour nous, pauvres pécheurs, maintenant et à l'heure de notre mort.

Amen.

13

1956.

Alabama nella pioggia.

La nostra terza nipote, una bella ragazza di nome Tessa, si stava laureando all'Università della Florida. Ci andammo con un pullman della Greyhound. Avevo sessantaquattro anni, all'epoca, un giovincello. Jan ne aveva cinquantanove ed era più bella che mai. Per me, almeno. Eravamo in ultima fila e lei mi rimproverava per non averle acquistato una macchina fotografica nuova con cui immortalare il grande evento. Ho aperto la bocca per risponderle che avevamo un giorno intero per andare a far compere quando fossimo arrivati e che le avrei comprato una macchina nuova se la voleva, avevamo con noi abbastanza soldi per qualche extra, ma soprattutto pensavo che mi rimproverava perché era stufa del viaggio e non le piaceva il libro che stava leggendo, un giallo di Perry Mason. Quello è il momento in cui tutto nella mia memoria diventa bianco per un po', come una pellicola rimasta sotto il sole.

Ricordate quell'incidente? Ci saranno alcuni fra coloro che stanno leggendo queste pagine che se lo ricordano, ma non molti. Eppure all'epoca finì in prima pagina da un capo all'altro del Paese. Eravamo nei pressi di Birmingham sotto un acquazzone, Janice si lamentava della sua vecchia macchina fotografica e scoppiò una gomma. Il pullman zigzagò sul fondo viscido e fu investito lateralmente da un autocarro che trasportava fertilizzante. L'autocarro schiacciò il pullman contro la spalla di un cavalcavia a più di cento chilometri orari, lo accartocciò contro il cemento e lo spezzò in due. Due tronconi scintillanti di lamiera e pioggia piroettarono in due direzioni opposte e quello con il serbatoio pieno di gasolio esplose alzando nel cielo grigio una vampata in cui si mescolavano rosso e nero. Un attimo prima Janice recriminava sulla sua vecchia Kodak e un attimo dopo io mi ritrovavo disteso nella pioggia dall'altra parte del cavalcavia a guardare un paio di mutandine di nylon blu uscite da una valigia. Ricamata con del filo nero c'era la scritta MERCOLEDÌ. C'erano altre valigie dappertutto, sfondate. E corpi. E pezzi di corpi. Viaggiavano settantatré persone su quel pullman e solo quattro sopravvissero all'incidente. Io ero uno dei superstiti, l'unico che non fosse gravemente ferito.

Mi alzai e girai tra le valigie squarciate e le persone smembrate, invocando il nome di mia moglie. Tirai un calcio a una sveglia, questo lo ricordo, e ricordo di aver visto il cadavere di un ragazzo sui tredici anni su un letto di vetri, con un paio di scarpe da corsa ai piedi e privo di mezza faccia. La pioggia mi bagnava la testa, poi finii sotto il cavalcavia e per un po' non la sentii. Quando uscii dall'altra parte c'era di nuovo, a martellarmi sulle guance e sulla fronte. Vicino alla cabina distrutta dell'autocarro rovesciato vidi Jan. La riconobbi dal vestito rosso. Ne aveva solo un altro più elegante di quello: lo aveva conservato per la cerimonia di consegna del diploma, naturalmente.

Non era ancora morta. Ho spesso pensato che sarebbe stato meglio, per me se non per lei, se fosse rimasta uccisa sul colpo. Mi avrebbe forse dato la possibilità di lasciarla andar via un po' prima, con un po' più di naturalezza. O forse mi sto solo illudendo. So con certezza però di non averla mai lasciata andar via, non del tutto.

Tremava. Aveva perso una scarpa e vedevo il suo piede che si muoveva. Aveva gli occhi aperti, ma spenti, quello di sinistra pieno di sangue, e mentre mi buttavo in ginocchio accanto a lei in quella pioggia che sapeva di fumo, riuscivo a pensare solo che la stavano folgorando, che la stavano uccidendo con la corrente elettrica e che io dovevo staccarla prima che fosse troppo tardi.

«Aiuto!» gridai. «Aiuto, che qualcuno mi aiuti!»

Non mi aiutò nessuno, non arrivò nessuno. La pioggia batteva insistente, una pioggia dura e penetrante che mi appiattì i capelli ancora neri sulla testa, e io la tenni tra le braccia e non venne nessuno. I suoi occhi inespressivi mi guardavano con una sorta di intensità stordita e da dietro la testa sfondata il sangue le usciva come un fiume in piena. Accanto a una mano scossa dagli spasmi c'era un pezzo di metallo cromato con le lettere GREY. Poco distante c'era all'incirca un quarto di quello che era stato un uomo d'affari in abito marrone.

«*Aiuto!*» gridai di nuovo e mi girai verso il cavalcavia e lì vidi John Coffey nascosto tra le ombre, un'ombra anche lui, un uomo gigantesco con grandi braccia penzoloni e testa calva. «*John!*» urlai. «*Oh, John, aiutami ti prego! Aiuta Janice!*»

La pioggia mi entrò negli occhi. Me ne liberai sbattendo le palpebre e John non c'era più. Vedevo le ombre in cui mi era sembrato di vederlo... ma non erano *solo* ombre, ne sono sicuro. Lui c'era. Forse solo un fantasma, ma era stato lì, sotto la pioggia che gli si mescolava sul viso con l'incessante fluire delle sue lacrime.

Morì tra le mie braccia, nella pioggia vicino a quell'autocarro di fertilizzante, con l'odore del gasolio bruciato che mi riempiva il naso. Non ci fu alcun momento di coscienza, gli occhi che ritrovano un palpito di brillantezza, le labbra che formulano un'ultima, bisbigliata dichiarazione d'amore. Avvertii una specie di contrazione nel corpo che tenevo tra le mani, una sorta di fremito, poi più nulla. Allora ripensai a Melinda Moores per la prima volta dopo tanti anni, Melinda seduta sul letto dove secondo tutti i medici dell'ospedale di Indianola sarebbe dovuta morire; Melinda Moores fresca e riposata, che osservava John Coffey con occhi vividi e perplessi. Melinda che diceva: *Ho sognato che giravi senza meta nel buio e che c'ero anch'io. Poi ci siamo trovati.*

Posai la povera testa maciullata di mia moglie sul fondo bagnato dell'interstatale, mi alzai in piedi (senza difficoltà, perché avevo solo un taglietto sulla mano sinistra) e urlai il suo nome alle ombre del cavalcavia.

«John! JOHN COFFEY! DOVE SEI, RAGAZZONE?»

M'incamminai verso quelle ombre, spostando con un calcio un orsacchiotto con il pelo sporco di sangue, un paio di occhiali con montatura metallica e una lente fracassata, una mano con un anello di granato al mignolo. «Hai salvato la moglie di Hal, perché non la mia? Perché non Janice? PERCHÉ NON LA MIA JANICE?»

Nessuna risposta. Solo l'odore del gasolio che bruciava e dei corpi che bruciavano, solo la pioggia che cadeva incessante dal cielo grigio e tamburellava sul cemento mentre mia moglie era riversa morta sulla strada dietro di me. Nessuna risposta allora e nessuna risposta adesso. Ma naturalmente nel 1932 John Coffey non aveva salvato solo Melly Moores o il topo di Del, il topolino che sapeva fare quel numero virtuoso con il rocchetto e sembrava cercare Del ben prima che il cajun arrivasse... ben prima che arrivasse John Coffey, se è per questo.

John aveva salvato anche me e anni dopo, mentre sotto la pioggia dell'Alabama cercavo un uomo che non c'era nelle ombre sotto un cavalcavia, fermo tra bagagli e cadaveri straziati, imparai una terribile lezione: certe volte non c'è assolutamente differenza tra salvezza e dannazione.

Avvertii l'una o l'altra effondersi dentro di me mentre sedevamo insieme sulla sua branda, il diciotto novembre, 1932. Sentii che la forza misteriosa che aveva dentro di sé passare dall'unione delle nostre mani in un modo che il nostro amore e le nostre speranze e buone intenzioni non potranno mai, una sensazione che cominciava come un formicolio e si trasformava poi nella possenza di una marea, una forza al di là di ogni cosa abbia sperimentato prima o avrei sperimentato poi. Dopo di allora non ho mai avuto una polmonite o un'influenza, che dico, nemmeno una faringite. Non ho mai più avuto infezioni alle vie urinarie, ma nemmeno un tanto di taglio infetto. Ho avuto raffreddori, ma sporadici, a distanza di sei o sette anni l'uno dall'altro, e sebbene si dica che chi è più refrattario ai raffreddori spesso quando li subisce ne contrae di violenti, a me non è mai accaduto. Una volta, tempo fa, in quell'orrendo 1956, ho espulso un calcolo, e sebbene capisco che possa sembrare bizzarro a chi legge queste pagine nonostante tutto quello che ho detto, ho trovato piacere fisico nel dolore sofferto mentre lo espellevo. È stato l'unico dolore autentico da me patito dai tempi dei guai avuti al mio sistema idraulico, ventiquattro anni prima. Le malattie che si sono portate via i miei amici e i miei cari coetanei a uno a uno, finché di loro non me ne resta nessuno, i guasti mortali al sistema cardiovascolare, i tumori, gli infarti, le malattie del fegato, quelle del sangue, hanno risparmiato me, hanno cambiato strada per evitarmi come chi è alla guida di un'automobile sterza per evitare un cervo o un procione in mezzo alla sua via. Il solo incidente grave in cui sono rimasto coinvolto mi ha lasciato illeso, se non per un graffio alla mano. Nel 1932 John Coffey mi inoculò vita. Mi *folgorò* di vita, si potrebbe dire. Verrà anche la mia ora, questo è ovvio, qualsiasi illusione possa aver avuto di immortalità si è spenta con il signor Jingles, ma avrò desiderato la morte molto prima di quando mi troverà. A voler essere sincero, la desidero già ora e non ho più smesso di desiderarla da quando mi ha lasciato Elaine Connelly. È proprio necessario dirvelo?

Ripasso queste pagine, sfogliandole con le mani maculate e tremanti, e mi domando se contengono qualche significato, come quei libri che si vuole siano edificanti. Ripenso ai sermoni della mia infanzia, alle reboanti affermazioni della Chiesa di Lode a Gesù, il Signore è Onnipotente, e ricordo che i predicatori solevano dire che l'occhio di Dio osserva il passerotto, che Egli vede e sorveglia anche l'infima delle Sue creazioni. Quando penso al signor Jingles e alle schegge di legno che abbiamo trovato in quel foro nella trave, mi dico che è proprio così. E tuttavia questo Dio ha sacrificato John Coffey, che aveva solo tentato di fare del bene nel suo modo confuso, con la ferocia con cui i profeti del Vecchio Testamento sacrificavano un agnello impotente... nella stessa maniera in cui Abramo avrebbe sacrificato il proprio figliolo, se veramente così gli fosse stato imposto. Penso a John che mi diceva che Wharton aveva ucciso le gemelline con l'amore che le univa e che questo avviene ogni giorno, in tutto il mondo. Se avviene, Dio *lascia* che avvenga, e quando noi diciamo: «Io non capisco», Dio risponde: «Non m'importa».

Penso al signor Jingles che muore mentre io sono girato dall'altra parte e la mia attenzione è usurpata da un uomo insensibile la cui emozione più viva è una specie tutta sua di vindice curiosità. Penso a Janice, che scandisce tremando i suoi ultimi secondi di vita inconsapevole nella pioggia, tra le mie braccia.

Basta, cercai di dire a John quel giorno nella sua cella. Lasciami andare le mani, finisco annegato, se non mi lasci. O annego o esplodo.

«Non esploderai», disse lui, leggendo il mio pensiero e sorridendo a quell'idea. E la cosa orribile è che è andata così. Non sono esploso.

Mi resta almeno un malanno da vecchio, soffro di insonnia. Nel cuore della notte, sdraiato sul mio letto, ascolto i rumori umidicci e disperati di uomini e donne infermi che si scavano a colpi di tosse la discesa nella vecchiezza. Qualche volta sento un campanello, o lo scricchiolio di una scarpa in corridoio, o il televisorino della signora Javits sintonizzato sul notiziario di tarda notte. Me ne sto qui, sdraiato sul mio letto, e se la luna si affaccia alla mia finestra, la guardo. Me ne sto qui sdraiato e penso a Brutal e a Dean e qualche volta a William Wharton che dice: «Hai ragione, negro. Cattivissimo». Penso a Delacroix che dice: «Guarda, capo Edgecombe, ho insegnato un trucco nuovo al signor Jingles». Penso a Elaine, sulla soglia della veranda che ordina a Brad Dolan di lasciarmi stare. Talvolta mi assopisco e vedo quel cavalcavia nella pioggia, vedo John Coffey sotto la sua volta, nell'ombra. Non è mai un'illusione ottica, in questi miei piccoli sogni. È sempre lui davvero, il mio ragazzone, laggiù a guardare. Me ne sto qui sdraiato e aspetto. Penso a Janice, a come l'ho perduta, a come mi si è sciolta di rosso tra le dita nella pioggia e aspetto. Tutti noi dobbiamo morire, non ci sono eccezioni, lo so, ma certe volte, oddio, il Miglio Verde è così lungo.

Nota dell'autore

NON so com'è stato per voi, ma per me è stato molto emozionante. Non credo che lo rifarei (se non altro perché i critici hanno l'occasione di prenderti a calci nel sedere sei volte invece di una), ma non mi sarei perso l'occasione di questa esperienza per nessuna cosa al mondo. Mentre scrivo questa postfazione il giorno prima che venga pubblicato il secondo episodio di *Il Miglio Verde*, l'esperimento sembra sia un successo, almeno in termini di vendite. Per questo, Fedele Lettore, desidero ringraziarti. E, chissà, una piccola deviazione dalla norma serve anche a svegliarci un po': vediamo che effetto fa il vecchio mestiere del raccontare storie da una prospettiva nuova. È così comunque che ha funzionato per me.

Ho scritto in fretta perché così esigeva questa forma letteraria. La necessità di farlo ha reso da una parte il mio lavoro avvincente, ma può anche aver prodotto una serie di anacronismi. Gli agenti di custodia e i detenuti ascoltavano *Allen's Alley* alla radio del Blocco E e io dubito che Fred Allen trasmettesse davvero nel 1932. Lo stesso potrebbe essere vero per Kay Kyser e il suo *Kollege of Musical Knowledge*. Non dico questo per scaricarmi dalle mie responsabilità, ma qualche volta ho l'impressione che la storia da poco scivolata oltre l'orizzonte sia più difficile da investigare che il Medio Evo o le Crociate. Ho potuto accertare che Brutal avrebbe potuto veramente battezzare il topo del Miglio con Steamboat Willy perché il cortometraggio disneyano in cui Topolino appariva in quelle vesti esisteva già da quasi quattro anni, ma ho il vago sospetto che il giornaletto pornografico con Braccio di Ferro e Olivia sia una trovata adatta a un'altra epoca. Può darsi che dia una ripulita a queste pagine quando e se deciderò di ripubblicare *Il Miglio Verde* in un solo volume... Ma non escludo di lasciarlo com'è con tutte le sue sbavature. Non è in fondo vero che anche il grande Shakespeare nel *Giulio Cesare* fa udire i rintocchi di un orologio in un'epoca ben precedente a quando sarebbero stati inventati i primi meccanismi a orologeria?

Poiché ho preso Charles Dickens a modello, mi sono informato su come avesse risolto lui il problema di rinfrescare la memoria ai lettori all'inizio di ogni nuovo episodio. Mi aspettavo qualcosa come i riassuntini che precedono ogni nuova pubblicazione delle storie a puntate del *Saturday Evening Post* che tanto adoro, ma ho scoperto che Dickens non è stato così rozzo e soleva invece inserire i riassunti nella trama stessa del nuovo episodio.

Mentre studiavo questo problema, mia moglie ha cominciato a dirmi (non è che mi tormenti, ma certe volte s'impunta con pervicacia) che non avevo mai veramente finito la storia del signor Jingles, il topolino circense. Ho ritenuto che avesse ragione e ho cominciato a vedere che, facendo del signor Jingles un segreto della terza età di Paul Edgecombe, potevo creare una «storia di facciata» abbastanza interessante. (Il risultato assomiglia un po' alla forma assunta dalla versione cinematografica di *Pomodori verdi fritti*.) E il racconto della vita di Paul alla casa di riposo di Georgia Pines ha finito per soddisfarmi pienamente. Mi è piaciuto in particolare il modo in cui Dolan, l'inserviente, e Percy Wetmore si sono fusi l'uno nell'altro nella mente di Paul. E non è una cosa che ho fatto di proposito; come avviene nei casi di creazione letteraria più felici, è arrivata per suo conto e ha trovato il suo posto da sola.

Desidero ringraziare Ralph Vicinanza per avermi suggerito l'idea di un «serial thriller» e tutti gli amici alla Viking Penguin and Signet per averla sostenuta, per quanto spaventati a morte fossero all'inizio (tutti gli scrittori sono matti e naturalmente loro lo sanno benissimo). Voglio anche ringraziare Marsha DiFillippo (*sic*), che ha battuto a macchina un quaderno intero pieno della mia illeggibile scrittura a mano *senza* mai lagnarsi. Be'... lagnandosi solo *di rado*.

Soprattutto però desidero ringraziare mia moglie Tabitha, che ha letto questo racconto e ha detto che le piace. Credo che quasi sempre gli scrittori leggano avendo in mente un lettore ideale e il mio è mia moglie. Non sempre la vediamo allo stesso modo su quello che ciascuno di noi scrive (diamine, raramente la vediamo allo stesso modo quando andiamo a far la spesa insieme al supermercato), ma quando lei dice che va bene, di solito così è. Perché è severa e se io cerco di imbrogliare o di prendere una scorciatoia, se ne accorge sempre.

E te, Lettore Fedele. Grazie anche a te e se hai qualche suggerimento su come presentare *Il Miglio Verde* in un unico volume, ti prego di farmelo sapere.

Stephen King
New York
28 aprile 1996

Dello stesso autore

La zona morta

L'incendiaria

Cujo

Christine (La macchina infernale)

Pet Sematary

Il Talismano (con Peter Straub)

Stagioni diverse

It

Misery

Gli occhi del drago

Scheletri

Tommyknocker-Le creature del buio

La metà oscura

Quattro dopo mezzanotte

Cose Preziose

Il gioco di Gerald

Dolores Claiborne

Incubi & deliri

Insomnia

Rose Madder

Desperation

L'arte di sopravvivere (audiocassetta)

Mucchio d'ossa

Il Miglio Verde

La bambina che amava Tom Gordon

Cuori in Atlantide

Riding the Bullet-Passaggio per il nulla

La tempesta del secolo

L'acchiappasogni

La casa del buio (con Peter Straub)

Tutto è fatidico

Buick 8

Colorado Kid

Cell

La storia di Lisey

Le notti di Salem

Duma Key

Torno a prenderti

Al crepuscolo

Stephen King goes to the movies

The Dome

Notte buia, niente stelle

22/11/'63

Miglio 81 (solo in ebook)

La forza del male
(I vendicatori, Desperation)

Joyland

Doctor Sleep

Un volto tra la folla (con Stewart O'Nan - solo in ebook)

Mr. Mercedes

Revival

Chi perde paga

On Writing (Nuova edizione)

Il bazar dei brutti sogni

Fine turno

Danse macabre

Sleeping Beauties (con Owen King)

La scatola dei bottoni di Gwendy (con Richard Chizmar)

Low Men in Wellow Coats

The Body

The Langoliers

The Mist

The Sun Dog

Laurie (solo in ebook)

The Outsider

Elevation

Odio volare
(a cura di Stephen King e Bev Vincent)

L'istituto

A tutto gas (Bikers) - con Joe Hill (in *A tutto gas*)

Nell'erba alta - con Joe Hill (in *A tutto gas*)

Serie «La Torre Nera»

L'ultimo cavaliere

La chiamata dei tre

Terre desolate

La sfera del buio

I Lupi del Calla

La canzone di Susannah

La Torre Nera

La leggenda del vento

Come Richard Bachman

L'occhio del male

I vendicatori

L'uomo in fuga

La lunga marcia

Uscita per l'inferno

Blaze